2022年中国作家协会重点作品扶持项目

GUANJIAN LUJING

关键路径

时代出版传媒股份有限公司
安徽文艺出版社

匪 迦◎著

匪迦，航空航天领域从业者和创业者，中国作家协会会员，上海作家协会理事，上海网络文学作家协会副会长，虹口区作协副主席，七猫签约作家，擅长现实和科幻题材创作。多部作品曾入选中国作协重点扶持项目和上榜中国网络文学影响力榜，获得包括茅盾新人奖网络文学奖提名奖、天马文学奖、百花文学奖、泛华文网络文学金键盘奖和新时代网络文学"白马奖"等在内的多个国家与地区级奖项，多部作品已经实体出版或进行连环画、动漫改编当中。

2022年中国作家协会重点作品扶持项目

关键路径

GUANJIAN LUJING

匪 迦 ◎ 著

时代出版传媒股份有限公司
安徽文艺出版社

图书在版编目（CIP）数据

关键路径 / 匪迦著. -- 合肥：安徽文艺出版社，2025.6
ISBN 978-7-5396-7721-7

Ⅰ．①关… Ⅱ．①匪… Ⅲ．①长篇小说－中国－当代 Ⅳ．①I247.5

中国国家版本馆 CIP 数据核字（2023）第 039628 号

出 版 人：姚　巍
责任编辑：宋晓津　柯　谐　　　　　装帧设计：张诚鑫

出版发行：安徽文艺出版社　　www.awpub.com
地　　址：合肥市翡翠路 1118 号　　邮政编码：230071
营 销 部：(0551)63533889
印　　制：安徽新华印刷股份有限公司　(0551)65859551

开本：700×1000　1/16　印张：35.75　字数：500 千字
版次：2025 年 6 月第 1 版
印次：2025 年 6 月第 1 次印刷
定价：79.00 元

（如发现印装质量问题，影响阅读，请与出版社联系调换）
版权所有，侵权必究

目　　录

第一章　　我在首飞现场吗？／001

第二章　　同一片天空下／005

第三章　　一飞冲天之后／009

第四章　　新员工报到／014

第五章　　还有更寒碜的地方？／017

第六章　　最后的面试／021

第七章　　殡仪馆旁边的大楼／025

第八章　　造飞机？搭积木？／029

第九章　　就这样被录用了吗？／033

第十章　　陈年往事／038

第十一章　　谈判：利佳宇航／042

第十二章　　交锋与配合／046

第十三章　　浦江边的谈心／050

第十四章　　父亲的紧急来电／055

第十五章　　艰难决定／059

第十六章　　天才少年叶梓闻／064

第十七章　　语言难题／069

第十八章　　摸着石头过河／074

第十九章　　什么叫国产大飞机？／079

第二十章　拼命三娘林琪 / 083

第二十一章　航电的责任 / 088

第二十二章　座舱显示系统 / 092

第二十三章　中迪航电 / 096

第二十四章　放行 / 099

第二十五章　全新的体验 / 103

第二十六章　真是种姓制度？/ 107

第二十七章　树欲静 / 111

第二十八章　分析师的责任 / 115

第二十九章　调研 / 119

第三十章　初出茅庐 / 123

第三十一章　救场与跃迁 / 126

第三十二章　心结 / 130

第三十三章　酒后吐真言 / 134

第三十四章　如何洋为中用？/ 137

第三十五章　共上一层楼 / 140

第三十六章　聚焦 / 144

第三十七章　世博会之后 / 147

第三十八章　整合项目团队 / 151

第三十九章　转岗 / 155

第四十章　是怎样的HR？/ 159

第四十一章　沪陕双璧 / 162

第四十二章　第一次碰撞 / 166

第四十三章　突如其来 / 170

第四十四章　项目经理 / 174

第四十五章　套路 / 177

第四十六章　龟速前进 / 181

第四十七章　各有各的不幸 / 184

第四十八章　思绪万千 / 187

第四十九章　入川 / 190

第五十章　项目评审 / 194

第五十一章　忐忑 / 198

第五十二章　下定决心 / 202

第五十三章　适航的考量 / 206

第五十四章　摊牌时刻 / 209

第五十五章　浦江奔流不息 / 213

第五十六章　金融的价值 / 216

第五十七章　上海制造 / 219

第五十八章　关键路径 / 223

第五十九章　2012 / 226

第六十章　适航的路径 / 229

第六十一章　意料之外 / 233

第六十二章　不算复仇 / 236

第六十三章　蒙在鼓里 / 240

第六十四章　久违了 / 243

第六十五章　专人负责 / 247

第六十六章　抉择时刻 / 251

第六十七章　告别时刻 / 254

第六十八章　供应商大会 / 258

第六十九章　只有一条路 / 261

第七十章　开始攻坚 / 265

第七十一章　裂痕 / 268

第七十二章　装腔作势 / 272

第七十三章　技术经理可以不懂技术吗？ / 276

第七十四章　出师未捷 / 279

第七十五章　想尽一切办法 / 283

第七十六章　电鸟,铁鸟,铜鸟 / 287

第七十七章　坚持就是胜利 / 290

第七十八章　显示器交付 / 294

第七十九章　出问题了 / 297

第八十章　治标还是治本 / 301

第八十一章　总装下线 / 305

第八十二章　从卖方到买方 / 310

第八十三章　爆发 / 314

第八十四章　走,还是留? / 318

第八十五章　事情都凑到一起 / 322

第八十六章　回不去了 / 326

第八十七章　谈透了 / 329

第八十八章　继续攻关 / 333

第八十九章　择偶标准 / 336

第九十章　向着首飞冲刺 / 340

第九十一章　心碎的声音 / 344

第九十二章　新的道路 / 347

第九十三章　难而正确的事 / 350

第九十四章　架机长杜浦 / 353

第九十五章　新的生活 / 357

第九十六章　什么烂飞机! / 361

第九十七章　试飞员 / 364

第九十八章　在西安过年 / 367

第九十九章　黑天鹅起舞 / 371

第一百章　要这标语有何用? / 375

第一百零一章　重逢 / 379

第一百零二章　四处求件 / 383

第一百零三章　强弩之末 / 387

第一百零四章　雪上加霜 / 391

第一百零五章　半夜偶遇 / 395

第一百零六章　本质区别是什么 / 399

第一百零七章　疼痛中的感悟 / 403

第一百零八章　目标：TIA / 408

第一百零九章　波澜再起 / 412

第一百一十章　第二战场 / 416

第一百一十一章　回归 / 419

第一百一十二章　核心任务 / 423

第一百一十三章　没有选择 / 427

第一百一十四章　责任分配的策略 / 431

第一百一十五章　联合团队 / 435

第一百一十六章　补短板没那么容易 / 438

第一百一十七章　联合攻关 / 442

第一百一十八章　唯我独尊 / 445

第一百一十九章　原地打转 / 449

第一百二十章　诛心之论 / 453

第一百二十一章　抱着金饭碗讨饭吃 / 457

第一百二十二章　高处不胜寒 / 461

第一百二十三章　返乡 / 465

第一百二十四章　灼灼其华 / 469

第一百二十五章　饱和式救援 / 474

第一百二十六章　江边凭栏 / 478

第一百二十七章　新的问题 / 481

第一百二十八章　跨洋求援 / 485

第一百二十九章　薅羊毛 / 488

第一百三十章　钱的问题？ / 491

第一百三十一章　黄玄的方案 / 495

第一百三十二章　削发明志 / 499

第一百三十三章　你们要加油啊 / 504

第一百三十四章　寻因 / 508

第一百三十五章　人是最重要的，也是最稀缺的 / 512

第一百三十六章　最坏的准备 / 516

第一百三十七章　自然结冰试验
　　　　　　　——可遇不可求的挑战 / 520

第一百三十八章　落寞的转身 / 524

第一百三十九章　临时的晚餐 / 528

第一百四十章　重逢 / 531

第一百四十一章　居安思危 / 534

第一百四十二章　有选择，才有选择 / 539

第一百四十三章　游说 / 543

第一百四十四章　何去何从 / 547

第一百四十五章　东海之滨 / 551

第一百四十六章　四次穿云 / 554

第一百四十七章　最后的冲刺 / 558

第一百四十八章　金秋北京 / 561

后记 / 564

第一章　我在首飞现场吗？

一周前，杜浦刚跟美国供应商利佳宇航开完一个项目状态会。会后，他签了会议纪要。归档的时候，发现那是九年来他与各大供应商签过的第一百个会议纪要。

"我们每经历一次型号首飞，就相当于树木长了一圈年轮。过去二十五年间，我已经长了十圈年轮。现在，我无比期待我的第十一圈年轮叫C595。"会上，利佳宇航的项目经理梅铎夫满怀感情地说。

梅铎夫来自美国堪萨斯州，已经年近五旬，长得五大三粗，满脸横肉，活像一个至少积累了十个年轮的树桩。

"按照这个标准，我连做一棵树的资格都没有，顶多算一棵苗吧！"杜浦不自觉地想。

何止是杜浦？即便在整个中商航上海飞机研究院（以下简称"上研院"）的几千名飞机设计师里，也没几棵大树，多的是像他那样的新苗。几年前，他们上研院在浦东张江盘了一大片地，盖了宽敞明亮的办公楼、试验室和运动场，见缝插针地种了不少绿植。但这些绿植直到今天，依然显得十分单薄，春天新绿连不成片，夏天无法遮阳，秋风一吹便四处乱晃，冬天在凛冽如刀的寒潮下更是显得楚楚可怜。不过，杜浦一点也不怀疑，假以时日，他们院里会绿树成荫，蔚为壮观。

杜浦记得，梅铎夫说完这句温情脉脉、让他和身边同事都倍感欣慰的话之后，便话锋一转，把话题带入冷冰冰的数字。

杜浦现在不想去回忆那触霉头的数字。至少，过了今天，包括他在内，中商航的每一个人都要增添一圈年轮了。

此刻，他只觉得腿脚有些发软。为了这个时刻，过去的那些日子里，他天天干到深夜，通宵是家常便饭。今天他更是一早就来到浦东机场第四跑道附近，午饭都还没顾得上吃。

两天前，公司终于确定，C595国产大型客机于今天开展首次飞行试验。刚才，他进一步得知，C595编号为10101的飞机，也就是第一架总装下线的飞机，将于下午两点从浦东机场第四跑道执行首飞任务。

"如天气条件不具备，则顺延。"公司这样通知。这使得杜浦那原本就很复杂的激动情绪中又添加一丝忐忑。

这时，一大片厚厚的乌云飘了过来，越积越多，把天空遮了个严实。杜浦皱了皱眉头，心里直打鼓："好不容易定了下午两点首飞，老天不会这么不给面子吧？"

这天气像极了他此刻的心情。这些天来，他一直在调整自己的情绪，经历了狂风骤雨之后，好不容易心平气和下来，现在却又被一片乌云笼罩。

为了这一天，他已经等待了九年。

远远望去，C595飞机已经在浦东机场第四跑道一端安静地等候。

她整个涂装以白色为基调，机身黄金分割点的位置环绕着干净、简练的色带，色带选用中商航Logo的蓝色和绿色作为主色调，既彰显了飞机的归属，又不显得突兀。机身上"中商航"几个大字用红色涂就，十分醒目。

她的驾驶舱舷窗挡风玻璃只有四块，相比同类机型的六块玻璃，能给飞行员更好的视野，而且下沿略微带有弧线，相较于空客320的平直和波音737的尖锐，更具现代感。机头雷达罩的形状弯曲得恰到好处，不但看过去十分顺眼，还能十分有效地减小飞行中的空气阻力。充分伸展的超临界机翼末端翼尖部分略微往斜后方掠去，一看就是为了拥有更好的空气动力学性能而精心设计的。这些都是C595独特的设计语言，哪怕没有机身涂装，没有文字，都能够让人一眼认出来。

左右机翼下方，稳稳地悬挂着两台由美国迪森斯公司提供的目前世界上最先进的民用航空发动机D1C。

自从她总装下线以来，这一年半时间里，杜浦已经见过她好些次，可他百看不厌。他坚信,好看的飞机多半性能也是好的。

飞机的几百万个零部件,大到发动机,小到螺栓螺帽,来自全球供应商。其中既有国内的龙头企业中工航下属单位,也有国际知名的利佳宇航、迪森斯等,还有十几家为C595项目而成立的中外合资公司。

最后,中商航作为飞机主制造商,将它们完美和谐地整合成一件无比精妙的工业艺术品!

看到这架飞机,杜浦感到一丝慰藉,心中的那层阴霾消散了一些。

这时,他的手机不合时宜地响了起来。杜浦现在不想接任何电话,可他低头一看来电显示,咬了咬牙,还是用大拇指滑开接通图标。

"喂!你人在哪儿呢?我找了一圈都没看到你!你可别告诉我你不在首飞现场啊!"电话里那个声音不由分说地吼着。

这是一个年轻人的声音,急促,充满力量。杜浦对这个声音再熟悉不过了,但此刻他并不想听到这个声音。

声音的主人是叶梓闻,比他小四岁,90后,来自中工航跟美国迪森斯公司成立的合资公司中迪航电。几年前,中迪航电被选为C595项目的核心航电系统供应商,叶梓闻一直在其中参与座舱显示系统的工作,平日里打交道的对象恰好就是杜浦。

两人年纪相仿,在行业内都算年轻人,而且都一表人才、出类拔萃,且帅得各具特点。

杜浦本身骨架就大,由于时常运动,一直保持着壮实魁梧的身材,加上面容方正、浓眉大眼,很是丰神俊朗,让人无端地产生信任感。

叶梓闻虽然个头中等,身材相较于杜浦也瘦弱不少,还戴着眼镜,却并不怯懦。他的五官很精致,两道剑眉之下,一双细长而有神的眼睛,时常散发出眼镜也无法遮蔽的聪明而犀利的光芒。他喜欢留一头桀骜不驯的长发,被公司人力资源部提醒过好几次却死活不剪。

杜浦出生在上海浦东,叶梓闻则在陕西汉中长大,两人第一次见面时,都以为对方是自己老乡。

因为这些林林总总的原因,两人在过去几年间建立了深厚的友谊。按业务,杜浦是叶梓闻的甲方和客户,但叶梓闻对杜浦说话从来都直来直去,从不客气,杜浦倒也毫不在意,反而很是欣赏这个小老弟的性格。

但此时,电话里叶梓闻的问题却像一头鲁莽的公牛,把杜浦刚刚小心翼翼摆设好的内心瓷器店冲了个七零八落。

杜浦听见自己心底各种破碎的声音,感受到碎片飞溅扎在心上的疼,鼻子一酸。

"是啊,我到底算不算在首飞现场呢?"

第二章 同一片天空下

算,也不算。

杜浦的视线所及之处,除了那架随时待命的 C595 飞机,还有跑道旁一大片黑压压的人。

在他一直以来的憧憬里,他现在理应身处这人群当中,跟穿着工装制服、西装和各色正装的同事及供应商合作伙伴在一起忆苦思甜,高谈阔论,畅想未来。可是,他却不得不一大早背来一个马扎,蹲坐在跑道禁区隔离带铁丝网外面的一个小土坡上。

同一片天空下,却是两种截然不同的待遇,有种阴阳两隔的感觉。

"热闹是他们的,我什么也没有。"杜浦不禁想起朱自清《荷塘月色》里的这句话。

他倒也不孤单,身边全部是附近过来凑热闹的居民和不远万里慕名而来的飞友和飞机摄影师。

相比他的马扎,他们可谓武装到牙齿:有搬来挖掘机的,租来大型厢式货车的,自己搭起两层脚手架的,还有自带梯子的。这一切,都是为了让视线跨过这铁丝网围栏,将跑道上的 C595 飞机一览无余。

"帅哥,你是中商航的人吗?怎么不进去?跟我们一起在这里凑什么热闹?"早上,当他刚穿着中商航的工装来到这小土坡时,一个本地的大妈问道。

当时,杜浦只是抿嘴笑笑,没有回答。大妈瞪了瞪眼,似乎领悟到了什么,便不再吭声。

现在,他必须要回答叶梓闻的问题了。

"我……我在现场啊。"他带着一点心虚。

"你在哪儿？我来找你！"叶梓闻不由分说。

"这个……人挺多的，没必要了吧？你那边估计也有不少人要照应。"

"照应个屁！我要拉着你照张相！他们都叫我们'沪陕双璧'，这么历史性的时刻，双璧不得合个体，拍个照？"

"糟糕！"杜浦在心底大喊一声。

"喂，你怎么这么不干脆啊？"见杜浦没有马上表态，叶梓闻有点急。

"我估计没法跟你拍照……我虽然在现场，但是，在机场外面呢！跟你虽然没隔多远，但拍合影还是有点难度的。"杜浦只能说了实话。

"什么？！你竟然不在现场？！没天理了！"叶梓闻果然如他所猜测，炸了。

"我在现场……"

"你少来！你在外面跟那帮业余玩票的和本地农民在一块，也能说在现场？到底怎么回事？我知道进机场有名额限制，但如果你都没资格进来，现场得有一半人都没资格进来！"

"你小声点……"杜浦一边试图让叶梓闻别那么激动，一边顾着周围，匆匆跑下土坡，到了一处没那么多人的地方。

"说吧，他们是不是没给你名额？"叶梓闻虽然音量稍微放低了一点，却依然不依不饶。

"可以理解……中商航又不是只有我们上研院，还有总部、总装厂、客服中心等单位呢，将近一万人，每个人都为C595项目出了力，但最后能够进场的不到一百人，将将百分之一，我毕竟还年轻，不在这百分之一里面也是可以理解的。再说，有他们做代表嘛……"杜浦咬着牙把这段话说了出来。从得知自己确定进不了机场跑道区域目睹首飞后，这些天来他一直是这样说服自己的。

"年轻？年轻就活该被欺负吗？你扪心自问，为了这个首飞，你花了多少心血？熬了多少个夜？通宵了多少次？前几天我们还一起通宵调显示器呢！"

叶梓闻的话，每一个字都说到了杜浦的心坎上。他杜浦何止首飞前才如此拼？他从九年前加入上研院的第一天开始，就将自己的全部精力和心血投入C595的事业当中。九年间，他多次获得院里的优秀员工和其他奖项，如果他说自己是上研院，甚至是整个中商航里冉冉升起的一颗新星，没有人会反对说他只是人造卫星。

杜浦觉得眼泪已经在眼里打转，可一看小土坡上的人和自己身上的中商航制服，硬是把它憋了回去。

"没事，没事，你别那么激动，不就是个合影嘛，你找个人少的空隙拍，在相片上留个空，回头把我P上去。再说了，我现在这里跟你们那儿也就百把米的距离，不管飞机在跑道上，还是待会儿飞起来，视觉效果没任何差别。而且，这里比你们那儿更开阔呢！我这一眼看过去，你们人挤人的，一点都施展不开。"杜浦在安抚自己的老朋友，可他又何尝不是在安抚自己呢？

"你这个阿Q！在横琴和在澳门能是一回事吗？"

"好了，我知道不是一回事，但也不影响我们通话，更不影响我看首飞啊。"

"算了，不跟你说了，待会儿我碰上阚总，一定要向他抗议。"叶梓闻气愤不过地挂掉电话。

叶梓闻口中的阚总，是C595项目的总设计师阚力军。

杜浦并非没找过阚力军。

"小杜啊，我知道你很辛苦，我都看在眼里，娣飞总和陈坚他们也都很挺你。可是，飞机上可不是只有你们陈坚的座舱显示系统，甚至不仅仅有她刘娣飞的航电系统，还有飞控、电源、液压、动力、燃油、机轮刹车起落架……哪个系统不重要？他们的人呢？还有总部采供部、适航部、质量部、生产部呢？总装厂呢？客服中心呢？我要不要考虑？"阚力军盯着杜浦的眼睛说。

当时，杜浦看不透眼前这个与自己父辈年纪相当的男人到底在想些什么。他还太青涩，只觉得阚力军的眼神深不可测，脸上的表情风轻云淡。可是，他似乎也找不到阚力军这些话里的毛病，谁敢说其他系统不重要呢？不得不承认，领导的站位就是高。

关键是,阚力军似乎还保留着一些话没有对他说,杜浦却找不到继续往下问的理由。

想到这里,杜浦略一思索,还是赶紧给叶梓闻发了一条微信语音:"别去找阚总,我之前找过他的。今天是大日子,他一定很忙碌,没必要因为这点小事去烦他。"

过了一会儿,他又追加了一条:"千万别去找他!"

发完这两条微信语音,杜浦发现自己的心情竟然好了许多。

第三章　一飞冲天之后

跑道上十分寂静，一架民航客机都没有。空气中没有一丝风，却处处弥漫着忐忑，又凝聚着几分深沉的期待。

如果从云端往下望，此刻的浦东机场像是一幅安静的广角画，只有第四跑道旁边黑压压的人潮在涌动着，但这人潮放在这巨幅画卷当中，也仅仅是点缀罢了。整个画卷的中央，全是留白。

正在这个时候，第四跑道一端的画面突然抖了起来，凝固的空气被瞬间搅动。那是发动机的呼啸声，震耳欲聋。伴随着这响彻跑道上空的轰鸣声，一架崭新的白色涂装飞机猛地冲出，将这画卷的留白之处瞬间填满。

她通体闪亮，十分显眼，机翼骄傲地抬起，微微颤动，如利刃般将空气劈为上下两半，不顾任何阻挡，以冲破一切的气势往前滑行。

在人群的顶礼膜拜之中，飞机滑行得越来越快。就在她冲过大半个跑道的瞬间，前轮优雅地抬起，然后，整个身体全部离开地面，以一个无比舒服的角度往天空中稳稳刺去。

动如脱兔，又如苍鹰，她从画卷里飞了出来，整张画顿时由二维变成了三维，画中的要素全部被激活了。而刚才那片似乎只是点缀的黑压压的人潮中爆发出的欢呼声和掌声，盖过了发动机的巨响。

"我们成功啦！C595飞起来啦！"

他们中的很多人泪流满面，用尽浑身力气，一边喊，一边和身边认识的、不认识的人拥抱庆贺。

杜浦虽然不在这群人当中，却也欣喜若狂。尤其是当他看到跑道边那块大屏幕上出现飞机驾驶舱的直播画面时。画面里，身着橙红色制服的机长正稳稳地坐在座椅上,左手控制着飞机侧杆,右手在屏幕和面板上熟练地操作着。

不是有十足的把握和信心,公司怎么可能这么干?波音和空客的机型首飞时都从未实时公开过驾驶舱画面。更何况,这个驾驶舱里的座舱显示系统倾注了杜浦全部的心血!

什么委屈,什么失落,什么不爽,什么愤懑,在这一刻,全部随着飞机展翅高飞和屏幕里座舱显示系统的顺畅运行,被抛到了九霄云外,消失得无影无踪。

身边那些看热闹的人,兴奋程度一点不比他少,在小土坡上蹦得老高。有人差点把手上价值上万的单反相机扔了出去;有人从高高的梯子上结结实实地摔了下来,跌进小土坡下的灌木丛中,可立刻像没事人似的,拍拍身上的灰和灌木叶子,爬起来继续活蹦乱跳。

当兴奋劲儿过去,飞机消失在视线中时,大家不免有些无聊。

"哥们儿,你这身制服在哪里买的?看上去很带劲,像真的一样!"一个带着浓重北方口音的大汉显然注意到了杜浦身上的中商航工装制服。

"这个帅哥一大早就来了,一看就是老飞友了!"杜浦还没来得及回答,早上跟他搭腔的大娘抢先补了一句。虽然当时杜浦没怎么理会她,她却一直在偷偷关注这个帅小伙。她觉得他很神秘,也很想给儿子买一套他身上的工装。

这下子人群的注意力都被吸引了过来。

"其实……这不是我买的,这是单位发的。"在短短几秒钟的内心挣扎中,杜浦还是决定说实话。

"单位发的?"北方大汉疑惑了一下,然后恍然大悟,"这不是网上买的仿冒货?你真是中商航的人?!"

这句话像在平静的湖面投进了一块石头。周围的人一下子拥上来好几个,像围观大熊猫一样。

"对,我是中商航的。"杜浦被看得有些不好意思,小声地回答。

"哇!快跟我们说说,这 C595 你们怎么搞出来的?真是太了不起了!"

"我只是颗螺丝钉罢了，C595是大家的共同成果……"

"这小伙子，真谦虚！对了，你怎么不进去在里面跑道边看呢？我看那里围了好多人。"一个中年大叔问道。

"去跑道边看首飞的都是做出大贡献的，我还年轻，需要继续努力。"杜浦说这句话时，尽量让自己的语气平稳，他心中虽然不再波涛汹涌，却依然涟漪四起。

"有觉悟！功成不必在我，好样的！"大叔冲他竖起大拇指。

听到这句话，杜浦心中咯噔一下，像是被雷击中了一般。

"功成不必在我？功成当然必须在我！怎么可能没有我的份呢？我为C595项目奉献了九年，未来还要干到飞机退役，我还年轻呢！"

杜浦已经稍微平静的心里再次思潮翻滚，不管这次领导出于什么原因，最终没让他进入跑道区域见证C595首飞，不管他感到多委屈，都不会影响他继续拼搏的心！他深知，首飞只是项目的一个重要节点而已，并不是终点，之后还有很多硬骨头要啃呢！就让时间和成绩继续证明他的价值吧！想到这里，他整个念头又回到工作上去了。

于是，梅铎夫那张宽广而粗糙的脸又猝不及防地浮现。

杜浦试图把他按回去，却无济于事。

他想起来，当时，梅铎夫抛出温情的"年轮说"之后，冲着他和中商航团队报出了那个工程更改的报价，并放入会议纪要。在会议纪要上签字的时候，杜浦觉得自己在签一份不平等条约。一百万美元！

"把我们当提款机吗？改几行软件代码就要收一百万美元？"

当浦东机场上空再次传来发动机轰鸣声的时候，杜浦才从工作的思绪中回过神来，飞机即将返回。

此时，跑道上空，机场附近，已经起风了。

铁丝网的另一侧，跑道边的人群再次雀跃，用最响亮的欢呼声和掌声迎接英雄的归航。而他身边的临时伙伴们也重新归位，架起长枪短炮，或者将手机的拍照功能打开，对准天空中轰鸣声传来的方向。

飞机起落架稳稳地落在跑道上，发动机的反推卖力发功，与张开的缝翼、襟翼和扰流板一同让在跑道上狂奔的飞机逐渐冷静下来，直到完全停稳在人群旁边。

她看上去是那样波澜不惊,仿佛并没有在天上飞过一个半小时,也压根没去做这次飞行试验的科目一样。而地上的人,直到她的轮胎全部安稳着地,心中的石头才完全放下。

发动机的声音逐渐消失,第一架 C595 国产大型客机圆满完成首次飞行试验任务,再次安静地停在她的建造者和贡献者身旁,再一次接受人们的膜拜。

人群沸腾了,直播大屏幕变成了大红色的背景,打出一行醒目的金黄色大字:热烈庆祝 C595 大型客机 10101 架机首次飞行圆满完成。

杜浦并没有手舞足蹈地欢腾,他静静地望着那架飞机,任由眼泪滑落至脸颊上。

朦胧之中,他发现一群白发苍苍的老者在众人的簇拥下,来到了飞机下方。公司领导们正在与他们亲切交谈,记者们也没有放过这个机会,纷纷开始采访、拍照。

哪怕是远远望去,都可以看出那些老人年岁已经不小,他们为数不多的花白头发在风中凌乱地摇摆着,但他们毫不在意。他们每个人似乎都颤抖着、慢悠悠地走着,眼睛里应该已经噙满泪水,欣赏着已经完全安静下来的 C595 飞机,像是凝视着自己的孙子。

这些有幸来到现场见证 C595 成功首飞的前辈,代表着他们那几代人。那几代人中,大多数已经离开了这个行业,甚至离开了这个世界,当他们亲眼看到自己和同侪当初的梦想变成了现实,怎么可能不热泪盈眶?

杜浦想到了爷爷。

在他两岁的时候,爷爷就不在了,本来就模糊不清的面容更是彻底消失在他的记忆中。这些年,他只能一遍又一遍听父亲讲述这个老人曾经为共和国民机事业做过的一切。

如果爷爷还活着,现在一定也在这群人当中,分享着全国人民的喜悦,享受着所有人对他们无上的崇敬与祝福吧!

杜浦抹掉眼泪,这时,他才发现身边这些临时的伙伴并没有像刚才那样上来搭话,他们仿佛达成了某种无言的默契,不想打扰沉浸在泪水中的他。

他感激地看了他们一眼,深吸一口气,调整了状态,然后坐在自己带来的小马扎上。

直到这个时候,他才发现自己的双腿已经酸了。还没坐稳,手机便从裤兜里掉了出来,似乎在抗议他刚才的冷落。他连忙躬身把它抓住,没有让它继续沿着小土坡往下滑去。

从结束与叶梓闻的通话之后,现在他才有空再关注自己的手机。

这一看,他心头一惊。

屏幕上赫然显示着父亲的未接来电!还是五个!

"到底出了什么急事?我得赶紧找个人少的地方给他回过去……"

杜浦立刻从马扎上弹起来,一边翻看未接来电记录,一边往小土坡下冲去。

这时,微信里来了一条语音。

他瞧了一眼发微信人,赶紧把手机放在耳边。

听着听着,他的脚步越来越慢,最后石化一般,整个人定在土坡上,整张脸一片惨白。

第四章　新员工报到

　　曾几何时，黄浦江把上海分成了两个截然不同的世界，浦西的外滩是万国建筑博物馆，而对面的陆家嘴是一片滩涂。从黄浦江溯流而上，也是右手繁华，左手荒芜。直到杜浦四岁那年，浦东开发正式进入快车道，从此，在这片广阔的土地上，万物疯狂生长。

　　杜浦四年前去北京上大学，尽管每年寒暑假都会回来，可直到他正儿八经回来工作时，才真正惊异于上海的变化了。两年后，上海将在浦江两岸举办世博会，无论是浦东还是浦西，从卢浦大桥到南浦大桥之间，全都是一片繁忙景象。

　　在这繁忙景象之外不远处，徐汇滨江之南，便是曾经的龙华机场。路边一处单位大院门口，挂着一块与周边的老旧小区和建筑工地不太搭的崭新白底黑字牌匾：中商航上海飞机研究院。

　　杜浦盯着它，愣了几秒钟。他的爷爷杜远征和父亲杜乔都在上研院干了一辈子："现在，轮到我了吗？"

　　唯一的区别在于，他的祖辈和父辈所工作的上研院，前面没有"中商航"三个字。

　　"听着，如果经过这四年，你依然没有改变主意，还是想继承我们的航空事业，毕业后就回来吧！国家马上就要在上海成立央企中商航，把我们上研院也并入了，专门干民用飞机，国产大飞机项目 C595 作为中商航的第一个项目已经启动，这可是千载难逢的机会！"几个月前，父亲在电话里说。

　　中商航在上海成立，更加坚定了杜浦回上海发展的决心。

　　他不但自己回到上海，还把女朋友范理也带了回来。实现这一点，丝毫不比以名列前茅的成绩从北航 2 系毕业轻松。

范理是他的同班同学,来自湖北黄石,不光身材高挑、亭亭玉立、美丽温柔,成绩也与他不相上下,在男多女少的2系算是系花级的人物。可是,范理一直想留在北京发展,大四上学期更是参加了好几场招聘会。最终,因为一些变故,杜浦还是成功地将她带了回来。

在那个时候,他对她说:"有我的地方,就是你的家!"没有什么比付诸实践的承诺更打动人心。

杜浦的脑子里闪过不少过去的片段,它们正活跃跳动着,突然被一句问话粗暴打断。

"侬组撒(你做什么)?"

杜浦回过神来,看到牌匾旁边的接待室门口走过来一个保安。

"哦,师傅好,我是新来的员工,今天报到。"

"新员工报到……"保安像是唱戏一般拖长了音,把这五个字念了一遍,然后背着手冲着大门努了努嘴,"进去吧。"

杜浦满是新鲜感地走进这古老大门后的世界。

首先映入眼帘的是一个简陋的大院,地面有些不太平整,院子中间是一个圆形花坛,里面种着些五颜六色的他叫不上名字的花。院子四周是一栋栋整齐排列的低矮平房或小高层,有十来栋。房子的外墙都是浅灰色的,看上去实在让人难以提起精神。

如果不是刚才在门口看到牌匾,杜浦甚至怀疑自己走错了地方。

"这真是一家新成立的央企吗?要不要先去找找爸?"

他立刻否定了这个想法。来上班之前,父亲特意嘱咐过:"到单位后没事不要来找我,祖孙三代干民机的虽然不多,但也不少,没什么大不了的。再说了,侬(你)老爸我也就是个普通干活的,没什么光让你沾。还有啊,现在中商航刚成立,混乱得很,我也不知道以后要怎么调整变动,你就靠自己去发现、感受吧。"

这句话基本上就意味着上班时两人没太多交道可打。父亲在上研院飞机总体设计部门,参与飞机总体设计工作,而且,似乎并没有被派到C595项目上去,而是继续干上研院并入中商航之前的一些老项目。而他则被分在航空电子部下面的座舱显示系统组,直接参与C595项目的座舱显示系统设计和研制工作。

于是,他按照录用说明的指示,到了第二排的三层小楼楼下,然后来到一楼走廊尽头的一间办公室。这里是人力资源部所在的地方。

"请问黄老师在吗?"杜浦有点怯生生地敲门。他瞥见办公室不大,可以坐五六个人,但此时只有一个老大姐在。

"我就是,你是?"老大姐扶了扶眼镜,问道。

"我是航电部的新员工,北航毕业的,我叫杜浦,今天来报到。"

"哦……我知道你!你就是新员工统一报到那天因为家里有事请假的,对吧?"黄老师说。

"是的,非常不好意思。"

"没事,谁家没点事儿呢?今天就你一个人来报到,我们正好把手续办办。"

"谢谢您。"

在黄老师的指导下,杜浦在几栋楼之间跑来跑去,总算把入职手续办得七七八八。当他再次回到人力资源部时,已经接近午饭时间。

"小杜,你饭卡还没办下来,我先带你去食堂吃饭吧,吃完饭我把你送到航电部去,任务就算完成了。"黄老师笑道。杜浦感到十分温暖。

刚才还十分空旷的大院里,此时不知道从哪儿拥出来乌泱泱的一大群人,都身着制服工装,往另一角的食堂走去。

在与黄老师的交谈中,杜浦得知她并非本地人,而是来自辽宁,跟杜浦父亲一样,在上研院也干了将近一辈子。

"我从大姑娘干到老太婆,干了几十年人事,亲眼见到一茬又一茬像你这样的年轻才俊来了,然后又一个个走掉。我不懂技术,可是总觉得吧,几十年来,一直在原地打转,不知道哪儿不对,就是飞不上去……现在国家要上C595,希望这次可以不一样吧!"黄老师充满感慨。

听完黄老师这段话,杜浦竟然也产生了一点共情,不禁想到自己的父亲。他眼前的人群中大多数是中老年人,头发花白的也不少,就没见几个像他这样年纪的年轻人。

杜浦心底不免泛起一丝担忧。

第五章　还有更寒碜的地方？

午饭后，杜浦跟着黄老师到了另一栋楼楼下。航电部就设在这里。

黄老师带着他走上二楼，一直走到走廊尽头的几间办公室门口："这是航电部洪部长的办公室，那是你所在组的组长办公室。我们都有午休的习惯，所以你可以稍微等一会儿再找他们，不会很久的。还有，你们部门的助理小姑娘也知道你今天来，她跟领导们都汇报过了。"

"谢谢黄老师。"

杜浦目送人事老大姐离去，却有些发愁。这几间办公室都关着门，现在下午一点钟还没到，自己要去哪儿待着呢？

走廊里十分安静，无论是这几间领导办公室，还是另一侧的开放式办公室，门都掩着，似乎所有人都在小憩。

杜浦轻手轻脚地往楼梯口走去，只顾着不弄出动静，却忘了看路。只听楼梯上一阵急促的脚步声传来，在他反应过来之前，自己被重重地撞了一下，差点跌倒。

"哎呀！你这小伙子，怎么走路不看路？"楼上冲下来的人似乎也被撞得不轻，靠在楼梯上直喘气。

"对不起……"杜浦定睛一看，是一个精瘦精瘦的中年人，个子不高，头发已经遮盖不住完整的头皮。

"真是的……现在的年轻人……"那人扶着楼梯继续往下走去，嘴里还在嘟囔着什么，但杜浦听不清楚。

他有些窘迫，没想到上班第一天就撞了老员工，手足无措地看着那人的背影消失在楼梯下面。

这时，走廊尽头一间办公室的门开了，一个矮矮胖胖的中年男子走了出来,手里握着一个保温杯,往杜浦这边走来。

"领导好……我是新来的员工,我叫杜浦。"杜浦等他走到近前时,主动自我介绍道。他猜测,这人多半就是黄老师说起的洪部长。

"哦……好的,我知道你,欢迎加入我们航电部啊,来,到我办公室聊聊。"洪均一愣,看着眼前这个高大帅气的年轻人,顿时反应过来。

他给自己的保温杯添上热水后,带着杜浦一同走回办公室。

聊了几句,洪均突然问道:"你爸是杜乔吧?"

"嗯……是的。"杜浦一惊,还是本能地给出肯定的答案。

"哈哈哈,我说呢!老杜,他长我六岁,是我西工大的师兄,他可厉害了,恢复高考时第一批大学生,虎父无犬子啊!"

"洪部长过奖了。"

"唉,可惜啊,可惜啊……"刚感慨完,洪均却又摇了摇头,声音也低沉下来。

杜浦屏住呼吸,想听他继续往下说,洪均却抿了抿嘴,不再说话,然后换了个表情,说道:"不说了!老杜是个好同志!对了,我给你介绍介绍高组长吧。"说完,他抓起办公桌上的座机,拨了几个数字。斜对面办公室里响起一阵电话铃声,有人接了起来。

"峰临,到我办公室来一下。"

"好的!"

声音刚落,那边办公室的门就打开了,一个身材高大的中年男人风风火火地跑了过来。他看上去年纪要比洪均小一些,但也在四十上下。

洪均招呼他坐在杜浦旁边,介绍道:"峰临,这就是你们组的新人,杜浦,北航2系毕业的,也算是科班出身。杜浦,这就是你的组长啦,高峰临,我们的座舱显示系统全靠他了。"

"高组长好!"杜浦连忙起身致意。

"叫什么高组长?叫我老高就行,除了洪部长,大家都这么叫我。"高峰临十分爽快。

"我比你老,当然不能叫你老高了,你叫我老洪还差不多。"洪均笑道。

两人又说笑了几句,杜浦刚才那有点紧张的心情完全放松了下来。

"小杜,你就跟着峰临去你们组认识认识其他同志,有什么不懂的尽管问。前阵子我们针对新员工已经做过统一培训了,你那次没来,现在如果需要开小灶,就说一声。我们现在正是百废待兴、需要用人的时候。我和峰临都老了,以后得靠你们这些 80 后、90 后!"洪均说。

高峰临明白领导有别的事情要处理,便起身招呼杜浦:"走吧,我带你去组里。"

杜浦跟着高峰临来到走廊另一侧的办公室,推门进去,里面是一大片开放式工位,粗略估估,可以坐三四十号人。但此时上座率不到一半,有些人还在趴着睡午觉,给杜浦一种不景气的印象。

高峰临带着杜浦来到办公室一角,只见那片区域用一排书架稍微与其他地方隔开,放有六个工位,却只坐着两个人。

杜浦这才发现,书架上摆放着一个白底蓝字的标牌:座舱显示系统。

他顺着这个线索迅速扫视了其他工位,发现了好几处类似的安排,而标牌上的字,显然表示对应团队负责的专业领域,有"核心航电系统""通信导航和监视系统""信息系统"等。

"这是我们组新来的杜浦,大家认识一下……其他人呢?"高峰临一边介绍,一边问道。

"他们都去宇航大楼了。"座位上的两人年纪都与高峰临相仿,四十上下。

两人友好地朝杜浦笑了笑。

杜浦心里的疑窦却越来越重:"为什么都是中年人呢?年轻人都去哪儿了?不是说前阵子新来了一批人吗?"

"小杜,我带你来,只是跟大家先认识认识,混个脸熟,你的工位其实不在这里。"高峰临说。

"啊?"

"你到院里来,是干 C595 项目的,国家级大项目,干这个项目的人,都在宇航大楼上班,不在院里。这两天你先熟悉熟悉院里情况,过两天我带你去认识一下项目上的人。"

"宇航大楼?"杜浦没听说过这个地方。

"是的,在靠近徐家汇的地方,沪闵高架边上。不过嘛……"高峰临笑道,"如果你今天过来报到觉得我们院里的环境有点寒碜,去了那里,你会怀念院里的。"

第六章　最后的面试

范理看着卫生间镜子里的自己,深吸了一口气,努力让自己平静下来。

镜子里出现的是一个化着淡妆、青春美丽的女孩。她身着白色衬衫,外面穿着一件薄薄的米黄色西装,将修长的身材勾勒得恰到好处。

再过几分钟,她将进行中御证券研究所的终面,可直到她走进这栋位于陆家嘴的江景写字楼,还有那么一丝不敢相信这是真的。

一年前的那个夜晚彻底改变了她的人生轨迹。

那晚之前,她铁了心要留在北京,哪怕杜浦死活要回上海,她也万万不能妥协。异地恋就异地恋,她相信,杜浦总有一天会回到北京找她的。

然而,那场打着面试幌子的饭局彻底摧毁了她的憧憬。那样的场合,能叫面试吗?!更可怕的是,万一那真的是面试呢?!

那天下午,京华证券负责投研业务的副总李明帆亲自带队去学校大礼堂开招聘会。据说这个李明帆是他们北航 2 系毕业的,因此对这场招聘会格外重视。

那个时候,A 股刚刚冲过 6000 点就开始回落,整个市场呈烈火烹油之势,证券公司也十分火爆。京华证券一共就招十个人,进入其研究所、自营和合规等部门,大礼堂里却满满当当坐了上百人。

出乎意料的是,她和另外四名同学在招聘会后被京华证券的人力资源部留了下来,说是要面试。

她还没从突如其来的惊喜当中缓过神时,就发现他们五个学生被带上了车,到了一处豪华酒店一楼的餐厅包厢里吃晚饭。

她还清晰地记得,那包厢装修得十分浮夸,巴洛克风格的天花板上绘着几具半裸的西方男女,他们纠缠在一起,有些辣眼睛,不知道是出自名家还是三流画匠。一盏金碧辉煌的水晶吊灯垂下,将浅金色的墙壁照得闪闪发光。

餐桌长什么样,吃了什么菜,她已经忘却了。她只记得,桌上摆了六瓶茅台酒。

果然,很快李明帆就开始起势喝酒。多次推托不过,她喝了几杯,然后就觉得整个人都晕晕乎乎的。包厢里的气氛倒是热烈了起来,可她完全没有力气加入。恍惚中,她只觉得坐在她身边的李明帆时不时凑过来在她耳边说些什么,不经意地来触碰自己的手和肩膀,后来,开始搂着她跟大家一起敬酒。

范理觉得肚子里翻涌起一阵恶心,只能尽量躲避李明帆的手和身子,但毕竟在这样的场合,她也不想完全撕破脸。于是,她不得不起身,端起酒杯假模假样地去跟别人敬酒。

没想到,李明帆竟然跟着站了起来,紧跟在她身后,直接就搂住了她的腰,甚至还上下摩挲着。

范理那一瞬间觉得涌上来的不仅仅是恶心,还有灼热的愤怒。她一转身,就将满满一杯茅台酒冲着李明帆泼了出去。然后,她不顾一切地夺门而出。

她使劲地跑啊跑,像是逃离满是毒蛇的洞穴一般。当她回过神来时,自己已经身处北京街头的一条小路上。路边的杂货店和烧烤摊依然开着门,空气里弥漫的烟火气息,让她多了一点安全感。她知道,即便呼救,也不会没人应了。

这时,她才拿出手机,看到杜浦的十几个未接来电。刚参加招聘会时,她将手机调成了静音,后来一直忘调回来。

范理忍不住哭了出来。

不知道过了多久,当她看到满头大汗的杜浦出现在眼前时,整个人都瘫软在他怀里。

当清醒一点时,她开始安慰怒气冲冲,想去揍李明帆的男朋友:"算了,多一事不如少一事,何必费时费力去找他?打了他,你明年毕业怎么办呢?再说了,我离开前已经泼了他一身酒……"

然而,她心里是欢喜的。杜浦的表现,无论是现在的义愤填膺,还是来接她之前电话里那段充满深情的告白,都让她感到十分安心。她觉得他是一个可以托付的人。

"亲爱的,毕业后,我跟你去上海吧。"

虽然李明帆和他的京华证券被范理拉入了黑名单,但她依然下定决心,要去金融行业发展。

"没问题,我相信不是每个人都像李明帆那样恶心的,上海是金融中心,选择不会少。"对此,杜浦充分支持。

可是,当不通过学校的渠道,自己盲投简历的时候,她才发现北航2系的本科学历似乎并没有什么优势。

直到中御证券向她伸出了橄榄枝。

这轮到范理有些不太自信了。她担心碰上骗子公司。但是,经过各种网上调查和亲朋好友的打听,她得知:这是一家正经公司,规模还不小。

两轮面试,她都顺利通过。今天,她将与中御证券研究所所长见面,进行最后一轮面试。

范理调整好自己的情绪和面部表情,从洗手间里出来,走到中御证券研究所前台。

"范理呀,稍等,我们马上有人带你去见孙总。"前台小姑娘很灵光,已经把范理的名字记住了。

一个扑克脸的女人很快走了出来。

"梅姐,这是范理,你带她过去吧。"前台欢快地说。

女人冷冷地瞟了范理一眼,一句话也没说,径直往里面走去。

范理觉得有些纳闷,却也顾不上那么多,连忙跟了上去。

孙总的办公室在整层楼的拐角处,两面朝外,拥有无敌的黄浦江江景。

"这简直太壮观了!"范理内心不住地赞叹。

"小梅,把门关上。"办公桌后面坐着一个中年男子,以不容置疑的口吻说道。

"好的。"姓梅的女人这才说了第一句话，然后知趣地离开房间。

整间房只剩下范理和那个男子，还有她两只眼睛都看不过来的黄浦江风光。

"是范理吧？请坐。"男子招呼道。

范理这才转过头来看他，顿时感到自己刚才有点失态："真是没见过世面！来面试竟然先盯着窗外看！"

当她坐定，朝着男子抛出一个礼貌的微笑时，笑容僵住了。她觉得自己在哪儿见过这个男子。

他虽然坐着，却看得出个子不算高，不过整个人的气场很足，看上去很注重身材管理。男子留着精干的短发，脸长得方方正正，眼神坚毅，不苟言笑，一看就是个狠角色。

这时，男子先开口说话了："范理，还认得出我吗？"说完，他嘴角微微一挑，像是在笑，又像是在嘲讽。

范理更加纳闷了，眼珠往天花板望去，似乎那里有答案似的："我在哪儿见过他呢？"

第七章　殡仪馆旁边的大楼

尽管曾经路过龙华殡仪馆无数次，杜浦从未注意到，隔壁的那栋不起眼的小楼竟然叫"宇航大楼"。而更让他想不到的是，整个中商航上研院的 C595 设计团队竟然全部在这栋楼里办公！一瞬间，他明白了为什么前几天高峰临要对他说"你会怀念院里的"。

他有些忐忑地跟在高峰临的身后，走进宇航大楼那阴暗而潮湿的大堂。这里像极了一些废土文学中的场景。

"这里曾经是一个酒店，后来被我们包下来干 C595。"高峰临说。

"可是，为什么选这里呢？"杜浦问。

"交通方便啊，而且便宜，航天的兄弟单位给我们用，几乎不要钱。"看到杜浦更加迷惑的眼神，高峰临笑着说，"别担心，我们中商航在浦东有地，过几年就有崭新的大楼和场地了，到时候大家都会搬过去的。"

杜浦点了点头："嗯，其实条件差点也没什么，比上一辈要好多了。"

"年轻人就要有你这觉悟！"

这时，从电梯里走出来几个大腹便便、穿着深色西装的外国人。他们目不斜视，耀武扬威地走在昏暗的大堂里，皮鞋在地板上砸出啪啦啪啦的声音。杜浦瞪大了眼睛，刚才那种末日废土文学的感觉顿时影像化了起来。

"都是国外供应商，现在我们 C595 项目是全世界唯一一个全新的民机项目，公司也在向全球招标，所以国外供应商都很感兴趣。毕竟，我们很快就要成为全世界最大的民航市场，谁都知道要是能上这架飞机，未来几十年就有了保证。现在已经到了供应商选择的最后阶段，你这阵子会看到很多老外。"高峰临已经见怪不怪，"走吧，电梯不好等，趁他们刚出来,我们赶紧去三楼!"

到了三楼,杜浦总算觉得眼前豁然开朗,虽然采光依旧不佳,但至少空间大,而且还开着灯。

杜浦看得出来,这栋楼曾经的确是个酒店,估计三楼此前是酒店的会议厅所在地,现在被分成了不同的房间,每个房间门口都挂着中商航的Logo,还写着各个部门的名字。

高峰临带杜浦走进了航空电子部的房间。

一推门进去,杜浦就感受到了与龙华大院截然不同的气息,这里人头攒动,坐满了人,虽然大家都在电脑前轻轻地操作,讨论交流也刻意压低了声音,但会聚起来,依然是一幅繁忙的景象。最重要的是,他看到的全是跟他年纪相仿的人,一张张青春的面孔,一副副专注的神情,还有扑面而来的汗臭味和荷尔蒙。

"难怪龙华那边都是中年人,年轻的全到这儿来了!"杜浦心想。

"走吧,我带你去见你师傅。"高峰临说。

"师傅?"

"对,我们这儿给每位新员工都安排了一个老员工当师傅,传帮带嘛,也算是我们航空人的优良传统。"

杜浦顿时充满了期待。他跟着高峰临来到房间一角的一个隔断,那儿有几个工位,看上去比房间里的那些个要高级一些。此时那儿只坐了一个人,看上去年纪跟高峰临差不多。

"老陈,来,介绍一下,杜浦,新来的,北航的高才生。"高峰临冲着里面喊道。

那人站起来看着杜浦,爽朗地笑道:"欢迎欢迎,我们正缺人呢!我叫陈坚,叫我老陈就行!"他个子跟杜浦一般高,身材要瘦小一些,留着偏分发型,戴着眼镜,一副学者模样。

"你可得叫他陈总,他是C595项目座舱显示系统工作包的包长!"高峰临笑道。

"你少来,那我也叫你高总!"陈坚也笑了起来。

"陈总好,以后请多多指教。"杜浦毕恭毕敬。

"别学坏！叫我老陈。"陈坚纠正道。

"好了，别一来就把你的新兵蛋子弄糊涂了，我把他交给你了啊。"高峰临说完，又问了句，"老张呢？我让他带带杜浦。"

"刚才还在，估计出去了。没事，你先忙，等他回来我来介绍。我先给小杜找个工位。"陈坚说。

"行！那我先走了。"高峰临又冲着杜浦说，"C595项目的事情，就找陈总和你师傅，有其他任何需要，随时找我。"

"明白！"

经过这几天的了解，杜浦清楚，中商航在C595项目上采取的模式是项目和行政管理并行，行政线上，他的领导是高峰临，后者又向航电部部长洪均汇报。而在C595项目上，他参与的是座舱显示系统工作包工作，因此，项目领导是陈坚。由于他的全部工作都在项目上，所以洪均和高峰临平时不怎么管他，只有到考评的时候，他们才会综合各条项目线上的表现来给他进行绩效考核。

"小杜，你也看到了，我们最近有很多员工进来，所以座位有点儿挤，我看了看，那排还有一个空位，你就坐那儿吧，离我和你师傅也近。"陈坚送走高峰临，冲杜浦说。

"没问题。"杜浦拎着电脑包就走了过去。

他刚在自己的工位上把电脑支上，便听见陈坚喊道："小杜，先来一下！你师傅回来了。"

杜浦赶紧站起身，往陈坚那边看去。

陈坚旁边此时站了一个人，也把目光投射过来。

两人都愣住了。

原来是杜浦前几天在龙华航电部楼梯口撞上的那个人！

杜浦感到十分不好意思，赶紧快步走到他们面前，冲着那人鞠了个躬："您好，师傅，我叫杜浦。十分对不起，那天第一次去，不熟悉地形。"

那人满脸严肃地盯着杜浦："哼，差点被你给撞骨折了，我这把老骨头可禁不起撞。"

陈坚见状，笑道："哦？已经认识了？那挺好。杜浦，这是你的师傅张进,他在院里工作了几十年,经验很丰富,你要向他多学学。"

"师傅好,请多指教。"杜浦心里感到一丝忐忑,看起来张进不太好打交道。

"哼,要做事,先做人。"张进轻飘飘地来了一句,便走到自己工位上坐着,仿佛杜浦不存在似的。

陈坚把杜浦拉到一边,轻轻地问:"你怎么得罪他了?"

"前几天去院里报到时,在走廊上没注意,他正好从楼上下来,在楼梯口撞上了……"杜浦觉得有些委屈。

"嗯,那你找个时间去赔礼道歉吧,老张就是这个脾气,但他当你的师傅,也是你的福气,他经验还是很丰富的。"

"好的,谢谢陈总指点。"

杜浦感到一阵混乱。难道刚才还不算赔礼道歉吗?

第八章 造飞机？ 搭积木？

杜浦很快便适应了宇航大楼的节奏和环境。

可是，越了解手上的工作，越了解 C595 飞机的研制，他就越发现，大学那四年所学的实在是太有限了。面对一架真正的飞机，尽管依然存在于图纸之上，但他还是不知道从何下笔。

张进似乎并没有给他足够的帮助。每次，他去问，张进便回答，他不问，张进从未主动关心过他。杜浦倒也没多想，总觉得师傅本身工作也挺忙，反而更加努力地自学起来。

年轻人多的地方，交朋友也很快，杜浦很快便找到了一块去食堂吃饭、饭后一块去对面的公园散步和一起打球的同事。

"杜浦，下午一点半在二楼报告厅有一个阚总的讲座，你去吗？"一天午饭后，正散着步，通信导航工作包的小伙伴薛小强问道。

"阚总的讲座？没听说啊。"杜浦纳闷。

"我师傅告诉我的，很是期待。阚总可厉害了！"

杜浦心中咯噔一声："我师傅没跟我说啊……"

他知道阚力军讲座的含金量，心里生出对张进的一丝鄙夷："不就是不小心撞了一下吗？我也道了歉了，大男人怎么这么小心眼？"

"没事，现在你不就知道了吗？一起去吧，肯定会有收获！"薛小强邀请道。

下午的讲座，果然座无虚席。宇航大楼原本通风设施就已经老旧，这么多人挤在一个大报告厅里，更是憋闷得慌。但没有人去关注这些，全都被台上阚力军的讲座吸引住了。

杜浦和薛小强在前排找了两个位置坐下，回头一望，发现几乎都是年轻人,每个人眼里都有光,充满渴望。

阚力军是 C595 项目总设计师,负责整架飞机的整体设计。他在上研院已经工作了几十年,曾亲自参与过 20 世纪 80 年代的客 70 项目,一直熬到今天,终于等到了 C595 的启动,一腔热血总算没有错付。

他讲座的题目是:《民用飞机设计与研制概论》。

几个小时下来,杜浦觉得信息密度太大,自己没法全部吸收,可他最大的感触就是两点。第一,在民用飞机设计领域,欧美是绝对的霸主。几乎所有的流程、规章和标准全部是欧美制定的,从飞机系统设计的 ARP4754 和安全性设计的 ARP4761 到机载软件开发的 DO-178,机载硬件的 DO-254 和鉴定试验的 DO-160,不一而足。第二,阚力军亲手画的那幅飞机自上而下的设计流程图给他留下无比深刻的印象。

"这是造飞机吗?简直像是逆向搭积木嘛!"

在学校里,他学的是电子信息工程,更多是从航空电子的角度去考虑已经从飞机顶层设计下来的需求,却从未有机会站在整个飞机级去考虑。

但这个下午,阚力军深入浅出的介绍,让他豁然开朗。

在顶层将飞机的各项总体指标设计好,再按照系统一层一层往下分,航电、飞控、动力、燃油、起落架、电源等等,越往下分解,颗粒度就越细。阚力军再通过绘图的方式表现出来,岂不就像是在搭积木嘛!

散场的时候,杜浦呆坐在座位上又回味了一阵,当他回过神来时,人已经走得七七八八,薛小强也不知所终。

讲台上,阚力军还没走,身旁围住了几个年轻人,似乎在解答问题。杜浦稍微犹豫了一下,还是鼓起勇气走了过去。

"阚总,阚叔叔。"等到前面的几人问完问题离开,阚力军低头收拾的时候,杜浦轻轻地唤道。

阚力军抬起头来,疑惑地看着杜浦,先是一愣,随即眼里充满了笑意。"哎呀!小杜!杜浦!好几年不见啦!一表人才,长这么高了!我都差点没认出来!你这是……子承父业啦?"阚力军问。

"嘿嘿,是的,阚总,我步我父亲的后尘来了。"见阚力军认出了自己,杜浦也笑道。

"哪里！不是步他后尘,是青出于蓝而胜于蓝！你这是典型的航三代,C595有希望了,我们的民机事业有希望了。"

"不,我还差得远呢……下午听了您的介绍,我觉得咱们的挑战真的很大,您的挑战真的很大。"

"哦？为什么这么说呢？"阚力军饶有兴致地问道,"我暂时没其他安排,咱俩聊几句。"

"很明显啊,差距太大!"杜浦倒很实诚。

"怎么？后悔了？怕了？"阚力军笑道。

"那倒不会,硬骨头啃起来才有意思,不过得把自己的牙齿磨锋利一点。"

"说得好,我们面临的挑战确实很大。过去几十年,我们都没能把自己的国产大飞机搞出来,当年的客70……唉……"阚力军眼里有些黯然,叹了一口气,"你爷爷太可惜了,当年我跟他学到了不少,没想到这么早他就走了……"

"不过,我们现在遇上好时候了。"阚力军的语气一转,并没有让自己在对过往遗憾的追忆当中沉溺太久,"国家已经下定决心上C595项目,对标波音737和空客320,这是最畅销的窄体客机。我们也在全球寻找合作伙伴,希望借助占有优势供应商的力量帮我们成功,这也是国际通行的惯例。但是,大势来的时候,也是考验我们的时候。我们这些个老同志还有几杆枪,可以发挥发挥余热,但更多的是要靠你们这些年轻人。由于客70下马,人员流失,我们跟你们之间的三四十岁的中坚力量非常缺乏,断层严重,只能把你们这些二十多岁的赶紧培养起来,靠你们了!"

"嗯嗯!"杜浦坚定地点了点头,心里暗自想道:"我要抓住这难得的机会,给张进点颜色看看,看他对我还有没有成见!"

这时,阚力军的电话响了,他一看,稍一思索,并没有接听,而是马上匆忙收拾自己带来的材料。

"应该是董事长找我！我们下回聊,有空来我办公室坐坐啊！问你爸好!"阚力军快步走下讲台,往报告厅外走去,留下杜浦站在原地,继续回味他刚才那番话。

报告厅的另一扇大门之外,刚才恰好路过一个人,把杜浦跟阚力军两人看在眼里。他驻足在门外,冷冷地注视着杜浦的背影。

第九章　就这样被录用了吗？

"你去年往李明帆身上泼了一杯茅台酒，这事已经传为我们行业里的佳话了，还是酱香型的。"男子慢慢地说出这句话，却掩饰不住脸上的坏笑。

范理顿时恍然大悟，眼前这个孙总，就是当时跟李明帆还有她一起坐车去吃晚饭的那个"孙总"！

当时，她和另外四名学生被分别安排在几辆不同的车上，她则被李明帆不由分说地推到他自己的那辆宾利车上。

"你跟其他几个不一样，你是我的正牌师妹，我也是北航 2 系毕业的！"李明帆有一个无比正当的理由，让范理根本无法拒绝。

他让范理坐在副驾驶，自己则跟"孙总"两人坐在后座小声聊天。

没想到，那个"孙总"此时竟然就在眼前！也就是说，那天晚上他全程在现场！可是，他应该是京华证券的人啊，为什么会在这里呢？

范理觉得双颊发热，浑身发烧，恨不得跳进黄浦江里去。

"我叫孙尚武，很高兴认识你。"看着范理那尴尬的表情，男子这才露出牙齿笑了起来，并且自我介绍道。

"孙总，如果现在这个所谓的终面跟北京那次一模一样，过一会儿，您从抽屉里拿出一瓶茅台来让我喝，那我觉得大可不必。您也不希望上一段佳话还有续集吧？"面对孙尚武的自我介绍，范理在经过尴尬和震惊之后，意识到自己已经没有退路，不管是跳黄浦江也好，钻地缝也罢，都改变不了一个事实：孙尚武那天晚上见证了整个过程。她决定把丑话说在前头，也做好了随时被赶出门的准备。

不过，听完这段话，孙尚武并没有生气，而是饶有兴致地盯着范理，看了好一阵,才缓缓说道:"我可不想浪费我的茅台酒,也做不出那种事情,要不然,我也不会离开京华证券来这儿了。"

"是吗?"范理吃惊之余,忍不住赞叹道,"您做了一个正确的选择!"

"不,这个选择未必是正确的。李明帆是个很有能力的人,三十五岁不到就成为京华证券分管投研业务的副总,虽然跟我同岁,却是我当时的直属领导。业内一直传,京华的总经理很快要被调走,而他李明帆会是最佳的继任者,所以,如果跟着他,未来他的副总位置就是我的。可是我来这里呢?我的领导,中御证券的副总是个四平八稳的人,不知道猴年马月才能动呢。"

"啊?那您为什么要跳槽?"

"我那天晚上也有一些冲动,说实话,在那一瞬间,我很理解你的举动。看到你夺门而去的时候,我也很愤怒,为什么我会出现在那样一个局中而无所作为?加上中御证券也一直在和我接触,所以,第二天我就辞职了。"孙尚武把视线从范理身上移开,望向窗外,似乎想在上海的江天之中寻找答案。

"不,孙总,我相信您的选择是正确的,如果,我有幸可以支持您的选择,我会去做!"

孙尚武又把视线挪回来,看着眼前这满脸真诚的美丽面庞,他知道,这个女孩很想进来。那就让她进来吧。

"范理,你泼了白酒,我辞了职,这说明我们的价值观有一致性。但我想说的是,金融行业就是一个名利场,有时候还很浮夸。李明帆曾是我的领导,他本性并不坏,只是少年得志,又一直顺风顺水,就有点飘了。加上或许你恰好是他特别喜欢的那一款,又是他的正统师妹,或许他曾经在你们北航校园中有些未能实现的遗憾,想在你这里弥补……不管是什么原因,他失态了。你走后,他一下子清醒下来,反而很得体地安排了后续的工作,不出意外,你那四名同学现在应该都已经入职京华证券了。跟你说这么多,我并不是维护他,也不是认可他当初对你做的事情,否则我也犯不着辞职。只不过,我想告诉你,如果你真的想进入金融这个行业,要有心理准备。今天,没有什么佳话的续集,可是,你即将踏进的,也并非一个童话世界。"

听完孙尚武这番话,范理愣在座位上。她没想到这个看上去有点粗犷而凶狠的男人心思竟然如此细腻,甚至有些体贴,与当时的李明帆相比,简直是云泥之别!她更不敢相信,听孙尚武的意思,自己这最终的面试,算是……过了?

为了这次终面,她可没少准备。由于自己没有金融和经济背景,这几个月她干脆直接以考过证券从业资格考试为目标,专门自学了"证券市场基础知识""金融市场基础知识"和"证券投资分析"这三门课,恶补市盈率、K线图、折现现金流分析等知识。同时,由于招聘公告上要求研究生学历,她还特意准备了一套说辞,强调北航本科学历的含金量,自己的优异成绩和专业背景与行业研究方向的契合度,等等。

这些准备在一面和二面时没怎么用上,她就一直在做心理准备:终面没准会来个大招。可现在,就这?

范理隐约有点儿失望,这就像小时候有一次父亲带她去家门口的小河里抓鱼,出发前花了好几天,把各种鱼饵、鱼钩都准备齐全,没想到现场随便甩了一钩子就钓上一条肥鱼。

"怎么了?你还有什么问题吗?"见范理半天没说话,孙尚武问道。

"孙总……您的意思是……我通过面试了?"范理小心翼翼地问。

"不然呢?"

"我以为您会问不少专业问题。"

"哈哈哈,我选人,不看经验、能力和学历这些历史的沉淀。我更看重一个人的灵性、德行和学习能力,因为这些才决定这个人的未来。我知道你没有研究生学历,也没有经济金融背景,但你既然是985学校的高才生,底子肯定不错。所以,前面两面时,我特意嘱咐他们不要揪着研究生学历和经济金融背景不放,我会亲自问。不然,你今天是看不到我的。"孙尚武停顿了一下,接着说道,"在我看来,做证券分析师助理,需要的更多是数据分析、逻辑思维和阅读写作等基础能力,再加上学习能力,这一切,

第九章 就这样被录用了吗? | 035

我相信你都不缺，可以很快上手。不过，如果你想从分析师助理变成真正的分析师，那就需要过硬的财务分析和经济金融知识了。但，那是下一步的事情，世界在发展，你也在成长，不是吗？"

"谢谢孙总！我一定好好干！"范理激动万分，心底感到无比温暖，除了忙不迭地表示感谢，一时也不知道要说些什么。

"好，那就先聊到这儿吧，你回去等我们的录用通知。刚才带你进来的那位女同事是我们研究所的行政助理，叫梅艳丽，你可以叫她梅姐，她会负责你的入职事宜。等你来了之后，具体支持哪个行业，我们讨论之后再告诉你。"

"好的！"范理站起身，朝孙尚武微微鞠了个躬，然后往他办公室门口走去。

"对了……"就在范理准备打开门出去的时候，孙尚武补充了一句，"这个梅艳丽呢……是2019年来的，现在快三十了还没男朋友，她平时有些恨嫁，性格上可能有些古怪，你注意一点就行了。"

"哦？好的，谢谢孙总提醒。"

"顺便问问，你不会还是单身吧？哈哈。"

"不，我有男朋友了，我们很快要结婚了。所以，请领导放心。"范理冲着孙尚武笑了笑，拉开门，走了出去。

"嗯……嗯……那好。"孙尚武脸上闪过一丝失望。

范理没有看到孙尚武那转瞬即逝的表情，她心情愉悦地迈着轻快的步伐，径直朝前台走去。她觉得中御证券研究所的走廊既宽敞又明亮，她甚至想，前台那个小姑娘挺乖巧的，以后就是同事了，要搞好关系。

正憧憬着，她路过一间办公室，只听见里面传出来一个女人尖刻的声音："研究生学历都没有，也没学过金融，怎么混到终面的？肯定不干不净！我看孙总也是瞎了眼！"

范理顿时觉得一阵眩晕，宽阔的走廊似乎在迅速缩小，要把她困在里面。她加快了步伐，逃命般地冲到出口，都没跟前台小姑娘打招呼，也顾不上脚底踩着的高跟鞋，一个箭步冲到电梯口，按下向下按钮。她呼吸困难,随时都要窒息似的。

恰好电梯门打开,有人走了出来。

她不顾一切冲了进去。

第十章　陈年往事

"妈,你这做红烧肉的水平有所下降啊。"杜浦说着,还是往嘴里扔了一大块。

"有的吃就不错了,听说你们宇航大楼的食堂可不怎么样。"沈映霞笑道,同时还看了看坐在她身旁的杜乔,"你爸当年追我追得不要不要的,还不是冲我的手艺。"

"哪是冲你的手艺?是冲你的面相好哦。"杜乔说。

"爸,你这个回答,我给满分!"杜浦说。

自从回到上海工作之后,杜浦就从家里搬了出去,跟范理在父母家附近租了个房子,一来有自由空间,二来也能常去蹭蹭饭。

可蹭饭的机会还真不多。

杜浦从干 C595 项目的第一天起,加班就成了常态。而范理虽然刚入职,只是个证券分析师助理,却也有出不完的差。别说去父母家,两人就连享受一下二人世界都不太容易。

今天杜浦总算不用加班,范理又出差,他便趁机到父母这儿,一家三口难得安安稳稳地吃顿晚饭,沈映霞早早就下班回来给儿子烧红烧肉。

"你爸啊……就是靠这张嘴。可是,他只在我这里耍嘴皮子,到单位就是个闷葫芦,一点花头都没有,不然,怎么才混成这样?"沈映霞故作生气地敲打了杜乔一下。

"当然只在你这里耍嘴皮子,你还想让我去别人面前耍啊?"杜乔笑道。

"妈,爸可不光靠嘴,他也挺帅啊,嘿嘿,我可是继承了你们俩优秀的基因。"杜浦一次性把三个人都夸了。

"你小子居然还能说出这么好听的话？很好，很好，你不会比我混得差了。"杜乔说。

"我们家杜浦啊，憨是有那么一点憨，但不傻啊。"沈映霞维护儿子。

三人很快便把红烧肉、熏鱼、草头圈子和鸡毛菜给消灭得干干净净。

杜乔把碗筷放进洗碗槽后，泡了三杯红茶。

"等下洗碗，先聊聊嘛，难得杜浦有时间。"

沈映霞批准了这个建议。

"参加工作这些天有什么感想？"杜乔问儿子。

"压力还挺大的，事情多，任务重，有太多要学的。"

"有的学是好事情，你可赶上好时候了，一定要抓住。在我们这样的国有企业，论资排辈是常有的事，但偏偏中商航刚成立，比较新，加上过去几十年我们的民机人才流失太多，整个队伍出现了人才断层，要么就是像我这么老的，要么就是像你这么小的，中坚力量太少。不过，这也恰恰是你脱颖而出的机会。"

"爸，你真是说到我心坎上去了，我就是这么想的，不过，在院里可不敢说。"

"低调点是对的，低调就是腔调。"

"你爸还是有点水平吧？别看他平时在院里很闷，也没混出什么名堂来，其实有不少想法呢。"沈映霞插话。

"那是，要不当年你也不会看上我啊。"杜乔说。

"哦？说来听听！"杜浦兴趣来了。他只是大概知道，父母原来就是上研院的同事，母亲很早就离开上研院，去了别的行业，父亲则一直坚守着。可是，两人到底是怎样好上的，他一直都很好奇。

"什么看上你呀？是你当初先追的我，追我的人好几个呢。"沈映霞说。

"这不是更说明爸的厉害吗？在众多竞争者当中脱颖而出！"杜浦起哄。

"那是，为了我，他当初还得罪了好几个人，好在都前前后后离开院里了。"沈映霞点了点头，想了想，又问道，"不对，好像还有一个跟你一样留下来了,对吧?叫什么……"

"张进。"杜乔说。

"对对对!就是叫张进!当初他晓得我们俩好上的时候,那个表情、那个态度,让我觉得没选他是对的,太把自己当回事了!"

杜浦听到这个名字,简直不敢相信自己的耳朵。"我的师父是父亲当年的情敌?!难怪对我一副深恶痛绝的样子!不行,不能让他们知道这事儿,否则肯定很担心我,可是,担心我又有什么用呢?他们又做不了什么。我要靠自己'报仇',争出路!"

想到这里,他顺着母亲的话说:"就是!妈,还好你老早就离开院里了,否则还不知道他会干什么呢!"

"是的,他就是个小心眼,我选了你爸,他就到处造我的谣,有些话说得不要太难听。"沈映霞似乎依旧愤愤不平。

"好了,那些谣言也不一定是他说的,你当年可是院里一枝花,不管跟谁在一起,总归会有些非议,别去理会就是了。"

父亲的话,让杜浦心有戚戚焉。他想到自己跟范理在一起的时候听到的那些流言蜚语。对于自己得不到的人,为什么反而要去诋毁呢?

"你啊,总是那样,不愿去斗一斗,要不然也不会像现在这样,你看人家阚力军……"

"谈阚力军干什么!"杜乔打断了妻子的话。

"哦,好,好,不聊他。"沈映霞很识相。

杜浦反而感到奇怪。他上大学之前,有时候阚力军会到家里来跟父亲喝两杯,据说两人当年是西工大的同学,后来又一起分配到上研院。按理说,两人应该关系很好,怎么现在提都不让提了?他原本打算说说自己听了阚力军的讲座,受益匪浅,现在,这些话也都咽了回去。

"他现在是C595的总设计师,是领导,儿子又是他项目上的人,别说那些没用的……"杜乔进而说道。

说完,盯着杜浦,仿佛在叮嘱他:"跟着阚总好好干!"

杜浦点了点头。

"话说,儿子,你们打算什么时候结婚啊?"沈映霞岔开话题。

"我们才刚刚参加工作呢!"杜浦没料到母亲会问这个。

"刚参加工作怎么啦?没到法定婚龄啦?到了呀!"沈映霞说。

"你妈说得对,你跟范理都谈好几年了,人家原来说非要留北京,现在也跟你跑到上海来了,你不得给人家一个交代?"杜乔支持妻子。

"好,那我跟她商量一下。"

"你真是忙 C595 忙得脑子瓦特了,哪有跟小姑娘商量什么时候结婚的?你要求婚的呀!"沈映霞急了。

"好,爸妈,你们放心,我会对她负责的。你们都认可她会是个好媳妇,对吗?"

"那当然,她比你灵多了,长相也好,虽然是外地人,不过我们不介意的呀。"沈映霞说,"我们那套老房子就是给你们准备的呢,真结婚了,可别再租房了。"

"只有一点,你们都很有事业心,都很要强,结婚之后过日子呢,还是要互相多多包容妥协,否则,会出问题的。"杜乔给了一个忠告,然后语气一转,"比如说我,要不是我经常让着你妈,我们哪能好到今天?"

"哦哟,委屈你了!"沈映霞用手指戳了戳杜乔的肩膀。

杜浦又好气又好笑,正准备说话,只听得手机响。

他拿起来一看,上面是一个陌生座机号码,但那个号码段他很熟悉。

电话是来自中商航总部的。

第十一章　谈判：利佳宇航

"杜工,不好意思啊,我是采供中心的孟德丰。我们明天上午跟利佳宇航有一场关键的谈判,希望院里给点技术支持。因为涉及航电的座舱显示系统工作包,我们联系了陈坚总,这次他推荐你参加……"

昨晚接到这个电话,杜浦毫不犹豫就答应了。

一大早,他便来到位于浦东黄浦江畔的中商航总部。

这还是他第一次到总部来,有种乡下人进城的感觉。

相比他们上研院龙华院区的粗糙和宇航大楼的寒碜,这里可以说是十分精致了。整栋楼高二十几层,大楼门口竖着一块白底黑字的牌匾,书写着"中商航上海飞机研究院"。大堂和接待区域的规格跟范理上班的那栋高档写字楼没什么区别。更有特色的是大堂里摆放的几架飞机模型,最显眼的便是他目前参与研制的 C595。跟宇航大楼那老旧的电梯相比,这里的电梯显得格外高级,一楼到五楼,稳稳当当,晃都不晃。

按照昨晚电话里的指示,他来到了 505 会议室。现在里面只有一个年轻人,正在调试投影仪。

"你好,我是杜浦。"杜浦主动打招呼。

"杜工好!我就是昨天给你打电话的孟德丰,叫我小孟就好。"孟德丰一边布置会议室,一边跟杜浦打招呼。

听口音,他也是上海本地人,戴着眼镜,留着短发,一副斯斯文文的样子,看上去年纪跟杜浦相仿。

"孟总,今天这个会需要我提供怎样的支持?有什么需要注意的吗?"杜浦并没有真叫他小孟。参加工作这些天来,他发现随便带点职位的小领导大领导们,直接叫"总"总归没错,更何况这孟德丰还是总部采供中心的人呢。

"别这样,杜工,真的,就叫我小孟或者直接德丰都可以,大家都是同龄人,没必要来这套。"孟德丰笑着说,"今天的会还是挺重要的,待会儿欧阳主任也会来。我们要跟利佳宇航做最后的谈判,他们提供的备份仪表是你们航电里座舱显示系统的一部分,我知道座舱显示系统里别的供应商都已经选定了,因为备份仪表相对比较独立,候选的几家供应商都是国际供应商,而且提供的都是货架产品,所以我们就边研发边选型,这个背景你也知道。不过,娣飞总要求我们尽快把供应商确定下来,她好为航电系统转段评审做准备。"

"好的!"杜浦听说是 C595 航电副总师刘娣飞亲自要求的,自然不敢怠慢。

刘娣飞是陈坚的领导,也直接向总设计师阚力军负责。更何况欧阳天举主任也要亲自坐镇。杜浦没见过欧阳主任,但听说他是我国民机供应链领域的老行尊,本来已经到了退休年纪,为了 C595 项目又被返聘回来。

当然,让杜浦无比兴奋的是,他终于有机会与世界知名的利佳宇航面对面交流了。利佳宇航是世界顶尖的航空系统供应商,产品谱系十分齐全,包括航电、飞控等关键机载系统和产品,而且广泛装备在波音、空客、庞巴迪、巴航工业等几十个民用飞机型号上,可以说经验十分丰富。中商航在他们面前,只能算个新手。

"尽管我们是客户,是甲方,但恐怕话语权也不多吧!"兴奋之余,杜浦不免也有些忐忑。他不知道自己将面临多大的挑战。

利佳宇航的三位代表在约定时间之前三分钟一起赶到。

他们一出场,杜浦就感受到一种不一样的气场。带队的是其项目经理梅铎夫。杜浦从未见过这么胖的人。同行的还有一位美国人,年纪也不小了,头顶的地中海已经成形,留着两撇小胡子,一双深灰色的眼珠子射出精明的光。陪同这两人的是一个年轻的中国女人,五官精致,留着干练的短发,身材虽然娇小,却气场十足。

过了一会儿,欧阳天举也带着几名采供中心的人来到会场。

双方寒暄之后,欧阳天举摊了摊手,笑道:"好了,各位利佳宇航的朋友,这次你们带来了什么好消息?"

对面的中国女人迅速将话翻译成英语。

梅铎夫也呵呵一笑:"欧阳先生,这次我们仨不远万里从美国赶过来,有着120%的诚意和唯一的目标,希望中商航选定我们做C595飞机的备份仪表供应商。"

"这个好说,可否详细介绍一下你们这120%的诚意呢?"

"没问题,经过过去这段时间的讨论,我们充分理解到你们希望在C595飞机上装备一款不逊于同级别飞机的备份仪表,所以,我们之前建议的几款产品都不满足这个要求——请不要介意,我们之前纯粹是从产品成熟度和价格角度给你们推荐的,但现在既然你们要先进产品,我们可以把去年刚刚获得FAA TSO的最新一款产品拿出来。"

听到这里,杜浦心中一惊。没想到利佳宇航光备份仪表这一款产品都已经拥有多个型号了,而且还拿到了FAA的TSO。FAA是美国联邦航空局的缩写,TSO则是其针对单个设备或者产品颁发的适航证,表明该设备或者产品已经满足适航和安全要求,可以装备民用飞机,用于商业飞行。

"好啊,洗耳恭听。"欧阳天举用目光扫了扫两边。

孟德丰立刻理解了他的意思,赶紧凑到杜浦耳边:"准备好了,对方要介绍他们的新产品,你仔细看看,有问题尽管问!"

"好的!"杜浦挺直了背,身体前倾,瞪大眼睛盯着利佳宇航投放出来的产品介绍。

设计精美的产品外观和功能窗口图片,然后,全是英文。

"请我们的资深工程师马克来讲解一下吧。"梅铎夫说。

对面的"地中海"轻轻地咳了一声,便开始讲解起来。

杜浦竖起了耳朵,他一点都不敢分神,生怕漏过或听错一个单词。

当马克介绍完毕时,杜浦觉得很累。他再次无比深刻地理解到英语对搞民机的重要性。"还好当初在学校没把英语荒废掉……"

"我们介绍完了,请问有什么问题吗?"马克看上去十分冷漠,就连这句话也是对面的那个年轻女人替他说的。

欧阳天举往杜浦这边看过来。

杜浦深吸一口气,便提了两个问题。

然而,马克并没有正面回答。他"哼"了一声,从鼻孔里飘出一句话:"你这个小学生,有什么资格问我这个博士问题?"

第十二章　交锋与配合

马克的话,伤害性不大,侮辱性极强,会议室里刚才寒暄出来的暖意瞬间冰冻,哪怕掉根针在地上都能听见。

就连梅铎夫也没想到,自己的同胞会对客户说出这样一句无礼的话。

杜浦觉得血往上涌,脸直发烫,正准备质问马克到底是什么意思,对面的中国女人先开口了:"欧阳主任、孟经理,各位,马克不是这个意思……他呢,有点儿轴,他的意思可能是,这位工程师问的问题过于简单,主要怕耽误各位领导时间。我看这样,回头呢,我们请这位工程师把问题列个单子,给我们发个邮件,我们一定给出详尽的书面答复。"

"林琪啊,你也是中国人,我们中国人呢,都讲究个互相尊重。在备份仪表这个产品上,我们虽然还没有选定供应商,但我们在 C595 别的系统上已经选用了你们利佳宇航的一些产品,所以,我们其实已经是合作伙伴了。而你们这次不远万里过来,我想,是为了将这个合作伙伴的范围进一步扩大,期待备份仪表也能选用你们的产品。既然如此,我还是希望你们可以好好回答我们的问题,尽管你们的产品全球领先,但我们也并不是只有唯一的选择。"欧阳天举说。

柔和的语气中带着一丝坚定的意味。

杜浦感激地看了一眼欧阳天举,也忍不住追加了一句:"我叫杜浦,不是'这位工程师'。"明明会议开始的时候自我介绍过的,哪能这么快就忘呢?这不是瞧不起人吗?

"明白,我明白,欧阳主任,杜工,我这就跟同事们解释一下。"林琪连连点头。她显然从欧阳天举和杜浦的反应中感受到了客户的不悦,也明白必须把压力充分传递给自己的美国同事们。

一番小声的英语讨论之后,梅铎夫的表情变得有点儿凝重,马克依然是一副事不关己的样子。

不过,跟梅铎夫耳语几句之后,马克先开腔了:"对不起,刚才如果我的话有所冒犯,并非本意。我想表达的意思,跟 Maggie 后来解释的一样,怕回答一些简单的问题,耽误所有人的时间。"Maggie 是林琪的英文名。

梅铎夫也说道:"请欧阳先生和杜浦不要往心里去,我们诚意满满。"

"这红脸白脸唱的⋯⋯"孟德丰在杜浦旁边悄声说道。不知怎的,他有点儿同情和喜欢这个大个子同事。杜浦明明只是尽职尽责完成自己的工作,为什么要遭受这样的对待?太冤枉了!

欧阳天举只是微微点了点头,示意会议继续。他面无表情,看不出在想些什么。

杜浦有些紧张,经过刚才这么一折腾,他感觉到自己身处一个看不见的战场:"这帮搞采供的同事面临的挑战一点都不比我们搞技术攻关的小啊⋯⋯"

这时候,会议室响起敲门声,紧接着一个年轻人推门进来:"对不起,打扰了,欧阳主任,动力那边有点儿急事,想请您过去定夺!"

欧阳天举听到这话,盯着那人问道:"现在就要去吗?"

"是的,金总刚特意让我过来请您。"

"好⋯⋯"欧阳天举点了点头,然后站起身,冲着利佳宇航的人说,"不好意思,各位,我先失陪一下,隔壁会议室在讨论发动机的事情,各位也知道,发动机很重要。"

林琪快速翻译。

"噢,当然,动力系统比我们这个小小的产品重要多了。"梅铎夫笑道。

"我尽快回来,你们继续讨论。"

欧阳天举走后,孟德丰直接用英语问道:"梅铎夫先生,这次你们过来,是否拿到了足够的授权?我们此前邮件沟通过,既然你们不远万里过来,我们都希望能够有个结论,对不对?这也是为什么欧阳主任今天也亲自坐镇。"

第十二章 交锋与配合

"当然……"梅铎夫一愣,没想到眼前这个毛头小伙竟然问这么直接的问题,"所以我说,我们诚意满满。"

"好,那针对你们这款刚刚取证的新产品,价格与整体销售条款上跟此前提供给我们的有什么不同吗?"

"孟经理……"林琪说道,"产品的价格跟最终实现的特性是相关的。虽然我们这款产品去年拿到了TSO,算是个货架产品,但还是要根据你们C595型号的具体需求去适配,也就是说,可能存在定制化或者修改,在需求确定之前,我们没法给出价格。"

她见孟德丰有点出其不意的意思,生怕梅铎夫说漏了嘴。

"那你们不是瞎胡闹吗?刚才你们那个光头介绍完产品,我要问问题,就是为了明确一些大的需求,你们说我是小学生,不让问。现在我们要报价,你们又说需求没弄清楚。到底是鸡生蛋,还是蛋生鸡?你们不远万里过来,就是跟我们玩《贪吃蛇》的?"杜浦忍不住了,冲着林琪说道。

他突然发现自己与孟德丰有了那么一点默契。

"冷静一点……"梅铎夫虽然不知道杜浦和孟德丰、林琪说了什么,但从他们的表情和肢体动作来看,便猜了个八九不离十,"现在既然欧阳主任不在,要不,我们请杜浦把问题再提一提?马克,我们也先简单回答回答嘛。"说完,他看着马克。

马克撇了撇嘴,不情愿地点了点头。

杜浦也没客气,继续抛出自己的问题。

会议开始变成了技术讨论。

杜浦越聊越发现,马克刚才的无礼是有底气的。他的确非常有经验,不但对问题理解得十分透彻,而且还能够用深入浅出的语言讲出来。

这样有经验的前辈,杜浦到目前为止还没有在他们上研院航电团队里遇到过,哪怕一个。

阚力军虽然也很有水平,但人家毕竟是总设计师,很难深入具体一个飞机系统,一个飞机产品中去。

"还是有不少需要学习的啊……"杜浦感叹。

随着杜浦的问题越来越深入,马克的热情似乎也被激发起来,他的回复开始更加具体化,有时候还试图说服杜浦。

梅铎夫紧张地在他耳边说:"别说太多,我们还没被选中呢。"

马克猛然醒悟过来,又恢复了刚才那副冷淡的样子:"好了,我只能说到这里,其实刚才你问的问题有些已经属于联合设计阶段的内容,那是供应商选定之后的事情。"

孟德丰在旁边默默地观察,对目前的进展是满意的。此前陈坚派来支持他工作的张进,有些倚老卖老不说,英语还不行,还得他来翻译。而杜浦的出现,就像是一条活力四射的鲇鱼,把整个局面搅动了一番,反而让对方提供了更多的信息。

这时候,欧阳天举也回来了。

"气氛很热烈嘛……看来我就不应该这么早回来。"他打趣道。

"哪里哪里,您不在,我们都没有主心骨,变成技术讨论了。您这一回来,他们也讨论得差不多了。"林琪也笑道。

"好!那我们也不浪费时间了,你们报个价吧!"

第十三章　浦江边的谈心

"德丰,你们真是不容易,天天跟这些猴精的供应商打交道。你说,他们会在两天之内给个底价吗?"经过跟利佳宇航的一番谈判,杜浦跟孟德丰熟识了许多。

上午的谈判已经结束,送走利佳宇航后,孟德丰留他在总部食堂吃午饭,两人边吃边聊。

"都是工作嘛!不过,我们搞国产大飞机,要想性能有竞争力,就不能闭门造车,必须从全球选择供应商,可这些供应商的经验都比我们丰富很多,跟波音、空客玩了几十年,什么场面没见过?跟他们打交道的确很烧脑,你看我这头发掉得……"孟德丰笑道,"至于他们会不会按照欧阳主任的要求给底价,我个人觉得大概率会给,因为毕竟马上就要选定了,他们还是不想丢掉这个机会的。"

"以后需要支持,尽管说!"

"必须的,我们都是同龄人,我不会客气。娣飞总和陈坚总也都很支持我们的工作。"

"那肯定啊,你们是总部,是大脑。"

"没有你们强有力的四肢,我们就是脑瘫。"孟德丰笑道,"说到这儿,听说张进是你的师父?"

"对啊,怎么了?"

"此前几次谈判都是他代表你们座舱显示团队来支持我们的。"

"他经验很丰富。"

"什么啊……"孟德丰说到这里,看了看周围,才继续小声问道,"我如果吐槽你师父,你不会介意吧?"

"说吧。"杜浦心里居然很高兴。

"他的经验确实很丰富,但都过时了,说出来都散发着一股陈腐的味道。关键是,他还不懂英语,我每次给他翻译都累得够呛。所以,开会的效率也很低,这一点,有你在真是太省心,嘿嘿。"

"放心,我保证不乱说。"杜浦嘴上说着,心里却想:"你还有更多的槽点吗?都说出来让我开心开心吧!"

"其实也没什么,这都不是什么秘密。院里有不少像他一样的老员工,在我们看来,早就应该退二线享福去了,让年轻人去冲。你看看我们总部,是不是年轻人很多?"

杜浦这才环顾四周,认真看了看总部的食堂。

果然,乌青乌青的头发到处都是。整个气氛的确跟院里,尤其是龙华不一样。这时候,杜浦才注意到,食堂的硬件也比院里的要好很多。

明亮又整洁的点餐台,干净而大气的餐盘,每张桌上都有纸巾和常用调料。在角落里,还有几个地方特色窗口,贴着"川香麻辣""西北面食""桂林米粉"和"粤式糕点"。

"啧啧,你们这食堂也太高大上了吧。"杜浦感叹。

"我让你看人,谁叫你看吃的?"孟德丰笑道,"不过呢,我们总部的人都来自五湖四海,领导们也都是从航天和中工航派来的,很多人就好家乡那一口,所以我们也跟着沾光。"

"你应该跟我去宇航大楼体验一下民间疾苦,我们那食堂,不但有老鼠,前阵子不少人还吃出其他东西呢。"

"哈哈,听说了……"孟德丰突然正色地小声问道,"要不要来总部?"

"来总部?"杜浦一愣。

"对。我知道这样有点唐突啊,毕竟我们才见第一面。不过,经过上午的谈判,我觉得我们配合得很好,简直成战友了。中商航是央企,目前又刚成立,总部也是缺人的时候,再过几年,想再进来,就难咯。"

"可是……做什么呢?搞技术和研发还是在院里吧?"

"我们采供中心就在招人啊,别的职能部门也有缺口。当然,的确搞不成技术了,但可以往别的方向发展嘛!你想干一辈子技术?"

"德丰,谢谢你的好意,不过这的确有点突然,我得好好考虑考虑。"杜浦认真回答道。

"没事,别放心上,我是觉得我们挺对路的,所以忍不住跟你说这事。你自己拿主意,如果需要我帮点什么,尽管告诉我。"

"谢谢你。"

两人很快便干掉了饭菜,杜浦正准备起身道别,孟德丰说:"别急着走,我带你去江边散散步,正好把下一步工作计划也商量商量。放心,不会太久,不耽误你下午的事情,反正吃完午饭也要休息的嘛。"说完,他便带着杜浦坐电梯来到大堂,往右一拐,走了百把米,便来到黄浦江边。

杜浦只觉得眼前豁然开朗。

阳光很好,却又不晒,江风温柔地拂在脸上,对面的十六铺码头正在改建,但整个浦西江边的天际线尽收眼底。那边是上海过去的繁华,而他和孟德丰脚下所站着的浦东,代表着上海今天再次生机焕发的步伐。

"总部也太会选地方了!"杜浦感慨。

"是啊,我生在对岸,长在对岸,当时还叫南市区呢。"孟德丰也喃喃说道。

"哈哈,我是浦东人,看起来,我生得更是地方。"杜浦笑道。

"你知道吗?过几年你们上研院和总装厂都会搬到浦东来,地方都选好了。"

"挺好的,离总部更近。而且,办公环境多半也会有所改善吧。"

"那肯定的!老的上研院和总装厂都几十年了,历史负担太重,需要新的开始。"

"德丰,今天跟利佳宇航打交道,我才体会到传承的力量。你想,他们都成立近百年了,几十个型号的积累,多少次经验和教训,才造就这样一个江湖地位啊!所以,那个马克虽然说得很不客气,但平心而论,在他面前,我的确还是个小学生。"

"是的,你说得没错。我们的民机事业也是百废待兴,刚刚开始,过去几十年虽然有过客 70 那样悲壮的项目,但是积累下来的经验真的不多。欧阳主任算是'活化石'了,他也常常嘱咐我们,千万别端着,别认为自己是甲方就了不起，在民机行业，所有的产品都是相对垄断的，只有这么两三家可以选，加上我们本身经验又不足，真的没有太多发挥的余地。"孟德丰深表赞同。

"你们采供中心，只负责跟国外供应商打交道吗？"

"不，我们负责整个供应链，不妨给你介绍介绍。你也知道，飞机主要分为三大部分，机体结构、动力系统和机载系统。机体结构就是机身、机翼等这些俗称的'机壳'，这些都是我们国内供应商提供的，主要是兄弟单位中工航的下属单位。动力系统其实就是发动机，这个我们选用了美国迪森斯公司的 D1C 发动机，也是没有办法的事情，全世界民用飞机发动机就这么三家，咱们国内的水平还有很大差距。最后的机载系统就囊括很多啦，包括你干的航电，还有飞控、电源、液压、起落架等，这一块国内中工航的下属单位水平不一，有的跟国际领先水平相差比较小，我们就直接选了，但大多数还是比不上，我们就只能选国外供应商。就拿你参与的座舱显示系统来说，我们跟利佳宇航谈的这个备份仪表，其实只是一个很小的独立产品。但是，它的安全等级是最高级 A 级，为什么呢？因为它作为备份仪表，需要在所有显示设备都失灵的情况下担负起帮助飞行员安全着陆的重要任务，相当于最后一道保障，你说它关键不关键？"说到这，孟德丰笑了笑，"我班门弄斧了，这个你肯定比我更清楚。"

"不，不，我很佩服你，你介绍得非常全面！跟你比起来，我觉得自己是井底之蛙。"杜浦打心底里佩服孟德丰。

"你少来这一套……"孟德丰眨了眨眼，"这是我的工作，搞采购的，如果不把供应链的信息全面掌握，怎么混啊？我就是浮在面上，往里面钻就得靠你了。"

"这么一说，我们 C595 虽说是国产大飞机，但其实还是有不少进口设备的？"

"好问题！公司领导和欧阳主任从一开始就认为，关起门来是造不出具有市场竞争力的大飞机的。主要原因是我们自己的供应链能力还很不够，另外，我们希望未来 C595 面向全球市场，不仅仅是在国内卖，因此，选用一些海外供应商，也有利于我们打开海外市场和针对航空公司提供后续的运营保障支持。"

"可是，这么多关键系统都用美国供应商，万一他们不玩了呢？"

"你小子净出难题是吧？这个问题领导们也讨论过很多次，这是一个风险，但是，我们不能期待所有的风险都为零。现在金融危机刚过，美国还指望我们帮忙救市呢！欧洲也有债务危机，国际合作的大势不会发生逆转。再过若干年，你说的情况会不会发生，不好说，但到那个时候，我们的飞机已经飞上天了，国内供应链也慢慢成长起来，我们就越来越有底气了。"

"我再泼盆冷水啊……如果选用的都是国外供应商，国内供应链哪来的机会慢慢成长呢？"

"我觉得你就应该来总部，哈哈，净来这些灵魂拷问。所以，针对我刚才说的机载系统，我们在选用国外供应商的同时，也倡议他们与国内优势单位在国内组建合资公司，将技术、生产、维修和售后服务落地。比如说，中工航跟迪森斯的中迪航电，要给 C595 提供核心航电，也包括你的座舱显示系统；中工航成都所，也就是成航所，跟利佳宇航的成利系统，负责给 C595 的通信导航系统配套。目前，已经有十几家合资公司在筹备中呢。"

"原来如此！"杜浦这才恍然大悟。他不得不承认，这似乎是目前他们中商航所能做到的最优选择。

经过这番讨论，两人似乎都觉得有点儿累，不再说话，沿着江边缓缓地溜达。

黄浦江静静地流淌，拐过几个弯，便朝着宽广的长江汇聚而去，然后进入更加广阔的东海。

第十四章 父亲的紧急来电

"老公,累死我了……快帮我按按……"一进家门,范理便冲着杜浦撒娇。

杜浦不敢怠慢,赶紧离开办公桌,坐到已经趴倒在沙发上的范理身边,把双手放在她的肩膀上,认真揉捏起来。

"舒服……"范理从喉咙中发出一声赞许。

两人已经走进婚姻殿堂,住在杜乔和沈映霞给的一处老房子里,房子虽老,但两人还是很精心地装修了一番。装修好之后,范理又连着好几个周末拉着杜浦去跑家居店,收罗各种家具饰品,把面积不大的空间填充得满满当当。

"老婆,不用到处都放东西吧……留白,听说过吗?"

"那是有钱买大房子之后的奢侈,现在,一切以实用为主!"

最终还是范理说了算。

不管怎样,这间老房子终究是焕然一新,小两口住着,很是温馨。

24岁的年纪结婚,无论如何都算早,但杜乔和沈映霞抱孙子愿望殷切。范理在黄石老家的父母也期待女儿早点儿定下来,更何况女婿还是个上海本地人,户口、房子一下全解决了。

"法律真是不公平,为什么在我这就算晚婚了?"

"哈哈哈,我这算不算英年早婚?"

"你注意点身体,别天天加班熬夜累得英年早逝就不错了。"

"那哪能呢?老婆这么美,哪舍得早逝?"

两人时不时会拿结婚年龄调侃。

然而,两人聊得更多的还是工作。他们都属于在各自事业的地平线上喷薄而出的年纪,暂时还不用担心生儿育女。

杜浦这边,C595项目已经全面进入联合设计阶段,所有系统的主要供应商均已选定,中商航与各家都签署了合作意向书,并同步进入主合同谈判。他所在的座舱显示系统工作包对应的供应商主要是中工航与迪森斯公司成立的合资公司中迪航电、中工航上海所、中工航洛阳所和美国的利佳宇航。既要内部攻关,又要跟外企、合资公司和国内企业供应商打交道,杜浦还未完全适应这突如其来的多头作战。

范理入职中御证券研究所之后,被分配在航天军工行业分析师杨柳手下,担任他的助理。杨柳是一个调查狂人,喜欢实地调查和验证一切从网上、道听途说或专业数据软件获得的信息,而航天军工的上市公司又分布在全国各地,所以他几乎每周都在出差,抓紧一切间隙写研究报告。同时,杨柳又似乎是一个不近人情的冷血动物,一点都不怜香惜玉,每次出差都带着范理,虽然谈不上风餐露宿,但对于一个刚毕业,还没被社会摧残过的小姑娘来说,强度是相当大的。好在范理本身就憋着一口气,要搞出点名堂。

让她郁闷的不是别人,正是研究所的行政助理梅艳丽。

不出差的时候,只有每天一身疲惫地回到家,让杜浦给按按揉揉,她才感到完全放松。

杜浦一边按,一边轻声问道:"今天过得怎么样?杨柳又给你一堆数据了?"

"老样子……唉……杨柳给的工作量倒不算什么,关键是心累……"

"又是那个梅艳丽?"杜浦不是第一次听范理抱怨,不过,以前都没什么机会细聊。

"除了她,还有谁?你说一个单身老女人,不去找男朋友,天天给我穿小鞋,这是什么意思?"

"你觉得会是什么原因呢?"

"肯定是嫉妒!她一直想从行政转研究,想做分析师,但孙总一直没同意。这不是很正常吗?她自己思路不清楚,又受不了罪,遭不住苦,我要是孙总,肯定也不会用她。"

"她自己不知道吗？"

"我不知道她是否有这个自知之明。但是，她总是盯着我，说我不是研究生学历，又没有金融专业背景，没有达到公司招聘的基本条件……"

"是不是她自己也如此？"

"嗯，是的，所以她就不平衡了。所以，我现在非得证明给她看看，我绝对不是像她说的那样。"

"她怎么说了？"

"可难听了，不想说。"

"没事，说出来会好受些，我们在一起这么多年，什么流言蜚语没听过呢？"

"你真好……她说我出卖色相……"范理的声音有点颤抖。

"亲爱的，你不用往心里去，我知道你有多辛苦，你自己也清楚，这种无聊的话，就让她说去吧，不管如何，我都相信你。"杜浦停住了手上的按摩动作，轻轻地将范理搂住。

"嗯……我不知道她的这些瞎话会不会让别人信以为真，就怕谎言说了一千遍，就成了真理。"

"有道理，关键是你们领导怎么看。"

"孙总是很支持我的，他是一个魄力十足、言出必行、很有章法的人。说实话，我甚至怀疑，梅艳丽是因为暗恋孙总，又看见孙总对我那么好，才心生嫉妒，而不单是因为工作……"

"暗恋孙总？他还是单身吗？"

"对，黄金单身汉，35岁了。不过，他的状态真的挺好。如果不是因为他，我还以为金融行业都是李明帆那样的。也多亏了他，否则我估计现在还在找工作。他有种古道热肠，也难怪梅艳丽会暗恋他。"

"哈哈，这样看起来，我倒觉得，你们那个梅艳丽是因为私情而对你有看法的可能性更大。你想啊，你23就嫁为人妇，却还受到她倾慕的人的重视，简直令人发指啊。"

"嫁为人妇……你这话听得好别扭，你也太封建了。"范理笑着骂道，从杜浦的怀里挣脱，站起来伸了几个懒腰。

第十四章 父亲的紧急来电 | 057

杜浦正准备上前继续将她揽到怀里,手机响了。是父亲杜乔打来的电话。

"你在哪里?"杜乔的语气十分严厉。

"我在家啊。"杜浦觉得有点儿莫名其妙。

"好,那你到我们这里来,现在!如果范理也在,你们一起过来,顺便吃个晚饭。"

还没等杜浦反应过来,杜乔就把电话挂了。

"什么事?"范理问道。

"不知道啊,爸没来由地就让我们去家里吃饭。这么晚了,他们竟然还没吃饭?"

"是不是被你气的?老实交代,你干了什么?"范理笑道。

她从刚才杜浦的语气和神情当中判断,杜乔在电话那头一定没好语气。

"我没干什么啊……"杜浦摸着头,一脑子的问号。

难道……是因为那件事情?

第十五章　艰难决定

当他带着范理来到父母家时,发现自己闯入了一个鸿门宴。

原本六点多就应该已经吃完晚饭的父母,此时沉着个脸,坐在沙发上。

餐桌上的菜,显然已经被冷落了一阵,有些无精打采。

"爸,妈。"杜浦满脸堆笑地打招呼。

"哇！好大一桌菜！爸妈辛苦啦！"范理说。

"你们怎么不早点吃呢？菜都凉了……"杜浦这才关心道。

"吃,吃,哪还吃得下去！你看你干的好事！"杜乔吼道。

相比之下,刚才电话里他还稍微有些克制,现在看到杜浦的人,更加气不打一处来。

杜浦看见父亲煞白的脸和一言不发的母亲,更加疑惑。

"爸,我到底干了什么？"他心中唯一能想到的,就是前几天自己的那个决定,可是,他又想不通,那个决定为什么会让父亲那么生气。

"好,你告诉我,你为什么拒绝去总部？为什么做决定之前不跟我商量？要不是有人跟我说了一嘴,我到现在都还蒙在鼓里！"

果然是那个决定！

大约两周前,总部有人来到宇航大楼,找到杜浦。

"总部采供中心有空缺岗位,要不要来？"

"啊？去做什么呢？"杜浦一愣。他原以为孟德丰当初的话只是一时客气,没想到竟然是真的。

"负责供应商的寻源和管理吧,采供采供,顾名思义,就是采购和供应链管理嘛。"

"噢,谢谢好意,我还是想继续干技术,C595项目才刚开始呢,还有很多事情要做。"

"你真的不再考虑一下?"

"不了,谢谢你。"

在孟德丰提出这个可能性之后,杜浦其实已经在心中思考过,最终决定不去总部。他并非不知道去总部的发展平台会更高,但他不想放弃自己的技术路线。

后来,孟德丰给他发了一个消息:"尊重你的决定,兄弟,佩服你!"

对于杜浦来说,这个决定跟他参加工作以来做过的别的决定似乎没什么不同,快速地做出之后,他便把它放在脑后,既没有跟父母说,也未向范理提起。没想到,父亲竟然知道了。更没想到的是,父亲居然会这样生气。

"我只不过是做了一个跟你当年一样的决定,有什么问题吗?"杜浦问道。

"好啊……果然……唉!"父亲说到这里,就说不下去了。

母亲则在一旁哭了出来。

杜浦更加疑惑,就连范理也手足无措地看着两位老人,不明白到底发生了什么。

"你们倒是说话啊!"杜浦忍不住喊了出来,"搞什么搞?"

"好!"杜乔止住了叹息,厉声说道,"你老子我当年做了一个错误的决定,现在,你又重蹈覆辙,你说我是不是要生气?!"

"错误的决定?哪儿错误了?"杜浦一头雾水。

一直以来,父亲给他的熏陶就是,他们家有优良的航空传统。爷爷曾经是我国第一个自主研发的民用飞机型号客70的总设计师,而父亲自己也是大学一毕业便追随爷爷的足迹进入上研院,一直干到今天。两人都是干了一辈子技术,现在,自己将这个传统继承下来,有什么错?

"侬把伊讲(你和他说)吧!"杜乔板着脸对着沈映霞说。

沈映霞的情绪已经稍微平复了一些,但依然在小声抽泣。她抽了几张纸巾,把眼泪擦了擦,红着眼说:"都怪我们……当初没把细节跟你讲清楚……"

杜浦大气都不敢出,这才找了个椅子,挨着边缘坐下来,全身往前倾着,聚精会神地听母亲讲述。

范理也瞪大眼睛坐在旁边,挽着杜浦的手,认真听着。

沈映霞说着说着,有时候又会忍不住哭,她尽量控制住情绪,才能接着往下讲。终于,整段故事讲述完毕。沈映霞像是耗费了很大的劲似的,浑身瘫在沙发上,用手捂住额头,闭上眼睛。

杜乔也没了刚才的脾气,像一只泄了气的气球,无神地盯着杜浦:"现在你知道是怎么回事了吧?"

杜浦半张着嘴巴,许久合不拢。

事情要从爷爷杜远征讲起。

杜远征出生在一·二八事变期间,新中国成立前入党,由于勤奋好学,二十世纪五十年代考进上海交大,后被送去苏联学习航空,回国后便在当时的上研院担任技术专家。到了七十年代,国家启动民用飞机项目客70,他更是成为其总设计师。客70曾经有过辉煌的时刻,也实现了首飞,还飞上了青藏高原,可是,各种原因,在八十年代中后期黯然下马。作为客70的总设计师,杜远征没过几年便郁郁而终。

当爷爷离世的时候,杜浦才将将两岁。

父亲杜乔则在爷爷的影响下,西工大一毕业也加入上研院,在客70型号上干技术,与阚力军既是同学,也是同事,成为杜远征的左膀右臂。当年杜远征走后,组织上念及他的贡献,曾经找过杜乔,问他愿不愿意去一个管理岗位,结果被杜乔拒绝了。

"我还是想继续干技术。"杜乔回答道。

然而,杜乔并没有继承杜远征那么优秀的技术基因,在技术岗位上一直都没干起来。加上客70项目下马后,上研院也没有正儿八经的项目去做,搞了几个国际合作,全部都无疾而终。

而当初被杜乔拒绝的那个岗位,便给了阚力军。他不但技术过硬,待人接物也都无可挑剔,因此,一步步成长起来。终于等到了国家再度上马大飞机项目,他毫无争议地成为C595项目总设计师。

对此,沈映霞到今天有时候还数落杜乔:"侬讲侬(你说你)当初是不是憨头?去了管理岗位,现在也不至于混成这样,瞧瞧人家阚力军。"

"那是他有本事,我真去了,也达不到那样的高度。"杜乔辩解。

杜乔与阚力军一直是好朋友、好兄弟,杜远征还在世的时候,他俩就常常在一起,杜远征走后,阚力军更是常常来杜乔家做客、喝酒。

然而,阚力军成为C595项目总设计师后,不知道什么原因,或许是工作太忙,来杜乔家的次数便少了。而杜乔似乎也不再主动邀约,两人除了在院里打个照面时寒暄几句,私下里的交情像是长江里的白鳍豚,几乎绝迹了。这也是为什么杜浦以前常常能碰上阚叔叔到家里来,而近来却再也没见过。

然而,这些背后的事情,父母却从未跟他提起。有时候餐桌上提到阚力军,父亲也会把话题岔开,一副讳莫如深的样子。而上回自己去龙华报到时,航电部部长洪均提到父亲那欲言又止的神情,多半也是因为这件事。

现在,似乎答案已经揭晓。

然而,杜浦却依然不明白,有什么好忌讳的呢?当年是父亲自己没做出那个选择,而阚总只不过把握住了机会而已。更何况,父亲的情况与自己也未必相同,他怎么能用过去的经验来判断自己的未来呢?

不管怎么样,听完母亲的叙述,杜浦还是起身安慰道:"爸,妈,我明白了。我之前并不清楚这些往事,可是,我觉得你们完全没必要有心结啊!我在院里跟阚叔叔打过几次交道,他对我挺好的,你们不用担心。再说了,爸你现在不也挺好的吗?虽然没有当上什么总设计师,可在院里还是挺受人尊重的,我们一家人都和和美美的。我的人生道路应该由我自己来走,我就不信,这次不去总部,我这辈子就毁了。我还年轻呢,光座舱显示系统和航电就够我好好钻研一阵的。"

"老公啊,虽然你还年轻,可是,人生中遇到的一些机会,错过一次就不会再有了,你应该提前跟我说一声的!"一直不吭气的范理现在说话了,而且,语气里也带有一丝责备。

"什么?你也不支持我?"杜浦这才有些生气。

"我不是不支持你,我是觉得,这样事关职业发展的大事,你还是应该跟我商量一下,毕竟我们是夫妻了,不是吗?"

"那你当年一直想留在北京,跟我商量过吗?商量过以后,我有想法,你听了吗?"杜浦觉得自己的火气开始往上涌。

"我怎么没听?我这不是跟你到上海来了吗?"范理的语调高了起来。

"那还不是因为出了那件事?!"

"噢?现在提那件事了?你以为我想寄人篱下吗?"范理也不退让。

两口子都瞪着对方,反而把沙发上的父母晾在一边。

杜乔和沈映霞缓过劲来,愣住了,这是他们没想到的。而杜浦口里的"那件事"也从未跟他们提过。

"好,好,你把我们对你的好说成是寄人篱下?"杜浦站了起来。

"你刚才就是这个意思!"范理毫不示弱,也站起来。

"好了,好了!你们吵什么?"沈映霞连忙劝架。

"妈,抱歉,我不想吃晚饭了。"范理冲着沈映霞微微鞠了个躬,便径直走到门口,打开门冲了出去。

"你干什么?"杜浦也跟着冲了出去。

只留下老两口目瞪口呆。

恢复平静的房间里,餐桌上的饭菜已经凉了。在刚才发生的这一切当中,它们似乎只是个道具。

第十五章 艰难决定

第十六章　天才少年叶梓闻

叶梓闻很小的时候，便展现出远超同龄人的聪明。

第一次崭露头角时，初中数学老师给他们出了一道奥数题。

"同学们，这道题有点难，你们慢慢思考，需要提示的话，尽管举手。"

过了几分钟，叶梓闻举了手。

"叶梓闻，有什么问题？"

"老师，我做完了。"

"什么？"老师瞪大了双眼，走到他面前，拿起答案。越看，那双眼睛瞪得越大，直到达到眼眶的极限。但他依旧怀疑叶梓闻是蒙对的。

"完全正确！你怎么做出来的？为什么没有详细的解题步骤？"

"我用了微积分，但不太好意思完整地写下来。"叶梓闻答道。

"微积分？一个初中生就会微积分了？！"老师觉得不可思议，便问道，"你什么时候掌握的？"

"家里有教材，没事就翻翻。"

很快，"天才少年"的名号就传遍了他的家乡小镇。

小镇属于汉中市。如果把地图摊开，中国的陆上地理中心算是在西安，西安往南，便是险峻绵长的秦岭，就是那个"云横秦岭家何在，雪拥蓝关马不前"的秦岭。这里历来就是让兵家、帝王、诗人和冒险家又爱又恨的地方。

从西安南下，穿过渭河平原的边缘往秦岭去，第一次感受那险峻陡峭的海拔提升的人，顿时会觉得：山的那一边会不会是世界尽头？可没想到，真的翻过去，便是另一片桃花源般的平原，一直延展到更南的巴山。

汉中就安静地坐落在这里。她与世无争，却成为兵家必争之地，而她封闭的所在也成为二十世纪六十年代三线建设的重点承接地。大量工厂和研究所在汉中扎根,把这片原本阡陌交通、炊烟袅袅的鱼米之乡打上了重工业的烙印。

叶梓闻的祖辈随着迁厂来到这里,生下了他的父母。他的父母又生下了他。他从小就在厂区里长大,厂区里什么都有,可以管一辈子。每年,厂里都会发放各种劳保用品和生活用品,甚至包括厚度很不一般的避孕套。

小时候,叶梓闻不知道那玩意儿是干什么用的,便拿着去包书,发现挺好用,结实,还防水。在他心目中,书是最宝贵的。虽然家里书柜里的那些书都是父母年轻时读的,颇有些年岁,但在书里,他可以有限地看到外面的世界,可以去想象北京长什么样、莫斯科有多冷、顿河又在何方。在互联网通到他家之前,书便是他与外部世界接触的全部。当然也包括苏联人编写的高等数学教材。

叶梓闻就这样照单全收。

每个人对天才都充满了崇拜,同时忍不住去宣传。很快,叶梓闻的名声就响遍汉中,飞过秦岭,到了西安。

当他 15 岁的时候,西工大提前班的老师便风尘仆仆地来到他的学校,像挖宝一样把他挖走。

"到了西安好好学,不要丢乡党的脸。"父亲在临行前嘱咐道,"人外有人,天外有天。"

叶梓闻没怎么把这话当回事,因为去了西工大提前班后,他发现自己依旧比别人提前。别人需要琢磨一晚上才能画出来的机械制图,他半小时就搞定;而那些让别人总归要头脑发胀的电磁场电磁波和模电数电,就像他的小伙伴,在他面前乖得很。

"还有什么可以难住叶梓闻?"这是老师和同学们心中共同的疑问。

临近毕业时,所有人都认为他会选择高大上的外企,或者去薪酬丰厚的民营高科技公司。所以,当他接收中工航上海所的录用通知书时,没有一个人不大跌眼镜。

"你为什么去上航所啊?"

第十六章　天才少年叶梓闻　|　065

"毕业后干航空不是我们学校的光荣传统吗?"

"可是……那就是个坑,你明明有那么多更好的选择。"

"因为我要去挑战。"叶梓闻说。

如果说全系只有几个人对他的决定毫不吃惊,系主任祝以勤算一个。大学最后一年的那个秋天,他专门把叶梓闻叫到办公室:"你想保研吗?"

"不想,没意思。"

"直博呢?"

"也没意思。"

"那你觉得什么有意思?"

"让我觉得有挑战的事情有意思,读书没劲透了。"

"直接参加工作也不是不可以,但你年龄还太小,我建议你在学校再待几年。"

"我已经成年了。"

叶梓闻说得没错,他的确刚满18岁。

"好,你想要尝试终极挑战吗?"祝以勤眼珠转了转。

"终极挑战?有多终极?"叶梓闻眼里发光。

"中国历史上从没人干成过的事情。"

"这么夸张?是什么?"叶梓闻的兴致更浓了。他在心里迅速盘算着,但不论是革命,还是收复台湾,都有过先例。

"你真要试试?"

"祝老头,别卖关子了!"叶梓闻急了。

"呵呵……把大型民用飞机造出来,飞起来,一直飞下去。"祝以勤一点都不恼。

"民用飞机?冯如当年不就造出来了吗?不还有客70、西飞的涡桨吗?"叶梓闻有些失望。

"你说的这几个,都不满足我的条件。冯如造的也好,客70也罢,都没一直飞下去。至于西飞的涡桨,的确还在飞,但不属于大型民用飞机啊。大型的飞机,怎么也得用涡扇发动机吧?"

"好,好,算你说得有道理。"叶梓闻使劲思索,没有想到驳斥的理由,

"那……你是想让我去干国家刚刚立项的C595？"

"咦，我可没这么说噢，你自己想去吗？"

"你……为老不尊！"叶梓闻又好气又好笑，在他眼里，这个系主任就是个老顽童，这几年总是喜欢逗他，"我看报道，中商航打算进行全球招标，很多关键系统都会选国外供应商，我参与之后，又有什么用武之地呢？"

"你这就狭隘了啊……"祝以勤这才收起脸上戏谑的表情，"关键系统选用国外的，一方面是因为国外的产品成熟，而且便宜。C595飞机是民用飞机，民用飞机必须要获得商业成功，最后是要卖给航空公司的，造价比售价还高，岂不是卖一架亏一架？另一方面，国内的产品跟国外相比，还有很大差距，就算选了，也达不到民用飞机的要求啊。可是，正因为有差距，才有机会啊。你愿不愿意去弥补这些差距呢？"

"弥补差距？你的意思是……不是参加飞机本身的研制，而是参与飞机上某个具体系统？"

"没错，造飞机这个挑战对你来说属于吃天，或者说，你学的是电子，让你去造飞机，打死你都做不到，这点你得认，对吧？"祝以勤盯着叶梓闻的眼睛。

"是的……"尽管自视甚高，叶梓闻也清楚，那些金属、结构、机械和材料，什么空气动力学、流体力学，他的确一窍不通。

"所以啊，飞机机载系统里的航空电子，或者简称航电系统，就是你尽情发挥的领域。如果你能够搞出我们自己的航空电子产品，尤其是高安全等级A级的，那就是一件前无古人的事情。这个挑战看不看得上？有种去试试？"祝以勤又笑了起来。

"哼！试就试！"

"那好，中工航上海所，或者叫上航所，过几天来我们这里招人，我就推荐你了。他们在上海，专门干航空电子的，算是国内的龙头单位。"

"没问题！"叶梓闻踌躇满志。

之后的一系列流程便是顺理成章，除去他的年纪之外，上航所的人没有提出任何问题。

第十六章　天才少年叶梓闻　｜　067

"你看上去好小。"

"我已经满 18 岁了。"

"欢迎加入我们。"

叶梓闻第一次去上海,就是去上航所报到的时候。

那是一个晴朗的夜晚,他兴奋地从飞机舷窗往下看着上海的夜景。一边,星罗棋布的灯光将天空都要照亮,纵横交错的道路上车灯密布,一派繁荣景象。另一边,乌黑的海上稀疏地点缀着一些船只上散发出来的光。

"果然是海纳百川的气象!上海,我来了!"

第十七章　语言难题

　　每年上航所都会招一批刚毕业的大学生，可叶梓闻比他们都年轻。他是上航所几十年来招收的最年轻的工程师。他一副青春逼人、桀骜不驯的样子，给这个严谨而古板的单位带去了一些新鲜的气息和谈资。

　　"小叶，把头发剪剪。"没到几天，人事就提醒他。

　　"为什么？有碍观瞻？"叶梓闻反问。

　　"呃……有违规定。"人事是个 30 左右的女人，平心而论，她觉得叶梓闻留着这头酷酷的长头发，还挺帅的。

　　"哪条规定？"

　　"你自己去看，都在《员工手册》上写着呢。"说完这句话，她便走开了。

　　叶梓闻撇了撇嘴，无动于衷。

　　食堂里，他时常会被一些热心的老大姐、老大妈询问是不是单身。每一次，她们的表情都会随着对话的进行而经历一个从大喜到遗憾的转变。

　　"小伙子还是单身吗？"

　　"是。"

　　"多大啦？"

　　"18。"

　　当然，在工作上，叶梓闻从来不含糊，一头就扎了进去。

　　上航所在 C595 项目上主要参与座舱显示系统工作包，这个工作包是航电系统的重要组成部分。座舱显示系统可以包罗很多东西，但是简单来说，就是两类：第一，人机界面，也就是说，要如何进行飞机操作和运营理念的顶层设计，使得飞行员能够凭借人类习惯与直觉，很顺畅地观察和操作飞机；第二，就是一整套显示设备，包括飞行员前面几块大的显示屏，供飞行员进行操作的各类控制面板、轨迹球和多功能键盘，以及控制它们的软件，使得飞行员可以针对显示屏上显示的飞机各大系统和外界环境参数进行最有利于安全和舒适飞行的操作。

打个粗暴的比方，人机界面相当于菜谱，一整套显示设备则相当于食材，菜谱对了，食材不行，炒不出一盘好菜；食材再好，菜谱给弄错了，炒出来的菜估计也无法下咽。

一架飞机的座舱显示系统是非常直观地呈现在飞行员面前的，很容易就被看到，她的设计理念和完成效果可以说是一架飞机的标签。

另外，这个工作包也是 C595 项目上为数不多且主要由本土供应商负责的关键机载系统。中商航选择了中迪航电和上航所来承接其具体工作。

中商航将顶层飞机级和航电级的工作需求下发给核心航电系统供应商中迪航电，后者进行座舱显示系统级需求和各项指标分配后，下发给上航所，来进行具体的设备软硬件开发和研制。

"你来选吧，显示器平台、软件、硬件、操作系统、控制面板，你想参与哪个？我们现在都需要人。"丁真问叶梓闻。

丁真是上航所给他指派的师父，80后，比他大不了几岁，也是几年前以优异的成绩从西工大毕业的。

"哪个最难？"叶梓闻问。

"都不容易。"

"那就操作系统吧。"

"操作系统我们是外包的，由美国供应商提供。"

"噢，那就显示器平台吧，看上去软件和硬件都能沾上。"

"你小子，口气挺大啊。行，那你试试！"

由于整个 C595 项目才刚刚启动，中商航和中迪航电的上层级需求还没有固化和下发下来，叶梓闻跟着丁真他们一起先摸索着。很快，他便发现，如果跟着他们一起做，只是把这套产品做出来，似乎挺容易的。

"丁哥，你之前是干民机的吗？"他问师父。

"不是,我是干军机的。我们这帮人,除了新招的以外,大多数以前都是干军机的,以前哪有什么民机项目可干啊。"

"那……你们觉得民机产品跟军机有什么不同呢?"

"能有什么大区别嘛!军机的性能要求更高呢!我就不明白了,C595项目干吗选这么多国外供应商,明明咱们国内的都能干。好在显示系统还是选了我们,不然,我都要怀疑中商航是不是胳膊肘往外拐。"

叶梓闻没有说话,细细琢磨着。

"既然这些人都没干过民机,又凭什么认为民机和军机没什么不同呢?如果这件事真像他们认为的那么容易,祝老头子当时为什么要来激我?一定有哪儿不对劲!"抱着这个疑问,叶梓闻在上航所的日子一天天过去。

这天,丁真突然冲进办公室吼道:"培训科目下来啦,大家去内网看看,尤其是新来的兄弟们。"

叶梓闻听罢,连忙放下手里的资料,登录内网。

这是所里为了支持即将全面开始的C595座舱显示系统研制工作,外聘了专业的咨询公司给参与项目的员工深入讲解怎样进行民机产品的开发。

"ARP4754《高度综合或复杂飞机系统的合格审定考虑》、DO-178B《机载系统和设备审定中的软件要求》、DO-254《机载系统和设备审定中的硬件要求》……"叶梓闻一边浏览目录,一边瞪大了眼睛。

"全都是最新的、国际通行的民用飞机研制标准与流程!"叶梓闻十分激动,见丁真在办公室里兜了一圈,准备离开,把他叫住,"丁哥,这些培训太好了!能全都报吗?"

"可以,当然可以。"

"我看有人数限制……"

"没事,你们新员工都报上,我们这些老人不听也没关系。"

"啊?可这些都是民机研制流程和标准。"

"都是些理论,最关键的还是要实践。我们这些老人多多少少都干过几个型号,不听也没什么。"

"可是,你不是说,都是军机吗?"

"本质上差不多。"丁真这才完全转过身来,正对着叶梓闻,正色说道,"小叶,你不要被西方人那一套给忽悠了。什么民机有自己的一套严格流程和标准,为了适航取证,为了安全性,所以与军机不同。他们还不是为了卖产品?不这么说,我们怎么会心甘情愿买他们的产品呢?中商航怎么会在全球选供应商呢?我这么跟你说,军机也有流程,不要以为军机就是瞎搞,战斗机飞行员的命就不是命了吗?"

"可是……他们可以跳伞啊,座位下面还有弹射装置……"叶梓闻并没有被说服。

"小子,你不信就算了,真是夏虫不可语冰。"丁真有点儿急,"你们去听听培训,回来我们再一起看看,信不信两年内我们就能把C595的显示屏给做出来?"

"要是做不出来呢?"叶梓闻也不退让。

"那我们打赌好了呀!如果两年内做不出来,我到南浦大桥上去裸奔!"丁真撂下一句话,走了。

叶梓闻又好气又好笑,没想到这个师父的固执程度竟然跟自己不相上下。

他转过头去,迅速把培训说明读完,然后在每门课后都打上钩,生怕晚一点就没位置了。

培训第一天,他就傻眼了。

这些标准和流程,全都是英文版的,培训讲师用的术语也全都是英语。

他虽然知道,由于历史原因,民机研发上欧美起步早,所以几乎所有的国际标准和流程全都是英文。但入所以来,手上拿到的资料却都是翻译版本。这些翻译版本,很多时候,每个字他都认识,拼起来却得琢磨半天,读起来有些吃力,但他硬着头皮往下啃。毕竟,英语是他的弱项。

他的天才并没有覆盖第二语言,加上无论是汉中,还是西安,都不太重视英语教学,导致他现在的英语能力就跟一个上海的18岁年轻人一样,后者却还未进入大学。

整堂课下来,他满脑子的英文缩写,不求甚解。

　　没想到在民机领域,专用术语的英文缩写竟然如此普遍！离开了术语缩写,就不会讲话了！

　　更要命的是,他不了解这些缩写字母背后的单词代表什么意思,毫无记忆规律的几个字母更是死活也记不住,很多时候还全是辅音,读都读不出来。可字母背后的单词又都不是省油的灯,有的还又臭又长又少见。

　　叶梓闻满腔热情地来上海搞飞机关键系统设计,没想到要先学英语！

第十八章　摸着石头过河

当他把自己要学英语的想法跟丁真说的时候,丁真哈哈大笑:"你看,你现在掉进坑里了吧?说到底,标准也好,流程也罢,都代表着解释权,解释权是最牛的一种权力。你现在信西方这套所谓的民机流程和体系,就连中国话都不能说了。我跟你说,这些文件资料,我们都有翻译版的,读翻译版的不就行了?你参加培训前不也是读翻译版吗?"

"可是,还是看原版的能更好地领会意思,别的不说,光 ARP-4754 这里面的 ARP,如果我知道它代表 Aerospace Recommended Practice(航空航天推荐作法),岂不是更容易记忆和理解?就跟你看《生活大爆炸》一样,为什么要看原声带字幕组。"

"行吧,你想学就学。不过,如果你要去外面报课,钱可得自己出。"丁真无奈地摊了摊手。

"为什么?我又不是为了出国学英语,我是为了更好地工作,支持C595 项目。"叶梓闻觉得不可思议。

"所里没这笔预算。"

"肯定不光我一个人有这种感受的,大家培训了之后,一定都会觉得用英语直接阅读和理解,可以更好更快地吸收、掌握。所里大钱都花了,那家培训机构可不便宜,还在乎这点英语培训的小钱吗?"

"还跟我玩法不责众,是吗?没预算就是没预算。"

"那我找所长说理去,这又不是为了个人,而是为了 C595 项目,这可是国家项目。我坚信,我们英语能力的提高一定可以大大提升效率。"

"叶梓闻!"丁真发火了,"你以为你在什么地方?想找所长就找所长?在西工大,我听说祝以勤主任很欣赏你、器重你,你跟他可以无话不说,他老人家有胸怀,不介意,但那是学校!你现在到了单位,就要守单位的规矩!别以为你是天才少年就了不起!最年轻的工程师怎么啦?我当年入所的时候也是那时候最年轻的工程师,我当年在西工大的时候也是学霸!"

叶梓闻盯着丁真的脸,攥紧拳头,气得直呼气,满头长发也抖动着,像是在抗议:"你才比我大几岁?就这么顽固不化!等着两年后去南浦大桥上裸奔吧!"

不过,上航所最终还是为民机团队安排了英语培训。

叶梓闻并没有去找所长,他走了群众路线。越来越多的人意识到,如果英语不过关,去理解现行的国际民用飞机设计研发流程和标准始终存在一层障碍,只看翻译的材料,很多时候有隔靴搔痒之感。有时候,对着翻译过来的几句话百思不得其解,拿到原文一看,很快便明了。

于是,叶梓闻到处撺掇,最后以 C595 项目团队的名义给人力资源部写了一封信。人力资源部见是与 C595 项目相关,也不敢怠慢,继续往上汇报给了所长办公会,会上所级领导一致决定:批准。

叶梓闻满意了,丁真却郁闷了。他向领导提出自己精力有限,不再适合带新人。

领导倒也干脆,重新给叶梓闻安排了一个师父。

新师父叫孔薇薇,是个性格温和的女人,比叶梓闻大了 10 岁不到,也还算年轻。

"孔姐,你觉得两年内能把 C595 的显示器搞出来吗?"叶梓闻见她第一面,就毫不客气地问道。

"能,也不能。"孔薇薇笑眯眯地说道。她很感谢领导这个安排。眼前的叶梓闻年轻帅气,充满活力,对着他,比对着部门那些老男人愉悦多了。

"这是什么意思?"叶梓闻问。

"用干军机的思路搞出来一个东西,肯定能。但是,这个东西是否满足民机的要求,满足 C595 的要求,就只有天知道。"孔薇薇听说了丁真和叶梓闻的赌注,她哪边都不得罪。

"天知道？那怎么行？有这么明确的适航规章、流程和标准衡量，到时候中国民航审定中心和中商航都要现场审查的。还有中迪航电，他们有很多来自迪森斯的人，不会那么容易放过咱们。"

"那我们就一起加油吧。"孔薇薇没有直接回答这个问题，而是鼓励道。

"好，好……"面对这样一个温柔如水的姐姐，叶梓闻实在发不出脾气。要是面对的是丁真，他此刻肯定又撑上去了。

好在事情还是在往他希望的方向发展。

经过几个月的英语培训，包括他在内的一批人都更深入地理解了那些一开始被他们视为天书的流程和标准。

只不过知道是一回事，用起来又是另外一回事。

"根据流程，明明要先做初步设计评审 PDR，退出之后才能进入详细设计阶段，之后才做关键设计评审 CDR，可是咱们似乎没做 PDR 就进入详细设计阶段了呀。"

"这只是推荐，推荐。实施起来要依靠工程经验和判断的，我们这显示器又不是从零做起，怕什么！"

"可是中商航和中迪航电的需求还没固化下来，我们走这么快，岂不是无用功？万一南辕北辙了呢？"

"等他们需求固化，等到猴年马月了，那时候才开始做产品，怎么来得及？来不及，耽误了项目进展，耽误了 C595 的节点，谁担得起责任？"

就在这样的碰撞与辩论当中，叶梓闻和同事们一起小心翼翼往前走，摸着石头过河。他没干过民机，丁真没干过民机，孔薇薇没干过民机，上航所的大多数人都没干过，只有少数几个老把式虽然没吃过猪肉，但在以往的国际交流当中多少见过猪跑，他们的话往往成为团队犹豫不决时的金科玉律。但这金科玉律到底对不对，谁也不知道。

直到这一刻，叶梓闻才开始体会到当初祝以勤跟他说的那番话是什么意思，事实上，这种差距并不完全是技术上的，是一种对于知领域探索的不知所措，是一种连差距有多大都不知道的差距。而这种不知所措的根本原因在于，你唯一知道的是，如果不如履薄冰，不谨慎仔细，后果就十分严重。任何一起空难，都会成为全世界媒体的头版头条。

最关键的是，没有人能帮你。

上航所在过去并不是没有跟利佳宇航这些国际知名的公司合作过，但人家一个个比猴还精，要的就是市场，或者更加直白，就是钱，但是什么都不肯给，很多时候拿一些低端的劳动力密集型工作外包出来，你还得感恩戴德。

"那为什么要跟他们合作呢？"叶梓闻听老员工聊起一些国际合作的往事时，总是忍不住要问。

"即便是那些低端的活，对当时的我们来说，也是遥不可及的机会。比如说，干完软件的测试和验证，至少我们知道民机某个系统一部分的代码量是多少，再进行反推，就对整个系统的代码量有一些数量级上的概念。"

某个系统一部分的代码量，多么心酸的描述！叶梓闻听上去，就像是在说，我闭着眼睛摸到一根柱子，虽然我不知道大象有多大，但至少一只象腿有多粗我心中有数了。

可即便是这样，丁真还嘴硬，非说两年内可以搞出来！搞出一只无法成为大象一部分的象腿，有什么用呢？放在博物馆里展览吗？

这天，当叶梓闻闷在办公室里画了一天图纸，眼睛都要起重影的时候，门外有人嚷道："什么？我们要派人去？还是几十个？"

走廊里响起一阵动静，似乎几个办公室里都有人冲出来，瞬间形成一个小团体，在那窃窃私语起来。

叶梓闻竖起耳朵，却只听见嗡嗡嗡的声音，好奇心驱使之下，他也站起身，伸了个懒腰，冲出办公室。

走廊里围着四五个人，叶梓闻一眼看过去，只认得丁真一个人。

自从丁真不做他师父之后，两人打交道的次数就少了，平时在工作中遇上也都是公事公办。叶梓闻后来才意识到，自己的出现，让丁真曾经头顶上的光芒多少有些黯然失色。他虽然并不是有意这样去做的，却不可避免地造成了这个结果，就像太阳升起的时候，月亮自然就不再显眼。

丁真旁边的人拿着一份红头文件，正在跟身边几个人分享。

第十八章　摸着石头过河

"一直有传闻,没想到成真了。"

"嗯,先跟你们几个说说,各自去跟你们的团队打个预防针,所里肯定很快就要动起来了。"

叶梓闻终于也来到了旁边,与丁真眼神短暂相交。他原本想冲丁真笑笑,可笑容还没挤出来,丁真的眼神就躲开了。

他也只能凑过去看那份文件。

那是一份来自中工航集团总部的文件。

第十九章　什么叫国产大飞机？

　　杜浦连电梯都顾不上等，直接从楼梯一口气冲到楼下，恨不得把自己脖子扭下来往四周环视。可哪里还有范理的影子？

　　在脑海中闪过无数种可能之后，他决定试试运气，咬咬牙，沿着正对着他的那条小径，往小区深处跑过去。

　　跑了大约五分钟，在道路的尽头处，他果然看到了那个熟悉的身影。

　　"理理！"杜浦有种押宝押中的快感。刚才在楼上的气愤，早就被过去这十来分钟的焦急和此刻的失而复得冲得一干二净。

　　听到身后的呼喊，范理也转过头来。看到杜浦，她脸上闪过一丝欣喜，然后又被一种复杂的神情取代。

　　"爸妈这小区真是太大了！害我每次来都迷路！"她抱怨道。

　　"哈哈，我就是想到这一点了，否则我怎么可能这么顺利找到我的路痴老婆呢？"杜浦走到她跟前，想把她搂住。

　　范理一把将他推开，撇了撇嘴："我还在生气呢。"

　　杜浦也不管，不由分说地再次搂了上去。

　　这次，范理没有再反抗，但还是在杜浦的怀里轻轻说道："以后有重要的事情，一定要跟我商量，好吗？"

　　"好，我什么都向老婆汇报……你也不许再说什么'寄人篱下'这种伤感情的话了，在北京的时候，我就跟你说过，有我在的地方，就是你的家。"

　　"嗯……"

　　这次是两人这么多年来第一次红脸，尽管最终有惊无险，杜浦还是一晚上都没睡好。第二天天还没亮，他就爬起来，稍微洗漱之后，在熹微的晨光中踏出家门。

今天在中商航的总装厂有个很重要的 C595 项目动员大会，几天前，他被陈坚提名，得到刘娣飞的批准后，成为航电团队代表中的一员。

总装厂与他们上研院一样，是中商航的下属单位，也是其飞机组装、生产和制造的主体单位，位于上海北郊的宝山区。

这是杜浦第一次来到总装厂，他发现厂里的布局、格调与他们上研院一样，都充满了历史的厚重感和寥落感。

偌大的厂区里，破旧的办公楼之外，就是飞机总装车间、产线和机库。从外形和材质来判断，它们已经建造了几十年。杜浦甚至不记得，从自己有记忆时起，什么时候见过新造的建筑采用过那种水泥材料。

车间和产线厂房外墙上镶嵌着巨大的半透明的玻璃窗，窗棂是金属制的，隐约可以看见锈斑，透过那半透明的玻璃窗往里望去，大厅里除了生产设备，就只有数个飞机组件，稀稀拉拉地躺在给它们划定的区域里。

杜浦知道，那些多半是以前项目遗留下来的，肯定不是 C595 飞机，毕竟项目才刚启动，各大部件还没有从供应商手里提交到这里来呢。

至于机库，虽然一架飞机都没有，却不显得空旷，因为摆满了椅子。

这次的 C595 项目动员大会，便是在机库里召开的。

一上午，公司各级领导对项目下达了要求，各下属单位领导则接过"军令状"，阚力军代表设计研发团队做了详细的进展汇报。

杜浦聚精会神地听着、吸收着。对于他来说，这是难得的机会，可以跳出自己的座舱显示系统那一亩三分地，站在整个飞机级的高度去看项目上存在的问题。每当遇见这样的机会时，他就格外佩服阚力军和那些搞飞机总体设计的人，包括他的父亲。

"项目正式进入全面研制阶段！"

这是上午动员大会最振奋人心的一句话，结束后依然在杜浦耳边回响。

等人都走得七七八八，杜浦才离去。他刚走出总装厂大门，便听到旁边一个熟悉的声音传来："小杜，回院里吗？要不要坐我车一起？"

他扭头一看，一辆黑色的轿车停在自己身边不远处，摇下的车窗里，是阚力军。

"阚总！这……合适吗？"杜浦有些犹豫，这可是领导的专车，司机在那儿坐着呢。

"废什么话？上来吧！"

"好的，谢谢阚总啦。"

待杜浦坐定之后，阚力军示意司机开车。

"航电派你来了啊？"他问杜浦。

"是的，挺荣幸。"

"不错，说明娣飞总和陈坚都挺欣赏你。好好干！"

"谢谢阚总。对了，我其实有个问题，今天在大会上不好意思问，现在可以问吗？"

"说吧！"

"我们这个 C595 飞机，说是国产大飞机，但有这么多供应商都选择国外的，每当别人问我的时候，我都不知道怎么回答。我跟总部采供中心的同事们也讨论过，他们告诉我，民机产业链的全球化是行业惯例，这一点我可以理解，但是，怎么去跟外行解释呢？不瞒您说，就连我老婆都没完全弄明白，她还是在券商专门做航天军工行业研究的呢。所以，我一直想请教一下您这个总设计师，嘿嘿。"

"你这小子，想得还挺多。这个问题不难回答。国产大飞机的概念是什么？就是说这架飞机的品牌和知识产权是属于我们国家的，属于我们中商航的。比如说，联想电脑、中兴手机，他们的芯片用的是美国的，操作系统也是用美国的，但是，电脑和手机本身的设计是由他们做的，他们拥有知识产权，所以我们可以说他们的产品是国产电脑、国产手机。在大飞机这儿，也是一样，不要以为设计飞机很容易，全世界能够把民机顶层设计好的国家就没几个，就连日本都做不到，别看他们二战时造出不少军机，真要他们搞一款民机出来，够呛！"

"哦……我大致明白了，您这个比方挺能启发我的，我下回只要把联想电脑和中兴手机的例子拿出来就行，这样大家就都明白了。"

"就用中兴手机举例吧，联想的股权结构有些复杂，他们未必是一家中国公司，所以，严格地说，联想电脑算不算国产电脑，还值得商榷。"

"嗯，问题的关键是，是不是只有全部都用国产产品，才算国产大飞机，但现在看起来，并非如此。"

"是的，我们是造民用飞机，跟军机不一样。不光是飞机，任何有军品属性的产品肯定要完全国产化，比如咱们的战斗机、军舰、潜艇和北斗卫星。民用产品则更看重商业成功，造价、性能、服务和市场渠道等都是考虑因素，至于是不是国产，反而没那么重要了。"

"可是，我们这个领域，军民并没有那么严格地区分啊，装在民机上的产品其实一样可以装在军机上。"

"好问题！但我现在没有答案给你，我们所有的供应商也都没有答案，我们需要在未来这些年，一起去探索这个问题的答案。"

第二十章　拼命三娘林琪

车子回到宇航大楼，杜浦跟阚力军表示感谢并道别后，迅速下车，闪进大堂之中。阚力军则让司机继续往龙华院区开去。

杜浦并不想自己跟阚力军这层关系被太多人知晓。虽然上研院很多老员工知道父亲与阚力军的关系，但他们大多不在宇航大楼办公，也没有参与 C595 项目。再说了，父亲也经常叮嘱自己要低调。

可是，正当他等待那慢得像蜗牛一样的电梯时，身后传来一个有些浑浊的声音："小杜啊，有一阵没见了。"

杜浦回头一看，愣住了。

怎么是他？

身后这个精瘦的中年人，正是他的师父张进。这是他现在最不想碰到的人。自从知道他曾经是母亲的追求者之后，杜浦每次见到他都觉得有些别扭。而张进也继续保持那副懒洋洋的状态，一点都没有当师父的主动性。

"师父好，您也坐电梯？"杜浦问了一句废话。

"是啊，回办公室去。"

"哦，我也一样。"杜浦就不知道再说什么了。

而电梯也一点都不体谅他，本来就慢，这会儿更是半天都不下来。他觉得越来越局促，手脚都不知道往哪儿放。

张进似乎也有一样的顾虑，身子在那儿微微地晃动着，皱着眉头，也不瞧杜浦，不知道在想些什么。

这时候，大堂门口方向传来一阵清脆的高跟鞋声音，杜浦和张进都不由自主地循声望去，只见一个身材娇小、留着短发的年轻女人不紧不慢地走了过来。

"谢天谢地！"杜浦心中暗自叫好。

那是利佳宇航的林琪。

两人初次相识于总部的谈判，那次是中商航选择备份仪表供应商的最后关头，林琪带着她的美国同事梅铎夫和马克过去，马克对杜浦的不屑一顾让他直到今天都耿耿于怀，却又不得不承认人家的实力。

后来，利佳宇航果然如孟德丰所猜测的，报了底价，前所未有地给了免研发费的选项，只收取产品单价。这在所有的国外供应商当中是头一遭，让中商航采供中心高兴了好一阵，把利佳宇航树为国外供应商的典范。

"如果他们都能像利佳宇航那样，不图眼前的蝇头小利，而是着眼于长远的中国市场，那该有多好。"孟德丰曾经不止一次跟杜浦说。

然而，在私下里的交流当中，林琪却半开玩笑地告诉杜浦，零研发费只不过是他们的竞标策略，先中标再说，一旦绑定，之后有的是机会收钱。

"在民机行业，主机一旦选定了一家供应商，中途再想替换，其难度恐怕跟你们国企开除一个人一样吧。"林琪笑着说。

"你这就是对我们国企的刻板印象。"杜浦并不认可她这个比方。

"好，那就是比你们国企开除一个人更难，可能跟有钱人打离婚官司一样吧，怎么着也得掉层皮。"

"为什么呢？"

"民机行业的供应链是全球化的，而且很长，并且对于一级系统来说，很难有完全成熟的产品可直接采购，因此，选定了供应商之后，势必会与这家供应商进行很多定制化的安排，这些安排不光会给供应商，还会给供应商传递供应链。所以你想，一旦要变，整个链条都得变。"林琪一副"怎样？你们上钩了吧"的表情。

不论如何，此刻杜浦见到林琪，就觉得见到了救星，他宁愿跟这个亦敌亦友的供应商代表聊天，也不愿意跟自己的师父多说一句话。

"林姐！"他叫道。

林琪是个近视眼，听到有人叫自己，抬起头，扶了扶眼镜一看，才发现是杜浦,连忙笑着打招呼:"杜工好……"

这时,她敏锐地发现杜浦身后站着的张进,连忙也冲着他点了点头:"张总,好久不见啊。"

"林美女,什么风把你吹来啦?"张进的眼睛眯成了一条缝,朝着林琪的方向上前跨了一步,一下子站在杜浦身前。

林琪眉头微微一皱,迅速恢复了笑盈盈的表情,答道:"过来支持客户工作嘛。"

"还是利佳宇航会做生意,不但不要研发费,还派美女来支持我们,哈哈哈。"张进笑道。

杜浦站在他身后,觉得油腻极了:"我怎么被安排这样一个人当师父?什么时候可以换啊?"

这时候,电梯门才缓缓打开,像是打开了沙丁鱼罐头一样出来了十来个人,其中有几个还是杜浦的同事。每次这个时候,杜浦都会无比感慨人的能屈能伸,巴掌大的电梯,竟然能塞下这么多人!

三人一同进入电梯,张进满脸堆笑地站在林琪身边,似乎完全忘却了杜浦的存在。

"林美女去哪儿呢?"

"张总,我去楼上的供应商办公室。"

"哦……"

"林姐,我恰好也去,正好聊聊最近那个开发计划的事情吧。"见张进在思索,杜浦立刻抢着接话。

"好啊,有客户指导我们,当然欢迎!"林琪似乎也很愿意杜浦的加入。

"师父,那我跟林姐先上去聊聊,待会儿向您汇报。"杜浦连忙跟张进说。

"好,好吧。"张进只能点点头。

待张进下了电梯,杜浦和林琪在电梯里相视一笑,仿佛刚刚完成了一次默契配合的队友。

对于林琪,杜浦一开始的印象并不好。第一次见面的谈判桌上,一开

第二十章 拼命三娘林琪 | 085

始林琪甚至没有记住他的名字。而整个上午的谈判下来,杜浦更是觉得这个中国女人怎么老帮美国人说话,就是个假洋鬼子,而且忙前忙后地翻译,累都累死了,这样的工作到底有什么意义?

后来,他才慢慢发现,她是利佳宇航在中国的项目总监,负责利佳宇航在国内所有项目的竞标、执行和售后服务,什么都得管,而且很多决策都得不远万里向美国总部请示,相当不容易。她1980年出生在四川乐山,之后就一路走学霸路线,本科就读于华中科技大学,毕业后赴美国佐治亚理工攻读研究生,硕士一毕业,便直接加入了利佳宇航的美国总部。因为表现优异,她2008年直接被派回国内,牵头C595项目的竞标,从此就常驻上海,跟客户在一起。

他时常感慨林琪简直就像长着三头六臂一般,白天跟他们上研院的工程师开会讨论,晚上则跨洋跟美国召开电话会议,似乎每天只休息三四个小时,第二天依然元气满满,精神百倍。

"那个利佳宇航的林琪啊,简直是'拼命三娘'!"中商航的人从上到下提到林琪,无不钦佩。所以,杜浦和她的关系也逐渐融洽起来。电梯停在十二层,两人一同走出,从一处老旧的所在到另一处简陋的所在。

自从C595的供应商全部选定之后,关键系统的一级供应商们都派驻了现场支持工程师,常驻宇航大楼,随时与楼下的上研院C595团队的工程师们进行技术交流和沟通。利佳宇航作为飞控、通信导航监视和备份仪表的供应商,自然不敢怠慢,派了三名工程师出来,向林琪汇报。

十二层的一间间酒店房间,现在全被改为办公室,门口挂着各大供应商的名称和Logo。

房间一看就有些年头,门上的棕褐色漆都有些剥落,也没人去管理。大家都知道,这里只是一个临时办公场地,也都期待着上研院搬去浦东的时刻。

杜浦和林琪跟利佳宇航的工程师们简单聊了聊备份仪表的状态,解答了一些问题之后,便打算下楼去。

刚才他上来本来也是为了躲避张进,现在目标已经达成,也没有必要久待在供应商这儿,毕竟自己在楼下还有一堆事情。

林琪把杜浦送回到电梯口。

　　就在杜浦按下电梯按钮的时候,刚才在走廊里一直没说话的林琪突然小声说道:"我们跟中工航成都所的合资公司成利系统马上要正式启动运营了,公司会派我去做合资公司的总经理,下周便动身……欢迎到成都来看我啊。"

　　杜浦一愣,扭过头去,只见林琪抿着嘴笑,一双灵动的眼睛正盯着自己。

第二十一章　航电的责任

直到回到办公桌，杜浦还没完全消化刚才林琪告诉他的这条消息。

"拼命三娘"要远赴成都上任了？那以后上海现场的项目管理谁来负责呢？他脑海中没有浮现出第二个人的面孔。

作为朋友，他当然为林琪的升职感到高兴，不到30岁就担任一家中美合资公司的总经理，实属不易。但作为C595的客户，他又担心失去了林琪之后，利佳宇航的现场支持工作会受到影响。在过去这些日子里，他不止一次亲眼见证林琪如何逼着现场团队和美国的工程师们按时按量完成他们上研院的任务，回答上研院的问题，并且尽量少地触发商务条款。

林琪有业绩压力时，也常常会找他们谈钱，但她还是尽量利用自己的权限与影响力在客户与美国公司之间腾挪斡旋，寻找双方都能接受的点。

这个工作，不是一般人可以完成的。

林琪如果不是在美国读书练就一口无比流利的英语，又在利佳宇航工作过几年，有比较深厚的总部关系，估计也扛不下来。再加上她又是女生。在面对美国人的时候，如果是亚裔面孔，女人就是要比男人好使，承认也罢，无奈也罢，这就是杜浦观察到的现实。

他正发着呆，角落里传来一个声音："杜浦，过来一下。"

那是陈坚的声音。

杜浦不敢怠慢，立刻起身，往那边走去。

到了近前，他发现张进也在，微微一怔。

"走，娣飞总要传达总师会的精神，座舱显示就咱们仨一起去吧。"陈坚说道。

既然是陈坚的吩咐，杜浦不去也得去。

总师会是上研院的总设计师和副总设计师们的一个例会，一般每周开一次，由阚力军亲自主持，主要系统的副总设计师们都要参加，会上讨论飞机研制过程中的技术问题，并做出集体决策。

现在航电系统副总设计师刘娣飞要开会，应该是总师会上有重要的任务需要传达。

一路上，杜浦还是觉得有些别扭。他已经好一阵没跟张进一起开会，甚至坐在一起工作了。

他不止一次发现张进并没有像别的师父那样，把一些培训或者活动的机会告诉他，还好他跟他们航电团队的年轻人都混得还挺熟，总归能从别的渠道了解到。可越是这样，他就越憋着一肚子气。

"如果真是因为几十年前没追上妈而怀恨到今天，也太小肚鸡肠了！我得想个办法换掉他！"虽然心里念叨，可一到会场，杜浦就把这些小心思给扔到了一边，全身心投入会议当中去了。

他已经见过好些次这位 C595 飞机各大关键系统中唯一的女副总师。刘娣飞 40 岁上下，身材虽然娇小，却蕴藏着无穷的精力，她那双圆圆的眼睛每时每刻都散发着光，让每个与她对视的人都不自觉地被充能、被感染。她那独有的高亢嗓音里也不缺乏女性的温柔，即便是被批评，似乎也如沐春风。

"各位，你们应该都知道，今天上午，公司领导在总装厂召开了一次 C595 项目的动员会，这意味着我们的项目要全面加速前进。几天前，阚总也召开了一次重要的总师会，这次总师会除了把项目近期的重要工作进行安排之外，也给我们航电系统赋予了一个重要责任。我作为航电负责人，已经承担下来，我希望从现在起，你们也不打折扣地执行下去！"刘娣飞的开场直截了当。

各航电系统工作包的主要人员都聚精会神地盯着她，随时准备在笔记本上记录。

"大家都知道，我们航电系统就相当于飞机的大脑、五官和神经系统，我们与飞机上所有的成员系统都有交联。"说到这里，刘娣飞刻意顿了顿，环视会场。

第二十一章　航电的责任

杜浦眼睛都不敢眨一下，屏住呼吸，听她接下来要说什么。平时，他们向身边的朋友介绍C595飞机各大系统时，常用的比方就是，动力系统和发动机是心脏，飞控系统是骨骼和骨架，线缆和安装系统是血管，电源系统是循环系统，航电系统则是感官、大脑和神经。现在，刘娣飞对着他们这个专业团队也以这样的比喻开场，肯定是要铺垫出更加重要的内容。

"现在问题来了，既然都有交联，当我们在飞机设计过程当中，发现航电系统和飞机上别的成员系统发生设计参数和指标冲突时，怎么办？"刘娣飞抛出了一个问题。

底下鸦雀无声。

杜浦瞟了一眼，发现陈坚和核心航电系统工作包的包长汪庆亮两人脸上的表情颇为凝重。

"老陈，老汪，我看到你们的表情了，不要这样嘛……"刘娣飞露出一个笑容，把会场里的凝重气氛缓和了不少，"这个问题的答案你们可能已经猜到了，有没有困难？没困难要上，有困难也要上，没有商量余地的。"

会场里一阵哄笑。

陈坚和汪庆亮两人也咧着嘴笑起来。

"来，你们俩给说说，娣飞总是什么意思？"其他几个工作包包长开始拱火。

"嘿嘿，你最惨，你说吧。"陈坚用胳膊肘轻轻地顶了顶坐在他旁边的汪庆亮。

"行吧，大家就看我热闹吧……"汪庆亮自嘲道，然后清了清嗓子，"我先抛砖引玉吧，娣飞总也听听我理解得正确不正确。"

"说吧。"刘娣飞依旧笑着。

"我负责的工作包是核心航电系统，相当于全机的核心网络，我们的网络总线用的是AFDX，或者A664协议，也是目前市面上和未来相当长一段时间内主流机型使用的网络协议，波音、空客都在用。这样一来，全机的成员系统只要把数据传到A664网络上，都要经过我们，如果飞控和电源有冲突，发动机和起落架不一致，怎么办？他们中如果有一方愿意妥协、愿意修改，那还好说，如果都不愿意改呢？是不是只能我们改航电网络配置?"

说到这里,大家都明白了。其实,这个道理并不难懂,只不过刚才刘娣飞没有说得那么明确,大家没有往这儿想。

说白了,核心航电系统和座舱显示系统在整个航电系统中是与外界成员系统交联最多的两个系统,在飞机的整个研制周期当中,会发生无数次刚才汪庆亮描述的情况。如果别的成员系统不愿意更改,就只能更改航电。

"老汪说得挺好,我想大家都明白了。这次总师会的决定就是:第一,哪个系统触发的变更,由哪个系统主动调整,同时承担变更成本,这个很好理解;第二,如果出现多个系统之间的冲突,协调不了的,只要经过航电,就由我们航电来改。就如我刚才所说的,我们愿意承担这个责任。"刘娣飞接过汪庆亮的话,简单地总结。

语调虽温柔,却像一阵狂风一样刮过整个会场。

所有人都猜到了这个结论,可当它真正呼啸而至时,每个人的心都被吹得七上八下。

第二十二章　座舱显示系统

"刘娣飞真是太软了,干吗答应什么都由航电来改?"散会后,张进小声嘟囔着。

杜浦恰好走在他前面,听到这话,有些嫌恶地回头看了他一眼。

陈坚也听到了,悄悄地点了点他:"老张,小声点。"

"你就这么接受了?怎么跟汪庆亮一样,也是个软蛋?搞航电的都是软蛋!"

"师父,您这么说就没意思了,说到在院里待的时间,您可是比娣飞总还久,怎么不硬一点呢?"杜浦实在忍不住了,回头驳了他一句。

这话把张进给点着了:"小子,轮不到你说话!你才来几天?跟你老子一样不懂规矩!"

"你!"杜浦恨不得冲上去给张进一拳。论身板,他甚至可以把这个精瘦的中年人给举起来扔到楼下去。

"够了!"陈坚沉住脸,低声吼道。

他看了看周围,迅速把两人拉到楼层的角落里,又确保旁边没人经过,冲着张进说道:"老张,你资历都那么老了,干吗跟个毛头小伙子过不去?"

陈坚虽然年纪比张进小,加入上研院的时间也较晚,可毕竟是他项目环上的领导,加上多少还是有些血气方刚,刚才听见他背地里说刘娣飞的坏话,心中已不快。没想到他竟然还对杜浦说出那种话,把人家老子杜乔都一块扯上,陈坚决定要教训教训这个老油条。

"你……"张进喘着粗气,满脸通红,头顶上仅存的头发也随着身子在颤抖着。他很想跟陈坚对骂,却又被他的气势给压住,有些忌惮。

杜浦在心中大叫一声:"太爽了!陈坚总,我回头一定请你吃大餐!"可是,表面上他还是得显得大度一点,说道:"陈总,我师父也是性情中人,不怪他,我刚才说得也有点过。"

陈坚瞟了杜浦一眼,心里想道:"这臭小子,还在装。"

不过,他也马上顺势说道:"好了,你们俩好歹师徒一场,别在这内讧,你们对我都很重要。老张,你对院里比较熟悉,办点什么事都有熟脸,我得靠你帮我去搞定很多事情呢。至于小杜嘛,你年轻,有干劲,专业技能和外语都不错,跨专业合作和跟那帮供应商打交道,我也离不开你。至于总师会和娣飞总的决定,你们问我有没有顾虑,当然有,这意味着我们的工作量会加倍,但是,这是全局最优的解决方案,我们要服从大局。所以,我们可得好好配合,C595 的座舱显示系统就靠我们了。"说完,不等两人答话,他一只手拍一个肩膀,"待会儿下班后都别走,我请客,晚上我们喝点!"

杜浦笑着鼓掌:"好啊!"

他刚才冲着张进吼那一嗓子,已经出了心里的恶气,加上陈坚又挺他,今天别提多高兴了。

张进勉强点了点头:"行吧,你是领导,你说了算。"

三人正准备走去电梯口,恰好碰见这会儿才从会场里出来的刘娣飞。

"娣飞总,您不容易啊。"陈坚走上前打招呼。

"你们才不容易……"刘娣飞看到陈坚,也停住脚步,紧接着,她又看到了张进和杜浦,便把他们也叫了过来,"今天我们座舱显示系统的铁三角都在嘛!来,聊两句。"

三人便聚拢到她身边。

杜浦近距离地看着刘娣飞,岁月依然在她脸上留下了痕迹,但她一点都没有被岁月裹挟。"不管什么时候,她永远都这么斗志昂扬……"杜浦心中感慨。

"对于今天的决定,我们整个航电团队,除了老汪他们的核心网络,就数你们受影响最大,飞机上什么重要参数不得在显示系统上显示啊?不过,也请你们理解,不光是我们 C595,几乎所有的飞机型号,航电都是扮演这样的角色。一开始就要迅速把架构搭好,让别的系统可以交联,然后要一直改,一直改,直到别的系统都冻结固化,才能收尾。打个不太恰当的比方,算是起个大早,赶个晚集吧。"刘娣飞语重心长。

"放心,娣飞总,完全理解!"陈坚表态。

张进一声不吭,只是低着头看地板。

刘娣飞也没理他,而是转头看着杜浦:"小杜,你呢?有什么想法?年轻人要大胆说。"

杜浦略微迟疑了一下:"娣飞总……我觉得,这个安排其实也挺合理的,因为,这跟我们的供应商也有关系。"

"哦?说来听听。"刘娣飞眼前一亮。

"因为其他主要系统的供应商都是国外供应商啊,天高皇帝远,鞭长莫及,只有我们航电有不少本土供应商,不管是合资公司,还是国内企业,至少都在本地,更方便沟通,响应也更迅速嘛。比如我们显示系统,主要的供应商中迪航电和上航所就在上海,再往下的次级供应商们有在洛阳的中工航洛航所,还有在成都的合资公司成利系统。所以,我们航电变更起来,无论是时间周期还是成本,都要比其他系统更经济,也更容易。"

"说得好!小杜,这也是我们总师会上讨论的因素之一。我们与供应商是紧密的合作伙伴,他们的灵活程度和支持意愿,也会影响我们的决定。"

的确,类似于飞控、动力、电源、起落架这样的关键系统,供应商全部是国外供应商,即便 C595 的飞控副总师愿意接受对飞控系统的更改,还得说服供应商利佳宇航执行这个更改才行。

这些国外供应商全都是难伺候的主。虽然口口声声说 C595 是重要型号,中商航是重要客户,但所有人都知道,在他们的客户优先级清单上,中商航排进前五名都难。波音和空客就不说了,永远的前两位,庞巴迪、巴航工业和其他规模稍微小一些的成熟飞机制造商都更受他们重视,毕竟市场摆在那儿。因此,他们投在 C595 项目上的工程资源自然十分有限,很难接受工程更改,即便勉强同意,也会扔出一张天价账单,都是美金计价,并且基本不接受还价。

随着项目的进展,杜浦越来越体会到紧抓供应商的重要性,自然也能生出这样的感悟。

刘娣飞显然对杜浦的回答十分满意,她又冲着陈坚说道:"你的人可了不得,好好培养!"

"那必须的!"陈坚笑道。

"对了,走之前我又想到一件事,过两天院里要做一个民机系统工程和安全性设计的培训,据说请的是美国 FAA 的专家,还有咱们局方的人,机会难得,你们都一起去听听吧,具体安排回头找找院里培训中心。"刘娣飞刚迈出一只脚,又停下来,提醒他们,这才快步离去。

"唉,怎么还是一天到晚搞这些?"待刘娣飞走远,张进又对着她的背影叹了口气。

这次他的声音不大,陈坚没有听见,却还是传到了杜浦耳朵里。杜浦看着师父脸上那痛心疾首的表情,这次心中的疑惑却要大于嫌恶。

第二十三章　中迪航电

持续了好几年的 C595 供应商选择终于落下帷幕。

中商航经过严格和周密的流程,最终确认了从发动机到螺钉螺帽的供应商名单。总体来看,并没有什么大的意外。整个机体结构件全部选择国内供应商,几乎都是中工航下属单位;发动机毫无悬念地选了美国迪森斯的 D1C,全球最先进的民用涡扇发动机;机载系统的一级供应商地位也多半给了传统的国际领先厂家,飞控和航电中的通信导航以及备份仪表都给了利佳宇航,航电里的大气数据、惯性导航等则给了霍克斯,燃油和液压给了萨弗里,起落架给了克劳德。

研制工作早在供应商选定之前就已经在各条战线上启动,现在,尘埃落定,更是马力十足地展开。

同步启动的,还有合资公司的组建工作。

经过几年的筹备,在中商航针对供应链成立合资公司的倡议下,十几家合资公司在中国各大城市开始落地、生根、发芽。如果按照投资额来将它们与球类做一个类比,落地在上海的中迪航电便是篮球,其他的,最多也就是个乒乓球,甚至有可能只是个弹珠。

当叶梓闻听说中迪航电的注册资本时,嘴巴张开了半天都合不拢。

十几个亿!还是美金!他跟身旁的同事确认了两遍,才知道自己并没有听错。

中迪航电更与众不同的是,它是这些合资公司里唯一一家中商航的一级供应商,为 C595 飞机提供核心航电系统,重要性非同一般。而其他合资公司都只能给作为一级供应商的外国母公司做配套。

而现在,中工航要派人进入这家巨无霸合资公司了!

"为什么我们所要派那么多人？"叶梓闻问孔薇薇。

"集团下面干航电的本来就没几家单位，又只有我们一家在上海，不找我们，找谁？"

孔薇薇看了看眼前这个帅气的年轻人。此刻，他眼神里满是兴奋："孔姐，要申请去的话，找谁？"

"别急，别急，集团虽然下了红头文件，但所里还要研究呢。真要派几十个人去，所里的业务怎么办？"

"再招人啊。"

"那为什么不能直接招人去中迪航电呢？干吗要动所里的人？"孔薇薇依旧不紧不慢。

"当然是C595项目更重要啊！"叶梓闻急了。

"别忘了，小叶，我们所还承担着好几款军机机型的研制呢！C595是国家项目没错，但军机不重要吗？国防不重要吗？"

见叶梓闻没吭声，孔薇薇接着说："别说你，我看到中迪航电成立，也很激动。我比你要早几年进所，虽不算资深，但也清楚，中迪航电的体量是前所未有的，可以说是我国民用航空史上最大规模的中外合资企业。我们中工航投入的几亿美金全部是真金白银，美国迪森斯那边把整个用在波音787飞机上的核心航电技术转移到中迪航电，虽然迪森斯的优势在发动机，航电跟世界领先水平相比还有差距，但好歹上过波音787，肯定有很多可学之处。如果是干民机，你以为我不想去吗？但是，你别太急，要看看形势的发展。听老姐我的没错。"

尽管没有完全被孔薇薇说服，但叶梓闻对她这样一种循循善诱的态度还是感到信服的："这才是一个师父的样子嘛！原来那个丁真，是个什么东西！"

派人的事情，像是往湖面投入一块巨石，在整个上航所掀起巨浪，可是当波涛逐渐平息，湖面又归于平静时，仿佛什么都没有发生过。

过了好些天，当叶梓闻从没完没了的设计工作中抽出身来时，他又想到这事。

"孔姐，什么时候确定派去中迪航电的名单呀？"他找到孔薇薇。

第二十三章　中迪航电

"噢？你说那件事啊，听说名单已经定了。"孔薇薇正在笔记本上写着什么，头也不抬地说，似乎在说一件与她毫不相干的事情。

"定了？那为什么我没被通知到？"

"估计是因为你不在上面吧，就没必要知道了。"

"什么？你知道我很想去的！"叶梓闻瞪大眼睛，盯着孔薇薇。

"小叶，你是所里破例从西工大招来的年轻人才，要知道，以前我们从没招过这么年轻的，在你来之前，丁真一直是最年轻的纪录保持者。而你也用自己的表现证明了我们当初并没有看走眼，你在显示器平台上发挥的作用大家都看在眼里，所里需要你，比中迪航电更需要你，就这么简单，你能明白吗？"孔薇薇这才抬起头来，眼里满是真诚。

一瞬间，叶梓闻被她打动了，但他马上反应过来："不！这不是我想要的！"

"你的意思是，所里不放我走？"他问。

"是的。"孔薇薇知道叶梓闻很聪明，没必要再绕弯子。

"谁定的？"

"所领导的集体决策。"

叶梓闻沉默了。

"小叶，如果你真的横下心要去，只能找所长了。"见叶梓闻一脸失望，孔薇薇轻轻地叹了一口气，小声说道。

"真的吗？找所长有用？"

"不敢说一定有用，但是，如果你不找，肯定没戏……对了，别说是我让你去找的。"孔薇薇说。

"太好了！谢谢师父！你真是我的好姐姐！"叶梓闻手舞足蹈，一阵风似的跑了出去。

"这是你的决定……不过，对你的长远发展到底是不是一个好的决定，你自己判断吧……反正，我是肯定不会去的。"望着叶梓闻飘逸的长发和背影，孔薇薇心里默念。

第二十四章　放行

孟树人正在聚精会神地批阅文件。每天的这个时候,是他唯一一段可以静下心来干点事情的时候,所办也十分清楚,因此从不在这个时段给他安排活动。

门外传来了敲门声,他还没来得及反应,门就被推开,一个年轻人风风火火地闯了进来。

"噢?小叶啊?好久不见,你还是那么精力充沛嘛。"孟树人这才抬起头,看到一头长发和一张英气逼人的年轻面庞。

"所长,打扰您了!"叶梓闻还喘着气。刚才经过所为办公室门口,为了不被人看见拦下来,他特意找了一个没人注意的时间窗口,迅速跑到孟树人办公室门口。

他一边说着,一边把身后的办公室门掩上。

"别急,慢慢说,什么事?"

"所长,我想去中迪航电!请给我这个机会吧!"叶梓闻冲到孟树人的办公桌前,双手扶住桌边,急切地看着眼前的单位一把手,希望从他口中得到一个肯定的答案。

"哦?"孟树人打量着叶梓闻,"去中迪航电?没人不给你这个机会啊。"

"可是,他们说是您不放人,说所领导不放人。"叶梓闻一愣,怀疑自己听错了。

"他们?谁说的?"孟树人不动声色。

"这个……"叶梓闻几乎要脱口而出"孔薇薇"这个名字,但又担心把自己师父给卖了。如果师父还是丁真,他此时一定毫不犹豫地把他的名字供出去。

"呵呵,没事,你没必要说。"孟树人看出了他的顾虑,倒也不再坚持,"我想说的是,所里这次派人去中迪航电,原则上完全是出于自愿,我们不强迫不愿意的人去,也不强留铁了心要去的人。"

"那为什么名单都定了,上面却没有我的名字呢?我是真的很想去啊!"

"小叶啊,首先,这件事,我并不知情。那个名单我们的确在办公会上讨论过,但包括我在内,没有哪位所级领导提出异议。所以说,那上面没有你的名字,我们就认为,你并不想去,所以没有报名……"

"不,不是这样的!我压根就没机会报名!"叶梓闻打断了孟树人。

"别急,听我继续说嘛……"孟树人也不恼,"显然,你刚才所说的'他们'非常看好你的能力——这个我其实也有所耳闻,你进所之后表现得十分优异,所以,'他们'就自作主张地把你留下来,希望你在所里能发挥更大的作用。在我看来,这虽然不妥,却是完全可以理解的。"

"那……我现在还能报名去吗?您刚才也说了,不强留铁了心要去的人,我就是铁了心了!"叶梓闻有些生气:凭什么你们替我做决定?!

孟树人没有说话,安静地盯着叶梓闻,过了半晌,和气地说:"当然可以,你回头跟'他们'说,就说是我说的,你可以去中迪航电。"

"太好啦!谢谢所长!"

"别急,我问你一个问题,你为什么这么决绝地要去?"孟树人叫住正要转身离开的叶梓闻。

"就是想去学习学习国际先进经验。"叶梓闻原本生怕孟树人不同意,准备了一套说辞,没想到还没用上,孟树人就点了头,现在,他总算有机会说出来,"您也知道,我们在民机研制上与国际先进水平还有很大差距。从主机的角度来说,波音已经成立快一百年了,空客也有将近五十年,中商航才刚成立;从供应商的角度,我们上航所跟利佳宇航和霍克斯他们的差距也不是一点半点。我从西工大毕业时,系主任祝以勤教授曾经用了激将法,让我来上海搞民机航电,他说这是中国历史上没人干成过的事情,当时我觉得他说得有些夸张,但现在看来,的确如此。而且,自参与C595项目以来,我越来越发现,我们的差距是全方位的,不仅仅是技术。但还是有不少前辈跟我的观点不太一致,认为C595的显示产品并不比所里以前干的军机产品复杂。所以,我必须要去验证一下。"

"好啊,去西天取经。不过,迪森斯的航电能力跟利佳宇航他们还是有差距的。"

"我知道,但至少比我们强啊。就像我学打乒乓球,如果没机会拜张怡宁为师,找个其他人学学也挺好。"

"行,你想透了就好,我支持你去。不过,有两点我还是要提醒你,第一,你在所里,大家多少都让着你、宠着你,去了中迪航电,恐怕就没人把你'西工大提前班高才生'和'上航所史上最年轻的工程师'这些光环当回事了;第二,当你取经完毕之后,你还会回到所里来传经布道吗?"

"这……"叶梓闻一时语塞,他没料到孟树人会问出这个问题。

"别急,你想想就好,我不需要你这个问题的答案,你需要给你自己这个回答。"孟树人摆了摆手,"好了,今天就聊到这儿吧,祝你好运。"

叶梓闻离开孟树人的办公室,蹑手蹑脚地再次顺利通过了所办办公室而没被人发现。他憋住心中的喜悦,一直到了楼下的空地,才张开手臂,奋力跳了起来!"太好了!去中迪航电了!"

两周后,当和上航所派遣的同事们一起登上大巴时,他心中充满了期待。由于他的名字到最后一刻才出现在名单上,派驻人员的培训和安排等活动他都错过了。不过,他倒不介意,也想得挺简单:不就是到一个新地方去上班嘛。

"这大巴是去哪儿的?"

"听说是迪森斯中国总部,在浦东。"

"啊?去迪森斯干吗?我们不是去中迪航电吗?"

"中迪航电的办公地点还没选定呢,我们只能先去迪森斯那儿办公。"

"那为什么不是他们来我们这里办公呢?"

"我们是涉密单位,一下来这么多外国人,你觉得方便吗?"

"还是觉得有点儿怪……"

"这算什么？今天更怪呢，今天过去都不是去办公的，是去面试！"

"面试？面什么试？"

"迪森斯说，中工航派的人，他们要一个一个面试，确保够格，才能够进入中迪航电工作。"

"什么？这也太侮辱人了吧！我们就没人抗议吗？"

"抗议无效。他们说我们没有民机经验，派的人如果不对，会影响中迪航电的工作，影响 C595 核心航电系统的工作。中商航不是选了中迪航电作一级供应商嘛。"

"话虽这么说，可我还是觉得挺憋屈的……"

"这样的事情以后不会少的，中迪航电虽说是平股合资公司，咱们中工航和迪森斯各占 50% 的股份，但公司总经理和管理层的大部分成员都是迪森斯派的。"

叶梓闻不吭声了，他默默地看着这一车的同事。刚才心中那股豪情被一片乌云笼罩，他有种压抑的感觉。

第二十五章　全新的体验

叶梓闻活到 20 岁，还很少佩服过谁。

西工大时的系主任祝以勤算是一个老顽童，成功地用激将法把他激到了上海，进了 C595 项目。

第二个，便是上航所的所长孟树人。当时，他要死要活地想进入中迪航电，孟树人给了他两点建议：第一，离开所里之后，中迪航电没人把你当回事；第二，取经之后，考虑清楚要不要回所里传经布道。

他才刚刚在中迪航电干了几个月，便深刻地体会到这取经之路的不易。

那次去迪森斯面试，自己被三个外国老头轮番提问，各种角度刁钻的问题朝他袭来。他这辈子从未经历过那样的面试。慌乱招架之间，他竟然感到一丝兴奋。"还好在上航所的时候把英语关给过了……"他不禁侥幸自己当时走群众路线让所里搞了英语培训，否则恐怕他连三个回合都撑不下来。

不过，他的英语水平依旧无法完整地回答复杂问题，很多时候，他依靠自己的聪明，用关键词和肢体语言，让整个面试并未出现冷场。

"欢迎加入中迪航电。你十分聪明，而且有非常敏锐的商业头脑，或许在 C595 项目上干一段时间技术之后，可以考虑往商务和管理方向发展。"这是其中一个老头对他说的最后一句话。

叶梓闻感到开心的同时，又有一些困惑：他们也没问我什么商业问题啊，怎么就看出我有"非常敏锐的商业头脑"了？

不论如何，他的运气算是不错。上航所有好几个技术能力都不错的老员工，因为英语不过关，最终被迪森斯的人拒绝，硬是没能去成中迪航电。

"民机研制是一个非常复杂的系统工程,需要每天高频度地沟通,不论你在技术岗位上,还是管理岗位上,沟通能力都是很重要的。我们无法相信,一个说不好英语的人可以跟迪森斯派驻的美国人、英国人和法国人交流。"面对中工航的争取,迪森斯的态度十分坚决。

类似这样在中工航看起来是迪森斯在"故意使绊子"的事情,还发生过不少,有些叶梓闻亲历,有些则只是道听途说。在各种各样的风言风语当中,中迪航电终究还是启航了。

叶梓闻成为这艘万吨巨轮上的一名普通水手,跟随着它驶入自己从未到过的水域,船刚离开港口,面对的便已经是惊涛骇浪和没有任何航标的征程。

而甲板之上,船舱之内,似乎也不让他省心。

他原以为,进入中迪航电之后,就可以专心钻研技术,投入C595项目座舱显示系统级工作,却没想到工作以外的事务多得不得了。

工作语言已经切换成了英语。他经常说得头皮发麻,嘴部肌肉发僵,说的单词都不经过大脑便从嘴里蹦出来,外国同事还不完全理解他想要表达的意思。每天的午餐时间是他难得的休息时间,他端着餐盘寻找座位时,每当发现一桌只有中国同事的餐桌,就像是落水的船员发现了救生艇。工作上说英语也就罢了,吃饭时可必须得说汉语,不然也太累了。

整个中迪航电的基础信息系统和研发体系与他在上航所时都完全不一样,清一色的美国进口软件和工具,很多名字他都没有听说过。虽然刚开始用的时候十分不习惯,可一旦适应,他就慢慢发现到它们的妙处。它们与整个民机研发的流程和标准严丝合缝!而在上航所时,他之所以有时候有盲人摸象之感,就是因为连使用的研发工具都不是专业的。在海陆空立体作战的时代,挥舞着标枪长矛上战场怎么行呢?

"这不是一条战线上的落后,这是整个体系的落后!"

叶梓闻每天疲于奔命,用尽浑身解数,却十分享受那样的过程。那是一种全方位的冲击,他所面临的挑战,不再是单纯的技术问题。碰到因此产生的与同事们的争执,他不光要跟中国同事争执,还要用英语跟外国同事吵架;参加各类流程、规章和标准的培训;学习和掌握闻所未闻的新工具;适应一个全新的组织架构和汇报关系。面对人力资源让他剪头发的明示或暗示,他也不得不小心翼翼地应对。

他当然不想剪头发,挑战虽大,但还远不到需要削发明志的程度,而他也不想得罪人力资源。

因为他发现,在中迪航电,人力资源的角色与上航所截然不同。

在这里,他们的存在感太强了。从当时面试时开始,他感觉几乎没有哪一天不需要跟人力资源打交道,从入职培训、岗位安排,到时不时组织的活动,到处都是他们的身影。

叶梓闻正处在未来远远大于过去的年纪,在他有限的人生经历当中,从未接触过这样的人力资源。他只能本能而朴实地判断,如果某样东西像空气和水一样,在你生活中一直出现,那它多半很重要。更何况,他还发现,有些从迪森斯中国团队派进中迪航电的同事,似乎很热衷于跟人力资源搞好关系。

"为什么他们一天到晚跟人力资源混在一块,不应该多看看需求,写写文档吗?"有一次,他终于忍不住了,问了一个跟他一批从上航所派来的前辈。

前辈叫程克甲,已经有一半花白头发,不但是当时他撺掇的英语培训的受益者,也是在上航所失去上升通道后不得不出走中迪航电的突围者。

"你这就不懂了吧?现在是什么时候?正是混乱的时候,公司刚刚组建,各种内部规范都还没有确定,母公司双方还在进行各种博弈,现在获得的任何利益,都很可能左右你未来,等到一切都规范的时候,再改变起来,就很难啦。"程克甲忍不住教育这个后辈,"你呀,趁着年轻、帅气,多跟那些人力资源的姑娘搞好关系,总归没错的。"说到这里,他哈哈大笑起来,脸上的皱纹显得有些挤。

"什么意思?"

"唉,你呀,让老哥我给你说道说道……比如说,现在我们中迪航电的

第二十五章 全新的体验 | 105

员工,分为四种身份,对不对?"

"分为四种身份?"叶梓闻目瞪口呆,"我们不都是中迪航电的吗?怎么听上去跟种姓制度似的?"

第二十六章　真是种姓制度？

"我可没说是种姓制度啊。"程克甲眼里闪过一丝狡黠的光。

"你明明说的四种身份，装什么装！赶紧讲！"

"嘿嘿，那好。这第一种身份呢，是迪森斯的外国派遣员工，他们就是老爷一样的存在，享受迪森斯的全球待遇……"

"全球待遇？"叶梓闻不解。

"是的，迪森斯是跨国公司，在全球一百多个国家都有点，不同的国家和区域经济发展水平不同。一般来说，他们的当地员工，就会按照当地的薪酬水平来发工资，这个待遇就叫作'本地化待遇'，这个很好理解吧？但是，还有一种情况，就是不管在哪里工作，都能无差别获得最高级别的工资水平，同时享受各种补贴，这就叫'全球待遇'。说得简单点，就是赚美国和英国的工资，在上海生活。这就是我们外国同事们的待遇。他们不光拿美金工资，住房、老婆、孩子，还有各种补贴。几万块钱一个月的市中心大平层或者别墅住着，小孩在国际学校上着学，老婆去恒隆广场逛个街还有专车接送，甚至连家里养的狗的狗粮都能补贴。更奇葩的是，他们还有专门在中国工作的'艰苦补贴'，说是为了弥补他们在落后国家或者环境污染严重国家工作时产生的健康风险。可是在我看来，这就是扯淡！谁说在上海工作属于'艰苦'工作，我跟谁急！外派到上海工作可是香饽饽好吧！他们不是金字塔顶端的人，谁是？我看他们比咱们中工航的董事们都爽呢。"

"原来如此！"叶梓闻恍然大悟。中迪航电是中工航和迪森斯的平股合资公司，母公司双方在董事会的董事席位数量是相等的，而他在上航所时的所长孟树人便是中工航派驻中迪航电的董事之一。这么一想，这帮外国人的确要比孟树人惬意不少。

他又联想到,自己还在西工大读书的时候,就曾听老师们说,改革开放初期,国家和地方政府为了吸引外商投资,不惜重金给他们好政策、好待遇,可以说是予取予求。他们的到来,也的确为中国经济腾飞做出了贡献,可被优待的时间一久,有些人便自认为高人一等,这些年国家开始对内资外资企业一视同仁的时候,他们就受不了了,开始到处吐槽自己受到了不公平的对待。

显而易见,中迪航电如果不用"全球待遇"将这帮外国人留在上海,让他们手把手教他们的中国同事们,民机研制领域的巨大差距怎样才能得到快速弥补呢?

但是,他依然不敢相信,这些外国同事可以获得如此不可思议的待遇。

"太夸张了吧……"他脱口而出。

"不相信?不相信算了,我也不用往下说了。"

"别,别,程哥,继续说嘛……那第二种身份呢?"叶梓闻忍不住追问。

"自然就是迪森斯派到中迪航电来的中国员工啦,就是上回在浦东跟那帮老外一起面试我们的人。哼,狐假虎威。"程克甲似乎依然耿耿于怀。

"他们跟我们不都是母公司派的嘛,而且都是本地员工,有什么区别呢?"叶梓闻不解。

"有什么区别?区别就是,他们跟咱们的管理层熟啊。你没看见管理层和职能部门的人大多是迪森斯派来的吗?尤其是人力资源,全都是迪森斯派来的人。他们把关系处理好,有什么好处总归能先享受到吧?比如说,什么时候全公司统一评定级别?有什么关键岗位即将放出来?哪些领导有什么喜好?这些都是人力资源可以提供的信息。现在你理解,为什么他们有些人平时啥正事不干,就喜欢泡在人力资源部了吧?要不然为什么我刚才让你去靠色相跟那些姑娘处好关系呢!"程克甲笑道,"要不是我现在已经风华渐逝,早就上了。"

"怎么搞得这么乌烟瘴气的……"叶梓闻皱了皱眉头。

"所以啊,小叶,好好想想,我在这里混几年就退休了,你可才刚刚开始呢。"

"好吧,好吧,你接着说。"

"第三种身份就是我们这些中工航派来的人啦。虽然我们没有外国人的待遇,跟那帮迪森斯本地员工相比,又少了关系,但至少我们也是母公司派来的,好歹背后还是有人撑腰,对不对?"

"那第四种呢?"

"第四种嘛,就是我们直接从社会上招来的人咯。他们既不是外国人,又没有母公司背景,只有被欺负的份。前几天我不小心听到人力资源那几个姑娘在低声嘀咕,说要压价。"

"压价?"

"唉,人力资源嘛,人就是资源,就是工具,工具当然是有价格的,人力的价格就是工资啊。她们要压一个新社招进来的人的工资。"

"啊?凭什么?"叶梓闻不解。

"凭什么?她们觉得那个人的要价高了啊,认为根据他的工作经历、学历和经验来判断,不值那个价。"

"既然不值那个价,为什么用人部门要招呢?"

"这也是我疑惑的点啊,你想在我们上航所,人事部哪有这么大话语权,都是用人部门说了算,对不对?可是在这里,用人部门要的人,人力资源还要来插一脚。"

"是啊,万一人家一怒之下不来了,岂不是影响业务?"

"谁知道呢?"程克甲摊了摊手,"好了,说了这么多,我嘴巴都发干了。现在你明白了吧?"

"听程哥一席话,真是胜读十年书啊,你说所里怎么就把你放出来了呢?"

"你不懂,在我们国有企业,年龄就是硬杠杠,到了一定年龄,你还上不去,这辈子就没机会了。你现在年轻,而且还非常年轻,真是前途无量啊。"程克甲感慨。

"好了,不说了,程哥,午饭我请客,你再点杯雪梨汁,润润嗓子!"

与程克甲的这番谈话,让叶梓闻感觉自己一下子长大了好几岁。他

第二十六章 真是种姓制度? | 109

从未像此刻这样庆幸，自己终于从上航所出来了，否则根本无从感受这复杂的世界，但与此同时，他对中迪航电的前景，不免产生了那么一丝忧虑。

　　一个志在远方的水手，如高尔基笔下的海燕一般，毫不畏惧路途中的风暴和海浪，下定决心克服各种困难，却在出港后不久，开始第一次担心自己脚下这艘万吨巨轮的质量。

第二十七章　树欲静

范理很快就把跟杜浦的那次争执抛到了脑后。这也很正常,当你面对一个更大的问题时,小小的烦恼自然被衬托得微不足道。

梅艳丽就是这个更大的问题。

这天一早,范理刚走到公司门口,前台小姑娘董菁就一个劲地冲她使眼色。

范理警觉地放慢脚步,轻手轻脚地走到董菁面前:"什么情况?"

"梅姐刚才一来就大呼小叫,说今天要把公司合规部的人叫来,调查你进公司是不是走了后门,有没有权色交易……你可得当心了……"

"什么?!"范理觉得脑袋嗡的一声,但很快恢复过来,小声问道,"今天孙总进办公室吗?"

"应该进的,但现在还没到。"

"好的,谢谢美女,中午请你喝咖啡。"

"哦哟,大美女叫我美女,担不起。不过嘛……咖啡是好的呀。"董菁很开心。

范理稍微注意了下自己的步伐,往常她上班总是走得像一阵风似的,气势十足,但今天,她不想刺激到梅艳丽。

分析师、分析师助理和研究所销售们坐在一个大办公室里,梅艳丽则跟财务、人事等支持部门坐在另一间,两个办公室相邻,但正门相隔甚远。

她顺利地通过了梅艳丽所在的办公室门口,然后加快脚步,迅速进入自己的办公室,到工位前坐下。

她的领导杨柳已经到了,正聚精会神地在电脑上查询一些数据。

每个交易日的早上八点半,都是他们研究所开晨会的时间。在晨会上,每个分析师要针对自己所研究的行业和重点个股进行简单的综述,并建议后续的操作思路。范理和其他几名分析师助理一样,都只需要列席即可,不用发言。每次晨会,杨柳都是数据最翔实、用时最多的那一个,孙尚武经常会打断他,让他不要讲下去。

"还好航天军工行业的个股不算多,否则整个晨会的时间给你都不够,讲到九点半开盘都讲不完。"

"要不要打扰他呢……"范理知道杨柳在处理数据时不喜欢被打断,可是她必须要寻求他的帮助,尤其是孙尚武还没到办公室。

正想着,杨柳抬起头来,先说话了:"范理,做好准备,又要出差了,这次我们去调研天岚测控。"

天岚测控是一家专注做航天测控业务的上市企业,在山东济南。从上海过去,不近不远。

"啊,好的。"范理心里默念,"最好是马上就出发……不要让我看到梅艳丽……"

"是马上要走吗?"她试探性地问道。

"不,下午收盘之后吧。"杨柳看了她一眼。

"哦……"范理有些失望。

"你还有什么话要说吗?"杨柳问道。

范理心中一惊:"难道我的心事都写在脸上了?"

她有些不好意思地说:"不想打扰您准备晨会。"

"没事,我都准备得差不多了。天岚测控的情况,要现场调研回来后才能给大家更新。你有想法就说,如果这次不想去调研,也没关系,不过,这次还挺重要,天岚的董秘也会出来见我们。当然,他不是冲我的面子,而是基金公司的,这次有齐岱宗基金的分析师在。不管怎样,我想带你多认识些人。"

"还是杨老师好,那我打扰您几分钟?"范理说着,用眼光瞥了瞥办公室对面的小会议室。

"行。"

两人走进小会议室,范理把门关上,说道:"杨老师,我有个跟工作没关系的困扰,实在憋得很难受,您是我的直属领导,我想寻求您的帮助。"

"哦?你还有跟工作没关系的困扰?"杨柳仍然是一副云淡风轻的表情。但不知为何,范理觉得他心里在哈哈大笑。

"难道我是工作狂吗?"范理故意愠怒道,"我这个困扰跟梅艳丽有关系。"

"梅艳丽?"杨柳一副不可思议的表情。

"您没听说过吗?她一直在散播我的谣言,在公司诋毁我的形象,而且,我听说,她很可能叫公司合规部的人过来谈话,说我进公司有……'权色交易'……"范理说到这里,声音低得连自己都听不清。

杨柳平静地看着自己的助理,过了几秒钟,才问道:"那你有吗?"

"怎么可能!"范理感到自己受到了侮辱,冲着杨柳喊道,甚至打算转身出去。

"别激动,我只需要确定这一点。而且,我相信你。既然事实上你没有,就没必要感到困扰,该做什么就做什么。在我们金融行业,有很多灰色地带,也有很多让道德洁癖者没那么舒服的行为,但是,我们搞投资研究的,没那么多有的没的,就是靠专业,靠勤奋,靠数据,靠结果,这些都是自己可以控制的,或者是客观存在的。你既然是分析师助理,未来多半也会成为一名分析师,然后从我们卖方跳到买方,做买方分析师,再成长为基金经理,这是一条很简单直接的职业发展路径,如果你是这样规划的,就不用去管这路径两旁的声音,无论是加油声,还是喝倒彩,都不用管。"

"您的意思是?"范理听杨柳说了那么多,一时有点消化不了。

"把本职工作做到极致,流言蜚语不用去理会!有我在,有孙总在,只要你自己干得好,不出问题,没人能把你怎么样。"

这两句话如同一剂强心针,突然让范理感到无比温暖。她感激地看着杨柳:"杨老师,有您这样的领导,我真是太幸运啦。"

"少来这套,干活去,还要调研呢。"杨柳冷冷地说道。

范理吐了吐舌头:"好的,遵命!"

她打开小会议室的门,正准备走进办公室,走廊上远远的一个人把她

第二十七章 树欲静

叫住:"范理,到我这里来一下。"

范理定睛一看,原来是他。

第二十八章　分析师的责任

范理有好一阵子没见到孙尚武了,也有一阵子没到他这个有无敌江景的办公室来了。

此时,朝阳正洒遍办公室的每一个角落,把家具和地面照得闪闪发光。光亮中,她俯瞰到黄浦江两岸的景色,一如既往的雄伟壮观。

看到这样的景色,她被杨柳开导后心中仅存的最后一丝阴霾也被驱散得一干二净。她觉得自己没有必要再跟孙尚武提刚才那件事了。

一坐下,孙尚武便说:"好久不见了,聊几句。"说完,他看了看手表,距离八点半还有十几分钟。

"嗯,孙总,的确好久不见了,您最近在忙什么?"

"到处跑,求爷爷告奶奶的,呵呵……"孙尚武笑道,"金融危机之后,整个市场的信心都跌到谷底,我们A股也一样,从6000多点一路跌下来,跌得亲妈都不认识了。前两年不还流行那句话吗?'问君能有几多愁,恰似满仓中石油'……"

范理也扑哧一声笑了,看得出来,孙尚武谈兴很浓。

"不过呢,我认为,否极泰来不远了,虽然国外的欧债危机又开始冒出端倪,但A股市场总归会反弹,现在市场有很多声音,所以我们得去游说,去传播我们研究所的观点。"

"观点还要游说?"

"当然!不然我们研究所养这么多销售是干什么的?看来杨柳这书呆子把你给带歪了,我给你讲讲……"孙尚武略微组织了下语言,"我们搞证券分析和研究的,看上去很高大上,但是从商业的本质来说,跟那些卖茶叶蛋、卖水果的没有区别。只不过我们的产品不是具象的物品,而是我们的投资观点和建议，假如我们把这些观点和建议也称为产品的话，我们是不是要找客户购买？"

"是的。"

"谁是我们的客户呢？当然是需要这些产品的人或者机构，主要是基金公司，也就是我们俗称的'买方'。"

"原来是这样！我老是听杨老师说'买方'和'卖方'的，但他也不多解释，我一知半解，又不太好意思问。"

"没错，简单点说，'卖方'就是我们券商，'买方'就是基金公司。现在问题来了，中国有多少家券商？得有上百家吧？又有多少家基金公司呢？有一定规模的只有几十家。这意味着什么？意味着这是一个买方市场。换句话说，基金公司凭什么要从我们中御证券买产品呢？为什么不去买京华证券的？"

范理使劲点头。

"所以，我们需要销售，需要把我们的研究报告和研究成果卖出去，让买方认可我们的观点，从而通过我们的渠道去做交易，这样，我们作为券商，不但可以赚研究服务费，还能赚交易佣金。"

"可是，杨老师说，只要把研究做好就行了……"

"所以我说他是个书呆子啊！你看他够辛苦的吧？天天各种分析数据，自己到处调研考察不说，还老带着你，但他的成果跟其他卖方的航天军工分析师成果相比，在买方那边的影响力如何呢？我的观察是，并不是那么打动人。我们销售团队费了老大劲去推销他的成果。"

范理感到脑袋发胀，几分钟前，她刚觉得杨柳说得无比正确，现在被孙尚武这么一说，又茫然了。

"我不是在你面前数落你的直属领导不好，我即使当他面也这么说。但人的性格是很难改变的，尤其是上了年纪之后。你现在还年轻，还可以塑造，我希望你可以更加全面地认识证券分析这一行。除了埋头钻研、广泛调研和勤奋出报告之外，还是要往外看，多跟外界，尤其是上市公司、买方打交道。"

"嗯嗯，我觉得杨老师也在调整，我们很快要去济南调研天岚测控，他特意跟我说,这次买方的分析师也在。"

"那就好,你也多多影响他,你可以的。"孙尚武盯着范理,把她看得有些不好意思。"《新投资》杂志听说过吗?"他接着问。

"好像听说过……"范理在脑海里搜寻。

"这个杂志从几年前开始,每年都会搞一个'最佳分析师'评选,评选的依据便是来自买方的投票。如果有分析师获得前三名,不光他自己会身价倍增,整个证券公司在市场上做投资分析和研究的话语权都会看涨。我们中御证券规模不大,靠一步一步地扩张是很难实现弯道超车的,但如果能够被《新投资》捧出一些明星分析师出来,我们就能一炮打响。"

"原来如此!"范理恍然大悟,"所以……这就是您刚才说的求爷爷告奶奶?"

"没错,更加正规一点的说法是拉票。"

"真是不容易啊。"

"好了,我不是在你面前倒苦水,只是正好碰上,想让你从多个角度了解这个世界。杨柳是个好师父,但他也有他的局限。"说到这里,孙尚武看了看表,"马上要开晨会了,回头再聊吧。"

"好的,多谢孙总教诲,每次跟您聊天都感觉自己往上走了一个层次。"范理由衷地感慨。

孙尚武没有回复,只是笑了笑,冲她摆了摆手:"去准备晨会吧。"

当范理离开他的办公室之后,孙尚武若有所失地望着窗外的天空,眼里有些怅然:"如果……我能早几年遇上你,该多好……你为什么结婚这么早?"

当他还沉浸在这股没来由的失落当中时,办公室的门就被猛地推开,一个女人冲了进来:"孙总,马上要开晨会了!"

他定睛一看,是梅艳丽。孙尚武愕然:"我知道啊,用不着这么大声音提醒我。"

他看到梅艳丽满脸愤怒,一副刚被点燃的样子,瞬间明白是怎么回事:"多半是她过来通知我开晨会的时候,恰好撞见范理从我这儿出去了吧……"

第二十八章 分析师的责任

他如何不知道梅艳丽对自己的心意呢？可是,她虽然是行政事务上的一把好手,却并不适合做他的女人,如果不是梅艳丽家里跟上海证监局有些关系,他早就找个理由把她换掉了。

"孙总！您这出差刚回来,肯定有很多事情要跟我们在晨会上分享,需要准备准备。这个范理,也太不懂事了,这个时候来打扰您,哼！"果然是因为范理的事。

"小梅,淡定点,没事,跟大家分享的内容,我都准备好了。再说了,刚才是我找她谈事,不是她找我。"孙尚武尽量平静地解释。

"我不管,研究所的行政是我负责,我认为她影响了我们正常的晨会秩序！"梅艳丽不依不饶。

"小梅,是我不对,我向你认个错,行了吧？我应该按照行政流程,在晨会前充分准备好沟通资料,因为任何信息的缺失和不完备,都有可能在白天的交易时间内造成公司自营部门和我们买方的判断失误,带来巨额经济损失。"孙尚武有些夸张地说。

"您也不用这样危言耸听……"梅艳丽一下子被逗乐了,刚笑了一下,马上又收敛住表情。

"行了,我已经承认错误,你也赶紧去叫别人准备吧。"孙尚武趁机说道。

第二十九章　调研

直到在浦东机场候机时,范理还忘不了早上梅艳丽的眼神。当时,她刚从孙尚武办公室出来,没想到在走廊上跟梅艳丽撞个正着。

梅艳丽并没有说话,只是狠狠地瞪了她一眼。在她的眼中,范理看到的是内心煎熬之火在灼烧着盛满了正在沸腾着嫉妒毒液的玻璃烧瓶。

她不知道自己为什么会在那一瞬间想到遥远的高中化学课上的场景。

"范理,别发呆,好好想想到了济南之后我们怎么去酒店。"杨柳把她点醒。

范理赶紧把自己从那种焦灼的状态中抽离出来,回答道:"好的!"

每次与杨柳一起出差,她都会自告奋勇地承担起各种琐碎的事务,比如订酒店、买机票、订车、打车、订餐厅等等。

原本这些事情完全可以让梅艳丽来负责,毕竟她才是行政负责人,可范理从没去自讨没趣。

久而久之,杨柳似乎也适应了这样的安排。他就像一台单线程的机器,关注于数据、调研和报告,只要被照顾到,不管这照顾来自何方。

范理有时很好奇,他已经三十好几了,到底有没有另一半,有没有家室,研究所里没人知道,就连最八卦的好姐妹董菁也一无所知。

经过一个多小时的平稳飞行,飞机降落在遥墙机场。

两人顺利办理酒店入住,杨柳似乎对这次调研如临大敌,甚至不愿意出门吃饭,点了个客房送餐,全程闷在房间准备材料。

范理一个人来到陌生的城市,也不敢出去瞎逛,就在酒店旁找了个小店随便吃点,也早早回房,给杜浦打了个电话报平安,嘱咐他加班别太晚回家之后，便休息了。

第二天一大早，两人坐上出租车驶出济南市区。过了一个半小时，范理一觉睡醒，司机终于停在一处工业区里的厂区门口。

其貌不扬的厂区里面，就是A股上市公司天岚测控。厂区里十分宽敞，稀稀落落地散布着几间低矮的平房，深处一角还有一片用铁丝网围住的区域，里面放置着一口"大锅"——卫星天线。温柔的阳光洒在厂区，外面看不见什么人，颇有种岁月静好的感觉。

两人在门卫处报了名号之后，在接待室等待了一会儿，只见中央最大的平房里远远走出来一个年轻姑娘。

范理瞟了一眼，愣住了，她仔细盯着那姑娘又看了两遍，越看越觉得眼熟，却一时半会想不起来自己在哪儿见过她。

这时候，那姑娘已经走到接待室门口。

"两位好，我是天岚测控的证券事务代表，我叫……"话还没说完，她就"啊"地叫了一声，然后呆呆地盯着范理，眼里全是不可思议。

"你是范理！"

"对，我是……"范理依旧在脑海中搜索这个姑娘的信息，却一无所获。

"我是宋媛媛，也是北航的，那次京华证券去学校招聘，你用酒泼李明帆，我也在餐桌上！"

好吧！范理这才回忆起来，当时，学校里一共去了三个女生，的确有她。那顿她永远不想重温的饭局，竟然成了人生中绕不过去的节点。

"你好……见笑了。"范理有些尴尬。

"不，不！你是我们几个女生心中的英雄！太厉害了！"宋媛媛满眼的敬佩不像是装出来的。

"那……你怎么会在这儿呢？"范理不想再聊饭局的事。

"哦，你那天一走了之，李明帆像是被你给泼醒了，后来便没那么夸张地喝酒，我们几个也都算保住了'晚节'。我毕业后去京华证券干了一阵，不过还是适应不了他们的企业文化，便回老家来了。真没想到，居然还能遇见你，你这是去中御了？"

"对,我在中御干分析师助理,这不陪着我们杨老师过来调研嘛。"

"哎呀!光顾着聊天,正事差点忘了。杨总好,两位里面请,我们冯总在等着呢。"

宋媛媛在前面带路,不久,三人便走到中央那片平房的门口。

"放心,我们公司的人应该不知道你这件事,回头我们吃午饭的时候再聊吧,看到你很开心。"进门前,宋媛媛凑到范理身前小声说。

范理冲她感激地点了点头。

三人走进一楼的会议室,里面已经坐着两三个人,中间坐着的是一个胖胖的中年人,满面红光,一副憨厚的样子。

他见宋媛媛领着杨柳和范理进来,尤其是看到范理时,眼睛都直了。他恍惚了一秒钟,才站起身来伸出手:"欢迎中御的两位来我司调研,我是天岚测控的董事会秘书冯刚。"

"久仰,冯总,我是中御证券的航天军工分析师杨柳,前阵子刚开始关注你们公司,咱们之前也通过电话,今天能够见面,我觉得很荣幸。"杨柳这套说辞倒是挺溜的,不过范理跟着他跑了不少上市公司,感觉他每次都这样说,自己耳朵都听起茧了。

"杨总,应该是我的荣幸,我们能够引起中御的关注,说明市场表现可期啊,哈哈哈。"

冯刚也客气了一句,然后盯着范理,问道:"这位是?"

"冯总好,我是杨老师的助理,我叫范理。"范理十分大方地回答,至于冯刚的眼神,她这些年已经习惯了。

"哎呀,上海真是出美女!"冯刚原本想跟范理握手,却见范理双手抓住随身的工作包放在身前,便悻悻地把手放下,只是赞叹了一句。

"我不是上海人,我是湖北的。"范理说。

"哦?湖北更出美女,哈哈,不像我们山东,都是大妞!"

冯刚一边说着,一边往回走。

听完这句,宋媛媛抿着嘴给了范理一个无奈的眼神,两人相视一乐。

在场的人似乎都很习惯这样的开场,也附和了冯刚几句。

这时,范理身后又进来一个人,瘦高个,戴着眼镜,斯斯文文的样子。

"冯总好,媛媛好,不好意思,我稍微晚了一点。"听他打招呼的方式,应该是常来的。

"哎哟,王总也到了,那我们人齐了,坐,我们慢慢聊!"冯刚热情地招呼着,只是招了招手,并没有迎上前来。

"杨总,范美女,给两位介绍一下,这个帅哥是齐岱宗基金的分析师王子强,跟我们是老熟人了。王总,这两位是中御证券研究所的,杨总和范美女。"一坐下,冯刚就开始介绍,满嘴的范美女。

"冯总,叫我范理就好。"范理笑着纠正他。

"好好好,美女还挺谦虚。"

王子强只是冲他俩点了点头,然后坐在冯刚身边。

又稍微寒暄了几句,冯刚突然收起了满脸笑容,面色一沉,冲着杨柳说:"好吧,欢迎的话都说过了,我们今天开门见山。杨总,虽然你们是第一次来调研,但我还是想问问,前阵子你们中御的评级报告里,只给了我们一个'中性',这是什么意思?"

第三十章　初出茅庐

杨柳没料到冯刚一上来就会这么问，就像是去拜访人家，主人一秒钟以前还满脸欢颜，转脸就砰地把门关上。毕竟，天岚测控不是他去调研的第一家"中性"评级公司。

范理也没想到这个看上去像个弥勒佛，似乎永远不会发脾气的董秘竟然翻脸比翻书还快，为杨柳捏了一把汗。

虽然一直在干分析师助理，但她也明白了一些行业内约定俗成的规则。证券分析师在对目标上市公司做出分析之后，往往会给出一个结论，便是冯刚口中所说的"评级"，根据建议的评级，市场里的基金公司等买方机构会对上市公司股票进行相应的操作。

一般来说，如果评级是"强烈推荐"，那买方机构便会大幅买入上市公司的股票；如果是"谨慎推荐"，这个购买幅度可能会小一些；而如果是"中性"，就有意思了。

由于A股市场是单边市场，只能做多，不能做空，所以国内的券商缺乏像华尔街的同行们一样，给出"卖出"或者"沽出"评级的对应机制。券商跟上市公司关系十分密切，也不想把话说绝，万一上市公司一怒，不再接待券商调研，券商也很难受，所以，A股的券商，哪怕是不看好一家上市公司，最差也会给个"中性"。

对于上市公司来说，市场的关注越多，买入越多，交投越活跃，自然是好事，谁也不希望被市场认为是没有前途的股票，卖之不及。

所以，当他们看到"中性"评级的时候就会认为，这是券商研究分析机构不看好他们的信号，只不过不好意思明说而已。

有点儿类似一个女孩看不上追自己的男孩，虽然嫌人家穷或者丑，却往往会说：" 抱歉，你是个好人，只是我们性格不合适。"

但是范理明白，杨柳这次给天岚测控的"中性"，真的就是"中性"，而不是不能明说的"卖出"。

杨柳是一个十分严谨的人，如果真是他认为需要卖出的上市公司，肯定避之不及，压根都不会去写评级报告。

之前，他们去被他评为"中性"的上市公司调研时，对方虽然不舒服，却也会先聊一聊，往往双方的信息一勾兑，才发现并没有那么严重，很多时候，现场了解更多的信息之后，杨柳便会把评级往上调。

看来这个天岚测控不太好惹，竟然一上来就来个三板斧，还当着基金公司的面。

"冯总……我们是第一次见面，所以您可能还不太了解我，我的所有研究报告和评级，都是基于非常客观的数据得出来的，所以，中性，就只是字面意义上的中性而已，您不用反应那么强烈……"杨柳尽管从业多年，但面对这个诘难，还是有点儿吞吞吐吐，毕竟他平时更喜欢跟数字和固有秩序打交道。

"放屁！我们去年的年报和最新的季报你看了吗？无论是主营业务收入，还是净利润，都是两位数增长，每股收益也在涨，航天测控是高科技领域，国家这两年开始密集发射卫星，什么北斗导航卫星、风云气象卫星，几十颗呢！哪次发射活动不需要航天测控和遥测？我们跟航天关系紧密，一直在支持他们各项业务，你就只给我们一个'中性'？然后还说是基于客观数据。你哪只眼睛看到的客观数据？拿出来给我瞧瞧！要是没有，那就是对我们有成见！有成见我们就不欢迎！今天正好王总也在，你的买方也在，大家把话都摊开来说……"

冯刚打断了杨柳的话，像机关枪一样发泄着自己的不满。

范理紧张地看了看身边的杨柳，发现他额头上竟然渗出了汗珠。

杨柳有些微微地颤抖，张开嘴，依然试图把话说完，但此时竟然一个词都蹦不出来。昨天晚上，为了准备今天的调研，他特意把自己锁在房间里，将天岚测控的资料又反复看了一遍，确认自己可以应付各种关于数据的问题，可没想到，对方上来不分青红皂白就一顿臭骂。

会场上陷入了沉默。

范理瞥了一眼对面的宋媛媛,看到她的表情虽然有些诧异,却并非完全意外。

"看来,这个冯刚很擅长突然来这么一下,给对方一个下马威!"她暗自想。

而那个来自齐岱宗基金的王子强,似乎见怪不怪,面无表情地看着杨柳,一句话也不说。

"不行!这样会严重影响我们在上市公司和基金公司心目中的形象!以后传出去我们还怎么去调研?"范理突然想到昨天早上晨会前孙尚武在办公室里跟她说过的那些话。

她跟着杨柳跑过好些家上市公司,每家风格都不同,但总归大同小异,不会一上来就这样发难,让杨柳已经产生了惯性,认为所有的上市公司都是那样。

然而,你永远不知道下一家会做出怎样的事情。

而对于上市公司,尤其是稍微有点儿行业地位和影响力的上市公司来说,得罪一家券商其实没什么大不了的。中石油会害怕得罪券商吗?

五十家券商里有四十九家给"强烈推荐"评级,一家给"中性",你说机构会不会去买这家公司的股票呢?

"冯总,我人微言轻,只是个助理,但是,有些话想帮杨老师补充几句,可以吗?"范理下定决心,不管怎么样,不能让这个冯刚这么嚣张下去。"反正情况也不会更坏了!"她想。

"哦……"冯刚还沉浸在自己对杨柳的碾压当中,显然没有料到范理会说话。他以为范理跟他见过的很多分析师助理一样,只是个花瓶。

"冯总,范理是我大学同学,在学校的时候可是学霸,您就让她说几句呗?"宋媛媛也在对面帮腔。

"是吗?北航出美女啊!这个我倒是没有料到,哈哈哈,说吧。"冯刚竟然笑了起来,而且整个人都进入一种放松的状态,跟刚才判若两人。

"这人太深不可测了!"范理心中一紧,"我可得小心点!"

第三十章　初出茅庐

第三十一章　救场与跃迁

"冯总,我感受到您刚才的愤怒了。一开始,我以为您不欢迎我们,后来才发现,原来是对事不对人。"范理硬着头皮开始组织自己的语言。

她已经发现,眼前这个冯刚是个性格分裂、喜怒无常的人,千万不能把他那暴烈的一面激起来。

"说得好,就是对事不对人。"冯刚频频点头。

"好。"范理笑了笑,感到自己刚才那无比紧张的情绪一下消散了许多,"事情其实也很简单,我们中御给您评了一个'中性',您认为有失偏颇,对吧?"

"没错!岂止有失偏颇?简直就是……"冯刚又要脱口而出刚才对着杨柳说过的那两个字,但一看对面是范理,硬是给换成了"胡扯"。

"对,对,您认为是胡扯……"范理赶紧顺着他的话,盯着他的脸色慢慢说,"我是这样看的,不管我们是真胡扯,还是您认为我们在胡扯,其实都不重要,重要的是,贵公司的业绩的确强劲,这才是最关键的,对吗?"

范理这番话稍微有点儿绕,冯刚眼珠子转了转,一时没反应过来。这时,旁边一直没吭气的王子强说话了:"说得好,业绩靠什么体现呢?财务报表,对不对,冯总?"

"对对对!"冯刚让王子强那么一接,连忙答道,"我刚才也说了,我们的财务报表非常抢眼。"

"好的,财务报表我们也看到了,那为什么我们依然会给'中性'的评级呢?有两个原因,第一,财务报表只反映过去的业绩,三张表大家都会看,但那上面的数字都是静态的,对未来企业会发展得如何其实指导意义有限。这也是为什么现在很多企业开始引入新的更加有助于预测未来的财务报表,引入管理会计的概念,比如海尔的共赢增值表。第二,正因为财务报表只反映过去,我们出于审慎态度,才暂时不表达立场,给了'中性'评级。这也是为什么我们这次要过来调研的原因,我们希望看到您这样的信心,而且这个信心如果能够在调研中被您的运营数据所支持的话,我们对贵公司的未来自然会更有信心,甚至非常有信心。"范理这次一口气说完,中途好几次她发觉冯刚或王子强试图打断她,她都没有让他们得逞。

"抱歉,我想说的就这些,在各位领导和前辈面前班门弄斧了。"她又补充道。

冯刚显然被范理的话绕得有点儿晕,但王子强此时看范理的眼神明显变了。

"范理,你是叫范理对吧……"王子强发话了,"你说得非常好,尤其是关于管理会计和共赢增值表那部分,我觉得我们之后可以好好探讨一下。"

"王总过奖了,我只是自学了一点皮毛,向您学习。"范理连忙低头说道。

她心中暗自松了一口气:"这个王子强看上去跟这家上市公司关系非同一般,他如果表现出积极态度,估计冯刚也不会再为难我们吧……"

果然,听完王子强的点评,冯刚突然哈哈大笑:"哎呀呀,真没想到范美女还是个才女,是我刚才眼拙了,眼拙了。杨总,你们中御后继有人啊,刚才我对你态度上有点儿过分,道个歉啊,道个歉……我们继续聊,午饭已经安排了,到时我自罚三杯!"

"大中午的喝酒?"范理听到这里,哭笑不得,刚才的一个小危机总算是渡过了。

"冯总,不打不相识,感谢你们对中御的信任。就像刚才范理说的,我们这次来,是带着诚意,想了解更多你们的运营状况。当然,你们肯定有保密考虑,只要能够披露的,都请跟我们讲讲,洗耳恭听。"杨柳总算从刚才这秀才遇到兵的窘境中恢复过来。

刚才他看着范理的表现,心中也是充满了感慨:"这小姑娘不得了!"

之后的调研,多少就有点儿例行公事,而经历了一开始的冲突之后,冯刚反而格外热情。中午的饭桌上,他果然倒上了据说是来自黄河入海口的东营马场酒,率先干了三杯。好在有宋媛媛的暗中相助,这次范理并没有被灌酒。

范理离开天岚测控之前,特意与这个校友互留了联系方式,并且邀请她有空去上海玩。几年前的一顿狗血饭局,让自己找到一份上海的工作,和一个一见如故的闺密,范理虽然才二十多岁,竟然生出一些对命运无常的感慨。

回到公司没多久,孙尚武便在一次晨会上毫不保留地表扬了她。

"范理身为分析师助理,不仅仅出色地完成了本职工作,还通过自学掌握了全面的经济金融专业知识,在赴天岚测控的调研中,表现得十分亮眼。最重要的是,她获得了齐岱宗基金资深分析师王子强的认可,子强跟我算是旧识,他后来特意跟我提了这件事,而且表示,他跟他们基金经理打了招呼,准备近期到上海来路演的时候顺便到我们这里来看看。我的直觉告诉自己,拿下他们的基金分仓希望很大!虽然齐岱宗基金主要业务在山东,不算头部基金公司,但是,在我看来,钱是无差别的,头部基金公司的一个亿和齐岱宗的一个亿对我们来说,没有任何区别……"

范理从来没有被人这么当众夸过,她低着头,抿着嘴,满脸通红地坐在椅子上,眼睛盯着地板,直到孙尚武说完,她才抬起头,然后发现大家都赞许地看着她,便又把头低了下去。

当然,也不是所有人眼里都是赞许。与以往每次盯着范理便妒恨交加相比,在这个瞬间,梅艳丽觉得自己的一切希望都轰然崩塌,她的眼里只有一片混沌。

几天后的下班前,孙尚武把范理叫到办公室。

"进公司快两年了吧?"

"是的。"

"想不想干分析师?"他直截了当地问。

"想。"范理也很干脆地回答。

"你可以比杨柳干得更好。"

"那他呢?"

"如果没有合适的位置,他恐怕得另谋高就。他的风格,老实讲,太古板守旧,自从我两年前来中御研究所,我就一直希望转变我们的团队风格,我需要你……我是说,更多像你这样的人。"

"不,他教会了我很多,我不想让他失业,如果是接替他,而且他要被扫地出门,我宁愿继续做助理。"范理摇了摇头。

孙尚武盯着范理的眼睛,没有说话,范理也盯着他,眼里毫无惧色。

"苏铭娟马上要跳槽,如果是接她呢?"孙尚武这才问道。

"啊?苏姐要走?她干得那么好!"

"是的,我们这个平台还是小了点,她去一家头部券商,更有可能进《新投资》榜单,还记得我跟你说过的吗?一旦上了那个榜单,薪酬翻番只是基本回报,没有人能够拒绝那个诱惑。"

"她是研究 TMT 行业的吧……"范理有些犹豫。相比航天军工这个小众行业,TMT 是电信、媒体和科技(Telecommunications, Media, Technology)三个英文单词的首字母,是以互联网等媒体为基础并将高科技和电信业等行业链接起来的新兴行业,覆盖面极广,上市公司数量众多,也是最容易出成绩的行业之一。

但同样,挑战也不是一般的大。

"没办法,如果你不愿接,我就只能找别人了。"

"不,孙总,给我吧,我愿意。"范理把刚才的一丝动摇扔到了黄浦江。

"为什么?"

"做难而正确的事情,总归没错。"

此时,夕阳从另外一侧的落地玻璃斜射入孙尚武那宽大的办公室,在地板上洒下一片金色,金色的光辉之中,他看见一双更加明亮而美丽的眼睛。

他的心瞬间冲刺到高峰,又跌落至低谷。

第三十二章 心结

正如刘娣飞所说,院里的培训逐渐多了起来。

随着 C595 项目的全面提速,整个上研院甚至中商航都意识到,他们对民机研制的认识依然十分浅薄,而过去可以参照的历史经验又着实不多。

一方面,中商航开始组建外国专家团队,从乌克兰、俄罗斯等传统航空强国聘请专家把脉;另一方面,则是提供了一轮又一轮培训,覆盖了民机的方方面面。

杜浦在日常工作之余,也尽可能地多多参与,他像一块永不知足的海绵,尽管张进没有跟他提起过几个培训——他已经建立了自己去了解这些信息的渠道。

而张进自上回被陈坚训斥了一顿之后,对待他的态度似乎略微有些好转。他自己也参加了不少培训,两人至少时不时在培训课上可以坐在一块并且安然处之了。

杜浦一点都不想跟张进闹翻,他只是觉得这个师父十分不称职,却又找不到理由换掉他。他曾经隐晦地向陈坚提过,可陈坚要么没领会到,要么佯装不知,又或者的确无人可换,只能提醒张进两句了事。

而最让他百思不得其解的,还是张进真正的动机到底是什么。还有,为什么那天刘娣飞提到适航培训时,师父脸上是那副痛心疾首的表情。

他是一个认死理的人,总觉得有果必有因,有无法解释的果则必有匪夷所思的因。他不相信张进仅仅是因为跟父亲的那段往事而记恨几十年,更不相信是因为自己撞了他却没有诚挚道歉——按照他的标准。

杜浦憋不住了,前阵子跟范理提起这事。范理的回答很简单:"老公啊,既然你不知道,也打听不出来,就别瞎猜了,找个合适的机会,当面敞开聊聊呗,何必自寻烦恼?"

对啊,干吗不直接问呢?

终于,他再次跟张进去了同一个培训,又是一个关于民机适航取证的主题,由于现场问答比较活跃,培训结束后,已经到了晚饭时分。

走出办公楼,龙华院区那单薄而低矮的围墙根本挡不住周边工地上传来的施工声。世博会近在眼前,龙华附近的工厂已经搬迁得差不多了,更现代化的建筑的地基开始在周边破土动工,时代的洪流必将这里的地貌彻底改变,而他们上研院就像其中岿然不动的一座桥墩。

"师父,时间不早了,我请您吃个饭吧,我也懒得回家了。"

"呵呵,我没听错吧?"张进不敢相信自己的耳朵,但并未拒绝。

"真心的,师徒一场都快两年了,我还没请您吃过饭。"

"侬各小宁(你这个小孩)……不会是已经辞职了吧?"

"哪里的话!我要辞职的话,我爸也不会放过我呀。"这话刚一出口,杜浦就有点后悔。

干吗在他面前提父亲啊!

"没诚意,这附近哪有吃的?"张进似乎没注意。

"蹭您的车去徐家汇吃呗,我都请您吃饭了,蹭个车……应该没问题吧?"

"原来你是这个目的!"

正聊着,突然从黑暗中冒出个人来,冲着张进喊道:"老张!好久不见啊!"

两人都不由自主地看过去。

只见一个年纪和身材都跟张进差不多,微微驼背的中年人走了过来,脸上带着笑意,看上去十分和蔼。

"老宋!刚才的培训你没去吗?我怎么没看见你呢?你不是在适航中心吗?"张进也是又惊又喜。

"别提了,容总临时给派了个任务,这不忙到现在才忙完嘛。"那人回答道。

第三十二章　心结　| 131

"来,小杜,给你介绍一下,这是宋总,院里适航中心的专家,也是C595项目适航副总师容融的左膀右臂!"说完这些,张进对着那人又补充了一句,"这是我徒弟,杜浦。"

"什么宋总?别听他瞎说,我叫宋谒平,就叫我老宋吧。"宋谒平听完摆摆手。

"哪里?宋总是适航专家,在C595项目的航电团队,搞座舱显示系统的。我们都得听您的指挥呢。"杜浦已经对这一套驾轻就熟。

不过他说得没错,取证适航是民机的基本目标,不适航,根本就没法卖给航空公司。各大专业的研制工作做得再好,如果得不到适航的认可,都算是无用功。

"你可别这么说,后生可畏啊!适航规章和标准的变化哪有你们技术和研发的变化大?应该是你们牵引我们。"宋谒平也十分客气。

"对了,老宋,有一阵没见,一起吃晚饭吧,正好今天我徒弟请客。"张进突然来了这么一句,然后扭头对着杜浦说,"我就擅自做主,邀请他了,怎么样?没意见吧?适航专家也正好可以跟我们传授传授经验。"

"什么?"杜浦心中一惊,刚刚好不容易建立起来的对张进的有限好感瞬间被砸得粉碎。他原本打算今天跟张进好好聊聊,把心结给解了,如果被这个老宋横插一杠,就这么放弃,下次还不知道要等到啥时候呢。

"当冤大头就当吧!万一这个宋谒平识相点,推托掉呢?"这么想着,杜浦硬着头皮,挤出笑容,"对,宋总,恰好我今天请我师父吃饭,您是他朋友,也就别客气了。"

"哦?好啊,那我就恭敬不如从命啦。"

"什么?他竟然答应了!"杜浦哭笑不得。

三人坐着张进的车,杜浦坐在后座一路无话,张进和宋谒平倒是聊得挺欢。显然,他们有过多年的共同记忆,可是,在这样一个场合,张进非要把他拉上,是为什么呢?

路上倒不堵车,他们很快来到徐家汇,张进在路边停好车,杜浦则找了家人不多的本帮菜馆。

杜浦一直寻思着待会儿怎么找机会跟张进把话聊透。"要不等吃完饭,那个宋谒平走了之后吧。"他安慰自己。

正选着菜,张进突然说道:"小杜,来两瓶石库门,不介意吧?我跟老宋好久不见了,你们年轻人要是喝黄酒,你也一起来点。"

"我介意!"杜浦恨不得喊出这句话。

哪有别人请客这么不见外的?

第三十三章　酒后吐真言

但态也表了,人也来了,再怎么样,都得先把这出戏演下去,看看这老头还有什么花样!

不过,宋谒平倒是发话了:"算了,老张,你开车了,喝什么酒?再说人家小杜估计也不爱喝黄酒。"

"这你就不懂了吧?这就是为什么我要把车停在路边了,我今晚就不开车回去,明天早上过来开,停一个晚上是不收费的!"

"好好好,你这都想到了,那就陪你喝点。"

杜浦听得心里很不是滋味,跟服务员匆匆把菜点好,又加了两瓶石库门。

一桌酒菜摆上,张进倒还是对杜浦说了几句客气话,才开动起来。杜浦并没有加入喝黄酒的阵营。

他没有心情跟这两人喝黄酒。

张进和宋谒平喝了酒,话就多了起来,两人应该是认识几十年的老同事了,知道不少上研院的尘封往事和八卦新闻。他们也不避讳,当着杜浦就那么说起来,不过,两人似乎有个基本的默契,都没提到杜乔。

杜浦冷静地夹菜吃饭,时不时插两句话,像个局外人一般。

突然,张进放下了酒杯,两眼直直地盯着杜浦:"小杜,今天借你的酒局,也趁着喝了点酒,有些话我得跟你说说。"

宋谒平一愣,马上知趣地往旁边挪了挪,让出一条无形的沟通渠道,让它毫无障碍地出现在张进和杜浦之间。

"要不……我出去抽根烟?"他问道。

"不用,不用,老宋,我们都这么熟了,没什么不能当着你的面说的。"

张进说。

"师父,说吧,我听着。"杜浦也放下筷子,他没想到张进会主动挑起这个话题。

"小杜,你是不是觉得我不配做你的师父?是不是想把我换掉?"张进一上来便抛出这两句话。

这让杜浦措手不及,"师父……您是不是喝多了?"杜浦笑着说。

"我没喝多,这个量正好……别以为我不知道你们那帮小年轻平时在嘀咕些什么。我今天就告诉你,为什么我会那样做!"

"师父,也没那么严重,我平日里跟他们聊的,其实是为什么他们的师父经常通知他们进行各种培训、讲座和活动信息,您这边却说得很少。"

"为什么?为什么我不告诉你?因为我不想误导你!"

"误导我?"杜浦愕然。

"平时,我们都忙,而且似乎彼此多少有些芥蒂,也没机会坐下好好聊,今天老宋也在,我就跟你好好说说。我在院里干了几十年,自从客70项目下马之后,你知道院里是怎样的惨状吗?所有人的希望都破灭了!我们当时奋斗的那个目标被时代大势无情地抛弃了!每个人都无比郁闷,那种感觉就像是你辛辛苦苦拉扯大的小孩有朝一日被人贩子给拐走了似的。你知道从20世纪80年代末开始,有多少人出走,离开院里,另谋生路吗?"说到这里,张进似乎有些动情,眼眶红了。而旁边的宋谒平也垂手不语,眉头紧缩,目光空洞。

这段历史,杜浦从父亲嘴里了解过。当时,整个上研院到处弥漫着沮丧和悲观,很快,爷爷的离世更是给了所有人沉重的打击。之后几年,员工们走了个七七八八,很多去了别的行业。装配飞机中央翼盒的去搞汽车钣金,研究液压系统的去做千斤顶、起重机,组装线束线缆的干脆去金桥的工地上当包工头,搞航空电子的则进入电信行业干程控交换机。这些上研院老员工,对整个社会、整个国家,无疑是有贡献的,但是,他们的离开,对于正处于孱弱状态的民机制造业,不啻巨大的打击。

"但是,我坚持下来了,老宋坚持下来了,还有一批人坚持下来了……"张进继续说,"之后的这几十年,你知道我们是怎么过的吗?我们就像无家可归的孩子,在街头乞讨,东家要点饭,西家求点菜,将将吃饱肚子,然后又为下一顿犯愁。我们干过好几个国际合作,跟国际知名的主机厂都合作过,可是结果呢?每次都是花了钱,投了人,最后什么都没捞到,每个人的经验都是支离破碎的,没有一套完整的体系真正传承下来。但时间不等人,转眼就到了二十一世纪,到了国家有能力、有财力再次冲击国产大飞机的时候,这次,我们可以说,不会被时代大势抛弃,因为,我们就是时代大势本身!"张进说得越来越激动,语气也高亢起来。好在店里人不多,大家都默契地跟彼此隔上几桌。

杜浦默默地听着,目不转睛地看着张进的神情。张进脸上写满了沧桑与悲愤,杜浦相信这是他此刻的真情实感。

"所以,回顾这几十年,真是教训远远大于经验。我们在那段时间像饥不择食的小孩,面对各种来自合作伙伴和外界的培训、经验,尤其是来自西方的,全部照单全收。久而久之,却消化不良,因为这些所谓的先进经验彼此之间都有冲突。这种感觉,你懂吗?就好像是练武的人胡乱吸收别人的真气,最后发现几股真气在自己体内乱撞⋯⋯

"所以,你现在知道为什么我要像一个大大的过滤网一样,把现在我们的很多培训和活动都帮你过滤掉了吧?你以为我真是那么小气的人吗?以为我真就因为你撞了我而耿耿于怀吗?我是觉得你是个好苗子,不想让你被它们污染!不想让你重蹈我们的覆辙,道听途说了一堆所谓的经验,结果发现邯郸学步,自己怎么走路都忘了!但是我很悲哀,看这个架势,感觉历史的悲剧又要重演!你知道吗?你刚进来的时候,阚力军搞民机研制基础知识讲座那次,是我第一次试图不让你参加,结果你从别的渠道知道这事,还是去了,我还看到你在结束后跟他聊了很久。从那时开始,我就知道,一切都完了!完了!我真是螳臂挡车!"说到这里,张进有些控制不住自己的感情,几乎要哭出来。

杜浦呆坐在椅子上,深受震撼。他从未想过,自己的师父在那副油腻和消沉的外表下,竟然有如此深沉的苦衷!然而,怎么可以因噎废食呢?

第三十四章　如何洋为中用？

"师父，您能够跟我分享这些，我真的很感动，如果我们师徒俩能早点这样聊聊该多好，我也有责任……不过，我想说的是，即便您帮我过滤了很多培训和活动，我依然去参加了不少，因为我的小伙伴们总归会从他们的师父那里获得消息，然后告诉我。所以，其实您费尽心思所做的，有点类似于二战时法国在德法边境修筑的马奇诺防线。不管您曾经受过多少国际合作的伤，都无法否定一个现实：我们的民机研制水平与国际先进水平就是有差距，而且差距还不小。在这种情况下，要想迅速赶上差距，学习国际先进经验是绕不过去的路，不可能光靠我们自己闭门造车，更不可能回到闭关锁国的老路上去。"杜浦说。他终于理解了师父的苦衷，但是，并不认可这种方式。更何况，这种方式也并没有起到任何作用，真的是"螳臂挡车"。

"我不是主张闭关锁国，只是想强调，我们不能照单全收，要有所取舍，有所扬弃，否则就会像过去几十年那样，弄得稀里糊涂，一团乱麻。"张进辩解道。

"可是您看看您告知我的培训数量，少得可怜，这虽然算不上闭关锁国，但至少也已经把门基本关上了，只留了一道缝而已。"杜浦笑道。

"那是因为我们必须要挑选啊。"

"这我就不同意了，师父。您这句话，有个大前提，就是我们知道哪些是好的，哪些是坏的，这样才能挑选出来好的，把坏的扔掉，对吗？可是，就像您说的，我们现在基本上没有什么成体系的经验，很多领域甚至还是空白，又怎样才能去判断哪些国际经验是好的，哪些是坏的呢？"

"你的意思是，挑选都不挑选了？"

"我的观点可能比较激进啊！不过，您今天不提这事儿，我这段时间也在考虑，尤其是在跟总部采供中心和我们的供应商打过交道之后，我认为，对于国际先进经验，我们能采用的只有类似于华为那样的路径，先僵化，再固化，最后才优化。所谓僵化，就是先照单全收，囫囵吞枣，不求甚解，都吃了再说，哪怕会出现真气在体内乱斗的情况，也要忍着；等这一步之后，就是固化，将这些经验慢慢消化吸收了，从'他们的经验'变成'我们的经验'；最后才是优化，这才到有所取舍的时候，还可以发展我们自己的经验。听您刚才的介绍，过去几十年我们积累不足，我总觉得更多的是整个大环境的影响，使得我们上研院既没法僵化到位，又缺乏稳定的团队去固化，所以更谈不上优化了。当然，这只是我一点粗浅的看法，正好您提到，我就斗胆说出来。"话说到这个份上，杜浦觉得也没有什么必要隐瞒自己内心的想法。

听完他的话，张进没有吭声，而是举起酒杯，抿了一口酒。

"说得好！"一直没什么动静的宋谒平发话了。

他先是冲杜浦点了点头表示赞许，然后转过头对着张进说道："老张啊，你看看你这徒弟，说得多好？我觉得今晚这饭，你得请他，不是他请你。"

张进顿时满脸通红，不知道是喝酒的缘故，还是其他。

见宋谒平并没有站在自己这一边，他十分不甘心："老宋，你这话我就不爱听了，我们过去几十年的亏你还吃得少吗？怎么现在反而帮杜浦说话？"

"因为他说得对啊！他说的僵化，我换个词来说，就叫'全盘西化'。为什么这么说呢？民机领域的标准、规章和制度，不全是从西方过来的吗？欧美两强垄断世界，空客背后是欧洲适航当局 EASA，波音背后则是美国的 FAA。俄罗斯早就说不上话了。那我们现在说，要造出符合国际标准的大飞机，不就是符合西方标准的大飞机吗？"

"好啊！我白认识你几十年了！真是看错你了！没想到你竟然是这样的人！"张进异常愤怒，在他的判断中，宋谒平一定会支持自己的。他往旁边挪了挪身子，盯着宋谒平，一副要割席绝交的样子，又仿佛要用火眼金睛把他的原形给照出来似的。

"什么啊,只是因为这些年我们聊得少罢了。我是干什么的?适航取证。适航取证要干什么?说到底,就是遵守局方的规章。而我们的局方是中国民航,他们的规章条例你以为是怎么来的?都是他们自己制定的吗?不!都是从美国 FAA 和欧洲 EASA 那边翻译过来的,连编号都一样!比如用来适航我们 C595 的《运输类飞机适航标准》,FAA 叫 FAR25 部,我们就叫 CCAR25 部,对不对?不这么做行不行?不行!因为从 20 世纪 80 年代开始,我们就买波音的飞机,买空客的飞机,它们要在中国的天空里飞,我们的局方就要对它们做适航审定,那我们审定要依据什么规章呢?自然就参照 FAA 和 EASA 的要求了。我们已经这么干了二十多年,怎么可能一朝一夕就改呢?再说了,FAA 和 EASA 的规章又是怎么演进到今天的状态的?那都是几十年上百年的积累,每一个条款的积累和变动背后可能都是一次空难和几百条人命带来的血的教训!"说到这里,宋谒平也喝了一大口酒,仿佛是口渴。

三人都没有再说话,都有一种无力感。天空中明明只有空气,看上去天高任鸟飞,可却有无数道无形的硬杠杠,它们已经存在那里很久,你除了去适应它们,似乎别无他法。

但杜浦埋单的时候,心里还是开心的。毕竟,跟张进把话都说透了,而新认识的前辈宋谒平又站在自己这一边,尽管宋谒平的有些说法跟他的理解其实还是有些细微差别,比如,他不接受"全盘西化"这个说法,毕竟俄罗斯和乌克兰也有不少经验可以借鉴。

张进自从宋谒平意外地"反水"之后,情绪一直很低落。当来到路边打车回家的时候,他看到马路对面停着自己那辆已经开了好些年的帕萨特,无论是颜色,还是外形,现在看起来都过时了。

在夜晚的路灯下,整条马路只剩下他那一辆车,停在整齐而高贵的行道树旁边,像一个不合时宜的怪物。

第三十四章 如何洋为中用? | 139

第三十五章　共上一层楼

第二天,杜浦没有在宇航大楼见到张进。没过多久,陈坚告诉他,张进要求提前退休了。

"挺可惜的,他虽然有些轴,但毕竟对院里的事务还算熟悉,他这一走,我就得多操心了。"陈坚说。

"我们工作包的任务很繁重,走了一个人,我得去找老高要人。老张留下的空缺,你愿不愿意填?"陈坚又说。

"我没有新师父了吗?"杜浦问道。

"你都可以当别人的师父了。"陈坚笑道。

填补张进的空缺,杜浦自然是乐意的。从岗位级别上,张进比他要高三级,由于刚进入上研院才两年,杜浦依然是助理设计师,而张进已经是主管设计师了。当然,由于参加工作年限长,张进还有不少跟工龄挂钩的待遇,这是杜浦没去考虑的。

至于陈坚,则是主任设计师,比他高五级。

几周前,高峰临找到杜浦,告诉他:"好好干!年底升你为设计师!"现在张进一走,杜浦不指望自己能连升三级,那有没有可能升两级变成副主管设计师呢?

杜浦有这样的念头,跟范理给的"压力"有关。

两人 2008 年开始工作,一个是助理设计师,一个是分析师助理,同为助理,范理的收入就要比杜浦高 50%。虽说上研院有些小福利中御证券没有,可换算成现金并没有多少钱。

"老公,我当时跟你来上海,你可是说过要养我的哦,这就输在起跑线上啦?"范理常常跟他开玩笑。

杜浦当然知道范理没有别的意思,但总觉得心中有那么一点点不爽。

现在如果能够被提拔一下,收入上能跟范理平起平坐,再把"助理"这个词摘掉,至少可以在范理面前挺直腰杆了。所以,面对陈坚的询问,杜浦很干脆地点了头。果然,如他所愿,自己被提拔为副主管设计师,并且有了更多的工作内容。欣喜之后,他觉得肩上的担子更重了。

"我们一般很少一次提拔两级的,这次是娣飞总格外支持你,她对你上次那番话的印象很深刻。"陈坚告诉他,"好样的!有空可以准备准备中级职称的事情,工作上要上进,职称评定也不能丢下啊!"

"谢谢陈总!"杜浦备受鼓舞。

带着这个好消息,杜浦蹦蹦跳跳地就回了家,本想跟范理好好庆祝一下,却收到她一条短信:"老公,晚上公司要聚餐,庆祝我升职,等我回来哦。"

杜浦苦笑了一下,我升职第一想到的是你,你却要跟公司同事庆祝升职?

当然,他还是开心的。前阵子,范理从济南调研回来之后,就告诉他,自己有可能会被提拔为分析师。没想到,两人竟然同一天更上一层楼!

杜浦于是去了父母家,把张进离开和自己升职的事情都向二老做了汇报,他们都很开心,这简直是双喜临门。

"儿子,没准你当初那个决定是正确的!两年就从助理设计师升为副主管设计师,还是很厉害的!"杜乔开了一瓶五粮液。

"还是老爸指点得好。"杜浦笑道。

"嘿嘿,这个我要是居功,倒也不脸红,之前我就跟你说过,人才断层怎么办?只能用年轻人去填补嘛。"

"嗯,我觉得责任也更大了,C595的座舱显示系统挑战不小。"

"这样才够劲!就是要攻克难关!老爸我不行了,只能给你加油。其实吧……总部不去也罢,人事关系复杂,你也不擅长,你老爸我也不擅长……"才喝了两杯,杜乔舌头就有点打结。

"哦哟,没酒量就别喝!"沈映霞拍了拍杜乔的手。

"今天高兴,喝……"杜乔又往嘴里送了一杯。

吃完晚饭，又跟父母聊了聊，杜浦估摸着范理差不多快回家了，便告辞离开，快步赶回家。可是，房间里很安静，玄关处并没有范理的鞋和包，显然，她还没有回来。杜浦看了看墙上的时钟，已经接近九点半。

"吃个晚饭，怎么现在还不回来？"当时针过了"10"的时候，杜浦有些按捺不住，拨通了范理的电话。

"喂！老公！我们在八佰伴这里的钱柜唱歌呢！待会儿就回去，等我哦！"范理在话筒里欢快地喊道。

电话里很是嘈杂，听上去的确是在量贩 KTV。

"好……早点回来。"杜浦无奈地挂掉电话。

当时针过了"12"，他已经昏昏欲睡的时候，门口传来响动。

范理把门打开了。"老公……我回来了……"她摇摇晃晃地闪进门，把鞋子一脱，包一甩，便冲着杜浦欢快地扑来。她两眼发光，两颊绯红，浑身兴奋。

杜浦也张开双臂，准备去接住她的时候，闻到一股浓浓的酒味。他皱了皱眉，虽然抱住了范理，头却偏向一边去，躲开了她热情的嘴唇。

"对不起……我回来晚啦……今天大家兴致都很高，庆祝我正式成为分析师嘛……"范理倒也不生气，把头埋在杜浦胸前，嗲声嗲气。

"高兴归高兴，怎么又喝酒嘛。"杜浦埋怨道。

"没事，老公，我就喝了半瓶红酒而已，他们有人都喝吐了，哈哈哈……我们孙总最后是被梅艳丽给送走的，我现在好担心她会趁机行事呢……"范理并没有太去理会杜浦的语气，依然自顾自地说道。

"好啦，好啦，去换个衣服，一身酒气。"杜浦轻轻地把范理推开。

"遵命！"范理点了点头，继续迈着欢快的脚步进了卧室。

没过多久，她换上家居服，把外套拿在手上走了出来。经过这么一下，她的情绪稳定了许多。

"老公！我现在是 TMT 行业分析师啦！"但升职之后的那种喜悦依然溢于言表。

"恭喜恭喜！"杜浦这也才迎上前去，抱住她，在她耳边说道，"我也有个好消息……"

"哦？让我猜猜？"范理调皮地说。

"猜吧。"

"总部又来找你，所以这次你答应了？"

"不是……"杜浦摇了摇头。

"也是升职加薪？"

"对了！我被升了两级，现在是副主管设计师啦。我那个师父张进已经退休了。"

"太好啦！今天真是个好日子！"范理紧紧地搂住杜浦的脖子。

两人又缱绻了一会儿，平静下来之后，双双坐在沙发上，开始畅想下一步的生活。

"老公，你知道吗？我变成分析师之后，工资竟然翻了个番！我原来想着能涨个50%就很不错了，金融行业真是没选错啊！我觉得我们可以考虑买辆车了！"

听到范理的话，杜浦一时不知道怎么接，虽然自己被提了两级，但薪水的涨幅并没有多少，如果说，原来与范理的差距只有50%，相当于她的三分之二，现在一来，估计还没人家一半多！

见杜浦只是呵呵笑着，没有说话，范理立刻明白他的心思，乐了："老公，我可没有跟你炫耀薪水的意思，行业差异嘛……放心，以后我养你哈！"

"好，那也挺不错的。"杜浦依旧笑道。

第三十五章 共上一层楼

第三十六章 聚焦

叶梓闻从小就喜欢读书，在书里他可以获得很多启发，然后在他年轻的人生当中一样样去验证。

他曾经读到过一个观点：一个系统也好，一个组织也罢，内部永远存在混乱与冲突，有从有序往无序发展的天生冲动，就类似于热力学里的熵增，这样毫无疑问会带来问题。然而，只要这个系统或者组织一直在发展、生长和壮大，这些问题都会变成成长道路上的误差，是可以容忍和修正的，不会积累成带来严重后果的错误。

对他来说，现在的中迪航电就处于这样一种状态。

尽管刚刚组建，人分为三六九等也好，有人浑水摸鱼走捷径也罢，但整个公司就是一个初生的企业，朝气蓬勃。它有一个启动项目C595去做，而且承担了重要责任，深受客户中商航的重视，正处于开疆拓土、万物更新的阶段。在这个阶段，只要想干事，那些看上去的烦心事其实都是可以忽略的噪音，担心或者忧虑也是无谓的烦恼。

叶梓闻很快就找到了很多有意义的事。

虽然在中迪航电，似乎没人理睬他这个"第三种身份"的人，也没有像在上航所时"丁真"给他一堆选项任他挑选那样的待遇，但当组织架构和分工都尘埃落定的时候，他还是被分配到工程部门的关键技术团队——座舱显示团队的子系统组，又称为T4组。

中迪航电作为C595的一级供应商，负责整个核心航电系统，包括核心网络、座舱显示、飞行管理等几个飞机上的关键系统。因此，进入座舱显示团队，从某种意义上说也算是来自迪森斯的管理者们对他的认可。

他所在的组，同事一大半都是外国人。

组长是个大胡子美国人，叫沃尔特，说话的声音像是在胸腔中共振了好几轮才喷薄而出的，自带混响效果。但如果仔细听，他的条理还是很清晰的。

"梓闻……"沃尔特很努力地去发 Ziwen 的音，并没有强迫叶梓闻非得取个英文名，"民用飞机机载系统的设计，说难也难，说容易，理解起来也挺简单。我们从 ARP4754 的基本流程来理解，整个设计过程无非一个 V 字形，V 字的左半边，从上到下是设计和开发，V 字的右半边，从下到上是确认和验证。左半边是为了让我们正确地设计，右半边则是为了证明我们做了正确的设计，尤其是向局方证明，这样他们才能放心地给我们颁发适航证。右半边的工作量往往比左半边更大，因为你做一件事情，把它做对或许不难，怎样向别人证明你做对了，这才是要命的，如果不遵守规章、流程和行业经验，局方是不会相信你的。很多没有干过民机的人往往只关注 V 字的左半边，认为把东西造出来就行了，却忽略了如果一开始不注意流程，到了右半边时，根本无法自圆其说。所以，在民机的研制中，其实是有两条线并行的，明线便是我们的研制活动本身，暗线则是用于支持这些活动的流程符合性检查。"

短短一段话，说得叶梓闻茅塞顿开。难怪丁真认为搞出显示器只要两年！因为他只关注 V 字的左半边啊！

除了沃尔特，叶梓闻的几位平级的外国同事也有两把刷子。

"嘿，你要结构化地去看飞机设计。"菲尔比沃尔特要年轻一些，长相也更加帅气，同样来自美国，"在 V 字的左半边，设计工作应该是正向的，也就是说，从上往下的。最上面，是飞机级的需求，我们把它称为 T0。T0 级需求经过中商航的总体团队分解之后，形成针对动力、飞控、航电、起落架、电源等系统的需求，也就是 T1 级需求。中商航的航电团队拿到 T1 级需求后，再进一步往下分解成为针对核心航电系统、座舱显示系统、飞行管理系统、通信导航系统、信息系统、大气数据和惯导系统等多个航电领域系统的 T2 级需求。他们会把 T2 级需求下放给我们，由我们再一级一级往下分，分到 T3 级和 T4 级。就拿咱们干的座舱显示系统举例，T3 级需求便是整个座舱显示系统级的需求，T4 级需求则是座舱显示系统下的

第三十六章 聚焦 | 145

各子系统的需求,也是我们这个组所干的事情。我们做什么呢？把 T4 级进一步下放给我们的供应商上航所,由他们生成显示系统平台级的 T5 级需求和 T6 级的设备级需求,到了 T6 级,就到了一个个具体的产品了,比如显示器、控制面板等。T6 级再往下,就进入软件和硬件的领域,ARP4754 就照顾不到,得遵循 DO-178 和 DO-254 标准了……"

　　叶梓闻在沃尔特、菲尔和其他几个来自迪森斯的外国同事的带领下,觉得自己对民机的理解在迅猛增长。当时在上航所培训的那些 ARP4754、DO-178、DO-254 等行业标准被他们轻描淡写一解释,就像帮他打通了任督二脉。

　　这样的感觉,是他在上航所从未有过的。一瞬间,他心悦诚服地认为,这帮人的确配得上他们的"第一种身份"。

　　不过,时间一久,他就发现,这帮外国人也不全是沃尔特和菲尔,还是有一些过来混日子的,仗着会说流利的英语,经常胡搅蛮缠。当在专业和技术上无法抗衡时,他们便会用语言的优势把你打败。

　　叶梓闻很快便厌倦自己所在的座舱显示系统 T4 组。

　　"总是跟自己人搞什么搞？内耗！我要争取去 T3 组,到了 T3 组,便可以直接面对客户,面对中商航了！"

第三十七章　世博会之后

在杜浦看来,刚刚结束的世博会给上海,尤其是给他的家乡浦东带来的变化是永久性的。

世博会之前,上海的国际化,似乎总是欠缺了一点什么。所有人都知道,这座融贯中西、海纳百川的城市其实不需要向世界证明自己的地位。但祖上曾经阔过,现在更是风头正劲的中国龙头城市,始终少了一个契机,来揭掉蒙在她脸上那层薄薄的面纱。

在世博会的整整半年时间里,上海全方位地把自己的真颜展现在了世界面前。

这里不仅有旗袍、小楼、麻雀馆,马褂、弄堂、老虎窗,还有林立的雄伟高楼、高楼旁层叠的高架桥和宽阔的世纪大道;"亚洲第一弯"虽然已经被拆除,滴水湖已然在酝酿;除了法租界、万国建筑群、跑马地和老码头,还有一片片待开发的土地、科技馆和航海馆,以及洋山深水港;陆家嘴体现着中国金融的高度,浦江两岸也是中国制造的象征。

南浦大桥和卢浦大桥之间的世博园区,曾经要么是老工厂,要么什么都没有,现在也变成了一片城市花园,老工业风的、高科技的、现代感的和艺术性的各色建筑与场馆到处都是,它们当中的很多只是驻足六个月,一部分却会存在很多年。

浦东的后滩已经完全变了模样,东方之冠中国馆、梅赛德斯奔驰文化中心等地标性建筑把这块曾经无人问津的土地变成了上海新的热门。在这片世博展馆曾经林立的地方,将会崛起一个央企总部群,中商航的新总部也将坐落于此。

杜浦也得知,他们上研院位于张江的新院区已经开始破土动工了,最多两年，他就可以回到自己的家乡浦东工作。这些天，他觉得每天去宇航大楼上班都更有干劲了。

C595整个项目的进展也时时激励着他。在年底的珠海航展上，公司首次展示了全尺寸的1∶1展示样机，并且宣布获得100个订单。当飞机还在图纸上、还在电脑里、还在各大供应商的实验室、车间和生产线上的时候，公司便获得100个订单，这无疑是市场对C595的信心和认可。

航展之后，阚力军在内部的项目状态大会上强调，机体结构的进展十分喜人。机头、机翼和复合材料后机身等多个部件均按照计划顺利推进，动力系统与发动机受到迪森斯公司资源冲突的影响，略微有些延迟，但整体可控，机载系统则情况最复杂。

"动力系统和发动机请金刚总与团队密切关注，一旦发现影响项目关键路径和关键节点的问题，无论是我们自己解决不了，还是供应商不配合，都要第一时间上升给我和公司领导层……飞控系统的核心是飞行控制率，供应商利佳宇航已经最终确认，其飞行控制率属于美国政府严格限定出口的技术，不能提供给我们，我们必须马上组织技术攻关力量，把这块硬骨头啃下来。志坚总，靠你们了……

"……航电系统由于采用了不少新研产品，引入了合资公司和本地供应商，面临相当大的挑战。一方面，我们希望航电领域有一些本土化和国内供应商的突破；另一方面，我们也要做好项目进度和交付质量的平衡。尤其是核心网络、座舱显示和通信导航与监视系统，前两者的供应商是中迪航电和上航所，都在上海，要与他们更加紧密配合；'通导监'的供应商又是利佳宇航，他们的开放度很成问题，我们需要了解他们在成都的合资公司成利系统能做些什么，请娣飞总重点关注……"

杜浦没有去大会现场，而是通过视频分会场上全程参会。从画面上，他看见动力副总师刘金刚、飞控副总师李志坚和航电副总师刘娣飞的表情都十分凝重，但眼里依然充满坚定的神情。

身边的陈坚扭过头来看了看杜浦："杜浦，任务越来越重了啊！"自从杜浦接了张进的班之后，陈坚就不再称他为"小杜"了。

"是啊，陈总，飞机不同系统之间的差别还真是蛮大的，你看机头的工程样机都出来了,我们航电还在跟供应商谈具体的工作分工呢,连需求都没固化下来。"

"看看娣飞总这次回来有什么新的指示吧。之前她要求我们跟座舱显示系统的各大供应商在明年上半年完成产品规范(Product Specification,缩写为 PS)和工作描述(Statement of Work,缩写为 SOW)的确认,将需求固化下来,每一项工作都要分清楚责任主体方和支持方,他们的交付物,包括内容和交付节点,也要明确下来。"

"上半年?进度很赶啊!"

"是的,不过,现在我们的目标是 2014 年首飞,倒推的话,2012 年就要总装下线,现在都已经 2010 年年底,时间不多了。"

这些项目的重要节点杜浦自然烂熟于心,但领导们对产品规范和工作描述要求的完成节点,他是第一次得知。

飞机项目由于其高度复杂性,很多工作都并行开展。比如说,飞机研制和适航符合性检查;又比如说,供应商选择和实际工作的开展。而当供应商选定的时候,这只意味着联合设计工作可以全面展开,并不代表中商航和供应商之间所有的分工界面与责任已经完全厘清。因此,中商航会先给供应商下发一份《选型通知》,很快双方会签署一份《合作意向书》,在此基础之上,双方可以尽快开展联合设计。与此同时,双方会同步花大量的精力去洽谈约束责任义务关系的核心文本——主合同。主合同一般由正文和多个附件组成,正文部分重点强调核心的条款,具体的工作指导全部会放在附件当中。这些附件包括技术、商务、构型管理、客户服务等多项内容,其中最重要也最频繁使用的工程技术附件便是产品规范和工作描述。前者是对应飞机系统或者产品的设计指标和需求,后者则是中商航和供应商之间一切具体研制工作的行为准则和责任义务指南。

一份主合同,加上其附件,往往有好几百页,甚至上千页,当主合同谈定,双方签署的时候,供应商才算完全在法律意义上绑定了飞机型号。很多时候,当主合同谈定的时候,研制工作都已经完成一半了。

现在,半年之内要完成座舱显示系统的产品规范和工作描述谈判,这个挑战不是一般的大。座舱显示系统本身就很复杂,又是飞机的核心系统,供应商也五花八门,既有合资公司中迪航电,也有国内单位上航所,还有外企利佳宇航,每家花上一个月,三个月就没了。更何况,这三家还有他们的次级供应商要管控,加起来超过十家。

而经过此前的培训,杜浦的直觉告诉自己,一旦进入细节当中,时间就像泼在沙滩上的水,不知不觉便消失得无影无踪。

第三十八章　整合项目团队

"陈坚、杜浦,座舱显示系统的产品规范和工作描述谈判,就靠你们来牵头了。我们需要跟总部、院里其他专业、总装厂和客服中心紧密配合,但它们归根到底是工程技术文件。阚总的要求很明确,明年上半年内完成所有航电系统工作包的产品规范和工作描述谈判,有些包我不担心,但你们,说实话,我还是捏了一把汗。总之,有什么需要,尽管提。"果然,刘娣飞带来的命令并没有给杜浦任何放松的空间。

"看来我们得组一个整合项目团队了……"陈坚找到杜浦讨论实施细节。

"整合项目团队?"

"对,公司刚开始推行的项目实施组织方式,也是向波音、空客等成熟主机制造商学的,英文叫 Integrated Project Team,或者缩写为 IPT。说白了,就是一个互相没有直线汇报关系的跨组织、跨部门组成的临时项目团队,为了完成一个共同的目标而设立。一个 IPT 团队有一个牵头人,团队成员虽然对他没有直线汇报关系,但在这个 IPT 团队的工作范围之内,需要听从这个牵头人的调配。"

"哦……"杜浦明白了,不过,心里捏了一把汗。他怎么去调动如此庞大的内部资源呢?

"不用担心,我们组这个座舱显示系统 IPT 团队之后,牵头人肯定是娣飞总,必须得挂她的名号,但是具体的事务由咱俩来操办,否则内部很多时候推不动。"陈坚看出了杜浦的顾虑。

"嗯,有道理,有她坐镇,总归会好一些。陈总,需要我做什么,就尽管吩咐吧!"

"好,那我们就不耽误时间了,把咱俩的分工排一排,各自行动起来!"

两人聊了一下午,终于确定了座舱显示系统 IPT 团队的组建方案和分工建议。陈坚会去找刘娣飞担任 IPT 牵头人,自己则更多负责协调院内各个部门的资源。他把跟总部、总装厂和客服中心的资源协调,以及跟供应商打交道的主责交给了杜浦:"我在院里待的时间长,知道去找谁。你还年轻,犯不着花时间去搞这些个无聊的内部关系,应该多往外看,从你自己的职业发展考虑,跟总部搞好关系也很重要。"

对于这样的安排,杜浦一百个满意,他真心不想再去跟张进这样的前辈们打交道,尽管最后发现他并非心眼小,而是观念上的差异。而且,万一需要把自己父亲叫进来,到时候是儿子指挥老子,还是老子指挥儿子呢?

一旦忙起来,人就不容易想些有的没的。与范理在薪酬上逐步拉开的差距和金融行业那种居高临下感带来的一丝顾虑,很快便溜到他心中不起眼的角落去了。

当再次见到孟德丰的时候,他发现这位总部采供中心的多面手有些憔悴,眼神里满是疲惫,额头上的发际线也似乎有些松动。

"有一阵不见,你怎么被蹂躏成这样啦?"杜浦半开玩笑地问道。

"谁叫你不来总部帮我呢?"孟德丰也笑着回答,带着一丝倦意,"现在在跟各大供应商谈主合同,连轴转,我已经连续五天没有在晚上十点前回家了。"

"嘿嘿,这么多人想来总部,又不缺我一个。"

"可是你一个顶俩啊!"

"看到你这样,我都不好意思打扰了。"

"什么事?说吧。"

"也是跟主合同谈判相关的事。娣飞总要求整个航电团队在明年上半年完成跟供应商之间的产品规范和工作描述谈判,来支持整个主合同的关闭,我们座舱显示系统要组建 IPT 了,总部采供中心总得来个人指导工作吧?"

"哎呀！你来晚了两天，我已经刚把自己分给金刚总的动力团队和志坚总的飞控团队了！"

"一个人还能进两个 IPT 团队？"

"不然呢？人不够用啊！"

"那……我就不强人所难啦，看到你这个样子，我也不忍心再让你跑我们航电来，这几个系统都是难啃的骨头。"

"嗯……"孟德丰沉吟了一下，"我虽然不成，但我给你推荐一个人吧。她刚刚进总部，被安排到我的团队，正好需要点事情做呢。小姑娘叫赵婕，跟我们年纪差不多，上外毕业的，英语能力很强，毕业后先去迪森斯工作了两年，才来我们这的。"

"哦？听上去很不错啊。可是，她为什么要从外企到我们这来？"

"对啊，我一开始也不理解。后来才知道，人家本地小姑娘，家庭条件也不错，家里想让她稳定一点，好找对象，而且她说在迪森斯什么大小决定都要请示美国，本地团队没太多授权。"

"迪森斯啊……已经算本地化做得不错的外企了，光发动机的现场支持工程师就有多少？又刚跟中工航成立了中迪航电，把核心航点技术给转移到上海来了。"杜浦有些诧异。

"是啊，我也这么认为，可是她说这些都是表面文章，就算是中迪航电，迪森斯也没损失什么，毕竟现金投入主要是中工航出的。"

"好吧……那也挺好，她既然在迪森斯待过，到时候我们跟中迪航电谈 SOW 的时候，应该能发挥不少作用，多谢啦！"

"别客气，我还想着可以跟你并肩作战呢，只能等以后啦。既然说到这里，赵婕算是少见的从供应商跳槽到我们这儿的，这两年，我听说，我们中商航好些人被供应商挖去了。"

"是吗？"

"你看看你，光顾着埋头干活了吧！你们上研院就有好几个，去了迪森斯、利佳宇航、霍克斯等公司的，他们有外企的牌子，待遇也比我们要高出不少，工作也轻松，也难怪……"

"可是，我还是觉得这样不太好，你想啊，在我们这里不管干了多久，总归对我们的内部流程和情况比较清楚了吧,现在去供应商那儿,又回来做我们的项目,是不是有点'临阵叛逃'的感觉?"杜浦皱了皱眉头。

"是有那么一点,不过,市场经济嘛,只要没有真的泄露商业机密,也都是个人选择……你小子可别哪一天也步他们后尘啊!总部你不来,偏偏要出去,到时候,别让我碰上,否则,我见一次骂一次!"孟德丰笑道。

"那是不可能的!"杜浦回答得很坚决。

不过,他也承认,当他听到外企的待遇比中商航要高出不少时,内心深处的某个地方还是稍微蠢动了一下。

第三十九章　转岗

叶梓闻第一次见瓦内莎的时候,差点怀疑自己来错了地方。

当时,他站在中迪航电所在的写字楼楼下,正准备走进大堂,发现里面走出来一个身材结实的外国人。那人身着一套类似于迷彩服的休闲装,留着干净利落的寸头,脸上棱角格外分明,一双蓝眸目不斜视,走路带风,裸露的两只手臂上全是刺青,但看不清是什么花纹。

他忍不住多看了一眼,才发现她竟然是个女人!虽然是个女人,但她的走路身姿跟男人没什么区别,步速极快,简直像个特种兵。叶梓闻一瞬间觉得自己走进了拍摄美国大片的现场。

后来,他才发现,那人竟然是他的同事!而现在,他便要走进她的办公室。此刻,她正坐在里面,埋头认真地读着一摞厚厚的论文,完全没有注意到透明的玻璃门外站着一个年轻人。

叶梓闻敲了敲门,见她抬起了头,便推门走了进去。

"嗨,我是座舱显示系统T4组的叶梓闻。"他打着招呼。

近距离看着她的蓝色眼眸,叶梓闻才发现,她长得并不难看,只不过平时注意力完全被她的中性打扮给吸引过去了。

"嗨,我喜欢你的发型。"瓦内莎笑道,并且冲前面的座位努努嘴,示意他坐下。

"我也是,你的发型也很酷。"叶梓闻说。

"叫我瓦内莎吧,有什么需要帮助的吗?"瓦内莎眨了眨眼。

"我听沃尔特说,你是座舱显示系统T3组的组长?"叶梓闻问道。

"沃尔特?哈哈哈……那个糊涂蛋!没错,我是。"瓦内莎夸张地笑道。

见叶梓闻一脸惊诧,她抿了抿嘴:"不用理我,他跟我很熟,我们经常互相开玩笑。"

"哦……"叶梓闻觉得很新鲜,原来这帮美国人是这样玩的。

"说吧,沃尔特让你来找我?"

"是的,我向他申请转岗,到你们组来。"

"哦?为什么?他把你压迫得够呛?"瓦内莎又开起了玩笑。

"不……不,他对我挺好的,只不过,我想换个环境。"

"在T4级太无聊了?"

"那倒不是,我想直接跟客户打交道。"

"是吗?我们这里的办公环境你不满意?我们空间开阔,窗明几净的,还有免费的咖啡、茶和点心,你想到宇航大楼那个贫民窟去?"

"我倒没想那么多,我觉得要想对航电有更全面的理解,必须得到T3级,甚至更往上去。"

"好,我明白了。我们团队倒是的确有空位,不过……沃尔特放你吗?"

"放心吧,我跟他聊过了,他很开明。"

"好,既然他放人,我再跟他聊聊,了解了解你的背景。当然,我相信他不会给我推荐一个很差的人,我也相信你可以在我这里胜任。如果这一切都成立,还有最后一关,人力资源那边你去打过招呼了吗?"

"这个……"叶梓闻愣住了。

"没有?"瓦内莎探询着。

"嗯,没跟他们说过,难道不是你同意就行了吗?"

"理论上是如此。不过,他们需要知道,而且,万一他们有什么意见,我们也需要倾听,这就是我们这里行事的方式。"瓦内莎耸了耸肩。

"可是,我们之前并不是这样的,只要用人部门同意就行,人力资源只是帮忙办手续。"

"哦?正因为如此,你们的领导才要跟我们迪森斯合资啊,不就是为了学习这些先进的经验和流程吗?我们转移来的可不仅仅是波音787的核心航电技术,还有一整套公司管理的最佳实践与流程,包括人力资源、项目管理、市场营销、供应链管理、精益生产等许多类呢。"

瓦内莎跟很多迪森斯派来的人一样，张口闭口依然是"我们迪森斯"，并不把自己当作中迪航电的人。而中工航这边呢，恰好相反，包括叶梓闻在内，都会自称"中迪航电的员工"。

他已经观察到了这个现象，一开始很是愤愤不平，但到现在，自己都已经麻木了。不过，面对瓦内莎这个无心的挑衅，他还是略微有些不爽，心中暗想："技术先不说，这些管理流程，凭什么说你们的就一定是好的呢？"

但是，考虑到自己正在争取转岗到她的团队，叶梓闻还是忍住了这句话，没有说出来。经过两年的职场磨炼，他似乎比刚毕业时要更能控制自己的情绪了。

"好了，不用担心，小甜心。"瓦内莎笑道，"人力资源那边我会去说，这个你放心。但是，你至少要知会他们一声，没有人愿意不知情，尤其是他们，懂吗？"

"抱歉，你刚才叫我什么？"叶梓闻怀疑自己听错了。

"小甜心，哈哈……抱歉，我们这群粗鲁的美国人见到年轻可爱的小伙子就想这么叫。"瓦内莎挤了挤眼。

"哼？小伙子，你多大了？"叶梓闻脸红了，反问道。

"你不会想问一个美国女人的年龄……"瓦内莎神秘地回答，并没有透露答案。

叶梓闻不服气地盯着她的脸，却无可奈何。不过，至少她同意自己的转岗，而且愿意去跟人力资源打招呼，这倒不坏。

告辞之后，他略微犹豫了一下，还是走到人力资源部所在的区域。

跟程克甲聊过之后，他就像《红楼梦》里被门子点醒的贾雨村，但是相反的作用，他并没有如老程所建议的，主动去跟人力资源套近乎，反而对他们所在的区域敬而远之，能绕道走绝不穿过去。但现在，他不得不需要过去跟他们发生一次接触。

"请问……公司内部转岗的话，应该找谁啊？"他来到一个年轻姑娘的工位前，从工卡上来看，她叫叶敏，英文名Minnie。他并不认识她，估计

第三十九章 转岗 | 157

她是刚来的。中迪航电成立这一年多时间,包括人力资源在内,很多职能部门的人都换了一拨,感觉迪森斯把这个合资公司当作他们轮岗的一个中转站,派些有潜力的人过来待上几个月,然后回去原地提拔,就像在阳澄湖里洗个澡的螃蟹似的。

叶梓闻看到本家的一点点激动被那个英文名给瞬间化解,他差点忍不住笑出声来。竟然还有人用 Minnie 作为英文名字!迪士尼动画片看多了吗?

"你是谁?"叶敏抬起头来,疑惑地看着叶梓闻。

"我是工程部座舱显示系统 T4 组的叶梓闻,想申请岗位调动,从 T4 组到 T3 组去,已经跟现在的领导沃尔特和新领导瓦内莎都说过了。"

听完这话,只见那个姑娘面色一沉,眼神里全是寒光:"有这样岗位调动的吗?就过来通知我们一下?"

第四十章　是怎样的 HR？

这是叶梓闻第一次从一个如此年轻的人嘴里听到这样一句老气横秋的话。说这话的还是个漂亮姑娘。

在他有限的人生阅历和广阔的阅读经历中，这句话再往下说，往往就是："你把我当什么了？"或者是："你是不是瞧不起我？"而说出这样话的人，也往往是个中年大叔。

他愣在那里，竟然一时不知要如何回答。不过，他的反应很快，那是一种被震惊和愤怒冲击后的本能："那要怎样？还得先求你们？"

这下轮到那姑娘愣住了，她从没碰见过这样跟人力资源说话的。眼前这个男人，看上去年纪并不大，留着一头长发，但被他的五官和身材一加持，并不显得邋遢，气质也不错，是个实打实的帅哥。可这个帅哥竟然这样对自己说话！

叶敏站了起来，大声说道："叶梓闻！请注意你的说话方式！岗位调动属于人力资源管理的一环，公司有专门的流程。如果大家都像你一样，今天跑来跟我们打个招呼，明天发个邮件，就完成了岗位调动，公司的人力资源要怎样管理？"

"是你先撑我的！我好好跟你说话，你干吗一上来就给我脸色看啊？对我们生杀予夺的大权都掌握在你们手里吗？"叶梓闻也毫不示弱。

没想到，他这么一横，叶敏竟然没有再继续接下去，她身边坐着的其他几个姑娘也都低着头，不吭声。他仔细一看，叶敏竟然在微微地抽动鼻子。敢情是委屈得哭了！这下他傻眼了，两只手都不知道往哪儿放。

这时，走廊另一边的透明办公室门被打开了。"发生什么事了？"一个成熟的女声传过来。

叶梓闻扭过头一看,一个中等身材的女人站在办公室门口,正往这边看过来。她长得并不算漂亮,但也不难看,略微圆圆的脸还挺有福相。她留着一头鬈发,身着职业套装,看上去气质不一般。

"佩琳!他欺负我!"叶敏像见到了救星,连忙从工位上向那女人跑过去。

"喂!我怎么欺负你了?不就是问你一个问题,被你撑回来,我再反驳了两句吗?"叶梓闻连忙辩解。

"叶敏/Minnie,没事,别说了。我来问问情况,你先回座位上去吧……"叶敏还想继续申诉,却被那个女人打断。

女人冲着叶梓闻说:"你是哪位?有什么事情吗?"声音十分稳重而温柔,一下子让叶梓闻刚才那有些起伏的情绪平静下来。

"我叫叶梓闻,工程部座舱显示系统T4组的,刚才过来问问转岗的事情,结果就出现这局面,我也很无辜好吧?"

"没事,来我办公室聊聊吧。"女人倒不急,闪身示意叶梓闻进去。

叶梓闻扫了叶敏一眼,发现她已经坐在椅子上擦眼泪,也不理会,跟着女人走进她办公室。

"叶梓闻你好,我叫张佩琳,你可以叫我佩琳。我是新来对口工程部的HRBP(Human Resource Business Partner,人力资源业务合作伙伴),之前的佐伊回迪森斯了,你应该认识她。"女人坐定之后,自我介绍道。

佐伊……貌似这个名字有点印象,但人长什么样,还真不记得了,应该是碰到过几次吧……心里虽然这么想,叶梓闻也知道此时应该回答的是:"是的,我认识她。"

"好的,那你应该知道HRBP是做什么的?"张佩琳问道。

"呃……"叶梓闻转动着眼珠,他心里想:"这四个字母我的确都认识……"

"你是迪森斯派来的吗?"张佩琳冷不丁地问道。

"不,我从中工航来。"

"哦……"

张佩琳发出了一句意味深长的感叹,然后问道:"要不要给你介绍一下?"

"好啊。"叶梓闻心想:看你葫芦里卖什么药。

"HRBP 是英文 Human Resource Business Partner 的缩写,直译过来便是'人力资源业务合作伙伴'的意思,这又是什么意思呢? 就是说,我们做人力资源的,不能只站在一边搞那六大模块:规划、招聘、培训、绩效、薪酬和员工关系,不能不接地气,而要跟业务紧密结合,第一时间了解业务线对于人力资源的需求和痛点,并且提供对症下药的解决方案。所以,在迪森斯,我们对各条产品线、技术线都配备了 HRBP。我们现在要把这一套行之有效的方法移植到中迪航电来,我就是对口工程部的 HRBP。"

"哦……我懂了! 你的角色就是解决我们工程部日常工作当中跟人力资源相关问题的? 不管是什么问题?"

"对,你可以这么说,我就是你们的人力资源保姆。"

听完这话,叶梓闻对眼前这个大姐的印象好了起来。

也没有传闻中的那么自以为是、不近人情嘛!

"那好,佩林,我目前就面临一个情况,我想从座舱显示系统 T4 组转岗到 T3 组去,现在的领导和新领导都点头了,新领导让我过来跟你们说一声,就这么简单。我不知道怎么就得罪刚才那位大小姐了,一上来就训我,我说话稍微重了一点,她竟然就哭了!"叶梓闻把两手一摊,做出一副不可思议的表情。

"好了好了,的确不是什么大事,我这边知情了,回头我找瓦内莎聊聊,然后我们走走流程就好。至于 Minnie,你也别怪她,小姑娘刚来,而且,按照规定,的确应该先找我们触发流程的,她只不过是稍微欠缺一点变通。你看上去虽然不大,但也是个男子汉,待会儿出门去跟她说说好话呗?"张佩琳笑道。

"没问题!"叶梓闻点了点头。

他出门之后,果然去哄了哄自己的本家,等到她情绪稳定后才离开。刚走出没几步,他便看见程克甲从前面走过来,冲着他吹了一声口哨,眼里全是不怀好意的笑。

第四十一章　沪陕双璧

"真是稀奇！在殡仪馆旁边搞 C595，这有点不太吉利吧，还没起飞就要埋葬，哈哈哈！"

一个年轻的声音从门外传来。

杜浦听得真真切切，眉头一皱，心想：这是哪个戆大（傻瓜），殡仪馆旁边风水不要太好哦。

这时，会议室门口走进来两个人，杜浦吃了一惊。

一个留着板寸头的外国女人和一个蓄着长发的中国男子。女人看上去三四十岁，男子则十分年轻，杜浦甚至怀疑他还没有成年。虽然两人的长相都算养眼，但是不是走错地方了？

正纳闷着，身旁的陈坚倒是站了起来，对着那个外国女人说道："瓦内莎小姐对吧？你好，我是中商航上研院的陈坚，我们采供中心的同事把你的邮件告诉了我，我们有过邮件沟通，今天终于见面了。"

他的英语非常一般，因此一边说，一边捅了捅杜浦，示意让他来应付："你来主持吧！他们是中迪航电的人，跟我们进行 C595 座舱显示系统产品规范和工作描述讨论的。"

几天前，叶梓闻终于走完了公司内部流程，从座舱显示系统 T4 组转岗到 T3 组，成为瓦内莎的组员。张佩琳和叶敏并没有再搞出节外生枝的事情，而经过跟张佩琳的聊天，叶梓闻对人力资源的成见也消解了不少。

今天，他终于有机会跟着组长来宇航大楼，开始与客户进行产品规范和工作描述的谈判。

"叶，你应该感到幸运，一到我这儿来就参与如此重要的工作。你知道吗？我之前干过两个项目，一个波音的，一个庞巴迪的，与客户进行这些文档的谈判可都得十分资深的工程师才能胜任。它们可不是一般的文档,那里面都是钱!"瓦内莎觉得称呼 Ziwen 太麻烦,干脆直接叫他的姓。

"谢谢你的信任,瓦内莎,我一定不掉链子。为什么说里面都是钱呢?"有时候,叶梓闻还挺喜欢用英语的,至少不用费尽脑筋区分"你"和"您"该用哪个,又或者到底应该称呼别人为"总""主任"还是"部长"。

"信任来自实力,亲爱的。沃尔特跟我聊过,他认为你是个学习能力非常强、很有潜力的人,而且,你敢于挑战不可能,这一点,他很欣赏,我也期待你的表现……至于为什么产品规范和工作描述里都是钱,我就举两个简单的例子。先说产品规范,它说白了就是中商航下放给我们的 T2 级需求,在我们这儿分解成 T3,然后交给沃尔特他们……"

"产品规范就是 T2 级需求?!也就是说,我们设计的基础,来自客户的需求,其实是放在主合同里面的?因为产品规范是主合同的附件?"叶梓闻似乎明白了些什么。

"非常正确。产品规范就是合同文件,有法律效应,所以,我们一旦跟中商航谈定之后,就要严格遵守,否则算违约,要赔钱的!另外,在满足安全和适航的前提下,我们当然也希望客户放在产品规范里的指标不要过高,这样会大大增加我们的设计研发成本。"

"哦……"

"那么,产品规范里面写什么,是不是就很关键了?比如,如果中商航要求我们整个座舱显示系统的延迟不能超过 100 毫秒,这就是一条 T2 级需求,对不对?如果我们做不到呢?或者,我们做得到,但根据我们的工程经验,觉得不需要那么短的延迟,150 毫秒或者 200 毫秒就够了,那我们为什么要答应客户,并且写进合同里面去呢?"见叶梓闻并没有完全反应过来,瓦内莎举了一个具体的例子。

"原来如此!"叶梓闻完全领悟了其中的含义。

"所以,工作描述也是一样,我们要在里面跟客户界定双方的责任和义务。如果我们答应了我们做不到,或者要花很多钱才能做到的义务,是不是也没有必要呢?"

"嗯,但是,客户肯定是希望一方面在产品规范里尽可能多地提出严

第四十一章　沪陕双璧　│　163

苛的需求，另一方面又在工作描述中把义务都压在我们身上，对吧？"

"没错！你真的很聪明！我现在明白了，为什么你当时加入中迪航电时的面试报告里他们要写上你有敏锐的商业头脑……"瓦内莎赞叹道。

"啊？你还去看了那个？"

"当然，我必须充分了解我的团队成员……"瓦内莎笑了笑，"所以，这也是为什么双方要谈判，找一个彼此都能接受的中点。这个过程很耗时间。中商航采供中心的人通知我们，他们要在明年上半年完成，我个人并不看好，太激进了……不过，他们是客户，我们当然要尽力配合。"

经过瓦内莎细致的介绍，叶梓闻对即将参加的这项重要工作充满期待。然而，当第一次到达宇航大楼的时候，他吓了一跳：中商航就在这种地方办公？这里跟他们中迪航电的办公条件简直是云泥之别。而当到了七楼，又在走廊里看到了隔壁的龙华殡仪馆时，他更是觉得无比荒诞，才情不自禁地说出让杜浦浑身不自在的那句话。

在瓦内莎跟陈坚打招呼的时候，叶梓闻迅速地扫了一眼坐在会议桌对面的客户们。

陈坚是个40来岁满是学究范儿的中年人，身旁坐着一个大个子，长得倒挺英武帅气。他俩之后的椅子上，还坐着三四个男女，都挺年轻。

"我们有点寡不敌众啊……"这次，只有瓦内莎和他两个人过来。来之前，他就曾经提过，两个人去拜访客户会不会太单薄。他记得在上航所的时候，听丁真和孔薇薇他们曾提起，经常七八个人一起去客户那边，一是表示重视，二是突出气势。

"人不在多，关键是要有经验，我觉得我可以应付得来，你头脑很灵活，反应也快，正好帮我备份。"瓦内莎摇了摇头。

"我叫杜浦，来自上研院航电部座舱显示系统团队，现在在C595座舱显示系统IPT团队。"

"我叫叶梓闻，中迪航电座舱显示系统T3团队成员。"

这是杜浦和叶梓闻第一次见面，他们对彼此的印象还仅仅停留在长相之上。两人并没有立刻生出好恶之情，一定要说有，那便是杜浦对叶梓闻还未出场时说的那句话颇有微词，而叶梓闻对杜浦的第一印象还算不错。

尽管被大家戏称为"沪陕双璧"是几年以后的事情,但此时,他们的命运已经开始交汇。他们踏上了同一条关键路径,并在其上共承重担,共享悲喜。

第四十二章　第一次碰撞

会议开始之后,所有人都意识到,进展极慢。

中商航与中迪航电这两家注册在上海的本土企业,用来谈判的合同文本——产品规范和工作描述,通篇是英文。

由于大量选用了国际供应商和合资公司,C595 项目上机载系统的主合同文本,不但以英文成文,而且里面研发费、产品单价等价格货币单位也都是美金。

于是,一间会议室里,加起来七八个人,只有一个美国人,却不得不面对英文的文本,利用英语进行谈判。

这样的局面,对于瓦内莎来说,也并没有方便到哪儿去。她说的话,对方如果听懂了,也就罢了,听不懂,还得让叶梓闻来帮她翻译。反过来也是一样,杜浦的英文她如果能够听明白,就一切好说,否则,也要走一道翻译。

关键是,杜浦的英语比叶梓闻更好,如果他都说不明白,叶梓闻多半也搞不定。

整个会议室里英文最好的中国人便是坐在陈坚和杜浦身后的赵婕。

她来自中商航总部采供中心,被孟德丰安排加入 C595 座舱显示系统 IPT 团队后,便过来参会。但她毫无工程技术背景,在产品规范和工作描述这种专业性极强的讨论过程中,基本上发挥不了作用。

于是,在短暂的相安无事之后,杜浦和叶梓闻的初次见面很快变成火星撞地球。

"小叶,你跟你老板解释一下,为什么这条需求里,我们坚持这个指标,因为这是飞机总体分配给我们航电,给我们座舱显示系统的,没有任何谈判的余地。我们不可能为了你们一家供应商重新设计整架飞机。"杜浦经过连续的拉锯,已经有点儿焦虑,因为他发现经过几个小时的讨论,产品规范还停留在第一页,而整本规范有上百页。除了最初的广泛性需求之外,几乎每一条中商航提出的需求,对方都要争论一番。

"你直接翻译吧,这个又不难。"叶梓闻更是感到无力,这才发现自己的专业英语水平还需要进一步提高才行。

"我当然可以再翻译一遍,但刚才她不是没听明白吗?你再给她来一遍呗。再说了,我们这是在谈判,你这什么翻译都让我来做,你的价值体现在哪儿呢?"

"什么?"叶梓闻一下子就上了头,"你这话什么意思?我一直在帮她跟你们交流和沟通啊,而且我也有我的观点,未必跟她完全一致,你要搞清楚,我并不是翻译!"这是他参加工作,不,有记忆以来,第一次被人说"毫无价值"。

"我管你是不是翻译!你的责任就是确保她和我们的交流不要出问题,她刚才说她做过好几个民机型号,还做过波音项目,今天我们在座的,还有谁敢说这话?哪怕是我们陈总也未必像她这样有经验,如果你不能让她把她的经验全部释放出来,把她的意思完整地表述出来,并且让她清晰地理解我们的意思,你就是没有价值的!"杜浦没料到这个长发帅小伙看上去挺文质彬彬,脾气却不是一般的暴躁。不就是杠吗?谁怕谁啊?

"你……"叶梓闻几乎要拂袖而去,但他心底仅存的理智又在提醒自己:"这个大块头说得没错啊,你就是没干过民机!"

"发生什么事了?是因为刚才我问的那个问题吗?"瓦内莎见叶梓闻和杜浦剑拔弩张的样子,赶紧问道。她已经参加过无数次这样的谈判,经验丰富。在漫长而焦灼的谈判当中,双方情绪失控,甚至拍案而起,破口大骂都是常有的事。她一边说,一边拍了拍叶梓闻的肩膀,稳定他的情绪。

"好了,好了,吵什么吵?多大点事?"陈坚也冲着杜浦说道。

两人都低着头,不说话。

"杜浦,你再给人家翻译一下。"陈坚命令道。

杜浦没有办法,只能硬着头皮,把刚才自己的话换了一种方式给瓦内莎讲了一遍。

"啊……我明白了。"瓦内莎目不转睛地盯着杜浦,总算理解了他的意思,"但是,我们的产品性能就是如此,的确无法满足你们这条需求。"说完,她摊了摊手,一副无计可施的样子。

"你们迪森斯就这点能耐吗?果然比不上利佳宇航他们啊……"杜浦看到她这种表现,气又不打一处来,"我刚才已经解释过了,这个需求是刚性的,没有商量的余地。如果你们不能更改,我们就只能更换供应商了,弄清楚,我们的主合同还没有签。"

就在他打算把这句话翻译成英语时,叶梓闻炸了:"吓唬谁呢?换供应商?再说了,我们是中迪航电!我们不是迪森斯!我不是迪森斯的!"

"我知道,中迪航电有什么呢?不全都是靠迪森斯的技术转移吗?不全靠这些老外的经验吗?"

"喂!我们中工航出了几亿美金的真金白银呢!在你嘴里,就一钱不值了?"

"有钱只是必要条件,并不是充分条件。话说回来,你们上航所不一直是'说大话,使小钱'吗?号称什么都能搞定,两年就能把C595的显示器做出来,现在过了一年了,影子都没看到。"

"那你们呢?搞了几十年,搞出什么东西了吗?显示器没出来,是因为顶层需求还没固化,我们现在不就是在干这件事吗?"

杜浦和叶梓闻都气呼呼地盯着对方,你一言我一语的,旁若无人。

"够了!"陈坚大喝一声,"你们不嫌丢人,我嫌!在人家外国人面前互相揭短干什么呢?"

会议室里瞬间安静下来。

杜浦低着头,一声不吭。

叶梓闻也撇着嘴,双手环抱在胸前,胸脯伴随着喘气声起伏着。

"瓦内莎……抱歉,刚才我们用汉语进行了一些讨论,但意思只有一个,我们的需求改不了,你们必须对现有产品做出调整,满足我们的需求。"陈坚用缓慢的语速把要求直接向瓦内莎提了出来。

瓦内莎眨了眨眼："完全理解。不过,如果要更改我们的现有方案,肯定会产生额外的成本,我得回去跟项目经理汇报一下,我和叶都是工程人员,不负责项目的预算。"她虽然没听懂刚才杜浦和叶梓闻在吵什么,但多半跟这条需求有关,所以,她不想进一步激化矛盾,决定采取缓兵之计。

陈坚没怎么听明白,杜浦抬起头来给他翻译了一遍。

"项目经理?你拍不了板吗?"陈坚疑惑。

"对,项目经理负责项目的预算、成本、范围和进度控制,我们工程人员只负责干具体的事情,然后把对应的工时汇报上去。"

"也就是说,你们的项目经理在另外一个团队?"

"是的。"

"好吧……那我们继续讨论下一条需求吧!不过,在这之前,我建议双方休息十分钟,也调整调整情绪。"

"好主意。"

杜浦在帮陈坚翻译的时候,注意到对方在机制上与自己这边的区别。

在中迪航电,他们似乎采用了"双轨制",也就是说,项目管理和工程并行。项目经理负责项目的范围、进度和成本,工程人员则只专注于技术和实现。

而他们上研院,采用的是"总师负责制",也就是说,刘娣飞作为航电副总师,既要抓技术,又要负责航电系统各大工作包的预算、成本和进度。

他更加觉得刘娣飞很不容易。

"要不要跟那个小孩打个招呼说两句呢?没必要跟小孩一般见识吧……"杜浦见叶梓闻已经离开会议室,想着要不要趁休息时间跟他缓和一下关系。

刚起身,手机收到一条短信。

杜浦一看,眼睛睁得老大,心也像被什么东西撞了一下,剧烈地抖动着。

第四十二章 第一次碰撞

第四十三章　突如其来

收到那条来自范理的短信之后,杜浦在接下来的时间里,完全魂不守舍。

他都不知道后续谈判自己是怎样应付下来的。或许是因为在刚才的激烈争吵中耗尽了力气,又或者是之后的很多内容双方分歧都不大,中商航和中迪航电在按照陈坚的建议休会十分钟之后,一直还算平和地讨论到一天结束。

"成果丰盛的一天,我们明天见!"双方过完会议行动项之后,瓦内莎眉飞色舞地与陈坚和杜浦握了握手,然后带着叶梓闻离开了会场。

叶梓闻最后还不忘瞪杜浦一眼。两人虽然在休会之后没有再发生冲突,但这个梁子算是结下了。

杜浦此刻完全无心关注叶梓闻的眼神,匆匆向陈坚道了别,往家里赶。

"等一下,我们内部还要小结一下呢。"陈坚挽留道。

"陈总,今天家里有急事,实在抱歉!"

"什么事儿啊?这么急……现在的年轻人……"陈坚望着他的背影,无奈地摇了摇头。

回家的路上,杜浦心潮澎湃。他浑身上下都在不自觉地颤抖着,他的意识有些恍惚,觉得自己仿佛活在一个虚拟的世界当中,周边的一切,那高楼、马路和行道树,道路中疾驰而过的汽车和街边来来往往的行人全是这个虚拟世界当中的游戏角色。他从未准备过这个时刻的到来。面对一个他从未见过,而且也不知道长相,甚至性别的生命,他也不知道,应该以怎样的姿态去期待这个生命的到来。

"老公,我怀孕了。"短短六个字,在他心里掀起巨浪,到了家,也未曾平息。

他深吸了一口气,打开房门,看见范理的鞋子已经脱在玄关处。

"理理!"喊了一声没有回应,杜浦这才发现,范理慵懒地躺在沙发上,似乎在闭着眼睛养神。他快速换好拖鞋,把包放在一边,两步跨到沙发前面,充满深情地看着那张美丽的脸。

"老公,你回来啦。"范理睁开眼睛,笑道。

"本来想更早一点回来的,结果今天恰好开始一个很重要的谈判,于是一直拖到现在……"

"没关系,我今天难得休息一下。这两天大姨妈没来,我一大早就去买了个验孕棒,发现出了两道杠,吓傻了,就请了假,去医院验了个血,结论果然是'早孕'。所以我就给你发了短信,也不想再回办公室,直接回来躺着了。"

"嗯,嗯,太好了,太好啦!"杜浦这会儿才把自己酝酿了一天的情绪准确而充分地释放出来,"我要告诉爸妈!"

"别!千万别!"范理眼睛一瞪。

"啊?为什么?这是好事啊。"

"谨慎点好,我拿到验血报告时咨询了医生,她说三个月内是危险期,还是要注意一点,流产风险相对比较高,三个月之后稳定了,再报喜也不迟啊。那时候,别说告诉你爸妈了,我也得告诉我爸妈呀。"

"可是……"杜浦实在不理解,为什么连亲生父母都要瞒着。

"好啦,听我的嘛……三个月之内肚子看不出来的。"

"好吧,那这三个月我们不能去爸妈家蹭饭了,否则,我可憋不住。"

"嗯,最近我们应该都很忙,不去吃饭,他们也应该能理解。"

"你最近还是要注意点啊,这三个月少出点差,别熬夜。"杜浦有些忧虑地看着范理。

妻子自从升职为中御证券的 TMT 行业分析师之后,工作更加忙碌。除了时不时要出差调研,还增加了路演和临时事件分析等任务,尤其是后者,让他大开眼界。

TMT 涵盖了广义的技术、媒体和互联网领域，因此，几乎每天都有影响行业的事件发生，百度、腾讯、阿里巴巴又收购哪家公司了，电信重组和 3G 牌照发放完毕之后三大运营商的业绩如何，广电总局和新闻出版总署又出台了什么新的规定……

无论是政策还是市场行为，其公告往往选择在半夜发布，这使得范理经常晚上十一二点还不睡，非要写完一篇短评，才能安心上床。

"我必须第一时间写出来，否则，别家券商写了，市场就只看他们的了。写完短评占个坑，我还要在两三天内写个深度分析……"面对杜浦的劝说，范理常如此回答。

好在他们算是年轻身体好，尽管只能顺其自然，范理还是很快怀上了。在杜浦看来，现在不同了，范理已经怀有身孕，当然不能再像过去那么拼命，那么不顾身子。

"老公放心吧，我自有分寸。"范理已经完全从沙发上坐了起来，倚在扶手上。

"不光是睡眠，营养也很重要……"杜浦有些为难，"如果不去父母家蹭饭，我们自己哪有时间做饭啊？再说了，我也不会下厨……"

"不是都说上海男人上得厅堂，下得厨房吗？你不会？"范理调侃。

"那是我爸，我真不会。"

"好了，没事的，我们就在外面吃呗，爸妈这房子位置挺好的，周边到处是吃饭的地方，我们两个大活人还能被饿死？"

"说是这么说，可是，营养和卫生总归要差一些，而且……天天在外面吃，成本也太高了吧？"

"所以啊……老公，我不是让你考虑考虑换份工作嘛。我们马上要买车，现在又有了娃，以后花钱的地方多着呢，总不能只靠我的收入吧？"范理又笑道。

"说什么呢？难道我就没有收入吗？"杜浦脸一沉。

"有……有，别生气嘛，"范理赶紧凑到杜浦旁边，挽着他的胳膊，"我是说，以你的学历和能力，完全可以找一份性价比更高的工作。我们两年前同时参加工作，为什么现在我收入比你高那么多？还不是行业选对了？

男怕入错行啊。金融行业这两年一直在招人，2008年金融危机之后，全球市场都在触底反弹，行情会好上几年呢。再说了，就算你不想来金融行业，之前不也提过，那些外企也在你们上研院挖人吗？一过去收入至少翻番，你完全可以考虑考虑。这样也不算换行业，你依然在干航空啊，不是吗？"

"理理……"杜浦转过头来仔细地看着范理，"我知道你对我好，但是，有一点你总是忽略，人生价值不完全是靠钱来衡量的。你也知道，我爷爷、我爸爸都是干航空的，而且都在搞技术，传承到我这儿，我当然有义务继续干下去。至于去外企，收入的确会高一些，但干的事情完全不是一个性质的事情。我在上研院，虽然收入没有在外企高，但现在领导们都很重视我，我在C595的座舱显示系统是真能发挥主观能动性的，而且，我的很多建议，领导们会听，我有相当大的话语权。可是，假如我去了利佳宇航，拿了一个听上去很高的职位，但事无巨细都要向美国总部汇报，那又有什么意思呢？我跟你提过他们的中国区项目总监林琪，那个姐姐几乎每天半夜都要跟美国开电话会议，根本没有太多在本地做主的权力。而且，为了照顾美国人的作息，还得牺牲她自己的休息时间。你觉得那是我想要的吗？上海这一百年来，从来不缺买办，我为什么要去当买办呢？"

"好啦，我不跟你争，我可不想又像上次一样，现在我怀孕了，不能生气。"范理适时地用一个拥抱止住了这次谈话。

当她把脸紧紧地贴在杜浦耳根边，感受他那浓郁的男子气息和滚烫的胸膛时，双眼却没有放松地闭上。

第四十四章　项目经理

"瓦内莎,我们还回办公室吗?"刚走出宇航大楼,叶梓闻便问道。

时间已经不早了,他期待一个否定的答案,这样,他就可以直接回家了。跟中商航谈判了一整天,他几乎已经耗尽了全部精力。以前在内部沟通时,从来没有这么费神,更何况对面那个大个子还跟自己过不去。

"没想到跟客户打交道这么累!"他不禁感慨,"不过,也能学到不少东西。如果我一直在办公室待着,没有跟客户沟通,是永远不可能弄清楚那些T2级需求和它们背后的逻辑的……"

"当然要回,我们还有行动项没完成呢。"瓦内莎给了一个他最不想听到的回答,"接下来我们这周还要连续跟中商航谈两天,今天是第一天接触,我初步了解了他们的主要诉求,得马上跟我们的项目经理汇报一下,并且讨论出一个策略。"

"项目经理?"尽管有些失望,叶梓闻还是选择了服从,不过,他一直在工程团队,从未见过公司的项目经理。

"对,我们C595的项目经理,一个关键人物,你一定要认识一下。他叫贝莱德,来自迪森斯英国,是个假绅士,哈哈哈。"

"可是,你在美国,他在英国,你们怎么碰上的呢?"

"哈哈,我们迪森斯每年都有很多跨区域的活动和培训,我们都在做民机,自然就认识了,这个圈子并不大……所以,千万不要干坏事!"

"那他住在哪儿呢?"叶梓闻脑瓜子一转,问道。

"噢!我喜欢你的聪明!"瓦内莎恍然大悟。

叶梓闻的动机很简单,既然贝莱德属于"第一种身份",肯定住在市区的豪宅里,而他们现在就身处徐家汇附近,又已经到了下班时间,直接去他的住处拜访,岂不更省事?

果然,瓦内莎一联系他,他就说自己再过二十分钟就下班回家了。

"不如这样,你们直接去我家等我,我老婆在家,我跟她说一声。等我回来,我请你们吃晚饭,边吃边聊!"贝莱德十分慷慨。

贝莱德一家就住在徐汇苑,一处比较早期的明星楼盘,算是徐家汇附近的豪宅了。叶梓闻带着瓦内莎一路慢悠悠地溜达过去,路上引起不少人的关注。

瓦内莎对于这样的目光已经见怪不怪,叶梓闻却有些不适应。

"亲爱的,如果我现在挽着你的手,他们没准会围观的。"瓦内莎开着玩笑。

"可千万别!"叶梓闻连忙摆手,满脸通红。

他从来没有谈过恋爱,从小到大的女同学都比他至少年长四岁,大多数人都看不上他这个小弟弟。而那些被他的长相和才华吸引的女孩,给他的明示暗示全部被他忽略。他从读过的书里并非不知道男女之情是怎么回事,可是,到了他自己身上,他就觉得,那些女生情不自禁送过来的秋波和其中那些灼热的成分似乎跟他在互不相干的平行世界里。

到了徐汇苑,叶梓闻再次大开眼界。他从未进入过如此豪华的小区。人车分流的设置,花园般的环境,喷泉与世无争地把夕阳轻轻留住,编织成一道彩虹。每栋楼的墙体都是深棕色的,一看就充满质感。入户大堂金碧辉煌,电梯空间比宇航大楼的还要大不少。

贝莱德的妻子是一个胖胖的女人,操着一口他听不太明白的口音。好在有瓦内莎在,他不用将自己的大脑长期放在英语频道上。

他们还没喝完贝莱德妻子端来的红茶,门就开了,进来一个瘦高的中年男人。不,他只是瘦,并不算高,当叶梓闻站起来要跟他握手的时候才发现这一点。他还发现,自己很难描述贝莱德的长相,但是,一眼看去,神似美剧《生活大爆炸》里的谢耳朵。除了他的口音。

贝莱德的口音相比他老婆来说要容易辨识得多,后来叶梓闻才知道,那是英格兰东南部的口音,跟英国女王很相似,还有个专门的名称叫 Received Pronunciation(缩写为 RP),可以说是英国的"普通话"。而贝莱德的老婆来自威尔士,母语甚至都不是英语,而是威尔士语。

"走吧,楼下不远处有一个啤酒屋,我超喜欢。"寒暄之后,贝莱德建议道。

"没问题!"瓦内莎和叶梓闻都没有意见。

三人坐定,点了啤酒、前餐和主食后,瓦内莎便简要地把白天的情况向贝莱德作了介绍。

"嗯,所以说,他们那个需求一点改动的余地都没有?"贝莱德抓住重点。

"是的,从工程技术角度,我们当然可以改,虽然我今天白天没有松口,但说到底,还得项目上来定夺。毫无疑问,改动是会产生成本的。"

"我知道,这样,我给你一点工时,你回头跟团队把改动后带来的大致影响评估出来,我们再决定要不要答应客户。毕竟我们现在还没有跟他们签合同,还不存在项目基线的概念,否则,可以理直气壮地找他们要研发费。"

"但是,我们自己内部有啊。"

"你说得没错,但客户不可能认,最终我们要以合同基线为共同的项目基线。"贝莱德说。

"了解了,我明天就让团队去做。"

"好的,辛苦了。做好之后,如果对我们额外增加的成本并不多,告诉我一声,我授权你现场做决定,我相信你知道该怎么做。"贝莱德眨了眨眼。

"谢谢你的授权,那是当然!"

叶梓闻看着两人很快就把白天讨论的焦点给讨论完毕,目瞪口呆。他还没有完全理解,最后贝莱德和瓦内莎到底达成了什么一致,瓦内莎在现场又需要做什么。但他又不太好意思问,决定过几天看个究竟。

这时,酒先上来了。贝莱德举起酒杯,冲着叶梓闻说:"叶,初次见面,很高兴认识你!今晚尽管大快朵颐,不用客气!告诉你,待会儿我的吃相会很难看,你别介意。我们英国人那些'绅士'形象都是包装,都是品牌宣传,你们可千万别信,哈哈哈……"

第四十五章　套路

陪着贝莱德和瓦内莎喝了一晚上啤酒,第二天起床时,叶梓闻觉得自己的腰围都膨胀了两厘米。当他和瓦内莎再次来到宇航大楼的时候,杜浦已经在会议室了。陈坚和其他几人还没到。

杜浦昨天为了尽早看到范理,连陈坚的内部小结会都没参加,便赶回了家,心中略有歉疚,晚上又因为即将当父亲,兴奋得一晚上没睡好,所以今天一大早就来到宇航大楼。

见到叶梓闻和瓦内莎,他笑脸相迎:"两位早啊。"

昨天跟叶梓闻的不愉快被他抛诸脑后,事实上,聊下来,他还有点儿喜欢这个小兄弟,觉得叶梓闻的思路非常清晰,而且学得挺快。除了英语稍微差一点,什么都好。

瓦内莎也热情地上前与杜浦握手,但叶梓闻只是淡淡地点了点头。他心中的结还没完全解开呢。昨天这个傻大个竟然当着这么多人的面说我们上航所"说大话,使小钱"!还说什么我们吹牛!叶梓闻的心态十分简单:他跟丁真的矛盾,属于人民内部矛盾,自己说得,外人说不得。

见叶梓闻一副意犹未尽的样子,杜浦倒也不在乎,心里哼了一声:"少年,年纪不大,脾气还不小啊……我倒要看看,我们到底谁是甲方。"

很快,人就陆续到齐,新一天的谈判开始。

一上来,陈坚便表态:"针对昨天那个行动项,我们的立场依旧十分坚决,那条 T2 需求没有一点商量的余地,你们必须改!"

"嚯!一上来就三板斧啊?"叶梓闻心里暗自笑道,"还好我们准备充分。"

"我们充分理解你们的立场,昨天也进行了很细致深入的内部讨论,但是,现在我还没有得到相关技术团队的最终答复……他们向我承诺,今天上午一定给我一个反馈。因此,我建议我们先把它搁置在一边,往下走,如何?"瓦内莎并没有被陈坚的急促节奏给拖着走,反而笑呵呵地回答。

叶梓闻一愣:"刚才来的时候,她不是说技术评估已经做完了吗?昨晚我们喝酒的时候,她就让团队在加班评估了,还说工作量其实并不大,怎么这会儿又说没拿到最终答复呢?"

"叶,待会儿如果对方提到这件事,你一句话都不要说,让我来。"不过,回忆起自己的领导在会前如此交代,他并没有说话,而是默默地看着瓦内莎,看看她到底会怎么出牌。

"小叶,她是说要今天上午晚些时候才能拿到输入,所以我们先往下走吗?"杜浦基本听明白了,只是想确认一下。

"是。"叶梓闻点了点头。

杜浦反而有点奇怪:"今天他怎么这么惜字如金?还是因为昨天咱俩的冲突感到不爽?"

"可以,那我们先往下走,待会儿再回到这里。"陈坚表示赞同。

之后的讨论,似乎顺畅了许多,双方经过头一天的磨合,好像对彼此的痛点与底线有了更多的理解,而叶梓闻也重新发挥起作用,话也多了起来。

杜浦心里的石头这才落了地,他可不希望对面这个长头发的年轻人是一个锱铢必较、心胸狭窄的人,毕竟自己还要跟他打好几年的交道呢。

接近午饭时间,双方再次遇上了一个大分歧,这是一条关于人机界面(Human Machine Interface,缩写为HMI)的需求。

"陈先生,根据我的其他项目经验,这条 HMI 需求不应该放在 T2,而应该放在 T1,它是航电系统级的需求,不是针对我们座舱显示系统的。"瓦内莎不同意将这条需求放在产品规范当中。

"这一条显然是对你们座舱显示系统的要求,你看它的描述,没有提及任何一个别的系统。"陈坚没有被说服。

"小叶,陈总说得很有道理,这句话并不难理解,我想不通你们有什么好争的。"杜浦冲着叶梓闻半开玩笑地说道,"这马上就要吃午饭了,你们就从了吧。"

"你说什么呢?都不用像瓦内莎那样,有别的民机经验,依我看,光从人机界面的特点去看,别说这一条了,所有的人机界面需求都不应该出现在对我们座舱显示系统的产品规范里,应该全部属于航电级的 T1 需求,甚至还有飞机级的 T0 需求!什么是人机界面?那是飞行员如何进行飞机操作和运营理念的顶层设计!你们才是主机厂,是飞机的拥有者,是飞行员的直接接触者,我们连根飞行员的毛都看不到,怎么可能让我们来领这些需求?不是我们不想干,而是我们压根看不到那么高的高度。"叶梓闻原本就对杜浦带着一点儿气,此时又见他冲着自己开玩笑,气便又没来由地冒了起来。

"注意一点儿你的措辞!"杜浦见叶梓闻竟然不接自己开玩笑的翎子,一副较真的样儿,也有点儿上火,"一个毫无民机经验的小年轻,有什么立场在这里大放厥词?你的领导都已经接受了前面几条,只有这一条她存在意见,你嚷什么嚷?"

"你信不信我把我刚才说的跟她翻译一下,她也会支持我的观点?"叶梓闻不依不饶。

"你倒是翻啊!"

"喂喂喂!你们俩怎么又吵起来了?再这样我要向娣飞总提出把你调走了!"陈坚一脸严肃地冲杜浦说道。

"我今天早上就已经没事了,是他这小子一而再,再而三地耍小脾气!年纪轻就可以为所欲为吗?"这次,杜浦没有像昨天那样低下头去反省,反而觉得挺委屈。

"陈先生,我有一个主意……"瓦内莎倒是发话了。

她看到叶梓闻和杜浦又激动起来,也猜了个八九不离十,便眼珠一转,拿起黑莓手机,似乎在翻看邮件,然后说道:"我刚才收到了团队给我的反馈,昨天你们要求我们更改的那条需求,评估下来,我们做是可以做,但成本不小……"

说到这里,她皱了皱眉头:"不过呢,我们作为 C595 的座舱显示系统

第四十五章 套路 | 179

供应商,坚定不移地看好飞机前景,看好中商航未来的发展,为了表示我们的诚意,我们愿意做出更改,并且自行吸收成本。"

"真的吗?那太好了!"陈坚不敢相信自己听到的,让杜浦简单翻译了一遍,确认自己没有听错。

杜浦也有些激动,刚才跟叶梓闻怄的那股气一下子消失得无影无踪。

叶梓闻则听得目瞪口呆:"什么情况?敢情你为了让客户开心,把我给卖了啊?我替你去争取利益,现在你轻飘飘地就表示可以接受他们昨天的立场,还故意把这件事夸张得多难似的——你今早可是说工作量并不大!"他觉得自己是现场最可怜的人,气得浑身发抖。

就在这个时候,瓦内莎接着说道:"不过呢,我也想请你们帮我一个忙,为了接受你们昨天的要求,我已经在内部使了不少气力,也得罪了一些人,现在这条 HMI 的需求,如果非要放在产品规范里的话,我会很难做……"说完,眼睛直勾勾地看着陈坚,目光中充满期待。

"原来在这里等我呢!"陈坚心里骂道。可他转念又想,"谈判嘛……就是这样你来我往,如果她让了步,我这里没有回赠,估计也不好往下走,这条需求的确可以放在 T1 里,由我们内部解决……"

想到这里,他点了点头:"同意你的建议,我们都为对方着想,往前走一步!"

"我喜欢你的风格,陈先生,这才是一家成熟主机厂应有的态度,我真的无比看好你们中商航!"瓦内莎的脸上浮现出笑容。

叶梓闻和杜浦两人看着这一切,都无比震惊,感觉闯进了一个全新的世界。

他们暂时忘却了彼此的芥蒂,只是突然发现,在谈判这一点上,自己跟对面那个傻小子一样,都还只是个愣头青呢!

第四十六章　龟速前进

当你专注地干一件重复性很强的事情时，时间总是过得很快。不知不觉间，2011年就到来了，然后，很快便要过年。

然而，时间过得快，不代表进度快。杜浦和叶梓闻他们每周都至少要面对面谈三天，可两个月过去，产品规范和工作描述未完结的篇幅还远远大过双方达成的共识。

感情上的进展倒是飞快。由于几乎朝夕相处，杜浦和叶梓闻经过早期的磕磕碰碰之后，逐渐发现越来越离不开彼此，无论是瓦内莎，还是陈坚，都十分依赖他们。尤其是叶梓闻，学得飞快，很快把面谈变成了以汉语讨论为主，关键细节才跟瓦内莎通气和确认。也幸亏如此，否则两边的进展会更慢。

杜浦和叶梓闻已经变成相爱相杀的战友。

"这样下去可不行啊！只有四个多月了，我们这才完成八分之一，后面那些难啃的交付物清单还没碰呢……"陈坚十分焦急。

过去两个月，杜浦几乎每天都在思考如何提高效率。每次开会，中迪航电都只来瓦内莎和叶梓闻两人，而他们这边则除了陈坚和他自己之外，还会根据需要邀请不同专业的同事参加，人员并不固定。

所以，讨论到一些专业性比较强的领域时，比如质量、适航、安全性指标相关内容，中商航可以通过IPT机制调人到会场现场讨论，但瓦内莎时常要把问题带回去。

"我们领一个行动项吧，过两天答复。"这句话已成为她的口头禅。

这样一来，进展自然缓慢，而IPT团队里那些相关专业的同事也不免抱怨："下回让他们懂的人来谈嘛，每次都回去再说，这不是浪费我们时间吗?"

杜浦思来想去,总觉得这样下去不是个办法:"陈总,我们得改进一下,不然效率太低了。"

"好啊,那你想想,想到后告诉我。"陈坚虽然急着要进度,但对如何改进似乎不太热衷。

这天,杜浦终于开口了:"陈总,我倒有个想法,不知道可不可行。"

"哦?说来听听。"

"与其每周都大眼瞪小眼地开三四天会,不如双方各自内部做足功课,每两周碰一次。不碰的那周,各自把文本仔细读读,同意的条款直接过,通过电子邮件确认,碰面时聚焦那些有分歧的。"

"嗯……"陈坚皱着眉头思索了一会儿,"杜浦,主意是不错,不过,实施起来恐怕有难度。"

"啊?为什么?我私下里跟小叶大致聊了聊,他们也挺支持这个方案的。"

"不是他们那边有难度,是我们自己这边有难度。"

见杜浦依旧一副迷惑的样子,陈坚把他拉到一边,小声说道:"按照你这个思路,我们每隔一周,就在办公室看一周他们对产品规范和工作描述的反馈,通过邮件和电话沟通,对不对?那你有没有想过,当我们在办公室坐着的时候,有多少时间是属于我们自己的?我们哪有大把时间钻进去呢?"陈坚问。

"啊……"杜浦猛然明白过来,"您是说,如果我们在办公室,会有很多人找我们,从而打断我们的思路,而如果在会议室,他们找不到,也就不找了?"

"对,不过还不全面。除了这种情况,还有很多不得不参加的行政事务和会议,你可能没那么多感触,像我这样工作包包长级的,每周不被安排好几个那样的会,简直是不可能的。如果没有跟供应商的'正儿八经'的会,我压根就没有理由缺席……"

"那倒是……"杜浦这才回忆起来,在产品规范和工作描述谈判工作开始之前,他经常待在自己工位上的日子里,陈坚的确常常不在座位上。

"除了这个,其实还有一个原因,杜浦,我还在犹豫要不要告诉你,我怕把你教坏。"陈坚似笑非笑。

"说吧说吧,您这话明摆着就是忍不住想说。"

"好,如果别的工作包都每周跟供应商开会,显得很忙的样子,只有我们一天到晚在办公室坐着,如果被领导看见了,会怎么想?"

"这个……"

"领导肯定不会想,座舱显示系统的效率真高啊。他们本能地会想,怎么座舱显示系统的人不去跟供应商赶紧关闭产品规范和工作描述呢?如果他们当场就找我们问,我们当然可以当面澄清,取得他们的理解,可如果他们只是匆匆走过,没时间细察呢?这岂不成为他们心里的一根刺?回头他们随口跟娣飞总或者谁批评两句,我们岂不是很惨?"陈坚说到这里,盯着杜浦。

他说得足够清楚,杜浦听明白了。只不过,杜浦觉得很不可思议:原来,简单改变一种工作方式,竟然还要考虑这么多因素!这可比搞技术难多了!

"可是,不能因为有这些顾虑就不改变啊。明摆着,现在这种做法太慢,最后任务没完成不也一样要被领导批评吗?"杜浦反应过来之后,依然坚持自己最初的观点。

"好吧,那你有什么好建议?"

"防患于未然!既然我们担心受到党政文工事务的过多干扰和让领导产生不必要的误会,我们就把情况说在前面,先去找领导申请嘛!我相信大家都能理解,各级领导不都说吗?'一切为了型号,为了型号的一切!'我们这么做,不正是为了 C595 型号能够加速吗?"

"让我想想……"陈坚微微点了点头,然后看着地面,陷入了思索,并没有马上下结论。

过了半晌,他才抬起头:"这样,我先去跟娣飞总汇报一下,听听她的建议,毕竟她是 IPT 的牵头人,她如果支持,我们推动起来也更容易一些。"说完,他叹了一口气,"做点事情不容易啊,不像他们中迪航电,都是外企那一套流程,就是规范和高效。"

第四十六章　龟速前进 | 183

第四十七章　各有各的不幸

"谁说我们规范和高效了？你们陈总那是被忽悠的！"当从杜浦那听到陈坚的评价时，叶梓闻笑着摇摇头。

早两天，杜浦的建议最终得到了刘娣飞的认可，正式开始实施。

"不用再往上报了，这种事情就应该团队自己做主，怎么有利于项目推进就怎么来，如果领导们有想法，让他们找我。"她十分干脆地对陈坚说。

于是，杜浦趁着一次开完会，把这个好消息告诉了叶梓闻，并且用陈坚的话来夸他们中迪航电。

"你知道吗，老杜？托尔斯泰说过，幸福的家庭都是相似的，不幸的则各有各的不幸。在我们 C595 项目上，谁幸福呢？迪森斯、利佳宇航、霍克斯、萨弗里和克劳德们，他们经验丰富，产品可靠，要么用成熟的货架产品来支持 C595，省心又赚钱，要么用中商航支付的研发费来新研产品，充实他们的产品线。中商航属于新手，在他们面前没有太多谈判筹码可用，只能威胁不选他们，但是不选他们，又能选谁呢？所以，他们是幸福的……"

看着叶梓闻侃侃而谈，杜浦十分钦佩，这个小自己四岁的老弟真是太聪明了，跟着迪森斯派来的外国专家们才混了几个月，就已经完全不是刚认识时候的样子了。士别三日，当刮目相看，叶梓闻可以让人把近视眼刮成远视眼吧。

"那谁又是不幸的呢？"见杜浦听得入神，叶梓闻继续侃侃而谈，"很显然，你们中商航肯定算一个。你们是主机厂，对整个飞机负责，不但要实现技术成功，还要实现商业成功，这可是至少三十年周期的事情，谈何容易？你们没有太多的技术积累，也缺乏市场经验，所以只能摸着石头过河,陷阱和坑肯定要跳,学费也少不了要交,这些都是发展当中的问题,避免不了的。除了你们呢,就属上航所这些承担了重要任务的国内供应商了,主要是中工航的下属单位,跟你们也算是兄弟单位。他们基本上只干过军机,没干过民机,所以也面临跟你们一样的问题,希望合资公司可以帮到他们。"

说到这里,他又想到丁真当年的豪言壮语:"两年之内把 C595 的显示器做出来!"现在两年已经过去了,什么都没出来。当然,丁真也并没有真去南浦大桥上裸奔。每当有人提起这事,他会说:"我说的两年,是指拿到中商航和中迪航电的需求后的两年,现在需求还没拿到呢,急什么急?"

听叶梓闻说到这儿,杜浦继续点头:"是啊,不管是我们,还是国内这些兄弟单位,都是摸着石头过河。"

"没事,你们也不孤单。现在我来说说我们中迪航电这些合资公司不幸在哪儿。看上去我们光鲜亮丽,组织架构、管理流程和品牌推广全部是外企范儿,世界五百强范儿,但其实内部问题一点儿不少。首先,董事会的平股结构就不合理,双方母公司各占 50% 的股份,也就是谁也做不了主,一旦出现分歧,公司就瘫痪;其次,管理层得到的授权也不够,往外支付个几十万美元就需要董事会批准;再次,员工还分为四种身份,同工不同酬,待遇五花八门。"

"你们这个结棍(厉害)的……"杜浦听完,吃惊得冒出一句方言来。

"以后有机会我再跟你好好说说,内容太丰富。除了这些之外,我们现在用的很多流程都是继承自迪森斯,都号称是'最佳实践'或者'黄金准则'。好不好呢?应该是好的,毕竟被迪森斯用了这么多年。但是你别忘了,迪森斯可是一个在全球有数万人的跨国企业,我们中迪航电呢?才三百来号人,用一个管理几万人公司的流程来约束一个几百人的公司,说得好听点,是杀鸡用牛刀,说得不好听,不是闲得慌吗?"

杜浦若有所思地点了点头。

"所以啊,你们陈总可千万别羡慕我们,大家都是不幸的,哈哈。"

"我同意你说的这些,不过,我觉得你这里说的'不幸',更多的是代表困难多,不顺利,而不是'不幸运'。相反,我觉得我们中商航也好,上航所也好,中迪航电也好,都是幸运的。为什么呢?放在十年前,我们连讨论这个'不幸'的资格都没有!没有国产大飞机项目,没有C595,什么都没有,我们喝西北风。现在,大势来了,而且选择了我们,这正是我们的幸运,不是吗?"杜浦说。

"你说得没错,要不我当时从西工大毕业也不至于跑上海来。"叶梓闻看到杜浦脸上的坚定和认真,心底竖起大拇指:"这大块头虽说有点儿愣,但是的确是个能成事的人。"

"说到这儿,过阵子要过年了,你回陕西吗?"杜浦觉得这个话题讨论得差不多了,便想聊点儿轻松点儿的。

每年到过年前,杜浦无疑是期盼的,上学的时候,意味着可以回家,工作之后,意味着可以好好休息几天,而今年,意义更加重大。

"那时候,理理就怀孕三个月了,可以给爸妈一个完美的新年礼物……"

杜浦正畅想着,陈坚满脸焦虑地跑过来:"你们俩还没走啊?正好,杜浦,跟我来一下,娣飞总有紧急的事情宣布!"陈坚一把拉着杜浦,同时冲叶梓闻点了点头,"小叶,失陪了,回见。"

杜浦莫名其妙地跟着陈坚三步并作两步走了好一阵,到了电梯口,才得闲停下问道:"陈总,什么事,这么急?"

"据说项目要延误……"陈坚小声说道。

"什么?"杜浦清楚,这几个字的分量可不轻。

飞机原定于2014年下半年首飞,以此倒推,他们在未来三年多的工作任务将非常紧。可是,每个人都憋着一股气,一定要拼下来。现在看起来,是出现了无法克服的难题。

当电梯门打开的时候,杜浦的手机响了。

"您先去吧,我接个电话,马上过来!"他一看来电显示,决定先接完电话再进电梯。

刚接通,那边就传来一阵哭声。

第四十八章　思绪万千

范理揉了揉眼睛，顺便用双手托腮，陷入沉思。

时间已是深夜，她却依然没有睡意。白天的消息，她到现在还没有完全消化掉。

"范理，一个好消息，一个坏消息，你想先听哪个？"上午收盘后，孙尚武叫住了她。

"先听坏消息吧。"

"《新投资》的排行榜，你落选了。"孙尚武先是用漫不经心的口吻说道，然后安慰道，"很正常，毕竟你刚成为分析师，不急，慢慢来，我看好你。"

"噢……"范理觉得这是意料之中的事情，"如果我上榜了，那才是怪事吧，别人可能又要怀疑我有什么猫腻了。"

"我喜欢你的自嘲。"

"那好消息呢？"

"李明帆被抓了。"

"被抓了？"范理一惊。

"坊间传闻他有经济问题，不过，我还要去查证一下。"

"这……也算不上什么好消息啊。"

"我还以为你讨厌他。"

"三年前那个时候，自然是讨厌至极，那时候我刚上大四呢。但就像你说的，他少年得志，一直一帆风顺，自然容易得意忘形。理解这一点，现在我其实没那么讨厌他了。用我妈常说的话，一切都是有报应的。他的报应到了。"

"好吧，你能这么想当然很好，我担心你一直过不去。"

不知道从何时开始,范理对孙尚武的称呼不再是"您",而是"你"。两人都觉得十分自然,完全没有注意到这样的一种变化。

孙尚武随即提出请范理吃饭,安慰她。范理以下午收盘后要去苏州调研为由婉拒,她假装没有看见孙尚武脸上失望的神色。

《新投资》落选,李明帆被抓,以及孙尚武越来越不掩饰的对自己的好感,让范理此时感到心烦意乱。更何况,眼前还有一篇短评要写。就在半小时前,她明天要调研的这家上市公司发布了一份业绩风险公告。

"真是的,就不能等一天吗?明天我就来了……"抱怨归抱怨,她还是得一边找资料,一边给对方的证券事务代表打电话,看能不能问出点什么名堂来。毕竟,这是一家细分行业的龙头企业,你不跟紧点,人家就贴上去了。

当然,最让她感到遗憾的,还是今晚不能陪杜浦了。

"说了多少次了,你现在怀孕了,能少跑就少跑嘛。"杜浦明显不满。

"这不还瞒着别人吗?他们又不知道我的情况,再说了,快了,熬过春节,我们就昭告天下,好不好?"

"我是心疼你的身体。"

"放心吧。"

挂了电话后,范理微微叹了口气。她突然有些庆幸自己没有上榜《新投资》。现在她的收入已经是杜浦的两倍都不止,算上年终奖只会更多,如果真的上了榜,估计收入差距得更大。杜浦虽然不说,但她也能隐约感觉到,自己给了他一些无形的压力。

这种压力,她不想给,他也不想要,他们甚至可以完全不去想这事,假装什么都没有发生。但这不仅仅是两人之间的事情。亲人呢?身边的同事、朋友呢?传统的社会观念呢?

男强女弱是社会能接受的最大公约数,或者,男女都强,也行。但是,男的不能弱。强和弱怎么判定呢?社会的另外一个最大公约数便是收入,赚得多,自然就强嘛。

杜浦有更高级的追求,有更远大的梦想,这是好的。可是,他毕竟是生活在地面上去追寻天空中的梦,怎么可能不被地面上的这些个俗事俗念影响呢？

至于李明帆，她此刻的可怜甚于讨厌，他锒铛入狱，她没有感到有什么好额手称庆的。一个年轻的、才华横溢的金融才俊就这样结束自己的职业生命，总归是可惜的。人们总是歌颂少年天才，吹捧年少成名，可这背后的代价和对那个人本身提出的要求也不是一般人所能够承受的。

范理再次庆幸自己没有上榜《新投资》排行榜。她觉得自己现在已经算是很幸运了。

孙尚武是个好领导，业务和情商都是顶级的，也护犊子。最关键的是，在这个精致、高大上得有些伪善的金融精英群体中，他是难得的还有些真性情的。他都三十大好几了还单身，说明对另一半的要求很高。平心而论，梅艳丽除去那极端的性格，整个人的长相、身材、气质和业务能力都是不错的。

范理心里如明镜似的，孙尚武一直很喜欢她。她也很感激他的知遇之恩，但是，她是不可能以身相许的，一点暧昧的空间都不可能给。她一直小心翼翼地处理着与他的关系，也能看出来他在无比努力地控制自己。但是，他还是越来越放肆了。万一过了那个平衡点呢？

她觉得自己得做好准备，就像当时泼向李明帆的那杯茅台酒。

"咦……我什么时候这么多愁善感了……难道是因为怀孕吗？"范理突然意识到自己的思绪一直在不受控制地跳舞。而电脑里的分析短评依然一行字都没有敲完。

这时，电话响了，是那家上市公司的证券事务代表。这通电话及时地将她拉回到工作状态。聊完之后，她便思如泉涌，很快完成了那篇短评，发给了公司平台，然后才沉沉睡去。

第二天上午的调研波澜不惊，这家公司的确业绩上出了一些问题——对供应链的误判导致存货堆积。

"范老师，您可以把实际情况写写，我们不想隐瞒市场，也相信我们可以走出困境。"临走的时候，董秘诚恳地说道。

回到公司之后，她便开始构建这篇"中性"的调研报告。

写着写着，她突然感到下腹部传来一阵隐痛。

第四十九章　入川

这是杜浦第一次违抗领导的命令。

"抱歉,陈总,我真不能去成都出差。而且,现在通知,今天就得走,这也太突然了……"

"为什么?我跟你说,这次出差非常重要,娣飞总都亲自出马,她特意点名你代表我们座舱显示系统陪她去。阚总也有可能去,但还没有定下来。昨天娣飞总的会你也参加了,项目进度很危险,2014年的首飞保不保得住现在都要打个大问号,领导们现在对节点非常关注!还有,什么突然不突然的?我们做事,本来就是随时要待命,领导们的时间都很紧,能安排出来给我们就是好的!"

"家里真的有事!而且,我们跟中迪航电刚采用新的沟通机制谈产品规范和工作描述,我这一去,岂不是耽误工作节奏了吗?"

"怕什么?院里的事情有我在,他们那个小叶很灵的,我也不需要用我蹩脚的英语去跟瓦内莎互相折磨。再说了,家里能有什么急事,这两天都这么火急火燎的?我昨天还看到你爸了,乐呵呵的,一点儿事都没有。实在不行,我让洪部长跟他去打个招呼。"

"别别别!千万别!跟他没有关系!"杜浦非常着急,几乎是在求陈坚,"不去成都,真的不行吗?"

"你这次怎么这么奇怪?如果是别的出差我也就同意了,可这次去成都,事关重大,你不去不行!首先,这次是C595备份仪表的PDR,是我们整个座舱显示系统第一个进入PDR的产品,在整个航电产品中也是靠前的,要不娣飞总干吗去呢?重要性我就不用说了吧?"

"PDR……"

PDR 是 Preliminary Design Review（初步设计评审）的简称，是一个产品完成初步设计阶段，进入详细设计阶段的重要评审节点，杜浦当然知道它的重要性。更何况，这个备份仪表可是他从供应商选择的时候就一直跟着的产品。

也难怪刘娣飞会点名让他去。

"除了 PDR，这次阚总和娣飞总还要特意去考察一下利佳宇航和成航所的合资公司成利系统的情况，那家合资公司为利佳宇航配套，参与了我们航电系统里好几个工作包的工作，包括通信、导航、监视和备份仪表。随着项目深入，以后不少工作都会由那边支持我们，你不去建立一下联系吗？"

"我……"杜浦再度哑口无言。

"林琪现在在那儿做总经理，正好也是老熟人，这次过去把关系巩固巩固，以后你就不用经常去了。"

"是的，这我是知道的，她跟我说过。"

"还有，她过去之后，他们现场的项目经理位子空缺了很长一段时间，最近刚刚招到，你也得重新认识一下。"

"重新认识？"

"对，薛小强去了。"

"什么？"杜浦不敢相信自己的耳朵，"就是通信导航的薛小强？"

"对，就是那小子。"

"难怪，我的确有一阵子没见他了。"杜浦还记得薛小强第一次告诉他阚力军讲座时的情形，那已经是两年前的事了。

"所以啊，你说你是不是得去趟成都？"

"除了我之外，真的没人去了吗？"杜浦还想努力一下。

"没人了，我不可能去。虽然只有四天时间，但我这边很多事情你没法兼顾。其他人没法完成这么多任务，如果只有项目 PDR，或者只有合资公司考察，我都能帮你想想，但这两件事只有你一个人可以兼顾，这也是为什么娣飞总点了你的名。同时，对你自身的发展来说，这也是一次很好的机会，这我就不用说得更明显了吧？"陈坚的语气有些严厉起来。

第四十九章　入川　|　191

"那……我能不能晚一天走？求您了，陈总。"杜浦焦虑地看着陈坚的眼睛。

"到底发生什么事情了？你小子可别偷偷摸摸干什么坏事！"

"那肯定没有！但我暂时不能说，我保证不是什么影响项目和工作的事情。"

"行吧，那明天一早赶过去吧，别耽误 PDR 就行。如果阚总真去，娣飞总的脸上会不好看……你真是不知轻重，为什么要今天飞过去？就是今晚可以跟领导们先吃顿饭，把关系热络热络，之后几天工作都更顺畅嘛。"陈坚一副恨铁不成钢的表情。

"谢谢领导！"

"别，我不是你领导，高峰临才是，哈哈。我是怕给你逼急了，你也步薛小强的后尘，跑我们供应商那儿去，那我就损失大了，到时候孤家寡人的，叫天天不应，喊地地不灵。"

杜浦谢过陈坚，一路小跑地离开宇航大楼。

最近真是祸不单行，昨天下午刚在刘娣飞的会上得知整个 C595 的项目进度很可能会延误。

"目前阚总和总师会还在紧急商讨当中，他让我们跟各工作包的主要负责人都提前说一下，不过，越是艰难的时刻，越是要咬定青山不放松！在我们得到最终的决定之前，依然按照现有计划行事。"刘娣飞紧锁眉头。

而就在那个会之前，杜浦得知范理流产了。他今天要陪她去做个小手术，所以，无论如何是不能去成都的。

"没事，我们还年轻，你别往心里去。不过，答应我，以后别这么拼了，好吗？"看着范理手术后苍白的脸，杜浦心如刀绞。

"老公，你能不去成都吗？"

"唉，我今天能过来都已经费尽心机了，明天肯定要走的。"杜浦不敢看范理的眼睛。

"那我之后这几天怎么办？"

"我跟妈说一声，让她来照顾你吧。"

"别……他们之前不知道。"

"那还不是你非要瞒着他们？如果当时说了,不就好了？"

"你怎么这么傻？如果当时说了,现在他们该多么失望,还不如不说呢。"

"至少他们可以来照顾你啊！"

"我不要,我只要你照顾。"

"我这不是照顾不到嘛。"

"那我自己想办法吧。"范理挤出一个笑容。

"真的吗？"

"嗯,刚才医生不也说了吗？这只是个小手术,而且,我自己也没太大感觉,肯定有自理能力,想让你照顾……就是撒个娇嘛。"

见范理这样的表现,杜浦悬着的心放了下来。

回到家后,他让范理在沙发上休息,自己跑到小区附近的一家粤菜馆,点了几个营养菜,还叫了一份鸡汤,全部打包回家。

两人吃饭的时候并没有怎么说话,杜浦只知道一个劲地让范理多喝鸡汤,而范理似乎还沉浸在这突如其来的变故当中,双目无神。

第四十九章 入川 | 193

第五十章　项目评审

阚力军并没有去成都。

当得知这一点的时候,杜浦已经在成利系统的会议室里。他赶了早班机,匆匆赶到时,备份仪表的 PDR 已经开始了。

成利系统的人正在做整体情况汇报,刘娣飞等几人专注地听着。

"阚总?他怎么可能来呢?陈坚忽悠你的。成利系统负责的只有航电里的几个工作包,利佳宇航没有把一丁点儿飞控的工作放在那儿,全部留在美国呢。"听到杜浦小声的疑问,刘娣飞笑着回答,"他很忙的,这次又只是一个备份仪表的 PDR,他不可能参加。至于考察成利系统,总部采供中心过阵子会组织公司领导专门去几家合资公司考察,也包括这里,那时候阚总才可能出席的。"

"陈总真是不厚道,打着阚总的幌子,还真怕我不来吗?"杜浦心里苦笑。

不过,他环视了一眼会场,能够跟随刘娣飞一起出差,对他来说,也是头一遭。而团队里还有几个通信导航专业的同事一起,倒也是个跟领导和同事们拉近距离的好机会。这一点陈坚并没有虚言。

更有意思的是,对面坐着的成利系统团队里也有几张熟面孔。

林琪正对着刘娣飞坐着,也在认真地看汇报材料,时不时补充两句。而正在做汇报的,则是薛小强。他曾经是上研院航电团队通信导航工作包的人,前阵子被利佳宇航挖了过去,担任现场项目经理。干的活没变,只是从甲方跳到了乙方。

杜浦对他再熟悉不过了。

他和林琪见杜浦来了,都冲杜浦挤了挤眼。

杜浦突然产生了一种魔幻的感觉。

两年前结识的人们，全都换了岗位，却万变不离其宗，依然在干着同样的事情。

评审第一天上午很快便过去，一般这个环节都是双方寒暄和浮于表面的汇报，无伤大雅，不伤和气，真正钻进细节里"拷问"，要从下午开始。

汇报结束后，刘娣飞小结道："这个备份仪表啊，原本是你们利佳宇航取得TSO证的货架产品，我们原来的想法呢，是不需要走这些工程评审了，你们在美国直接走适航流程，然后交货，我们也省心。可是我们飞机总体的设计一分解下来，我航电一看，不改动不行啊，于是就得麻烦你们做些更改，所以，工程评审就省不了了。我希望接下来这两天，你们把更改的部分给我们讲透讲实，好吧？"

这已经是中商航从上到下的习惯了，面对合资公司的时候，总是直接提他们的外方母公司，毕竟技术和产品都是他们提供的，合资公司本身还在成长阶段。

事实也的确如此，上午汇报的主讲人薛小强，以及成利系统的总经理林琪，都是利佳宇航的雇员。成利系统的其他几人，要么来自中工航成都所，也就是成航所，要么是社招的，基本没怎么吭声。

"没问题，娣飞总，上午小强和我还能讲讲，下午开始，我们会有工程师们直接跟您的团队讨论，恰好杜浦也在，他比较清楚前因后果。我相信我们可以让中商航满意，让上研院满意，让您满意。我们一定可以把这次评审做好，给C595航电系统其他工作包和产品打个样。"林琪说。

杜浦看着林琪那优雅的样子，不免回忆起在上海的时候她私下里透露的那些事情。

"果然啊……零研发费就是他们利佳宇航的竞标策略，他们经验丰富，知道哪怕是货架产品，被选中之后也不可能不做工程更改，而且这更改一定是由主机厂提出的，这样一来，他们就有理由主张研发费了。到这个时候，他们几乎可以随便开价，只要不是太过分，主机厂不可能不认账，毕竟，更换供应商的时间成本更高……"

简单的工作午餐之后，涉及技术细节的评审才真正开始。一整个下午,双方针对每一条需求、每一个设计进行讨论,气氛很热烈,时不时还争得面红耳赤,不知不觉就到了晚饭时间。

"娣飞总、各位,要不今天我们就开到这儿?晚饭我们安排在旁边一家特色的川菜馆,很火爆的,去晚了就没包房了。"林琪走进房间提醒道。

"等等,把行动项过一下,过完我们再吃饭。"刘娣飞说。

"那好,我让小强先过去占个位。"林琪一笑。

杜浦其实已经有点饿了,这样高强度的评审格外烧脑,他块头又大,能量消耗也快。不过,刘娣飞的风格他是知道的,今日事今日毕,行动项不过完,别说是六点,就是夜里十一点她也不会结束。

好不容易结束,杜浦拖着疲惫的身子,到了那家叫"蓉城飞将"的餐馆。

"林姐,哦,不,林总,搞这么正式啊?"他看到包房的时候,当还挺吃惊。

这家川菜馆表面上看不怎么起眼,但里面别有洞天。大厅内位子很少,包房却很多。每间包房都装饰得极有四川特色,三国、川剧变脸和大熊猫等元素都在,却混搭得很高级,一点都不让人觉得突兀。

关键是桌椅、地板、窗帘和墙壁的质感都很足,一定是花了大力气和大价钱配置的。

"别老是'林总''林总'的,就叫我名字,亲切。你昨晚不在,今天来了,当然得招待好。"林琪笑道。

"就是,小杜,你可是评审主力,必须要吃好。"刘娣飞也在旁边开着玩笑,"昨晚我们的待遇都没你好。"

"娣飞总说笑了……"杜浦连连摆手。这当然是玩笑话。杜浦白天听小强提起,昨晚成航所的领导也来了,对刘娣飞一行表示了充分的重视。

一时间宾主尽欢,大家在餐桌边走来走去,气氛自由又热烈。

这时,林琪端着酒杯朝杜浦走了过来:"帅哥,来吧,敬你一杯,我们也算是不打不相识。"她的面颊已经有点绯红,在灯光下显得格外妩媚。

杜浦连忙起身,低头与她碰杯:"林姐,感谢你这两年对我们座舱显示系统的支持。"

"分内之事,没什么……"林琪扯了扯他的衣袖,把他稍微往旁边一拉,趁着喝酒的工夫,悄悄问道,"要不要来我们利佳宇航?"

杜浦一愣,连忙往四周看去,只见刘娣飞等人各自聊得正欢,没人注意自己,这才松了一口气。

第五十一章　忐忑

杜浦一晚上没睡好。

按理说,喝了点酒,晕晕乎乎的,应该倒头就睡,可他愣是翻来覆去睡不着。他就觉得浑身燥热,心里七上八下的。

林琪竟然在自己领导的眼皮底下招揽自己！不过,这几天的评审安排得十分密集,不趁吃饭的时候,哪有别的机会呢？

他并没有当场拒绝她的好意,一是不想当面折她面子,二是真想再仔细考虑考虑。

回到房间后,他便拨了范理的电话,想问问她的身子恢复情况,顺便也讲讲自己被利佳宇航招揽的事情,看看老婆有什么建议。可拨了好几个电话,范理都没接。他有些后悔当初装新房的时候,没有装固定电话。这哪能睡得安稳呢？

第二天一早,他从镜子里看到自己明显的黑眼圈和发红的眼睛,无奈地摇了摇头,然后捧着冷水使劲往脸上泼了几把,感觉自己的精力稍微恢复了一些。

会议间歇,薛小强问他:"看你有点憔悴啊,要不要来杯咖啡？"

"好啊！那再好不过了！"杜浦一早就有此意,但会议室只提供了茶,刘娣飞又只喝茶,他就没好意思提咖啡的事情。

"我们茶水间有咖啡机,要不要来看看你喝什么？"薛小强冲他使了个眼色。

"好。"杜浦便随他而去。

到了茶水间,正好没有其他人,趁着杜浦等着出咖啡的时候,薛小强站在他身边,低声问道:"昨晚林姐跟你说了吧？"

"说什么?"杜浦一时没反应过来。

"来我们这儿的事情啊。"

"哦……"杜浦一愣,他没想到薛小强也知道了。

"别担心,只有她和我知道这事,你们的人肯定不知道。"

"好吧!说实话,我还没想好。"杜浦注视着眼前的咖啡杯。

咖啡机刚刚完成对咖啡豆的研磨,一阵嗡嗡的声音之后,黑褐色的液体开始流下来,慢慢充满杯子的底部。咖啡的香味顿时弥漫开来。

"不急,你慢慢想,我们可以等。根据我自己来了之后的感受,我觉得你可以考虑考虑。利佳宇航的实力就不用多说了,进来之后很开眼界,能够接触到在院里根本接触不到的东西,人家将近一百年的历史可不是盖的。还有就是他们的企业文化真的很舒服,很简单,没有院里那么多乱七八糟的事情,只需要安心干活就好。"

"嗯,谢谢你的现身说法。可是,作为项目经理,你在现场能够有多少决策权呢?会不会什么决定都得问美国?"

"那是肯定的啊……但是,美国也能给你很充分的支持,他们的工程团队经验很丰富,什么项目没干过?我们在C595上遇到的问题,没有一个是新的。"

"你是说……你现在干了项目经理之后,就不再接触技术了?"

"对,他们外企分得很开,项目主要负责预算、成本、进度、范围等,工程则专注于技术和实现,这一点的确跟院里不一样。"

"哦……"杜浦马上想到了叶梓闻,的确,中迪航电继承了迪森斯的做法,也是如此,"不过,你干了几年技术,现在放弃了,不觉得可惜吗?"

"我那点技术积累在利佳宇航面前算个啥?相反,由于我就在国内,直接面对客户,又在上研院待过,沟通起来不存在文化和客户熟悉度的障碍,干项目经理更合适。再说,利佳宇航有现场工程师的。"

"那技术决策呢?现场能做吗?"

"基本很难,还是要靠美国。利佳宇航还是把研发放在美国,并没有拿到国内来。"

"哦……"杜浦不再说话。

薛小强所说的,跟他此前的认知并没有太大出入,说白了,无论是项目还是工程技术的决策都得美国来做,而薛小强之所以觉得干得更轻松、更简单,就是因为美国团队的经验丰富,并且能够给予他支持。

的确,跟着经验丰富的同事们肯定可以学习和成长,可是,几年之后呢?又或者,美国那边的支持打了折扣呢?到时候怎么办?

这时,咖啡机停止了工作,安静下来,一杯香喷喷的咖啡已经做好。光闻着这香味,杜浦就觉得精神又上来了。

"没事,你再考虑考虑。"薛小强倒也不急,"林姐作为利佳宇航派驻成利系统的总经理,常驻成都,继续兼任中国区项目总监,我也会经常在上海待着,随时联系。虽然项目上的事情要美国决策,但招个人我们利佳宇航中国团队还是可以做主的。"

"谢谢小强。"杜浦端起咖啡,"你不来一杯吗?"

回到会议室后,在咖啡的帮助下,杜浦的精神的确提了起来,但依旧有些心神不宁。尽管此前跟范理讨论的时候,自己对别人去外企有些不以为然,可当机会真降临到自己头上时,他发现自己并不能完全超脱地处理。更何况,范理也一直联系不上。

"小杜,你是不是有什么心事?"一天的评审结束时,刘娣飞来到他的身前问道。

"娣飞总……对不起,我家里有些事情,一直没法完全专心工作,实在对不起!"杜浦连忙低头道歉。

"这样啊……今天的评审进展还不错,明天虽然还有一天,但如果你家里真有急事,明天就提前回去吧。只不过,后天上午我们安排的成利系统参观,你就参加不了了。"刘娣飞说。

"真的可以吗?"杜浦眼前一亮,但依然十分犹豫。

"没关系的,谁家没个急事呢?主要是今天这一天下来,我对PDR顺利通过心里有底,所以,你在不在现场,也没那么关键了。如果真有一些细节我弄不明白,给你电话就好。"

"谢谢您!"

得到刘娣飞的批准之后,杜浦赶紧收拾好行李,直接买了晚上九点的飞机。他甚至不想再多待一个晚上。

上飞机之前,他又给范理打了一个电话,可依然没有人接听。

"理理,我今晚就回来了!"他只好发了一个短信。

他从未觉得两个多小时的飞行如此漫长,焦急的心在机舱里简直无处安放。

飞机落地的时候,已经午夜十二点多。此时正是虹桥机场夜间飞机抵达的高峰期,地铁又已经结束了末班车,所有人都拥向出租车排队点。

杜浦一眼望去,一条长龙从上车点弯过好几个弯,一直延伸到到达出口。

正在绝望间,他的肩膀被人重重地拍了一下。

"谁呀!"他有些生气地扭过头去,愣住了。

第五十二章　下定决心

身后站着一个嬉皮笑脸的人,年纪跟他差不多大。

原来是他的大学室友付洋!

付洋是天津人,平时说话非常搞笑,自带相声效果,跟杜浦大学四年都住一个寝室。两人关系还算不错,但杜浦最反感付洋的一点,便是他对航空和民机事业毫不掩饰的鄙夷。

上学的时候,每次谈及毕业之后的打算,付洋总是毫不客气地数落他:"你干吗要去钻牛角尖干航空,搞什么飞机?搞飞机没前途!人家航空公司都飞了二十年的波音、空客了,口味刁着呢,我们自己的呢?自从三十年前客70项目下马之后,就没有啦……"

而在毕业前夕,国家在上海成立中商航,正式启动国产大飞机C595项目,杜浦决定回上海加入上研院的时候,付洋又在说风凉话:"成立一家央企就可以把飞机搞上去了?要是这样能行,干吗不早些年就成立这样一家企业?没用的!人家波音、空客都有几十年上百年的积累,我们这要啥啥没有,想什么呢?"

也不知道是否受了付洋的影响,他们寝室几个人,最终只有杜浦一个人毕业后进入航空,其他人全部去了别的行业,IT、互联网和金融都有。而付洋也加入了一家做EDA软件的美国跨国企业,留在北京发展。

毕业后这三年,杜浦从没见过付洋,也因为与他既不在一个行业,也不在一个城市,不免慢慢断了联系。没想到,自己深夜从成都赶回上海,竟然在虹桥机场碰上了!

"我说谁敢拍我拍得这么重呢!原来是你小子!"杜浦笑了笑。

"嘿!刚才我出来时,就看到一个傻大个,没想到走近一看,果然是你！大半夜的，你不在家好好陪系花，在这里干什么？"

"我刚从成都出差回来，我倒要问你，不是在北京吗？"

"我来上海出差啊，还想着明天联系一下你，结果刚下飞机就碰上了，真是心想事成！"

"你这嘴巴还是一点没变，样子嘛……"杜浦上下打量着付洋，发现他比读书的时候要明显发福了。

"别看了，别看了！几斤几两我自己清楚！"付洋笑道，"倒是你，越来越帅了啊，果然娶得美人归就是不一样。别光一个人享清福啊，上海美女多，也帮兄弟我留意留意，如果有合适的，我愿意搬到上海来！"

"你还用得着介绍女朋友……"杜浦撇了撇嘴，"先别讨论这些了，你看看这排队的人，我估计还得等一个小时才能打上车呢！"

"你住哪儿？"

"浦东。"

"哦？那好啊，我这次出差去张江，就住在那儿，要不顺便送你回去？"

"送我？按照排队顺序，你都排在我后面，我送你还差不多。"

"我有司机的。"

"这么厉害？都有司机了？"

"嘿嘿，公司出差给安排的外包租车公司，负责我在上海的客户拜访，我刚才跟司机联系过了，他就在停车场等我。走吧，别浪费时间了！"付洋贱贱地笑道。

"那太好了！"杜浦恨不得抱着付洋亲一口。

两人去停车场的路上，杜浦才了解到，付洋加入这家 EDA 软件公司之后，并没有干技术。他能说会道，人又灵光，直接去做了市场，因此需要经常全国各地出差跑客户。然而，付洋的公司是全球 EDA 软件领域的龙头企业，面对客户时有非常高的话语权，很多时候客户都求着他们办事。因为公司处于相对垄断地位，利润自然就丰厚，所以公司待遇也不错，对于他这样长期出差的人，都安排当地的租车公司给配车配司机，方便他们到处跑，也能装点公司门面。

EDA 是 Electronics Design Automation 的缩写，即电子设计自动化。EDA 软件是整个半导体和芯片行业不可或缺的工具，而张江又是国家的半导体产业发展基地，自然客户云集。

只不过杜浦心里还是有些不舒服：我们的顶尖大学的理工科专业高才生毕业后，就被这帮垄断企业拉去搞市场，真是太浪费了！可转念一想，薛小强去利佳宇航，又何尝不是同样的性质呢？再联想到自己，杜浦只觉得出了一身冷汗。

"你呢？真去搞国产大飞机啦？"上车后，轮到付洋发问了。

"对啊，我的目标一直都很明确。我警告你，别再给我泼冷水啊，否则我代表上海不欢迎你。"杜浦笑道。

"喂！你要搞清楚！现在你可是坐在我的车上！"付洋也故作夸张地喊道，然后摊了摊手，"人各有志，兄弟我佩服你的选择。不过嘛，要我不给你泼冷水，这个难度有点大，我尽量不把水冻成冰才泼给你，这样砸起来太疼了。"

"行吧，那你泼泼，我看有多凉。"

"这才对嘛，真的猛士，敢于直面惨淡的人生……"付洋点了点头，"我的观点还是没变，C595 搞不起来的。不是说看不起你们中商航上研院，对你，我一直都很佩服，但是，造飞机，尤其是造民用飞机这事，是个系统工程，不是光靠你们一家主机厂就可以的，你们的供应链很成问题啊。国内中工航这些下属单位，干军机干得不亦乐乎，又有钱赚，本身就没太多动力干民机，毕竟干民机投资大、回报慢。即便有这个雄心壮志，他们也缺乏经验，很容易直接拿军机的经验套民机，结果呢，白白浪费时间。国外供应商呢？经验和能力不成问题，但配合度成问题，同样的资源，他们拿去支持波音、空客，可能五年后就能赚钱。但支持你们呢？可能要等到十年后，你说他们会支持谁？"

"你说的都是事实，但饭总归要一口一口吃嘛。"经过三年的工作，杜浦对目前面临的挑战和差距有了更加深刻的认识，倒也不像读书时对付洋的话那么反感。

只不过提问题谁都会提，关键是要提建设性建议，更要解决问题。否则,跟那些只知道耍耍嘴皮子的文人公知又有什么区别呢?

"你们行业我不了解更多细节,但就拿我在的半导体行业来说,我们公司占领全球 EDA 软件市场份额的 30%,真的可以在客户面前横着走,国产软件的差距太大了。我估摸着,你们行业国内企业与国外成熟企业的差距,可能也差不多。"

"知道差距,干吗不去弥补?还要助纣为虐?"杜浦笑道。

"我没你那么高尚!你毕竟是航三代啊,家里有传承的。我这辈子只要吃饱喝足,老婆孩子热炕头,超英赶美的事情,让别人去干吧。"

杜浦抿着嘴摇了摇头。

两人没有继续这个话题,而是谈了谈同学们的近况,聊了些有的没的。

很快,车就先到了杜浦家小区门口。道谢之后,杜浦一刻也不耽误地往家里跑去。他已经不再纠结,决定正式回绝利佳宇航的邀请。而且,他不准备把这段插曲跟范理提起。

第五十三章 适航的考量

当看到杜浦出现在他眼前时,陈坚呆住了:"你怎么才去了两天就回来了?"

"我向娣飞总请假,提前回来的。"

"娣飞总同意了?"

"是的,她说 PDR 进展顺利,问题不大,我要是有急事,可以先回来。"

"你这小子!唉!"陈坚重重地叹了一口气,"问你有什么急事,你又不说,让你多跟领导待一待,增加他们对你的了解和印象,你又提前跑回来,让我怎么说你……算了!干活吧!"

看着陈坚甩手而去,杜浦却感到如释重负。

他相信自己提前回来是正确的。如果不提前回来,昨晚就不会碰上付洋,也不会促成自己那个决定。当然,更让他感到安心的是,范理的状态还算不错。原来她为了能好好休养,干脆把手机调成静音,锁进了抽屉。她是享受了两天的清净,可让杜浦狠狠地担心了一回。

他正回味着昨晚和范理的对话,突然眼前冒出来一个人,吓了杜浦一跳。他定睛一看,竟然是宋谒平。自从上回跟张进和他吃完那顿百感交集的饭之后,杜浦就再也没见过他。其实,杜浦一直想找他聊聊,毕竟那天晚上,他在关键时刻挺了自己。

"宋总?您怎么到这来了?"

C595 项目各大专业都在宇航大楼办公,只有适航是个例外。由于适航对经验的要求很高,年轻人很难立刻上手,因此,公司决定,将适航工作依旧放在龙华院区,毕竟那儿老员工更多。虽说大家经验都有些欠缺,可几个臭皮匠,总能凑成个诸葛亮,凑不出诸葛亮,凑个徐庶也行。

"呵呵,小杜啊,好久不见。我正好要找你呢。"宋谒平看到杜浦,一副满心欢喜的样子。

"找我?"

"对啊,上回吃饭时你说的那些观点,让我印象很深刻,后生可畏!一直想着哪天找你好好聊聊。"

"哪里,您过奖了。"

"现在有空吗?"

"有的!不过,我们这里的会议室不多,经常不够用,如果不提前预约的话,恐怕很难找到……"

"没关系,我看了看,对面那个小公园不错,我们去那里散散步,顺便聊聊。"

"好的。"

两人一起下楼,穿过马路,便来到了对面的小公园。

这也是一处闹中取静的地方,门口就是沪闵高架路,桥上桥下的车流都不少,但走进去之后,又别有洞天。

门口有巴掌大一块小广场,再往前走,便是蜿蜒曲折的鹅卵石小径,两旁松柏成荫,再往里走,眼前突然就闪出一片池塘,池塘边还有座亭子。

此时正是上班时分,公园里的人并不多。

"张进这老头,真轴……"宋谒平开启了话题,一边走,一边说。

"您跟他认识很久了吧?"

"是啊,几十年了!可是,没想到都什么时代了,他还这么保守,把这些国外的先进经验都当成洪水猛兽。"

"这也不能怪他,可能真跟他的经历有关吧,我没经历过那个时代,所以也没法评价。"

"差距大得让人绝望……"宋谒平慢悠悠地说道,"所以啊,我挺喜欢你那个说法,叫什么……僵化?对,就是僵化!就是要一开始全盘西化地拿过来再说!"

"宋总,我说的是僵化,但是,我觉得叫'全盘西化'似乎也不太妥当。"

"小伙子,不要抠字眼,就是一个意思。"宋谒平摆了摆手,"你想说的不也是先别挑挑拣拣,学了再说嘛。"

"嗯……"杜浦应着,心里却还是有些嘀咕,"反正我不喜欢'全盘西化'这种说法……"

"那就行了！我们今天在这里聊天,说到哪算哪,你也别往外说,行吗？"宋谒平冷不丁冒出这么一句。

"您说,我听着呢。"杜浦虽说有些纳闷,但还是让宋谒平接着说。

"我觉得容融的做法有问题。"

"啊？"杜浦一愣。容融是 C595 项目的适航副总师,负责全机的适航取证工作,与刘娣飞一样,都是要参加总师会的,向阚力军汇报。

"他这是什么意思？容融可是他的领导,他在我面前说他领导坏话？可是,我又有什么立场呢？我跟容总也不熟……不管了,先简单应着吧,别急着表态。"杜浦飞速思索着。

"他竟然想折腾出中国特色来,天天跟民航上海审定中心的人在一起讨论 C595 的适航计划和策略,把我们这帮人也折腾得够呛,一会儿准备这材料,一会儿准备那材料……"

"哦……"杜浦觉得此刻自己做好一个相声的捧哏就行。

"有什么用呢？徒劳！照我看,照抄 FAA 和 EASA 的作业就行了！费那么大劲干吗？人家有成熟的体系和使用规范,哪一种场景我们没经历过呢？非要重新造轮子！"

第五十四章　摊牌时刻

一周后,范理觉得自己恢复得差不多了。

出门上班之前,她仔细地看了看镜子里的自己,面色虽然还有点儿差,但略施粉黛之后已经完全看不出来。

她个头本来就高,平时为了照顾男同事们的面子,除了十分正规的场合,她一般不穿那种恨天高的高跟鞋,只选择矮跟的。但今天,尽管下腹部的不适感已经消失,为了保险起见,她只穿了双平底鞋。

"还是这种鞋子穿着舒服!"直到走出电梯,她还在体验着这种不一样的感觉。

可是,今天董菁的神情有些奇怪。

以往每次见到她,董菁都会眉飞色舞地打招呼,即便遇上一些需要注意的事情,也会主动使眼色,然后上前来悄悄地说上几句。但今天她只是坐在前台那儿,上下打量着自己,尤其是盯着自己脚上的鞋看了好一会儿,然后才面色有些尴尬地冲她笑笑。

"发生了什么事?"范理停下脚步,轻声问道。

"嗯……"董菁又扫视了一遍范理的鞋子,然后上下打量了她两遍,抿了抿嘴,似乎在往肚子里憋话。

"说嘛,美女,到底出什么事了?我休了几天假,看来错过不少八卦啊。"范理靠近她,弯下腰,笑着问道。

"你……真去打胎了?"董菁终于忍不住抛出一个问题,声音倒是很轻,轻得只有范理一个人能听到。

但在范理耳朵里,却不啻一声惊雷!

她呆在原地,短短一瞬间,她脑海中闪现出无数种可能,但每一种可能都被她否决了。

"她怎么可能知道?!"

不过,她很快回过神来,笑了笑:"喂,你可别瞎说啊,我几天没给你买咖啡,就跟我开玩笑了是吧?"

"我真没开玩笑……"董菁的表情有些吃惊,也有些害怕,"不然……你为什么今天要穿平底鞋来呢?"

范理更是感到一阵眩晕,可是,她依然努力让自己镇定下来:"真是几天不见,你的想象力也见长了啊,我这不最近要买车了吗?买车之后,就得穿平底鞋开车啦,先适应适应。"

"哦……那就好……"董菁这才如释重负的样子,可眼里还是有一些担忧,"你没事就好,我也想呢……我们范大美女不是那样的人。"

"就是啊,你可不能瞎说……"

"不是我,是……"董菁冲里面那间办公室努了努嘴。

又是梅艳丽!

范理立刻直起腰杆,杏眼圆瞪,黛眉一竖,一阵风似的往里冲去。

"哎……"董菁想拦住她,可说出一个字之后,也不知道要说些什么,眼睁睁地看着范理的背影像闪电一样刺进走廊。

那间办公室里,除了梅艳丽之外,还有不少支持部门的同事,可是,范理已经顾不上那么多了!

"梅艳丽!你到底什么意思?!今天我们把话说个明白!"

她砰地推开门,冲里面喊道。

这时,她才发现,里面除了梅艳丽,其他同事都还没到。每天早上,梅艳丽作为行政,和前台董菁都是来得比较早的两位。

"哼,单挑就单挑吧!"范理已经不想再忍。

听到范理的呵斥,梅艳丽一愣,然后抬起头看,看见范理正怒气冲冲地站在办公室门口,眼里要冒出火来。

她转了转眼珠,把手中的笔记本电脑合上,身子往椅背上一靠,并没有站起来,而是双手交叉放在胸口,冷笑道:"哦?范理啊?几天不见,你今天吃火药了?"

"何止是吃火药！你今天必须给我说个清清楚楚,我休假的这几天,你干了什么?!"

"哼,我干了什么？我倒要问问,你干了什么？怎么现在底气那么足,敢跟我蹬鼻子上脸了？这是又傍上哪个大佬了？还珠胎暗结呢?"

"你说什么呢？我警告你,你再说这样的话,信不信我去报警?!"

"哦哟哟……报警哦……吓死我了,你自己做都做了,我还说不得？你要是敢报警,我就让你身败名裂!"

"你……"范理气不过,朝着梅艳丽冲了过去,她恨不得扇这个可恶的女人两耳光。

"想打架是吧?"梅艳丽猛地站了起来。

范理一瞬间恢复了一点理智,停住了脚步,距离梅艳丽只有两三米。

她气呼呼地瞪着梅艳丽,此时一句话都说不出来。

梅艳丽继续冷笑着上下打量了一下范理,当她看到范理脚上的平底鞋时,突然迸出发狂的笑声。

"哈哈哈哈……"

范理再也压制不住自己的怒火,也不想再忍,抬起右腿,就准备往梅艳丽踹去。

"停下!"

一声大喝从她身后响起。

她回过头一看,不是别人,正是孙尚武。

"孙总！不要拦住我,我今天要跟这个死女人把话说个明白!"

"够了！不要闹！你到我办公室来一下！现在!"孙尚武毫不妥协,盯着范理的眼睛,目光里是不容商量的坚决。

范理攥紧拳头,颤抖着身体,跺了跺脚,还是服从了他的命令,跟着他走出了梅艳丽的房间。

"哈哈哈哈……"身后又传来一阵狂笑。

一进孙尚武的办公室,范理再也忍不住心里的委屈,眼泪夺眶而出。

她无力地靠在临窗的沙发上,整个人都瘫软下去。

孙尚武紧锁眉头,一声不吭,默默地给她递了几张纸巾,然后回到自

第五十四章 摊牌时刻 | 211

己的办公桌后面坐好,远远地看着范理,眼里全是怜惜。他很想过去抱住她,安慰她,可是,他不能。他知道这样是不对的,更何况,他知道那不是范理此时的需要。

不知道过了多久,范理觉得自己好不容易恢复的精力又被耗尽,甚至连哭的力气都没有了。她这才慢慢地抬起头,身体却动弹不得。

"你别动,就坐在那儿。"孙尚武说。

"孙总……到底发生了什么事?"范理用尽浑身气力,问道。

"我今天特意赶早一点过来,就是想跟你第一时间说说这事,没想到你还是比我更早,否则,刚才的事情就不会发生……这是我的错。"

"发生了什么事?"范理没有理会他的道歉,她此刻只关心真相。

"前阵子,隔壁楼的众慕证券研究所发生了一起花边新闻,他们的一个女销售跟基金经理上床了,不但怀了孕,还瞒着老公去打胎,结果被她老公发现了,到公司去闹,被全行业看笑话……"

"这跟我们有什么关系?"范理已经没劲思考。

"梅艳丽说,你这几天请假,也是因为同样的事情……"

"什么?!孙总,这是诽谤!这是诋毁!我要报警!"范理不知从哪儿又冒上来一股力气。

"我知道,我知道……我从来没相信过,尽管你这次请假没跟我说具体原因,但我充分信任你。但谣言有时候就是那样无孔不入,她已经在公司说了两三天。我原本想今天跟你聊过之后就处理这事的……"

"孙总!"范理撑着沙发扶手站了起来,看着孙尚武,"我请求您今天做一个决定,如果梅艳丽不走,我走!"

第五十五章　浦江奔流不息

陆家嘴夜晚的灯光更加明亮了。

世博会之后，江边的写字楼一幢幢地立起来，让东方明珠、金茂大厦们不再孤单。楼里的灯光与楼外的霓虹灯把黄浦江照耀得格外迷人。

写字楼的下面，是亲水的滨江大道，昏黄的路灯下，游人过客被浦江两岸的美景吸引得难以挪动脚步。

他们身处象征着上海发展速度的典型地标，往江对岸望去，又是百年的风云与沧桑。从未来回望过去，无限的感慨都没入浦江上的夜空里。

滨江大道靠近陆家嘴环路的一侧，绿树掩映之中，散布着很多精致的小楼，它们低调而奢华，除了门口的招牌，并没有去刻意宣扬什么。它们都是高档餐厅，将各色美味佳肴与这无敌江景糅为一体，进入食客的胃里和心里。

范理不是第一次来这样的餐厅，但这一次，她心情无比复杂。在孙尚武的坚持下，她还是接受了他的晚餐邀请。

孙尚武订了一间临江的小包间，靠近江的一边，是一面大大的落地窗，窗户下面却用毛玻璃修饰，既让江景一览无余，又完美地保护了用餐者的隐私。

这是一家淮扬菜馆，孙尚武熟练地点了几个菜，又要了一杯红酒。

酒和菜很快就上来了。

"孙总，谢谢您的盛情邀请。当然，更感谢您的那个决定，我就以茶代酒了。"范理乖巧地举起茶杯说道。

孙尚武还是把梅艳丽开除了。

当然，他在跟她谈话之后，还是让她选择了体面的方式，自己辞职。

与此同时,他也给了她一些补偿。他不愿意失去范理。更重要的是,他相信范理不可能去干那种事情。

既然如此,让梅艳丽走人,就是唯一的结果。不论出于什么原因,对同事的清白和名誉进行诋毁,都是他不能容忍的。他正在打造一支能闯能干的团队,绝不允许内部再这样耗下去。

"小梅,请原谅我的决定,如果有必要,我会亲自跟你叔叔解释解释。当然,我不会拿这件事作为原因,我不想让他看扁你。不管你怎么看我,我都觉得,你钻进自己臆想的世界当中出不来了,真的挺可惜。我跟你说过多少遍,范理不是你想的那样,这次你不应该这样去抹黑一个女孩的清白。"最后一次谈话时,孙尚武把话说透了。

"孙总,孙哥,我尊重你的决定,你也放心,我不会去我叔叔面前说你坏话。至于范理,我保留对她的看法。不过,你说得对,我在中御确实没法好好工作,也许换个环境对我来说也是解脱。你应该明白我的意思……"梅艳丽出乎意料地冷静,冷静得有些颓唐。

梅艳丽的离开,让范理无比高兴。她总算可以完全聚焦在工作上了。

"请你吃个饭吧,上回你恰好去苏州调研了,这次没问题了吧?"孙尚武再次发出邀请。

这次范理答应了。

碰完杯,看着灯光中范理美丽的脸庞,孙尚武觉得杯中的红酒都带有一丝苦味。

闯荡行业十几年,他自己从一名普通的研究所销售起步,也是通过自学,逐渐成长为分析师,一步一步往上走,最终成为研究所的一把手。在这个过程中,他经历了酸甜苦辣,见证了行业的荣耀与丑陋。他觉得自己的人生就像A股的指数一样,涨跌起伏,个中感慨只有自己知道。

看到范理眼里的光芒,他不由得想到自己刚入行的时候,她那股骨子里不服输的拼劲,太像自己了!更何况,这股青春无敌的朝气之外,还裹着如此美丽的皮囊,叫他如何不动心?只可惜,眼前的人已经早早有了归属!

"范理,没有后悔入金融这一行吧?"吃着菜,孙尚武好不容易才平复自己刚才波澜起伏的心情,问道。

"没有啊,为什么这么问呢?"

"那就好……我是担心这几年你遇到的事情让你对这个行业产生厌恶。不过,当时我招你进来的时候,可是丑话说在了前头哦。"

"哪里!我非常感激你对我的照顾和指导,真的,发自内心的。那些话并不是丑话,而是让我可以提前做好心理建设的话。"范理认真地回答,同时又举起了茶杯。

"来吧,说说看,你是怎么看金融行业的?"

"我的答案不影响考评吧?"范理笑道。

"不影响!纯粹是朋友和同业之间的交流。"

"好,那我就斗胆了……从工作性质来说呢,还挺有挑战性的,尤其是分析师这个岗位,事实上,不光需要做分析,还需要照顾好方方面面的关系,管理好各利益相关方的期待。从行业整体来看,说实话,有些浮夸,就像你当初跟我说的一样。不说别的,就拿今天我们吃饭这餐厅来说,这一排滨江的餐厅,估计主要客源都是咱们行业的人吧?这种高消费可不是其他行业所能够承担的。有时候我甚至会想,我的工作真的有这么大的社会价值吗?我到底创造了什么呢?我何德何能,赚得比别人多那么多呢?"

"哦?有意思,比别人多那么多?多到都让你怀疑自己的价值虚高了?说来听听。"孙尚武饶有兴致。

"就拿我老公来说,他是搞飞机设计的,现在在做国产大飞机C595项目,不用说,他们干的事很有价值。可是,他的收入呢?连我的一半都不到,而且我可以预见,每一年,我们之间的差距都会拉大。那你说,这是为什么呢?"范理略微犹豫了一下,还是把杜浦说了出来。

第五十六章　金融的价值

她相信,聪明如孙尚武,不会不知道她的用意。

"哦……"孙尚武一愣,心里咯噔一下,但很快恢复过来,"原来你老公是飞机设计师,在干国之重器啊!佩服佩服!他在中商航吗?"

"对,你怎么知道?"

"我们搞金融的,可不是一天到晚只看钱啊,我们上关注国家的战略政策、宏观经济,下关注每一个细分行业的具体发展,C595 这么大的事情,我怎么可能不知道?只不过我不知道你老公也是其中一分子。"

当范理说出这些信息之后,孙尚武反而释然了。如果说,在这之前,他还多少心存侥幸,期盼着奇迹能发生,那么这一刻,他觉得,自己应该把儿女情长抛在一边。

"嗯,他在中商航上研院,他们总部就在浦东滨江,离这里不远,他们上研院过一两年也会搬到张江去。"

"我知道,本来总部在上海的央企数量就不多,跟北京不是一个数量级的。"

"是的,所以你看,飞机设计师赚得比我们少多了,其他行业似乎也一样,什么汽车、半导体、化工等等,这些行业都很重要,他们的从业人员却拿不到我们这么高的薪水。"

"看来你还是没有完全理解金融行业的意义……"孙尚武笑道,"如果我们把航空、汽车、半导体、化工这些行业都称为'垂直行业'的话,我们金融行业是什么呢?是一个横跨各大垂直行业的大行业,对不对?你想想,你是研究 TMT 行业的,包括了多少垂直行业?我们还有研究航天军工的、食品饮料的、有色金属的、房地产的、银行的、非银金融的等等,是不是把所有行业都覆盖了？在这之上，我们还有策略分析、宏观分析，专门研究更加上层的政治经济形势和趋势，对不对？这还只是我们证券公司研究所的职能，而我们只是整个金融行业的一小部分而已。"

"一小部分……"范理放下筷子，琢磨着这几个字。

"是啊，在我们证券公司，除了研究所，还有经纪业务、自营业务、投行业务等业务部门，这个你应该知道。而在证券公司之外，我们还有基金公司、保险公司、银行和各种各样的理财公司和金融租赁公司。在这一切之上，国家专门有'一行三会'来监管，包括中国人民银行，也就是央行，证监会、银监会和保监会。你想想看，如果金融行业不重要，用得着四个衙门来管吗？"

"嗯……可是，收入的差距又是为什么呢？"

"因为我们行业天生就带有经纪、交易和增值属性，这是为什么呢？因为我们负责把整个社会的金钱进行合理配置，让它们流向投资回报更大的领域，从而产生整体的效率改进，进而创造更大的价值，这种增值很多时候不是线性的，而是指数级增长的。所以，我不同意你说我们行业的价值比不上别的行业。就拿飞机制造来说，一架C595飞机卖多少钱？

"好吧，现在说C595的单价还有点早，就拿它的对标——波音737或空客320来说吧，我之前读到过，这两款飞机的市场目录价格是几千万美金，就算人民币两个亿吧，假如C595最终一共卖了3000架，一共多少钱？6000个亿人民币，对不对？放在我们A股市场上，这才是一天的交易量，甚至行情好的时候，一天的交易量都不到。3000架得卖多少年？至少十年吧？你算算看，我们行业值不值钱？"

听完孙尚武这番话，范理恍然大悟。原来是这样算的！

"A股市场还只是所谓的'二级市场'，我们还有权益投资的'一级市场'，还有债市、大宗商品交易、期货等等。我们行业处理的钱岂是一个垂直行业所能比的？那么，作为从业者，我们的收入多一点，有什么问题吗？"

说完，孙尚武又喝了一大口红酒。刚才的苦涩味道似乎消失了，或许是因为酒放置了一阵，醒了。

第五十六章　金融的价值　　217

范理仔细地品读着孙尚武说的每一个字。这个男人真是太优秀了,永远能让你收获新的认知!她更加认为,以杜浦的能力,应该到金融这广阔的天地中来闯荡,而不是仅仅守在那个狭小的垂直行业里。

吃完晚饭,孙尚武埋了单,范理跟在他后面,走出包间。

"我送你回去吧。"

"你喝了酒啊,还是叫代驾吧,我自己打个车就好。"范理一边推辞,一边心中暗想:"得赶紧把车买了……"

两人正在走廊上说话的时候,旁边包间的门开了,一股白酒气息从里面窜了出来。范理眉头一皱,捂住了鼻子。

几个中年男子摇摇晃晃地从里面走出来,中间还夹杂着两三个成熟装扮的女子,他们一起拉拉扯扯着往门口走去。走在最后的是一个男人。他走过两人身边时,与他们对上了眼,突然定住了。

范理看过去,这个男人四十多岁,头发略有些稀疏,仿佛有几天没洗,油光可鉴地搭在头皮上。他的眼神有些迷离,在范理身上毫不顾忌地上下打量着。

"怎么看上去有点面熟……不会又是李明帆酒局上的人吧……"她心里七上八下。

正不知道要怎么办时,只听得孙尚武叫了一声:"于总好!"

范理立刻想起来了,这是于志军,中御证券副总,分管投资业务,也就是说,他是孙尚武的直接上级。她曾在公司大会上见过他。

"呵呵……小孙,孙总啊……偷偷摸摸带着个美女来吃饭,也不打声招呼?"于志军咧着嘴笑。

"于总,我不知道您也在,不然,肯定过来敬酒。"孙尚武也笑着回应。

"现在也不晚啊……等我送完客人,我们聊聊!"于志军又打量了范理一眼,继续跟上前面那几个人的脚步。

"你赶紧从后门回家吧!"孙尚武冲着范理低声说道,"赶紧!"

第五十七章　上海制造

几天前与宋谒平在公园里的那次谈话,让杜浦印象无比深刻。在他接触的上研院众多老员工里,宋谒平应该说是思路最开放的,开放得让他都有些自叹不如。可是,在他心底深处,始终有些本能的抵触。

"怎么能说我们自己研究适航标准就是重新造轮子,完全没有必要呢?"

但是,相比对于座舱显示系统的了解,他自认为对适航的认识依然相当粗浅,所以也没有去跟宋谒平争执,而是一直仔细听着,吸收着。

"我看好你,小杜,以后我们也多多交流!"分开的时候,宋谒平很满意这个谦逊的后辈。

自从开始新的谈判机制以来,杜浦觉得自己的时间从容多了,没必要几乎每天都泡在会议室里跟叶梓闻他们讨论,终于有点自己的时间,在座位上安安心心地搞搞座舱显示系统设计。

他仔细地分析着C595总体和航电团队分解下来的各类需求,逐字逐句琢磨其中的含义,并且将它们与产品规范里的T2级需求关联上去。

就这样,他又看了一整天英文,看得头昏脑涨。到了下班时分,他忍不住走出宇航大楼,独自一人来到对面的公园里,呼吸一下新鲜空气,顺便散散心。

范理已经提前告诉他,晚上不回家吃饭,所以,他决定待会儿在食堂里吃完饭,再加加班。

对于范理的要强,他有些无可奈何。明明刚刚流产,虽然身子恢复得差不多了,她却一点都不知道缓一缓,又像以前一样投入工作当中。

"那个梅艳丽不是已经被开了吗?"他不解地问,"你干吗还那么拼呢？我记得你原来是为了向她证明自己的能力才憋着一口气的。"

"不能满足于跟她斗气啊,我有了新的目标:上榜《新投资》!"范理踌躇满志,"老公啊,我们迟早要生孩子的,又要养车,不多挣点钱怎么行?"

"可是没必要这么累嘛……我们房子也有了,我爸妈身体也不错,我们的收入已经足够支撑起这个家,就算不去争那个《新投资》,我们的收入每年也都会上涨嘛,钱是赚不完的,够用就好。"

"以后有孩子了,这个房子就住不下了,肯定要换房子,到时候又靠爸妈吗?"

"爸妈不是说过了,这个房子就是给我们的,到时候置换一下不就行了?"

"你可千万别这么想,不进则退啊。"

"说得好像我不思进取似的……"杜浦苦笑。

在公园里走了一圈,心中的这点心事还没退却,上回跟宋谒平关于适航取证的谈话又从记忆里蹦了出来。

"不行,我得找别的途径了解了解……"

想到这里,杜浦拨通了叶梓闻的电话:"下班了吗?"

"哪会这么早?你们昨天刚发了一堆问题过来,我们还在讨论呢。"

"有一个事,找你问问,跟我们的产品规范和工作描述没关系,只是我的好奇。"

"哦?说吧。"

"你们中迪航电有适航取证的专家吗?"

"当然有啊!还有曾经在FAA干过DER的呢!"

"哦?是吗?哪天你帮我约一下,我讨教讨教!"

DER是Designated Engineering Representative的缩写,即适航委任工程代表,是被局方授权的主机厂代表,可以代表局方参加主机厂飞机型号的适航审定工作。简单地说,DER就是适航专家。如果是被美国FAA认可的DER,经验肯定没的说。

"没问题!客户的要求,我们必须满足啊。"叶梓闻十分爽快。

有了这个承诺,杜浦的心情突然好了起来。

吃完晚饭,加班加到九点,他便往家里赶。路上,他收到了范理的短信:"老公,我吃完了,现在回来。"

"总算没有搞到十二点……"他原本还挺担心范理又被拉去唱歌。

两人前后脚到家。

"还是要注意点休息啊。"杜浦又忍不住嘱咐道。

"知道啦……"范理笑道,"今晚不是领导请客嘛,孙总跟我好好地讲了讲金融的格局,让我受益匪浅。"

"所以,你又要来当说客吗?这是要三顾茅庐还是要水滴石穿?"杜浦知道老婆的脾气,此时无论如何都制止不了她,还不如顺毛捋,看看她有什么新鲜东西。

"别说得那么难听嘛……只不过,我觉得他说得很有道理,所以想跟你分享分享。"

"好,那你说吧,愿闻其详。"

于是,范理把杜浦扶坐在沙发上,自己则坐在他对面,一五一十地将孙尚武跟她说的那一套讲了出来。

"怎么样?是不是很有道理?C595飞机的市场总量还比不上我们A股一天的交易量。"最后,范理把她认为的重点再强调了一遍。

听到这里,杜浦皱了皱眉头,似乎要说话,可又半晌没说出来。

"所以啊,老公,我保证这是最后一次劝你,认真考虑考虑转行,怎么样?"范理见杜浦没说话,以为他正在进行心理斗争,便决定再追加这么一句。

"唉……理理啊,你真是被钱给迷了眼……"她没料到,杜浦冒出这么一句话。

"你这是什么意思?"一瞬间,她有种热脸贴冷屁股的挫败感。

"C595的价值,哪能这么简单地计算呢?你们领导只是计算了飞机本身的售价,这没有错。可是,整个大飞机产业链还有上下游呢!你知道国家为了C595项目,投入了多少研发费吗?上千亿人民币!这些研发费光是被我们中商航拿了吗?并没有,它们会流入我们的供应链,撬动我们的供应商成长,尤其是国内供应商,国内的供应商成长起来,是不是就可

第五十七章　上海制造　│　221

以进一步带动他们的供应链？这样一环扣一环，最终是不是可以到电子元器件和螺丝螺帽这样的层级？那你看看，大飞机只是龟缩在一个所谓的'垂直行业'里面吗？不也一样跨越和带动了很多行业？至少包括电子、机械、金属、材料等，对吧？甚至还包括玻璃和塑料呢，飞机的舷窗可不是一般的玻璃能胜任的。"

"可是，这种带动价值怎么量化呢？"范理问道。

"很多价值就没法量化！不是所有的意义都要量化成钱的！当然，如果一定要量化，我相信也是可以做到的，不过，拥有能力这件事情，在我看来，价值是无限的。还记得当年我们用八亿件衬衫换一架飞机的事吗？有些价值，也包括定价权，这个恐怕不是靠简单的计算就能量化的！"杜浦说得有些激动，但他一想到妻子还在恢复期，立刻道歉，"对不起啊，我没有想发火……"

"没事，我们就讨论讨论嘛，你别动气。"范理今天心情不错，似乎没往心里去，"我们当年在学校不也为了一道题的求解而争论吗？"

"嗯，那就好，除了我刚才说的对产业链的带动价值，飞机交付给航空公司之后，还有几十年的售后服务和技术改进呢，这也是很大一块市场，你们领导也给忽略了，所以，依我看，他是一叶障目，不见泰山。"不知为何，说完这些话，杜浦心中感到一阵畅快。他总觉得，妻子的要强，很大程度上归咎于那个孙尚武。

"好了，老公，你说的也有道理，我记住啦。"范理站了起来，走向洗手间，"我卸妆去。"

"理理，最后听我说一句，上海可不仅仅是我国的金融中心，上海的高端制造业也是很厉害的。"杜浦冲着她的背影补充了一句。

第五十八章　关键路径

原本对于杜浦来说,具有特殊意义的春节,伴随着范理的流产就这样毫无新意地过了。

春节后的日子,像极了前几个月的复刻。与中迪航电的谈判,日复一日地进行着。更改了工作方式之后,速度的确快了不少,但架不住内容太多。随着整架飞机设计的迭代,全机级和航电级的需求也不免有些修改,传递下来,自然要影响他们的座舱显示系统。于是,已经关闭的条款又得重新打开。

叶梓闻受不了了:"瓦内莎,这么迭代下去,什么时候是个头啊?"

"没办法,我们的客户比较年轻,没法很快形成项目基线,我们只能调整。"瓦内莎耸了耸肩。

"可是,贝莱德不是说我们的预算也是有限的吗?这么改下去,合同还没签呢,我们的钱就花完了。"

"作为工程的人,你不需要关心这个。这是项目经理需要考虑的。"

不过,把锅都甩到中商航身上,也有失偏颇。很多变更也不是他们想干的,而是其他系统的供应商们触发的变更。

陈坚和杜浦也很无奈,因为这甚至连刘娣飞都无法阻止。在像发动机和飞控那样的强势的国外供应商面前,中商航办法不多。半年像风一样过去,距离刘娣飞要求的产品规范和工作描述关闭节点越来越近。

"陈总,怎么办啊?这还是我来院里之后第一次有可能完不成任务呢。"杜浦发愁。

"愁也没有办法,我们只能把自己能够控制的事情干好。"陈坚安慰道。

"你说项目真会延误吗？现在各种传闻都有。"

"不好说，年初那个会上，娣飞总不是已经给了预警吗？看看领导们怎么考虑吧。"

杜浦这才发现，自己好一阵没跟阚力军聊过了。

由于一直专注于座舱显示系统的设计和谈判工作，他放弃了好几个培训和会议，只是有一次在龙华院里望见过这位项目的核心人物。

那次，他远远地感觉阚力军憔悴了不少。毕竟，要完成一架飞机的设计，真不是一般人能做到的。可是，阚总的收入又有多少呢？恐怕堪堪等于范理他们研究所的一名高级分析师吧？

又过了三个月，终于到了金秋时节，该来的还是来了。

"我正式传达一下阚总和总师会的共同决定，由于飞控控制率的设计远比想象中的复杂，我们的飞控团队需要更多的时间。因此，我们会把项目的进度往后推迟一年，目标 2015 年年底首飞。这个建议已经上报公司领导并得到了董事长的批准。我感到很遗憾，但这就是飞机设计，波音 787 项目最终也比计划推迟了三年。我们航电团队要针对这个最新的计划做出调整，不要松懈，不拖后腿，别让我们在关键路径上……另外，这件事情目前仅供内部交流，公司会安排统一的公关和宣传。"刘娣飞在一次航电系统例会上宣布。

靴子终于落地，敲击在每个人心里，咚咚作响。

尽管一下子多出来一年多的时间，杜浦却没有任何解脱的感觉："看来是一场持久战……我一定不能让座舱显示系统的工作成为关键路径。"

经过项目管理的培训之后，杜浦已经十分清楚，一个复杂项目的工作都是并行开展的，而在这些并行工作中，那个耗时最长并决定项目最短完成时间的工作路径便是项目管理术语当中的关键路径。这次项目的延误，说白了，就是飞控这条关键路径没有守住。

"这样看起来，我们航电很难不拖后腿啊……"会后，陈坚感慨道，"这次是飞控，下回没准就轮到我们航电了。"

"陈总，别这么没信心嘛。"杜浦想给自己的领导打打气。

"娣飞总不是说过了吗？总师会已经决定，出现任何经过航电的系统更改冲突时,只要别的系统不愿意改,就都得航电改,你看着吧,等项目到后期,我们会改得面目全非。"

多年以后,杜浦还把陈坚这句话记得清清楚楚,他觉得这是对"一语成谶"这个成语的最佳注释。

第五十九章 2012

杜浦从没觉得哪一年过得如此之快。

当2012年到了年底的时候,他蓦然回首,发现这一年只干了两件事情。

第一件,终于跟中迪航电完成了C595飞机座舱显示系统的产品规范和工作描述谈判。整个进度比最初的计划整整晚了一年半!当阚力军和刘娣飞最终拍板他们与中迪航电之间的最后三个开口项时,杜浦一瞬间有种怅然的感觉:就这样结束了?

为了庆祝,中迪航电的项目副总裁亲自请刘娣飞和她的航电团队吃饭,一伙人喝了不少酒。

"这两份文档的谈定,是我们主合同签订前最关键的一步!"

第二件,则是他跟范理的又一次尝试终于成功了,范理在年底生了个儿子。他当爹了。在产房外面,杜浦喜极而泣,他觉得两年前失去的,现在全部回来了。

"是个射手座,真好,我喜欢射手座。"范理也很开心。

当然,最高兴的要数两边的老人。杜乔和沈映霞在范理临盆前那几天紧张得要命。

范理的父母也很开心,他们觉得自己女儿在上海这才算是真正站稳了脚跟,从湖北老家带了好几只土鸡和两大筐土鸡蛋到上海。两家人从未如此亲近过。

杜浦和范理商量后,把儿子取名叫杜理宁,双方名字各取一个字,然后希望这孩子安安宁宁,所以小名也叫宁宁。自从上次范理流产后,他们觉得安宁比什么都重要。

当然,他还感到庆幸的是,铺天盖地的"2012是世界末日"的宣传和那部同名电影里的场景并没有真正出现。

当时光不可阻挡地走向2013年的时候,杜浦觉得整个人生都开始了新的篇章。他毫不怀疑,再过三年,到2015年底,自己亲手参与的C595飞机便能够实现首飞,冲上蓝天。

就当杜浦踌躇满志的时候,叶梓闻的心里却愁云密布。

按说产品规范和工作描述跟中商航谈定,对他来说算是了却了一桩大事。从此,他就可以安心在公司根据谈定的T2级需求做他的T3级需求,开始真正的设计工作了。

但从2013年年初开始,公司内部就开始传各种各样的小道消息。

"什么?公司要解散了?我们要回原单位?"当从程克甲口中听到这个消息的时候,他无比震惊。

尽管成立这几年来,中迪航电的两家母公司一直没停止过争吵。中工航认为迪森斯花钱太大手大脚,迪森斯则认为中工航派到中迪航电的人无论是数量还是素质都不达标;中工航觉得迪森斯在技术转移的过程中没有完全履行双方合资合同里的责任和义务,有所保留;迪森斯则认为中工航自己派的人在上海接不住,还反过来倒打一耙。

可是,双方的一把手可都是在不同场合表过态的:"中迪航电是我们最重要的战略合作,我们不会计较一两年的得失,我们坚定地看好中国的民机市场,也坚信中迪航电能够成功!"

"你懂什么?大领导嘛,场面话肯定要说的,毕竟我们的合资合同是在中美两国元首的见证下签署的,政治意义可不一般。但这几年实施下来,你觉得问题还少吗?"程克甲继续教育这个小老弟。

"可是,我们刚跟中商航谈好产品规范和工作描述啊,主合同也马上要签订了,这个时候,公司要解散?"叶梓闻完全没有被说服。

"信不信由你吧!"程克甲甩了甩手,走开了。

叶梓闻不甘心,又找瓦内莎问这件事。

"亲爱的,我不敢说这些是谣言还是真的,我也控制不了,我们都控制不了,包括杰克。我希望你可以专注于工作,你还年轻。"瓦内莎倒是说得很诚恳,而她口中的杰克,便是中迪航电的 CEO。

作为合资公司,中迪航电的高管都来自母公司,董事长来自中工航,CEO 则来自迪森斯,而各分管副总裁基本都被迪森斯的人占据。

瓦内莎的话,让叶梓闻稍微好受一点。他并非不愿意回上航所,但总觉得,自己还有很多要学的,现在回去,岂不是半途而废了吗?还是抓紧时间在这儿学东西吧!叶梓闻又一头扎进座舱显示系统的 T3 级设计当中去了。

就这样没日没夜地忙了几周,有一天,他正打算下班回家,手机响了。

是杜浦打来的电话。两人有一阵没联系,叶梓闻连忙接了起来。

"有什么指示?"他笑着问道。

"唉……"电话里的杜浦似乎情绪不高,先是叹了口气。

"怎么啦?"叶梓闻关切地问道。

"你们那个适航专家最近有空吗?我想邀请他来院里讲讲课。"

"你是说恩里克?好啊,你们有需要,我们肯定支持!我去跟他说一声,当然,还需要贝莱德批准啊,毕竟,项目经理比较关注费用的事情,嘿嘿。"

"对,就是他。费用的事情好说,我们不可能让你们白干活。但是,我需要他的帮助。"

"你到底怎么啦?一副如丧考妣的样子,约个培训也不用这么沉重吧?"

"我被人陷害了!"

第六十章 适航的路径

恩里克来自迪森斯,担任过多年 FAA 的 DER,被派遣到中迪航电之后,自然成为难得的适航专家。

差不多两年前,叶梓闻把恩里克介绍给了杜浦认识。那是杜浦跟宋谒平在宇航大楼对面的公园里聊完天之后。当时,杜浦对宋谒平的一些观点不敢苟同,却又拿不定主意,于是拜托叶梓闻找找迪森斯的专家。

"杜浦,你问了些很好的问题,我得稍微想想,过两天给你答复。"恩里克眯着眼睛说道。他出生在墨西哥,长着一脸络腮胡,十分容易辨认。他的口音带着浓浓的西班牙语风味,杜浦要竖起耳朵才能听明白。

过了几天,恩里克兑现了他的诺言,通过邮件给了杜浦详细的答复,并且让叶梓闻去宇航大楼谈判的时候当面再给杜浦解释解释。

"……我认为中国民航 CAAC 要发展自己的适航标准是对的,中国的民航运输环境与美国不同,与欧洲也不同,如果完全照搬 FAA 和 EASA,肯定会存在问题。而在这个过程中,他们与你们中商航共同商讨也是对的,适航审定当局与主机厂一个代表政府和监管,一个代表工业界,必须要合作来制定最符合你们国情的适航标准。"恩里克认为。

对于杜浦来说,这无异于给他打了强心针。

所以,他找到了宋谒平。

"宋总,之前您跟我提过,C595 的适航就应该'全盘西化',照搬 FAA 和 EASA 的规章条例,CAAC 不应该多此一举,我这阵子进行了仔细思考,并且咨询了 FAA 认可的专家,不能认同您的观点。"

"是吗?你咨询了哪位专家?"宋谒平和蔼地笑着。

"中迪航电的恩里克,他来自迪森斯,以前做过 FAA 的 DER。"

"你作为主机厂,竟然去问供应商?你觉得这样合适吗?他们要遵循我们的适航计划才对。"宋谒平依旧笑着。

"从适航计划的角度来说,没错,他们要遵循我们的适航计划。可是,从知识点的角度,被 FAA 认可和授权过,自然意味着他对整个适航体系都是有充足经验的,毕竟,像 FAA 这样的适航当局不可能只关注一个机载系统的适航,肯定是关注整架飞机的。所以,我认为他的经验是可以借鉴的。"

"好啊,那他的观点是什么?"

"他认为我们 C595 的适航团队应该主动跟 CAAC 构建我们自己的适航体系,而不是照抄 FAA 和 EASA。"

"你认为呢?"

"我认同他的观点。所以,想跟您沟通一下,毕竟你们适航团队要指导我们设计团队取证嘛。"

"好,好,小伙子有自己的想法,不错,而且跟容总的思路挺接近,你跟他说过吗?"宋谒平依然一脸和蔼。

"没有,干吗跟他说?这是我们之间的讨论嘛。"

"嗯,挺好,挺好。"

杜浦记得,当时在宇航大楼对面的公园里,他可是对容融各种吐槽的,而现在自己跟他提到与容融相似的观点时,他竟然还能笑着接纳。于是,他对宋谒平的印象又好了几分:"要是当时我师父跟他一样该多好,又开放,又从善如流……"

到了 2013 年年初,过了春节,陈坚找到杜浦:"来,找你说个事儿。"

他把杜浦带到一间无人的会议室里,轻轻关上门。

"陈总,什么事啊?这么神秘。"

"好事啊!我就问你,愿不愿意去做娣飞总的助理?"

"娣飞总的助理?"

"对,副总师助理。"

"这……娣飞总可是负责整个航电系统的,要做她的助理,也就是说,得熟悉整个航电?"

"是的,这是个挑战,但也是个好机会,就看你愿不愿意接。"

"现在就要给您答复吗?"

"不用,但也别太晚,今天之内吧。"

杜浦这才得知,随着项目的深入,刘娣飞作为航电副总师已经有点不堪重负了。不光是刘娣飞一人,其他所有的副总师都面临同样的局面。由于上研院采用总师负责制,副总师们既要负责技术和设计,又要负责项目的成本、预算和工期,一个人再能干,也没法长时间负担这么多事情。

于是,院里决定,提拔年轻人做副总师助理,每位副总师最少招一人,最多招两人。

刘娣飞在自己团队的各大工作包里挑年轻人,最后确定了几个候选人,杜浦也是其中之一。

当她找到陈坚的时候,陈坚一开始不愿意。

"娣飞总,我就杜浦这么一个能干的,你就要给抢走啊?"他笑道。

"没得商量,除非他自己不愿意,毕竟,干我的助理会有很多杂事,不像他现在只做座舱显示系统那么单一,但是,这也是个技术岗,还是需要协助我做技术决策的。"

"那……你看我行吗?"

"你太老了!"刘娣飞白了他一眼。

"行吧,我肯定支持组织决定,但是,你得帮我找个好的备份代替杜浦。"

"你也别伤心得太早,他只是一个候选,这次我在别的工作包也找了几个,我们航电团队还是有不少有潜力的年轻人的。"

"好,我就随时准备着吧。"

就这样,陈坚有些心不甘情不愿地找到了杜浦。

杜浦当然是愿意的。

他一直都钦佩刘娣飞的敬业和专业,如果能成为她的助理,更加近地接受她的指导,当然再好不过了。更何况,这个岗位还能大大开阔他的技术视野,关注的领域将上升到整个航电层面。

而且,这个岗位的级别与他现在相比,还要再往上升两级呢!

一年前,他已经被提拔为主管设计师。而副总师助理岗位的定级直接就在主任设计师,跟陈坚一样。

工作五年,就能干到主任设计师,相当于平均一年升一级,这个节奏在上研院历史上都是绝无仅有的。

"如果爸听说了,不知道又要喝多少酒呢……"杜浦美滋滋地想着。

他告知陈坚自己的意愿之后,并没有马上告诉杜乔。两年前范理流产的事情给了他一个教训:任何事情,但凡没有尘埃落定,还是不要告诉父母为好,尤其是有可能反转的好事。

反正据说结果很快就能出来,到时候再说也不迟。

"杜浦啊,过来一下。"这天下班时候,陈坚再次把杜浦叫到了会议室。

杜浦心里忐忑地期待着一个答案,从陈坚的神情中,他无法判断到底是好消息还是坏消息。

但是,很快,从陈坚那略带沉重的语气当中,杜浦便知晓了答案。

"上次那个提名副总师助理的事情,已经有个结论了。你没有被选上。"

第六十一章　意料之外

"什么?"杜浦掩饰不住脸上的失望。

他曾经以为,自己的希望是最大的。

"我也觉得很遗憾,虽然你不走的话,我会比较开心。"陈坚说,"但是,你要相信,我是力挺你的,毕竟这对年轻人来说,是个很好的发展机会。"

"好的,谢谢陈总告知。您也放心,我不会消沉下去,会继续把手头上的工作做好。"

"这我百分百地确定!"

虽然对陈坚说自己不会消沉,但杜浦还是深受打击。

入职五年来,他也慢慢意识到,工作和读书是不一样的,读书的时候,只要把分数考得足够高,就可以获得自己想要的名次。可是,工作以后,他发现机会总数就是有限的,一个岗位就只能放一个人,哪怕竞聘的两个人分数都是 100 分,也只能有一个人上。而好岗位的机会转瞬即逝,错过了不知道要等多久,等着等着,年纪就到了。年纪一旦过了线,再想往上走便无力回天。

刘娣飞只招一个助理,这个助理可能就是未来的刘娣飞。而这个助理,不是他杜浦。

隐藏在他心底深处还有一个痛处,也因此被狠狠地戳了一下。他与范理的差距越来越大。

范理已经成为中御证券研究所的骨干分析师,在 TMT 行业干得风生水起,一直到临盆前两天,她还在工作,而现在虽然还在休产假,可一出月子,她就在家干起活来。

尽管她尚未获得《新投资》杂志的认可,但她信心满满地认为,那一刻迟早会来。她的收入每年都在上涨,在行业内的知名度也越来越高。相比之下,杜浦这两年的进步显得有些平淡。

范理虽然不再劝说他加入金融行业,但依然会有意无意表现出对他工作性价比的叹息。原本他想着,这次能够升任副总师助理,可以好好地向老婆证明自己,没想到最后功亏一篑。

他决定弄清楚落选的原因。

杜浦直接找到了刘娣飞。她那时正在办公室参加一个电话会,见杜浦敲门,便提前退出,招呼杜浦进去。

"娣飞总,打扰了。"

"小杜啊,你不来找我,我也会去找你,是因为前阵子我招助理的事情?"刘娣飞一眼就看穿了杜浦的来意。

"是的,我想直接听听您的建议,看我还有哪些地方需要改进。"杜浦抬起头来。

"你做得都挺好,人也踏实肯干,而且很勤奋……"刘娣飞用鼓励的目光看着他,"所以这次招助理,我把你也列为候选人。"

"那为什么最后不是我呢?"

"是这样的。副总师助理是院领导亲自决定新增的关键岗位,总部人力资源部也全程参与,因此,我们有一个非常严格的流程。首先,由各大系统副总师提名,每个系统提名的候选人不能少于五名,所以,我们航电团队,我就在几个主要的工作包里各挑了一个人,座舱显示系统选了你。你们陈坚一开始还有点不乐意呢……"刘娣飞耐心地解释道,"提名完毕后,需要由工作相关的各大系统副总师和主要骨干一起给候选人打分,最后,分数最高的就会被提拔到这个岗位。"

"哦……原来如此。"杜浦点了点头,从心底感谢刘娣飞的透明,"为什么要各大系统副总师和主要骨干都打分呢?这样工作量会不会太大了?"

"因为副总师助理是要参加总师会扩大会议的,每一个副总师跟其他系统的副总师平时打交道非常多,尤其是我们航电,几乎跟机上所有的成员系统都有交联,所以,我的副总师助理当然要得到其他副总师和他们骨干的认可,这样才好开展工作嘛。"

"那方便问问,最后我的分数在哪些系统里比较低吗?这样我也可以针对性地做一些改进。"

"其实你的分数都挺不错的,只有一个系统给了你低分,这一点,我也有些费解,事后也去问了问。不过,这是公司的流程,我们也只能遵守了。"

"哪个系统?"

"适航。容总他们认为你的适航能力还不够,对适航的理解还太粗浅。"

"什么?!"杜浦浑身像是被电击了一般。

他眼前立刻浮现出宋谒平那张脸。那张脸一直和蔼可亲地笑着,似乎从来不会生气:"我压根就没跟容总打过什么交道,而且,容总的观点应该跟我类似,怎么可能认为我适航能力还不够呢?如果说适航给我打低分,一定是他的主意!真没想到,他竟然背后捅我刀子!"

"小杜,木已成舟,我理解你的沮丧,但我还是鼓励你干好现在的本职工作,我会继续关注你的,我也相信,只要一如既往地把工作干好,机会还会有。"刘娣飞看到杜浦的表情和身体语言,还是安慰道。

"嗯,谢谢娣飞总,那我先走了。"杜浦不想再多待一分钟,他恨不得马上飞到宋谒平面前,揪住他的衣领,把他举起来,让他双脚都离开地面,然后质问:"我哪里得罪你了?你为什么要背后捅我刀子?有什么话不能当面说吗?!"

离开刘娣飞的办公室之后,杜浦觉得浑身都有怒气需要发泄,他从楼梯一路跑下宇航大楼,准备往龙华院而去。

到了楼下,他被户外的风一吹,头脑清醒了一些:"不行!我不能这么鲁莽!我得想个办法!宋谒平,你等着!"

第六十一章 意料之外

第六十二章　不算复仇

听杜浦像倒豆子一般地说完自己"被人陷害"的经过，叶梓闻安静了两秒，然后说："兄弟，要是我，我可不能忍！"

两人在宇航大楼附近的一家过去没少去的河南菜馆，找了个无人的角落坐着，边吃边聊。

下班前，杜浦给叶梓闻打了个电话，谈邀请恩里克去上研院培训的事情。听到杜浦的语气有些不对劲，还提到自己"被人陷害"，叶梓闻便建议晚上一起吃个饭，顺便聊聊。

他这才知道杜浦刚刚遭受了一次职场滑铁卢。在叶梓闻有限的职业生涯里，他还未碰到过这样的情况。不论是当时在上航所想去中迪航电也好，还是在中迪航电从T4组转岗到T3组也罢，他基本上总能实现自己的目标。

但是，他看到杜浦那沮丧的样子，还是能够充分理解这位战友的心情。

"的确挺可惜的。副总师助理，听上去是个很有发展前途的岗位。"

"是啊……可以看到整个航电层面，视野就不一样了。现在，我只能解决座舱显示系统的问题，攻克座舱显示系统的技术难题，如果真在那个位置上，我可以支持娣飞总攻坚航电的那几个老大难呢。"

"不过你确定是那个姓宋的从中作梗？"

"从打分的情况来看，只有适航给的分数最低，而适航副总师容融跟我又没打过几次交道，不可能给我打低分，就算是保守起见，也会给个平均分吧？更何况，我从宋谒平那里得知，容总的思路其实跟我是相似的，都认为应该主动去发展适合中国国情的适航规章，这一点，宋谒平可是吐槽过的。所以,容总更加没理由给我低分了。只有可能是宋谒平在他面前说了些坏话,或者,容总太忙,委托宋谒平给打的分,不管是哪种情况,不都是他在捣鬼吗?"

"那你觉得他的动机是什么?"

"我不知道,我跟他接触过好几次,每次他都笑眯眯的。如果说我在哪儿得罪他了,只有一个,就是恩里克帮我解答了一些适航问题后,我跟他对 C595 的适航规章的理解有些差异。他赞同'全盘西化',可在我看来,这未免太不负责任,应该主动一些,并且针对中国国情,这一点,不但跟他的领导一致,连恩里克都支持。"

"仅仅出于这一点,他就给你打低分?这心眼也太小了吧。而且,既然他的领导容总都认为要主动,他又在那儿折腾个什么劲呢?"

"但如果我用排除法,也没有别的可能性……他折腾,是因为他嫌活太多,如果全盘西化,就只用照抄了嘛,多轻松。"

"嗯……老哥,我还是建议你谨慎点好,毕竟是你同事,又是前辈,除非证据确凿,不要轻举妄动。"说出这话,叶梓闻自己都觉得有点吃惊。他曾经是多么冲动的人啊!经过五年职场的打磨,似乎也开始考虑周全起来。

"好吧,吃菜……"杜浦不得不承认,叶梓闻说得有道理。

"不过,假如真的是他,你叫恩里克来院里培训,又有什么用呢?"

"如果真的是他,那一定是因为跟我的观点有分歧。对我个人来说,观点不同并没什么大不了的,可如果按照这个适航思路去干 C595,甚至因为容总太忙而阳奉阴违,那肯定要走弯路。为了项目着想,我也不能任由他这么干!所以,我想让恩里克给副总师做个适航培训,同时也是挺一挺容总。"

"这几年你们不是做了好些适航培训了吗?还缺这一个?"

"不,不一样,我们以往做的都是理论派,与其说是适航培训,不如说是规章学习,而跟恩里克聊下来,我觉得他是有实操经验的,这些经验是无价之宝,应该让更多人知道,尤其是我们的人。"

"行,我了解了,我会去跟他说说,让他充分准备,你打算什么时候做

第六十二章 不算复仇 | 237

这个培训呢?"

"不会很快的,我得好好规划规划,而且,得去运作,光靠我,没人会理睬的。"杜浦清楚地知道,推动一场针对所有副总师的培训,难度有多大。但是,除了这一招,他也想不到别的办法。对项目的担忧和对自身"复仇"的渴望,交织在一起,充满了他的内心。

与叶梓闻分开后,杜浦并没有马上回家,而是来到父母家。

范理还在休产假,于是带着儿子住在这里,杜浦则一个人住在自己家。他每天都会在父母家待到很晚才回去睡觉。

母亲正在照顾他那几个月大的小宝宝,忙得不亦乐乎,范理也在旁边陪着。

跟她们打过招呼后,杜浦将父亲叫到一边。

"爸,有个院里的事情我想打听一下。"

"哦?说吧。"杜乔感到有点意外。儿子很少主动跟自己提工作的事情,当然,这跟他自己当初的提议也有关。他总觉得,自己人微言轻,又不在 C595 项目上,为了避嫌,还是少掺和点儿子的工作为妙。

"宋谒平你认识吗?"

"老宋啊……太认识了……"杜乔笑道,脸上浮现出一丝鄙夷的神情。

"真的啊?他是什么背景?是个怎样的人?"

"你为什么问他?"

"你先说嘛,说完我再告诉你。"

"好吧……简单点说,他是个'河殇派'。"

"河殇派?"杜浦对这个词感到十分陌生。

"对,黄河的河,夭折的那个殇。"

"这是什么意思?"

"什么意思?就是字面意思,黄河死了。"

"黄河死了?"杜浦更加一头雾水。

"就是 20 世纪 80 年代,你出生前后那段时间的一股思潮,认为中华文明完蛋了,没有前途,所以叫黄河死了。这股思潮在那个时候非常盛行,尤其是苏联解体前后。"

"哦……所以,就是对中华文明没信心的意思?"

"对,不仅如此,他们还极力主张全盘西化,甚至还有人喊出我们要被殖民三百年才有前途那样的口号。"

"天哪!怎么还有这样的人?"杜浦倒吸了一口凉气。

"你们这代人很难想象吧?那个时候我们就是这样不可思议。不过也难怪,当时改革开放没多久,我们跟西方先进水平的差距的确是全方位的,很多人受到强烈的冲击之后,就变得不知道自己是谁了。"

"难怪……他会做出那种事。"杜浦终于明白宋谒平那些观点产生的缘由了。

他一直以为,这个前辈跟自己一样,思想开放,没想到,人家压根是不设防!恨不得什么都全盘西化才好呢!

这样的人,怎么能够一直干那个重要岗位呢?

杜浦忍不住了,把自己的事全部向父亲说明。

"既然你们都知道他是河殇派,为什么还让他负责那么重要的适航工作呢?"

"我们没什么人才储备啊,断层太严重了……但是,他竟然敢这样欺负你,这也太过分了!多好的机会啊,你应该早点告诉我!"杜乔义愤填膺。

"爸,我不是为了我自己,或者说,不光是为了我自己,我是真的担心,C595项目会被他这种想法给影响了,容总毕竟很忙,也没法顾及每一个细节。"

"你说得对!这件事,我支持你!让我们一起想想办法吧!"杜乔觉得心底燃起了久违的斗志。

第六十二章 不算复仇

第六十三章　蒙在鼓里

父亲的加入，让杜浦心安了不少。

进入上研院这些年，他除了了解阚力军和张进等人的一些往事，并没有得到父亲其他方面的指导。父亲非常低调，在阚力军担任 C595 总设计师之后，甚至与他的私下来往都很少。

有时候，杜浦会想："都说我是航三代，可是我怎么一点感觉都没有呢？"

但这一次，不一样了。杜浦能明显感觉到，父亲的斗志被激起。宋谒平的做法，直接让儿子丧失了一个宝贵的进步机会，哪个父亲能容忍这样的事情发生？！

"我带你去找容融！"杜乔很快兑现了对儿子的这句诺言，把他带到了容融办公室。

正是午饭后的休息时间，容融把办公室门虚掩着，倚在椅背上正打着盹，就被一阵敲门声惊醒，他定睛一看，门被推开，走进来一老一少两个人。

"哎哟，老杜！什么风把你吹来了？"当看清楚这两人时，他感到一丝意外，但还是冲着老同事杜乔热情地打招呼，并冲着他身后的杜浦点了点头。

容融在一些场合见过杜浦，略微有点印象。他不明白，杜乔带这个人来是什么意思。

"容总，真是好久不见了。一般我也不会来打扰你，但最近有股歪风，把我给吹来了。"杜乔也笑着说，边说边把办公室的门关上。

"哦？歪风？"

"是啊,把我儿子的前途都给吹歪了。"

"你儿子?"容融瞪大了眼睛,一脸错愕。但仅仅过了两秒钟,他就反应过来,杜乔身后的大个子便是他的儿子!

由于杜乔平时比较低调,加上杜浦又不在龙华院区办公,容融也很少去宇航大楼,因此跟杜浦打交道不多。他一直都不知道,杜浦竟然是杜乔的儿子。

"都怪我,没早点给你介绍认识认识。"杜乔笑了笑,然后拉了拉杜浦。

"容总好,我是杜浦,我们见过几面的。"杜浦连忙走上前打招呼。

"杜乔……杜浦……好啊,好啊,果然是父子俩!"容融一边念叨两人的名字,一边打量着他们,然后才说道,"老杜,我们都这么多年的交情,你有什么话就直说,坐吧,坐下来说。"

"爽快!"杜乔也不客气,直接就拉着杜浦在容融的办公桌前坐了下来,那儿正好有两把椅子。

"情况呢,是这样的……"杜乔就把来龙去脉说了一遍,有些细节还时不时转过头问杜浦。

容融听得十分投入,不住地点头或者皱眉。听完杜乔的介绍,他半晌没出声,然后从牙缝里挤出几个字:"宋谒平这小子!"

然后,他缓缓地说:"上次刘娣飞招助理的事情我是知道的,当时本来要我来打分,结果我不正好在北京学习吗?就全权让宋谒平负责了……现在看起来,主要就是我适航这里的低分拖了他的总分后腿,对吧?"

"是的。"

"这事整的……木已成舟了啊……"容融一个劲地挠头。

"我儿子的事情还是小事,年轻人嘛,受点挫折也没什么大不了的。关键是,老宋这种做法和想法如果渗透到我们的 C595 设计团队去,会让大家很迷惑的。你想啊,你在推行的和他在主张的有矛盾,而你平时跟一线设计人员的接触肯定没他多,这样岂不是严重影响 C595 的取证路径?"

"容总,就像我爸说的,宋谒平亲口在我面前抱怨您对他的工作安排,并且从骨子里就不认可您现在做的事情,我不知道他在您面前是怎么表现的,可这是我的亲身经历!"杜浦又补充了一句。他已经毫无顾忌地把宋谒平上次在宇航大楼对面公园里说的话告诉了容融。

既然你不仁,也别怪我不义!

"这就怪了,他在我面前可没半点不同意见,我交给他的活,他总是屁颠屁颠就接下去了。说实话,有时候我都看不下去,还老跟他说:老宋啊,我们是同龄人,不用上下级观念那么重……"容融陷入了沉思。

宋谒平这小子阳奉阴违,两面三刀!杜浦心底跳出这句话。

"他每次见到我,也都是和蔼可亲得不得了,谁知道他会背后捅刀子?"杜浦有点委屈。看来容融也被他给忽悠了!

"容总,我们的判断是,老宋不厚道,当着你一套,背着你又一套。而因为杜浦跟你的观点类似,还找了外国专家把脉来证明这一点,让他有些没面子,下不来台。所以,他表面上对杜浦很友善,背地里趁这次提拔打分,阴了他一把。当然,说实话,我们并没有直接证据。"杜乔总结道。

"还要什么直接证据?他代表我们适航打了低分,这不是事实吗?你儿子对适航的理解真有那么差吗?我相信不会,这不就足以说明一切了?"容融这会儿正在气头上,他有种被长期蒙在鼓里的窝火。

"对,这是事实没错,但动机到底是为了陷害或者报复杜浦,还是单纯地就认为他适航经验不行,这个我们没法证明。我们只能根据他在其他方面的表现,推断他是前者。"

"行了,不多说了,我下午还有一个会……你说你个老杜,平时不来,一来就给我整这么烦的事情。"容融看着杜乔,"你也知道,在我们院里,要动个人,不容易,更何况是像他那样几十年工龄的老人。"

"我懂,今天我也没想让容总你怎么样,只是想告诉你这件事,你看,你果然不知道。"

"嗯,让我好好想想,这事得从长计议……至于你儿子那个给副总师们培训适航实操的主意,我双手赞同,正发愁我们一直是偏理论缺实战呢。不过,要搞这么一次培训,前期得跟各大系统副总师都打好招呼,他们都很忙。像你们这样一个一个跑,怕是一圈跑下来,黄花菜都凉了。"

"我们也想到了这一点,所以……我有个好主意。"杜乔笑道。

第六十四章　久违了

如同中央公园之于纽约,位于浦东花木路的世纪公园,也是上海市区最大的城市公园,里边绿树成荫,小桥流水,是一片城市森林中的闲适之所。

世纪公园的东南角不远处便是磁悬浮龙阳路站,从这里出发的磁悬浮列车,可以在 7 分钟内抵达上海浦东国际机场。

如果坐上磁悬浮一路南下,与罗山路并行而驰,过了华夏路,会在飞速之间瞥见一大片深棕色的建筑和环绕在它们周围的绿植。绿植一看便是刚种的,还没有形成气候,但足以将那些建筑衬托起来。这些建筑如果放在一起看,恰好组成一架腾空而起的飞机侧面的图案,动感十足。

很快,杜浦他们就要离开龙华,离开宇航大楼,搬到位于这里的崭新院区——中商航上海飞机研究院,将在浦东再一次起飞。

新院区门口的金科路,一直往北延伸到龙东大道,道路两边是建造中的各式写字楼、商场、工厂和创业园区,充满活力。

从金科路旁边一条支路下去,就到了一小处刚刚形成气候的商业区。这里有好几处别致的餐厅,里面的人们从容落座,人气十足,却又不显得拥挤。

三个男人前后脚走进最靠边的一家粤菜与本帮菜的融合菜馆。

"你好,我订了一个三人的小包间。"他们当中的大个子年轻人冲服务员说道。

"好的,杜先生是吧?这边请。"

杜浦便快步跟了上去。在他身后,是父亲杜乔和阚力军两人。

"老杜啊,我们可是有很久没一起喝酒了。"甫一坐下,阚力军便笑着说,"不过,今晚还要跟飞控和利佳宇航开电话会议,我们也不能喝多,就来点黄酒如何?"

"这不全听阚总的吗?"杜乔也笑道。他们已经有五年没在一块喝酒了。

杜浦则忙前忙后,一会儿招呼菜,一会儿倒酒,总算把餐桌给布置好了。

"老杜,你得先自罚三杯,这么长时间都不叫我喝酒。"

"你现在是C595型号总设计师,跟我们不在一个层次上,又很忙,我哪忍心打搅?"杜乔也把杯子端了起来。

"哼,你这都是借口!你是想避嫌吧?毕竟你儿子在我的项目上,不想让别人嚼舌头,说闲话,对不对?"阚力军说归说,自己还是先喝了一大口。

"嘿嘿。"杜乔只顾着笑,也干下去半杯。

"我告诉你,你真是多虑了!想太多!你想啊,要是杜浦是扶不上墙的烂泥巴,我顶多用一只手去扶,粘了一巴掌泥巴也就撒了,把手洗干净,见他就绕道走。可是,杜浦的表现确实不错啊!刘娣飞和陈坚对他都是赞赏有加,这样的好苗子,年轻骨干,我照顾照顾,不也是顺理成章的事情吗?这跟他是你杜乔的儿子有什么关系?古代还'举贤不避亲'呢!"

"好的啊,你既然这么说了,我也就不客气了。今天,我们父子俩请你吃饭,也的确是为了杜浦的事,当然,也不仅仅是因为他,跟你的C595项目也有关系。"

"哦?那就赶紧说!"阚力军一副迫不及待的样子。

于是,两人便又把杜浦评副总师助理的事情、宋谒平的事情,以及跟容融聊下来的情况全部跟阚力军说了个清清楚楚。

"本来是件小事,也已经过去了,不应该打扰你的。不过,我们左思右想,想着适航取证的思路还是得大家保持一致才行,否则,容融有个想法,他也以为他手下的人在推行他的想法,可他手下的人却有别的心思,在背地里搞另一套,这样一来,各专业的设计师就会很困扰。C595项目本身就复杂,涉及的人又多,我们就想着,与其一个副总师一个副总师地找过去,不如直接找你这个老大,从顶层往下推,怎么样?"

"老杜啊……这可不是小事……不管对杜浦,还是对 C595。对杜浦呢,我觉得有些遗憾,这次没得到这个提拔的机会。不过,你也别往心里去,我们还是很缺人,缺骨干,你肯定还有机会。"阚力军看着杜浦。

杜乔冲杜浦使了个眼色。

"谢谢阚总,我敬您!"杜浦连忙端起酒杯。

"继续努力,年轻人受点小挫折也没什么,我跟你爸那可是从……"阚力军说到这里,突然安静了下来,有些伤感。

杜浦明白,他一定是想到了爷爷,客 70 总设计师,也是他当年的恩师。

"好了,说说 C595 项目的事吧。"杜乔没让阚力军在那情绪中沉下去。

"嗯,阚总,我想问问,院里像宋谒平那样的人多吗?我爸说他是什么'河殇派',我是觉得,这样的人基本上是没有硬骨头的,怎么能容忍他们继续干国产大飞机呢?他们连我们自己的文化和文明都嫌弃,怎么会不嫌弃我们自己的飞机?"杜浦也问道。

这个问题把阚力军逗笑了:"'河殇派'……老杜啊,这么老旧的词你都说得出来,我都感觉这词要进故纸堆了。你看看你儿子,看看现在的年轻人,哪个不是充满了自信?早就没有'河殇派'喽!"

"谁说的?老宋不就是吗?院里还有一批人呢,都是跟我们一样老的老头……"杜乔不服气。

"我明白你的意思。不过,我觉得他们不是主流,掀不起多大的风浪来。而且他们好歹也跟我们上研院共存亡几十年,很多人离开时,他们坚守下来,这一点,我觉得还是要肯定的。而且,院里人才断层太严重,也是没有办法……所以,我们希望像杜浦这样的年轻人尽快成长起来啊。至于你们刚才的建议,我完全支持!回头我在总师会上讲一讲,让所有的副总师都参加这个适航实操培训,我们要尽快统一思想!"

有了阚力军的背书,杜浦心里一下踏实多了。他很快便联系了叶梓闻。

听说整个 C595 的总设计师和副总设计师都要参加这个培训,叶梓闻不敢怠慢,也向中迪航电的高层汇报了此事。

最终,一场原本聚焦于适航实操的培训,变成了一次中商航和中迪航电的交流活动和扩大会议。双方领导不但都亲自参加,还把交流主题扩展到项目管理、航电技术等多个领域。

当然,重头戏还是恩里克带来的适航实操培训。

培训结束后,杜浦看到会场一角的宋谒平耷拉着头,脸色难看极了。

第六十五章　专人负责

那次史无前例的交流和培训之后,杜浦觉得一身轻松。

阚力军在总结的时候,明确指出:"我们的适航一方面要借鉴 FAA 和 EASA 的先进经验;另一方面,也要紧密支持和配合我国民航当局,以积极主动的态度发展出适合我国国情,与我国自主研制的飞机型号相适配的适航标准……"他还要求各专业和系统的副总师一定要召开设计团队全体大会,统一认识,避免混乱。

而容融也在会上表态,将加强对年轻力量的培养,让更多"有创造力的血液"融入他的适航团队里来。

失去航电副总师助理机会的遗憾,很快便被杜浦留在了过去。他要聚焦往前看,座舱显示系统还是有不少硬骨头要啃的。

人机界面 HMI 的设计还未达到理想状态,整个座舱显示系统的设计重量也还没有达到目标要求。飞机每增重一分,油耗就增加一分,运营成本就上升一分,因此,所有的主机厂都对飞机重量严格控制,中商航还为 C595 设置了"减重奖",来鼓励各大系统减轻设计重量。

不过,很多工作还需要得到供应商的配合,当杜浦通过技术线解决不了问题,跟叶梓闻死活说不通,或者叶梓闻和瓦内莎也做不了主的时候,他就只能去总部采供中心寻求帮助。

"德丰,有一阵没见,我们搞不定中迪航电了,得靠你们管管。"

"没问题,我们不就是帮你们解决供应商问题的嘛。"电话里的孟德丰一如既往地充满活力。

当赶到总部孟德丰所在的办公室时,杜浦突然发现,他的座位被调换了,一个标准工位搬到了靠窗的半封闭式大工位。再迟钝的人,都能意识到这意味着这工位的主人一定有好事发生。

"恭喜恭喜啊……"杜浦笑着说。

"嘿嘿,恭喜啥呀!走,我们去旁边会议室聊。"孟德丰摆摆手。

进入会议室,杜浦才问:"这是高升了吧?当然得恭喜!"

"提了个处长,没什么大不了的,不影响继续干活。"孟德丰虽然谦虚着,却掩饰不住脸上的一丝得意。毕竟,还不到三十岁就当上处长,在央企总部可是了不起的成就。

杜浦又调侃了几句,两人便进入正题。

"孟处……"

"别!还是像以前一样。"孟德丰打断了杜浦。

"之前你还不是处长呢。"

"只是个头衔而已,我名字又没变。真的,兄弟,别见外。"

"行吧,德丰,事情不复杂,但中迪航电油盐不进,所以得你出马了。我们让他们改动几个技术指标,他们的工程都觉得问题不大,但项目死活不松口,说是主合同已经签订了,项目基线已经确定,再更改就要一事一议,而且还要收钱。"

"呵呵……"孟德丰苦笑了一下,"标准的外企风格啊……"

"是啊,之前他们不是这样的,一直都挺配合,我还想着,他们作为一家合资企业,既有本地化的快速支持,又有外国专家的指导,是个很好的合作伙伴呢。"

"很正常,之前没签合同嘛。这就是我们的困局,一旦上了别人的船,想下来就难了,我们这个行业都是这样。中迪航电的外壳是家合资公司,内核还是外企,他们都是用迪森斯的流程武装着,所以,你遇到这样的事情也不足为奇。"

"那怎么解决这个问题呢?他们如果不改指标,我们的设计工作没法往下推进啊。"

"这样吧,我去跟他们聊一聊,如果他们还不愿改,我们也不是没有办法。从今年开始,我们会举办供应商大会,大不了把他们放到供应商大会上去通报批评,很多大企业还是很在乎面子的。"

"供应商大会?"杜浦还是第一次听到这个名词。

"对,我们也是向成熟主机厂学的,他们每年会把各大供应商召集在一起开会,介绍项目进展,提出下一阶段要求,表彰上一年的优秀供应商,同时点一点那些后进分子,是个挺好的实践。"

"听上去不错,对那些不配合的供应商,得狠狠批斗,哈哈。"杜浦乐了。

"嗯,我们打算从今年开始,每年都要举办一次。"

"那今年在哪儿举办呢?"

"第一次搞,还是保守点,就放在上海。之后可以去别的城市,尤其是我们未来客户所在的城市。"

两人又聊了几句,杜浦觉得此行的目的已经达到,也不好意思再耽误孟德丰的时间,便打算回去。虽说两人相熟,但人家也毕竟是处长,这个级别放在他们上研院里,已经是航电部部长洪均的级别,比陈坚还高,只比刘娣飞低半级。

这一瞬间,杜浦似乎领悟到为何当年自己选择不来总部,父亲要如此生气。说白了,在上研院哪怕干得再好,干到院长,级别上也只相当于总部一个部长或者中心主任。不过,这都是过去的事了。杜浦心里略微波动了一下,便又恢复了平静。

"吃完午饭再走吧,我正好也叫上赵婕。"孟德丰挽留,"你看,都已经十一点了。"

"那好吧,我就再蹭一次领导的饭。"杜浦便不再客气。

没一会儿,赵婕也过来了,她一看到杜浦,很开心地打招呼。

"以后赵婕就是专门支持你们管理中迪航电的人,代表总部采供中心。"孟德丰介绍道,"我的精力顾不过来,但你们航电很重要,所以干脆指定专人来帮你们。她全程参与了你们的 IPT 团队和产品规范谈判,对你们的情况也十分了解。"

"是吗?那太好了,以后就请多多关照啦。"杜浦对着赵婕说道。

用毕午饭,杜浦与两人道别,走到总部楼下,便给叶梓闻打了电话。

"上回你们死活不愿意改的那几条,我今天已经上升到总部采供中心

第六十五章 专人负责 | 249

了啊,他们会收拾你们的。"杜浦笑道。

"不是我不想改,这不项目经理不批准嘛……"叶梓闻听上去有气无力的,"上升吧,上升到公司领导那儿去才好呢,我们这儿现在已经乱套啦!从大乱走向大治才好呢!"

"什么情况啊?"杜浦一愣。

第六十六章　抉择时刻

昨天下午一点,叶梓闻刚吃完午饭,跟几个同事从外面散步回办公室,就看到瓦内莎神情紧张地叫住他:"叶!马上到我办公室来,立刻!"

认识这个美国女人三年来,这是叶梓闻第一次见到她如此焦虑的表情。他不敢怠慢,赶紧跟着她跑进办公室。

"董事会已经决定了,中迪航电的业务要进行拆分,拆分后的很多工作将拿回母公司,不再留在中迪航电。而我们迪森斯派来的技术人员,除非跟留在中迪航电的业务相关,否则都要回到母公司。"瓦内莎用急促的语气说出这番话。

叶梓闻一下没听明白,便试着复述了一遍:"你是说,公司现在的业务要拆分?拆完之后,部分业务和对应的人员全部要回母公司?"

"没错!"

"那为什么这么急着叫我进来呢?我们等通知不就好了?"

"你们中工航的派遣员工或许有别的沟通方式,但是,迪森斯已经在刚才下达了指令,所有与核心航电系统无关的外派员工,要在 24 小时之内完成与中迪航电本土员工的工作交接,以确保迪森斯对中迪航电的技术转移承诺兑现了,24 小时之后,这些人将不再为中迪航电工作。"

"啊?你是说……你也是这些人当中的一个?"

"是的,叶,很抱歉,我们似乎很快就要说再见了。现在你理解为什么我急着叫你过来吧?你只有 24 个小时,把我们所有讨论过的技术资料、流程和文档,用合规的方式转移到你自己能够控制的地方,如果你让它们继续留在我的电脑里和公司的服务器里,24 个小时之后,你将永远失去它们。"

"啊?"

"有什么别的问题,明天再问吧,现在,你必须争分夺秒!你要清楚,什么才是现在最重要的事情。"瓦内莎用手指着办公室的门,示意叶梓闻:你赶紧回去备份技术资料吧。

"好!回头再聊!"叶梓闻马上转过弯来,迅速转身跑回自己的工位。

整个下午,迪森斯的外国专家们要撤离的消息传遍了整个中迪航电,更多的人从他们的外国老板那儿得到了类似于叶梓闻一样的指令。24个小时之内完成技术转移,否则,就永远没戏。

从各种传闻当中,叶梓闻才大致明白,中迪航电原本负责的 C595 核心航电系统当中,只有核心航电工作包会留在这里,飞行管理和机载维护等系统将被迪森斯拿回美国做,座舱显示系统则会被上航所拿去。所以,迪森斯当时派来的针对飞行管理、机载维护和座舱显示系统的外国专家们,全部要撤走。这可不是一个小数目,估摸着有上百人。

而让叶梓闻愤愤不平的是,当大家都手忙脚乱的时候,中迪航电的领导层竟然没有出台一条正规的官方公告,而相比迪森斯的明确指令,中工航这边并未给他和他的同伴们任何指示。这家合资公司的管理多么混乱!中工航的反应多么迟钝!

他一边倒腾着数据,一边不停地设想未来可能发生的事情:"座舱显示系统回到上航所去?也就是说,我也要回去吗?四年前我跟孟所谈了话才争取来的机会,现在就要消失了吗?"

到了傍晚,他才接收到中工航对派遣员工的统一指示:"原地待命,确保迪森斯的技术转移圆满完成,确保技术资料和数据完整保留在本地。"

叶梓闻一直忙到晚上十点,才有时间吃了点饭,看着电脑上好几个同步进行当中的进度条,他的脑海中突然出现了一幅荒诞的画面:两军交战,一方突然不战而逃,丢盔弃甲,另一方却没有去追击,而是在战场上疯狂地捡那些扔掉的武器。战场上方,整片天空都变成一片曲面的幕布,以秒为单位投射着倒计时,像播放电影一般:86400,86399,86398……当倒计时到达 0 的时候,整个战场上残留的武器就都像掉到地上的人参果,全部消失了。然后,那些没能捡到武器的士兵便被就地处决。

进入午夜,整个中迪航电办公室里依然灯火通明,好些人跟叶梓闻一样,半夜趁着网速快,用的人少,加快备份的步伐。

叶梓闻为了让自己保持清醒,每隔一会就去洗手间用冷水洗把脸,顺便活动活动。洗手间位于办公室的角落,从办公区域过去,要经过一道走廊,走廊里的灯光已经熄灭,只能借着别处的光将将看清楚大致的方向。当又一次通过那个走廊的时候,他突然发现墙角有个黑影在蠕动。

"谁?"他吓了一跳,大叫一声。

那个黑影不动了,然后,发出声音:"小叶?"

"程哥?"叶梓闻一听,原来是程克甲。"你怎么在这儿?"他快步走了过去。

程克甲没有马上回答,而是缓缓站起身来。终于,他那张沧桑的脸出现在昏暗的光影里,显得格外骇人。

"唉……"程克甲叹了一口气,"我刚在这里抽了根烟,然后越想越不值,就蹲下来……"

叶梓闻这才发现,程克甲的脸上似乎还有泪痕。"程哥,你怎么了?没事吧?"他担心道。

"当初说合资就合资,把我忽悠来,现在吧,说撤就撤了……我如果回所里去,能干什么呢?"

"程哥,通知上只是说让我们原地待命,没说要回原单位啊。"

"你别天真了,座舱显示系统肯定要拿回上航所做的,可拿回去谁做呢?难道要靠那些搞军机的?铁定要把我们给召回去。"

叶梓闻这才意识到,自己很快也要面临同样的抉择。但是,现在不是思考这件事情的时候,他匆匆回到自己的工位上,继续盯着那些数据和资料。

他明白,不能有任何一条漏网之鱼,否则,整个 C595 座舱显示系统的 T3 级大厦将在某个无人注意的时候轰然崩塌。

第六十六章 抉择时刻 | 253

第六十七章　告别时刻

中迪航电的变故，引起整个业界的震动。

杜浦听叶梓闻在电话里说完这事，顾不上回院里，转头便走进电梯，回到总部采供中心所在的楼层，把这个消息告诉了孟德丰。

"这可是重大变故！供应商有义务提前告诉我们的！他们是 C595 一级供应商，怎么能这样？"孟德丰很气愤，立刻去找欧阳天举汇报。

很快，中商航的领导层也知道了此事，并第一时间联系了中工航、迪森斯和中迪航电的领导们。在各方高层领导的介入下，中迪航电业务大调整的后果烈度总算被控制下来。中迪航电将继续作为一级供应商支持 C595 项目，只不过原来的几个工作包基本都在中迪航电做，调整后飞行管理和机载维护被迪森斯拿回了美国，座舱显示则被中工航拿回上航所。只有核心航电保留在中迪航电，但她依旧要把来自迪森斯和上航所的东西整合起来，打包一起交给中商航。相比之下，杜浦此前想推动的那几个工程更改就是芝麻大一点的事，也被中迪航电的领导向客户表态时直接给解决了。

尘埃落定之后，便到了告别的季节。

周五晚上，当整个城市的喧嚣都开始平息，浦江两岸的灯光也开始暗淡下来时，浦西老城区里那深藏在梧桐树下小路旁的夜生活才刚刚开始。沿着巨鹿路，是一家又一家各具特色的酒馆，几乎家家都是爆满的。

叶梓闻瞪大了眼睛，他在上海从没有看到过这么多的外国人，各种肤色、年龄、体型的都有，他脑海中不自觉地浮现出"瘦燕肥环"这几个字。

"我还以为我们公司的外国人已经够多了，没想到，跟这里一比，简直是小巫见大巫，真像一夜之间从地底下冒出来的一样！"他冲着身旁的瓦内莎感叹。

"注意你的用词,我也是你口中的'外国人'。"瓦内莎笑道,"走吧,我知道一家店,相对安静一点,我们可以在那儿坐坐。"

瓦内莎明天下午的航班回美国,今天晚上,叶梓闻提出要请她吃饭,算是饯行。她欣然答应了。"不过,我来请你。"她说。

叶梓闻没有跟她抢,谁叫她是"第一种身份"的人呢?

两人特意选了一家中餐厅,在淮海路上的一家上海菜馆吃完晚饭后,瓦内莎建议:"我们去喝一杯吧,我带你去一个地方。"

"好啊,新天地还是衡山路?"叶梓闻只去过这两个地方的酒吧,还是公司搞团建的时候。

"不,那儿太一般。"瓦内莎神秘地笑笑。

于是,他们现在已经身处巨鹿路边一间很不起眼的酒吧里。刚才走了一路,经过大大小小酒馆门口的喧嚣,刚一坐下,叶梓闻便觉得口渴,要了一杯冰啤酒。瓦内莎则点了一杯鸡尾酒,颜色鲜红,极具视觉冲击力。叶梓闻虽然不喝鸡尾酒,却也认得,那是血腥玛丽。

"你太厉害了!这么隐秘的一家店,你是怎么发现的?"叶梓闻一口啤酒下肚,觉得整个人都飘了起来。

"这条街上的每家店我都去过。"瓦内莎抿了一口酒,也露出一个心满意足的表情,"不然我们这些外国人能去哪呢?我们生活在这座城市中,但大多数人,其实都是生活在透明的泡泡当中。我们可以看到这座城市,看到你们,跟你们也有交集,但是,我们理解不了这座城市,理解不了你们的文化,这是一种无形的障碍。除非像菲尔他们几个那样。"

菲尔是他刚进中迪航电时在 T3 组的同事,他跟另外两个同事一样,都在上海找了女朋友,据说马上要结婚了。

"他们也要回美国吗?"

"对,我们所有在座舱显示系统的外国人都要回去,沃尔特、菲尔,都一样,这个工作包会被你们上航所拿回去,我们已经没有存在的意义了。"说完这句话,瓦内莎盯着地板出神。

"不,瓦内莎,这几年你给了我很大的帮助,没有你的话,我都不知道自己会不会获得这么多对民机的认知。我觉得现在的我,跟刚进这个行业时相比,已经完全不是同一个人。"叶梓闻真诚地说。

"你今年多大了?"瓦内莎抬起眼,问道。

"23。"

"年轻真好……你们都很年轻……你知道吗?等我回美国之后,我的同事平均年龄要比这里至少高十五岁。航空业在美国已经不再时髦,年轻人都想去干互联网、金融和媒体那些酷炫而刺激的,没有人再愿意苦哈哈地守在生产线上、示波器前、铁鸟台边去熬几年了。可是在你们这里,全是年轻人,不光是中迪航电,中商航也一样,你看看那个杜浦,他也不大,跟我们谈产品规范和工作描述的团队,除了陈坚,都是年轻人。"瓦内莎眼里都是羡慕。

"没有你们的指导,年轻也没什么用啊,谁没年轻过呢?说实话,你们现在走了之后,我真担心中迪航电自己能不能承担下来。"

"不用担心,虽然我们都走了,但你们剩余的工作只有核心航电那一部分,难度也大大降低了,而且那部分是迪森斯给你们转移的现成技术,在波音 787 上得到过验证的,我不担心你们的学习能力。至于你,我很看好你,你这次选择不回上航所,留在中迪航电,是需要勇气的,但是,也能学到更顶层的东西。毕竟这次调整之后,我们迪森斯和上航所都算是你们的供应商了。我们把东西交给你们,你们集成之后,再交给中商航。"

"是……这次我没回去,总觉得回去还太早。"当绝大部分的上航所派驻员工选择跟随座舱显示系统回到上航所的时候,叶梓闻决定留在中迪航电,进入 SI(系统集成)团队,SI 团队的职责是核心航电、座舱显示、飞行管理等几个系统的 T3 级集成,他则在其中继续负责座舱显示相关的工作。

"我支持你的选择。不过,如果你之后还想回去,会不会再也回不去了呢?"

"这个……我没考虑过。"

"没关系,你还年轻,以后有无限可能,现在做决定,最不需要的就是瞻前顾后。"瓦内莎笑笑。

夜深了,小酒吧里的客人也慢慢散去,但他们依旧喝着、聊着,仿佛时间从未流逝过。

第六十八章　供应商大会

如果不是因为供应商大会就放在上海召开,杜浦是没资格去参加的。

这是中商航的第一届供应商大会。就像孟德丰之前向他介绍的一样,这次大会领导们都很重视,供应商们则更加不敢怠慢,谁也不想一上来就被点名批评。

一大早,杜浦就西装革履地出门了。范理忍不住惊叹:"老公,你好帅啊!"

到了会场,个个都是西装革履。杜浦从没参加过这么正经的会,不免有些拘束。好在他很快找到了熟面孔。

林琪今天稍微打扮了一下,穿着一身合体的米色职业套装,在满会场的黑灰藏青色里格外显眼。她带着薛小强和几个外国人,正在会场里东张西望,似乎在找属于他们的座位。

杜浦略一犹豫,还是上前打了招呼。

"杜工,好久不见!"林琪一如既往地热情。

薛小强则直接上来给了他一个拥抱。

杜浦已经婉拒了利佳宇航抛出的橄榄枝,但他们似乎毫不介意。

"林姐,阵仗很大嘛。"杜浦笑着说。

"必须的,我们总部也很重视这次大会,据说我们会有个供应商奖,所以大家都打扮得人模狗样地过来了,我们的副总裁也从美国飞过来,来,给你介绍一下。"林琪掩饰不住心里的激动,把身边的外国人一一向杜浦做了介绍。

她当然有理由激动。整个中国区的项目都由她负责,而 C595 是最受关注的那一个。现在,就在中商航第一次供应商大会上,他们获奖了,怎么说这功劳都得算她头上。

寒暄了几句,杜浦让他们去找座位坐下休息,自己则往前排走去。

他看到了孟德丰和赵婕。两人正同他们总部采供中心的其他同事一起,忙前忙后。为了不打扰他们干正事,杜浦过去与他们简单聊了两句,便回到自己的座位上。

领导致辞之后,阚力军上台,开始介绍 C595 的进展:"……我们要坚定不移地争取两年后的首飞,为了实现这个目标,首架飞机,即 10101 架机需要在明年上半年完成总装下线,以留足时间供我们做各类机上地面试验,任务还是十分艰巨的。这意味着在未来不到一年的时间里,不光机体结构的大部件要齐套,所有的机载系统都要齐套,缺一颗螺丝钉都不行,当然,还有发动机,也必须到位。接下来,我的同事们会详细介绍未来一年的工作计划,但是,从我的层面来看,目前已经有几家供应商报上来的交货周期超过了 12 个月,这是不可接受的……"在他的发言结束之后,各专业副总师也纷纷上台介绍各自系统的情况。

杜浦眼睛都不敢眨一下,一边听,一边认真做着笔记。他感到十分庆幸,自己能来这个大会。

中商航是一个庞大的组织,虽然总部、上研院、总装厂等都在浦东,可彼此的距离都不算近,平时沟通起来也挺费时费力,经常会出现步调不一致的情况,从而被供应商诟病。

拿他来说,平时钻研在座舱显示系统的工作当中,觉得人机界面、机组告警逻辑、简图页规则和 A661 组件这些就是一切,可跳出来才发现,在他上面,还有整个航电系统,而在航电系统之上,还有飞机总体呢!

如果没有这个大会,他压根不可能知道机体结构的复合材料出了问题,可能要延期五个月交付;航电核心网络的线缆材质为了降低风险,由光纤更换成铜缆,从而带来重量增加,使得整个飞机的重心设计要更迭;发动机因为产能不够,生产周期要再增加六个月,飞控控制率的验证仍然处于焦灼状态,也大概率会将原计划的节点往后推。

相比之下,他那座舱显示系统遇到的一些难题,放在整架飞机层面,连号都排不上。

第六十八章　供应商大会

在中商航内部,虽然有很多沟通机制,比如总师会,来对表各系统状态,但毕竟很多工作是供应商做的,在这个供应商大会上,反而能够更简单直接地获取第一手信息。

杜浦真心认为,他们内部的人应该都来参加这个供应商大会,虽然这并不现实。

信息丰富而烧脑的大会开了整整一天,最后的环节是优秀供应商颁奖。所有人都松了一口气,终于到一个不怎么需要动脑子的环节了。对于供应商来说,这是他们最盼望的一个环节。

尽管所有的获奖供应商在会前都已经提前通知,让他们派一定级别的领导过来领奖,但绝大多数的人依然对结果一无所知。

果然,利佳宇航获得了优秀供应商金奖,另外一家是国内的供应商,中工航旗下的飞机制造厂,为C595飞机提供机身结构件。

中商航的意思十分明显,一方面表彰国际知名供应商,让他们再接再厉,给予项目足够的支持和重视;另一方面也鼓励国内供应商,让他们尽快成长。

大会结束后,已经到了下班时分,杜浦原本想找孟德丰问些问题,却发现他被好几家供应商围着,挤都挤不进去。

正纠结着,他的电话响了。

是叶梓闻打过来的:"喂,你在供应商大会对吗?"

"是的,你也在?"

"我没这个资格,哈哈,不过我们有人去,项目经理贝莱德带队,估计你没注意。我们自从上次的业务分拆和缩减之后,最近可低调了。"

"那你在哪儿?"

"我在院里呢!第一次到你们张江新院区来,太赞了!就是地方太大,跑断腿。本来想找你,陈总跟我说派你去供应商大会了。"

"那待会儿碰个头呗,我现在离张江不远。"

"好,那我在附近找个地方,我们边吃边聊!"

第六十九章　只有一条路

杜浦把地点选在了此前跟阚力军吃饭的那个餐厅。当他到的时候，叶梓闻已经占了一个角落的位置，等着他了。

"今天怎么想着来院里找我？"杜浦问道。

"我的岗位调整了，前阵子一直在忙，没时间过来，今天正好过来跟老朋友们打个招呼。"

"可别告诉我你要回上航所了啊。"杜浦有点儿慌。

"不，我没回去，我主动要求调整到系统集成组了，而且还是负责座舱显示系统这一块。"

"那就行了！吓我一跳，以为你要走呢。看来还是逃不过我的手掌心。"杜浦刚才一直有些紧张的心情总算缓解下来。

"那必须的，这不要拼首飞嘛，肯定不能临阵脱逃。说到这儿，项目情况怎么样？供应商大会上都有些什么重大消息？"

"唉，就我们两人说说，我觉得2015年底首飞压力还是很大的。"杜浦压低声音。

"这不还有两年吗？这么快就放弃啦？"叶梓闻调侃道。

"不，我当然不会放弃，只是客观来说，我们的任务很重。就拿显示来说，你们什么时候能交付第一套显示器？"

"这个……我说了也不算，得听项目经理的。"叶梓闻心里实际上清楚，但他知道，何时交付不是自己能定的。

"我知道，我就问你，如果那个英国人批准你们交货，你们什么时候能交？"

"这要看上航所什么时候交给我们，我们只是做一些系统级的综合测试，花不了几周时间的。"

"哦，对了，上航所才是显示器的供应商，你们只是个集成的……"杜浦这才反应过来。

不过，他只是想看看，自己负责的这一块领域，会不会出现产品交货周期太长而使得整架 10101 飞机不能齐套的问题。无论如何他也不会让这种情况发生的。那意味着他要拖整个项目的后腿。

相比显示器硬件的交付，他原本对系统的设计没那么担心，毕竟 T3 和 T4 都是在中迪航电完成的，参与的核心人员也都是迪森斯的资深专家，但现在这些工作全都拿回上航所去了，杜浦心里不免有些没底。

"你觉得他们搞得定吗？"他忍不住问。

"说实话还是……"叶梓闻笑道。

"你这不废话吗？"

"我不确定。你要知道，他们当年可是喊出过'两年干出 C595 显示器'口号的，我不知道过了这么几年，他们对民机的认识有没有长进……"叶梓闻顿了顿，赶紧澄清，"我这不是说我老东家的坏话，纯粹是觉得咱俩关系好，把实际情况告诉你。"

"没事，我也有所耳闻，毕竟我们跟中工航是兄弟单位，有不少途径可以了解他们的情况。"

"嗯，他们的压力是最大的，毕竟整个 C595 上最核心的几个机载系统，还真只有座舱显示这一个是完全给了一家国内单位，我们中迪航电虽然也是本土企业，但毕竟是合资的……我是真心希望他们能够做好。"叶梓闻由衷地说。

两人没有喝酒，随便点了几个菜，就继续聊着、吃着。

"干了这么几年项目，有什么感想？"叶梓闻突然问道。

他觉得杜浦今天似乎有心事。

"唉……"杜浦叹了一口气，"感慨还挺多的，尤其是今天参加完供应商大会之后，觉得搞出一架飞机来真心不容易，更加佩服我爷爷和我爸了。你看，我们已经在这个项目上工作了四五年，读个本科都已经毕业了，可飞机的影子都还没见到呢。"

"是啊……"杜浦的话也勾起叶梓闻的共鸣，"毕业前系主任找我谈话时，说这事中国历史上还没人做过，我当时觉得他危言耸听，可现在看起来，挑战远比想象中的大。不仅仅是技术层面的，是整个体系的差距。"

"我对这一点感触也特别深！来院里之后，我接触过两类典型的老员工：一类是我之前的那个师父，叫张进，极端保守，总觉得只能靠我们自己，对于外界的一切经验都很排斥，当然，也是因为他们过去被国际合作伤害过，花了钱和精力，却一无所获；还有一类呢，是宋谒平那样的，就是那个负责适航的老员工，主张全盘西化，一切照抄就好，自己一无是处，不需要发挥任何主观能动性。你是不是觉得挺可笑？都在走极端。可是，过去几十年失败的次数太多，让很多人都多多少少变成了这样……"

"怎么可能不学习呢？我来中迪航电这几年，真心觉得想把我们的民机搞起来，只有努力学习先进经验这一条路。"

"是的，我也一直很认同华为当年的思路，先僵化学习，再主动固化，最后根据实际情况优化。"

两人看着对方的眼睛，都有种照镜子的感觉。

对于叶梓闻来说，自己跟着沃尔特和瓦内莎这几年，的确提高很快，不说技术和专业，就连英语水平都已经远超杜浦，不再是两人第一次见面时那个蹩脚的样子。而瓦内莎对于他来说，还有更多的意义，这些意义，在她离开上海之后，他才慢慢体会到。

"我今年已经四十了，回到美国之后，会去辛辛那提，我儿子也在那儿，他跟你一样大。我曾经当过海军陆战队队员，开过 P-3 反潜飞机，17 岁时就生了他，从来没结过婚……"他还记得，送别瓦内莎的那个晚上，她在那间巨鹿路边的小酒吧中，第一次向自己介绍了她的身世。

两人一直喝到凌晨。

"我就住在旁边淮海路上的那个酒店式公寓。"瓦内莎说。

"那我送你过去吧，大晚上的。"叶梓闻回答。

没走多久，两人便走到酒店式公寓楼下。半夜的淮海路也终于安静了下来，只有偶尔驶过的汽车的胎噪声和时不时起风的声音。

"拥抱一下吧。"瓦内莎建议。

叶梓闻还没来得及反应,便感觉一个丰满的身体迎了上来,带着一股体香和香水混杂的味道,直冲他的鼻腔,却并不难闻。他下意识地把手也伸到她的身后,拍拍她的肩背。他一开始以为这是一个社交式的拥抱,并没有用很大的气力,但瓦内莎紧紧抱住了他。

"如果你不是跟我儿子一样年轻,我会邀请你上去坐一坐的。"她在他耳边轻轻地说道,一股成熟女人的气息直接从他的耳朵闯进他的五脏六腑里。

第七十章 开始攻坚

供应商大会之后,各大供应商的节奏明显加快。

中商航各级领导在会上传递的信息非常明确,一切为了保证两年后的首飞！谁拖后腿,C595 之后的新项目型号就别再想参与了。

谁都知道,C595 只是一个开始,远远不是结束。只有在 C595 上站稳脚跟,才能持续绑定中商航这个新进入的主机厂,绑定庞大的中国民航市场的未来。如果在 C595 上表现不好而丧失了此后的机会,那可真是得不偿失。

如果说供应商们只是远远地听见冲锋的号角,那么对于中商航,尤其是作为飞机设计主体的上研院来说,"保首飞"简直就是天天响在耳边的战鼓。

在各大关键系统的主合同都完全签订,责任分工明确下来,需求也厘清之后,中商航正式进入攻坚阶段。按照合同,杜浦们需要给中迪航电下放人机界面的需求。但别说杜浦了,陈坚,甚至刘娣飞对人机界面的理解都相对有限。

"国外成熟主机厂负责这一块业务的工程师都是资深专家,很多干脆就是退役的空军或者民航飞行员。对于人机界面应该如何设计,只有亲自开过飞机,才有最直观的感受。我们呢？没人开过飞机。"一次讨论会后,面对令人焦灼的进展,陈坚无可奈何地摇头。

杜浦也很焦虑,为了取得一些进展,他已经连续好几天加班到晚上十点多才回家,不过每次回去,范理都依然在伏案写报告。

"要不我再去找叶梓闻问问,看看他们有什么储备没有？"杜浦试探着提出。

"他们迪森斯的人都撤光了,哪还有什么储备?"

"我上回听他说起过,迪森斯的人撤走之前,给了他们24小时用于备份和落地所有的技术数据,他告诉我,他们已经百分百完成了。"

"就算这样,他们现有的这帮人也没能力把这些技术给讲出来吧?更何况,一大帮人都回上航所了,中迪航电现在就没剩几个搞座舱显示的。"

"我倒是有个建议,但可能会复杂一点。"杜浦眼前一亮。

"说吧。"

"我们把小叶他们和上航所都叫上,再叫上咱们的飞行员咨询委员会,组成一个四方联合团队,一起攻关人机界面难题,怎么样?"

"好小子,口气挺大啊!中迪航电和上航所倒是好说,这个飞行员咨询委员会可是很难调动的,阚总去找他们估计都得求求情。"

"可是他们的职责之一就是帮我们参谋人机界面啊,而且,公司早几年就组建了这个委员会,也该发挥发挥作用了。"

"对,设立他们的初衷是没错,前几年董事长高瞻远瞩,亲自督办了这件事。可是,委员会里的飞行员们虽然都是经验丰富的民航飞行员,却没有一个是全职加入我们委员会的,每个人都是兼职,要想凑齐他们,谈何容易?他们在各自的航空公司都担任教员,也还有飞行任务——他们是要靠飞行小时赚钱的。"

"如果是这样,我觉得至少我们得跟供应商们一起讨论,把中迪航电和上航所拉进来,反正我们三家都在上海,又基本可以用汉语沟通,沟通成本低,这样也总比我们闷着头在院里面折腾要好吧。三个臭皮匠还凑个诸葛亮呢。"

"行!那就交给你吧。"陈坚这才答应,然后又补充了一句,"不过我丑话说在前头,这事跟首飞有直接关系,也就是说,后墙不能倒,可千万别出现前两年谈产品规范和工作描述时的情形啊……"

"陈总,我知道。"

前不久,洪均和高峰临作为上研院航电部行政线的领导,先后找杜浦谈了话。

"小杜,你的表现我们都看在眼里。陈坚虽然才四十多岁,但已经跟我们表示了好几次,他想去一个轻松点的岗位养老,而 C595 的项目压力太大,他年纪大了,看英文的确费力,又很难快速熟练掌握——毕竟以他现在的年龄学习第二语言,已经不太容易。所以呢,我们已经开始考虑他的后备。上回你应聘娣飞总的助理没应上,王慧去了,虽然小姑娘也很不错,但我们还是挺为你感到惋惜的。这次陈坚的后备,我们又把你考虑在内了。好好干!"

杜浦深受鼓舞,当然他也知道,这事不可能很快发生,但至少有这样一个可能性,也是不错的。

"什么?组建联合团队?"叶梓闻接到电话后一愣,"上回我们供应商大会后吃饭时你怎么不说?"

"那次还没出这件事嘛,再说了,我们的人机界面最终定不下来,不也影响你们的进度不是?"杜浦嘿嘿一笑。

"你这个无赖!"叶梓闻笑着骂道,"不过我可没答应啊。我们现在很忙的,估计没那么多精力去支持人机界面的事。按照合同,那是你们的责任,别忘了当初我们为了把这件事谈成还是吵过架的。"

"合同,合同……你小子干了几年技术,怎么越来越像个项目经理了?"

"不,恰恰相反,我现在必须得专注于手上的工作,不能接新的活了,没必要跟你来虚的。我不可能荒了自己的地,种了别人的田吧?"

"喂,我可没跟你开玩笑,人机界面这件事对我非常重要,不管怎么样,你这次都得支持,就算那个英国人跳出来说不行,我们也得想办法。"杜浦听叶梓闻的口气,似乎真的不想接。

他有些纳闷,自己认识叶梓闻这几年来,除去刚开始的磨合期,其他时间这个小老弟态度都是很好的。

到底发生什么事了?

第七十一章　裂痕

当杜浦回到家的时候，范理已经回来了。

她已经休完产假，回去上班了，儿子则放在杜乔家。

"理理，我们好久没过二人世界了，出去吃个饭，然后散散步吧？有时间的话可以看场电影。"杜浦建议道。

又经历一整天人机界面的攻关，他其实已经十分疲惫，可又觉得难得有机会跟范理好好处处，不能浪费。

自从宁宁出生之后，范理把更多的注意力和精力都放在儿子身上，原本时不时让杜浦考虑考虑换个赛道发展，倒也不再提。可相应地，杜浦感到她对自己的关注也变少了。他并不是一个需要持续关注的人，只是隐约有些不太好的感觉，觉得两人似乎比以前生分了。

范理虽然答应了，但一晚上，甚至包括吃饭的时候，都在处理她手机里的微信群信息。杜浦瞥了一眼，全是各种研究群或者上市公司群。

"歇会儿吧。"他提议。

"抱歉啊，老公，今晚有好几起突发事件，正好是我在跟的上市公司，我必须得马上处理。吃完饭我们就回家吧，今晚电影怕是看不成了。"范理头也没抬。

"我以前真没想到金融行业是这样的，怎么比互联网行业还夸张呢？"杜浦说。

"你不也一样忙吗？好些时候都大半夜才回来。"范理很快回答道。

"至少……金融和互联网挣得还算行吧？"她又似乎无意地补充了一句。

杜浦被这句话噎得饭也没心情吃下去。他见范理也没太多心思吃饭,便匆匆结账,起身,走人。

"楼上就是电影院。"他邀请道。

"我不去了,老公,真有急事。你想放松一下就自己去看呗,我在家等你回来。"

"一个人看电影有什么意思?回去吧。"杜浦意兴阑珊。

两人默默地走在昏暗的路灯下。街道上的人并不多。盯着两人的影子,杜浦突然想起当年他们在校园里的情形。

"理理,还记得我们刚认识那时候吗?天天在校园里这么漫无目的地溜达,像做布朗运动一样。"

"我们现在可不是做布朗运动,我们目标很明确,赶紧回家。"范理笑道。

可杜浦觉得一点都不好笑。

走到小区门口时,突然从黑暗中蹿出一条狗,把杜浦吓了一跳。

"汪!汪!汪!"那条狗也被吓得够呛,下意识地吼道。

杜浦赶紧往后退几步,还拉着范理:"快跑!"

范理又好气又好笑:"你这么大块头,居然怕狗?"

"是啊,我从小就不喜欢宠物,最怕的就是狗。"杜浦已经远远地跳到一边。

狗吠叫了几声之后,估计是发现眼前这个大块头一点战意都没有,觉得无趣,便收起动静,往马路对面跑去。

杜浦惊魂未定,缓缓地走到范理身边,跟着她继续往前走。他觉得自己的脸色此刻一定是苍白的,幸好掩饰在夜色当中。

"老公,认识这么多年,才发现你竟然怕狗,哈哈哈……"范理依然笑个不停。

"有什么好笑的?一米八几的个头就不能怕狗了?"

"可是我喜欢宠物,怎么办呢?原本想着等儿子大一点给他买条狗的。"

"我们这么小的房子,哪有养狗的地方?儿子现在都放在爸妈家呢。"

"老公,要用发展的眼光看问题嘛,等我赚了钱,换大房子。"

"就算换了大房子也不许买狗。"

"到时候再说。"

两人就这样你一言我一语地聊到家。

刚进门,范理的微信语音就响了。

"邓总……"她一边接着电话,一边闪进卧室,把门关上。

杜浦也没管那么多,瘫在沙发上,觉得心还在快速跳动。刚才那条狗真是太吓人了。

这时,范理接完电话,从卧室里走出来。

"今晚别去看儿子了吧?累死了。"杜浦提议。

"那可不行!我得过去看看,然后回来,还有个报告要写呢。"

"那……好吧。"杜浦无奈,只好离开温柔无比的沙发。

"老公,我一个朋友,搞投资的,他上回听说你是搞飞机设计的,刚才打电话给我,问你想不想出来跟他们一起干。"刚出门,范理便在杜浦耳边说道。

"你不是说不做说客了吗?"

"这回不是让你转行啊,还是干跟航空相关的。那个邓总想搞无人机,苦于找不到懂这个细分领域技术的,上回跟我聊天时听我提起你,便留了个意,今天特意打电话让我问问你的意思。"

"搞无人机啊?我现在可是在 C595 的关键阶段,怎么可能离开去搞无人机呢?理理,下回别给我揽这些有的没的了。"

"好啦好啦,知道你的事业神圣……"范理有些不太高兴,"我这不是想让你看看有没有别的选择吗?那个邓总人很大气的,你如果技术合伙,连现金也不用出。"

"理理,我们认识这么多年,你也知道,我很早就下定决心要继承爷爷和爸的事业,更何况现在国家有 C595 这个千载难逢的机会呢!无人机有很多,国产大飞机可只有一个。"

"认识这么多年,我今天也才知道你怕狗呢……好了,以后我真的再不提任何跟你的工作和事业相关的事,再提我就是小狗。"范理嘟着嘴。

杜浦无奈地笑了笑,一把搂过范理,两人没有再说话。

到了父母家,儿子宁宁倒是挺欢乐,一双大眼睛转来转去,一看就很聪明,可就是不肯睡觉。他们哄了哄,逗孩子玩了一会儿,便告别父母。

"你说,等他一岁半的时候,要不要去小区附近那个双语幼儿园上托班呢?"回去的路上,范理突然问道。

"一岁半就送去上托班?疯了吧?"杜浦想都没想就脱口而出,"不是三岁才上幼儿园吗?"

"喂,能不能好好说话?"范理也有点来气,"三岁上的那叫小班,在那之前的叫托班。不在托班过渡一下,以后上小班时,万一一开始适应不了,怎么办呢?"

"可是这样有什么意义呢?"

"提前做好准备啊,而且年龄越小,对语言的接受能力越强,托班上双语幼儿园,以后学英语肯定没问题了。你看看你,现在跟外国人打交道多费劲,对不对?难道要让宁宁步你的后尘吗?"

"等他长大时,全世界都说中国话了。"

"哪有这么快?我觉得至少还有五十年。"

"我真的觉得没这个必要……再说了,那个幼儿园好贵的,一年要十几万,何必多送一年多的钱给他们?"

"这下你知道要多赚钱了吧?"范理似笑非笑地看着杜浦。

第七十一章　裂痕

第七十二章 装腔作势

挂掉杜浦的电话,叶梓闻叹了一口气。

他何尝不想参与跟上研院和上航所一起组建的联合团队？人机界面多有意思,值得花时间好好钻研钻研,以后还可以自豪地宣称:在C595飞机的独特设计语言中,我也贡献了几行语句呢！

可是,他不能答应,甚至连自己的现状都不能向好友明说。

"小叶,你现在很有机会,迪森斯的专家们离开中国前,曾经给了我一个他们看好的高潜力本地员工清单,你排在第一个。但是,这个岗位需要竞争上岗,其他几位候选人也都很优秀。我建议你把手头的工作做好,向公司领导证明自己的能力。"几天前,张佩琳把他叫到办公室说道。

自从几年前成立以来,中迪航电的组织架构就像橡皮泥一样,一直被管理层和双方母公司捏来捏去,随着整个公司业务的收缩,好几个工作包和对应的人员回到母公司,公司又要进行一轮新的组织架构调整。

张佩琳已经从此前工程部的 HRBP 被提拔为整个公司的首席人力资源官。叶梓闻明显感觉到她的气场比原来要凌厉了。

虽然早已适应了中迪航电,或者说迪森斯的人力资源文化,可他还是有些纳闷:"为什么关于这个技术经理岗位的空缺,首先找我谈话的不是我的未来直属老板,而是人力资源呢？"

迪森斯的专家们撤走后,留下了很多空缺的关键岗位。尽管本地员工无论从经验还是管理技能上来看都存在差距,但从另一方面来看,这又无疑是难得的职业发展机遇。

叶梓闻没有回到上航所,被调动到中商航以及两家母公司的 SI（系统集成）团队之后,他的领导——SI 技术经理便离职了,因此也空出一个岗位,与那些外国人留下的岗位一起,供本地员工申请。当然,人力资源也在通过网站和猎头同步向外招聘。

叶梓闻几乎没去看自己到底够不够这个 SI 技术经理招聘公告上的招聘标准,便报了名,于是便有了张佩琳跟他的谈话。

"SI 技术经理是个很重要的岗位,对内直接向 C595 项目经理贝莱德负责,对外既要服务客户中商航,又要跟母公司迪森斯和上航所打交道,他们既是母公司,又是供应商,双重身份,很不好管。何况这个职位还要带人,你带过人吗?"

"没有。"

"那……恐怕有点难,我们需要有带人经验的,毕竟这个团队有五六个人呢。"张佩琳皱了皱眉头。

"可是,谁不都是从不带人过来的吗?哪个新带人经理在当经理之前带过人?"叶梓闻忍不住问道。

"理论上的确如此,但最终选择权在我们。"

听到这句倨傲的话,叶梓闻差点就要夺门而去,但他硬是控制住了自己的情绪。

"对了,在我们做出决定之前,不要跟任何人讨论你被列为候选了。"

"为什么?"

"因为公司流程规定,我们的招聘过程不是全程直播的,是基于'Need to know'的原则。"张佩琳冒出一句英文。

"什么意思?我明白这句英文是什么意思,但我问你,这是什么意思?"叶梓闻再次压住自己的怒火。

"就是英文想表达的意思,不要告诉毫不相关的人。"

离开张佩琳办公室的时候,叶梓闻的感觉差爆了,他一点都不喜欢眼前这个张佩琳,这个女人跟他几年前第一次遇见的那个耐心而温柔的大姐似乎不是同一个人。

"人都是会变的。可是,为什么她会变成这样呢?"他心里直嘀咕。

走廊上,他路过一间办公室,往里瞟了一眼,看到一个美女坐在那儿。他一愣,忍不住多看了两眼,总觉得有点面熟,却一下子想不起来是谁。

自从那个起着风的午夜,在淮海路边被瓦内莎紧紧拥抱之后,叶梓闻感到自己身体里的某一个开关被打开了。以前他对女人,年轻的、年老的,美的、丑的,都目不斜视,基本上一视同仁,但现在,他似乎下意识地就能发现她们的不同。当然,他也自然对颜值更多地关注起来。

在办公室门口站了几秒钟,他才想起来,这个美女是叶敏!就是那个英文名叫 Minnie,坐在工位上被自己撑哭的小本家。她换了一个更加成熟的发型,所以自己竟然第一时间没认出来。

那次,他把叶敏给说哭了,然后被张佩琳叫进办公室谈话,平息了风波。他从张佩琳办公室里出来后,也去安慰了叶敏。之后这几年,他们就没怎么打过交道,有时候在办公室碰见,倒是会相互点点头,相视笑笑,都没把那事放在心上。

正想着,叶敏发现了叶梓闻,冲他招了招手。

"正好,进去找她聊聊吧。"叶梓闻便毫不客气地推门进去。

"你今天怎么想着来找我了?"叶敏笑道,"如果又要来骂我,或者吐槽,那我就要逐客了。"

"我有这么小心眼吗?这不看你搬进办公室了,来祝贺一下。"叶梓闻反应很快,立刻想到一个十拿九稳的理由。

"你的消息倒是挺灵通嘛……"果然,叶敏掩饰不住脸上的满面春风,"我接 Pelin 做你们的 HRBP 了。"

"你看,我这不找对人了嘛。"叶梓闻心里很是激动,脸上却依然不动声色。

他心底更深处的一个声音在徒劳地对着自己呐喊:"你怎么变成这样的人了?我鄙视你!"

"有什么我可以帮忙的吗?"叶敏问道。

叶梓闻便把 SI 技术经理的事情和刚才张佩琳给的下马威都在叶敏面前学了一遍,他纯粹从直觉判断,告诉叶敏自己对张佩琳的吐槽,用一种半开玩笑的方式,应该无伤大雅。

果然,听完他的描述,叶敏抿嘴笑道:"Pelin 直接找你了啊?看来她还没有适应当领导……这事本来我来干就行。既然她找了你,我也不拐弯了,目前的确有几个人竞争这个岗位,而且资历、经验都比你丰富。"

"那……我需要做什么吗?"叶梓闻问道。尽管张佩琳告诉他,只要把本职工作干好,一切就顺理成章,可他从她的眼神里看不到真诚。

"去找找你未来的老板——系统工程总监呗。"叶敏眨了眨眼。

第七十三章　技术经理可以不懂技术吗？

叶梓闻见到王东的时候,两人都愣住了。

"你现在是系统工程总监？"

"你要应聘 SI 技术经理？"

王东四十出头,头顶略显稀疏的头发、脸上已经开始出现的暗斑、略微发福的身材和中庸的穿着都在暗示：这个人有点无聊。

他曾是核心航电系统组的工程师,从迪森斯中国团队被派遣到中迪航电。叶梓闻还在座舱显示系统 T3 组的时候,没少跟王东吵架。按理说,不从职位,纯粹从职级来说,王东跟叶梓闻当时的老板瓦内莎平级,犯不着跟这个小毛孩吵架,可是他说英语争不过瓦内莎,便老是找叶梓闻,寻求点居高临下的存在感,同时也让叶梓闻当翻译。

座舱显示系统通过核心航电网络跟飞机上的很多系统都有关联,经常会发生可能对网络配置的更改。

每当发生这种情况的时候,王东就老大不高兴："怎么又要动配置？"

"没说要动,这不让你评估一下动配置带来的影响吗？我们跟改别的地方会产生的影响做个对比,两害相权取其轻。"

"评估本身就要花时间和精力啊,就有时间成本。帮你们评估的时候,我们就干不了正事了。"

"什么叫帮我们评估？我们不是一个团队吗？再说了,我们座舱显示的事就不是正事？"

在叶梓闻的印象里,王东就是一个深藏不露,对任何请求都首先说"不"的乏味的中年人。从有限的沟通里,他并没有感觉王东的技术能力有多强。在他看来,技术能力强的话,就应该体现在有创造性地提出各种解决方案上,而不是一味拒绝别人的要求。拒绝谁不会呢?什么都不做,当然不会做错。

后来他就听说,王东被提拔为核心航电网络组的技术经理了。

"不懂技术也能做技术经理?"有次闲聊时,叶梓闻无意中吐槽了一句。

"人家几年前走的人力资源路线现在收获到果子了吧?小叶,你也赶紧行动,趁还没老。"旁边的程克甲来了这么一句。

没想到,多年的耕耘还能带来连续的收获,现在,他已经成为系统工程总监了!

中迪航电一共几百号人,大多数是研发工程师,组成庞大的工程部门。部门的头儿是公司的工程副总裁,一个秃头的美国老头,叫柯特,看上去有六十多岁了。据说他有丰富的民机项目型号经验,在好几家业内的知名企业当过技术高管。

柯特下面则有好几个工程总监,分别负责一摊子事,系统工程、核心航电、"四性"等。所谓"四性",指的是安全性、可靠性、可维护性、可测试性这四项民机里重要的技术指标。

原本这个组织更为庞大,但公司业务缩减之后,座舱显示工作包回到上航所,飞行管理和机载维护工作包回到迪森斯,所以原来这些团队便被母公司撤走或者解散,团队里的人,比如叶梓闻,便被安排去干别的业务。

王东作为系统工程总监,专门看管整个系统级的工作,包括几大工作包之间的联合设计、集成、验证、测试和确认,具体的又分别由几个技术经理负责。系统集成 SI 技术经理便向他汇报。

而叶梓闻就是要申请这个岗位。

"坐,小叶,我们也是不打不相识。"短暂的错愕之后,王东热情地招呼叶梓闻坐下,还从他办公室一角的小冰箱里取出一罐可乐,递给叶梓闻。

他已经从人力资源处得知叶梓闻想申请 SI 技术经理,但他没想到叶梓闻竟然愿意上门拜访!这小子心里没点数吗?之前跟我有这么多过节,还想让我挺你?

"总监了哦……恭喜恭喜！办公室很豪华嘛,还有冰箱!"叶梓闻倒也不客气,接了过来,打开,一口气喝了几口,感觉整个口腔和大脑都被元气充满。

"托公司的福……"王东一副轻描淡写的样子。

"我也不遮着掩着了,既然你现在是这个总监,我就直说,SI 技术经理我是申请了的,有戏吗?"叶梓闻受不了这种气氛,单刀直入。

"小叶啊,我们打交道这么长时间,你的能力我当然清楚,你都不用解释。不过呢……"

叶梓闻屏住呼吸。参加工作这些年来,他的一大收获就是听人说话不听到最后,不会下判断,尤其是很多人喜欢用转折。可一旦用了转折,转折前的话都可以当作放屁。

"这个岗位很重要,申请的人也不少,很多都是有多年航电经验的……"果然,王东的真话来了。

"抱歉,王总。"叶梓闻硬着头皮说出这个称谓,"现在迪森斯那帮人都回去了,哪来的'有多年航电经验'的人? 我们不都是几年前开始干的吗? 半斤八两。要说工作经验,那我服,工作年限比我长的人有的是,可要说航电经验,我从 2008 年加入上航所就一直在搞航电,都有五年了吧? 不算短。"叶梓闻忍不住打断王东的话。

"小叶,你这个说法倒是没错,但这个态度嘛……到底还是年轻气盛啊,呵呵……"王东被抢白倒也没恼,但说完这句话之后就没再言语,而是去查看邮件了。这无异于无言的逐客。

叶梓闻知道,自己可以走了。他也知道,这个岗位也将与自己无缘。不过,离开王东的办公室,走在走廊上的时候,他心里却并不感到有什么遗憾。

"哼! 如果摊上这样一个领导,拿不到就拿不到吧! 我还不如跟贝莱德说一声,去参加中商航那个人机界面的联合攻关团队呢! 那才是真正有意义的事,首飞少不了它! 正好,顺便跟杜浦吐槽一下,他上回被那个老宋给害了,现在我跟他同病相怜!"

第七十四章　出师未捷

"什么？我被选中了？你没诓我吧？"叶梓闻简直不敢相信自己的耳朵。

"哎哟哟……我提前告诉你这个好消息，你不请我吃顿饭，还说我诓你，你这人怎么这么不识抬举啊？"叶敏笑道。

在他的办公室里，叶梓闻亲耳听到叶敏带来了一个让他大吃一惊的消息——他申请 SI 技术经理岗位成功了！

"不是，不是，我跟王东聊过，当时我的感觉就是，一切都结束了。怎么现在他会选我？叶敏，我们也认识这么长时间了，我实话告诉你，当年我跟他吵过好些次架的……"

"这些背景我当然知道。但是，我这消息绝对准确，怎么样？你信不信吧？"

"信，我信，晚上请你吃饭！"

后来叶梓闻才知道，这个人事决定竟然是自己的老所长孟树人亲自干涉下来的。

孟树人恰好今年退休，按照中迪航电的公司章程，他从上航所卸任之后，也得在半年之内卸任公司董事之职。于是，在这交替之际，他便主动要求提前卸任董事，加入了董事会下设的人事薪酬委员会。

人事薪酬委员会与战略发展委员会、技术委员会和合规委员会，是中迪航电董事会下设的四个子机构，专门用于监管公司的主体事务，每个委员会的主任必须是一名董事会成员，但委员会里的委员倒不一定。

孟树人便想着在这里面发挥一点余热。

原本公司中一般的人事变动是不需要上升到董事会下设机构的，但恰好这阵子迪森斯外派员工大量回国，导致整个公司的组织架构不得不进行很大调整，对薪酬总数的影响也非常大，超过了 CEO 被授权的范围，因此，孟树人便看到了全部的方案。

"怎么提拔的干部都是些四五十岁的？"他一边看，一边皱眉，"很多经理岗位完全可以大胆提拔年轻人嘛。看来得跟他们讲讲我党的组织制度，干部要革命化、年轻化、知识化和专业化，年轻化可是排第二的！"

更进一步，他看到了 SI 技术经理的候选人当中有叶梓闻。当时他脑海中浮现出一个长发飘飘的年轻人，面庞虽然稚嫩，但眼神里的光却很坚定。

"得让年轻人有上升空间啊，不能什么坑都被中老年人占着，这样的企业能有什么前途？"在孟树人的坚持下，最终公司管理层对结果进行了调整。

而当得知叶梓闻竟然是被公司董事亲自点名时，王东嘴巴张得老大。但他很快就知道自己应该怎么做。

王东的前倨后恭，叶梓闻有非常明确的感受。对此，他内心满是不齿。当然，工作上，他还是保持了专业态度，十分低调，并没有仗着孟树人这层关系去跟王东对着干。

不过，王东其实挺有自知之明，知道自己不怎么懂技术，便任由手下几个经理自己去干，美其名曰"授权"，自己则三天两头地往人力资源那边跑。

叶梓闻开心死了，他终于可以名正言顺地参与中商航与上航所的那个人机界面联合攻关团队的工作。

"去吧，叶，这件事很有价值，不但可以体现我们中迪航电的重要性，还能让你自己深度理解一架飞机最炫酷的部分是怎么干出来的。当然，你现在是经理，得把手头上的系统集成工作分配好，可不能把我们自己应该做的事情给耽误了。"贝莱德作为 C595 项目经理，二话不说，就批准了叶梓闻的申请。

他是为数不多的依然留在上海工作的迪森斯派驻员工之一，由于从事的不是技术工作，迪森斯并没有非把他召回去，而他和家人也十分享受在上海的生活。

"兄弟,这是我们座舱显示系统,甚至整个航电,在首飞之前需要攻克的最大难题了。"杜浦得知叶梓闻最终可以加入他们的联合攻关团队,十分开心,但也给他打预防针,"很可能要经常加班,还要反复跟试飞员和飞行员交流,会被骂得狗血喷头,等拿到上航所的显示器之后,又可能发现很多设想最后实现起来走了样,得推倒重来。你准备好了吗?"

"还有什么更难的?尽管招呼过来。"叶梓闻眼睛都不眨一下。

"嘴还挺硬,看你的表现吧。"杜浦舔了舔干燥的嘴唇。

接近年末,上海的风也发干,气候燥了起来,加上心里有事,杜浦这些天上火很严重,不但口腔里出现了溃疡,脸上也长了好几个痘。偏偏儿子宁宁还挺喜欢玩他脸上的痘,他疼归疼,还得装作很乐意,一边笑,一边流眼泪。

"我错过了什么吗?"叶梓闻问道。

"没太多,上航所那边并没有太好的主意,他们更多的还是聚焦于显示器。我们也不敢提太多要求,生怕给他们的担子太重,把他们压垮了。"

"他们现在谁负责啊?"叶梓闻有一阵没跟上航所打交道了。

"都是你的老熟人,工程经理是丁真,项目经理就是孔薇薇。"

"啊……这也太巧了,我当时刚入所时,他们前后脚是我的师父。世界真小啊。"

"不是世界小,而是搞民机的世界小。"杜浦笑道。

"嗯,所以千万不能干什么坏事。"刚说完这句话,叶梓闻竟然想到了瓦内莎。他第一次听说这句话,便是瓦内莎在跟他去见贝莱德时说的。

"哈哈,不会的,我们好好干,把人机界面搞定,整个民机世界就会流传我们的名号了。"杜浦踌躇满志。

"你们设计的什么玩意儿?!"几天后,他的热情便被飞行员的一句话浇灭。

当时,他和陈坚满怀希望地把初步方案拿给飞行员咨询委员会的专业飞行员们。

"阚力军呢?"领头的飞行员毫不客气地问道。

"阚总临时有别的事情……"陈坚小心翼翼地回答。

"那刘娣飞总归要来的吧?这个人机界面可是整个航电的东西,只派你们搞座舱显示的来,算个什么事?我只扫了几眼你们的方案,就不合格,C595还要不要首飞?连个人机界面都搞不好!"

"两位,不是看不起你们的劳动成果。我们作为飞行员,都是飞了成千上万个飞行小时的,什么飞机驾驶舱,看一眼就能够感觉到好不好用。你们虽然第一次搞驾驶舱,但车总开过吧?好的汽车,座舱和中控是不是也能让你们用起来很舒服?"另外一个飞行员说话要理智和中肯许多,"从我们来看,目前人机界面中最重要的因素是'人为因素',而不再是我们面前的软硬件本身了。现在的设备全部都电子化、大屏化,相比以前,我们更加关注显示在它们上面的信息,而不是它们本身。你们得有一个很好的信息流规划才行。"

"说白了,就是真正的以人为本!"他最后又补充道。

会议结束,走出会议室的时候,杜浦贴身的衣服都湿透了。

第七十五章　想尽一切办法

"什么？被飞行员贬得一钱不值？"听杜浦说完在会上的境遇，叶梓闻惊呆了。

"是啊……好不容易才约到他们，可阚总和娣飞总又都不巧，恰好有别的重要会议，时间冲突没能到场，所以人家一上来就觉得很没面子。当然，这只是他们说话不客气的一个原因，更重要的还是我们的方案被认为太老旧，没有与时俱进。"杜浦依然有些心有余悸。

"老旧？里面好些内容可是我从迪森斯那帮人留下的资料里找出来的啊！"叶梓闻一愣。为了支持这次汇报，他连续好些天加班加到半夜，费了九牛二虎之力才从当时转移过来的资料里找到相关的内容，一点都不比大海捞针容易。而现在，这些付出和成果竟然被认为不够与时俱进？

杜浦没有作声，他心里想到一个可能性，但又有些犹豫，不太好意思跟叶梓闻说。

"喂，有话就说，别闷着。"叶梓闻却看出来了。

"我刚才想的是，迪森斯他们的经验的确很老旧啊，只不过我们之前没有细想而已。"

"啊？"

"你想啊，我们飞行员咨询委员会的那帮人都是些什么人？都是资深飞行员！他们熟悉目前世界主流的各种机型，包括刚刚的 EIS，投入商业运营没两年的波音 787，对吧？而迪森斯那些派来干座舱显示系统的人呢？包括你之前那个老板瓦内莎，虽然对于整个民机适航流程非常熟悉，很有经验，可的确没有干过主流的民航机型，波音和空客的座舱显示系统选的都不是迪森斯，对吧？"

"还真是!"叶梓闻恍然大悟,"这帮飞行员可都是吃过猪肉的,迪森斯的人反而只看过猪跑,难怪……"

"那应该怎么办呢?"猜对了缘由,杜浦反而更加发愁。

他之所以建议发起跟中迪航电的联合攻关,就是希望能够借鉴迪森斯的经验,现在看来,这个如意算盘已经落空。

"杜浦,你就放心大胆地想别的办法吧,你年轻,主意多,我都支持。"那次会后,陈坚算是完全放弃了抵抗。

杜浦觉得肩上的担子前所未有地重。

"我觉得吧,这件事情阚总和娣飞总得给点指导才行,毕竟人机界面往大里说,可是整个飞机的门脸。"叶梓闻试图让杜浦别什么都往身上揽。

"我知道,所以陈坚总给我授权后,我也找了娣飞总。至于阚总,他太忙了,我实在不想去打扰他,飞机级还有好多让他头疼的事情呢,飞控、发动机、复合材料,没一件好弄。"

"那娣飞总怎么说呢?"

"她说她也没干过这个,没有实操经验,但是给了我几个可能的方向,第一,研究人机界面对应的适航规章的演进;第二,参观主流民航客机的驾驶舱;第三,把人机界面和座舱显示系统的设计更紧密地结合起来,因为在现代民航客机的座舱里,人与设备的关系更加紧密。"

"不愧是娣飞总,虽然没干过,但看的点都很准啊……"叶梓闻不住赞叹道。

"她看得的确全面,但这些我们之前多少也都尝试过,更何况还有迪森斯的经验,可是似乎还是不够。"

"这个我倒不担心。我觉得大方向只要没偏差,也没漏项就好,完善细节的事情,她这样的领导当然不会去做,得我们想办法。而且,我始终觉得,办法总比困难多嘛。"叶梓闻安慰道。

"当经理了,果然成熟不少嘛。"杜浦调侃。

"都是社会教做人啊!我现在除了这头长头发还没剪,身上以前好多臭脾气都给剪没了。"

"我倒要看看你什么时候把这头发给剪掉。"

"不可能剪的,连我们的人力资源同事都放弃努力了,哈哈哈。"

"只有一种方法,就是跟着我继续干座舱显示,突然就头秃了,也用不着剪,直接大范围溃败。"

"你滚!"

时间一天天过去,按照新的思路,穷尽一切细节,寻找各种资料,杜浦和联合攻关团队像愚公移山一样,将人机界面这座大山一抔土一块石头地搬移。阚力军和刘娣飞也常常抽空到他们的办公场地去打气和指导。杜浦觉得前所未有地充实。

当2014年巴西世界杯结束的时候,杜浦和整个联合攻关团队终于把针对首飞的人机界面再次打磨出来。距离他们被飞行员骂得狗血淋头那次,已经过去了大半年时间。

这一次,他信心满满。

整个设计方案参照了FAA在第137号修正案中增加的FAR25.1302条款和同步发布的咨询通告AC25.1302-1,这些都是去年才刚刚更新的关于人机界面,尤其是人为因素的适航规章和标准。

在此之前,适航条款仅仅对整个座舱显示系统里某些特定系统的设计进行了规定,没有涉及驾驶舱所有设备综合性地防止和处理人为差错的规定,新增的25.1302条款填补了这一漏洞,它不仅包含驾驶舱功能与飞行任务相匹配的设计要求,还规定了包括防止和处理机组差错在内的有关人为因素的更直接的设计要求,从而在设计流程上让驾驶舱设计理念实现了由技术导向到"以人为本"的产品导向的转变。

他们将显示屏上显示的信息进行了非常全面的处理,通过逻辑编程,将飞机在滑行、起飞、爬升、巡航、下降、着陆等各个阶段飞行员不需要关注的信息进行抑制,需要关注的信息进行优先级排序,既减轻了飞行员的工作负荷,也避免了人为因素引起的误操作。他们还准备了几十种屏幕失效情况下重新构建显示区域的方案,如果其中有一块屏幕忽然失效了,关键信息会立即进行重构,显示在其他屏幕上。C595的驾驶舱一共有五块大显示屏,足以进行这些调度。

除了信息在显示屏上的显示,另一个充分考虑"人为因素"的设计就是告警系统。在飞机各个专业告警系统的设计阶段,出于安全考虑,在出现故障时,每个专业都希望尽可能多地显示告警信息,但对于整架飞机来说,并不是每个告警都需要立即操作,飞行员希望系统能够提示哪个故障是最紧急的,可以通过什么方式处理。因此,他们针对告警信息进行等级分配,并引导飞行员去处理故障。

为了避免上次那种尴尬场景的发生,杜浦向阚力军和刘娣飞汇报之后,将飞行员的评估工作分为了三类,最大限度节约他们宝贵的时间。

线上评估就是把设计的条目分散分批地发给他们审阅,不需要人亲自到张江来开会。到了一定时候,便组织会议评估,邀请他们参会。由于有了线上评估的铺垫,会议评估的效果也增加了不少。

为了充分利用飞行员们的经验,这次,他们还特意增加了第三类评估——模拟机评估,把人机界面放在动态的驾驶舱模拟机里,让飞行员亲手操纵和感知。

这样一套组合拳打下来,总算获得了飞行员们的认可。

"我觉得你的头发不如以前那么茂密了。"杜浦对叶梓闻说。

"哼,你自己都生白头发了,有什么资格说我?"叶梓闻毫不客气地反驳。

不论如何,他们总算可以喘一口气,享受享受几天难得的轻松时光。

阚力军和刘娣飞都向陈坚和杜浦,以及联合攻关团队表示了祝贺。相比杜浦,陈坚可能更加开心,坚持了这么些年,他感到自己的身体每况愈下,他已经坚持不了多久了。

"完成人机界面这个任务,也算是给组织上一个交代吧……如果能够见证首飞,也不枉我辛苦这辈子。"

不久之后,他和所有人一样,都听到了一个新的消息。

晴天霹雳。

第七十六章　电鸟，铁鸟，铜鸟

"好些时候没去试验室，没想到这'三鸟'都搭建好啦！"杜浦兴奋异常。

稍微休息了两天后，杜浦缠着试验室的同事带自己去瞧瞧院里的"三鸟"试验台。

在它们刚开始搭建的时候，杜浦曾经去过，还亲手帮试验室的同事组装过设备。现在，随着首飞的临近，这些试验台应该已经都完工了，因为飞机各大系统不经过在它们上面开展的各项集成测试，是无法总装下线的。

试验室的现场负责人叫张屏，跟他一样，也是个80后的小伙子，刚刚三十岁，他带着杜浦逛了起来。

"你还真会选时间，正好今天没什么试验任务。"

"那就好，我还想着为了支持总装下线，你们的任务都排满了呢。"杜浦觉得自己运气不错。

"按理说是这样，可我们现在接到的任务不算太饱满。"张屏摊了摊手。

"这可不是什么好信号啊。"杜浦笑道。

"这我就不知道了，我们只管按照各专业的要求接任务，排试验资源。"

杜浦听完，心里直打鼓："对啊，如果明年下半年首飞，顶多再过两三个月，飞机就得总装下线，那现在应该正是试验台忙碌的时候，怎么会这么空呢？"

不过，他也没去想太多。

因为眼前的这几台"大鸟"实在是太酷了！

试验大厅十分宽敞，有好几层楼那么高，四周墙壁靠近天花板的位置和天花板上都开着书桌般大小的窗户，采光很好，此时阳光正好畅通无阻地射进来，把整个大厅照得亮堂堂的。

整个大厅装下这么几台试验台，再加上最里面建设当中的全自动模拟机，一点都不显拥挤。

距离他最近的就是他亲自参与过建设的"电鸟"——航电系统综合验证试验台，用来集成和验证整个飞机的航电系统。果然，线缆、机柜和框架均已经搭好，很多设备已经就位，但仍有不少设备放置口依然空着。

"我们还在等各大供应商把货件交过来。你看，中间放显示屏的地方也都还空着呢，就等你们了。"张屏在他身旁解释。

"嗯嗯，我一定催催上航所。"杜浦没想到自己跑来瞧瞧，还能领一个行动项回去。

"电鸟"的旁边，就是"三鸟"之中最鼎鼎大名的"铁鸟"——飞控液压系统综合试验台，专门用来集成和验证飞控和液压等系统。顾名思义，它真就像一只钢铁铸成的飞鸟，双翅延展，尾巴高翘，按照真实的飞机一比一建造而成。

而"铁鸟"旁边的，就是"铜鸟"——发电和配电等供电系统综合试验台，也一比一还原真机上的设备，用来测试飞机上的电源系统。

杜浦并非飞控、液压等机械系统专业，也不懂强电，所以，他只能看看"铁鸟"和"铜鸟"的热闹。

"我只能望'鸟'兴叹了。"他笑着对张屏说，"还是你们厉害，要组织这些试验，该懂多少飞机系统的知识啊！弱电、强电、机械、液压……压根都不是一个方向的！更何况到最后还要搞'三鸟联试'，那难度我是不敢想象！"

"术业有专攻嘛，我们就是专门做试验的。再说了，真到了某个专业的试验，专业也会来同事支持的，光靠我们可不行，等显示器什么的都到了，我们做航电集成试验时，你以为你可以袖手旁观吗？"

两人正聊着，走到了大厅正中央的位置。

"上半年大领导来院里视察的时候,就是站在这里说出那番话的。"张屏停住脚步。

"是吗?那我得站这里感受一下。"杜浦笑道。

那句话已经在院里广为传颂,激励着每个上研院人、每个中商航人:"过去那个逻辑是,造不如买,买不如租啊,我们现在要倒过来。"

话音似乎还在这宽敞明亮的大厅里回响。

就在这个时候,一个胖乎乎的年轻男子从试验室的大门口气喘吁吁地跑了过来。

"张屏!刚才接到领导通知了……我们要按照新的计划排之后的试验,首飞……很有可能又要往后推……"

第七十七章　坚持就是胜利

很多时候，传闻往往会变成真的，尤其是当不同的团队听到同样传闻的时候。

无论是航电还是试验室，甚至是更多的专业，都在2014年下半年先后听到传闻：2015年下半年的首飞很可能守不住了。

终于，阚力军在2015年年初的项目状态大会上证实了这一点。

"同志们，由于项目的复杂程度超出想象，一些关键技术问题的攻关难度也比预计的要高，为了确保飞机的适航性和安全性，我们不得不牺牲进度，原定今年下半年的首飞预计要往后推迟一年左右，现在，我们的目标是年底之前完成10101架机的总装下线……经过总师会的反复论证，我们已经向公司领导汇报了这个情况，也得到了他们的支持和认可。大家不要气馁，这是我们欠账几十年自然而然的后果，但是，我相信我们可以做到！"

他眉头紧锁，面色铁青，但是，眼里的坚定没有打一丝折扣。

"我已经向领导立下了军令状，今年年底不能总装下线，我就'下课'。"

阚力军又补充了一句。

在视频里看到这一切，杜浦心里很不是滋味。

利用上回C595适航路径拨乱反正的机会，他好不容易才让父亲与阚叔叔重新坐在一起，解开了父亲的心结。他实在是不忍心看着这个长辈现在被逼到如此绝境。

这是实打实的背水一战！我如果能做些什么，哪怕再微不足道，也会全力以赴！

晚上回到家,杜浦的心情依旧没有完全恢复过来。

距离本科毕业加入上研院已经接近七年,C595却依然没有总装下线。而如果是波音或者空客,一个型号都已经做完了,别说首飞,适航证都已经拿到!

差距怎么这么大呢?还需要多久才能够赶上?他有些无力地躺在沙发上,暂时什么都不想干。

范理还没有回来。他们已经在一起九年,结婚五年,儿子两岁。他简直不敢相信这些数字。时间真是过得太快了!

当墙上的时钟过了六点半时,杜浦才觉得肚子有点饿,而门口也有了动静。范理回来了。

"理理,我饿了,去外面吃饭吧,今天爸妈没空,没做我们的饭。"杜浦建议道。

范理并没有回答,杜浦看过去,发现她一脸不悦,脸上阴云密布,显然有很重的心事。

"怎么啦?"杜浦站起来,朝着范理走过去。

范理还是没有说话,只顾着脱鞋。

"到底发生什么事情了?"杜浦又问了一遍。

"这个人渣,真是岂有此理!"范理终于说话。

"我当时把宁宁送过去,就是因为他们是双语的,而且比较国际化,有正儿八经的白人外教,英语口音也比较纯正,没想到竟然有这样的败类!"她这一说话,便停不下来。

杜浦感到诧异,打算过去抱住她,细问到底出了什么事。范理却只是把手机解锁,塞到他的手上,径直走到沙发前,气呼呼地坐下。

杜浦下意识地接过手机一看,原来是范理的微信。屏幕上正显示着一个人给她发的好几条消息。

杜浦仔细一看才发现,这是个男人,还是个白人,名叫 Amazing Dick(神奇的迪克),估计就是她刚才说的白人外教。

他皱了皱眉,迅速读完了这几条消息。他简直要气炸了!这几条消息都用的是英文,但内容与宁宁的英语教育毫无关系,全是各种挑逗之词。

"不想尝尝新鲜的异域风情吗？我会给你不一样的感觉。"

"我们幼儿园这么多女教师，这么多孩子的妈妈，只有你是独一无二的，你就像天边最美的星星，噢……从见到你的第一面开始，我就不得不向万能的上帝请求原谅，恳请他的宽恕，我无可救药地爱上了一个东方女人……"

"原谅我吧……原谅我，我无法停止对你的思念，在看不见你的时候，常常在宁宁的脸上寻找你的影子。"

诸如此类。

范理一条都没有回复他，但这个可恶的迪克依然自顾自地发着这些不堪入目的话。

"我要去找幼儿园！"杜浦把手机扔给范理，攥紧拳头，"明天一早就去！"

"你别冲动啊，我们得先把宁宁转校，别让他有机会使坏！"范理说。

"都这样了，我们还把宁宁送去吗？必须立刻转校！明天一早我就去！"

"嗯，气死我了！之前他提过好多次加微信，我都没理他，前两天他又提，说便于反馈宁宁的情况，可能会拍些视频什么的，我才答应，结果今天一早就给我发这些乱七八糟的，太恶心了！"范理的气还没有消下去。

"洋垃圾！"杜浦脱口而出。

"最讨厌这种居高临下的人，他以为他是谁啊？凭着外国身份，一张白人的脸和英语是母语就可以为所欲为是吧？"

"理，这样，我明天一早去给宁宁办转学，然后我们告这个浑蛋！这种人，就应该让他暴露出来，他不但不配做老师，还性骚扰学生家长！"

"别急啊……老公，我知道你很气愤，我也一样，可是，总得先找到下家吧，明天上午把他接出来，送到哪儿去呢？"

"送到哪儿去？让爸妈照顾啊！他才两岁出头，还没到上幼儿园的年纪。再说了，就算他到了年纪，幼儿园教育也不是义务教育，他完全可以不去的！到了六岁，他就在我们这里对口的小学上学，一切都顺理成章，你这么焦虑干什么?"

"我焦虑?是你焦虑好吧!急吼吼的非要明天上午去把宁宁接回来。"

"这个洋垃圾都这样了,你还放心让儿子在那个幼儿园?"

"我觉得他的人品和专业水平要分开看,这几个月观察下来,宁宁的英语水平还是长进不少的,基础打得挺牢。"

"那是因为他还没有骚扰你,没准在骚扰别人呢!也许他每个小孩的妈妈都加了微信,一个个试过来,看有没有带缝的鸡蛋呢!现在他找你了,你肯定会让他吃闭门羹,那你觉得他还会以平常心对待我们的儿子吗?"

"什么带缝的鸡蛋?你说话能不能不要那么难听?"

"我不管!明早我肯定把儿子接回来!当初就跟你说了,不要一岁半送到什么托班去,既浪费钱,又没意义。你看,现在碰上这么个洋垃圾,郁闷了吧?我们都忙得要死,哪有时间浪费在这种事情上?必须速战速决!"杜浦态度很坚决,"等我把宁宁接回来,马上就去告这个浑蛋,不让他彻底曝光,我不姓杜!竟然敢打我老婆的主意!"

"喂喂!你别这么冲动!我们再商量商量啊!"范理站起身来。

她不同意杜浦这么简单粗暴的做法,更不接受自己的儿子"输在起跑线上"。不过,杜浦最后这句话,还是让她感到无比温暖。

第七十八章　显示器交付

　　距离 C595 第一架飞机，也即 10101 架机总装下线的截止日期还有六个月的时候，上航所为座舱显示系统提供的一整套设备，经过中迪航电的集成验证和测试之后，终于交付到杜浦的手里。利佳宇航的备份仪表也姗姗来迟。

　　"我们终于齐套了！总算可以开始做集成试验！我们不会拖总装下线的后腿！"这是这几个月来，杜浦唯一感到开心的事情。

　　自从他真的把儿子接回父母家之后，范理就跟他冷战了好一阵子。"你就这样眼睁睁地看着儿子在爸妈家被溺爱，一天到晚啥都不学，只知道傻乐？眼睁睁看他吃了睡，睡了吃？你这样会害他一辈子！"

　　"他才不到三岁，难道不应该傻乐吗？傻乐也比在托班面对那个洋垃圾、变态狂强吧？"

　　"他是洋垃圾确实没错，可也别瞎说人家是变态狂啊！他的确人品不行，可专业能力应该是不错的！"

　　"得了吧！语言这东西，小孩子本来就学得快，放在那儿天天说，怎么着也能学会，跟那个变态狂的教学能力有什么关系？他只不过仗着自己母语是英语就占我们的便宜罢了。我们供应商那个叫叶梓闻的哥们，几年前英语还不如我，就是因为他们那家公司是合资公司，所以他成天跟一帮外国人混在一起，现在英语溜得很！"

　　"所以啊！更应该放在双语幼儿园去跟外教混在一起啊！否则怎么学？跟你爸妈放在一起，到时候学一口上海话。"

　　"那也不错啊，上海话都快绝种了，学会了，以后没准用处很大呢。"

　　"你这人，真是固执得要命！"

"你就不固执了？非这么迷信双语教育，迷信外教。"

两人吵得不欢而散。杜浦也顾不得那么多，他后续真向那家幼儿园、媒体和教育主管部门把那个叫迪克的外教告了。虽然在这事上花了不少时间，他却不亦乐乎。最终，迪克被幼儿园解雇了。

可是，让杜浦感到不爽的是，也仅仅是解雇了而已。他原本想，凭着这个性骚扰的证据，至少得拘他几天吧？但咨询律师，说是仅凭微信聊天记录证据不足，胜算很低，而且的确很耗费精力。他最终只能不甘心地作罢。

范理则又继续抽空看别的双语幼儿园。管它呢！她愿意去折腾，就让她去吧！

杜浦又把注意力放回工作，更何况，眼下显示器交过来了。不，不仅是显示器，还有控制面板、备份仪表等一整套座舱显示系统的设备。

他们有的干了。

"杜浦，总装下线年底无论如何都是要完成的，阚总也给董事长立下了军令状，我们座舱显示系统好不容易实现齐套，你要好好安排试验，小心试验，千万别弄坏了设备，短短几个月时间，让供应商再出一套新的，估计很有难度。"陈坚嘱咐道。

自从他向洪均和刘娣飞表达过自己想退居二线的想法以来，整个人迅速就颓了下去。此前，他只是身体不太好，没法高强度、长时间地加班工作，但他的精神一直紧绷着，作为C595座舱显示系统工作包包长那种强烈的责任感一直牢牢地支撑着他。

然而，当他做出决定，把这份责任感传递给年轻人的时候，整个身体便失去了支撑。失去了支撑的身体要垮下，是很容易的事情。

现在，他只能靠杜浦，也知道杜浦是最有可能接替自己的那一个。所以，很多时候，他乐意把自己变成一尊佛像、一个吉祥物，已经完全放权。

花了一整天，杜浦和团队里的年轻人在叶梓闻和丁真的支持下，终于将接收的座舱显示系统真件全部装上了试验台，上电，并初步调通。

"丁师父，没想到转眼间七年就过去了，除了中间那几年，这一头一尾我们可是合作得十分紧密啊！"晚上吃完外卖快餐，叶梓闻在休息的当口，

第七十八章 显示器交付 | 295

冲着丁真感慨。刚进上航所的时候,他跟这个师父没少起冲突,现在,时间似乎磨平了一切。

"是啊,唯一不变的,就是你的长发。"丁真笑了笑。

"你当初的誓言还在我耳边回响呢,可直到今天,也没见你去南浦大桥上裸奔。"

"我们这不是已经交付显示器了嘛,你算算,你们的需求是不是两年前才下放给我们的?所以,我这还是两年内搞出来的,不算食言。"丁真辩解。

这个答案叶梓闻倒不是第一次听说,只不过,这个哏儿他不时便要提一提。

"再说了,要不是你们中迪航电当年搞业务分拆和缩减,打乱了我们的节奏,我们还能更快一点。"丁真见叶梓闻只是笑笑不说话,又追加了一句。

"好好好,都怪我们……你们现在投入 C595 项目上的人有多少了?"叶梓闻换了个话题。

"几十个呢!比我们任何一个军机项目的人都要多,这可是国家项目,所领导很重视!孟所退休后,来了个年轻的新所长,70 后,估计很快也会成为你们董事。"丁真的声音充满了骄傲。

"噢?新所长?孟所对我还是很不错的,他退休了也总算可以好好休息一下。"

"对。这个新所长据说有点才艺,吹拉弹唱样样都会。"

"那让他帮你们再多招点人吧,现在座舱显示系统的 T3 和 T4 都回到所里了,才几十个人干,肯定不够啊。"叶梓闻皱了皱眉头。

"你这小子……"丁真正准备反驳的时候,只见试验室里杜浦跑了出来。

"你们还有闲心聊天?快进来!出问题了!"

第七十九章　出问题了

叶梓闻和丁真不敢怠慢，赶紧跟着杜浦跑进试验室。

远远望去，试验台上原本十分对称的图形界面现在缺了两块，像是被天狗咬了一口的月亮。

C595 的驾驶舱里，一共五台大屏显示器，现在黑掉了两台，只剩下三台亮着！

叶梓闻一惊："怎么会这样？"

丁真则干脆大声喊了出来："哎哟！这下丢人丢大了！"

杜浦一半开玩笑，一半认真地盯着两人："你们这东西交给我们之前，到底在你们自己的试验室做了试验没有？集成、综合、验证都做了没有？前脚我刚给领导们报喜，说航电最重要的部件到了，齐套有望，后脚你们就给我来这个？"

"老杜，在我们那儿肯定是做了，不光做了，还做了全套，跟航电核心网络和飞行管理系统等与座舱显示系统交联十分密切的几个航电系统工作包都做了集成、综合和验证。"叶梓闻在中迪航电负责 T3 级的系统集成，信心十足。

"丁真，你呢？"杜浦盯着丁真，"你们显示器和设备交给中迪航电之前，测了没有？"

在中迪航电的业务拆分之后，按照三方最新的分工，丁真所在的上航所负责 T3 级及以下的座舱显示系统开发工作，包括具体的显示器、控制面板等设备的研制和显示系统级的系统集成。他们把生产好的这些设备，连同设备里加载的软件一同交付给中迪航电，由后者与核心航电和飞行管理等别的系统进行 T3 级系统集成，完成之后，再交付给中商航，进行

T2级及以上的航电和飞机级的集成。

因此,现在显示器在中商航的试验台上发生问题,杜浦第一反应就是找供应商的问题。

"这个……呃……"丁真有些结巴。

"你看!被我说中了吧!"杜浦又好气又好笑。

以他对上航所的了解,他刚开始就推测问题出在这家兄弟单位身上,可当丁真证实他的猜测时,他却没有半点猜中了的兴奋感。

"嘿嘿,这不赶进度吗?你们年底就要总装下线,我这不得早一天是一天?"

"就知道早,质量呢?你看,现在一下子两台显示器黑屏,这让我们怎么做试验?"杜浦收敛住脸上的笑容。

"杜浦,这话我就不爱听了啊!你们从上到下,哪个不在催我们的进度?要不是你们压得那么狠,我们能这么仓促就交东西吗?你以为我们不想测全面一些?"丁真也红了脸。

"你们自己产品质量不过关,还怪我们逼得紧?"

"难道你们逼得不紧吗?整个显示系统的需求下发才两年不到,人机界面的需求更是几个月前才给我们,我们能把东西交出来就不错了。"

"人家利佳宇航的备份仪表不也按时交了?我们已经测过了,表现挺稳定。"

"现在拿我们跟利佳宇航比了?那你们当初选供应商的时候,干吗不整个座舱显示系统都直接选他们?干吗要选我们?"

两人的火气越来越大。

毕竟,期待已久的座舱显示系统和航电其他系统的集成测试,一上来五块显示屏就黑了两块,实在是让人郁闷无比,气都没处撒。

叶梓闻看着眼前这两个老大哥剑拔弩张的样子,心里直嘀咕:"看来得我来做和事佬了?"

试验室还有另外几人,看着各自的头儿杠上了,也不免有些着急。

"吵什么吵?!"一个高亢的声音从他们身后传来。

众人一齐望去,只见一个身材娇小的女人从试验室门口走了进来。

她步伐稳健，步速很快，精神十足。不是C595分管航电系统的副总师刘娣飞，又能是谁？

看见刘娣飞，杜浦和丁真像是两团刚刚蹿起来的火苗被一盆水浇下，顿时只剩得几缕青烟，一点脾气都没有了。

"娣飞总好！"他们一起打招呼。

"大家都是一个团队，有什么好吵的？出了什么事情？"刘娣飞已经走到了近前。

"娣飞总，显示器刚刚交过来，集成试验还没做呢，就黑屏了。"杜浦解释道。

"这样啊……"刘娣飞显然也没料到情况竟然是这样。

从她的航电集成试验角度来看，显示屏是很关键的载体，各种信息都要通过它们显示出来，如果显示屏黑了，对她整个航电试验的影响不言而喻。而总装下线的后墙就在那儿，每耽误一天，就距离撞墙更近一分。

"娣飞总，我们这次软件工程师也来了，还带了加载和测试工具，我们可以现场检测，排查问题，如果是软件问题，我们可以现场改！"看到刘娣飞，丁真一副无比配合的样子。

杜浦一方面庆幸刘娣飞出现得很及时，另一方面又有点儿郁闷：原来你这面子是留给领导的啊！

但在叶梓闻眼里，这简直太不可思议了！民机不是军机，C595的座舱显示系统也不是小飞机的显示器，竟然在现场就改软件了？那适航性要怎么办呢？他实在无法想象这要怎样操作。

根据中迪航电的流程，碰到类似的问题，一定是先进行全面的检测和分析，找到根因，再做有针对性的改进。如果根因定位为软件问题，那就改软件，如果是硬件问题，那麻烦就大了。

修改硬件设计动辄需要几个月。

而丁真竟然想带着团队就在现场排故，改软件？

黑屏也未必是座舱显示系统本身的问题啊！黑屏只是对屏幕不亮这个现象的叫法，导致黑屏的原因多种多样，有可能是输入信号异常导致的正常黑屏，也有可能是设计机制过度保护造成的过度反应，诸如此类。不经过系统性的分析,怎么能定位根因在哪儿呢?

他悄悄走到杜浦身边,小声对他说出自己的顾虑。

杜浦正准备回应,只听得刘娣飞说:"小杜,丁真的态度很好,我们座舱显示的人要是有什么能够帮忙的,也跟他们一起,争取现场把问题解决掉……"

刘娣飞这会儿也看见了叶梓闻:"小叶也在啊?那也辛苦你了,大家一起想办法。"

第八十章　治标还是治本

当刘娣飞走远时,丁真已经跟上航所的几名软件工程师一起,在试验台边摆开阵仗,准备开干。

"辛苦丁哥了。"杜浦还是跟他客气了几句,"刚才别介意啊。"

"小事,小事,都是为了工作。"丁真也笑了笑。

趁着他们开始干活的时候,杜浦把叶梓闻拉到了一边。

"你刚才说的,我都同意。"杜浦小声说道。

"但是……?"叶梓闻听出杜浦的真实意图。

"你能不能不要那么聪明……"杜浦笑道,"但是,我们现在没有那么奢侈了。"

"你是说……?"

"进度压力摆在这里,你说的那种方法,的确是一个正向的、正确的方法,然而,真要实施起来,再花上几个月是轻轻松松的,但是,总装下线就在年底,不会等我们的。"

"可是,你让上航所现场改软件肯定解决不了这个问题啊!"

"但是有可能把黑屏现象短期内消除掉,等总装下线了,甚至首飞之后,真的要适航取证时,再进行正向修复嘛。"

"说到底,相比治本,你们现在选择治标?"叶梓闻懂了。

"没有办法,我们不是不想治本,而是实际情况不允许我们治本,我们只能先治标。但是,我们一定会治本的。"

"行吧,祝你们好运。"叶梓闻撇了撇嘴。

这样头痛医头打补丁的做法,放在中迪航电肯定会被工程副总裁,那个叫柯特的美国老头给否决掉。

"我们一定要坚持正向设计,从第一天就开始!民机的适航取证不光是做正确的事,更要向局方证明我们做了正确的事,怎么才是最省时省力的证明呢?就是从一开始就严格按照适航规章和流程来做事,并且保留可追溯性和证据,这样做,一开始或许我们会耽误一些时间,但慢即是快,从整个生命周期的角度,这样反而最节省时间。"这是柯特在他们工程部内部大大小小的会上一直强调的。

不过,叶梓闻深深理解杜浦和丁真。

中商航和上航所是第一次从零开始干民机,怎么可能一次就什么都做对呢?当不得不取舍的时候,完成比完美更重要。当然,前提是满足适航的要求。适航是最低要求,而不是最高要求,是地板,而不是天花板。

或许是他们的勤奋感动了老天,经过好些天的现场排故,在上航所的软件团队将显示器软件进行了有针对性的更改之后,黑屏现象消失了。

五台显示屏全部点亮在试验台上,格外显眼。那动态的画面和鲜艳的几种标准颜色让人突然产生一种希冀:座舱显示系统都开始工作了,距离飞机飞上蓝天还会远吗?

杜浦不知道距离首飞还有多远,但伴随着各大专业的共同努力,"三鸟"试验室里终于忙碌起来,各种测试排得满满当当,一切都在朝着年底总装下线的目标前进。

总装下线的仪式终于在年底如期举办。

杜浦一早就来到中商航在浦东祝桥新建的飞机总装厂。他曾经去过位于宝山的老总装厂,那里充满历史沧桑的氛围给他留下了无比深刻的印象,而眼前的新总装厂则充满着面对未来的美好遐想。

整个厂区大得必须要坐车才能够走遍,总装厂房比宝山的不仅要大,而且外形设计更加现代,科技含量也要高出不少。厂区就位于浦东机场旁边,从机库沿着内部跑道可以直通机场建设当中的第四跑道,完全无缝连接。

杜浦忍不住憧憬,当飞机完成一系列地面试验,可以进行飞行试验的时候,直接开到浦东机场去,该是多么方便!

总装下线仪式正式开始之前,激昂的背景音乐已经响起,厂房里人头攒动,除了他们中商航自己的员工,各大系统的供应商代表也全部到场,每个人都着装正式,面带笑容,拍照留念。

看到这个场面,杜浦突然有些感动:七年多了啊……

厂房的墙壁上,高高悬挂的"长期奋斗""长期攻关""长期吃苦"和"长期奉献"的巨大字幅十分醒目,每幅字都用红色为底色,字体则采用黄色,正好是五星红旗的两种色调。字幅之间挂着平整鲜亮的五星红旗。

天花板中间垂下的红色幕布将厂房分为两个区域。现在,幕布依然紧闭着,它的下方是舞台,舞台两边的上方悬挂着两个大尺寸液晶显示屏,正在播放着C595飞机的宣传片,包括过去几年研发、装配和生产过程当中的不少细节,以及各级领导视察的场面。

幕布的背后,目前人们视线无法触及的地方,自然就是那架即将下线的C595飞机。她此时就像一个蒙着盖头的出阁少女。

杜浦在人群中又看到了林琪。她看上去比上次相见要消瘦,但画着淡妆,依然光彩照人。

"杜工,好久不见。"林琪也看到了杜浦。

"林姐好,小强怎么没来?"

"他出差了。感觉怎么样?开心吧?"

"那是当然!你也一样吧?你们利佳宇航可有不少东西在这架飞机上。"

"是啊,我在这个型号上已经干了七年,总算熬到她总装下线了,不容易啊,女人最美好的青春都献给了C595,哈哈哈。"

"再坚持坚持,总装下线后,一年左右就能首飞了,到那时候,只会更激动。"

"我在利佳宇航总部的时候,他们常说,一个飞机型号的适航取证和交付才是她成功的标志,毕竟飞机是商品,只有交付给航空公司,卖出钱来,才算实现闭环,所以……C595还有一段路要走哟。"林琪挤了挤眼。

"林姐,那你可千万别发毒誓。"杜浦笑道。

"毒誓?"

"别说什么'C595不取证我就不嫁人'之类的话噢。"

第八十章 治标还是治本 | 303

"哼！你小子！"林琪佯装愤怒。

认识这么多年，她与杜浦和中商航的一帮人都已经混熟了，大家都知道她迄今单身，没少为她介绍过对象，可都没成。久而久之，大家也都不问了，但时不时还会把她单身这事拿出来调侃。

只不过，杜浦心里知道，林琪的工作有多忙。即便谈了恋爱，估计也维系不下去吧……

"唉，我如果不是结婚结得早，没准也会面临同样的境地。就算结得早，现在跟理理不也有一堆问题吗？"他不免有些怅然。

这时，一个雄浑激昂的声音打断了他的思绪。

C595 总装下线仪式正式开始！

第八十一章　总装下线

厂房中间的红色大幕缓缓拉开。

所有人都屏住呼吸，往那空隙当中看去。

当幕布拉开五米左右的时候，一辆牵引车慢吞吞地钻了出来，它的个头很小，动力却十足，架着 C595 的前轮，将她缓缓拖出，仿佛是给新娘抬轿子的轿夫。

所有人在看到这辆敦厚的车时，都马上将视线往上抬，他们首先看到的是一个光滑的流线型的白色机头，崭新锃亮，机头的颜色与驾驶舱乌黑的舷窗形成鲜明的对比，如同一个皮肤白皙的美女戴着一副酷炫的墨镜，闪亮登场。

C595 这个新娘，一点也不胆怯。

随着大幕完全打开，牵引车也将飞机一步一步往前拉，沿着中间的道路，朝着厂房门口的方向驶去。

人们的掌声、欢呼声与尖叫声此起彼伏。

杜浦抑制不住心中的情绪，眼泪不争气地掉了下来，他赶紧环顾四周，生怕被人看见，却发现身边不少人都在擦拭眼泪，没人关注他。

当整个飞机的躯干完全呈现在人群面前时，所有人都站了起来，还有人踩在椅子上，忍不住地叫嚷，用手机和相机记录这一历史性的时刻。

这第一架 C595 飞机编号为 10101，以白色为底色，机身上的涂装十分简洁，只有中商航和 C595 的标识。除此之外，并无其他装饰。

杜浦那略显模糊的视线在飞机上扫来扫去，从喷漆的色泽，到涂装的商标，从舱门的密合程度，到尾翼的角度，从发动机的安装，到起落架的配置，全都包括在内。他的心情，就如刚刚为人父母，见到小家伙从母体中出来的那一刻,就忙不迭地去数手指头和脚趾头的个数一样——明知多半是正常的,还是会担心突然冒出第六根指头。

尽管知道是徒劳,他依旧站在椅子上,踮起脚,试图透过那乌黑的驾驶舱舷窗看进去,看到飞机驾驶舱的显示屏,那才是他的心血所在。

很快,C595飞机已经被牵引车拖到了厂房门口,从她的后方望过去,只见白色的飞机融入门外射进来的阳光当中,一副展翅欲飞的架势。

"真美,真漂亮……"杜浦这才发出了自己的感叹,此时此刻,他才发现自己语言的贫乏。

还来不及继续感慨,他就被人流往厂房外推。仅仅一刻钟,厂房内便已经空空如也,几乎所有的人都拥到了门外的停机坪上,将C595围了个水泄不通。杜浦只不过稍微晚了一会儿,便已经挤不进去,只能在外围踮脚看。

总装下线带来的喜悦充盈了整整一个上午,当杜浦赶回张江,回到上研院的时候,他又回到了现实。

阚力军也已经从祝桥返回,他趁着大家劲头十足,召开了一个项目短会。他在会上动员道:"大家辛苦!虽然经历了两次延误,但我们终于在年底实现了总装下线的重要目标。这是飞机型号的第一个重要里程碑,大家干得不错!不过,现在还不是我们痛饮庆功酒的时候,这只是我们第一架飞机总装下线,下一步,我们更重要的目标就是首飞,从而开始进行飞行试验!让我们再接再厉,保持专注,不要松懈!"

他说得没错,针对飞机的机上地面试验和测试早在飞机总装下线之前便已经启动,但今天的总装下线,飞机并没有上电,发动机也没有发动,只是由牵引车拖着滑行。在接下来这些日子里,这些机上地面试验和测试要全面展开,并且覆盖飞机所有系统,确保飞机在飞起来之前,一切都是正常运行的。

这些试验通过之后,便可以由试飞员正式坐进驾驶舱,打开发动机,将飞机飞起来。第一次这样的飞行便是飞机所有项目中的里程碑式事件——首飞。

"我感觉稍微休息之后,又要开始冲刺了。"杜浦笑着对陈坚说。

"冲刺就靠你们了。"

今天杜浦并没有加班,一下班便离开院里,直奔父母家。前阵子为了支持总装下线,他已经好些天没去看望父母和儿子了。

沈映霞准备了一桌好菜,杜乔则准备了一瓶石库门。

陪儿子玩了一阵之后,大家开始一起吃饭。

"来来来,今天吃大闸蟹,虽然已经有点过季了,但公蟹还是可以吃吃的。"儿子回家,沈映霞十分开心,一直在张罗着。

"范理又来不了?"杜乔问。

"嗯,她前阵子跳槽了,今天他们吃散伙饭,估计不会回来很早。"杜浦说。

"跳槽了?去哪儿了?"

"一家基金公司,去那儿做分析师去了。"

"噢哟!那好啊,以后买基金就问她!"沈映霞一听,十分激动。

"好是好,可会不会更忙?"杜乔的表情并没有什么变化。

"谁知道呢?反正都习惯了。"杜浦回答。他和父亲喝了一口酒。

杜乔没有继续说话。

杜浦是知道原因的。自从自己跟范理结婚,杜乔就担心两人都太注重事业,现在几年过去,儿子都三岁了,这个担心似乎并没有消除。

在他的坚持下,范理最终还是妥协,让他把儿子送进了父母家旁边的一家公立幼儿园。

"反正我们也没空管儿子,这个幼儿园就在爸妈小区对面,他们接送也方便,而且是公立的,价格实惠,还没那么多洋垃圾。"当时,他对范理说。

范理一直想找一家私立的双语幼儿园,但她嘴上虽这么说,却没有时间去寻访,看了几家都不太满意,最终也不得不接受杜浦的安排。

如果进行家庭投票,范理也只能以一比三落败。因为杜乔和沈映霞都支持自己儿子的决定。尤其是杜乔。

"她又没空管,我们帮你们管,她就别有那么多要求。双语幼儿园费用高,一个月要一万多,离你们住的地方又远,图什么呢?"

不过,妥协归妥协,杜浦还是感受到妻子心底的一些不满。

两口子那种无言的默契,或者不明说的疏离,杜乔和沈映霞都心如明镜。沈映霞大大咧咧的,觉得自己媳妇"十项全能",比自己能干多了,可杜乔却始终心怀隐忧。

杜浦不想让父亲老想着这事,便岔开话题:"爸,今天 C595 在祝桥总装下线了,你知道吧?"

"知道。重要的里程碑,当年我也见识过客 70 的总装下线,可最后呢?民机这事啊,行百里者半九十,你别高兴得太早。"

"好了,老爸,那总归是个值得庆祝的里程碑嘛。"杜浦试图让父亲稍微高兴一点。

"就是,你别皱着个眉头,多扫兴!"沈映霞也捅了捅老伴儿。

"好,来,干一个!"杜乔总算把嘴角扬了起来。

"喝完这杯,我就不喝了,晚上还得去接范理呢。再喝,过几个小时万一被查出酒驾就麻烦了。"杜浦喝光杯中酒后,把杯子放在一边。

他们已经在前两年买了车,早上出门前,他便跟范理说晚上去接她。

"你们今天散伙饭肯定少不了喝酒,没准跟之前一样,又要去唱歌,到时我去接你回来。"

"老公最好了!"范理十分开心。

听到这话,杜乔刚放晴的脸色又阴沉下去:"你这阵子忙成这样,今晚还不早点休息,干吗去接她?她自己不知道打车回家吗?"

"噢哟,人家疼老婆你都要管?"沈映霞又帮儿子说话。

"没必要!"杜乔冷冷地说。

"好了,爸,吃螃蟹。"杜浦不想跟父亲争论这事。

宁宁在旁边本来正乖乖地吃饭,突然"哇"的一声哭了起来。

"你看看,本来一家人开开心心吃个饭,儿子又碰上飞机总装下线的好事情,你倒好,说些有的没的,把孙子也唬哭了。"沈映霞一边抱怨,一边去哄孙子。

杜乔"哼"了一声,不再说话,也不看杜浦,只顾自己埋头吃饭。

杜浦也觉得有些无趣,吃完饭,跟儿子玩了一会儿,就向父母告别。

"男人要有点自己的主见和威严,自己身体最重要,剩下的什么都是虚的!"出门前,杜乔在他身后嘱咐了一句。

"好,好……"杜浦敷衍了一句,逃出门外。

回到家,休息到接近十二点的时候,他收到范理的微信:"老公,我们差不多了,可以过来了哦。"

杜浦便穿好衣服下楼开车,一路交通十分畅通,很快他便来到了那家KTV门口的马路边。

他正准备找个停车位停下来,突然远远地望见KTV里走出来两个人,一男一女,走路都有些摇晃。

那个女人身材高挑,颜值出众,在人群中十分显眼。旁边那个男人虽然个子不高,但身材结实,看上去也气场十足。

"这么巧,正好出来……"杜浦认出了范理,便往右前方的停车位驶去。

正准备侧后方停车时,他又往范理的方向瞟了一眼,愣住了。

范理和那个男人抱在一起!

杜浦顿时觉得浑身发冷,整个人都僵住了,车里的暖空调似乎一瞬间失去作用。

他简直不敢相信自己的眼睛。

第八十二章　从卖方到买方

范理觉得自己浑身发抖,心怦怦地跳个不停。

她斜眼望了一眼孙尚武,努力控制住自己的情绪,假装什么事情都没发生过。

孙尚武并没注意到范理的情绪,而是带着她很快在地下车库里找到了自己的车。

"表现很好,范理,这次的路演和拜票效果都很棒,我有种强烈的预感,今年你《新投资》上榜板上钉钉了!"一上车,孙尚武便迫不及待地冲着范理说道。

"谢谢孙总鼓励和支持,借您吉言吧……这几年都没上,霉运也应该到头了,哈哈。"范理心情也不错。

他们刚刚结束楼上齐岱宗基金的路演,顺便帮范理拉拉票,又到了年底《新投资》一年一度的最佳分析师评选时候,各大券商研究所都在积极跑动。

这些年,随着上海金融中心地位的越发巩固,很多原本总部在外地的基金公司都把总部搬到了上海,或者在这里设立了双总部。齐岱宗基金也从山东搬了过来。

不过,让她激动不已的事情并不仅仅是这件事。

就在刚才路演的间歇,齐岱宗基金的基金经理王子强悄悄找到她,两人在角落里聊了几句。

"王总,好久不见,我一直很感谢您在那次调研天岚测控时给我的帮助。"能够再次见到王子强,范理感到十分开心。她深知,一个人在职业发展当中会遇上一些关键时刻,在那样的时刻,如果有贵人相助,结果会完全不同。

如果说孙尚武是她最大的贵人,那么王子强也非常重要。

几年前,她跟着杨柳去济南调研上市公司天岚测控,被对方的董秘冯刚当场刁难。当时,杨柳被冯刚撑得哑口无言,她只能硬着头皮顶上。多亏冯刚身边的王子强暗暗地帮她说了几句话,化险为夷,不但促成之后顺利的合作,也让她因此被提拔为分析师,用实际表现证明了自己,还让一直质疑她能力的梅艳丽无话可说。

后来,王子强也成长为基金经理,两人只见过一两面,每次见面,范理都要感谢他。

"哈哈,那是靠你自己的能力,我没起到什么作用。"就如这次一样,王子强也每次都挥挥手。

"现在您搬到上海来,简直太棒了,以后我可以时常来拜访求教。"范理说完,望了望窗外的陆家嘴。

她超喜欢在这里的每一栋高楼里看这片巴掌大的地方,这里的高楼就如同一棵棵大树,永远向上,永远生机勃勃。

"好啊,我们这些乡下人也过来沾沾洋气。"王子强笑道,然后压低了声音,"时间有限,我跟你说一件事情。"

"哦?"范理一愣,也赶紧凑上前去,用一双美丽的大眼睛盯着王子强。

王子强迅速地环视四周,发现并没有人在旁边,赶紧说道:"想不想到基金公司来?"

"啊?"范理猝不及防。

"不是我们公司,我们庙太小,我有个哥们儿是隔壁那栋楼华灼基金的研究部总监,他们前阵子刚走了一个资深研究员,正招人呢,也让我推荐,我突然发现你挺合适。"

华灼基金!范理简直不敢相信自己的耳朵。这可是全国前十的公募基金公司,管理的基金规模有好几千亿,他们总部就在上海,而且招人的部门恰好是研究部,跟她专业完全对口。

她原本的职业规划便是希望有朝一日能够从券商研究所进入基金公

司的研究团队,从卖方分析师变成买方研究员。可没想到,这个机会竟然就来了,而且是华灼基金!

她一时不知道说什么好。

"没事,我知道这有点突然,你好好考虑考虑,过两天给我答复也不迟。如果你想去,我跟他打个招呼,应该是十拿九稳的事儿。他是我的好兄弟,你的素质也很过硬。"

"谢谢王总!"范理除了表达感谢,也没有更多的话语。

在之后的时间里,她一直压抑着内心的兴奋,直到现在坐进孙尚武的车,两人返回中御证券。

短短几个路口,很快就到了。

一下车,范理便迫不及待地跑进洗手间,把自己关在隔间里,张嘴大笑,同时控制住自己不发出声音。

一周之后,她向孙尚武递交了辞呈。

孙尚武看完她那简短的辞呈,整个人陷进椅子里,半晌没有说话。他觉得身前那张实木办公桌前所未有地庞大。过了半晌,他才抬起头,问道:"能不走吗?"

"抱歉,孙总,我思考了很久,还是做出了这个决定……"范理的声音细到只有她自己能听清。

看着眼前这个男人,她也无比纠结。如果她算是一匹千里马,那他无疑是她的伯乐,甚至比伯乐更重要,而现在,她要离开。

"你考虑清楚了?根据我的经验,今年《新投资》你上榜的可能性很大。一旦上榜,你的市场身价可以达到三四百万,这可是你现在收入的两三倍。"孙尚武毕竟闯荡江湖多年,很快从突如其来的打击中恢复过来。

"嗯,收入再高,也是卖方,每年还是要被别人投票、打分,如果去了买方,就可以给别人打分了。而且,我干了这么多年的卖方分析师,也是时候去买方看看了。"对此,范理已经有了心理准备。

孙尚武这才正视眼前这个美丽的女人。她的思路多么清晰!对于自己的目标又多么明确!为什么我孙尚武就无法找到这样一个女人相伴呢?!

他眼里充满复杂的神情,缓缓地说:"我知道了。放心,我不会为难你,也会祝福你的。去基金公司是一个很好的发展机会,如果之后有什么需要帮助的,尽管告诉我。"

范理此刻也无比动情:"孙总……真的非常感谢你的开明、你这些年的指导和保护,感谢你的一切……我可能太自私了,但是,我必须把握住这个机会……"

"不,这是一个正确的决定,如果非要为难你留下来,那我才是自私的。"孙尚武摇了摇头。

两人都不再说话,任由离愁别绪和一种更加复杂的感情在孙尚武那间偌大的临江办公室里蔓延。

冬日暖阳温柔地洒在地板上,却无法温暖孙尚武此刻跌至冰点的心。

"走之前,我们吃个散伙饭吧,然后去唱K,我要好好吼几嗓子。"他打起精神,挤出一丝笑容,建议道。

"没问题!"

散伙饭依然是在他们常去的那家餐厅里的同一个包房。在孙尚武的感染下,中御证券研究所的人都很唏嘘。这么多年过去,范理早已成为他们的明星,美貌与才华并重,又永远让人感到舒服,每个人都多少有些不舍。

就连从来不喝酒的董菁,也跟范理喝了满满一杯。

饭后,他们一伙人溜达到KTV里,孙尚武继续喝着啤酒,像个麦霸一样,把嗓子都吼哑了。

当时间接近午夜时分时,热闹散尽,人们向范理表达祝福后,三三两两离去。

孙尚武与范理两人最后走了出来。

范理从来没有像今晚这样,心甘情愿地喝这么多酒,但她依然保持着几分清醒。

身边的孙尚武看上去则已经有些恍惚。

走到门口,孙尚武突然停住脚步:"分开了,拥抱一下吧。"

范理轻轻地点了点头。

第八十二章　从卖方到买方　｜　313

第八十三章　爆发

杜浦把车停好。

当车前大灯自动熄灭时,他还没从车上下来。

他呆坐在驾驶位上。

外面是寒冷的冬夜,当发动机停止运转后,空调的温暖坚持不了多久。

杜浦不知道自己是气的,还是冻的,浑身发抖。

范理竟然跟那个男人抱在一起!

他没见过那个男人,但对照范理以前的描述,多半就是她的领导孙尚武。

这个恶心的老男人!

他突然有些后悔,刚才那一瞬间为什么要一脚油门离开现场,而不是把车停在路边,冲过去把那个男人痛揍一顿。那个男人的身高刚刚达到范理的水平,比他要整整矮一个头,肯定不是他的对手。

"我在逃避什么?我在害怕什么?难道是我做错了吗?为什么我要逃离现场?"他反复诘问着自己,越想越气。

这时,电话响了。

他犹豫了几秒钟,还是接了起来。

"老公……你人在哪里呢?不是说好要来接我吗?"范理在电话里撒娇,听上去有几分醉意。

"我临时有点事情,刚从单位出来,你自己打车回来吧。"杜浦冷冷地说道。

他原本甚至想直接在电话里质问范理,但听见电话那头传来的风声,判断她依然在户外,便改变了主意。他还残存着一丝理智。

"那好吧……"范理有些失望,但并没有说别的,她依然沉浸在自己的世界里。

挂掉电话,杜浦长叹了一口气。你还知道回来!

他把车锁上,回到楼上的家里,用冷水冲了冲脸,坐在沙发上,气呼呼地等着范理。今晚让我们把话都说清楚吧!

过了半个小时,范理从出租车里走了出来,她晃晃悠悠地走进电梯,按下家里的楼层。

电梯缓缓地往上升。她心里也五味杂陈。

从刚才上车那一刻开始,在中御证券这七年的经历就像放电影一样,在她脑海中一帧一帧地翻过。

与孙尚武那戏剧性的重逢,梅艳丽的刁难,杨柳机器人一般的数据思维,天岚测控的调研。每一次团建,每一次聚餐,各种出差、路演,各种临时政策、法规、公告、消息,全天候,年中无休。日复一日的晨会,年复一年的《新投资》评选。她已经记不清,自己这些年写过多少份研究报告,调研过多少次上市公司,遇到过多少次不怀好意的占便宜,又处理过多少次突发情况。

今晚,与孙尚武一样,她也毫无保留地喝酒、唱歌。她如何不知孙尚武心里的痛楚?可她又无比清楚,自己无法接受他哪怕一丁点的越界行为。临别前那个拥抱,对她来说,是一个告别,是自己对他这些年栽培的感激,也是给他最后一个小小的慰藉。

孙尚武抱着她,抱了良久,甚至在她肩膀上哭泣。

她任由他哭着,轻轻地拍着他的后背,一句话都没有说。她明白,他只是需要宣泄一下,然后,他会像往常一样,依旧犀利,依旧一往无前。

她不清楚为什么杜浦在电话里的语气突然那么冰冷。"或许是临时被拉去加班,心情不悦吧。"她想。

电梯门打开,她看着走廊里柔黄的灯光,感觉温暖从心底涌上来。

"终于到家了。"

打开门,她却感受到一阵寒意。

杜浦像一尊雕像一样,端坐在沙发上,眼睛发直地盯着电视。电视机却没有打开。

他并没有理会她的动静,直到她关上房门,换上拖鞋,放好包之后,他才缓缓转过头盯着她,眼里看不到任何希冀或是惊喜。

"老公,从此我就是行业头部基金公司的买方研究员啦!"范理心里虽觉得有些疑惑,但依旧满脸笑容地上前报喜。

可是,她刚刚迈了两步,便停住了。杜浦没有任何接纳她的意思。

"到底发生什么事了?有话就直说。"范理也拉下脸。在残余酒精的作用下,她的情绪波动幅度更大。

"什么事?问问你自己。"杜浦的语气跟他的眼神一样冰冷。

"杜浦,大晚上的,不要搞冷战,想说什么,就说出来。"

"刚才那个男人是谁?"

范理瞬间明白了。原来他刚才去接我,看到孙尚武和我拥抱了!所以他产生了误会!

她连忙笑道:"你看,早点说不就行了吗?我还以为发生什么大事了呢。那是我的领导——从明天开始就不是了,之前跟你说过的孙总。我们今天结束的时候,他说要拥抱一下道个别,我们就抱了抱,仅此而已,你可别想歪哦。"

听完这话,杜浦没有说话,过了许久,他的身子明显软下来。

不过,他并没有恢复平时的语气:"好吧,翻开新的篇章了,今晚好好休息。"说完,他便站起身,走向洗漱间。

"你不祝贺一下我吗?进入基金公司之后,我的收入又涨了一些,可以给宁宁买玩具,还能给你添置些好衣服。"

"祝贺祝贺。"杜浦有些敷衍。

"喂,你到底怎么啦?我不跟你都说清楚了吗?我跟孙总什么都没有!"范理的酒劲尽管散了不少,可依然还有醉意。她见杜浦这态度,无名之火不禁也蹿了上来。

"怎么了怎么了!我累了,想休息不行啊!"

"你分明就还在生气!"

"我就不能生气吗?"杜浦也转过头来,"今天对我来说也是个大日子,C595飞机总装下线,我本来想着跟你好好庆祝一下,结果你又去吃散伙饭,又这么晚才回来,还喝了这么多酒!散伙饭哪天不能吃,非要今天吗?"

"好啊,当时不是你说的今天没关系吗?不是你说的要去接我吗?看到孙尚武就这样了?我不是跟你解释过了吗?我跟他没什么关系啊!"

"可是你就不能为我着想吗?C595总装下线也不是今天才告诉你的,这对我也很重要!"

"如果真的很重要,你干吗不前几天跟我说?我就跟他们说,把散伙饭改到昨天或者明天了啊!你又不说,我怎么知道?我这么忙,哪有时间去揣摩你想什么?再说了,总装下线,你有什么奖励吗?发奖金还是涨薪水?家里养车,宁宁的奶粉钱,不都是我在挣吗?如果不是心疼钱,你干吗非要把宁宁送到公立幼儿园去?"这些话一说出口,范理的酒也醒了,她意识到自己说过了头。

果然,杜浦听罢,把刚刚握在手上的刷牙杯"啪"地放在洗漱台上。他几步来到客厅,穿好衣服,头也不回地打开门,冲了出去。

门被重重地关上。

杜浦决定今晚去父母家睡觉。

"去了基金公司了不起吗?赚点钱了不起吗?"他心里恨恨地想。

可是,更让他困惑的是:经营一段婚姻,和让C595飞上蓝天,到底哪个更难呢?

第八十四章　走，还是留？

C595 总装下线后，整个中迪航电都沸腾了。

"这是中商航的一小步，却是我们的一大步！"杰克在公司全员大会上慷慨陈词，"我们可以初步向母公司证明，从迪森斯转移过来的技术已经扎稳了根，即将伴随着 C595 的腾飞而发芽、开花！"

会后，叶梓闻叫住贝莱德："现场情况怎么样？好羡慕你可以代表我们去。"

因为名额有限，中迪航电只有几名高管和项目经理贝莱德去了祝桥总装厂。叶梓闻羡慕极了。

"你不会想错过的，超级震撼！我参加过好几个型号的总装下线仪式，不得不说，还是你们中国人搞得正式。"贝莱德笑得合不拢嘴。

"真好，希望我也有机会能去这样的场合……"

"没问题的，我看好你，还有首飞呢，那个更加震撼，而且是真正的大场面。"说到这里，贝莱德突然问，"你有几分钟时间吗？"

"有啊。"

"到我办公室聊聊？"

"好。"

叶梓闻跟着贝莱德到了他办公室。

"请坐。"

贝莱德的办公室里也有一个小冰箱，里面也有可乐。叶梓闻这才明白，像自己领导王东和贝莱德这样级别的同事，才有资格坐办公室，而在这样的办公室里放个小冰箱，似乎是标配。

"想不想下回去首飞现场？"贝莱德递给叶梓闻一罐可乐。

"当然想啊!"

"那你想不想接我的班?"

"啊?"叶梓闻始料未及,怎么都没想到贝莱德带自己来是要说这个。

如果说加入中迪航电这么长时间,他佩服过哪些人,那么贝莱德算一个。作为C595的项目经理,他上要管理好公司管理层,下要跟所有的工程团队处理好关系,对外还要管理好客户期望和供应商,整个项目还得按时保质保量交付,最重要的,不能超出预算。贝莱德有着丰富的民机型号经验,纵然如此,C595的复杂程度依然让他时常抓耳挠腮。

而现在他竟然让自己接替他?叶梓闻怀疑自己听错了。

"我很快就要回国,少则两个月,多则一年,如果能够撑到首飞的话……不过,我估计一年之内首飞不了,哈哈哈。"贝莱德说。

"还是要回去了吗?"

"是啊,步瓦内莎的后尘了,我还记得她带你来见我那次,我们一起喝啤酒……时间过得好快,那是四年前的事情了吧?她回美国都已经两年多了。"

"可是,你走了之后,项目经理谁来做呢?我觉得迪森斯完全没有必要把你撤回去啊。"

"小子,这次不是迪森斯要把我撤回去,是我老婆想回英国了。Happy Wife, Happy Life,听说过吗?再说了,刚才我不是问了你吗?愿不愿意接我的位置。"

"Happy Wife, Happy Life……"叶梓闻忍不住笑了出来,"不过,我刚才真的怀疑自己听错了,你为什么会想到我?"

"因为你超级聪明,而且学习能力强。"

"可是我从来没管过项目,我一直在干技术。"

"没有哪个项目经理生下来就是项目经理,而且,在我们行业,项目经理多半是有技术背景的,因为工程团队一般都很强势,你要是不懂技术,分分钟就会被打趴下。"

"可是……"叶梓闻一直都很自信,但他深知,这次的挑战自己将面临巨大的技能鸿沟,所以没有第一时间点头。

第八十四章 走,还是留? | 319

"没关系,我没让你现在就给我答复,只不过,有这样的可能性。我想让你打开视野,不要把自己的发展局限于工程技术,你还很年轻。至于我回国的事情,变数很大,虽然我妻子已经归心似箭,但我们也需要将各项工作都铺垫好才能回去,毕竟拖家带口,不可能今天决定,明天就卷铺盖。"

"谢谢你!"

"不客气,瓦内莎一直对你赞赏有加,我这些年看下来,也同意她的判断。"

离开贝莱德办公室后,叶梓闻又激动,又忐忑。他曾经想过,自己把技术做到一定程度,是不是该去做做别的,毕竟,整个民机体系的落后,并不仅仅是技术问题,他觉得自己可以在别的领域发挥更大的作用。项目经理无疑是一个很好的发展方向。

与中商航和上航所接触下来,他明显发现,中迪航电的项目管理要有章法、成体系,与适航相贴近得多,这一切,都跟贝莱德的经验脱不了关系。技术不行,光管得好,没啥用,可技术达标,管理一团乱麻,恐怕也是不行的。

正思索着,他已经走到了公司大堂。

他所在的工程团队跟贝莱德所在的管理团队分别位于大堂两边,回去非得穿过大堂不可。

正走到前台时,他瞥见门口走进来几个面容严肃的中年男人,为首的长得十分消瘦,身形挺拔,五官并不让人有距离感,但整个人散发着生人勿近的气场。

一个也不认识,他便接着往前走。

突然,一个声音叫住了他:"是小叶吗?"

叶梓闻一愣,回头看过去,只见那个消瘦男子旁边一个微胖身材的男人在叫自己。那人有点面生,他一时想不起来是谁。

"你小子真是健忘,我是所办的,今天带新所长过来跟所里的派遣员工谈个话。"那人见叶梓闻没认出自己,解释道,"我看你一头长发没变,一眼就认出来了。"

"哦……纪哥!"叶梓闻这才想起来,这是上航所所办的纪子陵。在他印象里,纪子陵是个瘦子,没想到几年不见,发福了。

"想起来了?介绍一下,这是李所。"纪子陵忙不迭地介绍。

"李所好!"叶梓闻连忙上前打招呼。他想起来,早些时候在上研院碰见丁真时,曾听他提起过孟树人退休后,新所长叫李澄,是个70后。

"嗯。"李澄只是微微点了点头。

"纪哥,是现在谈话吗?"叶梓闻跟着他们几个往里走的时候,悄悄问纪子陵。

"你傻啊!所长的时间多么宝贵,不是现在谈话,难道让他在你们这里坐两个小时,然后再谈?"

"那我怎么没收到通知呢?"

"也是临时发的通知,我们刚让你们的人力资源发的邮件,现在也在点对点通知呢。"

"难怪……"叶梓闻想,"刚才我在全员大会上,然后又去了贝莱德办公室,确实也没空收邮件。吓我一跳,还以为我被漏掉了呢……"

正低着头,他突然感觉纪子陵捅了捅他手臂:"所长似乎要找你聊两句。"

叶梓闻连忙抬起头,只见这几人停下了脚步,李澄看着自己,并且冲走廊旁边的一间小会议室使了个眼色。

"好的!"他连忙跟着李澄走了进去。

其他人则在门外候着。

"小叶,没别的,我这次来中迪航电,主要是跟所里来中迪航电的人搞个座谈,希望还没回所的,尽快回所,所里需要你们。孟所走之前,特意跟我提过你,说你特立独行,今天看了,果然,一头长发很惹眼。本来等下要跟大家聊,既然先看到你,不妨先让你有个心理准备。"李澄开口说话,倒是挺和蔼的。

叶梓闻又吃了一惊,不知怎么回答。

"所里不会亏待你们。"李澄补充道。

第八十四章 走,还是留? | 321

第八十五章　事情都凑到一起

"杜浦,你想什么呢? 来,我们聊聊。"陈坚把杜浦叫到办公室。

他有些担忧地盯着杜浦:"出什么事了? 这几天你跟丢了魂似的,干活心不在焉,好几次叫你你也没反应。是前阵子冲刺总装下线劳累过度了吗?"

杜浦抿了抿嘴,没有言语。

"有心事就说! 你要知道,我可是很看好你的,我已经跟洪部长和娣飞总提过很快要转岗。我真转了岗,C595座舱显示系统工作包谁来接,这个重担给谁,都是领导们在考虑的,想必他们也跟你谈过话,你很有希望。可是,如果你是现在这个状态,别说接这个工作包,我甚至会建议领导们把你调走!"陈坚急了。

C595总装下线后,他觉得自己已经将项目送到了一个重要里程碑,自己的使命虽然还没完成,但至少有个交代了。原计划首飞后再转岗,可现在他已经迫不及待了。他觉得自己的身体状况越来越差,稍微加个班,晚上就容易失眠,第二天一整天打不起精神来。

本来,他跟领导们推荐了杜浦接班,也得到了认可,可在这个关键时刻,这小伙子不知道发生了什么事,像霜打的茄子,连续好几天都无精打采。

"陈总,我没事,只是家里出了点事,过两天就好了。"杜浦终于吭声。

"家里出事? 家里又出什么事了? 备份仪表PDR那次,叫你去成都出差,你也说家里有事,现在又是,每次家里一出事,你就完全不在工作状态,这可不行。你看看我,看看我们这些老员工,哪个不是上有老下有小? 家里的事少得了吗? 一有点事就这个样子,怎么搞大飞机? 再说了,问你你又不说什么事,说了我们还能帮上忙,你爸也在院里,我不信组织上会没有办法。"

"别,别惊动组织,我这纯属个人原因,跟我爸也没关系,是……我跟老婆吵架了。"杜浦终于说出了缘由。

那天晚上,听完范理说出那段带着醉意的话,杜浦愤然离家,直奔父母家而去。

当时,杜乔两口子都已经睡着,听见动静,杜乔赶紧起床,发现是满脸不高兴的儿子。

"你别把宁宁给吵醒了!"杜乔低声喝道。他把杜浦带到卧室,沈映霞也披上家居服,坐在床上。

杜浦只得把事情的前因后果说了一遍。

"我搞这个大飞机,搞得累死累活,还要被老婆有意无意地嘲笑……收入高,收入高了不起啊,动不动就说,动不动就说……"面对父母,杜浦这才肆无忌惮地发泄自己的情绪。

他其实并不怀疑范理对那个拥抱的解释,但更深层次的、日积月累的问题被那个拥抱给拔了出来。他和范理已经不在同一个收入水平线上好些年了,而且两人在如何教育小孩这件事情上似乎也没有任何共同点。

听完儿子的话,杜乔和沈映霞两人都没有立刻说话。沈映霞眼神黯淡,充满怜爱地看着儿子。杜乔半晌才吐出一句话:"还是结婚结得太早……"

"早?当时不是征得过你们同意的吗?"杜浦说。

两人又不说话了。

"儿子啊,虽然我们当时同意了,但这不意味着你们不要好好经营婚姻。感情基础好,结了婚也未必就过得长远,还记得当时我给你的提醒吗?两个人都很要强,都要发展事业,同时也需要妥协。"杜乔这才说道。

"是的,只能靠你自己了,我们还是建议你回去睡觉,没什么天塌下来的事情,把人家小姑娘一个人留在家里,不好的。"沈映霞也补充了一句。

最终,杜浦还是灰溜溜地回了家,到家的时候,范理并没有睡觉,而是在手机上跟人微信聊天,问她对方是谁,她又不说。两人一夜无话。

第八十五章　事情都凑到一起

之后的几天,他们的冷战似乎还在继续,两人只是偶尔有一搭没一搭地说几句,去父母家看儿子也不是一起。

杜浦原以为工作会转移自己的注意力,可这次,他发现自己完全无心工作,而他那糟糕的状态也被陈坚敏锐地捕捉到。

听完杜浦的话,陈坚笑了笑:"我还以为是什么大事,原来是跟媳妇吵架,至于吗?你一个大男人,跟媳妇吵架,道个歉,认个厌,不就一切都解决了嘛!"

他松了一口气,在杜浦说出原因之前,陈坚真担心出了什么大事,甚至一瞬间想到跟杜浦聊完后去找他老子求证。毕竟,接班人不确定下来,自己也没法安心转岗。可没想到竟然是两口子之间闹矛盾。

现在的年轻人啊!

"嗯,陈总说的是,我去跟老婆好好聊聊。"杜浦点头。

"就是!我跟你说,要抓主要矛盾。现在什么是主要矛盾?是你们两口子之间的摩擦吗?不是,是要保证尽快首飞。一切不利于你好好干活保首飞的,都可以放在一边,对不对?你看你,都垂头丧气好几天了,严重影响工作效率,而且还有可能在这个关键时刻影响你继续上进,值得吗?干吗不去跟老婆和好?就算是她错,你对,你也得认,认了,她心情好了,你不也舒服了吗?"

从陈坚办公室出来,杜浦的心里稍微安定了一些。其实,父母说的,和陈坚本质上是一个意思:妥协。

那就妥协试试吧!

正想着,突然迎面走过来一个跟他年纪相仿的姑娘,一见他,眼里直放光:"杜浦,终于找到你了!赶紧去5楼,洪部长到处找你呢!"

杜浦一看,原来是王慧。三年前,刘娣飞招副总师助理,原本他是最有希望的人选,却因为被宋谒平打了低分,与这个机会失之交臂。最后,来自通信导航监视工作包的王慧获得了这个机会。王慧是个能力很强、性格爽快的女孩,平时待人接物也很得体,所以杜浦对她没有一丝妒忌,也觉得她是个好人选。

"王总,好久不见啊,一看到我就给我安排活啊。"杜浦笑了笑。

"呸！叫什么王总……我可不是给你安排活,是洪部长找你,没准是好事呢!"王慧说。

"那回头再聊!"杜浦不敢怠慢,赶紧跑向楼梯间。

接任陈坚的事情,之前就是航电部部长洪均亲自找他谈话,现在又要找他,难道还是这事?

当他来到洪均办公室门口时,洪均正在打一电话,他示意杜浦关上门,坐下,又冲电话里简单说了几句,很快挂掉,然后看着杜浦:"小杜,找你一上午了,来,有个事情得跟你说一下。上回跟你提过,陈坚很快要转岗,现在这事估计很快就会发生,你要做好准备。"

"谢谢洪部长。"杜浦一愣,没想到来得那么快。

"不过呢……现在有个情况,我们又被推荐了一个人来接替他。"

"啊?"杜浦猝不及防,当年失去航电副总师助理时的感觉涌上心头。

"别慌,别慌,我们看好你,只不过,原来就你一个人,比较好处理,现在加入一个候选人,我们也不能不考虑,所以我刚才说,你要做好准备。"

原来他说的是竞聘上岗的准备!

"洪部长,方便问问,这个人是谁吗?"

"是适航部的一个小伙子,据说家里跟民航总局和上海审定中心都有联系,所以,你要理解,我们得走个流程。"洪均的眼神有些复杂。

杜浦只觉得脑袋"嗡"的一声。

第八十六章　回不去了

李澄结束在中迪航电的会议之后，叶梓闻忍不住又找到了纪子陵。

"纪哥，所长这次亲自过来，是不是意味着，如果我们再不回去，以后就回不去了？"他问道。

纪子陵一愣，没想到这个小老弟一眼就看穿了他们的目的。

"也不能这么说……"但他还是打起了太极，"就像当年所里派人过来时的原则一样，一切以自愿为原则嘛。"

"对啊，当时自愿过来，但中迪航电，尤其是迪森斯，可以自愿不接收啊。那现在的情况是，以后我们再自愿回去，所里也可以自愿不要啊。"叶梓闻的思路十分清楚。

"嘿嘿，你小子……"纪子陵没有接着往下说，只是眯着眼笑。

"这次的决定，最晚什么时候要给你们？"

"没多长时间给你们考虑，下周三下班之前必须要报给我和所里人力资源部。"纪子陵也不再绕弯子。

"可以问问，是什么原因吗？"

"老弟啊，这还不明显吗？前几年所里对民机重视不够，一是认为民机跟军机差不多，二是觉得天塌下来有中迪航电顶着，但现在情况不同啦。座舱显示系统从T3级往下都转移回所里了，像总装下线前出的黑屏问题，就不能怪你们啦。而且，随着这些年跟你们和一些国际成熟厂商学习，我们越来越发现，民机和军机还是有很大不同的，我们要补的课太多了。补课靠什么？不能只靠所长重视，也不能只靠砸钱，关键还是人啊！当年中迪航电成立时，所里派了几十号人过来学习取经，现在回去得七七八八了，但还有你们留在这边，所里当然希望你们都回去，可别忘了，你们都是上航所的人,能够为国家做贡献,为什么要在一家合资公司打工呢?"说完这些,纪子陵盯着叶梓闻,似乎在说:好好想想吧!

叶梓闻点了点头:"多谢纪哥,非常清晰,我会好好考虑考虑。"

"嗯,尤其是你,之前在孟所那儿就排得上号,这次李所对你印象也挺深刻。李所年轻有为,有很多新的想法,正是需要人的时候。"

与纪子陵聊完,叶梓闻陷入了深思。

如果留在中迪航电,有可能会接贝莱德的班,成为整个 C595 项目的项目经理。但以他对人力资源的了解,这事不会那么轻松。这些年来,他已经发现,公司倾向于用有成熟经验的人,尤其是有外企干脆就是迪森斯经验的人来填补重要岗位的空缺,自己上回获得 SI 技术经理这岗位,还是孟树人发挥余热的结果。提拔年轻人竟然需要一个董事来干预,那这次接贝莱德的班无疑是一个更加"惊世骇俗"的决定,岂不是得由董事长亲自拍板了?

而如果回上航所,多半还是去干技术,但具体做什么、待遇如何,其实是不清楚的,虽然李澄说"所里不会亏待你们",但他在上航所工作过,国企的薪酬水平和流程,一点不比中迪航电复杂和死板,只不过各有各的特点。

真是两难的选择!

七年前,刚从西工大毕业时,他不屑于继续深造,去读什么硕士、博士,这些年遇上的事无疑印证了他当时的判断:读书还真是件简单的事情呢!

他思来想去,最终拿了一个主意。

当他走进张佩琳办公室的时候,她身着运动装,正在打包行李,似乎要出门。

"小叶啊?来,坐。"她看到叶梓闻,满脸笑容,心情似乎很不错。

"您这是……"

"我们高管团队待会要出去搞团建,这不 C595 总装下线了嘛,杰克要犒劳犒劳我们,哈哈哈。"

"哦……那挺好啊。"

第八十六章　回不去了

叶梓闻嘴上虽这么应着,心里却在嘀咕:"难道不应该犒劳全公司吗?"

"有什么事情?"张佩琳问道。

"我也是趁着这个重要节点的达成,想跟您聊聊我的职业发展,不知道您有没有时间。"

"聊职业发展?那当然好啊!你可找对人了!我现在正好没什么事,正等着出门呢。"

"嗯,我在现在这个技术经理岗位上也干了两三年了,所以这段时间一直在思考,下一步怎么办。"

"是你们李所来了之后,你在想要不要回去,对吧?"张佩琳也不傻。

"是的,什么都瞒不过您啊。"

"哈哈哈!"张佩琳显然心情真的很不错,"回什么上航所?你看看他们,显示器都搞出黑屏了,你去给他们擦屁股吗?"

"黑屏的原因还没找到,未必是他们的问题。"叶梓闻下意识地为上航所辩护。

"前几年他们还可以甩锅给我们,现在整个座舱显示都被他们拿回去了,没借口。"

"嗯……"叶梓闻不想再跟张佩琳讨论这个问题,他相信她对航电技术是一窍不通的,再解释下去就涉及技术细节了,多说无益。

"我待会就要去团建了,长话短说。小叶,我肯定希望你留下来,杰克和我们整个管理团队都很看好你。至于职业发展机会,等 C595 首飞的时候,我们还会有迪森斯的外国员工离开,到时候会有更资深的岗位空出来,我们不可能每个岗位都去找老江湖,也要提拔年轻人,你会有机会的。"说到这里,张佩琳顿了顿,"再说了,你怕什么?你可是董事看重的人,虽然孟树人不再担任董事了,但老董事的面子,我们还是要给的嘛。"

刚说完这话,门口杰克的助理就过来了:"Pelin,出发啦!"

张佩琳连忙起身,冲着叶梓闻挤了挤眼:"放心吧,有你的位置。"

说罢,她风一般地冲出门去,留下一股中年女人常用面霜的淡淡的香味。

第八十七章　谈透了

洪均带来的消息,让杜浦心情复杂。

不过,他还是理了理头绪,决定先把家里的事情搞定。

"理理,我们已经冷战这么多天了,这样下去也不是个办法,我们聊聊吧。"一天晚上,两人都各自吃完晚饭才回家,杜浦决定跟范理好好谈谈。

"好啊。"范理答应了。

"上次是我不好,不该主动离家出走的。"

"被动离家出走也不行。"范理冷冷地说。

"好,好,不行。"杜浦突然想笑,"下回再也不这样了,好不?"

"知道就好。"范理脸上也闪现一丝笑意。

"你要知道,我最在乎你了,所以那天看到你跟那个孙尚武抱在一起,真的很生气,当时我都有些后悔,干吗把车开回家,而不是当场就扇他一巴掌。"

"你偶像剧看多了吧……"范理白了他一眼,"还好你当时没那么干,要不多尴尬。老公,你要充分相信我。"

"嗯,我这不相信了吗?你跟我解释之后,我就完全相信了。"

"真的?"范理盯着他的眼睛。

"真的。"

"那你为什么还负气出走?"

"还不是因为你后来那番话。"

"哦?"范理其实心里清楚,但还是想让杜浦自己说出口。

"你不就是嫌我赚得比你少得多吗?还有我非要让宁宁上公立幼儿园吗?"杜浦咬了咬牙,把话说出来。

这是他这些年第一次这么直接而严肃地跟范理谈这个话题。以前他们都以半开玩笑的口吻聊这些事，但现在，他想深入本质。

"老公，你这么说就有点瞎说了啊，我什么时候嫌弃过你比我挣得少？之前我不也说过？行业不同，没办法。我是为你感到惋惜，你这么好的素质，如果进了金融行业，又或者上次跟别人一起出去技术入股创业，完全可以更好地实现人生价值啊，为什么非要在一棵树上吊死？非要在国产大飞机上干一辈子呢？在我看来，这其实是另一种意义上的虚荣。"

"什么？虚荣？"杜浦刚刚平复一点的心情又有点恼，"你管实现这样的人生价值叫虚荣？"

"我用词可能有些不当，应该用荣誉更合适，但这些只有荣誉没有物质奖励，你不觉得太亏了吗？"

"不，你不了解，这种荣誉感带来的满足不是钱所能给的。而且，我们做的事情是几代人的重托，我的爷爷、爸爸都为她付出了一辈子，在我这里，当然必须将这个事业传承下去。我必须要看到C595的成功，必须要贡献其中，而且我坚信她能够成功！"杜浦有点儿激动。

"那是因为你是上海人！你的父母都在本地，所以你一出生就有住房，有父母的保障。如果是一个像我一样的外地人呢？如果家里也没有能力支持他买房成家呢？光靠造飞机的收入，能够在这座城市生存下去吗？能够享受生活吗？能够让子女享受好的教育吗？能够存下足够的钱支持父母养老吗？"范理也把音量抬高。

"你这是什么话？按照你这个逻辑，难道我们中商航的人都是上海人？都是本地人？不！我们有来自五湖四海的人，有很多像你一样来上海发展的人！他们难道都是生存在贫困线上，摇尾乞怜的一群人吗？不要认为你们收入高，就瞧不起我们这些有理想的人！"

"我不是这个意思，我的观点很简单：如果能够靠自己的劳动去获取性价比最高的生活，为什么不呢？"

"这是我们的分歧，你这个价指的是价格，是钱，是收入，而我的价还有人生价值，还有国家战略，还有钱无法衡量的精神。"

"我说的价不仅仅是钱，而是创造的人生价值和社会价值，但是，任何价值,说到底都是可以用钱衡量的。GDP 是不是用钱衡量的? 不能用钱衡量的价值,就不是真正的价值。"

两人都说得有些激动,可没有人动气,相反,都觉得心底一阵畅快。很多话,只有说透了,才能真正地交流啊!

"好了,我觉得也没必要再说下去,理理,只能说,我们在一起这么多年,没有更早地开始这样的谈话。"

"现在也不算晚啊。怎么了? 后悔了?"

"哪里的话!"

见范理又有些愠色,杜浦便转移了话题:"说说宁宁吧,我觉得他也挺可怜的,我们对于要如何教育他,似乎有很大的分歧,再不好好讨论讨论,等他长大一点,会精神分裂的。"

"你不提还好,一提这个我就来气!"范理噘了噘嘴,"我们现在又不是没有这个条件,为什么不去报个好的双语幼儿园呢? 我一个人……"原本范理想说,"我一个人的收入都绰绰有余",但一想到这话可能带给杜浦的刺激,便收住嘴。

"你一个人怎么了?"

"就我一个人跑来跑去看幼儿园,你从来都不关心,只知道塞给爸妈旁边那个公立幼儿园。"

"公立幼儿园不是挺好的吗? 离父母又近,我们反正也顾不上他。退一万步说,你每年交这么多个人所得税,享受一下受国家补贴的教育服务,不是顺理成章的事情吗?"

"公立幼儿园就只知道玩,英语也不好好教,以后上小学了,肯定跟不上进度。"

"还提学英语的事情,我们小时候都没上双语幼儿园,英语差了吗? 我可不想再碰见上回那样的洋垃圾。"

"我们小时候的情况跟现在能一样吗? 我身边同事的小孩,哪个不放在双语幼儿园? 我们的宁宁以后是要跟他们竞争的,而不是跟小时候的我们竞争。"

"照你的意思,以后小学也要上私立双语的?"

第八十七章 谈透了 | 331

"肯定的,现在幼儿园上公立的让你变成既定事实,我也不折腾了,但小学必须上双语的。"

"如果我坚持让他上公立小学呢?"

"那就……"范理差点脱口而出那两个字。在她看来,价值观的不一致她可以接受,反正她自己赚的钱就够花了,顶多以后再也不提,但儿子的教育,她是不能妥协的。

"那就什么?"杜浦逼问。

"没什么。"范理摇了摇头。

从范理的眼神里,杜浦却看到了一瞬间的决绝。

第八十八章　继续攻关

与范理的那次谈话前所未有地坦率。聊完之后，双方不再冷战，可是，杜浦也明显感觉到两人之间似乎有了一层无形的隔阂。

尽管依旧相敬如宾，也说说笑笑地去父母家吃饭、逗儿子玩，周末一家人开车出行，可那些已经逝去的、已经改变的，似乎不可能再完全回来。

杜浦顾不上那么多，他必须把精力赶紧集中到C595项目上，而眼下最重要的，就是接陈坚的班。座舱显示系统工作包只能由他来负责，没有人比他更适合！

可洪均却告诉他，他有了一个强有力的竞争者，而且还是局方推荐的。

C595飞机最终要上市，需要局方颁发的适航证，整个适航审定则是由局方的上海审定中心具体操作，他们推荐的人选，洪均不可能不考虑。但是，一个懂适航的人来管具体的系统设计，怎么看都存在问题，不管那人能力有多强。

尽管相信领导们会做出一个合适的决定，但杜浦这次还是不敢怠慢，找到父亲，把情况说了说。

"局方推荐的人选……这有点难办啊。"杜乔皱了皱眉，"这样吧，我直接找找阚力军。"

"啊？需要打扰到阚总吗？"杜浦一惊。他原本的意思，是想问问父亲有什么建议，自己好心里有数，没想到父亲竟然直接出王炸。

"每个人的机会只有那么几次，你已经错过不少了，这次再错过，老天爷也不可能一直给你机会。稳妥起见！"杜乔点了点头。

刚说完这事，杜乔又问道："你跟范理怎么样了？"

"我和她聊透了，所以，你看我们现在不和好了吗？放心吧。"杜浦轻描淡写。

"我怎么能放心?你以为我和你妈是瞎子?你们现在是貌合神离!"

"那你要我怎么办嘛。"

"唉……你们就不应该这么早生孩子!生个小宁,又没时间管,管起来,两个人思想还不统一!"杜乔无奈地摇摇头。

"这不有你们嘛……"

"我们总有一天会老的!现在我们身体还过得去,宁宁又在门口的幼儿园,家里还请了钟点工,还算应付得来。等我们吃不消了呢?怎么办?还有啊,有件事我得跟你说说。"

"什么事?"

"上次宁宁发烧,你恰好在加班排故,你妈没打扰你,给范理打了电话。她也是从外面的饭局上赶回来,带着宁宁去医院,当时她满脸不高兴,走的时候还小声嘟囔什么'挣这么少,还不顾家……',被我听到了,之前不想让你们矛盾激化,我就没说,现在你们既然都谈开了,我也告诉你,你可别傻乎乎地蒙在鼓里。"

杜浦这才想起来,的确有这回事,那天他加班到很晚,回到家时范理也刚回,但只是发了几句牢骚,并没有借题发挥,没想到原来她心里竟是这么想的!

杜浦觉得心里寒透了。但这一次,他不再去思虑这些事情,他现在无比清楚,自己必须要干出一番事业,而自己的事业,就是C595的成功!他要抛除一切杂念,让自己重新沉浸到这个事业当中去!

看着杜浦又恢复了之前的状态,陈坚感到十分欣慰。

他已经开始有意识地让杜浦参加一些原本只有他才能参加的会议,开始逐渐让他过渡。他也听说,杜浦有一个竞争者,但他相信,全心全意状态下的杜浦,才是最合适的继任者。

随着总装下线的喜悦逐步成为过去式,中商航的每一个人都在朝着新的目标冲刺:首飞。

对于杜浦来说,除去显示器黑屏,他眼下还面临一个紧急问题:座舱显示系统与综合监视系统的交联。

首飞是首次飞行试验的简称，飞机要进行飞行试验之前，得在地面上把该做的试验都做完，做充分。而不同系统间的交联则成为首飞前的重头戏。

飞机并不是一个个孤立的系统拼凑起来的沙拉拼盘，而是一幅油画，每一种颜色都要与其他颜色有机而和谐地彼此交融。

综合监视系统是通信导航监视系统的一部分，由利佳宇航提供，包含气象雷达、地形告警、应答机等功能，是航电系统的重要组成部分，直接帮助飞行员感知外界环境，各种信息需要第一时间呈现在显示屏上。因此，它与座舱显示系统的交联至关重要。

问题在于，利佳宇航提供的系统是一个用在以往型号的货架产品，对于中商航来说，是个黑匣子，当它与座舱显示系统发生交联问题时，利佳宇航不愿意提供任何技术支持。

"当时我们的报价只包括货架产品和最少的研发费，如果你们需要定制，价格就完全不同了。而且，目前已经快要首飞，我们的产品也即将完成交付，没有时间修改，我们建议你们从显示系统那边想办法。"

于是，任务全部落在了杜浦和他的团队身上。不过，这次他有了强有力的助手，那便是王慧。

经过几年的成长，王慧已经可以独当一面，给了刘娣飞很好的支持，帮助她参与各个系统的一些具体工作。王慧原本就是通信导航监视工作包出来的，对于背景也十分了解。

"林姐，小强，看看你们干的好事！"当林琪与薛小强过来拜访时，杜浦埋怨道。他和王慧已经带着几个工程师钻研了一上午。

"实在抱歉啊，我们也没办法，美国那边很强硬，就是不改。"林琪面露愧色。

"是啊，林姐这阵子几乎天天晚上都会打电话催美国至少派一两个工程师支持一下，我也批准预算了，他们就是不愿意，说在忙别的项目，资源不够。"薛小强也解释道。

"算了，先吃饭吧……"

不知不觉，午饭时间就到了。四人一同往上研院的食堂走去。

第八十九章　择偶标准

上研院的食堂位于整个院区正中央,恰好可以照顾到各栋楼里的人。

食堂宽敞明亮,饭菜种类五花八门,选择众多,甚至连柳州的螺蛳粉、西安的膜子面和成都的老妈蹄花都有,味道可口不说,价格还比外面便宜不少。而且一日三餐都提供,大家只要再准备一张行军床,就可以以单位为家。

每次去食堂,杜浦都会感慨:比当年的宇航大楼要好太多了。

食堂里人头攒动,已经十分拥挤。四人恰好看到一桌人刚吃完,便赶紧占据位置。

"好久没回来吃饭,真香。"薛小强忍不住说道。

"你说你,当时干吗要走呢?"王慧故作生气。她原来与薛小强是一个工作包的同事。

"嘿嘿,这不有点后悔了嘛,我媳妇有时候还说我呢,好好的稳定单位不待着,非要出来。"

"你少来了,你们收入比我们可高不少。"杜浦说。

"这都是付给不稳定和失业风险的溢价。"林琪笑道。

"为了不失业,你们可一定要把C595保障好,C595成功,大家都有肉吃。"杜浦说。

四人都笑了,一边吃着,一边聊。

薛小强突然问王慧:"找男朋友没啊?"

王慧一愣:"没有。问这个干吗?"她跟薛小强一直很熟,但没料到他会突然问这个问题。

"这不生怕你被工作耽误了嘛。"薛小强赶紧解释。

林琪也顺口问道:"王总,你找男朋友有什么标准?姐帮你留意着。"

"林姐,你先解决自己的问题嘛。"杜浦笑道。

林琪瞪了他一眼。

"也没什么标准,但有原则,就是要支持我的工作,对我好。其他的我不看重。"王慧倒挺认真地回答。

"你是哪个学校毕业的?"林琪问。

"南京航空航天大学,南航。"

"哈哈,你是南航毕业的啊?学校里那么多男生,怎么没趁机解决呢?"薛小强嘴又贱了。

王慧白了他一眼:"你以为想解决就解决啊,林姐还是华中科技大学毕业的呢,那边男女比例更夸张。"

"我是觉得,上大学的时候就该搞定,否则,参加工作以后这么忙,哪来的机会……对吧,杜浦?"

"又扯我做什么?不过,的确,我老婆是我大学同学。"

"你看看,男生们都英年早婚,我们却还孑然一身。"林琪摇了摇头。

"林姐,说到这,你的标准是什么?"杜浦好奇地问道。

"我?我没有标准,哈哈!"林琪笑道,然后才正经回答,"很简单,三观一致。"

"三观一致?"

"对,就是对事物的看法得跟我一致才行。他可以没钱,或者收入比我低,但要认同钱很重要。他也可以跟我干完全不同的工作,但要认可工作的价值。至于年龄,是否对我好,都无所谓。"

"对你不好也无所谓?"王慧问。

"对我不好当然不行。"林琪笑道,"但是,只是对我好不是充分条件。他可以对你好,也可以对别人好;他现在对你好,五年后可能对你又不好了,那时候你就失望了。相比对你好,一个人的三观才是更加稳定的,不容易变。当然,说到底,人都是会变的,所以,只要自己能够独立,有不必依靠别人的资本,其实一切都无所谓。"

王慧似懂非懂地点点头:"林姐好厉害。"

第八十九章 择偶标准

"别被我影响啦,这只是我的一家之言,我始终觉得感情这东西,是奢侈品,不是必需品。有当然好,没有,也就那样吧。"说到这里,林琪看着杜浦和薛小强,"你们两位已婚男士不发表发表观点吗?"

"我觉得你说的都对!"薛小强立刻表态。

杜浦也忙不迭地点头。他内心深处受到了很大触动。在这一瞬间,不知为何,他在林琪身上发现了范理的影子,两人都是很有能力,而且有清晰目标和想法的人。

难道我跟范理属于三观不合?如果真是这样,未来这几十年怎么办呢?

吃完午饭,四人稍微在院里散了散步,然后一同走回办公室,继续探讨座舱显示系统和综合监视系统的交联问题。

送走林琪和薛小强,又折腾了一阵,进展依然缓慢,却已经到了下班时分。

"王总,多谢你帮忙,你先走吧,我再琢磨琢磨。"杜浦说。

"刚才利佳宇航的人叫我王总,我就认了,你可别再这样,最后一次警告。"王慧笑道。

"好,好,王慧,那明天见。"

"明天见。"

杜浦开始整理今天的分析结果。尽管问题并未解决,但他还是找到了一些规律和限制条件,也不算毫无收获。

爱迪生发明电灯前还做过一千次失败的试验呢!杜浦正给自己鼓着劲,只见远远的,高峰临走了过来。

"还没下班呢?那正好,你到我办公室来一下。"

杜浦把电脑锁屏,跟着高峰临到了他办公室。

"本来想看看你在不在,不在的话,明天上午再告诉你也不迟,不过,好消息嘛,还是要早点说。"高峰临面带笑容。

"是吗?什么好消息?"杜浦期待地看着他。杜浦现在真是太需要好消息了!

"领导已经决定,陈坚转岗去质量部,由你来接替他的 C595 座舱显示系统工作包包长的职务,直接向娣飞总汇报。洪部长和娣飞总也会找你谈话的,但我想做第一个通报好消息的人,哈哈。"

"真的吗?多谢高总!"杜浦觉得压抑在心中的一口气终于释放了出来,他恨不得立刻跑到院里的足球场上去跑上两圈!

"当然是真的,我什么时候骗过你?不过,这可不是一个轻松的活儿,现在我们全力冲刺首飞,你要知道,跑道上好几个路障都是你们座舱显示系统的。"

"明白!"

第九十章　向着首飞冲刺

下一个目标：首飞。

这两个字已经深深地刻在杜浦的脑海里，刻在每一个中商航人的脑海里。

2016年的开年对于杜浦来说，充满了希望。

除去成功接任陈坚担任C595座舱显示系统工作包包长之外，他的高级工程师职称评审也顺利通过，还成功通过上海交通大学航空航天学院的在职硕士课程入学考试。

"恭喜你哦！"范理倒是给了他祝贺。不过他已经不在乎了。

他必须集中精力解决首飞冲刺跑道上的那几个路障。

显示器黑屏和综合监视系统交联是最大的两个。

"不进行从头开始的根因分析，没法找到显示器黑屏的真正原因。"叶梓闻再次向他表示，"不因为你升职加薪了而改变。"他又补充了一句。

"我知道……"杜浦忍俊不禁，"但现在不是来不及嘛。"

"总装下线前说要赶着总装下线来不及，现在要首飞了，又说要赶首飞来不及，总有一天，我们必须来得及，不然怎么适航取证啊？"

"对，对，我们得从长计议，有个全局规划。"

"嘿，当了包长，说话水平都不一样了嘛。"

"你就别取笑我了，显示工作还不得靠你们和上航所一起帮忙。"

"其实还是总装下线前的那个方案，要么一次治本，要么慢慢治标，打补丁，到合适的时候再治本，但这个合适的时候也不能太晚，否则会影响适航取证。"叶梓闻这才正经起来。

"嗯……只能这样了。"

"还有,得上航所配合才行,他们是主体责任单位,得让他们增加资源。总装下线前我跟丁真聊过,他说他们一共才几十个人,这肯定不够。不过,他们的新所长意识到问题了,一直在加人,还把中迪航电剩下的派遣员工也弄回去了。"

"好,我向领导汇报一下,让领导们也去敦促……那你也要回上航所吗?"

"我认真考虑过,但最终还是决定不回去,因为这点,还被约谈了。"

"啊?为什么不回去呢?我觉得你要是回去,肯定会被委以重任。"

"人各有志吧,总觉得还能在中迪航电学点东西。"

"我可提醒你,过了这村就没这店了,在我们国企,年龄很关键,你虽然要小我们几岁,也得注意。别到时候你想回去,没坑了,或者过年龄了。"

"嗯,我知道的,多谢提醒。"

"行吧,黑屏的事就先这样,让上航所增加资源,我们尽可能用分析的方法去解决具体问题,治本的事情等首飞后再说。其实,这个问题我还真没那么担心,你看总装下线前我们不也克服了吗?而且你们和上航所好歹都在上海,一个电话对方就过来了。我最担心的,还是跟综合监视系统的交联,如果搞不定,首飞时很多功能都没法用,比如气象雷达,我都能想象,到时候会被试飞员骂成什么样。"自从上次搞人机界面被飞行员骂过之后,杜浦一直心有余悸,相比之下,他们中商航和上研院的领导骂人,只能叫"批评"。

"利佳宇航嘛……业内出了名的保守。我们之前那帮迪森斯的老外没回国时,就常常提起这家公司,别说你们,他们仗着自己的行业地位,对波音和空客也时常很顽固,没办法,店大欺客。"

"林琪和薛小强他们团队倒是挺好的,可他们决定不了太多……"

"你还是放弃对他们的幻想吧,这事啊,还是得靠我们和上航所。既然是两个系统的交联,出了问题,正常情况下是各自负责一半,或者谁出问题谁改,但现在他们是出了问题都不改,那不只能你座舱显示改了?你们要改,岂不是我们和上航所也要改?"

"你的思路倒是挺清爽的,就是这么回事,辛苦了啊。"杜浦笑道。

"摊上你了,我有什么办法?"

日子一天一天过去,杜浦的感觉便是:用百米冲刺的速度跑马拉松。

终于,公司领导决定:2017年上半年一定要首飞。阚力军在项目大会上宣布了这个决定。

所有的跑道上,又都出现了一堵不可逾越的后墙。拼吧,不过就一年的时间了!

成为工作包包长之后,杜浦能够参与的会议级别更多、数量更多,有时候王慧没空,还让他去支持刘娣飞参加总师会,大家也没说什么。久而久之,他便对整个项目的状态有了更加全面的认识。

通往首飞之路上的路障还真不少。

飞控控制率问题、飞机超重和重心问题、发动机工期问题、复合材料可靠性问题,诸如此类,很多是多年的老问题,虽然逐渐有所改善,却还未得到根本解决。

不过,他能感受到,所有的团队都怀着"拼了"的决心,这种决心虽然看不见摸不着,却弥漫在中商航总部、上研院、总装厂和客服中心的每一个角落,与每个人的内心共鸣,发出巨大的能量。

终于,到了2017年一季度末,距离首飞的目标日期只有几十天。

当他面临的问题都得到了一定程度的解决或者抑制时,他总算喘了一口气。

首飞,快来吧!

与当时的总装下线一样,首飞仪式的筹备从年初就开始了。与总装下线不同的是,首飞的时候,飞机将会在浦东机场即将修好的第四跑道上起飞,在天空中开展一系列的飞行试验之后,再降落在浦东机场。这是一次全部发生在户外的盛事。

届时,机场跑道附近将开辟专门的区域,邀请各级领导、供应商和合作伙伴代表到场亲眼见证,更不用说新闻媒体了。

而中商航的员工自然也会去,却又不可能都去。谁都想去,却只能有一小部分人去,选谁去,就成了大学问。

杜浦一开始信心满满，觉得自己肯定在其中，但当名单确定的时候，他反复看了三遍，都没有看到自己的名字。

不行，我一定要去！

第九十一章　心碎的声音

在全世界的目光下，C595 的首飞在 2017 年 5 月初圆满完成。

杜浦没有获得进入浦东机场第四跑道旁边亲临现场的资格，他是在机场外面，与一群本地居民和全国各地慕名而来的飞友一起看完的。

他的好友叶梓闻则有幸成为中迪航电的代表之一，与各大供应商代表一起，近距离见证这个历史性的时刻。

仅仅从观赏的角度来看，杜浦看到的，和叶梓闻看到的，并没有什么不同，两人相距不过百把米而已。

杜浦一瞬间把这个差异给忘却了。只不过，刚才亲眼看见 C595 首飞时有多激动，多扬眉吐气，多酣畅淋漓，此时就有多压抑，多悲从心来，多呆若木鸡。杜浦觉得自己整个人从顶峰瞬间跌入谷底，短暂地呆立之后，双脚一软，差点从浦东机场外的这个小土坡上滚下去。

父亲给他打了五个电话。范理发过来一段微信语音，紧接着又有几段文字。他刚才都错过了，他恨不得永远错过。

"杜浦，我仔细想了想，我们还是分开一阵吧……

"宁宁跟着我们只会受苦。好几次了，哪次他遇上生病，遇上需要我们的时候，你在他身边的？不是在加班，就是在做试验排故……

"今天这个首飞，你前几天明明告诉我，你不在现场嘉宾的邀请名单里，为什么又跑过去了？宁宁生病你也不管，每次都是我临时请假出来照顾他。你的事业是事业，我的事业就不是吗？你为国效命，为国家的大飞机飞上蓝天，有一个崇高的理由，我研究和分析我们的上市公司，发现更好的价值，促成更好的资源配置，就应该被鄙视吗？

"什么时候挣钱少的还理直气壮，挣钱多的反而得忍气吞声？挣钱的多少难道不是社会价值的体现吗?

"你今天看个首飞,我今天也有一个重要的考评,错过这个考评,我或许需要多奋斗多少年,你知道吗?"

范理的每一个字,都像一个巴掌,左右开弓地扇在他的脸上。

他不知道自己怎么下的土坡。或许像一只孤魂野鬼吧。他顾不得那么多,一阵疯跑,把刚才的人群远远地抛在后面,沿着机场附近这片开阔的荒地不停地跑,不停地跑,一直跑到所有的喧嚣都听不见。

他喘着粗气,抬起头,眼前浮现的是浑黄的东海。海天之间,什么也没有,他觉得自己已经被这个世界抛弃。

又这么呆呆地站立了几分钟,他突然听见头顶上的轰鸣声。

C595首飞结束,浦东机场上空的空域重新开放,恢复运营,民航航班又开始起降。

突如其来的发动机轰鸣声把杜浦猛地震醒:"你在这里干什么?首飞已经结束了!爸的电话你还没回呢!范理到底是什么意思?你要跟她谈谈!这么多事情还没干,你还有闲心在这里看海?"

他狠狠地扇了自己一巴掌,拿起手机,给父亲拨回去。

电话很快就接通了。

"喂!你在哪儿?怎么不接电话?"杜乔十分焦急。

"我……在浦东机场。"正说着,头顶上又一架飞机飞过。

"你呀……唉!怎么跑那里去了?"

"这不今天C595首飞嘛……"

"你之前不是说没进现场名单吗?为这事我还生气呢,下回见到阚力军得好好说说他!跟他打招呼他都不听!"

"当年客70首飞的时候,你在现场吗?"

"当然在!我费了那么多心血,你爷爷费了那么多心血,能不在吗?"

"那我在C595首飞现场,有什么问题?我为她付出了九年心血呢!"

杜乔一时语塞,然后马上换了话题:"不说这个了!给你打电话不是为这事!"

"是范理的事情?"杜浦问。

第九十一章 心碎的声音 | 345

"是的！今早我们把宁宁送到幼儿园去之后没多久，幼儿园就联系说他发烧了。当时你妈就联系了范理，范理一开始说她上午有个很重要的考评，脱不开身。但你妈的性子你也知道的，就多说了两句，还说今天C595首飞，对你很重要。结果，范理就被刺激到了，去了幼儿园，把宁宁带去医院，午饭后才看好病，开好药，再送回家。当时，你妈跟她解释了几句，说早上的话是心直口快，没别的意思——你也知道，你妈一直都很喜欢范理这小姑娘的。结果，范理就觉得很委屈，说她错过了上午一个很重要的考评，还说要和你离婚，说着说着就哭着走了……你妈被吓坏了，赶紧找我，我就给你打电话，结果你又不接！气死我了！"

"我知道，她已经给我发微信了……爸，这事我要说你和妈了，范理这么忙，你们完全可以带宁宁去医院的嘛。"

"宁宁是你们的儿子还是我们的儿子？平时你们不管也就罢了，我们看你们工作都忙，就帮你们管管，生了病还要我们照顾？我们虽然老骨头还算可以，但哪有体力带宁宁在医院跑上跑下？你还有理了？"

"唉，妈应该联系我的，如果上午联系我，我还能赶回去。她也不该跟范理说我在首飞现场的，我又没跟你们说，妈自己在那儿瞎猜……"

"你还怪你妈？就算上午联系你，那时候首飞还没开始，你会甘心赶回来？再说你妈多了解你，这不被她说中了吗？你的确在首飞现场！不是我说你，就这件事而言，范理是没错的。宁宁这些年生了好几次病，哪次不是她带他去医院的？你什么时候带过？所以你妈自然就联系她了嘛。人家小姑娘有情绪，可以理解，不过，就因为这个说要离婚，那有点过了。我可跟你说，你要好好哄哄她。"

"我知道……我知道……"

挂掉与父亲的电话，杜浦反倒平静了一些。至少，他和范理说的是同一件事，并没有节外生枝。可是，这一件事就够头疼了。

他并没有把范理微信的内容转述给父亲。他和范理之间的很多细节，他也从未跟父母提起过。他不想让两位老人担心。

可是，与范理之间的裂痕似乎越来越深了。

第九十二章　新的道路

让杜浦烦心的，不仅仅是家里的事情。不过，相比前几年因为家事影响工作而被陈坚提醒，现在的杜浦，已经处之泰然。

就在首飞前不久，利佳宇航针对一个备份仪表的工程变更，索要一百万美金的研发费。利佳宇航的项目经理梅铎夫还宣称这是一个"折扣价"。

"小强，同样是项目经理，你怎么就不能再降点价呢？"杜浦问薛小强。

"我这个项目经理只是个头衔，没有实权，更多地负责上海现场的协调和沟通工作，预算和资源都由梅铎夫管，他要是给我面子，我绝对不会保留，把利益全部让给你们，他如果毫不松口，我也没辙。"薛小强说得倒是挺诚恳。

"他这个项目经理也真是太好当了，来趟中国，长一圈年轮，顺便收割我们一百万美金回去，啧啧。"杜浦也无奈地摇了摇头。

"是啊，这就是外企……现在想起来，还好前几年你没听我们的，也跳槽出来。"

"哈哈，后悔了？想回院里吗？我们永远欢迎。"

"那倒没有，我也不可能再回院里啦，现在都是年轻人的天下，我们都三十出头了。"

两人相识的时候，都是弱冠少年，转眼间，都过了而立之年。

"小强，我有种不祥的预感，跟你说说。"杜浦盯着薛小强。

"哦？说吧。"

"我觉得未来几年，你们会从我们身上捞更多的研发费。"

"哈哈哈，别这么说，只要你们不更改，就不会有。"

"怎么可能不更改？现在刚刚首飞，未来几年，我们还要造五架飞机出来。六架飞机一起做飞行试验，加起来要飞几千个飞行小时，这得飞出多少问题出来？有些问题或许可以容忍，但大部分肯定都得在适航取证之前解决掉。解决问题，就不免有工程变更，你们的产品，飞控我就不说了，我不了解，但航电这几个，基本都是货架，改起来更费钱。"

"杜浦，你成熟了。"

"你们就是我的大学，套路我都学到了。"

抱怨也好，无奈也罢，该出的钱还是得出，毕竟项目还是要往前推进。

C595首飞，举国欢庆，中商航内部也举办了各种表彰和庆祝活动，当这一切逐渐平静，所有人又把目光投向下一个，也是最艰巨的目标：适航取证。

简单地说，首飞说明飞机造出来了，能飞了，但飞得是否达到生命安全标准，是否达到持续可靠标准，得通过一系列适航的审查来检验和确认。通过审查之后，飞机将获得适航证。有了适航证，航空公司就可以接收这架飞机，并且可以用她去载客飞行了。

虽然民机研制的整个过程局方都要参与监管，但在适航取证阶段，局方才会真正介入。主机厂也需要通过一系列的手段向局方证明：我的飞机达到了适航标准，请给我发证吧！

这些手段被统称为 Means of Compliance（简称 MOC，或"符合性方法"），这些 MOC 方法又进一步分为九大类，从 MOC1 到 MOC9。每个型号的飞机都需要通过这九大类的"考试"，才能适航。

从首飞到适航取证，成熟的主机厂一般需要两到三年。对于中商航来说，这个时间恐怕会更长。

不过，杜浦已经有了心理准备，打持久战嘛，胜利一定是属于他、属于中商航的。

利佳宇航最新的这笔研发费需求，成为他心中那颗酝酿已久的种子破土而出最后的肥料。这些年，他面对国外供应商类似的需求还少吗？不给钱不干活，给了钱也未必好好干，反正你中商航已经上了贼船，更换供应商的代价更大。终于，他找了一天，来到总部采供中心。

"杜包长,有失远迎啊!"孟德丰看到他,很夸张地笑道。

"你少来,一个堂堂处长,一点都不矜持。"杜浦也反击道。

采供中心办公室里有几个同事忍不住偷笑起来。

"你看看,打扰人家工作了,我们去旁边会议室聊吧?"杜浦建议。

"好的呀,我把赵婕也叫上。"孟德丰同意。

"这次过来,你们俩都满面春风,有什么好事吗?"三人坐下,杜浦先问。

"在筹备今年的供应商大会呢,为了首飞,原本放在春天的供应商大会都推迟了。不过也好,现在首飞了,大家都很高兴,今年的大会气氛一定很不错。"孟德丰说。

"那就好,那就好……"杜浦点了点头,"我这次就是为了供应商的事情而来。"

"还是利佳宇航那一百万美金的事情?"赵婕问道。

"是,也不是。"杜浦说。

"别卖关子了,需要我们干什么?"孟德丰问。

按照工作分工,针对每一个工程更改,供应商与他们进行具体的技术讨论时,总部采供中心是不会参与的。但一旦双方将更改内容和技术范围确定,供应商给出了报价,超过刘娣飞和杜浦的授权上限之后,他们内部就要走一个审批流程,不但需要多个部门参与,还需要总部采供中心的介入。如有必要,采供中心需要去跟供应商谈判,来确定最终的价格。一百万美金,显然已经达到了总部采供中心介入的金额。

事实上,赵婕已经跟梅铎夫和薛小强都谈过,但利佳宇航一分钱也不退让。

"这笔钱就这样了,我们认,项目尽快往前走。但是,我觉得,我们也不能一直这样下去,未来几年,这样的情况只会越来越多。"杜浦解释。

"嗯……"孟德丰点了点头,"我同意,你有什么建议吗?"

"我的建议有点大,嘿嘿。"

"说,我们就喜欢大的。"

"我觉得你们可以开始启动供应链国产化的准备工作了,明修栈道,暗度陈仓。"

第九十三章　难而正确的事

听到杜浦的话,孟德丰眼里一亮:"你是说,要为 C595 的国外供应商找国内的备份方案?"

"是的,就不说别的外国厂家,你看看利佳宇航,从 C595 项目启动以来,从我们这儿拿走了多少研发费?光备份仪表,就有好几百万美金了。而备份仪表只是座舱显示系统的一部分,他们还给 C595 提供通信导航监视和飞控呢。这几个系统都很重要,尤其是飞控,他们不给主飞控控制率,只能我们自己干。但具体的飞控计算机、软件、作动器等飞控系统里的设备,还是得靠他们,每改一点都要求着他们,他们还要收钱。具体收了多少,不是我的工作包,我就不知道了,但你们采供肯定清楚。"

"嗯。"孟德丰点了点头,"的确如此,利佳宇航既不省心,也不省钱。但没办法,全世界就他们最牛,别的还有两三家,相比之下,技术和经验都要欠缺一些,如果真选其他公司合作,花的钱只会更多。我们造国产大飞机,最重要的还是要实现商业成功嘛,毕竟是民用产品。"

"国内中工航旗下的那些单位,真的一个能打的都没有?"

"都是兄弟单位,我也不能直说……"孟德丰笑道,"但关起门来说,的确如此。他们都是干了几十年军机的,缺乏民机经验。而军机和民机的差异很大,他们很多时候连这一点都认识不到。最大的问题就是不知道自己不知道,对不对?"

"我只是隐约有这种感觉,你们做采供的,肯定每家都跑过,估计感受比我更深。"

"是啊……你这个建议,其实我们采供中心内部早就讨论过,欧阳主任是个很开明的领导,他常说的话便是'举贤不避亲,唯才是举',对于国内这些兄弟单位来说,只要能胜任我们的工作,或者有潜力和意愿在未来胜任,我们肯定会想方设法支持的。关键是,很多单位,不但不能胜任,就连潜力和意愿也没有……"

"这样看来,上航所还算是走在前面的,虽然显示器黑屏的问题到现在还没解决,但毕竟就在上海,容易接受新鲜事物,又有中迪航电在旁边起到示范作用。"

"那是肯定的!杜包长,这个你放心,我们每年都会走访国内的潜在供应商,考察他们的状态,鼓励他们投入更多的资源在民机产品上。不过,说句实话,真要让他们达到进口替代的水平,恐怕还有好些年。"

"好啊,就靠你们了!从我们搞技术的角度,恨不得所有的供应商都在上海,跟中迪航电和上航所一样,一出现问题马上打通电话就能咨询,或者开个车就直接去了,多方便!"

"理解,理解。"

"对了,我之所以有这个提议,倒不仅仅是因为自己深受其害。"杜浦突然想到了一点,赶紧补充,"去年年底美国选了个新总统,这哥们似乎不喜欢按常理出牌,我们又有那么多供应商是美国供应商,我担心……"

"你不说也就罢了,说起这个,更要放心。从去年年底他当选时开始,总部就在考虑这个风险,公司领导也让我们采供中心做好准备,这也是为什么我们已经在密集走访国内企业了。你小子,当年没把你弄到总部来,我现在都有些后悔。"孟德丰笑道。说完,他偷偷瞥了一眼旁边的赵婕,生怕赵婕会往心里去,毕竟当初如果杜浦来了总部,或许就没赵婕什么事了。不过,赵婕似乎毫不在意。

"嗯,是我操心过度,哈哈,领导们考虑得肯定比我要长远。我还是专心把我的座舱显示系统搞好,不给适航取证拖后腿吧。"

又聊了一会儿,杜浦向两人道别,往电梯口走去。

电梯口站着一人,从背影看,他觉得有点熟悉。正在脑海里搜索那人是谁,那人转过头来。

阚力军!杜浦此刻最不想碰见的人。自从首飞前与阚力军争取去现场未果之后,他就对这位总设计师有点小意见。

第九十三章　难而正确的事 | 351

是我的表现还不够好吗?你还是我爸的好友呢,这点忙都不帮,小气!

但从理智的角度,他知道自己完全没有立场去怪罪阚力军。毕竟他是自己认识多年的长辈,父亲的好友,又是工作中的大领导,C595总设计师,对自己也一直很提携。怎么能因为这一件小事,就对他有成见了呢?

阚力军看见杜浦,倒是挺开心的:"小杜,你也来总部了?"

"嗯,去了趟采供中心。"杜浦不得不硬着头皮打招呼。

"现在回院里?"

"是的。"

"那正好,一起下楼吧。"阚力军笑眯眯地走进电梯,"是不是还在怪我没让你去现场?"

糟糕!这是怎么被他看出来的!杜浦下意识地摆手:"没有,阚总,真没有。"

"小子,还不说实话……"阚力军盯着杜浦的眼睛,"到了楼下聊几句再走,我正好有事情要跟你说。"

"好的……"杜浦觉得脸直发烫。

两人到了总部大楼一楼大堂,阚力军跟司机打过招呼,让司机多等几分钟之后,带着杜浦来到角落里。

"没让你去现场这事,我就不跟你解释了,上回你来找我,道理我都跟你说过,实在想不通,就去问问你爸。"阚力军快速说道,"我现在要跟你说的,是一件很有挑战性、很刺激的事情。"

"嗯嗯,放心吧,阚总,我没往心里去。"杜浦点了点头,他此刻已经恢复了正常的表情,"您说的这件事情是?"

"C595现在不是首飞了吗,这还只是10101架机,我们还有10102到10106架机要在未来一两年实现首飞,并且进入频繁的飞行试验阶段。对此,我们要给每一架飞机安排一个架机长,全面负责飞机的飞行试验。还在研制和生产当中的第10104架机将专门针对航电系统做飞行试验,我们想让你担任架机长。"

第九十四章　架机长杜浦

"你小子！真是不识好歹！老阚对你仁至义尽了，你还对他有意见！"当杜浦真的忍不住去找父亲问及为何阚力军不让他去首飞现场的原因时，他得到了这个答复。

他有些吃惊。明明父亲也曾经抱怨过阚力军不给面子的。

但是，这次跟父亲深聊之后，他才了解事情的全貌。

一切都从首飞前他接替陈坚那件事开始。当时，局方推荐了一个强有力的竞争者。虽然航电系统的主要领导都支持杜浦，但候选人毕竟有局方的关系，本身能力也很强，并且与杜浦一样年轻，因此，情况一时有点胶着。

在这个时候，杜乔找到了阚力军。他不想让儿子再丧失一次机会。

阚力军二话没说，最终促成了杜浦的顺利接班。但这事他并没有主动跟杜浦说，甚至没有跟杜乔提。

当杜乔为这事向他表示感谢时，他还推托说自己其实并没有起什么作用："这都是集体决策的，不用谢我。"

即便如此，这件事之后，张江的上研院大院里还是冒出好些传言。

"阚力军投桃报李，通过帮助杜乔儿子来报答当年杜乔让位给他的知遇之恩……"

"C595总设计师利用裙带关系影响关键岗位的用人决定……"

有些话甚至还传到了总部。

因此，阚力军这才决定对杜浦冷处理一次，不让他去首飞现场，毕竟这也是一件无数人盯着的事情。阚力军心中也怀着另外一层心思，想顺便再考验考验杜浦的承压能力和心理素质。

这一切,就连杜乔也刚刚得知。

显然,杜浦通过了这次考验,所以获得了10104架机长的任命。

全公司从上到下都盯着首飞的10101架机和即将总装下线的另外五架飞机的进展。可以说,从一个工作包的包长变成一架飞机的架机长,虽然行政级别上暂时没有提高,但工作职级和工作责任却产生了飞跃。他将不再仅仅守着座舱显示系统这一亩三分地,而是要全面负责整架飞机!

"小杜,不用担心。我知道你不懂飞控,不懂液压,不懂起落架,不懂发动机,不懂电源,不懂布线,不懂复合材料……但各个专业都有兄弟们支持你。好好学习,天天向上就行。"鼓励他的是C595试飞副总师张燎。张燎曾经担任过空军试飞员,是个性如烈火、疾恶如仇的中年汉子,说话中气十足,声如洪钟。

杜浦有些适应不了这个新领导的风格。他不知道张燎口中那么多个"不懂"到底是夸他,还是骂他,尽管话里充满了善意。相比之下,刘娣飞在不发脾气的时候,要温柔太多了。

既然接受了这个新的挑战,杜浦也没有后悔的余地。他把工作交接给了新的座舱显示系统工作包包长张奉先。张奉先来自隔壁核心航电系统工作包团队,是汪庆亮的手下,跟他一样,也是个80后,年富力强。

既然是工作交接,免不了要通知各大供应商,杜浦带着张奉先跑了一圈,从成都到洛阳,最后来到中迪航电。

"我们要暂时告别了,虽然还在C595这个大的战役当中并肩作战,却已不在同一战区。"杜浦充满感慨。

工作交接完,又忙了一天,杜浦与叶梓闻随便找了一家陕西面馆,点了两碗面,配上几个小菜,又点了两罐冰峰。

"当架机长了?恭喜恭喜!具体是做什么?"

"就是这架飞机的总监工吧。飞机总装下线之前,盯各个系统的研制进展和交付,确保按时齐套,并且确保各大系统、产品和软硬件都达到飞机所要求的构型状态。等飞机总装下线之后,又要盯着它的各项机上地面试验、低滑试验、高滑试验,直到首飞。首飞之后呢,就要跟着它转场到阎良和其他几个城市做长期的飞行试验,直到通过局方的审定……"

"听上去很有意思啊!那你以后肯定得常跑西安阎良,所以今天先熟悉一下陕西的饮食还是非常有必要。"叶梓闻笑道,"说到这个,你想甩开我倒也没那么容易,我马上也要转岗。我会接替贝莱德,担任项目经理。他要回英国了。"

尽管面对一些质疑,首飞之后,叶梓闻还是有惊无险地接替了贝莱德,成为中迪航电核心团队成员里唯一一个35岁以下的人,当然,他甚至连30岁都还没到。

因为这个,张佩琳没少在他面前给自己邀功:"当时最后做团队讨论的时候,好几个高管都不同意,多亏我极力主张你接替他……"

"多谢张总!"叶梓闻话虽这么说,其实心里如明镜似的:要不是看在孟树人和李澄的份上,你会让我接替贝莱德?

当时,他成为李澄来中迪航电座谈之后,唯一一个没回上航所的员工。但李澄十分开明:"小伙子有他自己的选择,再说了,他还在上海嘛,需要的时候,我们随时可以用诚意和待遇把他吸引回来。"

听说叶梓闻竟然接替贝莱德成为中迪航电整个C595项目的经理,杜浦尽管为他感到高兴,却依然有一丝意外:"啊?你这才是真正的高升啊!接替贝总!他的活可不好干!非得三头六臂、左右逢源不可!"

"嘿嘿,是啊,我现在可以说是如履薄冰。不管怎么样,你离开了座舱显示,我也离开了,我们都算是进入了一个更广阔的领域。不过,这样一来,我以后会全面支持你们的核心航电,肯定也少不了跑你们的阎良外场。"

"我们这缘分真是……喝什么冰峰啊,得喝点酒!"

"那我问问老板有没有西凤吧。"

由于空域条件和历史积累的关系,中商航选择了中工航在西安阎良的试飞中心作为C595的主要试飞基地。首飞的10101架机已经从上海转场到了阎良。未来等10102到10106架机都下线之后,她们也会去阎良试飞。

作为10104架机的架机长,杜浦已经做好了随时被派驻阎良的心理准备。

当然,对于另外一件事,他也平静地迎接着它的到来。

第九十五章　新的生活

"想好了吗？真签了字就没老婆了哦！还是那么一个如花似玉的老婆！"民政局的工作人员吓唬道。

这个工作人员是一个胖胖的上海老阿姨，颇具福相的脸上架着一副眼镜，一头卷发染成深褐色，说话像机关枪似的，不把一梭子给打完，不让你有插话的机会。

在与范理终于走到这一步的时候，杜浦心中其实还有很多不舍。要知道，范理当年可是系花级的人物，当他们宣布在一起的时候，不知道多少男生羡慕嫉妒恨。这一切杜浦都知道。如果说跟范理在一起，一点"把系花拿下"的虚荣都没有，他一定是在说谎。可他们明明不仅仅是虚荣，还是有真感情的！这感情伴随他们多年，怎么竟然是这样一个结果呢？

他更多的是无奈。离婚，对于两人来说都是解脱。他还是将手续走完了。

"以后周末你可以来看宁宁，我已经租了一套大一点的房子，也会把我爸妈接过去住。"两人在民政局门口分手时，范理平静地说。

"哪天搬家？提前打声招呼，我现在比原来更忙了，整架飞机的事情都要管。"

"放心吧，我会提前给你发微信……"说到这里，范理像是突然想到了什么，眼圈一红，小声说道，"保重身体，以后……不管找谁做老婆，都别像现在这样忙碌了。还有，找一个能真正理解你事业的人吧。"

所有的一切，十余年的感情和婚姻，在这个早春的下午，结束了。

料峭的春风吹拂在杜浦脸上，全是寒意。

过去这两年，杜浦时常没来由地想象过这个时刻的到来，而当它真的出现在眼前时,他并没有太多的悲伤。他只是有种不真实的麻木感。走出民政局老远,范理已经不在身边,他却没意识到,甚至有两次还准备伸出手去触碰她。

他更没意识到,自己的生活将彻底改变。晚上睡觉前,他竟然还等了一阵夜归人,甚至准备如过去一样给范理发微信问她何时回家。

直到他点开微信之后,才把手指停住,因为他发现范理把微信头像换成了一张自拍,而不再是几年前结婚纪念日时他给她拍的那张照片。当时,她嫌弃他拍照技术不行,拍了好几张才选了一张相对满意的。

"我要一直用它作为微信头像,每次你看到,就可以激励自己提高摄影水平。"范理那时候说道。

"现在,她跟我还有什么关系呢?"他苦笑了一下,关灯睡觉。

被窝里一整夜都只有一个人,他的块头再大,也填不满一张一米八的大床。

好在,时间只会往前流逝,如同流水一般,可以磨平一切。很快,杜浦便适应了这新的生活。上班,加班,有空时便去父母家蹭饭。生活一下子变得很简单,仿佛回到了中学时光。

他的父母经历了最初那段时间的痛苦之后,也接受了这个现实。对他们而言,儿子在离家十几年后,一下子被还了回来,孙子却不翼而飞。所以,他们对杜浦的唯一要求,就是周末去接宁宁时,一定要带回家来。

首飞之后,杜乔也到了退休年纪,尽管院里希望返聘他作为飞机总体专家再发挥点余热,搞搞体系建设,他还是婉拒了。

"我不能再卖自己这张老脸了,你看阚力军前几次多为难。以后你就完全靠自己吧。"他语重心长地对儿子说。

就在同一时期,又发生了一件大事。美国总统正式发起对中国的贸易战。中美关系朝着中商航人最不希望的方向滑去。

"孟处,还记得我们之前聊过的事情吗?看起来你们得加速啊!"杜浦忍不住给孟德丰打了个电话,两人又在电话里聊了几句。

"放心,杜机长,我们已经第一时间讨论过新的国际局势对项目和供应链的影响。前两年的计划得加速。"

挂掉电话后不久,杜浦才从赵婕处得知,孟德丰其实已经刚刚升职,变成了主任助理。

"哎呀,我这后知后觉的,前两天还叫他孟处。"杜浦恨不得扇自己一耳光。还好孟德丰还算熟人,万一遇上个心眼小的陌生领导,自己岂不无意中就把人家得罪了?

"没事的,他人很好,从不介意这些。"赵婕让杜浦不用放在心上。

"那你呢?不会也得叫赵处了吧?"杜浦打趣。

"你别说笑了,哪轮得上我?再说了,我就想过过安稳日子,别的什么都不想。"赵婕认真地看着杜浦,面露微笑,眼里发光。

杜浦心里咯噔一声。从认识赵婕时开始,他就能感觉到,这个小姑娘对自己是有意思的。可是,他当时已经"名草有主",而她也知道。现在,他恢复了单身,难道……

"想什么呢?你现在有什么资格去追人家小姑娘呢?有什么立场再谈恋爱呢?"他连忙给了自己一个三连问,慑住心神。

"你怎么就不行了?我就把话摆在这,等你做了赵处,一定要请我吃大餐。"他回应道。

"好了,今天找你,是想问问你的建议。"

"建议?什么建议?"

"年底前103架机就要首飞了,现在101和102架机已经开始试飞,主要在阎良,采供中心在讨论,要派一个人常驻阎良外场,我想问问你这个104架机长,建不建议我去?"

平时他们在一起聊天时,都会把飞机编号五位数的头两位省略,比如,10102就叫102。

听完赵婕这话,杜浦心里一惊:"她去外场做什么?难道因为我到时候要常驻?不行,不能让她去!"

"你疯了吗?一个女孩子跑外场去遭那个罪干吗?我告诉你,张燎总可是很凶的,而且,外场的办公和生活条件可不比上海,你肯定受不了。"杜浦很夸张地说道。

其实他自己还没有常驻过去,但已经去出差过好些次,他不相信赵婕那样一个养尊处优的上海姑娘能够忍受得了。

"你凭什么说我受不了?"

"我把侬讲(我跟你讲)……"杜浦忍不住冒出一句上海话,"阎良并不在西安,而是西安东北边的一个小城市,因为历史原因,中工航的西安飞机厂和试飞中心都设在那里,所以成为我国的航空重镇。那儿距离西安的咸阳机场和西安市区都很远,如果你以为到那儿就可以时不时去逛逛陕西省博物馆、兵马俑和华清池,门都没有!对你最不友好的,就是整个小城里就没几家咖啡馆,你想喝咖啡,对不起,没有,羊肉汤和肉夹馍倒是到处都是。那儿也没有恒隆广场,没有国金中心,没有八佰伴,你就只能逛逛超市,对了,还没有我们上海的联华超市……"

杜浦一说就收不住。他观察着赵婕的表情,只见她一开始脸上还没什么反应,但从没咖啡那句开始,她的脸色便越来越难看。

第九十六章　什么烂飞机!

总部采供中心最后定下来派一个叫刘启航的小伙子去阎良外场,支持试飞工作,负责管理时不时到访提供现场支持的供应商。

时间过得飞快,转眼间便到了 2019 年下半年,104 架机也首飞了,正式进入飞行试验的飞机序列。

这次,杜浦和刘启航一班飞机飞往西安,不再是出差,而是长期驻扎。不过,杜浦只带了一个大箱子。

"缺什么再快递呗,现在物流这么方便。"

临别之前,父母给他饯行。

这次杜乔喝的白酒。"好好干!当年你爷爷和我都参与过客 70 的试飞,除了上海之外,我们还去过全国不少地方,试飞很艰苦,但也很锻炼人!我相信,组织上对你的安排是有长远规划的。不要给我们老杜家丢脸!"说到这里,他又小声补充了一句,"不要像我这样,给老杜家丢脸……"

"儿子都要出远门了,还跟他说这些乱七八糟的干什么?"沈映霞抗议道,"保重身体最重要,吃好点,不要为了节约省钱,把身子给弄垮了。还有,要是碰到合适的,也不要光顾着工作……"当妈的,还是关心儿子的个人问题。

"放心吧,就当我又去了趟北京上学,回炉重造。"杜浦笑道,"不过这次不会再碰上范理同学了。"

提到范理,他特意给她发了条微信,让她周末还是要把宁宁送到爸妈家去,或者跟爸妈约定个地点交接。

"放心吧。"范理很快回复,"在外多保重。"

杜浦看到这短短的两句话，心底又泛起一丝波澜。

在飞机上，他望着窗外，只见水网密布、满眼绿色的长三角逐渐消失在视野中。当再次看清楚地面的时候，他已经来到三秦大地上空。

"挺好的，忘却上海的一切，在阎良从头开始！"

新的开始并不算顺利。

他一下飞机就和刘启航一起直奔外场办公室，连单位安排的宿舍都来不及去。

张燎已经在那儿等着了："好！我们又来了两位同志！大家都很熟悉了，我就不再介绍。不过，这次他们过来是跟我们一起并肩作战的，不再是蜻蜓点水的出差，尤其是小刘，代表总部来支持我们！说明我们这里虽然天高皇帝远，可也是牵动着总部领导的心哪！……"他的嗓门很大，简直可以穿透会议室的墙壁，让整层楼的人都听见。

杜浦皱了皱眉，出差这么多次，他是第一次深入这外场的办公环境，的确不是一般的简陋。他甚至不敢立刻断言，这里的条件全面胜过了当年的宇航大楼。

他试图把自己的大行李箱放在一个不起眼的地方，可整个会议室就那么大，又坐了不少人，怎么可能有一个安静的角落留给这个箱子呢？

这一挪动，就弄出点动静来。张燎被这声音打断，停住了。

"对不起，张燎总。"杜浦连忙道歉。他深知张燎的性子，这个人只能顺毛捋。

"哎哟！没怎么花篇幅介绍你，所以你有意见了是吧？"张燎嘿嘿一笑，冲着满屋子的人说，"104架机的杜机长，以前是座舱显示系统工作包包长，你们可能有些人之前见过他。杜机长年轻有为，敢于面对挑战，舒舒服服的十里洋场大上海、浦东新区大张江不待，非要到这穷乡僻壤来跟我们一起受罪。他是搞航电的，我们104架机又恰好是飞航电的，专业对口，他这一来，我的信心都更足了……"

看上去张燎的心情不错，这一路猛夸，把杜浦都说得有些不好意思了，在航电的时候，他何曾被这样花式表扬过？但不得不说，听上去还真挺舒服！

张燎正说着,门外突然跑进来一个惊慌失措的眼镜男,打断了他的谈兴。

"张总,上午的试飞结束了,试飞员那边意见很大,说飞出一堆问题!"

"啊?"张燎立刻换了个表情问道,"哪架机?"

"104架机。"

杜浦一听,愣住了。不会吧,第一天来就碰上这么倒霉的事情!

"杜机长,你来得正是时候,走吧,我们去见见试飞员。"张燎说。

杜浦不知道是不是自己的错觉,他总觉得自己的领导脸上有种幸灾乐祸的神情。

眼镜男把两人带到楼下的一间会议室,里面已经有一个中年汉子,正气呼呼地踩来踩去。

"彭总好!"张燎显然认识他,连忙打招呼。

杜浦听到张燎打招呼的口气,惊诧得下巴都差点掉地上。平时跟我们说话那么威风凛凛,中气十足,怎么一见到试飞员就一副太监见皇上的样子?

"好,好你个鬼!"那位叫彭总的中年汉子并没有礼尚往来,而是找到了一个出气筒,继续发泄着自己的不满,"你们造的什么烂飞机?飞上去要什么没什么,告警信息给我乱报,导航频率调谐也出问题,你们是要谋杀吗?"

"息怒,息怒……"张燎的态度依然十分温顺,甚至谄媚,"我这不把104架机的架机长叫来了吗?"

杜浦惊得忘记把刚才掉在地上的下巴捡起来。

第九十七章　试飞员

"什么?！架机长？就是这么一个玩意儿?"试飞员斜眼瞟了一眼杜浦,继续冲着张燎骂道,"你们中商航真是没人了！把这么一个小年轻拉过来当架机长？告诉你,要不是看着他有点块头,老子就一脚踹过去了！既然是架机长,这 104 架机他也参与设计了吧？你问问他,他是设计的时候被飞机吓得小便失禁,把尿给撒到显示器里去了,还是脑子短路,所以才把飞机上的线缆也搭错了？"

杜浦已经顾不上去揣摩张燎的心理活动,他平生第一次被别人这样训斥,而且还当着自己的面。

这是一种非常奇妙而尴尬至极的体验。他只觉得脊梁上冷汗直冒,满脸通红,站在原地不知道说什么好。这比上回人机界面设计那次被飞行员骂得要狠多了,一点情面都没有留。

不过,张燎似乎还是没有任何生气的反应。相反,他竟然在拍手称快:"彭总,骂得好,反正也不是骂我。"

杜浦这回不光是下巴,连眼珠子也要夺眶而出掉到地上了。

试飞员没有再开火,而是继续狠狠地盯着张燎。不过,他的胸膛起伏幅度在慢慢变弱,似乎那股子气已经开始消退了。

张燎也不急,继续似笑非笑地盯着这个试飞员。

那人突然笑了:"你小子,真是死猪不怕开水烫！"

"哈哈哈！彭总,不让你骂舒服,哪能好好谈正事呢?"张燎这才说道。

杜浦目瞪口呆地看着两人,他从未经历过这样的反转。

"来吧,架机长,请坐,刚才我的话是对着张燎这小子说的,可没冲着你啊。"试飞员竟然主动和气地跟杜浦打招呼。

杜浦一时不知道要如何应对，站着没动。

"彭总让你坐，你就坐，这么磨叽干什么？"张燎也嚷道。

杜浦这才小心翼翼地坐下，眼睛依然不敢直视对面的试飞员。

"架机长，别怕，我又不会真把你怎么样！你一看就是中商航的青年才俊，前途无量，我哪敢造次啊！"试飞员笑着说，"刚才嘛，只是发个火，发完火之后，我们该干吗干吗。你虽然没开过飞机，但总开过车吧？开车碰上一些不爽的情况是不是也会路怒？"

杜浦后来才知道，这个试飞员叫彭飞，是中工航试飞中心的资深试飞员，与张燎是几十年的好兄弟了，所以说话才这么无所顾忌。

试飞员可以说是把脑袋绑在裤腰带上的人，各型飞机在还没有达到适航状态，或者没有达到交付状态的时候，都要靠试飞员一个架次一个架次地去飞，去试验。可这样一来，失事风险也是很大的，而一旦失事，由于飞机本身的状态还未达到最佳，后果往往很严重。这也是为什么试飞员的脾气一般都很大，却还一直被当作宝贝般地呵护着的原因。

在担任10104架机长之后，杜浦便听人说起试飞员的脾气，但由于104架机一直没下线，所以他更多的工作是在上海"监工"，没有机会直接与试飞员打交道。现在，104已经来到了阎良，开始承担试飞任务，他要面对的，可不只有彭飞。但彭飞给他的这个下马威，却让他印象无比深刻。

从某种意义上来说，他也不怨彭飞和那些试飞员。航电系统是飞机的五官、大脑和神经，如果飞上天去，发现飞机是个近视眼，耳朵还聋着，反应也不太灵敏，换谁谁都得抓狂。

可飞机的设计原本就是一个不断迭代和升级的过程，在试飞阶段，的确有些功能还未打开或者研制完成，需要时间去演进。

无论是飞机设计师也好，试飞员也罢，其实都多少知道对方的痛点，但现实就是这样，发发牢骚，把怨气释放出来，往往有利于身心健康和团队和谐，比憋在心里发酵、变质、异化，最后放出毒气来要好得多。

不知为何，杜浦竟然想到了范理。如果他们能够及时地争吵，及时地将情绪发泄出来，及时地沟通，而不是将所有的情绪都积累成一个再也无法疏通的堰塞湖,会不会有着不同的结局呢?

阎良的日子与上海相比完全不一样。这座航空城里的人早已习惯生活和工作浑然一体。

杜浦和他的同事们就住在试飞场地边上的小区里,从住处到办公室或会议室,只需要五分钟的步行时间,完全没有大城市的交通拥堵之苦。衣食住行都可以在小区附近方圆一公里之内搞定,这里有菜场、小卖部和超市,一般的生活需求完全可以满足。小区旁边还有个学校,学校里有足球场和篮球场,可以尽情挥洒汗水。除去工作任务繁重,时常接受试飞员的吐槽之外,杜浦真觉得自己回到了校园。

到了2019年年底,10106架机也成功在上海首飞,用于飞行试验的六架飞机全部飞上蓝天,然后飞到全国的几大试飞基地去开展飞行试验。阎良作为主要的试飞基地,更加繁忙起来。

过了元旦,春节便在不远处等着。杜浦忐忑地等待公司领导们对于整个C595的安排。按照原计划,春节期间,外场试飞人员只休息三天,其他时间很可能都会排上跟试飞相关的任务。

作为架机长,他很难想象飞机在试飞的时候,自己不在旁边。可如果真是那样,自己就回不去上海过春节了。

正想着这事,电话进来了。

"在阎良吗?"是他很久未见的叶梓闻。

"在,怎么了?"

"过两天我来陪你。"

"这么好?过来体验我们民间疾苦了?"

"不来不行啊!你的继任者快把我们逼疯了,最近104飞出好些跟显示相关的问题,全部开了PR(问题报告,Problem Report),不解决不行,所以我得带上几个工程骨干来现场了解了解具体什么情况。"

虽然张奉先已经接任了座舱显示系统工作包包长很长一段时间,但叶梓闻每次与杜浦提及他,都习惯性地称之为"你的继任者"。他倒不是对张奉先有意见,只是为了提醒老朋友:你留下的那摊子事情,我还给你支持着呢!

第九十八章　在西安过年

叶梓闻带着中迪航电的工程师们抵达没多久,阎良便开始下 2020 年的第一场雪。

整个航空城被笼罩在一片白絮之中,地面积起来的雪没到小腿,汽车小心翼翼地行驶着,生怕速度一快就打滑溜走。原本成为一大景观的电动车和自行车流也停了下来,人们要么推行着自己的代步车,要么干脆选择走路。

天空中暂时没有飞机的轰鸣声,四处十分安静。

"瑞雪兆丰年,我这一来,就下雪了!"叶梓闻说。

"可不是嘛!天冷'将欲雪',能饮一杯无?"

"你就别掉书袋了,生搬硬套!雪都已经下成这样,还'将欲雪'呢?"

"就是表达这个意思,晚上一定要来点西凤暖暖身子。"

"你是不是平时很寂寞啊?总算来了个人陪你喝酒是吧?"

"给你接风,你还说这种风凉话。先把活干好!"

"必须的!先帮客户解决问题!"

两人聊了几句,杜浦才回到架机长的角色,把外场负责航电的工程师叫了过来,跟中迪航电一方梳理具体的问题。

整整一个下午,工程师们事无巨细地探讨着每一个细节。

叶梓闻虽然已经不再做技术,但他好歹是工程技术出身,情不自禁地就会参与到现场讨论当中去。

"喂,你要搞清楚你的身份!项目经理可不能乱说话,说了就要做到的。"杜浦笑着提醒他。

他作为架机长,在现场也更多是一个总体掌控的作用,并不会参与到具体的细节当中去。

飞行试验当中飞出来的问题,很多都涉及多个系统之间的交联关系,有些问题还因为原因暂时不明成为"疑难杂症"。这时候,就需要他这个架机长跳出来,协调和推动跨专业的讨论,并且支持张燎,向阙力军提供决策依据。

杜浦和叶梓闻,这两个已经相识十年出头的老友,看着各自的团队如同他们十年前一样,较真地讨论,争得面红耳赤,不愿意放过一点模糊之处,不免生出共同的感慨:"我们明明还年轻,为什么却觉得自己已经老了呢?"

当昏黄的路灯照在雪白的大地上,雪后的夜空显得格外干净而安宁。

叶梓闻和同事们结束与中商航的汇报会议,到对面的酒店办理入住手续之后,原本想提议请杜浦和外场团队一起吃顿晚饭,杜浦却摆了摆手:"我们两人小范围聚聚吧,兄弟们难得这么早下班,让他们休息休息。"

的确,如果不是这场大雪,今天的试飞任务下来肯定又有不少问题,需要连夜处理。

叶梓闻倒也求之不得,自从杜浦到阎良后,两人已经很久没聚了。

杜浦轻车熟路地找到一家本地的羊肉店,点了几个热菜,又要了一瓶西凤,便吃了起来。

"什么时候回上海?"杜浦问。

"再过几天不就过年了嘛,我请了几天假,明天把你们伺候好之后,我就回西安,直接待家里过年。我爸妈已经从汉中搬到西安了。"

"真羡慕你啊……我估计得留守阎良了。"

"不容易,向你致敬!"叶梓闻端起酒杯。参与 C595 项目这么些年,作为供应商,他跟中商航形形色色的部门和人员都打过交道,平心而论,他觉得中迪航电的同事们论拼搏精神,是要比自己的客户差一截。

"坚持到底吧,毕竟是适航取证的关键阶段。"杜浦喝完一满杯。那股浓烈火热的感觉一直从喉咙蹿到胃里,舒坦极了。

"还记得当年你跟我说的话吗?"

"什么话?"

"当时你说,如果我过年不回汉中,就留在上海过年,随时找你,现在,是我对你说同样的话了。"叶梓闻笑道,"当然,从阎良到西安市区还是有点远的,不过,如果你闲着也是闲着,干吗不进城去逛逛,现在西安搞得挺好,过年的时候肯定很热闹。"

"好的啊,先谢过。"

"客气啥,你下一步怎么安排呢?什么时候调回上海?不可能在阎良待一辈子吧?"

"估计得等到 C595 适航取证……至少还有一两年,寸功未立,怎么有脸回去呢?待久点也没什么,我爸妈身体还行,我又是一个人,到哪不是待着?"

杜浦离婚的事情,叶梓闻是知道的。只不过,他没见过范理,不知道杜浦的前妻是系花级的美女。

"不准备再找了?"

"我已经娶了 C595 了。"杜浦笑道,"你看我这状态,像是可以再找的样子吗?倒是你,虽然是 90 后,也 30 了吧,怎么还不找女朋友?"

"别说得我好像很闲似的……早些年闲的时候,好像没那根筋,后来似乎开了窍,又慢慢忙起来,也一直没碰到动心的,就这样呗。"

"我觉得你得把头发给剪了,帅归帅,给不了小姑娘安全感啊。"

"我都留这么多年长头发了,怎么可能剪掉?坚决不行。"

"如果一定要剪掉,什么会触发你做出这个决定?"

"削发明志吧,面对一件必须要去完成,而又无比艰难的事情时。"

"C595 还不算吗?"杜浦笑。

"C595 不是一件事,是一堆事,过去十年,我们一起解决了不少问题,未来还有很多问题,而且剩下的都是难啃的骨头,我觉得,没准会有一件事,值得让我去剪发的。"叶梓闻也笑道,"我也很纠结,生怕这事不来,又怕它乱来,我这些年头发也掉了不少,可不够剪的。"

"还能有多乱来的事?跟美国贸易战都打了快两年了,当初那些不看好我们自己的观点,现在还有市场吗?当初我还跟我们总部采供中心的领导提过,让他们未雨绸缪,建立国内完整的产业链,可以实现进口替代,我相信随着贸易战的开打,他们一定是加速了的,但到目前为止,美国似乎还没有把大飞机产业链这张牌打出来……"说到这里,杜浦顿了顿,脸色凝重起来。他注意到,叶梓闻脸上刚才那丝轻松的神情也消失了。

"你不会也跟我想到相同的事情了吧?"杜浦问。

"哦?是吗?我只是想,核武器的真正威力,其实体现在发射架上。"

第九十九章　黑天鹅起舞

杜浦和叶梓闻的确都在西安过年,可是两人并没有见面。

新型冠状病毒将人们全部锁在家里,动弹不得。

一边医护人员和抗疫英雄们奋不顾身地拯救生命,阻隔病毒传播,另一边医学专家们鼓励人们尽量在家里待着,不要出门。

可时间的流逝不会因为疫情而按下暂停键,每耽误一天,C595 的适航取证就会推迟一天。

杜浦心急火燎,到了大年初七下午就闯进张燎的房间。

"张总,我们原计划明天开始就要恢复试飞活动,可到现在也没个通知下来,到底怎么回事?"

"急什么急?你会开飞机吗?"

"我……"

"试飞员都不是我们中商航的人,他们属于中工航试飞中心,中工航的政策我们控制不了。这些试飞员还有军机的试飞任务,万一感染了病毒,耽误了我们国防建设,谁负责?"

"……"

"求战愿望强烈,是好事情。"张燎笑眯眯地说,"但也不急着这两天,年前正好还有些 PR 没分析和处理完嘛,让院里加加班,在试验室里先测测,如果能够在下一个软件版本中修复,也省得老被试飞员骂不是?"

"有道理,我这就跟上海联系。"

"你呀,等明天吧,公司肯定很快有政策下来。"

整个中商航很快便下发了紧急通知,要求各单位尽量选择居家办公,外地员工回沪之后得居家隔离两周才能回去上班。

当然,上研院的试验室除外。

"如果的确属于C595项目需要,经个人申请并获分管院领导批准后,可以进入试验室工作,但需要佩戴好口罩等个人防护装备……"

王慧第一时间就提交了申请。

10104架机在年前最后一次飞行试验时,又产生了一些座舱显示系统和综合监视系统之间的交联问题,试飞员反映在空中的时候,显示屏上显示的字符有异常情况。

这是个老问题了,虽经过上研院、中迪航电和上航所过去几年的不懈努力,已经解决了不少,可由于利佳宇航始终不愿意开综合监视系统,也不愿意做更改,使得新的问题依然再冒出来。

王慧拨通了叶梓闻的电话:"叶总,明天你们得派人来试验室支持一下,也叫上上航所的人。"

"啊?我还困在西安呢,公司让我居家办公两周再回上海,然后再隔离两周才能回去上班。"叶梓闻很无奈。

"什么?那你们工程部门的人呢?你不在的话,有工程师也行,你给他们授权呗。"

"好,我马上问问,希望他们过年期间没离开上海,等我消息!"

挂掉电话,叶梓闻十分懊恼:"早知道今年过年就不回来了……"

自从接任项目经理之后,他就不再直接面对上研院航电团队每个工作包的包长,而是与刘娣飞和王慧两人打交道,她们都负责整个航电,并且控制预算,正好与他对口。

这样的好处是他的工程团队与上研院具体工作包的团队每天直接交流,很多问题就解决掉了,不需要上升到他这儿,但一旦刘娣飞或王慧找他,就肯定是急事,不能怠慢。

好在打了一通电话,几个得力的工程师恰好都留在上海过年,也都愿意去上研院支持。

至于上航所那边,孔薇薇也十分给力:"没问题,我们的人只要在上海,随叫随到。"

叶梓闻松了一口气,打开办公电脑,等着那几个工程师给他发邮件,他来批准。

很快,邮件就过来了。按照公司政策,疫情期间的外出工作还需要得到人力资源、法务、合规和环境、健康和安全等部门的领导批准,叶梓闻又组织了一场电话会,达成了共识。

正当他准备合上电脑的时候,他突然发现工程副总裁发过来一封邮件。

"我不同意。"简短的四个字,像是躺在地上撒泼的无赖,十分扎眼。

叶梓闻的心一沉,骂了一句:"这个美国老头……"

一年多以前,公司的几个高管岗位全部发生了变动。由于C595首飞成功,那些来自迪森斯的高管全部因此获得提拔,被召回母公司复命。迪森斯又派了一批新的高管到中迪航电。

CEO 杰克回迪森斯担任其全球副总裁,取而代之的是一个叫艾吾为的美籍华人。艾吾为虽然长着一张黄皮肤的脸,整个思维模式却完全是西方式的,甚至比杰克还像美国人。他有一个在叶梓闻看来很老土的英文名:安东尼。

"我叫艾吾为,大家可以叫我安东尼。"在他过来之后的第一次全员大会上,艾吾为这样介绍。

叶梓闻在下面差点笑出声来。他觉得这两个名字念起来都挺拗口。

艾吾为入主中迪航电之后,带来了新的人力资源官,一个叫何泰基的老年男人,接任张佩琳。张佩琳则功成名就,回迪森斯担任亚太区高管去了。

叶梓闻觉得何泰基的英文名一样很别扭,叫萨克斯。

除此之外,负责工程技术的副总裁柯特也回到美国养老,艾吾为则在全球招聘其继任者,最后选定了一个简历很光鲜的美国老头,叫玛迪。

看简历,玛迪是意大利移民的后裔,在好几家知名的民机巨头都工作过,可接触下来,叶梓闻便发现这人有两个硬伤。

第一,他虽然是工程副总裁,却不怎么懂技术。他的简历里堆砌起来的主要是些商务相关的工作经历。

第二,他太老了,比他的前任柯特还要老。

第九十九章 黑天鹅起舞 | 373

在民机这个依靠经验的行业,老未必是坏事,往往意味着经验丰富,可以给后辈很好的指导,就如同中迪航电早期那些迪森斯派来的专家一样。但玛迪有点老得过了头。

他每天凌晨四点就起床,七点不到就来到办公室,下午四点就离开,雷打不动,像一台精准而脆弱的老爷车,只能在平整的路面上四平八稳地匀速行驶,仿佛只要稍微偏离一点轨道就会散架似的。

而中迪航电的办公时间是早上八点半到下午五点半,很多时候,工程师们还要加班到六七点,或者晚上与美国开电话会议。这就意味着,除去午饭时间,工程的领头人与他的团队每天只有五六个小时在一起。

除此之外,玛迪几乎就处于失联状态,也从来不参加晚上的电话会,据说因为他十点不到就睡觉了。

现在,玛迪不同意工程师们明天去上研院支持客户。

叶梓闻决定要跟他好好聊聊。

第一百章　要这标语有何用？

电话接通之后，一个苍老而浑浊的声音响起："喂？"

"玛迪你好，我是叶梓闻。"

"哦？什么事？"

"我看到你的邮件了，我想把情况跟你解释一下……"

"哼，现在知道找我了？为什么跟我的工程师们沟通前不先问我的态度？"玛迪冷笑。

"第一，日常的项目运行由我作为项目经理来统筹，只要有预算，我可以直接找他们；第二，我认为你应该给了你团队足够的授权，否则，如果每个决定都要来问你的意见，你岂不是要忙死？第三，你在邮件的抄送名单中，所以，整个过程你不会被排除在外；最后，客户有紧急的需求，我们当然要满足。这一点其实才是最重要的，而且，我们跟人力资源、法务等部门都沟通过了，他们都没有意见。"叶梓闻忍住没发火。

虽然跟玛迪合作了一年多，但他到现在还没完全摸清这个老头的脾气，除去生活作息无比规律之外，玛迪在公司的表现很分裂，有时候让人如沐春风，有时候又丝毫不讲道理。

叶梓闻甚至不知道，到底是因为玛迪已经老得无法保持一种连贯而完整的性格，还是有意为之。

"你不尊重我。"玛迪说，"我才是工程团队的领导，你跟人力资源他们讨论有什么用？"

"好，那现在你清楚这个情况了，我想表达的是，客户有紧急需求，我们有预算，工程师们也愿意支持，我想了解，为什么你不同意？"

"因为我关心他们的个体权利和人身安全！现在还是放假期间，享受假期是他们天经地义的权利,更何况现在外面有疫情,万一去上研院感染了呢？谁来负责？"

"我们已经讨论清楚了,他们明天算假期加班,之后会调休的,而且,他们会佩戴口罩和个人防护用品。"

"万一呢？"

"你坐不坐飞机？"叶梓闻问。

"你为什么这么问？"

"万一呢？飞机再安全,也有失事概率。"

"你……你不尊重我！我不会同意的！你没有资格跟我对话,叫你老板来找我！"玛迪咆哮着挂掉了电话。

叶梓闻把手机狠狠地摔在沙发上,一肚子气没处撒。这个顽固的老头！

自从艾吾为来到中迪航电之后,他就开始推广全新的企业文化,把"客户至上""团结协作""创新"等一堆价值主张张贴在公司各处,可就看看玛迪的表现,这叫"客户至上"？

叶梓闻忍不住,直接拨通了艾吾为的电话。

叶梓闻的直接领导是项目副总裁杨元昭,杨元昭则向艾吾为汇报。这是一个非常开明的领导,把C595的项目管理全权授权给叶梓闻,自己则关注于新项目和业务的拓展："关于C595项目的任何事情,需要尽快决策的,不用找我,直接找安东尼,任何决定我都支持你。"

的确,按照玛迪的说法,要杨元昭才能跟他对等谈话,可是,如果任何事情都要这么处理,你让工作团队怎么干活？

"梓闻啊,新年好。"艾吾为在电话里的语气十分清亮。

"安东尼,新年好。"叶梓闻听到这句话,心中的闷气消解了不少。这才是个正常人说的话嘛！

"有什么事吗？"

叶梓闻便把情况向艾吾为说明,并且告知他玛迪的意见。

"我不是告状,而是觉得我们面对这件事,需要迅速反应。越是在假期和疫情叠加的时候,越是能反映出我们可以给客户带去的价值。"叶梓闻最后说道。

艾吾为在电话那头沉默了几秒钟,问道:"杨元昭怎么看?"

"他支持我。"叶梓闻脱口而出。刚才在打这个电话前,他已经给杨元昭发了个微信,并且很快得到了确认回复。

"嗯,那这样吧,你让他给我打个电话。"

"好的。"

叶梓闻刚恢复一点的心情又阴沉下去。这么小一件事,非得上升到CEO,还得两个副总裁PK决定!他摇了摇头,给杨元昭发了个微信就不管了,爱干吗干吗去!

到了晚上,他总算收到一条杨元昭的微信:"搞定了,明天我们去支持客户。"

叶梓闻这才长舒一口气,给王慧发了个微信确认。

"谢谢你!你们果然是金牌供应商,就是给力!"王慧显然很开心。

叶梓闻苦笑了一下:"你要是知道我们是怎样做出这个决定的,估计会嘲笑死我们。"

随着全国上下的迅速行动,疫情很快得到了控制,C595的各项研制和试飞活动也逐步恢复正常。

杜浦从年后一直忙到劳动节将近。不过,他觉得过得很充实。在张燎的培养下,他觉得自己越来越像一个西北汉子了,也跟彭飞等试飞员们打成了一片。

"杜机长,我对你们越来越有信心了!期待两个月后新的航电软件版本啊,到时候,我希望飞出来的问题少一点,不要老是给我们理由骂你们。"一次酒后,彭飞拍着他的肩膀说道。

"您才是机长,我只是架机长,一字之差,可差得远呢。"杜浦笑着纠正道。

"哈哈哈!你一点都不像上海人!"

"我不确定您这是夸我还是骂我。"

"小子,当然是夸你!你看看你这块头,这酒量,而且,人也很爽气!"

"您这是成见,姚明和刘翔不都是上海人吗?"

第一百章　要这标语有何用?　　377

"对对对,你说得对,我自罚一杯。"

带着外场的嘱托和回家的渴望,杜浦总算在劳动节之前申请到了两天假,他订了回上海的机票,收拾好行李,提前两小时便赶到了咸阳机场。

安检之后,他才慢悠悠地往登机口走去。

刚刚路过星巴克门口,准备下扶梯的时候,他突然发现前面有个优美而高挑的背影。

有些陌生,却又无比熟悉。

第一百零一章　重逢

　　杜浦跟着她,走向通往登机口那一层的下行扶梯。
　　往下的扶梯旁边就是上行扶梯。上下交错之间,上行的男人们少不了会往她身上瞟上两眼。
　　戴着口罩还如此引人注目,杜浦的心跳开始加速。
　　原本在这个下行扶梯处,可以纵览停机坪里的飞机,以前每次在这里,杜浦都会心怀憧憬地望过去,想象着有一天 C595 停在那儿的情形。但现在,他的视野里只有前面不远处的那个身影。
　　不知不觉,扶梯已经到了底,他忍不住又跟着她走了几步。
　　走到服务台旁边时,她站住了,回过头来。果然是范理！尽管戴着口罩,但她的身型和眉眼并不会骗人。
　　范理也愣住了。
　　两人相视着,都没有说话。直到杜浦被身后不断下来的人撞了好几次,他才往前走了两步。
　　"你……还好吗？"他问道。
　　"还好,真是好久不见。"范理眨了眨眼。
　　突如其来相逢的瞬间尴尬被这两句问候给打破了。
　　"你这是去哪儿？"杜浦问。
　　"回上海。"
　　"这么巧？我也是,你是哪班飞机？"
　　"MU2161。"
　　"我也是！"杜浦激动万分,"那你来西安干什么？"
　　"调研一家上市公司……不过,你确定我们要站在这里说话吗？我们挡到别人的路了。"

"好,边走边说。"杜浦又上前两步。

两人肩并肩往登机口走去。

"真是没想到,竟然在机场碰到你。"杜浦感慨。

"是啊……你还是常驻阎良?"

"对,我们这行业,周期长,干一件事要干好几年,不,十几年……你又不是不知道。"

范理笑笑,没有说话。

两人继续往前走。

这时,机场广播突然响起:"……我们抱歉地通知,您乘坐的中国东方航空公司 MU2161 航班因为机械故障,无法按时起飞,起飞时间待定……"

"机械故障……看来今天我们有得等了,除非换飞机,否则一时半会修不好。"杜浦说。

"你是专业人士,相信你的判断。那这样吧,我们去那家咖啡厅坐坐,我请客。"

"好的啊,我就不跟你抢了。"

咖啡厅里已经有不少人,范理让杜浦先去占座,自己则去买咖啡。

杜浦看到角落里恰好空出一个桌子,一个箭步上前占住。

不久,范理就把咖啡端了过来。

"还是给你买的美式咖啡,口味没变吧?"

"没变。"

两人都摘下口罩。于是,两人的脸之间只有咖啡馆里的那张小桌子和桌上的两杯咖啡。分开这些年以来,两人从未如此之近过。

杜浦终于可以仔细看看自己的前妻。他们已经两年没见了。在杜浦与儿子宁宁时不时视频通话时,范理也从来不出镜。

范理依旧光彩照人,还是他熟悉的样子,唯一的变化就是发型,原来是一个齐刘海,看起来很可爱,现在,她把头发梳向一边,成熟不少。她画着一点淡妆,眼线稍微涂歪了一点,看来今天一早出门有些匆忙。

他不知道自己在范理的眼里是个什么形象。"估计是发际线又往后移了吧……"他心里想着。

"你在阎良被摧残得很厉害?"果然,范理问道。

"嗯,长残了?"杜浦苦笑。

"不,还是挺帅的。但你原来更帅。"

"帅有什么用? 既找不到老婆,又没法让 C595 尽快交付航空公司,还被试飞员们骂得跟狗似的。"杜浦自嘲。

"还是一个人?"范理对 C595 完全没兴趣。

"对,你呢?"

"我也是……"

说完这句话,两人都觉得与对方的距离似乎更近了一些,像是同一战壕里的战友。然后,他们都没有说话,只顾着抿自己的咖啡。

过了好一阵,杜浦才问道:"好久没看到宁宁了,他怎么样? 你现在算是如愿以偿了吧?"

"他挺乖的啊,时不时在他同学面前说他爸是搞国产大飞机的,很骄傲的样子。"范理似乎犹豫了一下,还是说出这句话。

杜浦听了,脸上带着一丝苦笑,微微摇了摇头:"如果我说希望他长大后接我的班,你肯定会反对吧?"

"都什么年代了,你还想他跟你一样?"

"当年我考北航的时候,我爸也是让我自己选,但是我乐意接他和爷爷的班。"

"我这个当妈的不同意。"

"我们好久不见,今天就不要再吵了好吗? 等他长大了,这个世界还不知道变成什么样子。"杜浦停止了这个话题。

"好……那就聊聊眼前的事。现在国家政策似乎在往公立学校倾斜,跟前几年不一样了。"范理小声说道。

两人离婚时,范理要去了儿子的抚养权,然后将他送进了一所一贯制的私立双语小学。

"你看看,当初要是听我的,读公立不挺好吗?"

"我又不想让他在国内读大学,为什么要读公立呢?国家只是向公立倾斜,又没说要取缔私立。"

"为什么要出国读大学?我们本科都在国内读的,现在不都发展得人模狗样的?"

"去看看更多的可能。"

"这些年我时不时反思我们分开的原因,或许这才是根本吧。"杜浦看着范理的眼睛。

"也许吧,本来就没有对错之分,而我们却非要分出个对错来。"

"如果要分出对错,即便分开了,也能继续较劲啊。但是,我不想看到你过得辛苦,或者过得差。"

"我也是,但你现在这个样子,实在让我没法完全放心啊。"

"嘿嘿,放心,我扛得住。"

"说实在的,我这些年也没少关注你们的进展,可是,进展为什么这么慢呢?"

"喂,你不要哪壶不开提哪壶。"

"现在国际局势又在往孤立主义的方向发展,中美关系也很不好,你看看现在他们一直拿新型冠状病毒说事,不知道对你们的影响大不大。"

"现在看起来,影响有限,但是,再往后走,不好说。所以,我们也有两手准备……"

杜浦正说着,电话突然响了。

"你小子还没登机吧?就算登机了也赶紧给我下来,电话还能接通,就说明还没起飞!"张燎急促的声音甚至传到了范理耳朵里。

"啊?什么事?"

"大事!赶紧回来,休假的事以后再说!"

电话挂了。

杜浦无奈地冲范理笑笑:"我得失陪了。"

"没事,理解,只是苦了这杯咖啡,刚刚把自己降到合适的温度,却无人垂青。"

第一百零二章　四处求件

当杜浦赶回到阎良外场基地时,会议室里坐了一桌子人。

张燎一见杜浦进来,就说道:"小子,赶紧跟你们航电的人联系,让他们去找供应商,104架机没法飞了。"

"是的!一切都准备就绪,最后一次上电时,却发现备份仪表黑屏。"张燎身旁的现场航电工程师补充道。

"原计划明天一早飞,彭飞他们都准备好了,现在出了这种破事,我都能想象明天一早他们会说什么!"张燎和他一唱一和。

张燎板下脸,"这是大事!104架机现在的试验任务完成情况已经落后于其他几架飞机,再被这个备份仪表一拖累,更是雪上加霜!"

一伙人又七嘴八舌聊了一阵,才把火力重新集中在杜浦身上。

"架机长,情况就是这个情况,靠你了!很抱歉,把你从机场拉了回来,这事搞定,我保证让你回上海去探亲!"张燎最后说道。

"领导,你这空头支票都开过几回了?"杜浦笑笑,"可我还真信!"

离开会议室,杜浦匆匆回到宿舍,放下行李,想了想,然后拨通了林琪的电话。

"杜机长,好久没联系,你这是到成都来了?"电话里的林琪声音十分欢快。

"没有,我就不跟你客套了,林姐,急事,你们的备份仪表今天在104架机上黑屏了,影响我们明天的试飞计划,你得赶紧把这件事情的紧急程度告诉美国,第一时间给出解决方案。如果过个两三天还是没有进展的话,我们肯定会上报给大领导,到时候直接给你们CEO写邮件,开视频会议估计都少不了。"

听完杜浦的话,林琪一愣,但很快恢复冷静:"好的,我明白了,马上处理!"

挂掉电话后,林琪立刻拨通了薛小强的电话:"小强,你在上海吗?"

"在的,怎么了?"

"我们的备份仪表在 104 架机上黑屏了,影响中商航试飞,我们得赶紧解决这事。我们分头行动,通过各自的人脉关系找总部寻求支援。这次必须要他们派工程师来处理这事,虽然因为疫情的原因没法出差,但现在远程工作的手段不少,一定有办法!"

"啊?中商航没人跟我说这事啊!我刚从上研院出来。"

"杜浦刚给我打的电话,估计因为事态紧急,他们外场还没通知院里。"

"哦……我明白了,我一到家就联系美国那边!"

联系了利佳宇航,杜浦才电话通知了王慧。

"现场的航电工程师有什么建议吗?"王慧问道。

"没有,飞机上电启动时,它亮了一会儿,然后就黑了,重启之后也没有反应。"

"看起来,最快的方法是换个件上去。"

"是,但我们外场现场没有,院里试验室有吗?"

"我们有倒是有,但也要在试验台上装着做试验的,拆下来给你们,我们这边的进度就要受影响了。"

"分析一下嘛,我们要有大局观……"说到这里,杜浦觉得自己似乎有责怪王慧作为堂堂航电副总师助理,没有大局观的意思,便立刻改口说:"我已经跟利佳宇航联系过了,让他们立刻派人查清楚黑屏的根本原因是什么,至于备用件是放试验室,还是放飞机上,我们一起商量商量。"

"杜浦,下回能不能先跟我们说一声,再去找供应商?"

"我知道,但这次不是情况紧急嘛,而且,我也刚告诉他们。"

"那行吧,我去跟试验室聊聊,看看我们的试验计划,你还得跟中迪航电说一声,备份仪表属于他们负责的座舱显示系统工作包,出了问题,他们也得担责任。"

"好。"

的确,在这个产品上,利佳宇航其实算是中迪航电的供应商,中迪航电把一整套系统打包之后,再交付给中商航。

杜浦毫不犹豫地拨通了叶梓闻的电话。

"叶总……"

"说人话!要我帮什么忙?"叶梓闻打断了他。

"你怎么知道我要找你帮忙?"杜浦惊奇。

"哪次你叫我'叶总'的时候不是跟着事儿?而且往往不是什么好事。"

"嘿嘿,你小子……那我就不绕弯子了。"

杜浦便把10104架机的备份仪表黑屏问题又简要说了一遍。

"这个利佳宇航!我也要找他们!又拖我们后腿!"叶梓闻很气愤。

"好,你们也施加施加压力,不然他们没有紧迫感。"杜浦很满意,然后问道,"对了,你们有备份仪表的库存吗?先给我们用用,用完就还你们。"

"备份仪表啊……你们自己没货吗?"

"有还找你们?当然,也不能说完全没有,但都有别的用处,挪不开,所以想看看你们有没有闲置的。"

"好,那你等等,我去问问我们的运营团队。"

挂掉电话后,叶梓闻来到运营团队区域,找到库存负责人。

"我们目前库存里的备份仪表是什么构型?"

"最新的构型。"

"也就是说,我们有现货?"

"有。"

"标签证件什么的都齐全?"

"当然,怎么了?"

"我需要一个给客户用,他们缺货,不赶紧补上,就没法飞行试验,AOG了。"

AOG就是Aircraft on Ground,飞机趴地上,是所有航空人都不愿意看到的三个字母。

"他们自己没货吗?"

"没有。"叶梓闻懒得费口舌解释中商航的情况。

"那我去申请一下,走个出库程序。还有,你得让客户下订单。"

"不能同步走吗?"

"抱歉,我们的运营流程十分严谨,没法这么做。"

"那你们这个流程需要多久?"

"我看看汉克在不在。"

汉克其实是个中国人,叫王广汉,是中迪航电的运营总监。

没过多久,叶梓闻接到来自库房的电话:"不好意思啊,汉克休假了。"

"休假?什么时候回来?"

"刚走两天,还有个把星期。"

"那不是黄花菜都凉了?你们不能联系他吗?"

"据说他去新疆自驾了,我给他发了微信消息,还没回。现在处于特殊时期,要不然他早就去国外旅行了,手机一关,找都找不到。"

"你们就没有授权吗?"

"抱歉,没有。"

"这个样子怎么搞运营?万一飞机交付航空公司后,出现 AOG 呢?难道不应该七乘二十四小时待命吗?"

"嘿嘿,叶总息怒,这不还没 EIS 吗?"

"飞行试验也耽误不得啊!"

叶梓闻气呼呼地挂掉电话。

第一百零三章　强弩之末

EIS 是 Entry into Service 的简称，表示飞机"投入商业运营"。EIS 之后，飞机就正式由航空公司运营于航班载客飞行了。

"这帮人，真是不识人间疾苦！飞机还没 EIS 就不能尽快响应客户吗？"

叶梓闻没有办法，只能又找到艾吾为。

"梓闻，有事吗？"艾吾为从他那宽大的办公桌后面抬起头来。

他永远是那样一副慢条斯理、波澜不惊的样子。仿佛外面哪怕洪水滔天，在他看起来都依旧云淡风轻，岁月静好。

"不好意思，我又来打扰您了。但是，我们现在有一件急事，中商航 104 架机上的备份仪表黑屏，影响飞行试验，急需备件更换，我们有库存，项目上暂时也用不着，我想拿去支持客户，但运营团队说不能同步走流程，非要等汉克休假回来。据我所知，汉克休假前也没有给授权，您是他的老板，我只能找您了。"

"客户要得那么急啊……"

"是的！否则我也不会冒昧地到您这儿来。"

"不，你是对的，汉克休假，他没有授权给他的下属，自然应该由他的老板来定，而我就是他的老板。"说到这里，艾吾为话锋一转，"杨元昭知道这件事吗？"

"又来了……"叶梓闻心里鄙视地想，"这事跟杨总有什么关系吗？"

"知道，我跟他说过。"

"那他是什么态度？"

"他支持我。"叶梓闻忍住不耐烦。

"哦……"艾吾为微微地点了点头,"梓闻啊,这件事,我不同意。"

"啊?为什么?"

"备件是高价值航材,也是我们公司贵重的资产,我们不能冒险在没有任何订单或者合同保障的情况下就交付给客户。"

"可是这不是一般的客户啊,他们是中商航,我们都合作十几年了,他们给了我们上亿美元的研发费,难道会拖欠一套几万美元的设备款?再说了,他们只是借用一下救个急,还会还给我们的。"

"这就是我的点,他们如果愿意买一套,那就简单了,我没问题。可是,现在他们是借用,万一借的过程当中出现些什么问题或故障呢?算谁的?"

"当然算他们的,他们不会赖账的。"

"万一呢?"

"……"叶梓闻哑口无言。

其实他很想反问一句:"你们管理公司的理念就是:风险全部是别人的,自己一毛钱都不愿意承担是吧?这样下去,谁愿意陪你们玩?"

"梓闻啊,我知道你很心急,这很正常,你还年轻嘛……"艾吾为依旧不紧不慢地安慰道,"我呢,比你虚长二十岁,见过的客户多了。很多时候,客户会把他们自己的缓冲留得多多的,把供应商压得死死的,你要是面对每个客户都那样,会累死你,而且,从商务角度考虑,也不划算。中商航不算一个成熟的客户,你干吗不让子弹再飞一会儿?"

"会不会用词?比我老二十岁还叫'虚长'?!"叶梓闻心里骂道。他心里虽这么想,嘴上还是得应着:"好的,我明白了。"

离开艾吾为办公室后,叶梓闻给杜浦回了一个电话:"抱歉,老兄,没搞定,我们有库存,但 CEO 不放。"

"这种事情还要你们 CEO 决定?"杜浦问,"有没有搞错?"

"唉,不说了……总之我们这次没帮上忙,抱歉。"

"没事,理解,如果事态一直严重下去,要上升到领导层的话,你们艾总敢不敢对我们董事长说'不'?"

"那也不是我能定的,管他呢。"叶梓闻此刻心情很低落,可他竟然希望这事真的发生,他想看看艾吾为要怎么去面对客户的大老板。

"没事,老弟,这不是你的错。你还是帮忙催催利佳宇航他们,得把问题的根源找到,备件只能暂时缓解一下试飞的压力,但如果产品本身存在问题,以后还会有隐患。"

"好!"

叶梓闻调整调整心情,联系了林琪。

"叶总,我知道是什么事。"还没等叶梓闻说话,林琪就说道。

"那好,拜托林姐了。"叶梓闻也没有废话。

林琪把成利系统的日常管理暂时交给她的副总经理:"最近备份仪表出现黑屏,貌似影响挺大,我得赶紧跟美国那边紧密联系,盯着这个问题,这两天你帮我管管。"

到了晚上,她便跟薛小强开始发邮件和设置电话会议。

"梅铎夫,这就是具体的情况,我们需要你授权给工程团队,花点时间调查这件事情的根因。"她把情况介绍完之后,对梅铎夫说。

"玛吉,我理解你的急切,也收到了飞机上下载下来的故障日志,并且发给了工程团队。不过,结果不会那么快出来,我们没有资源,而且大家都依然在家里办公,没法回办公室和试验室共同工作。你可以让中商航先用备件顶上,我们一定在适航取证前解决这个问题。"

电话里的梅铎夫说话有气无力,完全不像以往那样中气十足,简直像感染了新型冠状病毒。

年初开始席卷全球的这场疫情,给整个航空业和美国都带来了巨大的冲击。

各国纷纷关闭边境或者对国际出行严格限制,航空业收入的大头——国际出行,尤其是公务舱、头等舱两舱出行几乎是断崖式下跌,航空公司倒闭的倒闭,合并的合并。航空公司是整个民机行业的最下游,他们日子不好过,飞机制造商们的飞机就卖不出去,飞机卖不出去,自然也不会去采购上游的系统和产品,这样一级一级传导,利佳宇航也深受影响。

一夜之间,他们原来引以为傲的优势突然变成了劣势,原来,一架飞机上可能30%的价值都是他们提供的,现在,飞机本身变成了零,零乘以任何数都等于零。

利佳宇航决定,全球裁员40%。高管们首当其冲,毕竟他们的待遇一个顶十个。很多还未到退休年纪的工程师也都被要求拿一个赔偿方案后就提前退休。

"玛吉,我对中国,对中商航,对C595是有感情的,虽然因为疫情,我已经很久没去上海出差,但我能够帮助的,一定尽力。可是,谈到这件事,我爱莫能助。我自己的工作,也是因为参与中国项目才保住的。我们的工程资源在裁员后已经大幅减少,完成已有的波音和空客的项目都已经捉襟见肘,你认为,我们还能抽出人手来支持C595吗?"一晚上的电话会下来,到了结束的时候,梅铎夫的话里才稍微有一丝感情色彩。这场变故对他的冲击不亚于三年前他妻子的病故。

电话会结束后,林琪给薛小强打了一个电话:"还没睡吧?"

"没呢,哪这么快。"

"我们复盘一下,你感觉怎么样?"

"很不好。我觉得总部的状况比CEO和公司领导们群发邮件描述的情况要糟糕多了。"

"是啊,所以我在想,梅铎夫把话说到这份儿上,我们还有没有必要再去总部运作,去找更高层级的领导。"

"林姐,我就直说了,哪怕我们找到公司董事长都没用。巧妇难为无米之炊,公司裁员并不是秘密,我们的工作之所以能保住,多亏了C595项目和中商航的存在,但美国那边的情况是真的惨。"

"嗯,我跟你有同样的看法,关键是我们怎么面对中商航呢?"

"实话实说呗,家道中落,入不敷出,我们也没办法。"

第一百零四章　雪上加霜

"知道他们情况差,没想到情况这么差……"孟德丰皱了皱眉。

利佳宇航已经正式通知中商航和中迪航电,他们目前极度缺乏工程资源,备份仪表的黑屏问题连能分析的人都没有。

"说白了,我们总部已经躺平,就算给钱都没人做。"私下里,林琪偷偷对孟德丰说。

孟德丰此时已经升任为中商航总部采供中心副主任,协助很快就要再次退隐江湖的欧阳天举。业界都在流传孟德丰确定会成为年轻的新主任。这次的会议,便是孟德丰主持召开的。

刘娣飞和王慧两人代表技术部门亲自参会,杜浦则代表外场,从阎良通过视频接入。

"其实,不仅仅是利佳宇航如此,别的国外供应商也都好不到哪儿去,迪森斯的飞行管理系统也一点都不省心。"王慧说。

"嗯,看来早就应该跟你们航电开这个会,而不是等到备份仪表出了问题才讨论……我们跟别的系统已经开了会,了解疫情对他们的影响。飞控、发动机等关键系统供应商都表态说会保障好 C595 的适航取证,当时,我们想到利佳宇航也是飞控的供应商,就以为他们渡过难关了,看来还是大意了。"

"可能是因为飞控和航电在利佳宇航里是完全不同的两个团队?"赵婕小声说。

"有这个原因。"孟德丰点点头,"不管怎样,是我们采供的问题,之前有点忽视航电。"

"孟主任,你也不用自责,现在就算亡羊补牢吧。我们技术团队也应该更早地寻求总部帮助,而不是等到出了事情之后才举手。"刘娣飞安慰他。

"我建议,建立起外场、院里、总装厂和总部采供中心的例会机制,每周至少对表一次。"杜浦在视频里建议,"此前我们虽然有沟通机制,但都是不定期的,很多时候,某个人忙,没空,会议就开不了,现在这种情况下,我看需要强制开会。"

"我同意杜浦的建议。"孟德丰表态,"采供这边,赵婕是接口人。"

赵婕点了点头。

"航电就由王慧参加吧,毕竟你清楚整个系统的情况,这比单纯让工作包包长参与要好。"刘娣飞冲着王慧说。

"没问题。"王慧答道。

"外场就找我吧,我虽然还有个副架机长支持,但那哥们不是航电出来的,怕有时候不清楚情况。"杜浦也毫不犹豫地回答。

"好!就这么定!整个行业受到疫情冲击,一片萧条,危机四伏,不过,只要我们咬牙坚持下去,挺过这一阵,就是我们千载难逢的好机会!"孟德丰踌躇满志地总结。

好在中商航最终从总装厂又找到几件备份仪表,赶紧往外场发过去,解决了飞行试验的燃眉之急,而黑屏问题也并未复现,使得杜浦暂时松了一口气。不过,他觉得很郁闷:明明我们自己就有备件,为什么麻烦了一大圈供应商?我们内部的协调机制也得好好改进改进!

同时,他也下定决心,等利佳宇航一旦稍微缓过劲来,还是得逼他们把根本原因认真分析分析,彻底解决。万一未来某一天这个问题复现了呢?

叶梓闻对于这个问题得到解决的情绪十分复杂。他当然很高兴看到试飞不受影响,项目往前推进,但这件事让他在内部的口碑很受影响。虽然没有直接听到,但他已经从好几个同事那儿得知,艾吾为、何泰基与王广汉几名公司领导曾私下里怀疑他的工作定力。

"梓闻还是太年轻,容易被客户牵着鼻子跑,是不是要培养他成为未来公司管理层的成员,还是要从长计议。"

而玛迪更是抓住这个机会,在各种内部会议上含沙射影地攻击他:"我们干工程的要严谨,严格遵守流程,绝对不能干超流程的事情,不能被项目经理牵着鼻子走,要有我们自己的操守和职业判断……"

"这帮尸位素餐的浑蛋!身不在一线,听不到炮火,一天到晚就只知道坐在办公室里发号施令,设置各种障碍!"叶梓闻十分恼火。

一瞬间,他甚至有点后悔:为什么当初没回上航所呢?

丁真和孔薇薇的心情也没比叶梓闻好多少。

由于过去这些年对于民机研发的困难和复杂度估计不足,上航所的座舱显示系统工作推动得十分吃力。C595总装下线之前出现的显示器黑屏问题,到今天依然未得到解决。因为这一个问题,他们已经被中商航和中迪航电警告过很多次:"黑屏问题不解决,局方就不会颁发适航证,你们上航所可别拖全机的后腿!"

两人一人负责工程,一人负责项目管理,现在天天跟技术团队泡在一块,加班加点地赶工显示软件。

这个软件要在一个月之后交付给中迪航电,由后者集成后,与飞行管理、机载维护等软件一道交付给中商航。

这是一个大版本软件,他们称之为 Block Point 6.1,或简称为 BP6.1。

按照计划,BP6.1 将实现整个中迪航电所承担的核心航电系统——包括好几个工作包的全功能。这就意味着,试飞员可以毫无限制地使用核心航电系统的功能,而不需要中商航外场团队在飞行之前给他们交底,提供各种注意事项和使用限制。

"小叶,你别急,我们一定按时交!"孔薇薇刚挂掉叶梓闻的电话。

叶梓闻作为中迪航电的项目经理,要确保 BP6.1 按照计划交付给上研院航电团队,但在那之前,他得确保上航所向他按时交付显示 BP6.1,以及迪森斯按时交付飞行管理和机载维护的 BP6.1。

这两家一旦出一点幺蛾子,他们中迪航电的整个计划也要受影响。

因此,这些天他几乎天天盯着孔薇薇。

面对这个十年前自己的师父,他一点都不客气。

几个团队拼到七月底,到了最后那两周,几乎是三班倒地进行软件集成和验证测试,终于,中迪航电准时向上研院交付了BP6.1。

"小叶啊,感谢你们的支持!很不容易!"刘娣飞亲自给叶梓闻打电话感谢。

"兄弟,我这104架机就等着装BP6.1去飞呢,感谢啊!下回来阎良再请你喝西凤!"杜浦也给他发了条微信。

半夜看到这些感谢信息,叶梓闻欣慰地笑了。

突然,他觉得自己腹部传来一阵剧痛。

第一百零五章　半夜偶遇

那一天机场相遇后，望着杜浦匆匆远去的高大背影，范理摇了摇头，自己喝了一口咖啡："还是这样身不由己啊……"

她原本想多跟他聊一会儿，反正航班延误不知得到何时，不是正好有机会吗？

两人虽然曾经因为三观不合而分开，但这几年来，范理没有遇上一个让她哪怕是微微有些动心的男人。

她遇上的，要么是贪图她的美色，希望寻找一夜或者短暂欢愉的，要么是本来还很殷勤，一得知她离异带小孩便逐步战略性撤退的。似乎就没有冲着感情而来的，或者说，似乎一个离婚女人再去寻找感情或者存在精神追求是一件很傻的事情，只能为了自己的生理需求和子女教育而活着。

在与杜浦分开的时候，她曾经认为，以自己的条件，不愁找不到比杜浦更合适的人。

然而，感情似乎就是那样，不是看外在条件，或者，不仅仅是看外在条件：颜值、身材、收入、脾气、性格，而是这一切的某种组合，再加上很多看不见摸不着的元素，比如三观、学识、气质……没有一个固定的公式或者系数可以算出它的结果。

对于她来说，曾经，杜浦是她那个感情公式的解，而与杜浦分开之后，她的新解还没有求到。

好在她进入华灼基金之后，工作上一直很充实，宁宁也牵扯了她不少精力，重新进入一段感情，甚至组建家庭的事情，并不在她的优先级清单上。

航班一直延误到晚上,东航更换了一架飞机,才把咸阳机场里怨声载道的乘客们送回上海。落地的时候,已经是午夜时分。

范理拖着行李,费力地挺着疲惫的身躯,随着晚归的人流走出虹桥机场。正走着,她突然听见背后有人叫道:"范理!"

她有些诧异地回过头看去:"这么晚,会是谁呢?"

一个微微有些发福,年纪跟她相仿的男人站在她身后不远的地方,也拖着一个拉杆箱,显然,也是刚下飞机。

戴着口罩,她一时认不出这人是谁。可是对方竟然能透过口罩就认出自己!

"想不起来我是谁了?真是美人多忘事啊。"那人调侃道,同时摘掉口罩,露出一张玩世不恭的脸。

"付洋!"范理这才想起来,这人是杜浦的室友,也是她北航的同班同学。毕业之后,她来到上海,付洋留在北京,她就从未见过他。印象当中,他是瘦瘦的个子,而现在的他显然"膨胀"了不少。

"范大美女,还好你把我给认出来了,不然我可要伤心死。这么些年,你是一点都没变,我可完全长残啦。"付洋笑道,"有次我在虹桥机场,也是在半夜,碰到从成都回来的杜浦,差不多得有十年了……今天没想到又在这碰上你,我们这同学缘分还真不是盖的。"

范理心中一惊:"不行,不能让他知道我们离婚了,否则全校都知道了。"

她和杜浦都不是那种喜欢凑热闹的人,毕业之后这些年总共也没参加过几次同学聚会,加上工作又都很忙碌,离婚之后两人更是低调。

想到这里,她也笑着回应:"这么巧?我是从西安回来,你呢?"

"从北京过来出差。"

"哦……可惜我……我们最近都比较忙,不然一定请你吃顿饭,你待几天?"

"没事,上海我常来,也安排得挺紧,所以也一直顾不上跟你们这些在上海的同学联系。"

"现在在哪里发财啊?"范理见等出租车的人一眼望不到头,便与付洋攀谈起来。反正闲着也是闲着。而且,这个付洋,她是知道的,就喜欢瞎侃,自己不找他,他也会凑上来的。

"范大美女有兴趣啊?有兴趣的话,要不要加入我们?"

"说来听听呗。"

"我在一家全球的 EDA 软件龙头企业负责整个中国区的销售和市场,正在扩张团队呢。这几年国家格外重视半导体和芯片行业的发展,就是要突破卡脖子技术,所以,我们的生意好得不得了。因为国内的 EDA 软件还是不行,没有办法,只能用我们的……"

"失敬失敬,我得称你一声付总。"范理笑道,"不过,怎么听上去你是在发国难财呢?"

"你这是什么话?我记得杜浦说你在金融行业,不应该海纳百川,胸怀天下吗?观念还这么老土?"

"我跟你开玩笑,你不是发国难财,顶多算个洋买办……不过,看这几年的架势,EDA 软件国产化也迟早要起来的。"

"你说你,长得挺好看,怎么就吐不出什么好话呢?软件国产化……那就等国内的软件企业发展起来之后再说呗,那个时候说不定我都已经退休了。怎么样?我们可是绝对的市场垄断,要不要来?一句话的事儿。我知道你在金融行业肯定挣得不少,但是有我在,绝对保证你吃香的,喝辣的。好歹你也是弟妹,我不会亏待你的。只可惜杜浦那小子死活不愿来。"

"他肯定不会来的。"范理淡淡地说。

"是啊,所以我很早就放弃游说他了,今天算是正式向系花抛出橄榄枝,我这里随时虚位以待!"

"多谢付总的认可,让我好好考虑考虑。"范理客套道。

两人聊了一会,排队的队伍依然很长。

范理有些焦虑:这要什么时候才到家啊?明天一早还要开晨会呢。

"要不要坐我的车?"付洋看出范理的心思,问道。

"你有车?"

"对,我有个司机,刚才是看到你,所以才陪你聊了几句,信得过我的话,我送你回去吧。"

"嗯……好吧,那我就不客气了,沾付总的光。"范理倒没怎么客气。她知道目前的第一目标就是尽快回家,而付洋毕竟也是同学一场,可以信任。

两人一路在车里又天南海北地聊了一阵,很快便到了范理的住处。

"上回送杜浦的时候,不是这里嘛……你们搬家了?"范理下车时,付洋顺口问了一句。

范理一愣,马上反应过来:"对,搬家了。"然后,她道了一声谢,匆匆下车。

盯着范理的背影,付洋若有所思。

第一百零六章　本质区别是什么

开完晨会,范理的头还有点晕。

昨天半夜从西安回来,虽然搭了付洋的便车,到家的时候,依旧过了凌晨两点。

她去茶水间接了一杯咖啡,闻到杯子里散发出来的香气,尽管还没入口,她已经感觉灵魂回到了身体里边。

回到办公室,刚喝了第一口咖啡,桌上的电话就响起来。

"喂……哦？朱总找我？好的,我这就过来。"

挂掉电话后,范理的心怦怦直跳,她隐约间感觉,可能会发生些什么事。

朱千墨是华灼基金的权益投资总监,分管的是公司的权益基金经理团队,此前跟她并没太多交集,仅仅算是认识。

她理了理自己的情绪,出门前又照了照镜子,看看头发和形象有没有乱,确定一切都正常之后,她走进电梯间。

公司的基金经理们都在楼上那层办公。

当范理赶到时,朱千墨的办公室门敞开着。

"进来吧,顺便关下门。"他看到了门口的范理。

范理这才坐下来,看着眼前这位公司高管。

朱千墨四十出头,满脸精明,头发整齐地梳着,戴着一副金边眼镜,穿着合体的西装,可以说是公司里最注意着装和外表的最有腔调的男人。

"朱总好。"范理问候道。

"范理,知道我找你是什么事吗？"

"不知道。"

"好事。"

"嗯,我也这么想。"范理微微笑了一下。

"好!马上就要开盘了,我也就不耽误你时间,今天找你,是想把你调到我这儿来。我们打算发一批新的权益产品,需要新的基金经理。你在中御证券干了多年的分析师,已经积累了业内的口碑,在我们这儿又工作了好些年,经验和技能肯定是没问题的,我充分相信你。"

说完,朱千墨盯着范理,像是在问:"你愿意过来吗?"

范理当然愿意!为了这一刻,她已经等待了很多年。

权益基金经理,说得更简单粗暴,就是二级市场的股票基金经理,范理研究了这么多年股票,自然不成问题。

不过,她不想让自己显得过于激动,努力控制住自己的情绪,边点头边说:"谢谢朱总的认可,我没问题。"

"那就好!张总那边我已经打过招呼,他也很支持。毕竟,从他那儿再到我这儿,然后功成名就,或者惨淡出局,都是我们职业发展的路径,哈哈哈。"

张总就是范理目前的领导,研究部总监张鸣,他是王子强的好友。当年,正是王子强的推荐,范理得到了加入华灼基金的机会。

基金经理的确是一个做金融分析的专业人士职业发展的终极目标,如果他们不打算自己另起炉灶干私募基金或者投资管理等业务的话。好的基金经理年收入可达千万级别,但压力不小。因为基金有排名,排名靠后,要么基金产品解散,要么自己的市场名声毁掉,下场的确会很惨淡。

"明白!我喜欢有挑战的事情。"但现在,范理想不了那么多,她知道,自己今天没有别的选择。错过了此刻的机会,下一次还不知道要等到何时。

从入行到今天,一共花了十二年,她终于从一名非科班出身的金融菜鸟,成长为最专业的基金经理。

范理回到家,忙不迭地跟父母和宁宁分享了这个好消息,可是,父母并不懂,儿子也好不了多少。她感到一丝失落:连一个一起庆祝的人都没有……

如果,杜浦还在身边,他应该会非常理解我此刻的激动吧?虽然有朋友可以分享,但朋友和家人还是有区别的。

把儿子哄睡之后,范理躺在床上,却怎么都睡不着。

不知道为什么,眼睛一闭,她的脑海中就会蹦出来当年在中御证券的场景:梅艳丽那个坏女人后来怎么样了?孙尚武有没有找到让他心动的另一半?

尽管在华灼基金也待了很多年,范理却觉得,这段经历是重复而乏味的,远没当初在中御证券精彩。

希望自己变成基金经理之后,工作内容可以更加有意思吧。

"范理,恭喜你,能够让朱总看上,很不容易!"下班前,张鸣找到她。

"谢谢张总的推荐和成全,没有您的指点,我不会有今天。"范理说。

眼前这个男人很快就要成为前老板了。

"你干投资分析已经干到头了,是时候去挑战点新鲜事,所以,当朱总找到我的时候,我一丝犹豫都没有。他不找我,我都得找你聊聊,看看有没有新的机会。毕竟,当年你是子强推荐过来的,我得对我兄弟负责到底。"

"让张总费心了。"

"我相信你过去之后,朱总会给你很好的指点,不过,我也想跟你聊聊,算是过来人的一点倚老卖老吧。"

"那太好了!多谢张总指点,请讲!"

"同样是跟股票、上市公司和客户打交道,你觉得当基金经理和当研究员有什么本质的区别?"

"本质的区别?一个负责投资,一个负责给投资建议?"范理小心地回答。尽管这不是面试,她还是想给张鸣留下个好印象。

"嗯……接近了,你再想想。"

范理皱着眉头,想了半天,也没想出更好的答案。

"想不出来……"范理放弃了。

"好,那我告诉你,一个负责决策,一个负责建议。"

"这跟我那个答案不是差不多吗?"

"所以我说你接近了,我只不过帮你抽象了一下。看上去,他们做的事情都差不多,但决策和建议是两种完全不同的行为,也需要截然不同的特质。"

"截然不同的特质……"范理轻声地重复了一遍这句话,然后猛然醒悟,"基金经理需要做出投资决策,并且对这个决策负责,赚了,是他的业绩,亏了,他也要打碎门牙往肚里咽!而研究员只需要给建议就好,建议被采纳或被搁置,都不会直接造成后果!"

"没错,就是这样。从现在开始,你要从一个建议者,转换为一个决策者,这个转变并不容易。"

下班前的这段对话像电影重播一样,又在范理眼前放了一遍。

"我要成为决策者了!"

她更加睡不着了。于是,她干脆从床上爬起来,找到手机,还是给杜浦发了一条微信:"我要成为基金经理了,这是我十年前的理想。也祝你当年的理想可以尽快实现!"

第一百零七章　疼痛中的感悟

当叶梓闻赶到仁济医院急诊部的时候,他觉得自己已经疼出了幻觉。从腹部中间而起的剧痛已经折腾了他好几个小时。

他一开始以为自己是吃坏了肚子,但无论如何都没有便意。他转而试图让自己入睡。很多时候,人的身体跟计算机一样,出了点毛病,重启一下就好。可是,这种疼痛感让他压根睡不着。平躺、侧卧、半趴着,各种姿势他都试过,却没有任何效果。过了午夜十二点,他感到肩膀都开始疼了起来。没办法,他只能下楼,打了个车,到最近的三甲医院。

"随申码打开。"急诊门口的工作人员命令道。

叶梓闻费了老大劲才完成这个动作。

急诊的人不多,他捂着肚子来到预检台,一屁股坐下。

"什么病?"

"我肚子疼,可能是急性肠胃炎……"

"疼了多久了?"

"三四个小时了吧。"

"有腹泻吗?"

"没有。"

"好,去内科看看吧。"

内科医生从头到脚都防护着,只露出两只眼睛。叶梓闻从医生说话的音色才判断出来,他应该是个年轻的男医生。

"躺下。"听完叶梓闻的描述,医生说道,然后伸出手来在他的腹部四处按压。

"疼吗?"

"疼！"

"这里疼吗？"

"到处都疼！"

"去验个血,把核酸也验一下,然后做个B超和CT,做完了再来。"

好在夜间人不多,叶梓闻把这一套都做完,并没有花太长时间。

一切检查结果都呈现在医生面前时,他皱了皱眉:"胆囊边缘模糊……你不是肠胃炎,很可能是胆囊炎啊……这样吧,明天你再来急诊,看外科,让外科医生会诊一下。"

"那今晚怎么办？"

"还是很疼？"

"是的,疼得都睡不着觉。"

"你有什么过敏史吗？"

"没有。"

"那我给你先消炎吧,打完点滴后回去休息,看看明天情况如何,再过来。"

"谢谢医生。"

三大袋的点滴开了出来,有透明色的,有浅黄色的,叶梓闻盯着它们,心里默念:"拜托你们了！"

打完点滴,已经到了早晨三四点。疼痛虽然并没有得到缓解,但是叶梓闻是扎扎实实地感受到了困意。回到家匆匆洗了个澡,他终于睡着了,直到被疼痛感再度唤醒。

他挣扎起身,一看表,才早上七点。他骂了一句,只能稍微洗漱,再奔医院。

在外科医生的确认下,他终于被诊断为急性胆囊炎。确诊后,就是没完没了地打点滴。

"你这是第一次发作,我们就保守治疗了。等你好了之后,如果胆平时没毛病,注意一点就好,如果还时不时痛,我们建议你把胆割掉。到时候你去门诊约个手术就行,这是个小手术。"

"谢谢医生！"

之后,他安安心心请了一周病假,每天去医院打点滴,一打就是大半天。"还好 BP6.1 交付了,不然我现在得多着急啊……"他不免感到一丝侥幸。

可是,到了第三天,疼痛感依旧没有缓解。

当再次来到急诊外科开药时,他向医生恳求道:"医生,有没有更猛一点的消炎药啊?我实在受不了了。"

这次是一个女医生,口罩之上,透明防护罩后面露出来的一双眼睛灵性十足,很是动人。她安静地看了看叶梓闻过去几天的用药历史,反复确认了几遍,终于开口问道:"你有没有青光眼?"

"没有。"

"前列腺有毛病吗?"

"没有!"

"有任何药物过敏史吗?"

"也没有。"

"好的。"医生在病历本上潦草地写了两行字,还给他,"去打一针这个吧。"

"这是什么?"

"止痛针。"

叶梓闻已经很久没进行过肌肉注射了,当那比自己小指头还小的一针管止痛药从自己屁股上注入时,他感到一种前所未有的轻松感。在他肚子里肆虐盘踞了几天的疼痛,竟然神奇地在几分钟之内消失了!从这以后,打点滴变成了一种完全不一样的体验。

因为肚子不再疼痛,他可以在那几个小时干不少事情,甚至处理工作邮件。这时候,他才有闲心给杜浦和王慧各发了一条微信:"为了保你们BP6.1 的交付节点,我都胆囊炎住院了,快表扬我!"

"多谢兄弟,辛苦辛苦!我还在阎良,不然一定来医院看你。"这是杜浦的回复。

"保重身体,前阵子娣飞总身体也有些不适,休了几天假。项目是马拉松,一定要坚持到底呀。"王慧的回复也很暖心。

叶梓闻正准备继续聊几句,电话响了,是叶敏的电话。

"喂,听说你休病假了?"叶敏在电话里问道,"怎么也不跟我说一声?"

"干吗跟你说?我现在又不在工程部了。"

中迪航电的人力资源团队这几年一直还比较稳定,只有张佩琳回到母公司迪森斯,换来了何泰基,其他人都没变,叶敏依然是工程部的HRBP。而叶梓闻接任贝莱德做项目经理之后,对口的是另外一位HRBP,不再是叶敏。

"作为人力资源部门的人,我要关心全公司的同事,怎么能只管工程部呢?"叶敏振振有词,"你现在可是公司的年轻骨干,可不能倒下。以后有任何情况,都要告诉我。"

"好,好……我明白了。"叶梓闻啼笑皆非。

自从第一次见面把她给说哭之后,两人似乎不打不相识,这些年关系一直都还不错。叶梓闻不知道,叶敏各方面条件都挺好,长得也不错,为什么也一直单身。

"不跟你开玩笑了,我给你电话,除了慰问一下,还有件事想告诉你,正好你现在不在公司,说起来也方便。"叶敏说,"稍等下,我去把办公室的门锁上。"

"这么神秘?还要锁门?"

"好了,门锁上了。你要当心点,我最近参加工程部的例会时,玛迪好几次点你的名字。"

"点我的名字?为什么?"

"他没有直接说出你的名字,但是,所有人都觉得他在影射你。"

"我怎么了?我为了拼交付都拼到医院里来了,他这个老头一天到晚坐在办公室养老,还好意思说我?"叶梓闻有点火。

"你别那么急嘛,我就是提醒一下,以后对他稍微尊重一点,老人家就是好个面子。"

"我管他的面子呢!我就是要把业务做好,客户伺候好,钱用好,只要妨碍这三点的,我都不会客气!他从来不跟客户见面沟通,也不清楚业务的具体情况,还纵容他的团队以'安全和可靠'之名过度设计,乱花项目上的钱!我不找他麻烦就不错了,他还对我有意见?"叶梓闻越说越火。

"好啦,我不跟你说了,就是告诉你这件事,这几天你正好休假,可以好好想想。"叶敏也知道现在没法说得过多,便挂掉了电话。

叶梓闻撇着嘴靠在椅背上,情绪依旧没有平复:"这样发展下去,公司真是没有搞头了!"

第一百零八章　目标：TIA

"架机长，老弟，BP6.1 的表现还真是不错！"彭飞看到杜浦，老远就叫嚷道，"不过嘛……还是有些毛病，能不能再改改？"走近之后，他却再次提出要求。

"彭总，行啊，您尽管说，还需要我们怎么改？只要能改的，不影响适航取证主线的，我们一定尽力。"杜浦也知道要如何去回应这样的诉求。

"不影响适航取证主线"是个很好用的理由，这意味着很多改动其实不需要做，因为适航取证只是地板，而不是天花板，每一个飞机型号在适航取证之后还免不了持续改进。

"走，进去聊！"彭飞拍着杜浦的肩膀，两人一起走进会议室。

"好，您稍等，我把现场工程师也叫几个过来。"

张燎的父亲突然病故，他已经赶回老家奔丧。"你帮我顶几天，等我回来，就放你回上海。"走之前，张燎说。

杜浦权且这么一听。

毕竟，五一劳动节之前，他都已经到咸阳机场了，还被临时拉了回来。过去这几个月，他好几次向张燎提起休假的事，全被这个有些"狡猾"的领导给搪塞过去，关键是，每次说得还挺像那么回事。不过，杜浦已经决定，这次等张燎回来，自己必须得回趟上海。

好在张燎不在的几天，不光是他的 10104 架机，其他在阎良试飞的两架飞机也都没出什么大毛病，飞出一些 PR，都是正常现象，毕竟不是所有的飞机系统都到达最终状态。

对于杜浦来说，眼前最重要的任务就是争取年底之前进入 C595 的 TIA 阶段。

TIA 是 Type Inspection Authorization 的英文缩写,即"型号检查核准书",是由民航局向中商航颁发的一个很重要的证书。

获得 TIA 证书之前,C595 飞机做的这些飞行试验更多是验证性质的,只是由中工航试飞中心的试飞员操控,不能作为适航取证的直接证据。而获得证书,进入 TIA 阶段之后,局方的飞行员将直接接管飞机开展飞行试验,进行审定性质的试飞,结果也将作为适航取证的证据。

因此,TIA 是飞机适航取证路径上一个关键节点,顺利获得 TIA 证书,进入 TIA 阶段,就意味着 C595 已经进入了适航取证的最后冲刺。

杜浦几乎每天都给王慧打电话:"拜托你们了哦,航电要在 TIA 之前完成好几项任务,完不成的话,我都没法让局方飞行员上机。"

"知道啦,你现在去外场待了一年,都不把自己当航电的人了是吧?"

"那哪能呢? 104 架机就是航电的飞机呀!"

又是一整天的会议之后,杜浦披星戴月地走回家。张燎明天就要返回阎良,杜浦也做好了回上海探亲的准备。

"今晚的天气真不错,走走吧。"杜浦改变了路线,往学校操场走去。

白天的喧嚣已经没入夜色当中,原本沸腾的校园也归于沉寂。清朗的天空中,大大的月亮十分耀眼。此时正是盛夏时分,只有这个时候,空气里才稍微透露出一点清凉。正是适合深度思考的时候。

他原本想认真规划一下回上海之后的安排,可没想几分钟,就不由自主地回忆起范理来:"五一节之前匆匆一面,没能跟她一起同行回去,还挺遗憾……后来她告诉我她成为基金经理,我也顾不上回复她。真羡慕她,梦想已经实现……我的 C595 何时才能真正成功呢?"

一边踱步,一边思考,不知不觉中,杜浦就绕着操场走了好几圈。操场边,他曾经挥洒过汗水的篮球场,此时空无一人。他走了过去,来到篮下,空手做了几个投篮的动作。

"真是太傻了!"他自己都忍不住笑起来。

"如果她上回说的是真的,现在她应该也还是一个人。如果她的父母依然在上海,宁宁倒也算是有人管,否则,孩子真是太可怜了……可是,我之前又何尝尽到过当父亲的责任呢？如果，我当初能够在忙碌之中抽出些时间陪陪孩子，同时多跟范理交流交流，结果会不会不一样？"在空旷的场地上，杜浦的思绪完全不受任何限制，止不住地往外喷涌。

来阎良一年的时间里，他还从未像今天这样，有过如此感性的时刻。他微微抬起头，闭上眼睛，轻轻地呼吸着，慢慢地沿着篮球场的边线走。他把自己想象成一个盲人，脚下微微突起的边线便是盲道。

他要尽量减少感官的使用，使得大脑可以更加不受干扰地放松。

然而，一切天马行空的思绪终究像物体逃不脱地球引力，总归是要落地的。C595 的现状就是他的地球引力。

"年底如果能够顺利拿到 TIA 证书，是不是明年年底就可以适航取证了？如果是这样，从我本科毕业时算起，整整十三年……十三年来，我都干了些什么？读了交大的硕士学位；获得了研究员职称；走完了一整个飞机型号的研发流程，如果接着做下一个型号，应该能少走不少弯路吧。"

"可是，如果明年年底依然无法适航取证呢？"杜浦不敢去想。

随着新型冠状病毒在全球的肆虐和整个航空业的低迷，C595 如果能够尽快推向市场，则正好可以抢夺航空业触底反弹时的需求爆发行情，但如果再耽误两年，这个难得的机会又要丧失掉。

如果要飞机尽快完成适航取证，迅速进入市场，又少不了国外供应商的支持。可是这些供应商，有一个算一个，都已经自顾不暇，短期内完全没有余力给予 C595 更多的支持。

中美关系的恶化也是一个潜在的巨大风险。自从华为被全面制裁以来，已经有越来越多的中国企业和高校被美国放进实体清单，虽然到目前为止中商航依然幸免，可是，C595 可是足够大的目标。

想到这里，杜浦忍不住睁开了眼睛。眼前的世界并没有改变，也不会因为他闭上眼睛思来想去就发生任何变化。他所担心的，所顾虑的事情，似乎也都不是自己所能够控制的。

"那我想这些有什么用？不是徒增烦恼吗？还是早点回去休息吧！明天回到上海之后，把自己能够推动的工作推动推动，看看父母和宁宁，找一些老朋友聚聚,去慰问一下可怜的叶梓闻,那小子得了胆囊炎之后,据说更瘦了……"

"要不要去找范理呢?"

第一百零九章　波澜再起

上海的冬天，一般都不会特别冷，下雪的时候更是不多。

这个冬天，在阚力军的感觉当中，虽然没有下雪，却是彻骨的寒冷。

圣诞节假期的前一天，特朗普政府倒计时的时候，美国推出了一份新的制裁名单，称之为"军事终端用户（Military End User，MEU）"名单。与此前的实体清单不同，这份 MEU 名单以美国国防部为主体制定，对于上榜实体的约束和以美国商务部为主制定的实体清单略有不同。

根据这个新的规定，全球范围内的任何企业，只要其技术、产品或任何知识产权含有"源自美国"的成分，都不能向 MEU 名单的上榜企业出口，否则将受到美国政府的制裁。不出意料，来自中国和俄罗斯等国家的不少军事背景企业均榜上有名。

如果是往常，中商航的人顶多就看看热闹，然后为自己的同胞们感到不平和愤怒，而这一次，他们无法置身事外。中商航旗下的上研院和总装厂都赫然在列。

"凭什么?! 我们跟军事用户哪有一毛钱关系？这分明就是政治打压！"

"简直是精准打击，我们的 C595 进入适航取证关键阶段，正是上研院和总装厂跟各大供应商紧密接触的时刻，他们就把我们放清单上了！"

"赤裸裸的长臂管辖！"

整个中商航都炸了锅。每个人心中都充满了愤怒和屈辱。真是欲加之罪，何患无辞！

可有什么办法呢？我们的 C595 有这么多关键系统都选用了美国的产品和技术。

"采供中心必须要加速国产化进程。"在中商航高层紧急会议上,阚力军对欧阳天举和孟德丰说。

"阚总,我们的确从几年前就开始布局,好在我们已经开始布局,但坏在我们的步子不够快。目前看来,要在未来一两年内适航取证,我们的国产供应链是跟不上的。"孟德丰言简意赅。

中商航的董事长、总经理和高管团队几乎悉数参加了这次讨论会。

会后,他们形成了几项决议:

第一,全面加速产业链国产化;第二,所有涉及美国技术的供应商必须立刻申请出口许可证,不能影响 C595 的进展;第三,这些供应商要全面评估 MEU 清单对其交流和交付工作的影响,并提供完整的解决方案。

欧阳天举将决议的后两点迅速写入正式信函,配上公司 Logo 和领导签名,发给了各大供应商。

叶梓闻收到后,苦笑了一下。

当几天前 MEU 这事出现的时候,整个行业都猝不及防。就连迪森斯、利佳宇航等美国企业,都没有料到自己的政府会如此决绝,全被打了一个措手不及,圣诞节都没过好。

叶梓闻不关心那么远,他只关心:中迪航电的技术和产品是不是受 MEU 影响?如果不是,那就是他们发展千载难逢的机会;但如果是,那就意味着他们将面临无比棘手的情况。

这种情况就是:他们虽然注册地在上海,公司的绝大多数同事都是中国人,迪森斯的技术早在多年以前就已经转移过来,落地生根,并且被他们发扬光大,完完全全地拥有这些技术的所有权,但他们依然要向美国政府申请出口许可证,因为,这些技术"源自美国"。

公司法务经过与母公司迪森斯非常紧急的磋商,从合规的角度明确下来:中迪航电的确需要申请出口许可证,而且将通过母公司迪森斯申请,借助母公司在美国政府里的影响力,从而提高成功概率。

"我们马上会正式回复,不过,我得提前说一声,很不幸,我们被长臂管辖了。作为一家中国的本土企业,竟然要申请美国的出口许可,才能继续跟你们进行技术交流和交付产品,我觉得很窝囊。"叶梓闻提前告诉了孟德丰、刘娣飞和王慧等人。自然，他也告诉了杜浦。

"什么情况？当年你们从上到下可是口口声声说你们是本土企业，扎根中国的，怎么现在禁不起考验了？"杜浦感到十分意外。

"我也感到很无奈，但法务和合规两个岗位经过审慎确认，认为我们的确需要申请出口许可证，在出口许可证下来之前，能够支持你们的非常有限。"

"在这紧急关头，你跟我说，你们能够支持的非常有限？这些年我们一直都把你们当成特殊的供应商看待，很支持你们，认为你们是合资公司的典范，能够带动本土的产业链发展，现在呢？你们这跟那帮外国公司有什么区别？那我们扶持合资公司有什么用？"杜浦有些生气。在认识叶梓闻之后，除了初期两人经常有些磕磕绊绊，他已经很久没对这个老弟发过脾气了。

叶梓闻哑口无言。他难得有这样的时刻。但是，面对铁一般的事实和山一般横亘在面前的障碍，叶梓闻没有任何辩驳的空间。

"息怒，息怒，还记得我们年初时的一个下雪天在阎良喝酒时聊的吗？"他只能岔开话题。

当时，他们两人都想到了 C595 项目的一个巨大风险：如果美国卡脖子，怎么办？没想到，过了一年不到，这双手真的伸了过来，将他们的脖子卡得严严实实，让他们动弹不得。

中迪航电一样会受到美国制裁影响的消息很快就传遍了整个中商航。从上到下所有人都跟杜浦的反应一样：大吃一惊。

"在新的国际局势下，我们得重新审视合资公司的作用了，如果中迪航电都不能独善其身，我不相信其他那十几家合资公司可以不受影响……"在中商航的管理层会议上，阚力军对欧阳天举说。

"这事儿对我来说是个新鲜事，我干民机几十年了，以前还从没碰到过。"欧阳天举皱了皱眉。

"但是，对我们的军机和航天来说，被封锁和制裁早就是家常便饭了，我们应该找他们取取经。"

"本来人家冤枉你，说你是军事用户，才把你放 MEU 清单上制裁你，现在,你还主动去找这些单位,这不是给人家送子弹吗?"

"那你说怎么办？我作为 C595 项目的总设计师,可是用脑袋担保她的成功的,采供线能有别的方法吗？我要是掉了脑袋,那大家可都不好过。"

"我们的第二战场早就开启了,只不过,我们现在需要时间。"

第一百一十章　第二战场

尽管困难重重，C595还是在2020年年底成功获得了局方颁发的TIA证书，正式进入冲刺适航取证的最后阶段。

证书颁发仪式特意选在C595的飞行试验外场基地举行。

仪式并没有对外开放，也没有邀请供应商代表。这一次，杜浦不需要向阚力军去争取到现场的机会，直接就作为10104架机长参加。

站在C595飞机下方，阚力军从局方C595适航审查组组长手中接过证书，面对着镜头，也难得地舒展了眉头，笑得十分灿烂。

虽然意义比总装下线和首飞要略逊一筹，但TIA证书的获得依然是整个项目重要的里程碑，可中商航上下都十分低调地处理着。

面对着依然肆虐全球的新型冠状病毒和美国的MEU清单制裁，他们实在没有心思庆祝。

进入2021年后，这两件事对他们既有供应链的影响越发显著。前者让国外供应商大幅裁员，从而没有足够的资源来支持C595的最后阶段，而后者则让他们既没法与上研院的工程师们进行技术交流，又没法把产品交付给总装厂齐套。

包括林琪在内的各大国外供应商的中国区高管们成为中商航的常客，他们需要一次又一次地抚慰客户的焦虑，向客户汇报出口许可证的申请进展。

到了第二季度，初夏来临之际，包括中迪航电在内，陆陆续续有不少供应商已经获得了出口许可证，周期一般是四年。对于中商航和C595来说，这无疑解了燃眉之急，将刀斧再次落下的时间推迟了四年。

然而，只要有一家供应商没有拿到出口许可，剩下九十九家都拿到也没有用。

偏偏还有几家主要供应商没有拿到,其中就包括林琪的利佳宇航。这让她原本一头乌黑厚实的短发之中,竟隐约生出了灰白色。焦虑的不仅仅是她。

"早就应该开辟第二战场了!现在怎么办?"在好几次内部高层会上,阚力军不止一次地冲着欧阳天举吼道,"当初就不应该走国际化路线,建立这么多合资公司!"

听到这话,一向脾气不错的欧阳天举也有些火大:"老阚,你要这么说就太不厚道了。当年这个路线只是我们采供线确定的吗?没有你这个总设计师点头,我们敢往下走?再说了,你们设计能力有限,所以我们才全球找成熟供应商支持你们,现在反而怪我们了?"

"行了行了……"阚力军也意识到自己说得有点过,连忙圆回来,"那第二战场进展怎么样了?"

"这还差不多,有事说事,不要老提十几年前的决定,当年的决定是我们集体决策的结果,也是当时的最优解。现在外界环境发生了变化,我们自然得调整策略,这才是唯物主义辩证法……小孟,把情况向阚总和各位领导汇报一下。"

"是……"孟德丰打开自己的笔记本,一五一十地介绍起来。

听完他的介绍,阚力军皱了皱眉:"说了半天……远水救不了近火啊。"

欧阳天举和孟德丰对视一眼,都没有说话。他们默认了。

"我倒是不明白了,为什么人家航天都实现了全产业链自主可控,我们却做不到?"阚力军问,"难道我们航空人真的就比航天人蠢吗?"

"阚总,您一直在搞航空,关注航空,钻研在C595项目中,所以对航天可能了解有限,我们之前是详细研究过的。"孟德丰看了看欧阳天举,得到一个赞许的眼神后,直接回复。

"哦?那你说说看。"

"航天搞的都是'一锤子买卖',火箭发射上天,卫星入轨,都是只要一次成功,就成功了,所以,他们可以对供应链进行严格的批次筛选,选择最好的那一部分使用,国内的供应链也便于有针对性地做改进。可航空,尤其是我们民机,更多的是要看可靠性,看'细水长流',一架民用飞机在整个生命周期得服役一二十年,得经历多少次起飞降落?而且还要照顾乘客的感受,既要安全,又要舒适,这个就很难了。航天活动里基本就没有乘客,航天员上太空站也是经历过多年特殊训练的,所以要求自然不同。所以,航天的供应链是掐尖,而我们要的是让水桶的每一根木板都不能短,要全面提升,这就不是一朝一夕的事了。"

这些道理,阚力军怎么会不懂呢?他刚才只是顺口一问,发发牢骚罢了。不过,孟德丰的解释,他还是很满意的,至少采供中心的确是认真做了工作。

"嗯,说得不错,我再补充一点。"阚力军点了点头,"跟航天不同,民机还要兼顾商业性,我们造飞机是要赚钱的,不仅仅是为了提升民族工业水平。既然要赚钱,就得考虑成本收益,之前,我们寻找成熟供应商所付出的成本,要远远小于将国内供应商提升到同等水平所需要的投入。当然,这是正常的市场逻辑,基于全球化资源配置的市场逻辑。现在,美国人不玩了,这个逻辑的前提就变了,我们自然也要跟着改变。这些我都懂,只是……采供能不能再快一点?加速让我们的国产供应链成长起来?"

"老阚,这话我是同意的。但是,这不仅仅是我们采供的事,这是全公司的战略,也需要你们型号的支持。比如说,明天我告诉你,我帮你找到了一家国产供应商,可以提供机载产品,你敢在 C595 上用吗?"欧阳天举插了一句话。

"C595 连 TIA 证都拿到了,现在换供应商,太晚。"

"你看,那你让国产供应商去哪儿用他们的产品、验证他们的产品呢?没有型号牵引的话,怎么办?"

"创造型号。"阚力军说。

欧阳天举和孟德丰都愣住了。

"C595 是一系列飞机型号的统称,不仅只有一个构型,我们在现有基本型路径不变的前提下,可以设计它的改进型,这不算一个全新的型号,但的确是一个新型号,我们用这个新型号去牵引国内供应链。"

第一百一十一章　回归

从黄埔江边的前滩一直往东,有一条横贯浦东腹地的高架路,一直延伸到浦东机场。华夏高架路的金科路下匝道,常年在上班高峰期堵车。只不过,今天堵得更厉害。

当杜浦开到匝道中间位置时,金科路路口恰好又是个红灯。他便陷在车流当中,一动不动。杜浦重重地砸了一下方向盘,恨不得从匝道上跳下去。匝道右边,高架下方的一大片区域便是他们中商航上研院的张江院区,的确,他若跳下去,到达院里的时间肯定会更快。

百无聊赖之间,他从匝道上看了看周边。

离开院里一年多时间,这里又变了一番模样！院里对面的一大片建筑都已经拔地而起,颇具规模,似乎有写字楼、共创空间和宿舍。而沿着金科路往北,华夏高架路的另一侧,已经完全是高楼林立,不少大楼的风格还挺有特色,形状新奇的外表,夸张而带科技感的装饰,倒是挺符合张江科学城的腔调。

杜浦还记得,当年上研院刚搬过来的时候,这里还只是一片不毛之地,除了工地,什么都没有。没想到,现在竟然已经成长为成熟而繁华的社区。

一切都在发展变化,仿佛只有 C595 依然在艰难前行……杜浦收回了目光 。好不容易龟速下了匝道,一个右拐,上了金科路,然后,他使劲一脚油门。尽管过不了几百米就是院里大门,但他就是要这种加速的爽快感。

停好车,走到航电部的大楼前,他深吸了一口气:我回来了！

担任 C595 的 10104 架机长已经三年有余,长驻阎良也已经近两年,现在,杜浦重新回到了上海,回到了上研院,回到了航电部。他今天将正式上任,成为上研院航电部部长。

不久之前,他在阎良接到一个电话。

"洪部长?"杜浦一愣。这个领导一般不找他,找他一定是有大事。

"杜机长好。"洪均在电话里开着玩笑,"在阎良待多久了?"

"您就别说笑啦,架机长,不是机长,嘿嘿……"杜浦连忙回答,"一年多,快两年了吧?"

"老杜有没有催着你回上海啊?"

"那倒没有,他现在不管我了。"杜浦笑道。

"很正常,他退休之后,也从来不管我们……好,今天给你打这个电话,是有件很重要的事情。"

"嗯,洪部长找我,自然是很重要的事情。"

"你小子!我跟你说,我也马上就要退休了,组织上在考察研究谁来接我的班,我推荐了你。"

"啊?"杜浦完全没想到。他的确思考过,回到上海之后去做什么,但是,从来不敢去想接替洪均的位置。

航电系统是飞机上的重要机载系统,航电部自然也是整个上研院的重要部门,有上百名飞机设计师,不光要为C595提供资源,还要支持历史型号和新研型号。作为航电部部长,既是行政领导,又要支持各型号的资源,必须得有很强的统筹规划能力、专业素养和领导力。

"啊什么啊?你不想做?"

"不,不是……洪部长,我很感谢您想到我,我是怕自己做不来。"

"说的什么话?你可是杜远征的孙子,杜乔的儿子!你在C595型号上干了这么多年,既管过具体的工作包,又当过整架飞机的架机长,还有谁比你更合适吗?"

"可是,我从没管过一百多号人。"

"你当时管座舱显示工作包的时候,不也管过人吗?现在当架机长,管的人更多,虽然他们未必直接向你汇报,但是你可以调度他们,年终考评时,我们这些部门领导也要征求你的意见不是?"

"型号上管人和行政上管人,恐怕还是不一样吧……"

"你小子!我跟你说,今天你是答应也得答应,不答应也得硬着头皮答应!钟院和陈院都没问题,你难道想让他们俩亲自飞到阎良来用轿子抬你回来?"

"我知道了,谢谢洪部长!我会全力以赴!"杜浦连忙回答。他觉得一滴汗流过自己的脸颊。

"这还差不多,这几天别光顾着干活,上海来的电话要接,邮件要看,微信要回。"洪均挂掉了电话。

之后,果然就是一系列的流程。

而张燎在得知这一消息之后,特意拉着杜浦喝了一顿酒。

"恭喜你啊!在外场锻炼了两年,回去就往上走,这是很好的发展道路!"他依旧是那副大大咧咧的样子。

"我不知道新的 104 架机长选好了没有,不然,您就得扛一阵子了。"杜浦敬了他一杯。

"没事,选谁都一样,来了肯定得先被试飞员们收拾,收拾得没脾气了,蜕几层皮,就算是成了。你现在已经成了,所以就要飞走,只不过……这 C595 啥时候能飞啊?"

"现在不天天在飞吗?"

"你别欺负我不懂,我说的是适航取证之后的商业运营。"

"快了,快了。"杜浦虽这样回答,心中却没底。

两人都喝了不少,一起搀扶着回宿舍。

离开阎良前的那些天,几乎每天他都是这样的结局。

彭飞等试飞员们,虽然平时在工作场合一个个依然凶得要死,但得知杜浦真要回上海的时候,还是挺舍不得。

"你走了之后,希望来一个更加耐操经骂的。"彭飞说。

"你们还要骂?"杜浦笑着问。

"那当然,你们这烂飞机,别的不说,就说你们航电,之前说 BP6.1 可以解决问题,现在飞下来,又冒出一堆新问题,你们软件还得升级,不然肯定取不了证。"

"现在再更新就麻烦了,我们被美国放到MEU清单上,供应商交付的软件如果含有源自美国的技术而被认定需要申请出口管制的话,周期不是一般的长。从年初开始,我们的供应商们陆陆续续申请许可证,现在半年过去了,还有几家没拿到呢。"

"所以啊,你们搞民机的就是事情多,当年我飞军机的时候,哪这么多事?飞就是了!使劲折腾!出了问题,都是现场改软件!"

道别了阎良,道别了外场,真回到上海的时候,杜浦还有种怅然若失的感觉。

这两年间,他不知道挥洒了多少汗水和泪水在阎良外场。无论酷暑寒冬,刮风下雨,他和外场的工程师们都得风雨无阻地出现在飞机旁边,机库里没有空调,机舱里更没有,可他们真像爱惜自己的子女一般,对C595小心呵护,仔细检查,不放过每一个细节。尽管用来试飞的飞机还只是半成品,但他每次看到她,心底都涌出无比的激动。

现在,就让我在新的岗位上,继续完成这项事业吧!

第一百一十二章 核心任务

杜浦第一天上任,只有午饭前在办公室待过一会儿。

一大早到办公室,他就去向钟院和陈院简单汇报了一下工作,并且听听自己的新领导们有什么要求。

钟华是上研院院长,陈海莉是分管航电部的副院长,两人都是今年年初刚到的院里,年纪都不到 50 岁,陈海莉相对更年轻,比杜浦大不了几岁。

"杜浦,来院里之前,我们虽然没见过面,但领导们都很支持你,尤其是阚总和洪部长,所以,我们最后做了决定,由你来担任航电部部长。"钟华说。

"谢谢钟院,我一定不辜负领导的期望。"

"我待会儿还有个会,海莉会跟你把具体情况说说。"钟华看了看陈海莉,便起身离开。

陈海莉是上研院院级领导中唯一的女性,四十岁上下,气质温婉,杜浦第一印象感觉很舒服。

"陈院,您有什么指示?"杜浦问。

"洪部长跟你都交接了对吧?航电部部长的职责、主要工作和注意事项。"陈海莉问。

"嗯,他跟我说得非常详细,很有帮助。"

"好,那我就不多说了,我今天只想强调一点,除去他跟你说的那些事之外,你还有一件核心任务。"

"核心任务?"

"对,非常重要。"

"好的。"杜浦竖起耳朵,把随身带的笔记本打开。

"其实……航电部部长这个岗位最终的候选人并不只有你一个。"

"嗯,理解,这是个很重要的岗位。"

"你知道就好,那为什么最后我们选择了你呢?因为你之前在座舱显示系统干过,这是航电里面一个很重要的系统,也很复杂,这段经历对你来说很加分。当然,它的意义不仅如此,更因为座舱显示系统里,我们的供应商都是本土供应商,包括中迪航电和上航所。因此,你有丰富的与本土供应商打交道的经验。你知道,去年年底,我们被美国放上了 MEU 清单,一下子,所有源自美国的技术都需要申请出口许可证,才能够给我们,你也知道,我们飞机上源自美国的技术有多少。"

"嗯。"

"公司层面,总部采供中心牵头在几年前开始进行国产供应链的开发,就是为了应对这样的极端情况出现。但是,无奈这件事需要时间,而当美国卡脖子的手卡过来的时候,坦率地说,我们并没有准备好,暂时没有反制手段。所以,我们必须要加快进度,而你,作为新的航电部部长,就是要密切配合公司这个大的战略,为国产化助力。"

"明白了,这就是您刚才说的核心任务?"

"对的。你有过丰富的跟本土供应商打交道的经验,所以,你非常合适。"

"收到!"杜浦坚定地点了点头,"哪怕您不跟我说这件事,我这次回到院里,其实也是想去干这件事的。我觉得,正确的事情,只要开始做,就永远不晚。"

这倒不是杜浦的取巧,在阎良的日日夜夜,他常常想着这件事情。飞机在外场试飞的各种问题,很多情况下都因为国外供应商的反应迟钝或者支持不到位,导致不能及时得到解决,使得他们的外场团队没少挨骂。他时常想,如果中商航内部能有更好的协调,同时供应链又能实现本地化,这样的情况一定会少很多。

"那就好,好好干吧!有什么需要支持的,尽管告诉我。我也是 80 后,我们应该算是同龄人。"

"谢谢陈院！"

领了任务之后，杜浦开始在心里盘算起来。他决定要尽快找中迪航电和上航所聊聊，了解了解他们的近况，如果座舱显示系统可以实现完全的国产化，将会是一个很好的标杆。

他正思索着，猛然间差点撞上一个人。那人"啊"地尖叫了一声。杜浦这才看清，这是王慧。一瞬间，他想到自己刚来院里报道时，在走廊里撞上的张进。

"杜部长啊，我正要找你呢，你就撞上门来了。"王慧笑道。杜浦升职的消息早就传遍了整个航电部。

"不好意思，刚才在想事情，没注意看路。"杜浦不好意思地摸摸头。

"没事，我只是被吓了一跳，没被你真撞上。也怪我，从会议室出来应该先看看路。"

"别客气了，说吧，什么事？"杜浦探头看了看王慧刚冲出来的会议室，见里面没有别人，便走了进去。

"见过娣飞总了吗？"王慧问道。

"还没机会呢，刚从陈院那儿过来。"

"哦，那我就先跟你说说，她肯定也要找你。"

"说吧。"

"去年年底开始，我们C595的座舱显示团队跟中迪航电和上航所组建了一个常驻上航所的联合团队，奉先带队，我则时不时去看看情况，目的是帮上航所解决显示系统T3级往下的适航问题，这事你知道吧？"

"上次回上海的时候听你们提起过，但具体情况我不太了解。"

"好，我今天找你就是为了这事，他们的进展不乐观，我们需要增加资源去支持他们，你现在新官上任，赶紧烧把火。"王慧笑道。

杜浦略一思索，点了点头："嗯，我找奉先了解一下具体情况，看看应该怎么办。刚才陈院跟我说让我花精力助力国产化，我觉得可以跟这事结合起来。"

"是的，现在看起来，让那帮国外供应商去申请出口许可只是权宜之计，长远来看，我们必须自主可控才行，这已经是全公司从上到下的共

第一百一十二章　核心任务

识了。"

"这是好事,上下同欲者胜嘛。"

跟王慧聊完,杜浦继续往自己的办公室走,还差十来米,便远远地看到门口站着一男一女两个人,都挺赏心悦目的。

第一百一十三章　没有选择

"杜部长,你真是大忙人啊,一上午我们来看了好几次,你都不在办公室。"老远,那个长发男子就笑着打招呼。

原来这两人是叶梓闻和林琪。他们怎么凑一块儿了?

"进去聊聊吧,别在走廊上叫唤。"杜浦一边朝他们走去,一边说道。

三人在杜浦的办公室里坐好,杜浦问:"你们俩这是?"

"今天不是你新官上任第一天嘛,我们老朋友来庆贺一下。"林琪笑道。

杜浦这才仔细看了看她。上回见到林琪,还是去年她带队去阎良外场的时候。一年不见,她憔悴了很多,虽然气质依然出众,但脸上已经明显出现一些岁月的痕迹,而原来的满头乌发之中竟然夹杂了几缕银丝。她才四十出头啊!这一年发生了什么?

叶梓闻倒是依旧那副德行,头发又长又多,估计掉几根也看不出来。

"你们消息倒是挺灵通的。"杜浦并没有把心底的怜惜和惊异表现出来。

"那当然,你今天中午得请我们吃饭,林姐可是特意从成都飞过来道贺的。"叶梓闻说。

"必须的!不过,你们怎么碰一起了?我还以为你也加入利佳宇航了呢。"

"哈哈哈,我水平不够,人家不收。"叶梓闻笑。

"哪里,我们现在是日薄西山,你才不愿来呢。"林琪说。

三人又寒暄了几句,杜浦才切入正题:"有什么事吗?不会只是过来跟我聊天吧?"

叶梓闻和林琪互相看了一眼,林琪先说了话:"没有什么大事,只是把 MEU 的进展汇报一下。"

"好啊,我现在就关心这个!"杜浦说完,又看了看叶梓闻,"你呢?"

"让林姐先说呗。"

"朋友间说说,你们要做好持久战的准备。"林琪开门见山,"我们备份仪表的出口许可证还不知道猴年马月才能拿到。"

到了这个时候,大多数国外供应商的出口许可证都已经获得,C595 的相关工作也得以继续,但利佳宇航在 C595 上提供的系统特别多,几个关键系统,包括飞控和通信导航监视都顺利拿到了出口许可,但小小的备份仪表偏偏一直没下来。就连林琪都怀疑,美国政府是故意的。一个不给也就罢了,就怕一百个里面给了九十九个,就差最后那个不给。一文钱难倒英雄汉!

"行吧,反正你们不也没有工程师跟我们技术交流,解决黑屏问题嘛。"杜浦皱了皱眉。

"唉,我可没把出口许可证当借口啊。我们都认识这么多年了。"

"我知道,你也不容易。"

"是啊,你看看我这一年被摧残成啥样了?天天操不完的心。"林琪自嘲道。

"哪里哪里,林姐还是光彩照人啊。"叶梓闻赶紧说。

"你给我住嘴,就知道瞎说!"林琪白了他一眼,"两位老弟,今天借着杜部长高升,我把心里话说说。"

"哦,原来你此前这些年跟我们说的都不是心里话?"叶梓闻又问道。

林琪又白了他一眼,没理会,接着说道:"我现在回想起来,这些年自己做的最重要的决定就是当年在利佳宇航总部工作的时候没选择入籍美国。"

"哦,怎么说呢?"杜浦问。

"你想啊,现在新型冠状病毒还在全球肆虐,我也没法去美国出差,如果是美国人,在上海生活总归还是有些不便的。而且,这个病毒加剧了逆全球化的进程,我觉得,中美关系和国际化永远不可能回到十年前了。"

叶梓闻这次没有在旁边插话,而是跟杜浦一样,静静地看着林琪。

"我身在外企,对这种感受特别深刻。十年前,C595项目刚启动的时候,我们公司那帮美国人真是抢着来中国出差,支持中国项目,现在,都避之不及。说实话,要不是跟你们还有合同关系约束着,总部恐怕早就放弃中国市场了。你别看我们总部那帮领导每次跟你们领导开视频会议的时候,口口声声说重视你们,重视中国市场,但那都是嘴炮,实际上,分配给你们的资源很少。"

"嗯,不能看人家说了什么,要看人家做了什么……"杜浦若有所思地点点头。

"这帮人都精得很!不管他们自己想不想继续做中国的生意,但实际情况就是,美国政府对中国实施贸易制裁已是事实。在这样的大前提下,那帮搞企业的怎么可能再把鸡蛋放到中国这个篮子里?"

见杜浦和叶梓闻全神贯注地听着,林琪继续说道:"今年年初,共和党有个非常年轻的参议员,叫 Tom Cotton(汤姆·考顿),发布了一份几十页的报告,标题非常简单粗暴,就叫'Beat China',打败中国。"

杜浦瞪大了眼睛。

"这个报告里谈到要在各个领域与中国脱钩,也包括航空。你们可能没有意识到,国内媒体似乎报道得也不多,但我们这些在外企的,格外关注,因为总部会有同事告诉我们。这些同事,很多都是参与过多年C595项目,或者来中国支持过项目的,对我们还是有很朴素的好感,他们私下里也挺痛心疾首,说为什么政治让世界变成了这般模样。"说到这里,林琪竟然有些感伤,眼圈都红了。

叶梓闻这次没有调侃她,而是深有同感,他也缓缓说道:"我太同意了……回想起来,中迪航电早年的那些迪森斯派来的外国专家,虽然有些滥竽充数的货,但还是有很多是国际主义者,真心给我们带来了不少宝贵经验。别说你们外企,现在在我们中迪航电,剩下的外国人也都是一帮尸位素餐的。"

三人都沉默了。

杜浦看着林琪和叶梓闻,心中也百感交集。曾几何时,C595的供应

第一百一十三章 没有选择 | 429

链选择,既有国内厂商,又有合资公司,还有外企,三类选择,真是多元化,充分利用全球资源,而现在,似乎只有国内企业可以依靠了。然而,国内企业的差距,又岂是几年之内可以追上的?

想到这里,他安慰两人:"你们也别灰心,现在至少还不算最糟,你们获得出口许可证之后,依然可以跟我们合作嘛。"

"不,我们不指望了,美国随时可以再出一道政策,把出口许可证这条路也堵死。"林琪和叶梓闻异口同声。

"真的,老兄,你们赶紧国产化吧,别有什么幻想。我现在也在中迪航电内部推动国产化方案的开发,不能只躺在当年迪森斯转移过来的那套技术上数钱了。"叶梓闻补充。

"真羡慕你们,至少还有一条路,我们……唉。"林琪叹了一口气。

"好了!别伤感了,大家一起想办法!走,午饭时间到了,去食堂,我请客。"杜浦招呼道。

他认为,徒劳地发泄情绪,发泄完就好了,现实当中,依然需要真正去干事。如果不能接受现状,那就去改变现状!

三人起身,叶梓闻凑到杜浦耳边悄悄说了一句:"其实我还有一件事,等吃完午饭再单独聊吧。"

第一百一十四章　责任分配的策略

"所以,我们花了这么多钱,又增加了这么多人,现在,问题还是没有得到根本解决?"在一间昏暗的、没有窗户的会议室里,李澄皱着眉头问道。

会议室里除了他,还有三个人,分别是分管民机业务的副所长桂明,上航所 C595 项目经理孔薇薇和工程副总师暨技术工程经理丁真。他们都一言不发。

"说话啊!"李澄不再压抑自己的情绪。

还是没有人敢回答。

"丁真,你是型号副总师,你告诉我,我们跟中商航和中迪航电组联合团队这么长时间,到底干了些什么!"李澄只能点名。

"所长……很难用一句话概括,但我们对很多设计进行了重新梳理,在新的软件版本迭代上采用了正向设计的思路。"

"这我都知道,可是都过了这么久,为什么一些关键技术问题还是没有得到解决?"李澄问道,然后看着桂明,"桂所啊,我们已经花了多少钱?"

"这个……"

"说吧,不用担心。"

桂明心里想的却是:"花了多少钱不都经过你批准了吗?现在装什么傻……"不过,经过很快的思索,他还是说出了那个数字。

"花了这么多钱!?"李澄夸张地问道。

"是的,我们之前的确低估了搞民机的难度,这些钱都是通过办公会决策的,而且也向集团汇报过。"桂明不动声色地回答。

"行吧！我知道了。"李澄没有再纠缠钱这件事，而是继续问丁真，"还有多少项未决的关键技术问题？"

"还有十一项，但它们的轻重缓急不同，我们正在跟中商航和中迪航电商讨，哪些在适航取证前一定要解决，哪些可以往后放，持续改进。"

"要对我们自己的弟兄们严格要求，不能靠缩小范围来解决问题，要既保住范围，又保证质量，我想，客户也是这么想的。"李澄指示道。

"明白……"丁真回答。他心里十分没底。你是所长，当然知道站位要高，尽说这种漂亮话，谁不想呢？关键是我们做不做得到！

"薇薇，你作为项目经理怎么看？"李澄又转向孔薇薇。

"所长，我觉得，得去跟中商航谈研发费的事情。他们给我们丢了这么多新的工程变更，而且不改还不行，现在向适航取证冲刺，为了保住进度，不能再变更范围了。要约束他们增加范围的冲动，只能靠钱。"孔薇薇倒没有像桂明和丁真那样惶恐。

"找中商航要钱……恐怕很难，我们都是国企，有我们自己的运行规则……不过，你这个点提醒得很好，我去想想看。"李澄对于孔薇薇的建议倒是觉得挺不错。

"总之，我们是C595上唯一一家承担复杂机载系统研制的国内供应商，在目前的国际局势下，我们面临非常好的发展机遇，但是，我们必须要充分把握这个千载难逢的机会，把C595型号干好，不能掉链子……现在是适航取证关键阶段，有问题解决不了就第一时间上升给领导决策，不要把烫手山芋放你们自己手上，能够甩给中迪航电的就甩给中迪航电，他们这样的合资公司是没有未来的。"在会议最后，李澄总结道。

丁真和孔薇薇心里都"咯噔"了一下，他们同时想到了那个桀骜不驯的长发年轻人。

"你说，所长刚才那话是什么意思？"会后，孔薇薇问丁真。

"什么意思？不要把责任自己扛着，尤其你是项目经理，更要注意这一点。"丁真说。

"现在我们有这么多关键技术问题没解决，这不是要不要扛责任的问题，这本身就是……我们的责任啊。"孔薇薇差点说"你的责任"，因为这些都是技术问题,但为了团队和谐,她还是没这么说。

在她看来,过去这一年,跟中商航和中迪航电组建现场联合团队,是上航所要为过去这些年掉以轻心所付出的代价,也是它要真正走向成功所必须补的课。

客户派人亲临现场,手把手、肩并肩地一起讨论座舱显示系统显示器软硬件层面每一个技术细节,这样颗粒度和紧密度的工作方式,只有三家公司都在同一个城市才能实现。

"太丢脸了,简直有种变成殖民地的感觉!"

"我们几十年的积累难道这么不堪一击吗?非要让他们驻扎在现场给我们指导?"

"中商航也就罢了,人家是 C595 主机厂,中迪航电算什么东西?只不过是我们中工航的合资公司而已,顶多算我们的兄弟单位,有什么资格指手画脚?"

所里的争议和埋怨从未平息过。

但孔薇薇清楚,如果把自己从一个上航所员工的身份抽离出来,站在第三方的角度来看,中商航和中迪航电的做法没有任何问题。自己表现不佳,还不许人家帮忙吗?更何况,人家都派了实打实的专家来现场指导。

听孔薇薇说到"我们的责任",丁真笑了笑:"我的孔姐姐啊,你还是没有领悟所长的意思。"

"哦?那你说说,他是什么意思?"

"很简单,没有一个技术问题是孤立的,目前剩下这十一项关键技术问题,除了纯硬件的显示器硬件要通过鉴定试验是完全受我们控制,其他的都是与系统和软件相关,它们或多或少依赖于中商航和中迪航电的输入。因此,我们可以策略性地将问题归咎于他们,尤其是中迪航电。"

"这……有点不负责任吧?"孔薇薇恍然大悟,可觉得不太妥当。

"不,问题的解决我们不会打任何折扣,但责任的分配我们必须有策略,大家都是一条船上的蚂蚱,谁也别想置身事外,兄弟们压力已经够大了,不能往外排解一点吗?"

"你这个思路我赞同,但不能不分青红皂白地去这么干。"

"好,好,你还是惦记着你那个徒弟,生怕他受到委屈,对吧?我跟你说,上回所长亲自去中迪航电都没把他请回来,他是唯一一个派出去不回来的,你认为所长会怎么看他?"

"所长可没你说的那样小心眼,你这是以小人之心度君子之腹。再说了,他不也曾经是你的徒弟吗?"

"就算不从这个角度去考虑,看看中迪航电现在是个什么状态?几年前还让我们都高山仰止,这些年他们一点进步都没有,你觉得他在中迪航电还有什么前途吗?"

"没前途就应该背锅?"

第一百一十五章　联合团队

"什么？还有十一项关键技术问题没有解决？"听完叶梓闻的描述，杜浦一惊。

午饭后，他们送走了林琪，在办公室里讨论叶梓闻带来的另一件事。C595座舱显示系统的现状充满挑战。

"是的，我还要去跟奉先聊聊，毕竟他现在是座舱显示系统工作包包长。但你好歹曾经干过很多年这个岗位，现在又可以调配整个航电部的资源，我觉得还是要跟你说说，引起你的重视。"

"必须的，责无旁贷！"

"三方联合团队在上航所现场办公的事情，你知道了，对吧？"

"对。之前从阎良回来就听你们说起过。"

"这个联合团队已经组建近一年了，组建过程中的波折今天我就不说了。这一年来，应该说成绩远远大于问题。尽管一开始上航所觉得没面子，老大不乐意，后来还是很配合的。我们取得的进展也得到了你们大领导和中工航大领导的肯定。不过，依然存在十来个关键技术问题没有解决，很多在我看来是历史遗留问题。"

"比如？"

"比如显示器硬件的鉴定试验。虽然鉴定试验已经通过，可是他们的硬件还在不断地更新改型，目前构型的版本已经在鉴定试验通过时的版本的基础上增加了七八个，他们并没有重新做鉴定试验的打算，而是采用分析的方法证明其适航性，这本身就存在风险。"

"嗯……"杜浦皱着眉头。

"当然，这个问题属于他们和供应链的问题，跟你们和我们都没直接关系。不过,构型不最终确定,显示器交付不了,会影响你们后续飞机订单的齐套。"

"我得跟采供中心联系一下,这属于供应链风险。"杜浦说。

"对,跟研制相关是剩下的一些问题,比如黑屏问题的根因依然尚未找到,在新的软件版本中,虽然这个情况得到了不少改善,但依旧未能根除。"

"你认为是什么原因?"

"很难说。不过,到了这个阶段,根因估计很难找到了,只能够采用'打补丁'的机制去尽量穷举各种可能性,使得它在性能上慢慢完善。这属于一开始没有进行正向设计造成的后果。"

"也只能如此了……毕竟是第一次尝试,别说他们,我们在飞机层面都没能完全做到这一点。"

"嗯,最完美的情况当然是一开始就实现完美的设计,完全实现正向研发,可是,现实世界没那么简单。"

"还有别的问题吗?"

"有,比如资源预留和处理能力以及关键数据监控等问题,都还在清单上,没有得到解决。"

"那可不行!适航取证前可都得解决掉!"

"是,我们也是这么认为的,但目前上航所的抵触情绪比较大。"

"为什么?"

"自从联合团队组建后,他们已经招了不少人,投了很多钱,却依然没有达到目标结果。有时候,我们现场的兄弟们要求多了,他们会反弹。"

"唉……大家都不容易。"

"是的,这我倒是理解,没有哪一家供应商被主机这么死死地盯着,他们的压力是很大的。"

"压力大,就要化压力为动力,而不是把压力当阻力。现在我们面临十分严峻的形势,培育国内产业链势在必行,而且要加速,大家都有压力。"

"这就是我今天找你的原因,我认为我们需要加速,我在公司内部推动派遣更多的资源去上航所现场,也想请你们干同样的事。"

"你这样直截了当地要求甲方,不太合适吧?"杜浦笑道。

"就是知道你不会介意,我才直截了当啊。这样沟通成本最小。"

"你小子,以前肯定不敢跟洪部长这么说话。"

"那……你们航电部能派人去上航所吗?"

"说实话,我得盘算盘算。我们自己的工作也很忙,而且,整个航电不光座舱显示系统这一项工作,每项工作都需要资源。"尽管才第一天上任,杜浦已经知道自己这个新岗位的分量和责任。

"没事,我又没让你现在做决定。等你盘算完,能够加大投入,就加大投入吧。"

"这个你放心。对了,中迪航电现在怎么样?刚才林姐在,我感觉你没有展开说,现在就我一人,要不要聊聊?你们一直都是我们很看重的供应商,但这次 MEU 的事情让我们有些失望。"

"你真想了解?"叶梓闻问道。

"当然。"

"我们在自救。"

"自救?"

"对,一年以前,你要跟我说,堂堂中迪航电竟然要自救,我是不信的,但现在,就是这样。我们的方案全面受到美国的长臂管辖,只要你们一直在 MEU 清单上,我们就必须要申请出口许可证,才能给你们供货,提供技术和产品。这件事情,所有人都无比清楚,也都不再心存幻想。"

"是的,所以我们一方面很伤心,另一方面又很担心。"

"我知道你们在搞产业链国产化,而其中并没有中迪航电的份。我一直在公司内部说,与其过几年我们自己被别人替代掉,不如从现在开始,自己颠覆自己。"

第一百一十六章　补短板没那么容易

杜浦很久没有参加 C595 的项目会议，也有好一阵没看见阚力军了。

在阎良的两年，他更多的精力放在试飞外场的现场管理与协调上，与型号研制线没有以往那么紧密的关联。这次看到主席台上的阚力军，他突然从心底涌出一丝悲伤的感慨。

阚力军明显要比几年前苍老。他头发上的银丝显著增多，整个身板似乎也有点儿驼。

C595 项目从启动到现在，已经十三年。在最接近适航取证，交付航空公司的现在，也是这十三年来最凶险的时刻。

美国制裁中商航的决心看上去无比坚定，新型冠状病毒依旧像无处不在的幽灵，徘徊在地球表面每一个大洲。所有的美国供应商，甚至欧洲供应商都感受到了大势的深刻变化，开始主动或被动减少对 C595 项目的支持，在她最需要支持的时刻。

这次会议的主题便是供应链国产化的进展。

包括阚力军在内，主席台上的公司主要领导表情都非常严峻。

欧阳天举和孟德丰代表采供中心进行了详细汇报。

"……我们面临着两个难点：第一，国产供应链的水平依然参差不齐，大多数厂家对于民机设计、开发和研制的理解不够到位，对于困难估计不足，这几年的进展十分缓慢；第二，很多兄弟单位这几年在别的业务上非常饱满，没有足够的资源来支持我们。"汇报的最后，欧阳天举总结道。

会场上一片凝重，压得每个人都喘不过气来。

董事长并没有说话，而是用眼神示意阚力军：你来主持。

阚力军皱了皱眉，稍微组织了一下语言，用十分稳重的口吻说道："感谢采供中心的同志们分享这些进展。很真实,很残酷,很伤脑筋……"

他稍微清了清嗓子:"但是,我们既然走上了这条路,就没有放弃的理由,没有半途而废的借口。我们在几年前启动这项工作,当时觉得会不会启动得太早,现在看起来,还是晚了。如果我们能够早十年开始,今天面对美国的卡脖子,我们就不会那么被动,而我们之所以现在要全力加速国产化,就是为了十年后不再被美国卡脖子!"

他越说越激动:"所以,我要请各位系统副总师和部门领导,一方面要继续保障好 C595 的适航取证,另一方面,用底线思维去支持采供中心的国产化工作,我知道这很难,但有句话说得好,'道阻且长,行则将至。'"

阚力军慷慨的发言冲破了会场上方刚才那份沉甸甸的凝重,所有人都感到呼吸顺畅了一些。接下来,他就要求各大系统副总师们分别介绍各自负责领域的进展,并且请部门领导补充。

"航电部目前正在排资源,看是否能增加对上航所现场联合团队的派驻人员,他们的座舱显示系统和迪森斯的飞行管理系统目前是航电最大的风险……"刘娣飞发言后,杜浦补充道。

阚力军看到杜浦,眼睛一亮,但很快恢复了正常神态,问道:"杜部长,上航所那边的情况,领导们都很关心,在力所能及的前提下,我们要保证资源。目前看起来,他们尽管还存在不少问题,但已经算是国产厂家里的佼佼者,我们要培养好。"

"明白!"

"中迪航电的情况呢?刚才听欧阳主任和小孟的介绍,合资公司现在都很艰难。"

"是的,中迪航电是我们航电的主要供应商,他们自己负责的核心航电系统那部分工作倒比较顺利,毕竟有过波音 787 的积累,但他们的问题在于,技术数据和产品交付我们之前,都得向美国商务部申请出口许可证。这样一来,就跟外企没什么区别了,非常不可控。"

"这样可不行,我们现在必须要自主可控。自主可控和国产化是有略微区别的,前者意味着一家企业哪怕不是中国企业,只要能不受美国长臂管辖,可以持续向我们供货,接受我们的管理,也可以算是自主可控。"

"对,所以据我所知,他们正在内部推动开发完全不受美国出口许可钳制的自主方案。"

"哦?那就好,中迪航电是合资公司的翘楚和典型代表,如果他们都挺不过这一轮冲击,其他十几家合资公司估计更没戏。"

"是的,我们航电一共有好几家合资公司,目前看来,除了中迪航电,其他的能够活下去就不错了,更别提开发自主方案。"

"行吧……下一个系统是?"阚力军结束了航电主题的讨论。

会后,杜浦刚走出会议室,便被刘娣飞叫住。

"回院里吗?"

"对。"

"那我们一起吧,陈院也跟我在一起。"刘娣飞回头看了看。

果然,陈海莉在她身后不远处。

三人坐上陈海莉的车。

"杜浦,这是新官上任之后第一次参加阚总的会吧?表现不错,看得出来,他挺赏识你。"陈海莉调侃道。

"陈院说笑了,阚总可能是觉得我刚到这个位置上,不忍心发难吧。"杜浦说。

"陈院应该不知道阚总跟我爸那层关系吧……她来的时候我爸已经退休了。"他心里暗暗想到。

刘娣飞在旁边笑了笑,没有说话。

"娣飞总,我有一个不情之请,不知道该不该说。"杜浦趁这个机会说道。

"哦?说吧。"刘娣飞一愣。

"就是刚才会上谈到的增加资源去上航所现场联合团队的事情,我这些天一直在想,光派工程师去恐怕还是不够,有没有可能派一个负责的去?"

"你是说,想派小王去?"

"哈哈,什么都瞒不过您。对,我是想,如果王慧把她负责的那块通信导航监视工作忙得差不多了,能不能每周去常驻几天?毕竟她是您的助理,也能够镇得住。"

"这事儿吧,你不提,我其实也想过。她以前其实时不时也会去打个转,但没有常驻,我看看她的安排吧。"

"好的呀,多谢娣飞总!"

杜浦长舒一口气,心里念叨:"叶梓闻这小子,得请我吃饭了。"

第一百一十七章　联合攻关

得知王慧会每周常驻上航所几天之后,叶梓闻果然很开心。

"杜部长,您一上任就给我帮了个大忙,太感谢了!"他装作一副很客气的样子。

"少来!都是为了工作。"杜浦回答。

"那改天请你吃饭。"

"这还差不多。"

"但得等我有空。"

"说得好像我成天很闲,就等你请吃饭似的?"杜浦反唇相讥。

叶梓闻的确很忙。

C595已经行至关键阶段,但他的两家供应商,或者说母公司成员单位——上航所和迪森斯都不让他省心。前者的座舱显示系统都已经惊动到中商航和他们中迪航电派联合团队现场驻扎办公,而后者的飞行管理系统简直处于量子状态,由于不能去美国出差,他完全不知道其真实情况如何。

自从中迪航电向上航所派驻人员现场办公以来,他就没少听见上航所的人抱怨。对此,叶梓闻其实是理解的,谁也不喜欢一堆人上门来指手画脚。

好在他的新老师父孔薇薇和丁真分别负责项目和技术,对他还算客气。尤其是孔薇薇,如果不是看在她的面子上,他早就在很多场合忍不住去告状了。

这天,他在上航所现场加班加得比较晚,正下楼离开时,在路灯下碰见了同样刚下班的孔薇薇。

"小叶，"孔薇薇到今天还是习惯性地这么称呼他，"听说你前阵子去中商航找了杜部长，结果人家请娣飞总把王慧总给派来我们这里常驻了？"她的语气十分平淡，听不出有诘问的意思。

"孔姐，这话就有点过了啊。"叶梓闻笑道，"说得好像是我去拱火似的。"

"我当然不会这么说，但我想提醒你，我不这么认为，不代表别人不这么想。"

"谁这么无聊，尽传这些有的没的。你们现在难道工作量还不够饱满吗？"叶梓闻开着玩笑，"看来，果然需要加强现场团队的力量，联合团队得变成联合攻关团队，进一步升级才行。"

"你可不要掉以轻心。"孔薇薇并没有笑出来，"你当然可以像以往一样，只要把活干好，自然有人帮你摆平一些别的事情，但现在情况不同了。"

"情况有什么不同？"

"项目进入关键攻坚阶段，所有人都在找功劳，也有不少人在找背锅的，这个，我就不往深里说了，你这么聪明，自然应该明白。"孔薇薇看着叶梓闻，没有再继续说话。

这句话让叶梓闻猛然醒悟过来。原来她是这个意思！他吓得出了一身冷汗。

一群人，心无旁骛地朝着一个目标努力，把事情干好，成功了一起喝酒庆祝，失败了共同承担责任，不好吗？

这一年来，无论是中商航，还是他们中迪航电，都往上航所现场投入了不少资源。至于上航所自己，更是前所未有地投人投钱。联合团队在一起取得了很多进展，虽然现在依然面临很多挑战，可这都是历史欠账太多的缘故。

见叶梓闻没说话，孔薇薇便知道，他已经领会了自己的意思。

孔薇薇的心情十分复杂。作为项目经理，这一年多以来，她花在C595上的钱大幅增加。虽然这些钱都是经领导们批准的，可对她来说，项目预算激增，范围蔓延，这并不是太好的体验。最关键的是投入了这么多，并没有完全攻克产品和技术本身的难点。

第一百一十七章 联合攻关

一方面,她深知这些责任在上航所;另一方面,她又理解自己的领导和同事们面临的巨大压力。内部开会的时候,连李澄都曾忍不住而痛哭流涕过。

她也深知,如果他们一定要找责任的共担方,中迪航电是最好的选择。毕竟,中商航是 C595 的主机单位,是真正的甲方。而中迪航电,虽然算是他们的客户,但也只是在座舱显示系统交付给中商航之前做一些系统级的工作而已,产品全部在上航所研制。在很多上航所人的眼里,中迪航电顶多算是个合作伙伴。既然是合作伙伴,就应该共担责任。

而随着美国将中商航放入 MEU 清单上制裁,供应链自主可控成为大势所趋,中迪航电已经丧失了其原有的身份优势:尽管这家合资公司注册地在上海,算是本土企业,但他们所有的技术和产品全部被打上了"源自美国"的标签,这跟那些外企没有任何区别。

孔薇薇知道,现在是上航所千载难逢的机会。但是,她还是更相信一点,机会要靠自己的努力和进步去获得,而不是寄希望于别人犯错。当然,她也知道,自己的这个观点在上航所内部是存在争议的。她之所以会这样想,跟叶梓闻十年前曾是她的徒弟有关。

想到这里,她问叶梓闻:"还记得十年前你要去中迪航电,我曾经劝阻过你吗?"

"记得啊,当时我还有些讨厌你呢,不过,现在都成为美好的回忆了。"

"那你现在理解我当初劝阻你的理由了吗?如果你不走,至少现在是丁真的位置,甚至没准是桂所的位置,要知道,所长也很年轻,他很愿意提拔年轻干部。"

"理解,孔姐,我知道你是真心为我好,不过,我并不后悔。要不是来中迪航电这么一遭,哪能碰见这么多有意思的事情呢?"

"不后悔就好。现在,我们还落后于你们,但你要相信,我们用不了太久就会赶上的,到时候,如果你想回来,我们依然欢迎。"

孔薇薇这番温柔的话,让叶梓闻完全没办法反驳。

现在的中迪航电,已经停止了正常运转。

第一百一十八章　唯我独尊

"他们不懂,我们不能屈服。"玛迪冷冷地说。

"但是他们是客户,我认为不能简单地挡回去。"叶梓闻说。

会场上的其他人都没有说话,恰好杨元昭休假,不在会上。

这是中迪航电的内部 C595 项目评审会,讨论来自中商航的新变更请求。

"我们不能什么都听客户的,每当他们给我们新的变更请求时,我们必须要问:到底这些是不是适航取证必需的？如果不是,能不能往后放？他们不能一边增加范围,一边还要求我们保持原有进度,这不公平,就这么简单。"玛迪说。

"你说得都对,不过,项目上的事情,在现实中没有那么理想化。"

"不,中商航太幼稚,太没经验,所以我们需要教育他们,让他们清楚地知道,什么才是正确的行为。"

"你要去跟客户这样说吗？"

"不,我只负责工程技术,管理客户是你们的事情。"

听到这话,叶梓闻忍不住笑了笑。丑话和坏事都由我们去做,你就躲在后面舒舒服服地放嘴炮？

"你不尊重我。"玛迪抗议道。

"我怎么不尊重你了？笑都不可以吗？"叶梓闻觉得肚里的火又要往上蹿。

"你的表现一点都不专业。"

"我不想跟你讨论这些,不要偏离今天会议的议题。现在,客户又给我们扔了新的变更过来,我们当然可以去跟客户交涉,让他们评估它们的必要性,但与此同时,我们自己能不能也花点精力分析分析?"叶梓闻不想跟玛迪扯下去。

"不能。我们花了精力分析这些新的变更,就没有精力干原本计划当中的事情,会导致原有计划变慢。我原以为这么浅显的道理你会懂。"

"你们工程团队就不能提高点效率?或者加会儿班吗?"叶梓闻盯着这个美国老头。每次看到他,叶梓闻都觉得自己闻到一股古旧而腐朽的气息,尽管他身上喷的古龙水老远就能闻到。

玛迪十分专权,带领着全公司最庞大的团队——几百号人的工程团队,却几乎不授权给他的总监们做决定,似乎所有的事情都要汇报到他这个层级才能拍板,大到工程变更,小到员工加班。

相反的,真正涉及技术方案和技术决策时,他又不做决定。如果在某一个技术方案上,他的两名总监产生了不同意见,他并不拍板,而是采用"谁管辖,谁说了算"的方式,由具体负责这个技术方案的总监定。

叶梓闻曾经与玛迪就这个处理方式争辩过,他认为,玛迪作为工程技术的最高负责人,当手下的人就技术方案产生不同意见时,应该跳出来拍板,而不是简单地让负责这个技术方案的总监来定。否则,时间一久,整个团队势必变成一个个孤立的群体,假如一个总监犯了错,其他人也不会再提什么意见,反正不会被采纳。每个总监死死地守在自己那摊疆域之上,把护城河挖得深深的,就像小富即安的封建小领主。

"你这个工程副总裁也太好当了吧?什么技术决策都不用做?"叶梓闻恨不得问他。

现在,他们又一次起了争执。

叶梓闻希望工程团队能够评估一下中商航发来的最新的工程变更,而玛迪坚决不同意。

"我们团队已经是最棒的了,他们效率超高,而且很多人都已经在起早贪黑地加班。他们已经不堪重负,项目经理不能欺人太甚,不讲人权!"

叶梓闻此刻的感觉很差。明明作为项目经理,他管理着项目的预算,却要求爷爷告奶奶地去找玛迪,请求他释放工程资源干活。

会场上大多数人是玛迪的总监,他们一句话都不说。整个工程团队已经成为玛迪的一言堂,就连叶梓闻曾经的领导王东,也早已深谙生存之道,在玛迪面前一个屁都不敢放。

叶梓闻听说,玛迪在工程内部的会上经常毫无道理地训斥他的下属们。为他们感到不值当的同时,叶梓闻也压根不信工程团队已经是弹簧濒临压断的状态。他并不瞎,能清晰地看到,工程团队内部,属于旱的旱死,涝的涝死,工作量分配严重不平衡。就这样的状态,你还好意思说你们效率超高?

"不要拿人权说事,我们的工作环境已经够舒服了,工作压力相比中商航和上航所也要小不少。"叶梓闻反驳。

"你在侮辱我们优秀的工程师们吗?竟然拿他们跟中商航和上航所相比?"玛迪似乎被激怒了。

"有什么不能比的?中商航和上航所的人工作都很勤奋,很好学,我们要看到他们的长处,这叫侮辱吗?"

"他们有长处?中商航要是足够厉害,C595能干十三年还没适航取证?在我三十多年的工作经验中,就没见过这么慢的项目!上航所要是足够厉害,还需要中商航和我们不断派人去他们现场联合攻关?"玛迪冷笑。

"我们要以发展的眼光看问题,他们起步晚,但是,进步很快,而且,加速度越来越大。"

"没有意义。"

"你这是什么意思?"

"我们才是最厉害的,我们的经验,再过十年他们都赶不上。不,上航所的话,一辈子都赶不上。"

"你怎么能这样傲慢?"

"这不是傲慢,这是对他们有清醒的认识。"玛迪竟然笑了。

会场上也一阵哄笑。

叶梓闻冷冷地看着眼前的这些人,心里不禁有些悲凉。现在外面的环境发生了多大的变化,人家有多拼命、多努力,这些人压根就不知道!天天坐在办公室里闭门造车,不去与客户沟通,与合作伙伴沟通,自我感觉良好,还以为岁月安稳吗?

"玛迪,各位,我不想危言耸听,但自从 MEU 以来,我们作为本土企业的一切优势都丧失了,只剩下距离客户近,方便及时交流和沟通这一项,如果我们不能体谅客户的变更,不能花点资源和时间做一点点分析,从而支持他们决策,那我们对于他们来说,还有什么存在的价值? 如果我们对他们没有存在的价值了,后果会如何?"

第一百一十九章　原地打转

叶梓闻与玛迪的交锋最终还是以叶梓闻诉求的胜利而告终。

但并不是玛迪在会上做出的妥协。与往常很多次一样，会议的僵局变成了行动项，叶梓闻向杨元昭汇报后，再由后者去跟玛迪交涉。有时候，交涉下来，玛迪让步，有时候，玛迪不让，这样便得上升到艾吾为那儿做仲裁。这次，最终是艾吾为仲裁决定：还是要支持客户进行变更分析。玛迪这才松口。

叶梓闻虽然拿到了自己想要的，但已经觉得浑身疲惫："如果连这样一个小小的决定都要上升给CEO，那我们还能干成什么事？"

毕竟，这件事情本身只是为了解决客户眼前的一个问题，而从长远看，叶梓闻要推动的，是真正实现自我救赎。

他认为，中迪航电必须从头开始将核心航电系统的产品和技术进行一轮"去美国化"的改造，从而形成一套不受美国长臂管辖的自主可控的解决方案，这样一来，哪怕中商航依然被美国放在MEU清单上，他们也能够不受影响地持续供货。

如果不这样做，当国产的供应商能够提供类似产品的那一天，就是中迪航电被取代的那一天。那一天的到来，无异于宣告中迪航电的突然死亡。它很可能很慢，也可能很快，就如同宇宙的奇点一样。而以目前中商航的决心来看，这一天不会很晚到来。

"简单地说，我们需要自我颠覆。"叶梓闻在内部的领导层汇报会议上把严峻的现状介绍完之后，如此总结道。

会议室里一阵沉默。

距离MEU的推出已经大半年时间，中迪航电总体表现还算不错，不但顺利获得了出口许可证,在现场支持的力度上,由于有本地的优势,也比那些外企要给力不少。

这些天,他们已经听说了很多传言,说中商航全力加速供应链本地化,却没有带上中迪航电。现在,从叶梓闻的嘴里,这一点无比明确。而叶梓闻也是从杜浦那儿得到的确认。

"我表示怀疑。"玛迪开口了。

所有人都齐刷刷地盯着他。包括叶梓闻,他想看看这个老头又要搞什么鬼。

"叶梓闻说的完全属实,我跟中商航的高层领导也确认过。"杨元昭这次在会上,他补充道。

"哼。"看到杨元昭出面挺叶梓闻,玛迪没有再说话。

"梓闻,你认为在中商航的国产化计划里,我们的潜在替代者会是谁?"艾吾为不动声色地问道。

"我觉得很可能是上航所,当然,中工航旗下的其他单位也有可能。"

"那为什么我们还要派人去他们的现场帮助他们?!"玛迪突然吼道,"这不是帮助我们的竞争对手吗?"

"第一,这帮助不是免费的,他们向我们支付了研发费,所以,这其实是一种我们给他们提供的人力资源外包服务;第二,在 C595 项目的座舱显示系统上,我们和他们的利益是一致的,他们的成功就是我们的成功,因此,帮助他们成功,我们当然责无旁贷。"叶梓闻毫不示弱。

"就是这么回事。"杨元昭也补充道。

艾吾为看了看玛迪,又看了看杨元昭:"当初我们派人去现场支持上航所的时候,两位也有过类似的讨论,当时,我们是应中商航的邀请和要求,也考虑到上航所会支付费用,所以答应了。我不希望再炒剩饭。"

"安东尼,情况变了,现在,上航所要把我们给替换掉!"玛迪不甘心。

"玛迪,上航所要把我们替换掉——如果他们真是中商航选择的备份方案的话,这不能怪他们,只能怪整个国际形势的突变。如果美国政府不把中商航放在 MEU 清单上,这一切都不会发生。"杨元昭还没等艾吾为回应,便补充道,"我们完成已有 C595 合同的义务,帮助上航所成功完成座舱显示系统的工作,和我们是否会在核心航电系统工作包上被他们替换掉,是两个独立的命题。前者,我们责无旁贷,而且还能有一笔收入;后者,我们只能自己救自己,也赖不得别人。"

杨云昭十分自信,艾吾为会支持自己。叶梓闻也这么想。

"我们需要考虑这个风险……"没想到,艾吾为慢吞吞地说道,"如果他们要把我们替换掉,我们是否还要继续帮助他们。"

杨元昭和叶梓闻大眼瞪小眼。又摇摆了?

叶梓闻在心底叹了一口气。所谓的 Business Decision,业务决定,原来如此儿戏。当初不是已经花了很多气力讨论这个问题了吗?现在玛迪一搅和,难道又要翻烧饼?这也太不严肃了!

"艾总,如果我们现在把人从上航所撤回来,中商航肯定会来找我们的,原本我们就已经被他们认为不是'自己人'了,现在在这个关键阶段,我们不顾全大局,肯定会被他们收拾的。"叶梓闻忍不住了。

"你太软弱了,为什么不能对他们强硬一点?"这次是玛迪抢着回答。

"强硬?对客户强硬?我们把'以客户为中心'贴在墙上,天天谈怎样'想客户之所想,急客户之所急',你现在让我去向客户发飙?有种你去啊,你一天到晚坐在办公室,坐在你的宝马车里,生活在泡沫当中,敢不敢去面对客户?你好歹也是个副总裁。"叶梓闻毫不客气。

"安东尼,他不尊重我。"玛迪朝着艾吾为说,"况且,据我所知,上航所应该付给我们的研发费还拖欠着没有付全呢,为什么要我的工程师免费给我们的潜在竞争者干活?再说了,面对客户本来就是项目经理们的职责,如果你让我去面对客户,你存在的价值是什么?"

"你……"叶梓闻恨不得冲上去一脚把他给踹到地上。

艾吾为盯着眼前的几个人,没有说话。

"装什么装?你就是心里没主意吧?"叶梓闻想。

这些年,叶梓闻接触过不少领导者,但艾吾为绝对是最优柔寡断的那一个。而在他看来,一把手干什么都行,哪怕胡作非为,一条烂路走到黑,地球也是圆的,谁知道结果会不会柳暗花明了呢?怕就怕优柔寡断,举棋不定,今天杨元昭说个事,他觉得有道理,明天玛迪又抛出个想法,他又觉

第一百一十九章 原地打转 | 451

得似乎也不错,整个公司就在原地不动地打摆子。

一艘航船,如果船长一会儿往左开,一会儿往右开,这艘船将会驶向何处呢?

第一百二十章 诛心之论

艾吾为思索了良久,才抛出一句话:"我刚才差点被你们给绕晕了,帮助上航所的事情,不用再讨论,我们此前的决定已做,必须要坚持下去,为了 C595 项目的成功。"

听到这句话,叶梓闻怀疑自己听错了。这老头终于坚持住,维持原判了?

可还没等他高兴起来,艾吾为又冲着杨元昭说道:"杨总啊,刚才玛迪说得没错,上航所还拖欠着我们研发费,虽然帮他们,我们还是要去要钱的。"

好嘛!又在玩平衡!两个副总裁,一个都不得罪到底。

叶梓闻苦笑了一下,心想:"好吧,杨总惨了,又要去讨钱。不过,至少大方向艾吾为还是坚持住了。"

杨元昭很干脆就答应了,然后说道:"安东尼做了一个很好的决定,我建议回到刚才的议题上,听听叶梓闻的建议,我们到底要如何自我颠覆。"

"可以。"艾吾为点头。

绕了一大圈,会议终于回到初心和原点。

叶梓闻深吸了一口气,说道:"简而言之,自我颠覆就是由我们位于上海的工程团队,利用他们在过去十几年所学的经验和知识,打造出一个全新的核心航电系统解决方案。在这个解决方案当中,没有任何美国人的参与,知识产权也完全来自上海,因此,将不再受到美国的长臂管辖,可以满足'自主可控'的标准。"

"什么?完全利用上海的团队?那我们在威奇塔的团队怎么办?"玛迪抗议。

中迪航电在成立之初,很快便实现了全球化,在欧洲和美国都有一个分公司,分别位于德国汉堡和美国堪萨斯州的威奇塔(Wichita),负责从当地招聘专家来贡献于上海的研发工作。在全球化时代,这是很好的模式,但现在,一切都反转过来。

情况很简单,只要中迪航电继续使用美国团队干活,这些成果全部都属于"源自美国"的技术,都将受到美国长臂管辖。

因此,叶梓闻才建议只通过上海团队来研发。

他以为这是非常浅显的道理,玛迪却对此提出了挑战。

"玛迪,我们现在讨论的是公司的生死存亡问题,如果我们不能尽快开发出自主可控的解决方案,我们就要死了。我只知道,如果我们用了威奇塔团队参与这件事,我们的努力就白费了。我不想打这个比方,但,这就好比一池清水里滴入了一点墨汁,便被污染了。MEU的确有'源自美国'技术百分比的规定,但为了安全起见,最好一点都没有。"

"你怎么敢如此随意地就决定一个团队的命运?!我们在威奇塔有二十个人,你这样一句话,就要让他们全部失业吗?"玛迪吼道。

"那你的方案是什么?"叶梓闻并没有被他带走节奏。

"他们都是行业专家,平均有二三十年的行业经验,你却想把他们晾在一边?你真是毫无人性!"

"所以,你的方案是什么?"叶梓闻依旧保持着平静。他深知,一旦被激怒,自己就输了。现在玛迪没有好的方案,所以就试图从感性的角度来诱导他。

"玛迪,你的方案是什么?"杨元昭也追问了一句。

艾吾为看向玛迪。

"我……"玛迪一愣,立刻恢复了表情,"我的建议是,我们整个工程团队,无论在上海总部,还是威奇塔,还是汉堡,是一个团队,一个整体,不能割裂地只让上海团队去干一件足以决定公司未来的事情。"

"所以,你希望威奇塔团队参与我们自主可控方案的研发工作?"叶梓闻问道。

"是的,他们可以提供上海团队缺少的技能和知识沉淀,还能提供很多指导。"

"那 MEU 这个问题要如何解决呢？"

"我不认为他们参与一部分工作，就会影响我们方案的性质问题。"

"很遗憾，这个可能性我们此前讨论过，Tracy 认为是行不通的。"叶梓闻说。

Tracy 中文名叫李晓琴，是中迪航电的首席合规官，也来自迪森斯。今天的会议，Tracy 恰好不在场。

"我认为她存在误解，我需要找她聊聊。"玛迪说。

"我跟你的团队一起跟她聊过的，我认为没必要再去浪费这个时间。"叶梓闻说。

"我的团队？谁？"

"你是不信任你的团队吗？"叶梓闻不想说出名字，这里面也包括王东。他总觉得，一旦让玛迪知道名字，少不了在工程内部例会上挨骂。他跟他们又没有怨仇。

"不，我是不信任你。"玛迪说。

叶梓闻一愣，怀疑自己听错了，问道："抱歉，你说什么？"

"我不信任你。"

整个会场安静下来，艾吾为和杨元昭也都呆住了。他们没想到玛迪竟然敢如此嚣张。

"你口口声声说你代表客户，带回来的都是客户的声音，试图推动一个所谓的完全'自主可控'的方案，可是，在我看来，你的内心深处有着不可告人的议程！你想利用你跟外界和客户的接触便利，打着他们的幌子，把我们功勋卓著的美国团队砍掉，为了实现你自己控制一切的目的。"玛迪颤抖着双手，像机关枪一样吐出一大段话。

玛迪不光说的是英语，而且语速极快，叶梓闻费了老大劲才跟上。

然而，当他听到这一切时，也完全震惊住了。他不敢相信，这样恶毒的话竟然来自一个堂堂的副总裁。这不是诛心之论吗？难道让我把肚子剖开，证明自己只吃了一碗凉粉？

在玛迪说这句话之前，叶梓闻对他还有一丝幻想，认为他只不过是一

第一百二十章　诛心之论　｜　455

个有些老糊涂的顽固保守派罢了,所以很多时候只是就事论事地争论。但现在,他发现,玛迪是一个无比精通于政治斗争,会充分利用自己领导的软肋而为自己争取利益的机会主义者和圆滑世故者。

你跟他谈业务,他跟你谈情怀;你跟他谈情怀,他跟你谈人权;你跟他谈人权……到最后,他会用他的母语优势,用十分快速的英语将你打败。

他看到玛迪那张老脸,都感到无比恶心。

这不是心理上的恶心,而是生理上的。

好吧,来吧,如果你要斗,那便斗吧!

第一百二十一章 抱着金饭碗讨饭吃

想到这里,叶梓闻冷笑一声,并没有被玛迪的激动给挑拨起来。

他摊了摊手,没有看玛迪,而是看着艾吾为和杨元昭:"我无话可说。我认为玛迪需要冷静一下。他的口头禅是'你不尊重我',现在,这句话用在他身上倒是恰如其分。"

杨元昭本来为叶梓闻捏了一把汗,看到他此刻的表现,眼里满是赞许。他适时补充道:"玛迪,我不同意你对叶梓闻的判断。这是毫无道理的。如果我们不能信任他带来的客户声音,我们就失去了眼睛。"他的语气也十分平缓。

这让刚才被吓得脸色惨白的艾吾为也稳住了自己的情绪,他盯着玛迪说道:"我同意杨总,你刚才说得有些过分,请注意你的态度。"

叶梓闻刚准备反击,却又听见艾吾为接着说:"不过,玛迪,你的顾虑也并非完全没有道理,今天 Tracy 不在,我建议你领一个行动项,等她来办公室的时候,再跟她确认一下,到底叶梓闻所说的是不是……"他停顿了一下,似乎是在字斟句酌,"的确如他所理解的那样。"

叶梓闻在坐椅下握紧拳头,浑身直哆嗦。都什么时候了,还在想着玩平衡艺术!你想说的明明就是"属实",为什么非要用那么长的句子说出来?是怕我受到冒犯吗?不!我可不会像玛迪那个老头那样借题发挥!

"好的,安东尼,我会确保让 Tracy 把她的指导性意见表达得毫无歧义。"玛迪十分得意。

"好,那今天我们的会议就开到这里,看起来我们还需要一点时间才能做决定。"艾吾为结束了会议,整场会议,似乎只有说这句话的时候,他的语气最轻松。

原本要做决策的会议,什么都没定。

叶梓闻心情沮丧地回到自己办公室,趴在桌上。桌上摆着一个五分钟沙漏,原本是他有时采用"番茄工作法"时的道具。他扫了一眼,觉得自己此刻就像那些沙子一样,无精打采地躺倒在沙漏底部,所有的气力都已耗光。

自己在外面拼死拼活,在中商航到处打听情报,去上航所与自己的老前辈们斗智斗勇,辛辛苦苦搜集来的宝贵信息竟然受到这样的对待!只需要一两句轻描淡写的话,就可以把自己的价值完全消解于无形!

"我图什么呢?"来到中迪航电十年,这是叶梓闻第一次体会到一种深深的无力感。

"怎么啦?这就哭了?"一个声音从他办公室门外传来。

他抬头一看,是杨元昭。

杨元昭把门关上,对他说:"气愤吧?"

"杨总,我都不想评价了……"叶梓闻有气无力。

"这就是我们公司管理层目前的状态,我也无能为力。"杨元昭摊了摊手,"尽量做正确的事,控制你能控制的吧。我还是跟以往一样,会支持你。"

"谢谢……我实在没想到,这一个没头脑和一个不高兴凑一块了。"

"这是什么?"杨元昭没听说过。

"是一部很老的动画片,我只听说过,也没看过。"叶梓闻懒得去解释。

"唉,如果是跟杜浦说这事,估计他会笑翻吧。可惜啊,关系再好,我也不能告诉他这么多公司内部丢脸的事……"叶梓闻心里感到挺遗憾。

杨元昭离开后,叶梓闻决定稍微振作起来。如果现在就开始萎靡,岂不是更要给玛迪那老头以口实?他不能眼睁睁地看着中迪航电抱着金饭碗讨饭吃!

想到这里,他站起身,冲到玛迪办公室门口。

玛迪正襟危坐地盯着电脑屏幕,似乎在读邮件。

"我不是来吵架的,我想解决问题。"在门口,叶梓闻说道。

"哦？好啊，我喜欢解决问题。"玛迪眯着眼睛说。

他站起身，示意叶梓闻在他办公室里的小会议桌边坐下，然后冷冷地盯着这个几乎只有自己一半年纪的项目经理。

"玛迪，你完全可以不必反对我的建议。"叶梓闻开门见山。

"反对你的什么建议？"玛迪装傻。

"我刚才在会上提出的'自我颠覆'方案，由全上海班底的工程师完成核心航电系统的'去美国化'工作。抱歉，我不该用'去美国化'这个词，但是，你知道我的意思。"

"我刚才会上没有说你是种族主义者，已经算是给你留了一点颜面，要知道，安东尼和我都是美国人，我们在美国还有二十个同事。现在，你赤裸裸地宣称，要将他们排除在外。"

"这一套对我没用，我们这里不讲这种'政治正确'。"叶梓闻已经料到他会拿这个说事，"我现在来，就是为美国团队找一些事情做。"

"什么事情？"

"他们完全可以做一些咨询类、预研类的工作，这些工作纯粹服务于我们公司内部，不需要交付给客户，尤其是中商航。"

"这当然是一个好主意……"玛迪又眯了眯眼睛，"不过，这些事只需要三五个人干就行了，剩下十几个人呢？"

叶梓闻听到这儿，心中暗想："好啊，口口声声说要发挥美国团队的作用，被我这么一问，露出马脚了吧？分明就是为了保住他们的工作！如果真让全上海团队干，那帮人不就失业了吗？威奇塔那个点都可以撤掉……这个老头，肯定是在为自己退休铺路，离开中迪航电总部之后，还可以回到威奇塔当个高级顾问继续拿高薪！"

"我没有预算去支持剩下十几个人的工作，在现在的国际形势下，如果纯粹从业务角度考虑，我认为需要跟他们好好谈谈。"叶梓闻说得很委婉。

"哼，刚才的会上我有一个行动项，就是要跟 Tracy 谈，如果你不希望我把你这种种族主义言论告诉她的话，你最好打消这样的念头。"玛迪语气里颇有些威胁的意味。

  Tracy 是公司的首席合规官，也会负责处理与员工平等、性骚扰等相关的事务。

  "我没有种族主义，我是从业务出发得出的结论。当然，如果公司愿意养闲人，我也 OK，毕竟这不是我的公司，而且公司似乎还挺有钱。"叶梓闻试图跟玛迪达成有限一致的愿望，算是落了空。

  离开玛迪办公室的时候，他试图让自己保持冷静。此时的他，竟然没有刚才那种痛心疾首之感，而是觉得好笑。我竟然被一个支持特朗普的美国人认证为种族主义者！

第一百二十二章　高处不胜寒

在成为基金经理之前，范理从未想过，这份看上去处于金字塔顶端的工作原来一点都不省心。

别人看到的只有这个岗位的高度，而她终于发现，当自己站在顶端时，落脚空间已经所剩无几，她必须用尽浑身解数才能站稳。更何况，这里雨大风急。尽管不需要像当分析师或研究员的时候那样出具一篇又一篇的报告，但她发现，衡量自己绩效的指标似乎更加单一而又残酷——基金业绩。

而与当年她做券商分析师时需要面对《新投资》的排名一样，基金经理也避免不了被排定座次的命运。

"《中国证券报》每年都有一个'金牛奖'的基金公司和基金经理评选，登上那个榜，就是你的目标。"去年，她刚刚成为一名权益基金经理时，朱千墨说道。

又是榜单……当时范理产生了轮回的感觉。而现在，一年过去，她已经习惯了。

她也不指望自己刚当一年基金经理，自己管理的基金还没有足够历史积累的时候，能够进入"金牛奖"的榜单。慢慢来吧，聚沙成塔，水滴石穿。

她眼下的任务是把新成立的基金卖出去。那些个大的保险公司等机构便是她的客户。

"范姐，明天我们要去趟黄浦保险路演，给他们讲讲你这支新发的'灼灼其华九号'基金的情况。"公司的机构销售李冰说。

"灼灼其华九号"是她成为基金经理后发的第一支"嫡系"基金。她所在的公司叫华灼基金,以"灼灼其华"命名的基金,都算是公司重点推广的系列。

这一点,让她感到欣喜的同时,也压力倍增。可不能砸了公司的招牌!

李冰是一个古灵精怪、留着齐刘海的90后女孩,年龄不大,很受机构客户们的喜欢。

谁不喜欢人甜嘴也甜的小姑娘呢?范理都觉得李冰很上道,合作起来十分舒服。只是那句"范姐"让她有些惆怅。

"客户比较关注的是我们对TMT行业后市的看法,以及组合里面个股的分析。我偷偷打听到,他们现在投资非常谨慎,国家这两年政策频出,房地产和教育行业受到很大冲击,TMT的范围又很广,他们很关注我们是否涉及这些潜在的雷区。"李冰眨了眨眼。

"嗯,放心吧,我特别关注了这一点。国家现在越来越重视硬核科技和高端产业的发展,我们做投资的,当然要顺势而为。"范理点了点头。

说完这番话,她脑海中竟然浮现出杜浦的样子。他干的不就是硬核科技和高端产业吗?她记得,杜浦不止一次自豪地告诉她:"民用飞机制造可是高端制造业皇冠上的明珠!"

这些年,范理越来越深刻地体会到这一点。虽说她一直在研究TMT行业,对外也可以宣称自己是跟科技沾边,早些年,她是真有些看不上好些调研过的TMT上市公司,很多就是沾了行业大势的光,才飞了起来,但论核心技术,并没有多少。可最近这些年,真正配得上"科技"二字的上市公司是越来越多了。

她也不停地重塑自己的认知。隐约间,她觉得自己似乎越来越理解杜浦。

"范姐,根据我对客户的了解,我建议你把我们不碰的领域很旗帜鲜明地列出来,首先打消他们的顾虑,然后再介绍你的投资组合。"李冰的建议打断了范理的思路。

"好主意!"范理不得不佩服这个小姑娘的细致。

路演的内容很重要,但如何呈现这些内容,也挺有讲究。李冰作为一名年轻的销售,显然已经能够很好地把握客户的喜好。

"我要是有弟弟,一定介绍给你。"她笑着对李冰说。

"范姐要是真有个弟弟,那估计也是帅得惊天动地,我要真有那样的福气就好了。"李冰很会说话。

"哈哈,光帅就可以了吗?"

"当然,我是颜控,只要长得帅,别的都好商量。"李冰认真回答,"所以,范姐如果看到帅哥,一定要想到我哦。"

"没问题!不想到你,还能想到谁呢?"

"太好啦!我可以开心好几天!那我先走了,范姐也早点下班吧。"

李冰走后,范理叹了一口气。自己单身的事情,公司的人知道的并不多。范理平时很低调,而华灼基金的企业文化与中御证券相比要无聊很多,同事们各自埋头干好自己的事情,似乎没有太多嚼舌根的。但这正是范理喜欢的。

她又埋头准备她的路演材料,今天下班前必须要弄好,发给公司,经过公司的加工、打磨、美化之后,成为一份精美的营销方案,在明天发挥出最大的效果。

正字斟句酌着,范理却发现自己经过刚才这么一打岔,一下子失去了灵感。

她憋了好几分钟还是没有任何进展,便打开手机刷新闻。一则深度报道吸引了她的注意力——《C595 国产大飞机项目深陷危机?美国制裁的影响正在不断扩大》

她毫不犹豫地点了进去。这篇文章估计整整有一万字,但范理还是一字不漏地读完了。

读完后,她抬起头来,看向窗外。窗外原本无比繁华的陆家嘴风景此时像是蒙上了一层阴霾。

由于一直在深耕 TMT 行业,她对我国的半导体被美国卡脖子是十分了解的。华为早在三年前就开始遭受美国的制裁,而前两年从西安回上海偶遇老同学付洋,更是让她得知,国产 EDA 软件也还远远达不到撼动国际巨头地位的程度。但美国的制裁对于 C595 的影响,今天她才第一次

第一百二十二章 高处不胜寒 | 463

如此清晰地了解到。

震惊之余,她看了看这篇文章的出处,是一个十分权威的媒体,多半不是信口开河,危言耸听。

她竟然有些担心起杜浦来。反正暂时也没有思路,要不要给他打个电话呢?范理有些犹豫。

她点开手机里的通讯录,找到那个无比熟悉,却又有些陌生的名字。当她正准备点下去的时候,手机振动起来,一个电话拨了进来。她看了看屏幕上闪烁着的名字,一愣。

第一百二十三章　返乡

竟然是孙尚武。

范理一时想不起来,他有多久没给自己打过电话了。

他们曾经每天都待在一起,她与他待在一起的时间,比她跟杜浦待在一起的时间还多很多倍。自从她跳槽到华灼基金时那次最后的散伙饭,那个午夜的拥抱之后,孙尚武再也没跟她单独联系过。而她也没有主动联系过他。

进入基金公司之后,虽然她曾经接待过他带着中御证券的老同事们为《新投资》排名拜票,可在那样的工作场合,他表现得十分客气和生分。

而最近这一年,她再也没见过他。

范理接通了电话:"喂,孙总。"

"范理,好久没联系了,还好吗?"孙尚武显然在抑制住自己的激动。

"挺好啊,还在华灼基金,倒是有一阵没见你来了。"

"我回湖南了。"

"什么情况?"

"公司在湖南的分公司扩张,缺总经理,就把我派去了。"孙尚武平淡地说。

"那就算是常驻湖南了?"

"对,不过不是在我老家,而是在长沙,以后有机会来玩啊。"

"一定的!长沙离我老家也不远!"范理是湖北黄石人。

"不过,我在想,今天你是否有空见个面。"

"啊?"

"我知道这个电话有点唐突……其实,我现在不在长沙,我在上海,更确切地说,我在陆家嘴。不过,明天我就要回去了。晚上有空一起吃个饭吗?"

"我……"范理一眼瞥见屏幕上依然未完工的路演材料,打算拒绝这次突如其来的邀请。

"明天回去之后,下回来上海估计就不知道什么时候了。"孙尚武感受到了范理的犹豫,但并不想放弃。

"好的。那我们就在陆家嘴吃个便饭,我明天还有路演,今晚还得赶材料呢。"

"哈哈,陆家嘴什么都有,就是没有便饭,我建议去一个餐馆吧,我们在那里碰头……"孙尚武笑道,"不过,我会早点放你回家的。"

"那我请客!"

"好,我不跟你抢。"

半小时后,两人面对面坐在上海中心一家装修考究的中餐厅里,窗外是黄浦江两岸的灯火通明。

柔和的灯光下,范理感到孙尚武明显憔悴了许多。

"是不是老了很多?"孙尚武感受到范理目光中的意味。

"哈哈,说实话会不会被骂?"

"我早就不是你领导了,现在你可是行业内的新星,美女基金经理啊。"

"还得向你多多请教呢。"

"你刚才说要调研?"

"对,明天去黄浦保险,推销我的新基金。"

"愿意卖给我们的自营吗?"

"太愿意啦!你们要买吗?"

"我跟自营的负责人是哥儿们,如果你确定的话,我把他联系方式告诉你,跟他打个招呼,至少可以帮你冲点量吧。"

"需要用分仓做交换吗?"

"哈哈,你也变滑头了。交换谈不上,但总归人家也需要得到一点啥,对不对?虽说可以卖我这张老脸。"

"我懂,孙总,我就是开玩笑问问。"

"那就好。"

两人边说着,边吃着菜。范理已经很久没有跟孙尚武在私人场合下聊天,可依然觉得有点熟悉的感觉。只不过,她觉得自己这位前领导相比几年前,似乎少了一些锐气。她不知道什么原因。

闲话了一阵之后,孙尚武突然说了一句:"这次回湖南,除了去干分公司的事情,还有一件事。"

"什么事?"

"结婚。"

听到这两个字,范理的筷子悬在半空中。她看着孙尚武,见他不像是开玩笑的样子,又猛然瞥见他左手无名指上戴着一枚银色的戒指。

"恭喜恭喜!"她这才笑道,边笑,边把筷子收了回来,放在碗上,说道,"你终于把自己嫁出去了。"

这次轮到孙尚武愣住了,转而苦笑道:"对,嫁出去了。"

两人又都陷入了沉默。他们都知道这沉默的原因。只不过,陈年旧事就应该永远留在心底,没必要再重见天日,就像那些古代的皇陵,永远深埋于地下或许是它们最好的归宿。

还是孙尚武打破了沉默:"她是一个公务员,算是你的老乡吧,武汉人。"

"武汉妹子啊,那你可得当心,泼辣得很。"范理笑道。

"还行吧,过日子嘛,老大不小了,爸妈年纪也大了。"

不知道为何,这一瞬间范理清楚了他为何此刻的气质要比之前萎靡。有点儿类似于她现在干的投资,不确定性才是让一个人保持斗志、冲劲和激情的原因,当一切都确定时,乏味也悄然而至。

不过,范理还是打心底为孙尚武感到高兴。

"回长沙后,不再负责投资分析的业务了?"她决定换个话题。

"对。"孙尚武的表情也恢复了正常,"分公司嘛,就是个大杂烩,什么都得管,但中御的研究所只在上海,分公司还是以自营和经纪业务为主。"

"那估计要应付好多老头老太,做好准备了吗?"范理深知,证券公司

第一百二十三章 返乡

营业部交易时间最多的就是些老头老太股民,尤其是前些年,网上交易还没那么普及的时候,一到交易时间,各大券商营业部就门庭若市。经纪人们也乘机向这些天真的散户兜售各种"牛股""稳赚不赔"的投资服务,一副热闹景象。

"哈哈,接地气,也挺好……"孙尚武搓了搓手,"我记得,你先生是在搞国产大飞机?"

这个问题猝不及防,范理呆了片刻,马上不置可否地点了点头。她并不想让孙尚武知道自己其实离婚多年。

"好啊,现在看起来,还是要干他这样的事情……"孙尚武说,"国家要出头,国运要发达,没有高科技、高端产业是肯定不行的,未来这十年,就是高科技的天下。你刚才说明天要去路演,尽管讲这个,没问题。"

"嗯……"范理含糊地回答,"是啊……属于他的时代到了。"

第一百二十四章　灼灼其华

范理与李冰穿着十分职业的装束,略施粉黛,走进黄浦保险的大堂。她们瞬间拉升了整个大堂的颜值平均水平。

与中御证券和华灼基金一样,黄浦保险也位于陆家嘴金融城。她们不需要打车,就可以步行至客户的办公大楼。这让范理不禁又一次感慨当年浦东对于陆家嘴这片巴掌大地方高瞻远瞩的规划。

当她们来到会议室的时候,里面已经坐了两个人。李冰与他们挺熟识,连忙打招呼,同时介绍范理:"我们的权益基金经理范理,范总,也是这支'灼灼其华九号'的基金经理。"

那两人都是年轻男子,目测30岁不到,看到范理,都愣了一下。这么美的基金经理!

"范总好,请两位就座,郭总他们很快就到。"其中一人笑着招呼。

范理与李冰便坐在背靠门的方向,桌上放了几瓶矿泉水。

没过多久,门口走进来两个中年男人。

"不好意思,我们稍微晚了一点!"为首的男人声音十分洪亮。

"郭总好!"对面那两个小年轻连忙起身,李冰也站了起来。

范理赶紧也站起身来,看过去。这两人都长得十分富态,身材微胖,浓眉阔脸,不怒自威。

他们看到范理的时候,笑着对李冰说:"李冰啊,这就是你们的美女基金经理?"

"郭总,没错。"李冰笑道,"她就是我们'灼灼其华九号'产品的负责人。"

"郭总,幸会!"范理跨出一步,主动与他们握手。

"好,好,百闻不如一见啊!我们好好聊聊!"

坐定之后,从自我介绍中范理才得知,为首的中年男人叫郭北辰,是黄浦保险基金投资部总监,进门时在他身后的男人叫栾凤,是他的投资经理。而已经在会场里等候她们的两人都是基金研究员。对方摆出的是一个完整而颇具诚意的阵容。

"郭总,栾总,各位好,今天非常高兴能有这个机会向各位介绍一下我们这支新基金。从它的命名就能看出,这是我们华灼基金十分重视的一支产品,经过公司非常细致的调研与分析之后,我们精心挑选了 TMT 行业的优秀公司,组成了这支聚焦于我国 TMT 行业发展快车道的成长型产品……"

"见过这么多基金公司,我还真就喜欢你们公司。"郭北辰笑着打断了范理的话,"一看就是有文化的公司,桃之夭夭,灼灼其华,哈哈!"

"郭总过奖了。"范理说。

她早就注意到,金融行业的这些个公司,大多数喜欢带"中""华""国""富""信"等字。不得不说,自己这家公司的名字的确有些底蕴,可以提供与客户初始破冰时很好的谈资。

"行了,你待会儿就不用多介绍你们公司的背景,我们也不是第一次与你们打交道。我们直接来干货吧,在那之前,我们问些问题。"

"好的。"范理打起了精神。

李冰也全神贯注起来。

"你们这次有没有包括伪科技公司?"郭北辰身旁的栾凤问道,"就是那些个打着 TMT 旗号,干的却是血汗工厂事情的公司。"

"哈哈,栾总说笑了,从待会儿的材料您就能看到,我们找的都是硬核科技公司,绝对没有李鬼。"范理回答。

"TMT 是个很大的概念,里面包括了不少行业,你是怎么挑选细分行业和公司的呢?"郭北辰问道。

"我会从两个角度去看,第一,行业本身是在迅速发展当中还是已经到了顶;第二,公司本身的发展是否有前景。这两点是相关的,行业迅猛发展,公司却不温不火,或者公司发展得好,行业却到了夕阳状态,甚至整体萎缩,都不是我的选择对象。"

"哦?能具体说说吗?你怎么判断行业和公司的这种关联呢?"郭北辰饶有兴致。

"先从投资标的说起吧。我们投资的都是在二级市场交易的上市公司,这些上市公司可以说是一个行业的翘楚,但是,它们也仅仅是行业的一部分,比如,华为并没有上市,但不能说他在行业中无足轻重,对吧?所以,我们会统计一个行业里上市公司的总量和增速,再与行业整体的总量和增速做个对比。"

"怎么对比呢?"栾夙问。

"比如说,如果一个行业的总量和增速在迅速增加,而上市公司的总量和增速却十分缓慢,那我们就要分析,为什么会出现这样的局面?按理说,上市公司有着相对更加规范的公司治理和信息披露制度,有着丰富的融资工具,而且在上市前经过了严格的筛选,理应发展得比它们的同行更好才对。分析出这样的原因,有助于我们决策,要不要放弃这个细分行业的上市公司,还是在矮子里拔高个。"

郭北辰和栾夙都微微点了点头。

"相反的,如果一个行业里,上市公司的总量和增速十分迅猛,但行业整体增长乏力,那我们也要思考,这样的行业里的上市公司是否存在投资价值。当然,即使是一个夕阳行业,其中的龙头上市公司占据绝对的统治地位,也是具备一定投资价值的……"

"有具体的例子吗?不一定非要是你的 TMT 行业,我们先交流交流。"郭北辰问。

"有啊。前面的例子我可以想到这两年比较火的新能源汽车行业,尽管造车本身属于汽车行业研究的事,但它的供应链很多在我的 TMT 行业里,我们可以看到,尽管这个产业链里的上市公司增速已经很迅猛了,但随着新技术、新产品的出现,很多未来发展很好的企业还没有上市,却推动了行业整体的迅猛发展。"

"嗯,比如说电池技术领域。"栾夙点了点头。

"是的。而后面的例子最典型的就是白酒行业,整体来看,白酒行业其实是在萎缩的,现在的年轻人,喝白酒的越来越少。但是,茅台、五粮液、酒鬼等头部上市公司所占据的份额越来越大,它们几乎收割了整个白酒行业的大部分市场份额和利润空间。在这样的情况下,配置一些这个行业的龙头企业倒也是个稳健的方法,这也算是'大消费'的一部分。"

"好,说得好! 范总虽然是研究 TMT 行业的,但看起来对整个市场都有清晰的思路。我们现在聚焦你的'灼灼其华九号'吧。"郭北辰似乎对范理的回答十分满意。

李冰在旁边看着她,眼里满是崇拜。

路演的时间不知不觉便过去了,

从黄浦保险出来的时候,范理依然觉得有些意犹未尽。她是对"灼灼其华九号"倾注了心血的。而今天的客户,显然十分认同她的逻辑。卖基金和卖其他普通的产品没有本质区别,都得要碰上识货的买家。范理认为郭北辰和栾夙是识货的。

"范姐,真是太精彩了! 我跟黄浦保险的人认识好几年了,他们专业性都很强,要说服他们,是要靠真本事的呢!"

"谢谢你,多亏你前期铺垫得好,情报也很准确和到位。"范理谦虚道,但她心里乐开了花。

回到公司,恰好朱千墨在办公室。她在他办公室门口稍微犹豫了一下,还是敲门进去。

"范理啊? 来,聊聊。"朱千墨恰好有点时间。

"朱总,我刚才去黄浦保险路演了,推广我那个九号产品。"

"好啊! 见到郭总了?"

"对,他和他们团队都很专业,这是个很好的客户。"

"那当然! 他们没有为难你吧?"

"没有。"

"那就好,郭总是我兄弟,如果胆敢为难你,你就跟我说。"

"好……"范理虽如此回答,心里却觉得挺好笑,"这帮中年男人,张口闭口就是谁是他的兄弟……"

"光去黄浦一家是不够的,你近期还要多跑跑。李冰那小姑娘很灵的,她跟我们几个大机构客户都熟,让她每个都约约,你现在最重要的是先混个脸熟,然后才是靠业绩说话。"

"好的,谢谢朱总指导。"

"别有太大压力,我们搞投资的,很多时候还真是要看命,看天时地利人和。你说专业度、职业素养,基金经理们都是高学历、高智商人才,谁能比谁差多少呢?保持平常心,把握大势,大势对了,你就对了。"

听完朱千墨的几句指导之后,范理的心情一下平和了许多。

不过,她还是打算在附近吃个丰盛的晚饭再回家。太久没在外面吃,她想换换口味。反正宁宁现在也大了,自己能够解决自己的作业,加上父母又在家照顾,她倒不用担心。

她在逐渐适应新的生活节奏。

第一百二十五章　饱和式救援

对于几天前范理与孙尚武晚饭时说的那句话,杜浦一无所知,如果他听到,多半会苦笑。

他不认为,自己的时代真的已经到来。他只知道,他和整个 C595 项目都陷入了很大的危机当中。美国卡在脖子上的手越收越紧,而他们赖以逃生的第二条路还没有打通。

经过一段时间的适应,他已经可以将航电部部长的工作规划得井井有条。但领导们交给他的那项特别任务——支持航电供应链国产化的工作,十分棘手,牵扯了他不少精力。

下班后,他决定去父母家看看。很长时间没去了。杜乔和沈映霞对于儿子的到来,自然十分欢喜。

杜浦觉得父母都苍老了许多。他越来越发现,对于他父母那一辈的人来说,年龄的增长和外貌的变老似乎不是线性的正相关关系,而是一种断崖式的正相关。突然,某一天之后,他们就老了很多。

父母就已经过了这个断崖期。

"我真应该多回来陪陪他们……"从阎良回上海之后,他还是决定单独住,主要是不想太依赖父母,也不愿意老被唠叨找新的女朋友。现在他突然有些后悔这个决定。

"今晚要不要喝点酒?"杜乔问。

"来点吧。"杜浦十分干脆。

"最近很不顺吧?"杜乔问。

"你怎么知道?"

"我怎么不知道?看你现在这个样子就看出来了。你去阎良之前,是多么意气风发？现在呢？眼睛里满是心事。我自己的儿子，我还不了解吗？"

"嘿嘿……"杜浦尴尬地笑道。

"被美国卡脖子了吧？"

"老爸真是什么都知道啊。"

"前阵子我跟老阚一起喝了顿酒，他也跟你现在一样，满脸忧虑。"杜乔喝了半杯。

"啊？阚总？"

"姓阚的能有几个？"

"他现在压力最大，眼看着自己的孩子马上就要出生，却有难产的风险。"

"你这个比方倒是很恰当的，老阚就是这样的心情。"

"爸，那你有什么建议没有？"

"我能有什么建议？当年客70项目面临的困难，今天一个都没有，今天C595面临的困难，又是当初想都不敢想的，两个型号没有任何可比性。你们这是新形势下遇到的新问题，当然，在某些人眼里，解决方案倒是相同的。"

"什么解决方案？"

"继续买美国的、买欧洲的飞机啊。当年客70下马之后，我们不就开始买吗？一直买到今天，不想买了，人家又想着法子让我们继续买。不能再继续买了，再这样买下去，什么时候是个头啊？万一中美关系进一步恶化，人家连飞机整机都不让我们买了呢？"

"精辟！您果然是活化石啊。"杜浦奉承道。

"你小子，现在当了个小领导，也开始玩这套？"杜乔笑道。

"在老爸面前哪敢造次？"

"要我说啊，你们就是步子迈得不够大，迈得不够坚决。C595项目一开始，就应该同步启动国产化方案，如果那时候启动，现在是不是就马上可以切换了？就像华为一样，海思芯片一夜之间转正！何庭波当年那封信多么提气！"

"马后炮的话就不要说了,如果你只有这个建议,那应该自罚一杯。"

"我觉得吧,不要只盯着中工航和这些央企、国企,要充分发挥民营企业的作用和主观能动性。"杜乔喝了一口,这才说道。

"哦?"杜浦眼前一亮。

在他印象中,每次跟孟德丰他们采供中心的同事接触,都听见他们在谈中工航,然而,还有那么多民营企业呢!他不知道采供中心有没有去考虑。

"国企当然有国企的优势,政治上绝对可靠,又占据大量资源,得到国家的支持,天时地利人和都有,可是,他们也有不容忽视的问题,那就是机制和效率。而这两点,恰恰是民营企业的优势。你们现在最需要什么?速度!应该广撒网,采用饱和式救援的方式,谁先搞出来,就用谁的,别看出身,别看地位,只看产品,只看结果!"

"这话你跟阚总说过了吗?"

"当然说过。"

"那他怎么说?"

"他很感谢我这个建议啊。"杜乔得意地说,俨然已经成为 C595 总设计师智囊团的架势。

杜浦笑了笑:"我也代表航电部感谢你。"

"唉,这样的事情之所以棘手,就是因为别人只需要下一道命令,你就像被切断了生命线一般。但你要是辩证地来看,如果不是美国人这次这么狠,你们会下定决心搞国产化吗?"

"爸,国际化本来就是民机产业的通例,波音和空客的供应链也有在中国的。"

"那如果中国给他们断供,他们会受影响吗?不会啊!人家放中国的供应链都是些什么?都是机体结构件,说换也就换了。你们呢?C595 上哪个关键核心系统不是美国人提供的?"

"那不是因为我们自己搞不出来嘛。"

"所以啊,现在正好!我觉得这是个好事,美国人把你们的幻想砸碎了,砸了个粉碎!现在好了吧,要扎扎实实地扶持国产供应链了。虽然很难做,但正确的事情只要开始了,就不怕晚,亡羊补牢嘛。"杜乔喝了一些酒,说得越来越慷慨激昂,"能够自主搞飞机顶层设计当然是很不容易的,全世界也没几个国家有这个能力,但更重要的,还是实现整个产业链的自主可控,这才是真正的关键路径啊!"

他对儿子说的话,其实跟阚力军也都说过,但是,他知道,要推动一些事情,不可能只靠阚力军一个人。更何况,儿子现在也算是上研院的中层干部骨干,应该做些事情。

关键路径……

杜浦琢磨着父亲口中说出的这几个字,默默地点了点头。

"声音小点好哦啦?"沈映霞这时从客厅里走过来。她已经吃完饭,自己去客厅沙发上坐着休息,留父子俩继续在餐桌上喝酒。

"好好好……"杜乔还是很听老婆的话的。

杜浦十分羡慕父母之间的这种感情。

"对了,儿子,我给你找了一个小姑娘,你一定要见见啊。"沈映霞不想再置身事外,朝他们走了过来,开始她每次见到儿子的规定动作。

"妈……你又来了……"杜浦无奈地喝了一口酒,"不是跟你说过好多次了吗?我现在这样,哪有时间谈恋爱?"

"你这话就不对了,工作要干,事业要搞,感情也要顾嘛!"杜乔也站在老婆这边,"这也是人生的关键路径啊!"

第一百二十六章　江边凭栏

今年的天气很反常,虽然已经进入了初夏,温度却还未升得很高,江风吹过,杜浦竟然感到一丝凛冽。好在身上穿着长袖,皮肤并没有太遭罪。

对面浦西外滩那洋气而高级的建筑群,在灯光的衬托下显得越发厚重而神秘。

这里是陆家嘴的核心区域,是杜浦平常很少造访的地方,却是范理工作的日常所在。他这次特意选在晚饭后过来逛逛,倒不是为了追忆往事,更多的是想跳脱出日常紧张的生活节奏。

看看黄浦江的江水,感受夜上海的繁华,短暂地驱赶心中的烦闷。

杜浦使劲地想让自己暂时超脱出来,不去想工作和 C595 上的事情,可无济于事。哪怕看到外滩纪念碑,他脑海里都会浮现出当年自己当过架机长的 104 架机腾空而起的样子。而现在,飞行试验活动已经受到了很大影响。原因无他,就是美国的制裁。

飞机上的部件都是有可靠性指标的,称之为"平均故障发生时间"(Mean Time Between Failure,简称 MTBF),一般以飞行小时为单位,也就是说,平均飞多少个飞行小时,就有发生一次故障的概率。

然而,在 C595 通过真实的商业运营活动积累出实际表现值之前,目前的值都是设计值,可能跟实际表现相去甚远。

所以,飞行试验活动开展得越多,部件就越有可能发生故障。这个时候,中商航就得让供应商要么修,要么换。这些部件有很大部分都是美国供应商提供的。

在他们被美国放上清单制裁之前,美国供应商们提供这些支持是责无旁贷的,也都尽心尽力。但现在,一切都变了。因为出口管制,美国供应商们只能硬着头皮去申请许可证,耗时耗力,有的干脆消极应付,拿着出口管制当作不可抗力,完全躺平,任凭中商航怎么催,就是不动。

这样一来,中商航就只能用自己备件库里的备件来替换故障件,而备件库的库存也是有限的。

据杜浦所知,有些关键部件的剩余量已经是个位数。然而,在适航取证之前,还有那么多飞行试验没做呢!要想尽快取证,就得多做试验,可试验做得多,万一某个部件没库存了,怎么办?几百万个零部件,有时候差这么一个,就是不能飞。

杜浦突然十分同情自己的继任者,他简直无法想象,如果自己这个时候在阎良,该有多么煎熬。

从飞行试验取下来的数据,虽然可以提供给供应商进行技术分析,可技术分析的结果没有出口许可证的话,供应商就没法提供分析结果。没有分析结果,试飞问题就没法定位,更没法解决,试飞员肯定又会破口大骂。万一飞着飞着,突然没备件可用了,飞机成天趴地上,试飞员没活干,恐怕也会怨声载道。真正是进退失据。

可他自己现在又何尝不是如此呢?整个航电系统,只有座舱显示系统在上航所,算是国内供应商,他们中商航可以充分管控,可上航所的表现到现在为止始终让人捏把汗。

中迪航电的核心航电系统好在拿到了出口许可证,也基本做完,还算省心。除此之外,其他的关键系统,比如大气惯导、通信导航监视等,都是利佳宇航等国外供应商提供,而利佳宇航的出口许可到现在还没拿到。

每次他一看到通信导航监视工作包的项目报告中出现 PR 或问题时,他都战战兢兢。

利佳宇航无法提供任何输入。

如果不是因为林琪和薛小强是他多年的朋友,他早就破口大骂了。可是骂人又有什么用呢?

身处上海最繁华、最有标志性、世界顶尖的江景中心,晚风吹过,视野开阔,他本应满怀豪情,胸中的斗志如同黄浦江一般流淌。可他竟觉得有些呼吸不畅。

沿着滨江大道来回走了几遍,不知不觉,人流逐渐减少,他发现自己竟然已经走到了公司总部附近。可他一点都不觉得累。

远远望去,公司总部不少房间的灯都亮着,顶楼那几层更是灯光明亮:"领导们都还在加班啊……"

这里的滨江,相比陆家嘴,显得安静不少。

杜浦走到江边,撑住栏杆,默默地盯着脚下的江水。

很多年以前的一个中午,他第一次与利佳宇航谈判交锋之后,曾经跟孟德丰在江边散步,两人当初聊了许多。现在回想起来,那时候他们是多么踌躇满志!

那时候,孟德丰还不是处长,还曾经邀请过他去总部发展。现在,孟德丰很快就要接欧阳天举的班,而他也成为上研院航电部部长。

当他们这一代人真正成为中坚力量的时候,面临的却是前所未有的挑战。很多挑战,像貌似无底的鸿沟,唯有岁月的积淀才能填满。

好在,他们还年轻,正值当打之年。

正当杜浦又重新振作起来的时候,他的手机响了。

"这么晚了,会是谁呢?"他一边想,一边掏出手机。

第一百二十七章　新的问题

竟然是刘娣飞的电话！看来不是一般的事情！

杜浦不敢怠慢,立刻接了起来:"娣飞总,什么事?"

"杜浦,你在哪儿?"刘娣飞的语气有些急促。

"我在……总部。"杜浦觉得自己也不算撒谎。

"辛苦了,这么晚还在总部加班,这样,你现在赶紧回院里来,到 C595 航电会议室,我们都在这儿,院领导也在。"

"没问题。"杜浦回答,"出了什么事情?"

"飞管软件,迪森斯掉链子,彻底躺平了!"

回到上研院的时候,院里的几栋主要大楼依旧灯火通明。

杜浦径直赶到了 C595 航电会议室。这间会议室就在刘娣飞办公室旁边,是她召开项目例会和重要会议的专用会议室。站在门口一眼望去,刘娣飞、王慧、汪庆亮、张奉先和黄玄已经整整齐齐地坐在里面。

"哎哟,领导回来了。"黄玄笑道。

他的年纪与杜浦相仿,是 C595 飞行管理系统工作包包长。他平时一副嘻嘻哈哈吊儿郎当的样子,干起活来却无比认真。

"滚!"杜浦瞪了他一眼。

"黄玄说得没错,你现在负责整个航电部,我们眼巴巴地等你回来,一起想办法,找资源做事呢。"刘娣飞笑道。

"娣飞总,您这么说,我就更不敢进来了。我能够做什么,肯定全力以赴。"杜浦连连摆手。

"跟你开玩笑呢,坐吧,陈院待会儿也来。"

"怎么你们俩也在?"杜浦看到汪庆亮和张奉先,"不是飞管的问题吗？"

汪庆亮一直负责核心航电系统工作包，张奉先则接替杜浦负责座舱显示系统工作包，杜浦觉得他们应该挺忙的，没必要来凑飞行管理系统的热闹。

"怎么？嫌我们碍事？"汪庆亮笑道，"你以为我和奉先想来啊？还不是黄玄那小子的问题太扎心，而且殃及池鱼了。"

"放心，一定请你们吃饭赔罪。"黄玄说。

几人都苦笑。

飞行管理系统是航电系统的重要组成部分，用于实现各种飞行任务的自动化，减少飞行员的负担。C595 的飞管系统与世界主流的型号一样，都已经完全软件化，并且驻留在核心航电系统上，而且很多信息都会显示在座舱显示屏上。因此，飞行管理系统与核心航电系统还有座舱显示系统的关系非常密切，如果飞管出了问题，这两个系统也难以独善其身。

正聊着，陈海莉也走了进来。

"陈院！"

"娣飞总，大家都在啊，那我们就开始吧，时间不早了，我们速战速决。"

于是，王慧把情况详细介绍了一遍。刘娣飞和黄玄则时不时做些补充。

"嗯……的确很棘手啊……娣飞总，你把我们几人都叫上是对的，这事儿非得型号线和行政线一起想办法。"陈海莉听完，表情十分凝重。

简单来说，就是飞管的供应商迪森斯由于这两年公司经营状况每况愈下，又受到新型冠状病毒冲击雪上加霜，裁员数量接近 40%，因此，压根没有足够资源去支持中商航完成 C595 飞管系统最后阶段的软件验证和确认工作，更别说支持适航取证。

黄玄已经与迪森斯的工作团队沟通了好几轮，一点进展都没有，没办法，他只能把问题反映给刘娣飞。

由于新型冠状病毒的关系，中美之间的国际航线远未达到正常水平，中商航没法去美国现场监管迪森斯的工作,迪森斯的人也没法飞到上海来交流。尽管迪森斯拿到了出口许可证,日常的技术交流暂时不存在什么问题,可对于项目的支持,与几年前相比,完全不可同日而语。

当黄玄意识到迪森斯的资源问题积重难返时,时间已经转动到了2021年年中。

"总部采供中心知道这事儿了吗?"杜浦问道。

"知道,我已经跟赵婕说了,她说立刻向欧阳主任和孟主任汇报。"

"还有中迪航电呢?他们才是我们的一级供应商,迪森斯的飞管要先交给他们,跟他们的核心航电系统和上航所的座舱显示系统在他们那儿完成交联和集成测试之后再给我们的。迪森斯出了问题,既是他们的供应商,又是他们的母公司,他们难辞其咎。"

听杜浦说完这番话,旁边的王慧一愣。她明显感觉杜浦比之前要成熟多了。

"还没联系过……你这个提醒倒挺好。"黄玄说。

"没事,你先继续给陈院介绍具体情况,我这就给中迪航电打个电话。"杜浦说着,便走出会议室。

他打给了叶梓闻。

"好久没联系!怎么想着找我了?"电话那头的叶梓闻显然兴致不错。

"你还高兴得起来!飞管出了这么大幺蛾子,你竟然不知道?"杜浦半开玩笑半严肃地说。

"飞管的幺蛾子?什么情况?"叶梓闻很吃惊。

"看来你真的不知道!"

"骗你干什么?"

"他们没有足够资源做完飞管软件最后的验证和确认,按照现在的计划,要一竿子支到2024、2025年去了!"

"什么?"叶梓闻知道这意味着什么,他不敢相信自己的耳朵。

这就意味着,C595的适航取证最早也只能在2024、2025年才能完成。飞管一下子变成了整个项目的关键路径。而他却一无所知。

"跟迪森斯说过多少次了！不要直接跟你们说事,有什么情况先跟我们说,一起商量之后再跟你们聊。每次他们都答应得好好的,可还是一而再,再而三地直接找你们！哪有点把我们当客户的样子?"叶梓闻骂道。

"他们本来就没把你们当客户啊,你们是他们的合资公司,想什么呢?"杜浦说。

"好了,你就别嘲笑我了,我知道……"叶梓闻垂头丧气,不过又马上提高音调,"不过,如果这事是真的,那真是天大的事。我必须得马上找他们,反正现在美国是白天！"

"赶紧！有空我们再聊别的,你先把这事给我盯着。跟他们联系之后,不管多晚,都要给我回电,现在陈院和娣飞总都在会议室呢！"

第一百二十八章　跨洋求援

挂掉杜浦的电话，叶梓闻摇了摇头，无奈地抿抿嘴。

这已经不是他第一次面对这样的局面。

虽然是中商航在 C595 上的一级供应商，但中迪航电这些年其实一直处于一个有些尴尬的位置，尤其是几年前迪森斯的外国员工们大量撤离，几块大业务都回到母公司之后。

名义上，中迪航电是迪森斯和上航所的客户，可这两家一家是正儿八经的母公司，另一家则是母公司的直属单位，打个不恰当的比方，好比儿子一边要管爹妈，另一边还要管兄弟。

严格按照与中商航的合同关系，有关核心航电系统、座舱显示系统和飞行管理系统的工作都是中迪航电直接向中商航负责，尽管后两个工作包的工作事实上并不在中迪航电开展，而仅仅在这儿集成和测试。

在具体的工作中，时不时就会发生上航所或迪森斯直接去找中商航讨论的情况，或者中商航一急，直接越过中迪航电去找这两家。每次发生这样的事情，中迪航电就会抗议，并且要求中商航、上航所和迪森斯遵守合同约定，他们也往往会修正自己的行为。但架不住项目周期太长，又经常发生一些紧急情况，于是，类似于今晚的事情就一而再，再而三地发生。

叶梓闻有时候也会向刘娣飞、王慧和杜浦等人抱怨："你们也不要老是越过我们直接找他们，这样一来，我们就不好管理了。如果真要直接找，干脆我们把合同关系也变更一下，我们没意见的。"

可中商航又坚决不同意变更合同关系。

当然，很多时候，即便发生中迪航电被绕过的情况，问题也不大，一些技术问题的确需要上航所和迪森斯的工程师们直接商议解决。但这次迪森斯出了这么大的问题,竟然没有先知会自己一声,叶梓闻感到愤怒和不解。

他第一时间拨通了迪森斯C595项目经理斯科特的电话。他知道斯科特没有理由不接电话,现在正好是美国的上午。

"斯科特,老实交代,是不是有事瞒着我?"他开门见山。这些年,他与斯科特已经很熟,用不着绕弯子。

"梓闻!我知道你说什么,我正要联系你。"斯科特显然很清楚叶梓闻的意图。

"正要?要是我不打这个电话,你这个'正要'还不知道何时才发生呢?"

"听我说,梓闻,这件事的确事出紧急,而且,中商航恰好在跟我们开技术例会,我们的工程师没有跟我商量并得到我的授权,就擅自把信息告诉客户了。"

"如果真是这样,我希望你们能够跟那个工程师好好谈谈,这样一来,我们之间完全没有任何商量的余地,非常被动!而且,我在客户面前也很难看!"叶梓闻压抑不住心中的愤怒。因为从杜浦的电话里,他得知这件事已经发酵了几天,如果真如斯科特所说,是工程师的无心之失,他应该更早通知自己。这帮狡猾的老狐狸!

"我理解你的心情,但木已成舟,既然你打电话来,我们需要一起商量商量怎么办。"斯科特的语气还是十分平静。

好吧,也只能如此了!

"要叫上工程人员吗?"叶梓闻问。

"我建议叫上,说实话,我们现在还被公司要求在家办公,每周只需要去办公室一天,除非必须要做的试验得进试验室之外,尽量避免人群聚集。"

叶梓闻这才反应过来:美国的新型冠状病毒依然很严重!

"好主意,我也把我们的工程师叫上。"

"好,那你稍等几分钟,我跟他们说一声,然后马上发出会议邀请。"

"没问题,我也正好通知一下同事们。"

叶梓闻挂掉电话,开始在工作群里发紧急通知。这些年,晚上突然设立的电话会议对于他和中迪航电的同事们来说,早就不陌生。新型冠状病毒肆虐以来,电话和视频会议更是成为他们和迪森斯团队沟通的主要方式。

十分钟之后,双方一共有十来个人上线。

所有中迪航电的同事得知这个消息之后,反应都非常错愕。"这么大的窟窿?还出现在适航取证的关键阶段!迪森斯玩火玩大了!"

在叶梓闻的要求下,斯科特和迪森斯的工程负责人把情况进行了非常详尽的介绍。

"把你们告诉中商航的所有信息都告诉我们,还没有告诉他们的,也都告诉我们。"

听了整整二十分钟,叶梓闻的脸色越来越难看。今晚他心情原本还算不错,但从杜浦那个电话开始,好心情就一点点被吞噬,现在已经彻底跌入黑洞。

斯科特刚刚介绍完,才停顿了一小会儿,叶梓闻就忍不住冲着电话喊道:"你们那边到底发生了什么?这样糟糕的局面,到底已经出现多久了?为什么现在才告诉我们?为什么前阵子才告诉客户?你们的项目管理是怎么做的?一点风险管理和预知都没有吗?这样的问题,如果出现在我们国内的合作伙伴身上,我还可以理解,但你们好歹是一家成熟的民机供应商,甚至服务过波音 787 项目,怎么能犯这么低级的错误!"

美国方面一片安静,斯科特也没有说话。

叶梓闻确信,他们已经听到了自己的诘难。

而沉默比激烈的反驳要更让人绝望。

第一百二十八章　跨洋求援

第一百二十九章　薅羊毛

过了好一会儿，斯科特的声音才从电话里传来，低沉、疲惫、毫无生气，仿佛往一潭死水中扔进一颗石子后的反应："梓闻，中迪航电的同事们，我理解你们的沮丧，我们也一样……但事情已经发生，在告诉客户前，我们内部已经进行了好几轮反复论证，穷尽了一切办法，动用了一切工具，最终依然改变不了这个局面。因此，我们告知了客户——当然，我们应该先跟你们通个气。"

"穷尽了一切办法？动用了一切工具？说说看，你们都想了什么办法？用了哪些工具？"叶梓闻不依不饶。

"你也知道，自从去年以来，我们的财务状况每况愈下，新型冠状病毒对于航空业的整体打击是致命的……对于航空公司来说，国际航线这个利润大头遭受毁灭性伤害，他们大幅削减了飞机引进的预算。他们不买新飞机，不租新飞机，波音空客们和飞机租赁公司的飞机就卖不出去，租不出去，自然也不会向我们采购备件、产品和服务。我们迪森斯是一家上市公司，为了财务指标，我们只能裁员……"斯科特像是新闻发言人一样。

作为项目经理，最头疼的就是没有资源，没有资源，再好的活也出不来，巧妇难为无米之炊。而他已经忍受这样的局面很长时间，今天似乎也终于找了个渠道发泄。

"你也知道，我们在过去几个季度，已经裁员 40%，我的很多朋友、很多同事都遗憾地离开了他们热爱的航空事业……这是一个很简单的计算题，如果原来我们在 C595 的飞行管理系统工作包上配置了 100 个人，现在就只有 60 个人，如果原来是 50 个人，现在就只有 30 个人。如此巨大的资源缺口将带来多严重的后果,想必不用我说……"

叶梓闻忍不了了。居然在这个时候卖惨!过去这几个季度,卖惨还卖得少吗?

"这些对我们来说并不新鲜,斯科特,对此我当然感到很遗憾,可是,我们对于客户是有合同义务的,客户只看结果。而且,你们裁员也不是这两个月才发生的。"

"噢,梓闻,请听我说……尽管有这么多困难,我们还是充分想办法,为了缓解资源的不足,我们将很多业务进行了外包,通过来自印度、欧洲和美国本土的外包服务团队帮我们赶进度。可是,他们毕竟不是熟手,很多时候,由他们交付过来的软件和文档,还需要我们自己的团队花时间检查与修正,这又带来了新的工作量……"

"我知道,我知道,因为这事,我们不是还给你们付了研发费,支持你们去外包吗?"叶梓闻说完这话,心里想,"看你还有什么好说的。"

作为中迪航电的 CEO,艾吾为实际上是作为迪森斯的雇员被派驻这家他们与中工航的合资公司的,因此,当中迪航电的利益与迪森斯的利益发生矛盾时,他的站位就十分敏感。

前几个月,迪森斯三番五次地找他,希望中迪航电可以支付一些研发费,帮助他们渡过难关。当时打着的幌子就是"裁员太多,没人干活,需要外包"。尽管一开始杨元昭和叶梓闻都不太舒服,但以大局为重,最终还是支持艾吾为的决定,向迪森斯支付了好几百万美金的研发费。毕竟,如果迪森斯耽误了进度,中迪航电的进度也会被拖累,而他们才是一级供应商及跟中商航的合同签署方。

那次支援之后,迪森斯平静了好一阵,那几百万美金就如同注入一套齿轮系统当中的润滑油,把此前齿轮摩擦的咔咔声给消除了。

听到叶梓闻的逼问,斯科特继续发挥:"我非常感谢你们的研发费支持,用你们中国人的话说,的确是雪中送炭,可是,雪太大,炭太少,我们资源的缺口远远不是几百万美金所能补上的……"

又是这样!叶梓闻听到这里,心中暗自骂道。历史果然会不停地重演。

第一百二十九章 薅羊毛 | 489

对于叶梓闻来说,迪森斯和上航所两家供应商都很不好管理,但各有各的难点。上航所是经验不足、能力有限,同时又对已有经验存在严重路径依赖,而迪森斯,则更简单,就是一直要钱,想尽各种办法要钱。

"所以,说了这么多,这次的问题依然可以用钱来解决?"叶梓闻没等斯科特说完,就问道。

他此时内心思潮翻滚。没准他们故意先跟中商航说这事,就是为了让客户来给我们施压!还说什么是工程师不小心泄露天机,这红脸白脸唱得真是妙!

斯科特顿了顿,他没料到叶梓闻问得如此直接,然后才回答:"梓闻……我喜欢你的直接,但这次,你能不能让我们双方的工程团队充分交流之后,再下结论?"

"好啊,那我们两个项目经理在这说什么?赶紧节约时间,让工程师们聊吧,上海可是晚上,我们还要睡觉呢。"

两人结束谈话,电话会议的主题转入了技术讨论。

叶梓闻把电话放在静音上,开着免提,开始处理自己还没来得及回复和处理的邮件。每天都有大几十封邮件,可他偏偏又有强迫症,非要把每封邮件变成"已读"才罢休。

一封来自艾吾为的邮件引起了他的注意。邮件只发给了公司管理层和他。

读完这封并不算长的邮件,叶梓闻的眉头皱成一团:"所有的线索都连起来了!"

在这封邮件中,艾吾为通知他们,迪森斯很快要到二季度财报披露的时间窗口,却发现现金和利润指标都很难看。为了达到华尔街分析师们此前的预期,他们还有一千五百万美金的缺口。因此,他们希望各子公司和合资公司都出点力。

开始薅羊毛了……

而中迪航电无疑是其中最肥的那只。

第一百三十章 钱的问题？

看完艾吾为的邮件,叶梓闻再也无心继续听会。

他脑海里一片空白,一种深深的无力感将他缠绕。历史似乎又要重演,他明明看到车轮缓缓碾压过来,却动弹不得。

听到电话里自己的工程师们还在与迪森斯的人据理力争,沟通各种技术细节,十分敬业,叶梓闻更是感到莫名的悲哀。所有的一切努力,都是徒劳!他甚至有种冲动,想叫停这个会,让自己的团队早点睡觉。

这些年开过无数次晚上的电话会,就是为了迁就美国白天的时间。偶尔有迪森斯的人会稍微体谅一点,主动要求放在美国的晚上开会,但多数情况下,是他们迁就美国。

晚上的电话会,对他和团队来说是种不大不小的折磨。往往从晚上八九点钟开始,一开就个把小时,开完之后,整个人都处于一种兴奋状态,大脑格外活跃,压根睡不着。如果碰上讨论的问题恰好还很棘手,这种兴奋感当中就会夹杂着担忧和顾虑,都是无助于睡眠的元素。

如果碰上那些两三个小时的电话会,开完已经午夜,肚子还咕咕直叫,不光满脑子都在跳动,还要在睡觉和吃夜宵之间做艰难的取舍,那种滋味更加噬骨蚀心。

如果艾吾为都顶不住迪森斯的压力,从上往下要求团队想办法,他们项目团队和工程团队再努力,又有什么用呢?上面张张嘴,下面跑断腿,而现在的情况更糟,下面跑断腿似乎也无济于事。

想到这里,他关掉了静音,说道:"不好意思,打断一下,我们这边有一个紧急的内部会议,我们不得不提前结束了,斯科特和迪森斯团队,可否请你们把我们今天问题的答复通过邮件发过来?我们先好好分析一下,过两天再讨论？"

与此同时，他在微信群里跟这些工程师骨干说："不伺候他们了，我们早点下线休息。"

斯科特求之不得，连忙接过茬："噢，没问题。我们把材料整理整理，明天就发过来。"

"谢谢。还有，下不为例，如果再碰上这样的事情，一定要先告诉我们，别直接找中商航！如果下次还这样，我们会建议中商航改变主合同，让他们直接跟你们签，说实话，我们也不想在中间受夹板气。"结束电话会之前，叶梓闻说。

"叶总，太帅了！"一个工程师在群里吼道。

"大家洗洗睡去。"叶梓闻回复。

他从办公桌边起身，伸了一个懒腰，然后重重地躺在床上，闭上双眼：好累啊……猛然间，他想到还要给杜浦一个回复，立刻出了一身冷汗："糟糕！差点忘了！"

"你小子面子不要太大噢，让我们一屋子的领导等啊。"电话很快接通，杜浦在电话里笑道。

"我们跟迪森斯开了一个电话会，所以耽误了一些时间，不好意思啊。"

"说吧，什么情况？"

叶梓闻便把斯科特跟他说的那些一五一十地说了出来，但他并没有透露艾吾为那封邮件的事。

听完叶梓闻的叙述，杜浦沉默了半天，然后才说："所以……又想要钱？"

本来叶梓闻心情很糟糕，听杜浦这么一说，不知为何，猛然大笑。

把杜浦吓了一跳："喂！你怎么突然笑成那样？发疯了？"

"没……没什么……就当我发疯了吧……哈哈哈哈。"

"好了，回头再聊，你们啊，好好管管供应商，我要跟领导们继续讨论。"

"供应商？哈哈哈哈！明明是母公司！这不是你刚才说的吗？哈哈

哈哈……"

"你小子,别把自己给笑死!"杜浦骂道,挂了电话。

叶梓闻像是被切断了开关,立刻止住了笑。房间里十分安静,却充满了悲伤。

杜浦放下手机,把叶梓闻介绍的情况给刘娣飞和陈海莉介绍了一遍。

"这跟我们了解到的并没有什么不同嘛,只不过迪森斯似乎跟他们说得更详细一些。"刘娣飞点评道。

"看起来,我们需要等迪森斯给他们发的邮件,他说邮件中会有比较详细的答复。"杜浦也点了点头。

"要不要跟阚总也报一下?听上去这事情还挺急的。"陈海莉看着刘娣飞。

"再等一两天吧,看看迪森斯的邮件里会说点什么。"刘娣飞皱了皱眉,"阚总现在的烦心事太多了。"

"那好,我等你消息,你向阚总汇报的时候,也告诉我,我也告诉钟院一声。"陈海莉说。

"总部采供中心那边我去盯着吧,让他们也出点力。"杜浦也自告奋勇。

"是的,这个不用等,反正他们也知道了。如果迪森斯真的是想要点研发费,采供中心必须要提前做好准备。"陈海莉说。

"好,那就这样,大家辛苦了,早点回家吧。"刘娣飞总结道。

散会之后,杜浦并没有马上回家,而是回到自己办公室。望着不远处华夏高架路上的路灯和更远处更加明亮的张江园区,杜浦叹了一口气。

"杜部长,还没回去呢?"身后一个声音传来。

杜浦转过头一看,原来是黄玄。"你不也一样吗?"他笑道。

"不好意思,我这个工作包给大家都添麻烦了……"黄玄感到十分内疚。

"别往心里去,相比老汪和奉先,这些年你这边出的幺蛾子不算多。再说了,飞行管理系统这么重要的系统,不出点问题,我们反而要怀疑是不是哪里出了大问题。"

第一百三十章 钱的问题? 493

"刚才领导们都在，我不好意思说，不过，我倒是有一个思路。"黄玄小声说。

"啊？那你不早讲？都什么时候了！"

"还不成熟，所以想先跟你说说。"

"赶紧的！"杜浦连忙让黄玄坐下，自己也回到办公桌边。

他办公室里的灯光，连同这栋楼里、这个大院里的所有灯光一起，照亮了张江的夜空。

第一百三十一章 黄玄的方案

"我们借人给迪森斯吧!"黄玄说出了他的主意。

"借人给他们?"

"对啊,他们现在不是号称资源不足吗?我估计有可能是真的,但同时他们又想趁机从我们这里或者中迪航电那儿捞一笔研发费,所以故意报一个我们不能接受的计划。你想啊,所有人都知道我们不可能等到 2024 年,甚至 2025 年才完成适航取证的。"

"所以,你是想既帮他们解决资源问题,又不付钱?"

"是的,既然他们没有明着要钱,我们干吗主动提呢?"

"有道理……"杜浦仔细想了想,"其实,就跟我们正在跟中迪航电和上航所在座舱显示系统上干的事情一样,我们和中迪航电都派人去上航所现场办公,给他们增加资源。"

"是的,就是这样。只不过,迪森斯的情况特殊,我们的人去不了,他们也过不来,只能采用远程协同的方式。"

"好的。我觉得你这个建议挺不错啊,刚才为什么不提呢?"

"你是航电部部长,负责整个航电部的资源,我们自己的资源也很有限,已经派了一堆人去上航所了,还有没有人来帮迪森斯呢?万一没有,我在领导们面前提了,他们把任务押给你怎么办?"

"你小子,想得还挺多!"杜浦笑道,"不过,如果这是一条走得通的路,即便我们没资源,也要想办法的。"

"还是你觉悟高。"黄玄也笑。

"好了,张弛有度,别一直给自己那么大压力,我们哥俩很久没好好聊聊了,走吧,去吃个夜宵,吃完回家。"杜浦邀请。

"走!"

第二天,杜浦便与部门的几个负责人一起将资源盘了盘,发现的确已经十分紧张,捉襟见肘。

送走同事们后,他关上办公室的门,陷入了沉思。毫无疑问,项目到了这个阶段,经费也很紧张,能不出钱就不出钱。黄玄的建议听上去是条可行的路径,他不提出来,别人也迟早会提出来,让娣飞总甚至阚总去决策。与其那时候别人再来找自己,杜浦不如想在前头。

航电部的资源不够,怎么办呢?

杜浦突然又想到了他那个长头发的小弟:"只能又找你了,谁叫你们是迪森斯的合资公司呢?"

叶梓闻对于杜浦打过来的电话一点都不感到奇怪:"肯定没什么好事吧?"

"不,天大的好事,可以帮你们省钱。"杜浦笑。

"我干 C595 项目这么多年,只见过花钱的事,没见过省钱的事。"

"迪森斯的邮件发你们了吗?"

"没有,我也很着急,虽然他们想要钱这事板上钉钉,但是我依然很好奇,这次他们会用怎样的理由。"

"我跟你说,这钱不是你们付,就是我们付,所以,从这个意义上,我们是同一边的。"

"当然。"叶梓闻差点就把艾吾为那封邮件的事情说出来,临到嘴边还是憋了回去。

"那么,为什么我们不能用对付座舱显示系统的方式去对付飞行管理系统呢?"

"啊?你是说,你们和我们又派工程师帮迪森斯干活?"叶梓闻的确没想到过这个方向。

"对,为什么不呢?既然在上航所身上好用,在迪森斯那儿应该也会有效果,既解决了他们的资源缺口,又给我们自己省了钱,不是一举两得吗?"

"老兄,我不是打击你,行不通的。"叶梓闻淡淡地说,"说实话,我一直没往这个方向考虑,但以我对迪森斯的了解,这条路绝对行不通。"

"为什么？你试都没试。"

"第一,天高皇帝远,我们的人过不去,他们的人过不来,没法联合办公;第二,有时差;第三,也是最关键的,他们就是想要钱,不可能接受我们这样的好心。为了实现这个目的,他们肯定会拿知识产权说事,我都能想到。"

"知识产权？"

"对啊,他们会说,目前缺乏资源去干的那部分工作是他们内部的知识产权,不能向你们和我们开放,哪怕现在能出差,能联合办公,没有时差,也没用。"

"我们好心帮忙,他们会这样？"

"你就死心吧。再说了,你们现在还被美国政府制裁呢,迪森斯敢让你们的人接触他们内部的技术数据？"

"可他们总得完成合同规定的工作吧？"

"对啊,他们说会完成的,只是现在缺资源,给点钱让他们找到资源便好了。从他们的角度,没毛病啊。"

"那我不管,你们得兜底,得想办法！C595的合同是你们跟我们签的,迪森斯表现得烂,你们也要负责。"

"我知道,我们是一级供应商。"叶梓闻说。

"知道就好。反正我们的方法就是按照帮上航所的方式去帮迪森斯,如果好心当了驴肝肺,他们不但不领情,还打着知识产权的幌子拒绝帮助,所有的研发费得你们中迪航电掏！"

"当了领导,说话口气就是不一样了嘛。"叶梓闻苦笑,"我们也没有余粮啊。"

"你们没有余粮？全天下就你们最有钱！银行账户里放着几十个亿,别以为我不知道。"

"那都是注册资本,也不能随便花啊。"

"为了项目,为了完成你们的C595合同义务,怎么叫随便花了？再说了,你们董事会有一半董事都是迪森斯的,他们会不同意？"

第一百三十一章 黄玄的方案 | 497

"说得好,还有另一半呢,他们都是中工航的,他们会同意我们把钱付给迪森斯?我们现在派人去上航所帮他们干活,从上航所收钱,转手就把钱付给了迪森斯,你觉得中工航的董事们会怎么想?"

"我不管了,我们是这么多年的好兄弟,你得帮我。"

"知道,知道。"叶梓闻无奈地回答。

挂掉电话后,他重重地叹了一口气。自从 2020 年底以来,整个世界似乎都变了。以前,中迪航电是中商航眼里的模范,现在,却成了"他们"中的一员,不再是"我们"。光 C595 项目本身的事情就足以让他头疼,内部各种丑陋的政治和官僚习气更是让他喘不过气来。

中迪航电这艘万吨巨轮从组建之初,就存在不少内部结构性的问题。只不过,在过去这些年,一切都在往前发展,只要在发展,错误就成了误差,是可以通过增量来修正的。但现在,似乎一切都停滞了。

叶梓闻站在甲板上,看着四周汹涌的海潮和头顶上昏黑的浓雾,已经找不到船行的方向。

"只能这样了!"他咬咬牙,做了一个艰难的决定。

第一百三十二章　削发明志

叶梓闻剪去了自己留了十几年的长发。

盯着一地的黑发,又抬起头看看镜中的自己,他一时竟然觉得很陌生。

"帅哥,你是遇上什么烦心的事了吗?"洗头的小妹忍不住问道。

"何止烦心,简直是扎心。"

"那要不要办张身体护理的卡? 有事没事可以过来放松放松。"

"不要。"他本来想说"滚",但又怕打击小姑娘的积极性。

离开美发店时,叶梓闻觉得头上清凉很多。"难怪最近感觉一直很背,做事情也没什么好的思路,难道是被头发给捂的?"

"老话说得好,头发长见识短……"叶梓闻的思路一下打开,收都收不住。

第一个发现他剪了头发的人是叶敏。

因为他早早地来到公司,而叶敏已经在办公室里了。

"不会吧! 叶! 梓! 闻!"叶敏惊呼。

"小声点……"叶梓闻连忙示意她不要这么大惊小怪。

叶敏忍不住冲上前来,趁着还没坐下,在他头上摸了一把。

"干吗? 我又没剃光头。"叶梓闻抗议。

"太难得了! 我忍不住! 你自己说,我第一次让你剪头发是多少年前的事情? 今天终于剪了! 到底是受了什么刺激?"叶敏问。

"刺激? 受了你到今天依然用 Minnie 当英文名的刺激。"

"哼!"叶敏撇了撇嘴:"说吧,到底是为了什么? 我觉得你马上就会引起全公司猜测的。"

"最近烦心事太多,换个心情呗。"

"以前没有烦心事?"

"有,但要么没那么多,要么没那么烦,现在是又多又烦。"

"说来听听。"

"跟 HR 说烦心事,我找死吗?"

"不跟 HR 说实话,你找死吗?"

两人都笑了。

剩余的一天,果然如叶敏所言,叶梓闻的发型成为全公司的焦点,甚至艾吾为在领导层例会上还提到了一嘴。

他的削发明志,对于整个团队来说,多多少少还是带来了一丝震撼。但是,这种震撼也就是一天的效果而已。

到了第二天,一切如昨。

忙完一整周,好不容易到了周末,叶梓闻也难得不用加班。

周六的早上,他明明已经醒了,却不愿意下床去拉开窗帘,生怕结束这难得的轻松。

然而,他的手机在黑暗中闪烁起来。

"喂……"他看了看来电,不由自主地接通。

这是他不能不接的电话。杜浦打的。

"大周末打扰你,不好意思啊。"杜浦说,"你不会还没起床吧?"

"起了,起了……"叶梓闻答道,脸上有点发烫。

"我不管,你就算没起床,现在也得赶紧去查查邮件。迪森斯给你们邮件说明了吗?到底为什么他们飞管软件要到 2024、2025 年才能做完验证?"

果然还是这件事。叶梓闻原本计划昨晚看邮件的,因为周五晚上他跟斯科特联系的时候,后者承诺他周末一定让工程团队发出。

"反正我们现在在家办公,周末跟工作日也没什么区别。"当时,斯科特笑道。

"老兄,我赶紧查,你等我几分钟。"他只能跟杜浦说。

"好,我等你回复。我现在也在加班,在院里呢。一帮领导都在。"

"好,好。"挂断电话,他麻利地翻下床,打开电脑。一封新邮件静静地躺在收件箱里。发送时间是今天凌晨五点,发送人是斯科特。

叶梓闻满怀希望地点开邮件,片刻之后,他整个心情又跌落谷底:我原本就不应该抱有什么希望!

邮件中所列出的原因,基本上就是过去用过好多次的陈词滥调。什么中商航工程变更太多,打乱了他们的计划,中迪航电作为一级供应商,处理中商航下发变更所花的时间过长,影响他们的技术判断,诸如此类。然后抱怨新型冠状病毒,抱怨行业不景气,导致他们裁员过猛,从而没有足够的资源干活。最后笔锋一转,提出建议的解决方案:打钱。

"我们知道,这个情况所有人都不想看到,但'It is what it is'(这就是生活),为了解决这个问题,我们想尽了办法,唯一的途径就是尽量从美国、欧洲、印度广泛寻找可以利用的人力资源,通过增加资源的方式缩短工期,从而尽可能缩小与你们和中商航要求项目节点的差距。而增加资源需要资金支持……"最后一段,斯科特图穷匕见。而且,他狡猾地并没有放一个具体数字,而是给了一个估算:数百万美金。

到底是多少呢? 一百万美金和九百万美金还是差很远的。但叶梓闻对这一套太熟悉了,迪森斯很擅长寸进和蚕食,先试探你的底线和原则,一旦你表示可谈,他们便会再抛出一个看上去十分合理的报价。报价往往厚达数页,包括很详尽的 Basic of Estimate(BOE,估算依据),让你根本没什么余地去讨价还价。

叶梓闻气愤地合上电脑。想了想,他拨通了杨元昭的电话。

"杨总,迪森斯的邮件收到了。"他把邮件的情况做了一个简单汇报,又补充道,"显然,他们就是想要一笔钱,几百万美金。"

"嗯……"杨元昭略一思索,"这件事得让安东尼知道,这样,我马上给他电话。"

"给他电话? 那有什么悬念呢? 还记得前阵子他发的那个邮件吗?"

"我看到那封邮件了。不过,我认为他也是迫于迪森斯的压力,从他自己的角度,也未必就甘心做一个提款机,毕竟他也是我们的 CEO。我还是跟他商量商量吧。"

"好的,杜浦那边还在等我回复。"

"没问题,你等我消息。对了,把迪森斯的邮件转给我看看。"

"好!"

挂掉电话后,叶梓闻又重新打开电脑,把邮件转给杨元昭。他又忍不住工作了一会儿。

没过多久,电话又响了起来。

这次是杨元昭。

"杨总!"叶梓闻还抱有一丝期待。

"我刚才跟安东尼通了个电话,并没有什么意外,他要求我们评估迪森斯具体需要多少钱。"杨元昭说。

"唉……"叶梓闻叹了口气,"每次都是这样。"

"我们也要体会他的不容易,毕竟,他是迪森斯的人。他的老板并不是公司董事长,而是他美国的老板。"杨元昭劝道。

"我知道,但每次都这样,你不觉得很没劲吗?他们不好好干活,不好好规划,想裁人时就乱裁一气,现在发现裁过头了,资源不够用,要耽误项目进度了,就跑来我们这里薅羊毛。这明明是他们自己的问题,按理说得由他们自己解决啊。上市公司融资的工具难道还少吗?"

"好了,话虽这样说,可情况就是这么个情况。"杨元昭说,"不过,安东尼也不是没条件的。他让我们给迪森斯提要求,如果钱到位,必须把项目进度拉回原来的计划,不能有一天拖延,他也会去跟迪森斯的高层说这事。"

"好吧,这是必须的。"

"嗯,所以,我们也还是要支持安东尼的,他这一点说得很好。"

结束与杨元昭的快速对表后,叶梓闻一刻也不停地给杜浦打电话。

杜浦显然是盯着手机的,铃声刚响了一声,便接通了。

"说吧!领导们都等着呢。"

"结论就是,我们会行使好作为一级供应商的责任,要求迪森斯把飞管软件的验证进度拉回原来的方案,如果需要,我们会支付他们研发费。"

"这么爽快?简直不像真的!你们不会联手给我们演一出苦肉计

吧?"杜浦笑道。

"喂,我们大周末地为这件事殚精竭虑,你还质疑我们的动机?太不厚道了。"

"好,好,你可是中迪航电的C595项目经理,说话要负责任的噢。你确定需要我现在马上向娣飞总他们汇报吗?"

"没事,说吧,好消息干吗不汇报?再说了,这个决定是安东尼和杨总都同意的。"

"好,既然你们主要领导也都答应了,那的确是个好消息,我先跟他们汇报,过一会儿再联系你。"

"啊?这不解决了吗?还联系我?"

"怎么?你今天有约会?"杜浦笑着问道,"以前我周末找你,别说打电话,哪怕是来院里加班,你也二话不说就来。"

"你瞎说什么呢?"叶梓闻哭笑不得。

他只不过想一个人静静。

"那不就行了?用你们的话说,Stay tuned,等我电话!"这事情解决,杜浦的心情也好了起来,竟然跟叶梓闻飙起了英语。

叶梓闻愣在原地。

第一百三十三章　你们要加油啊

果然,没过多久,杜浦说话算话,打了过来。

"表现不错,看来是随时待命啊。"见电话很快接通,杜浦表扬道。

"甲方爸爸的电话,我能不随时待命吗?"

"别,我们可不是爸爸,你们才是爸爸,迪森斯是爷爷。我们现在都在求爷爷告奶奶。"

"别说笑了,领导们满意吗?"

"当然满意啊,娣飞总和陈院都说,要去总部领导那里好好表扬表扬你们,不愧一直都是我们的金牌供应商,急客户之所急。"

"唉……我们也只剩下付钱的价值了。"叶梓闻自嘲。

"说到这个……"杜浦停了停,然后压低声音,"你待会儿能出来吗?一起吃个午饭?最近的一些动向,我想跟你说说。"

"啊?要去院里啊?"

"不用,不是让你来加班,我们找个都方便的地方。"

"那好吧,你定。"

"好,定好后我给你微信。"

挂掉电话后,叶梓闻想:他要跟我说什么呢?但估计是比较重要的事情。

看了看时间,已经上午九点半了,如果要吃午饭,十一点他就得从家里出发。

虽然两人关系好,但客户毕竟是客户,而且,平心而论,他们中迪航电最近这大半年的表现,他自己都不怎么满意,更别说客户了。

所以,他可不能迟到。

然而,当叶梓闻赶到餐厅的时候,杜浦还是早他到了。

这是一家平价上海本帮菜菜馆,门脸不起眼,很不好找。

"不好意思,迟到了啊。"他喘着气道歉。

杜浦第一眼没认出来眼前这个短发小伙是谁。他又看了一眼,差点没把眼珠子瞪出来:"侬结棍(你厉害)!怎么把头发给剪了?这是遭受了什么打击?难道初夜被夺走了?"

杜浦不是一个喜欢开这种玩笑的人,但叶梓闻剃头这件事情对他的冲击有点大。如果"沪陕双璧"好歹是他们两人的合称,那"长发帅哥"则是为叶梓闻所独有。这个小弟甚至在他们中商航都小有名气,时不时有些年轻的女同事打听他的感情状况。

前些年,关系还没那么熟,自己又在婚姻当中的时候,杜浦没什么闲心去管叶梓闻的闲事。现在反正单身一个,自己也时不时地被介绍对象,杜浦反而解脱了。

叶梓闻毫不示弱,赶紧回击:"还不是为了你们项目,你看我多尽心尽责,为了C595的成功,都削发明志了,你们要再不赶紧适航取证,对得起我那逝去的满头乌发吗?"

"你少来!你干这个项目都十年了吧,怎么十年前不剃头?"

"这不最近的烦心事一件接一件吗?"叶梓闻摊了摊手。

"所以你就把三千烦恼丝给剪了?"杜浦笑道,"不过,我觉得,能解决的事情,就不算烦心事,迪森斯飞管软件那事,你们不解决得挺漂亮的吗?"

"那倒是……能用钱解决的问题,就不是问题。"叶梓闻喝了一大口水。

"反正你们有的是钱。"杜浦又笑,他这时候才慢慢适应短发的叶梓闻。

"少来,捧着金饭碗,以后讨饭吃。"

"说到这,我今天叫你出来,是作为朋友,跟你说一些钱解决不了的问题。"杜浦回到主题。

"好啊,多谢。"

"这样,先点菜吧,点完再说,边吃边说。"

"点归点,先说好,待会儿我买单。"叶梓闻说。

"我叫你出来吃饭的,哪能让你买单?再说,这又不是什么商务宴请。"

叶梓闻便没继续争执,而是看着杜浦:"那你说吧,钱解决不了的事情是什么?"

"就是美国对我们的制裁和我们采取的一系列行动啊。"杜浦倒是很直接。

"噢!"叶梓闻并没有感到意外。

"我就这么说吧,现在我们公司上下已经达成了空前的一致:不要再抱任何幻想了,中美关系短时期内缓和不了,就算暂时缓和,也只是更加激烈对抗的插曲罢了。在中美博弈出现终局之前,我们所面临的生存和国际合作环境只会变差,不会变好。"

"如果站在我个人的角度,我倒是认为,你们应该更早就做好这方面准备的。不过,站在中迪航电的角度,我只觉得很悲哀。"

"嗯,我也同意,但是,你知道的,统一思想还是比较耗时间。不过,这次不一样,我们已经做好再花十年磨一剑的准备了。而且,这次一定要把国内的整个产业链全面带动起来。"

"听上去是好事,不过,我们似乎没机会参与其中……我们的身份仿佛成了原罪。"

"是啊,你们得加油啊。否则,我不敢说,C595之后,你们会不会还有项目机会。"

"嗯,我其实很有危机感的,说实话,我甚至觉得,C595你们都有可能把我们替代掉。你们肯定不想找一家每几年就要申请出口许可证的供应商吧?而且,万一美国进一步加强管制,像对待华为一样对待你们呢?"说完这话,叶梓闻盯着杜浦。

杜浦没有说话。然后,他抿着嘴巴,微微地点了点头,似乎是默认叶梓闻的判断。

"未来的三年,对我们很关键,如果不能破局,我们就会在黎明到来之前倒下。而这黎明到来的时刻,可能是十年后,那个时候,我们可能在综合国力上能够与美国匹敌,他们也心平气和地接受了我们的崛起,双方握手言和,所有的制裁和限制都放开。又或者,我们的崛起受阻,美国再次像二十年前一样,在实力上碾压了我们,那时,他们或许又不再对我们设防。不管是哪种情况,我们或许都还能够东山再起,可是,如果我们不现在就做出改变……"

叶梓闻还没说完,就被杜浦打断:"你说得很好,不过,我不同意你那个说法,如果美国真把我们打趴下,我们是永远不会有翻身之日的,至少十年内不可能。你看看,苏联解体后,美国到今天还防范着俄罗斯呢,这都三十几年了。我们没有别的办法,只有把他们干趴下。这帮人都只认实力,不讲公义,那就只能靠实力说话。"

杜浦的表情十分严肃:"所以,老弟,你刚才让我们别抱幻想,我也让你别抱幻想,不要以为向美国示弱,或者真的垮下去,可以得到他们的怜悯和放生。这是国运之争,是种族之争,结果是二进制的,没有中间选项。"

第一百三十四章　寻因

夜深了，丁真又一次在试验室里焦躁地走来走去。

这间试验室位于上航所民机业务大楼的一楼，占地很大，里面很是宽敞，足以容纳一整套航空电子系统的试验台和几十个工位。可他依然感到一丝压抑。他的整个团队依然在加班。

试验室一角，摆放着 C595 座舱显示系统试验台。几台显示器上正闪动着画面。各大系统的激励进来，经过一系列的处理，便显示在屏幕上。

经过这些年，尤其是过去几个月的集中攻关，在中商航和中迪航电的帮助下，他的团队已经大幅提高了显示屏的可靠性和稳定性。但黑屏问题依然没有得到根治。几天前，中商航阎良外场试飞的 10104 架机又出了一次黑屏事件。

临近适航取证，这事儿的确十分恼人。包括阚力军在内，中商航的领导们又来到上航所现场办公，要求他们尽快解决这个问题。李澄已经表态：一定解决。可怎么解决，便是丁真和他的技术团队的责任。

三方联合团队机制当然可以起点作用，但显示器产品对于中商航和中迪航电来说，基本上就是个黑盒子，他们就算想帮忙，也爱莫能助。而且，整个显示器产品、设备和模块级的设计是他们的核心知识产权，他们也不愿意让别人染指。哪怕是紧密如中商航和中迪航电那样的客户。

还是只能靠上航所自己。

"丁总，这次的原因可能是我们的关键数据监控功能出了点 bug。"终于，有工程师提出了一种可能性。

"哦？说说看？"丁真连忙走到他身边。

"从 PR 的分析来看,当飞管那边的信号传到网络上,尽管仍然在正常范围之内,却依然触发了我们设计的保护机制,导致显示器黑掉。"

"你是说,我们的关键数据监控机制设计得过于保守?"

"有这个可能性……"

丁真听罢,陷入沉思。

关键数据监控(Critical Data Monitoring,简称 CDM),是座舱显示系统里一个很重要的功能。顾名思义,它专门用于监控各种关键数据,当关键数据的值超出正常值时,它需要提出预警并且做出反应。所以,如果设计得过于保守,就容易出现正常状况下的保护机制,可如果设计得过于宽松,又会漏掉异常状况,产生安全性风险。这个设计的平衡如何把握,很需要经验。

这恰恰是丁真所欠缺的。尽管做过好几个军机型号,C595 却是他深度参与的第一个民机项目。他的团队也缺乏相关经验,大家只能摸着石头过河。

认真思索了几分钟后,丁真觉得脑袋涨得厉害。连续几天的加班熬夜,显然让他感到一些吃力。他决定让自己和团队都休息一会儿。

想到这里,他大声喊了一嗓子:"大家都辛苦了,今天就干到这儿吧,除了试验还没做完的,都回去休息休息！要等试验结果的,如果结果待会儿就能出来,那就再辛苦一下,如果要到大半夜,也先回去,明早再说！"

偌大的试验大厅里回荡着他的声音。

大家都很开心。毕竟,谁也禁不住这样熬。过去这一年,他们就是这样过来的。

团队成员陆陆续续地离开,只留下丁真和少数几个盯试验的同事。丁真这才开始收拾自己的东西。

这时候,门外传来了响亮的脚步声,似乎来了几个人,而且丝毫不顾及吵到别人。如果现在是上班时间,丁真一定要出去理论理论:"吵什么吵？C595 的事情耽误了,你们负得起这个责任吗?!"但现在,原本就是加

第一百三十四章 寻因 | 509

班时间,所以,他只是循声望去。

所长李澄带着孔薇薇等几人进来了。

"丁真,辛苦啊!"大老远,李澄就喊道。

"所长?您怎么来了?"丁真一愣。

"过来看看大家。"

"我刚让弟兄们回去休息,自从上回中商航来了之后,大家已经连续加班好几天了,我怕他们把弹簧拉断。"

"没事,你做得对!劳逸结合,才能长远。"

说到这里,李澄对着那些起身过来迎接的试验台工作人员摆了摆手:"大家有事先去忙,早忙早结束回去休息,只要丁总留下来陪我就好。"

大伙儿都笑了。

"我们今晚初步找到了上回黑屏的原因。"丁真知道李澄的来意,慰问队伍当然是应有之义,可真正的目的一定是看问题解决进度的。

"噢?是吗?看来有进展了!"李澄果然眼里直放光。

"嗯,通过对 PR 的分析,我们初步认为是关键数据监控设计的原因。"

"是设计方法有问题?还是设计值有问题?"李澄也是干技术出身的,所以并没有问外行话。

"目前看下来,多半是设计值。"

"那就好……"李澄松了一口气。

如果只是设计值有问题,那只要调整值即可,然后通过试验去验证;而如果是设计方法的问题,就得调整设计方法,那便是个无底洞,没人知道需要花多少精力和多长时间才能找到正确的方法,有可能下一秒就能找到,也有可能永远都找不到。

这些天,李澄承受了巨大的压力。从中商航到中工航的领导都盯着他,毕竟飞机飞出个黑屏来,实在是太显眼,试飞员又喜欢嚷嚷,遮都遮不住。尤其是现在 C595 项目面临着美国制裁,作为国内供应商的翘楚,上航所肩负的期望更重,不容有失。

李澄正稍微放松了一点,丁真却又补充道:"所长,这只是目前的判断,从现象来看,可能是设计值的问题,但是……设计方法出问题的话,设计值也可能错。所以,我们也不能排除……"

李澄心里咯噔一声。他不得不承认,丁真说得有道理。过于希望听到一个好消息,让他本应严谨的思路不自觉打开了过滤和筛选机制。

过了半晌,他点了点头:"你说得对,所以……拜托你们了,再接再厉!"

说完,他对着孔薇薇说:"项目上要多给预算,不能让大伙儿身累心还累!"

"所长,您都发话了,资源肯定给够啊。"孔薇薇笑道。

"嗯,C595是国家意志,我们要不惜一切代价,支持她的成功!"说完,李澄便离开了试验室。

除了孔薇薇,其他几个人也都跟在他后面离开。

孔薇薇留在原地,她有话要跟丁真说。

第一百三十五章　人是最重要的，也是最稀缺的

"薇薇,你还有事?"丁真见孔薇薇没有随所长离开,问道。

"对,再耽误你几分钟时间。"

"好,说吧。"

"我们去对面那间会议室吧。"

"那我跟他们说一声。"

丁真向现场剩下的几名同事交代了几句之后,便拿起包,跟孔薇薇到试验室对面的会议室里。

"什么事?搞得这么神秘?"丁真问。

"你不常说我们项目经理都是成事不足败事有余吗?说我们不打粮食吗?所以我当然不好意思在你们的试验室里聊啦。"孔薇薇笑着说。

"嗨!那些玩笑话你也当真啊!"丁真也笑道,"我们还要靠你们给预算干活呢,哪能诋毁你们的价值。"

"好了,时间不早了,我们尽快聊完,也放你回去休息。"

"没事,工作要紧。"

"就是关于预算的事情……刚才所长也表态了,只要是项目上需要的,我们肯定全力支持。不过,领导说的都是原则,具体实施下来,其实还是有不少困难的,我想先跟你打声招呼。"

"你这是什么意思?"

"前阵子为了赶项目进度,你这边招了不少人,对不对?我们团队的规模从一年多以前的几十个人扩张到现在的三四百号人,还从好几家兄弟单位借调了资源过来支援。你想,这样一来,项目上的经费一下就捉襟见肘了,可以理解吧?"

"所以呢？"

"现在这样的规模还不知道要维持到什么时候,所以,还是希望你们可以早点把问题解决,这样团队规模能够下来,多余的人可以分流去做别的项目,C595项目上的财务压力也没那么大。"

"我懂你的意思了,薇薇,说到底,你就是嫌我们进度慢呗。"

"我没有催你的意思,是想让你在进行日常工作规划和招人的时候,可以考虑考虑我这边的压力。C595是国家项目,我们肯定不会只看投资回报和财务指标,但也不能亏得太厉害吧。到时候你们功成名就了,考核我的时候,发现一塌糊涂,找谁说理去？"

"放心吧,真到那一天,肯定一起痛饮庆功酒,怎么可能追责？你也太过虑了。"

"好了,但愿如此,你就当帮我一个忙,好吗？招人的时候别太猛,也考虑考虑项目上的承受能力。"

"没事,我就算想招人,现在也不好招。国内干民机的人才储备就那么一点,已经被我们挖得差不多了。"丁真安慰道。

"唉……十年树木,百年树人,人才的培养哪这么容易……"

两人没有再纠结项目预算的问题,反而开始共同担心起人的因素来。毫无疑问,与干任何事业一样,人才是最关键的因素。说到底,目前他们遇到的每一个问题,都是团队缺乏经验所致。

面对眼前的挑战,孔薇薇其实很矛盾。一方面,她不希望丁真再招人了,否则财务压力会进一步加大；另一方面,她又清楚,目前团队的智力密度还是不够,靠已有成员的有机成长,肯定是远水救不了近火,只能再找更有能力的人。

"你说,我们现在都这么头疼,我们那些兄弟单位岂不是更加捉襟见肘？"丁真也感慨。

"你说得对。现在中商航对我们整个中工航体系都寄予厚望,国产供应链就靠我们撑起来了,我们可不能掉链子。但客观情况就是,我们极其缺乏民机经验和民机资源,不仅仅体现在研发领域。"

"不知道你有没有考虑过一个人？我觉得他如果能来,一定可以发挥挺大作用。"

"你说的不会是……"孔薇薇不敢去想。

"小叶啊。"

"我觉得你说的是他,但我又不敢相信。"

"为什么?"

"你们当年有一阵可是势同水火啊,你忘了吗?"

"那都是什么时候的事了,我有那么小心眼吗?"丁真笑道。

"那就好,不愧是副总师,有气量!不过,话说回来,我们都当过他的师父,邀请他回来应该还是有胜算的吧?"

"这你就有点低估难度了,当时所长亲自去中迪航电请他,他都没回来。"

"此一时,彼一时。他离开所里的时候,其实我是劝过他的,他不听,一直在那儿干了十年。但最近中迪航电走了不少人,有好几个还来了所里,这说明什么?说明他们不行了,现在他们的技术和产品都受到美国出口管制,我觉得小叶在那样的环境下,估计也很难受。"

"所以你觉得他现在能回来?"

"这不是你刚才提的他吗?"

"我只是随便开开脑洞想想,并没什么胜算。你想啊,我们拿什么吸引他回来呢?事业?待遇?感情?要留人,无非这三样,可哪一样我们都没有啊。"

"你为什么会这么认为?事业,我们现在是真正的本土供应商,我们可以做很多事情,他在中迪航电都做不了,我们的方案天生就不受美国制裁;待遇,我们的确会比中迪航电差点,可我们可以尽量给他争取一些条件嘛,他毕竟也是所里出去的。而且,我不相信他最后会为了一点点待遇上的差距而做出错误的选择。至于感情,虽然他在中迪航电待了十年,远比在所里待的时间长,但我们好歹都做过他的师父,而之前的孟所和现在的李所其实都还是挺欣赏他的。我相信,只有在我们这里,他才能真正找到'自己人'的感觉。"

"不,你忽略了一点,薇薇。"

"哪一点?"

"职位。他如果回来,到底是我让位,还是你让位,才能让他感到自己没有屈就呢?"

丁真这话一出,孔薇薇愣住了。她此前一直没有考虑这个问题。她忘却了,叶梓闻很有可能对职位有要求,甚至是很高的要求!

不过,她并没有犹豫多久:"我想好了,他如果愿意回来,我就愿意把位置让给他,我给他打下手!"

第一百三十六章　最坏的准备

刚从总部出来，一阵秋风吹过，杜浦不禁打了个哆嗦。

不知不觉间，已是深秋时节，而 C595 年内实现适航取证目标的希望已经非常渺茫。

"请大家务必保持专注，把自己能够控制的事情做好。同时，我们一起想办法，尽快解决供应链国产化的问题。"阚力军在会上只能这样说。曾经的豪言壮语、踌躇满志，在冷冰冰的现实面前，十分无力。

美国的制裁没有丝毫松动。因此，一些重要的国外系统供应商，比如利佳宇航，还没拿到几个关键产品的出口许可证，没法交货和支持适航取证活动。

而新型冠状病毒的变种毒株再度肆虐欧美，这些地方的供应商还未能从去年的元气大伤当中完全恢复过来，便又有可能遭受一轮新的冲击。

"林琪跟我说，他们利佳宇航有可能又要裁员。"孟德丰对杜浦说，"目前看起来，如果这事发生，对你们航电影响最大，你得提前准备准备，支持好娣飞总。"

来趟总部开个会，没有一个好消息！杜浦无奈地摇了摇头，沿着人行道往地铁站走去。

正走着，身后突然有人在喊他："杜部长！杜部长！"

杜浦回头一看，只见一个身材壮实的中年汉子站在总部楼下，正往自己这边跑过来。杜浦仔细一看，这人不是别人，正是张燎。

自从离开阎良回到上研院，杜浦就再也没见过张燎。这位老领导负责试飞工作，常年待在阎良和其他几个 C595 的试飞基地，很少跑上海。杜浦看到他，便又回忆起自己在阎良那一年多的经历，苦是苦，也真是难忘啊!"

"叫我杜浦就好了,老领导。"杜浦迎上前去,笑着说。

"那怎么行?你现在可是负责整个航电部,管着上百号人呢!"

"都是承蒙领导们看重……对了,您怎么在这里?"

"这不开那个 C595 的项目大会嘛!老阚这次说什么也让我过来参加,说有重要的事情宣布。结果呢,人倒是来得挺齐,可没一个好消息!"

"啊?您也在那个会上?我刚才怎么没看到您?"

"人多,你估计也在忙着吧,我可是老远就看到你啦!"

"抱歉,抱歉,我是替娣飞总和王慧参加这会的,她跟王慧都在出差。去之前,她们特意嘱咐了我几件事,让我见到其他系统的副总师时,跟他们好好聊聊。"

"没事,知道你忙!对了,你现在去哪儿?"

"我打算回院里。"

"急吗?不急的话,我们聊聊?"

"您难得来一趟,再急也得先就您的时间嘛!走,去您办公室吧。"杜浦说。

张燎在总部有一间小办公室,平时他都不在,一年到头也难得在里面坐几次。虽然经常有保洁打扫,可难免显得十分冷清。

"挺好,你正好来我这里帮我增加点人气。"两人走进办公室时,张燎笑道。

"希望咱们试飞工作早日完成,您就可以在上海多待一段时间了。到时候,这里估计会门庭若市的。"

"我找你,就是为了这事!"

"我?我能帮上什么忙吗?"

"别紧张,没让你出人,我只不过想多了解一些情况,毕竟你当过架机长,有些话我不用多说,你就懂。跟那些没去过外场的人说这些,费劲!他们听不懂也就罢了,很多时候还以讹传讹,搞得我们这些外场试飞的好像没事找事似的。"

听张燎这么说,杜浦心里大致有数了。自己这位老领导估计是来寻求精神安慰的。不过他十分理解,外场的工作性质与坐机关、搞研发完全不同,面临的不确定性和压力都很大,还经常被试飞员骂。有些话,憋在心里憋久了,反而容易憋出问题,必须得找个出口。

"张总,您就尽管说,我们哪说哪了,我能帮上忙的,自当尽力。"

"好!当初我就没看错你!"张燎十分满意。

于是,张燎就像打机关枪一样,把他这几个月试飞过程中碰到的问题和经历全部吐了出来。杜浦觉得这间小小的办公室都装不下那么多的子弹。张燎说完,两人都没有说话,似乎在刚才的密集输出当中还未缓过劲来。

"怎么样?杜部长,没吓着你吧?"解铃还须系铃人,张燎先开了口。

杜浦正在飞速地思考着。这些问题,或者说现象,绝大多数对他来说不陌生,毕竟很多是他当年在外场的亲身经历,所以张燎知道,找他倾诉是最能找到共鸣和激发出思想碰撞的。

虽然张燎口口声声说是来寻求建议的,但杜浦明白,张燎只要说出来,问题就已经解决了八九成。不过,其中也有杜浦从未遇到过的情况,而这些情况,与现在整个大局面是息息相关的。

说白了,飞行试验要做几千个小时,这是硬杠杠。在过去的这段时间里,中商航凭借着非凡的勇气和创造性,在中工航试飞中心和局方的支持下,已经通过了很多门试飞科目,很鼓舞士气,也让杜浦听下来感到激动不已。

可是,依然有几块硬骨头没啃下来。比如说自然结冰试验。

两年前,当他还在阎良的时候,就听说,这个试验对于气候条件的要求十分苛刻,所以每年只有少数几次的时间窗口可以做。当时,计划的时间是在第二年的三月底,可后来因为他的那架飞机构型没有到位,便又推迟了。之后,又因为各种原因,一直到现在还没做。

他心中多少有些愧疚。毕竟,当时 10104 架机是由自己负责的。

于是,他回答道:"张总,很感谢您的信任,我能充分理解您的苦闷,所以,您说的所有这一切,都不可能吓到我。但是,我得说,多亏了您和我们外场的这帮兄弟,我们的试飞工作才能取得今天这样的进展。对于这一点,您应该感到骄傲才对。我别的问题都没有,但是关于自然结冰试验,倒是想多问问。"

张燎一拍大腿:"你小子果然很会抓重点!你不提,我待会儿也会提,说吧,你的问题是什么?"

第一百三十七章　自然结冰试验
——可遇不可求的挑战

杜浦略微思索了一下,问道:"据我有限的知识,这个试验会涉及好几个专业领域和系统,比如防冰和操稳。而当飞机表面结冰之后,性能会发生怎样的变化,又涉及气动。另外,结冰后迎角传感器的表现,则是我们航电要关注的……我因为离开型号一线有一段时间了,不知道目前咱们的顺序讨论好了吗?比如,先测防冰,还是先测操稳?"

这不过是他自谦的说法。自从成为上研院航电部部长以来,杜浦的职责虽然在资源调度和型号保证上,但他的绝大多数精力依然在 C595 项目上,包括供应链国产化的推动。

"好问题!"张燎兴奋地说,"先找你果然是找对人了!这就是目前我们纠结的点。现在阚总在广泛征求几个专业副总师的意见,然后拍板做决定,但不同的专业各有各的看法,而且都有道理,这让我就很头疼。他们不给一个统一的方向,我试飞怎么安排呢?"

"别急嘛……这个试验风险挺高的,不在地面上论证清楚,试飞员也不敢飞啊,到时候您不还得挨骂?"杜浦笑道。

"能够挨骂就代表着有进展!以前是我骂别人,现在到中商航来,别人骂我,也扯平了,我倒不在乎。"

"我对别的专业不了解,就没法发表评论了,只能相信几大副总师的判断,相信阚总最后的决定。我倒建议您去跟娣飞总聊聊,今天不巧,她人正好不在,她应该可以从航电的角度给您一些建议。"

"我哪能放过她呀?这次回上海,不把每个人都堵着聊个透,我是不会回阎良的!"张燎笑道,"只不过,这不先看到你了嘛,先从你这里多少了解一点专业输入,省得跟那些专家聊起来说外行话,被看扁了。"

杜浦觉得自己这个老领导真是可爱极了。

"张总,我就随便说,想到哪说哪,自然结冰试验的地点你们选好了吗?"杜浦接着问道。

"又是一个好问题!最成熟的地区肯定是美加边境的五大湖区域,那里的气象条件是最有可能满足适航规章条款的。毕竟,这个规章就是从那儿来的。"

"噢……还是没法在别的地方吗?"杜浦问道,"如果是五年前,甚至三年前,我都觉得这是个不错的选项,但现在……"

"是啊,傻瓜都知道现在最好不要乱出国,对不对?更别提去美国和加拿大了,万一被扣下来,找谁说理去?还要浪费国家资源去交涉协调,别提多麻烦了!"

"不光是这一点,那儿的新型冠状病毒情况也很糟糕啊。"杜浦补充。

"对,所以我们也很纠结。"

"冰岛呢?考虑过吗?"

"大侧风试飞在冰岛是可以的,但自然结冰,够呛。"

"我记得前两年我们在乌鲁木齐、漠河、阿勒泰等地方也调研过,都不行吗?"

"是啊,我自己都去开过会!当地政府倒是挺积极的,能够支持国产大飞机,他们当然乐意。可气象条件又不由人来定,到目前为止,我们在这些区域都没有捕捉到足以满足规章条款要求的气象条件。"

"我还听说,即便是五大湖地区,每年也只有春秋两季存在满足条件的天气?"

"是的,不光地域上有限制,时间上也转瞬即逝。"

听到这里,杜浦觉得问题严重了。此前,他所了解到的信息是:五大湖肯定是最好的选择,但这个地球上应该还有别的选项。

当年美国联邦航空局 FAA 把五大湖这个气象条件放入适航规章的时候,应该不会是为了设定一个门槛吧!他们那时应该不知道,全世界就只有那片区域存在满足这些条件的气候现象。否则这个门槛也太高了!

之所以要做这个自然结冰试验,是因为飞机在空中飞行的时候,一定会遇上结冰的情况,一旦结冰,整个飞机的特性就会发生变化,无论对于飞机自身的气动性能,还是飞行员的操纵来说,都会带来未知的挑战,轻则造成飞行的体验很糟,重则引起飞机失速,机毁人亡。世界上每年都有好几起因结冰而引起的飞行事故发生。

这就是民机在拿到适航证之前所必须要经过的试验,生命安全大于一切。

"听上去,哪怕阚总他们把试验的先后顺序等技术问题解决了,在地面上做好了一切准备,试验的地点和时间才是最要命的两个因素?"

"你总结得挺好,第一步是他们解决试验策略和技术方案的问题,第二步才是赶考。只不过,这考试就像科举考试一样,一年就那么几次,地点还严格限定。"

"我就是随便想想,如果这个试验不做,民航局可以豁免吗?"

"你想什么呢!"张燎笑着骂道,"这是一门必考科目!民航局怎么可能先给我们颁证,再让我们补考呢?"

"也对……没颁证的时候,我们还有压力去考,这证书一下来,我们可能更加没动力了。"杜浦也意识到自己这个想法的荒唐。他倒不是怀疑自己同事们的职业操守,而是觉得人性便是如此。

"对啊!想都别想!我们时时刻刻都要牢记'三个敬畏',可不能有这种念头。"张燎正色说道。

敬畏生命,敬畏规章,敬畏职责。

杜浦不得不承认,自己还是嫩了点。

两人对视着,都没有说话。先不说别的飞行试验了,光这个自然结冰,就已经够让人头疼。

"怎么样?杜部长,看我这满头包,是不是很庆幸从阎良回到院里了?"张燎笑着问道。

"哪里!回到院里也是继续为项目服务嘛。不瞒您说,我现在花了很多精力支持采供那条线,去帮他们培育国内供应商。"

"也对,也对,哪条战线都不容易。不过,今天我跟你说的这些事情,你也没必要到处去讲,我会找他们一个一个去谈的。飞行试验的准备,交给我去推动,但有没有更加创新的办法,怎么样解决时间和空间的限制,你平时跟那帮国外供应商打交道多,见识也广,帮我想想,有什么新的主意,随时告诉我!"

第一百三十八章　落寞的转身

带着张燎的嘱托,杜浦回到上研院。

一到办公室,他便发现座机上有好几个未接来电。杜浦原本不打算理会,可粗略扫了一眼,发现都是来自同一个手机。那估计是急事了。他对照着手机的通信录一看,原来是林琪。自从上次她与叶梓闻来他办公室,他已经很久没见她了。他突然想到孟德丰对他说的话:"利佳宇航又要裁员……"

杜浦决定跟林琪联系联系。电话很快就接通了:"不好意思啊,林姐,我去总部开会了,刚回院里。"

"没事!我刚问了,知道你忙,所以没打你手机。现在你在办公室吗?"

"在的。"

"好!我在隔壁飞控部,马上过来!"

杜浦泡上的茶还没降到可以入口的温度,林琪便气喘吁吁地出现在门口。

"林姐,请进!"杜浦起身招呼道,"来点茶吧?我最近喝咖啡有点儿心跳加速,得缓一阵。"

"哈哈哈,年纪大了,我早就已经是这样了。"林琪笑道。

两人又叙了几句,杜浦看到林琪相比上回见面,显得更加苍老,心中不免一阵叹息。

"她把最好的年华给了C595,却到今天还没能享受胜利的果实……"

"林姐,找我什么事?"杜浦问道。

"我们又要裁员了,刚跟孟主任那边报备过,想着得跟你们也提前说一声,刚才去飞控那边,也说了这事。虽然总部要求我们低调,但是,作为朋友,我不想让你们从公开的媒体报道中才知道这件事。我知道,现在项目是最需要支持的时候,这并不是什么好消息,可是,哪怕是坏消息,能提前一天知道,也能提前一天准备,不是吗?"

看着林琪诚恳的表情,杜浦心里十分复杂。利佳宇航曾经跟中迪航电一样,都是他们的金牌供应商,可现在却一个比一个惨。中迪航电好歹还拿到了美国商务部的出口许可证,可以继续为 C595 供货,而利佳宇航,还有好几个产品的许可证没拿到!而且现在还要裁员,无疑是雪上加霜。

如果杜浦是第一次见林琪,估计会把她骂出办公室。可是,这是一个相交了十几年的老朋友,一直尽心尽责,做到了她能够做到的一切,他怎么忍心骂她呢?更何况,决定又不是她能左右的。

"林姐,谢谢你告诉我这些……说实话,我现在对任何糟糕的消息都已经免疫了。"杜浦苦笑,抿了一口茶。他依然觉得嘴唇发烫。

"杜部长,抱歉啊,每次来都没什么好消息。"林琪充满歉意,"我们那几个产品的出口许可证,也没有进一步消息,我们总部的法务与合规部门和华盛顿办公室几乎每天都会联系美国商务部,但目前得知的消息是,申请依然在国防部会审,还没有返回商务部。"林琪知道,杜浦肯定会问出口许可的事情,不如先交代。

"你真是太了解我了……"果然,杜浦笑了笑,"听上去状态一直没变啊。"

"嗯,我们美国同事说,国防部向商务部提了很多问题,他们又联系了我们总部,我们都一一作了解答。"

"问问题?有什么可问的呢?C595 的信息在网上和公开报道中不要太多,我们一直很公开透明。"

"官僚机构嘛……在哪儿都一样,他们很封闭,也不可能自己去网上搜,只管扔一堆问题给企业。"

"提醒一下,你们跟我们可是有保密协议的。"

"嗯,我跟总部说了,肯定要控制回答的颗粒度,既要解决国防部的疑

第一百三十八章 落寞的转身

惑,又不能泄露客户的商业机密。这个平衡我相信他们能够把握好,毕竟,我们在全球做业务,美国政府的长臂管辖也是臭名昭著,有时候,哪怕在欧洲国家,也会涉及类似的问题。我听美国同事说,我们在法国做空客项目的时候,也被美国政府查过。"

"只能选择相信你们了……"杜浦也知道,自己对于刚才这个问题没有任何掌控力。

"放心吧!"林琪倒是十分自信。

说完,她也喝了一口茶,似乎在酝酿着情绪。

杜浦感觉她还有话要说,便问道:"林姐,你是不是还有别的事情?"

林琪叹了一口气,咬了咬嘴唇,把眉头一皱:"是的……还有一件事,跟我自己有关。"

杜浦一愣,看她的表情,似乎也不是什么好事。他盯着林琪,轻轻地说:"嗯?说吧,有什么需要我帮忙的吗?"

"不……不,不需要任何帮助,我……很快就要去美国了。"

"什么?"杜浦完全没想到,"你们美国公司不是裁员吗?你还回去?"

"其实,我们裁员并非仅仅针对美国员工,中国区也受到了影响。因为公司普遍认为,在现在的国际环境下,中国业务的开展会越来越艰难,所以,对中国区的规模进行了收缩,我原本就兼任中国区项目总监和成利系统总经理两大职务,已经算是为美国省钱了,可现在,他们连这个岗位都会砍掉,然后再找一个级别更低的人去负责成利系统。"

"啊?那对你也太不公平了!而且,你们好歹也是成利系统的股东,怎么能这么不负责任?"

"没办法,资本家嘛……整个行业都不景气,覆巢之下,安有完卵?而且,合资公司的情况,你也知道,不会有未来的。你们在美国的制裁名单上,这些合资公司没有一个可以在出口许可证拿到之前给你们供货,就连中迪航电这样的巨无霸都束手无策,更别提我们成利系统这种小体量的,一共就二三十号人,能干成啥子事情?"

"别提中迪航电,提起来我就气!他们明明可以更有作为的,但管理层不作为!"杜浦已经从叶梓闻那儿了解到中迪航电目前的情况,很是不忿。

不过,眼下不是吐槽的时候,他很快就回到主题,继续关切地问道:"那你回美国之后,有地方可去吗?"

"嗯,我来上海之前,在总部工作过几年,那些同事关系都还在,而且有几个现在都身居高位了,还挺幸运,没被裁掉,哈哈。他们还算看重我,邀请我去做一个别的业务,职级不变。这已经是我目前面对的最好选择,唯一的遗憾,就是回去之后,就会永别中国项目……"说到这里,林琪有些动感情,"当年我回国之前,还侥幸自己没有加入美国国籍,没想到现在还是得回去才有工作可做……"倾注了十三年心血的事业,马上就要放弃,怎么可能不让她心生不甘!

"林姐,我是真为你感到开心,又感到很伤感,真的……"杜浦缓缓摇了摇头,"跟你合作这些年,真的很愉快,你对我们的支持,我也找不到合适的言语去表达感谢……我能说的,就是希望你回美国后一切都好,走之前我们一定要好好聚聚。"他有很多话想说,可现在却只能憋出这么几句。

"嗯,没问题!估计还有几周时间吧,这几周我会确保交接顺利,至于聚聚,那是必须的!"林琪喝了一大口茶。

"那……小强呢?"杜浦突然想到了自己曾经的同事薛小强。

"放心,小强依然是项目经理,他会接替我目前项目管理这一摊子事情,只不过,他的级别不会再提高了。"

"噢,那就好……"杜浦可不希望看到自己的老朋友们一个一个离去。

"好了,不打扰你工作了,知道你也很忙。我们保持联系,最近好好聚聚!"林琪见杜浦期间看了好几次手机,知趣地告辞。

"抱歉啊,林姐,最近事情的确很多,我不是故意的。"杜浦也很诚恳。

"没事,我们这么多年的交情,没这个必要。"林琪笑了笑,"那……回头见!"说完,她微笑着走上前来,给了杜浦一个轻轻的拥抱,然后扭头离开。

杜浦一时还没反应过来。他只觉得鼻子边残留着一丝淡淡的清香。

望着林琪的背影,他嘴里喃喃地说道:"一个时代结束了……"

第一百三十九章 临时的晚餐

送走林琪之后,杜浦努力让自己从刚才那股伤感的情绪当中抽离出来。他坐在办公桌边,处理着积攒下来的内部邮件。其中有三分之一跟 C595 项目没关系,都是一些事务性的工作。但作为航电部部长,这也是他的工作。

整个部门一两百号人,总有评定职称的,申请在职读研的,参加各种评优评奖的,就如他当初一样。他自己当初有多看重这些,他就应该给予自己团队的成员同样的重视。

等这些事情都处理完毕,已经到了下班时分。杜浦长舒一口气,靠在椅子上闭目养神。闲下来之后,他才有时间去进一步消化自己因林琪而起的离愁别绪。

第一次与她开会时,她一开始连自己的名字都记不住,她当时那个叫马克的工程师同事也是傲慢得不行——尽管后来他发现,这个老头有傲慢的资本。

后来,去成都参加备份仪表 PDR 的时候,她又跟小强一起想游说他加入利佳宇航。还好那时候他没有做出那个决定,否则,今天估计慌张得一塌糊涂吧!

他已经记不清楚,自己与林琪开过多少次会,利佳宇航又向他们索取过多少次研发费,林琪在其中都扮演了重要的角色。她算是真正站在客户的角度,帮他们说了不少话,争取了不少利益,哪怕有时候会得罪美国总部。

他们之间真正是战斗友情!

不知道等 C595 成功适航取证、可以交付航空公司运营的那一天,这些老朋友还剩下多少……如果强大如利佳宇航都要做出进一步裁员的决定,其他相对小一点的国外供应商,尤其是美国供应商,会不会也照做呢?这似乎不是什么悬念了。

杜浦笑自己有点幼稚。迪森斯不已经发生了这样的事情吗?为了达到华尔街分析师们的业绩预测目标,大幅裁员。结果发现裁过了,任务完不成,反过来找他们,暗示需要更多的研发费补窟窿。要不是叶梓闻他们中迪航电在中间把这个钱给付了,估计又要闹到高层领导那儿去。到最后,只要迪森斯没有底线,躺在地上打滚,他们估计还是不得不付这个钱。

曾几何时,他一直把这些光鲜的跨国企业看得坚不可摧、高高在上,把他们挂在嘴边的"契约精神"信以为真,可真正到了生死关头,到了他们自己都活不了的时候,谁还在乎礼义廉耻、一纸合同?

杜浦的脑海里放映着各种画面,完全不受控制。

响起的手机打断了他的思绪。他皱了皱眉,正想把手机按成静音,好继续沉浸在自己的世界当中,可瞟了一眼来电显示,犹豫了两秒钟,还是接起电话。

"老同学!在上海吗?在张江吗?"电话那头是付洋。

自从前些年的那个深夜在虹桥机场遇上他之后,杜浦再也没见过他。

"在,你呢?"毕竟是室友,杜浦尽管一开始因为自己被打断思绪而有些不悦,却很快调整好自己的情绪。

"那太好了!晚上一起吃饭吧,我请客!好多年没见了!"付洋很高兴。

"你也太没有诚意了,哪有下午五点半约晚饭的?这是故意不想请客吧?"杜浦笑了。

"嘿嘿,《教父》电影里那句台词怎么说的来着?我要给你开一个你拒绝不了的条件。"付洋的语气十分松弛,一副胜券在握的样子。

"你哪来的自信啊?"

"就凭咱们俩这交情,同房四年,够不够?"

"又没睡一张床上!"

"如果真睡一张床,那还有范理什么事?"

第一百三十九章　临时的晚餐　| 529

听到这个名字,杜浦一怔,只能笑笑,掩饰自己刚才那一瞬间的发愣。

"好了,地方我都订好了,就在张江,我来上海每次也都住这边,离你们上研院不远,我待会儿微信发给你地址。"付洋不由分说。

"我貌似还没答应吧?"

"你不会不答应的,今晚还有一个人呢。"付洋不怀好意地笑。

"谁?我认识吗?"

"何止认识?你们绝对是知根知底的老熟人。"

"不要卖关子了,谁?也是咱们寝室的?"杜浦使劲在脑海里搜索自己的室友。

他们毕业后都不在上海。两个不在上海发展的同学在同一天来到上海出差,又都有空吃晚饭,这个概率真的不大。

"嘿嘿,当然不是,是的话多没意思。"

"那是谁?"杜浦问道。

付洋嘴里的"知根知底"让他不得不把搜索范围放在同学当中。而且,自己与付洋毕业之后,也没有太多交集。两人共同的朋友,只可能是自己在北京上学期间认识的。

"来了你就知道了,你一定不会后悔的。"付洋依旧守口如瓶。

第一百四十章　重逢

付洋订的餐厅,的确距离上研院不远,就在金科路上一处刚建成没几年的商业综合体里边。那儿的体量和规模都是张江地区之最,像一枚偌大的磁铁,吸引着整个大张江区域的人。每天到了吃饭时分,几乎每个餐馆里都人声鼎沸。

而付洋选的这个餐厅却难得的闹中取静,位于一处相对独立的小楼顶上,占据了一整层。它的装修是中式风格,古色古香,每一处细节都经过了用心修饰,门环、石阶、镂窗和雕梁,无不精致异常。大厅里的座位并不多,间距很大,哪怕不进包房,也能确保一定的私密性。但更多的座位被安排在分散在角落里的一间间包房当中。

杜浦没费什么气力,就找到了付洋订的包房。

门半掩着,杜浦一眼望去,恰好看见付洋那微胖的身躯。老同学就是老同学,虽然多年未见,可远远地看见,那股莫名的亲切感便涌了上来。

"就几个男的,你干吗选这样一个地方……"杜浦一边推门一边笑。

可他话还没说完,只见付洋左手边,门后的座位上,坐着一个面容姣好的美女!乍一看,有点陌生,再一看,却无比熟悉。这不是范理,又是谁?!

杜浦愣在原地,立刻反应过来:原来付洋这小子在电话里说的跟我"知根知底"的人,是她!

可是,这话也没有错啊。只不过,杜浦完全没往这个方向想。他压根没想到,付洋竟然会把范理叫上,而范理竟然会接受邀请!

看着杜浦一脸蒙的表情,付洋得意地说:"欢迎欢迎!怎么了?不认识这位美女了?"

杜浦一时不知道怎么回答。他本想说"好久不见",可猛然一想:万

—他不知道我们离婚了呢？

"不对！他应该已经知道了，可又是怎么知道的呢？"

"好了，好了，别在那绞尽脑汁了，我们的事情，他都知道了。"倒是范理帮他解了围。

杜浦松了一口气，转而问道："他怎么知道的呢？"

还没等范理回答，付洋便接过话："你别忘了，范理可是我们的系花！娶了系花回家，你也不想想，背后有多少人心有不甘？又有多少人恨不得你们分开？你们的情况，不知道有多少人关注着呢！"

"瞎说什么？老同学很久没见，正好有点时间，就聚聚，别来这些。"范理冲着付洋笑道。

杜浦这才完全适应眼前的情况，也对着范理说道："好久不见了，不过，你今晚过来，怎么不提前跟我说一声？付洋这小子跟我捉迷藏，我还一直在想，这第三个人到底是谁呢？"

"跟你提前说了，你万一不来了呢？"范理问。

"噢？这么说，原来你很想见我？"

"想得美，上回在西安机场碰面，不是没怎么聊你就被一个电话给叫回去加班了嘛。今天正好聊尽兴点。"

"说得也是。"杜浦抿嘴一笑，冲着付洋说，"那就多谢老同学组局，让我们俩还能聚一聚。"

"嘿嘿！就是嘛！放松点！"付洋起身扶着杜浦坐在他右边那张椅子上。

这个包间不大，一张圆桌四周摆了三把椅子，最多可以容纳四人用餐。杜浦恰好就坐在范理对面，两人之间则坐着付洋。付洋面朝门口坐着，一看就是组局者加买单者。

杜浦这才有机会仔细打量起范理来。与上回在西安相比，范理的打扮并没有太大变化，样貌也依旧美丽，眉宇间更加增添了几分成熟，气场更强了。

付洋识趣地开始招呼服务员点菜。"你们俩有什么忌口吗？"

"没有，但她怕迷路，是个路痴。"杜浦说。

"哼,他居然怕宠物。"范理反唇相讥。

"这里肯定没有猫肉狗肉,怕什么?"杜浦再反驳。

"喂!你们搞什么?别告诉我又偷偷摸摸复婚了啊!"付洋笑道,"没有忌口我就直接点了。"

他似乎对这里十分熟悉,不用看菜单,三下五除二就把菜单搞定,荤素搭配,有汤有点心,十分妥当。

"喝点酒?"

"不了!"杜浦和范理异口同声。

付洋带着一副奇怪的表情看着两人:"你们不会是商量好了诓我吧?"

"是你发出邀请的好吗?五点半才给我打电话。"杜浦说。

"也对,也对……"付洋点了点头,"你们真不喝?"

"不喝,晚上回去还要准备路演材料呢。"范理解释。

"我晚上也要写评审意见,得保持清醒,毕竟关系到别人的前途。"杜浦说。

"行!那我也不喝,我们吃顿素的。"

"今天叫上我们,是想验证一下我们的八卦?"范理笑着问。

"别把我看扁了好不好?这几年,我分别在两次来上海出差时,在深夜的虹桥机场碰上你们,然后都在你们打不到车的时候,无私地伸出援手,把你们送回家,难道不应该为这样的缘分吃个饭吗?再说了,我们班在上海的同学本来就没几个人,要不是系花嫁狗随狗,跟着上海人来到上海,恐怕会更少吧。"付洋抗议。

"失敬,失敬!我们要敬你一杯!"杜浦举起茶杯,"这顿饭也由我来买单,虽然是你发起的,虽然你刚才狗嘴里没吐出什么好词。"

"我才不跟你喝茶呢,要喝就喝酒。"付洋故作嫌弃地摆摆手,"而且,饭钱肯定是我来结,不要跟我抢。"

"今天就不喝了,不是不想跟你喝,是晚上真有重要的评审材料要写,得保持清醒。至于饭钱,如果你执意要付,我也不跟你抢,反正,下回留给我就好。"杜浦说。

第一百四十一章 居安思危

老同学的聚会,话题总归会流向事业发展,尤其是在他们三人这样的当打之年。

"你最近在干什么?还在那家 EDA 公司负责销售和市场吗?"范理看着付洋。

"对,还在干老本行,都怪你。"

"怪我?为什么?"范理纳闷。

"还记得我当初邀请你过来吗?你要是加入,现在就已经接我的位置了,我也能有机会再往上走一步。你不来,我找不到合适的接班人,所以自己也被困在这儿……"

范理扑哧一笑:"这也怪我?我可不负责任。"

杜浦发现范理比以前更加放得开,也更加放松,他觉得挺好的。

于是,他也添油加醋:"就是,人家范理可是堂堂的基金经理,年入千万,怎么可能去干你那个辛苦活?"

当时,范理被提拔为基金经理,还给他发过微信,这让杜浦感到十分感激,说明她愿意与自己分享她的进展。

"我这个活可一点都不辛苦好吧?那次跟你不也说过吗?EDA 软件可是芯片之母,国产跟我们的差距太大,我们虽然是乙方,但所有的半导体公司都求着我们呢。"付洋不服。

"要用发展的眼光看问题,我们上回碰面时,你觉得国产的跟你们差多少年?今天呢?我们动态比一比。"杜浦问。

"呃……"付洋没料到杜浦会这样问。

他转了转眼珠子,想了一会儿,回答道:"上回差十五年吧,现在……

十年吧。十年之后,我钱也赚够了,福利好处也享受得差不多了,就提前退休呗。"

"好,那说明差距在缩小,对不对?"

"那肯定的嘛,追随者本来就比领先者要更占便宜,有成例可循,有规律可学,有成功的经验可以效仿,踩过的坑就跳过去。可是,要想追上我们,可没那么容易。要知道,上回我们碰面,至少是十年前了吧?十年才追赶了五年的差距。"

"我觉得,国产软件的加速度会越来越大的,以前是重视不够,资金不到位。半导体是个资本和知识双密集型的行业,有点像我们的民用飞机,只不过以前没这个条件,或者认识不够,现在,随着国家和资本不停地砸钱,用不了几年,你就没那么舒服喽。"杜浦说着,又问范理,"对不对,基金经理?"

"是的,我们自己的基金都投了国产半导体的企业。"范理说。

"真的吗?哪些股票?"付洋笑着问道。

范理瞪了他一眼,没有回答。

"喂,她怎么可能告诉你,这可是不合规的。老同学,我真心劝一句,早点想想下一步怎么发展。靠着外企的领先优势躺着赚钱的时代已经要过去了。或者说,对于很多行业来说,已经过去了。EDA 软件门槛高,或许这个过程还需要几年,但一定不会太久,如果不提前做准备,你会很被动的。今天我刚得知,我们一家美国供应商就再次裁员,他们的中国区员工不得不寻找出路。"杜浦真诚地说。他把利佳宇航和林琪的事拿出来当例子。

"是的,外企永远不可能把核心技术放在中国做,而你的销售和市场技巧其实更多是依靠产品本身的垄断地位,并非你自己的努力或者能力。我这样讲,你别生气啊,都是老同学,我是为了你好。"范理的这番话,倒让杜浦感到又惊又喜。几年前,她可从来不会说出这样的话!

听了两人的话,付洋自嘲道:"我请两位来吃饭,是八卦八卦,叙叙旧,可不是来听你们一唱一和上课的啊!"

"不敢,没有这个意思,但我刚才说的,的确是肺腑之言。虽说家丑不可外扬,但都是老同学,我也不妨说说,最近我的体验格外深刻。我们被美国制裁之后,所有的国外供应商,包括有外资股份的合资公司,只要他们的技术和产品里含有任何'源自美国'的成分,都必须向美国商务部申请出口许可,才能给我们供货,你想想,这不是卡脖子,什么是卡脖子?美国现在还没有对 EDA 软件实施这样的制裁,但万一明年也这样干呢?你觉得,到那个时候,你还能潇洒地卖东西吗?"杜浦耐心地解释。

"这个……"付洋一下子愣住了。

"到那个时候,哪怕国产 EDA 软件比你们落后十年,只要不是太烂、太差,只要能用,也一定会在国内得到铺天盖地的应用。以国内市场的体量,加上中国人的聪明才智,通过充分应用后的软件,迭代速度可不是一般快,到时候,不管美国是否放开管制,什么时候放开,都已经没有意义了。"

听完杜浦的话,付洋的嘴巴张得更大。

不过,他很快恢复了那副百无禁忌的表情,一边吃菜,一边把话题岔开。

杜浦也见好就收,没有再揪着这个话题不放,而是顺着付洋扯点有的没的。

晚饭并未延续太长时间。

付洋爽快地结账。

三人从小楼楼顶的餐厅里走出来。

吃完晚饭的人们,开车的开车,打车的打车,坐地铁的坐地铁,慢慢散去。各大餐厅和商店里的热闹也逐渐平息。

"付洋,谢谢你的晚饭,今天聊得很开心。我跟范理的建议,你也好好考虑考虑。"杜浦说道。

"好,我都听到了。不过,人各有志,我理解你现在的沮丧,你也要接受我现在的风光。"付洋说。

"我希望你一直风光下去,真的。"

"要不要去酒吧喝一杯?"付洋邀请。

"不了!"杜浦和范理异口同声地回答。

"差点忘了,你们都有事。"付洋一拍脑袋,"行吧,我走几步就到酒店了。"

"好,那就再见啦。"杜浦挥挥手。

付洋依依不舍地看了范理两眼,然后往旁边的酒店走去。

杜浦和范理两人站在原地,都没有挪动步伐。

"还要急着赶回去写路演材料?"杜浦问。

"嗯……其实也没那么急……你呢?要去写评审意见?"

"我也没那么急。"

两人都忍不住笑了。

"那……边走边聊会儿?"杜浦建议。

"好啊。"范理爽快地答应了。

"一切都还好吗?"

"都好啊。"

"宁宁呢?我最近一直忙,也有一阵没看他了。"

"他挺让人省心的。"

"那就好。"

"他似乎也不怎么想你。"范理笑道。

"我陪他陪得太少,要是想我,那就怪了。"杜浦摇了摇头。

两人都沉默了一阵。

他们心中都有很多话,可是在这个夜晚,却不知道如何说出口。他们曾经一起度过了很多年,但那些年的点点滴滴被这几年的分离所阻隔,积累在某个地方,久而久之,便沉寂了,如同死水一般,直到两人再度重逢时,蒸发成为彼此相对双眼中的薄雾。

"不跟你闲聊了,时间不早,早点回去吧。"

还是杜浦打破了沉默。

"好,我今天没开车,就叫个专车走,你呢?"

"嗯,等你车子到了,我看你上车,我再坐地铁回去。"

范理叫的专车很快便到了。

"你也早点休息吧,保重身体。搞大飞机是个马拉松,现在是最艰难

第一百四十一章 居安思危 | 537

的时刻,挺过去就好了。"上车前,范理对杜浦说道。

看着范理的曼妙身姿钻进车里,目送车缓缓而去,杜浦感到心中一阵悸动。"她以前似乎从未跟我说过这样的话……"

真要失去了才知道珍惜吗?

当你再去珍惜曾经的失去时,它还是曾经的样貌吗?

第一百四十二章　有选择，才有选择

杜浦已经记不真切，自己有多久没跟阚力军面对面地交谈了。大约是他去阎良之后就再也没好好聊过？所以，当这次的 C595 项目例会结束，阚力军向他走来时，他也走上前去。

尽管才两三年没近距离观察自己的这位长辈，杜浦却悲哀地发现，阚力军看上去比上回大会上远远望去时仿佛老了十岁。

人的衰老真是一瞬间发生的，而不是线性的衰减。更何况，还有美国制裁这个重压。杜浦不敢想象，如果自己是阚力军，将如何熬过这每一天。

阚力军的头发已经大幅花白，眼神虽然依旧坚定，却闪现出一丝疲惫，眼角和脸颊的皱纹根本藏不住，稍微说笑，幅度不用太大，便都褶了起来。

"杜浦，好久没看到你了，你现在管航电部，担子很重啊！"但他的声音依旧中气十足。

"阚总好，惭愧惭愧，看来是我汇报工作不够积极。这次要不是娣飞总和王慧又在出差，我也没机会代她们来参会，更没机会碰上您了。"

"你什么时候也学会这些虚头巴脑的东西了？"阚力军笑道，"从型号线到行政线的感觉如何？是不是不用为 C595 操心啦？"

"哪有的事！"杜浦连忙摆手。他最怕的就是这些领导认为自己不管 C595 了，上回张燎也这么调侃他。

"那就好！你可是 C595 型号培养出来的骨干，又是根正苗红的航三代，可不能在现在这个关键的时候掉链子！否则我分分钟就去找你爸，去祭奠你爷爷的时候也说你的坏话。"

"阚总说笑了！我在全力支持娣飞总和孟主任搞供应链国产化的事情。"

"那就好，这是现在最重要的事，也是最紧急的事。目前我们这个C595基本型号，供应商都已经选定，只能期待这帮国外供应商和合资公司一个不落，都获得美国的出口许可，项目才能整体往前推进。但是，我们的衍生型一定要为上国产的系统和产品做好充分准备。"

"不过，还是有积极和鼓励人心的进展的，刚才您会上也介绍了不少。我相信，大家能够咬牙挺过去。"

"你能这么想最好，这不容易，真的不容易，我当年从客70项目过来，有无比深刻的体会。但是，只要你们这群中坚骨干有这个决心，年轻一代有这个决心，未来一定属于我们！"

"请您放心！我们现在都憋着一口气呢！"

"对了，我们俩虽然很久没见，我跟你老子倒是喝过一顿酒，那时候，他给我出了一些主意，我想看看，你是怎么认为的？"

"我也正准备汇报这事呢！我跟我爸聊过国产化的事情，他当时说一定要'饱和式救援'。"

"对，就是'饱和式救援'！说说看！"

"我觉得，我们不应该只去找中工航那样的兄弟单位，当然，他们肯定是靠得住的，可他们毕竟资源有限，还承担不少国防建设的重担，肯定给不了我们所要的全部支持。我认为，这几年资本市场也好，国家的产业基金也好，都开始聚焦高科技领域和解决卡脖子问题，一定有不少有情怀、有想法的民营企业愿意进入我们这个相对封闭的行业来贡献力量。"

"嗯，欧阳和小孟他们也考虑到这些了，不过，他们人手有限，要在全中国寻找新的供应商，可不是一件轻松的事情。"

"我倒是有些更加具体的想法。"

"是吗？说来听听。"

"复合材料和发动机我不了解，如果只看机载系统，无非是航电、飞控、电源等几大核心系统，在这些领域，别的高端制造业是否有企业家愿意进入呢？我觉得是有可能性的。比如，中兴、华为那样的电信企业完全可以搞航电。从技术上来看,我认为他们完全没问题,只不过,他们未必看得上我们这个小众市场。"

"市场虽然是小众,但意义很大。"

"对的,不能只看经济价值,或者说,不能只看狭隘的经济价值。"

"这就需要一些政策的引导,让投资人在力所能及的前提下,考虑考虑投入这些回报或许没那么大,回报周期也长的领域。你是这个意思,对吧?"

"嗯,是时候了。容易赚的钱,赚得快的钱,已经赚得差不多了,是时候去啃硬骨头了。我有一个朋友是基金经理,她都意识到这样做的迫切程度。"

杜浦并不想告诉阚力军自己离婚的事,或者说,哪怕阚力军从杜乔那儿得知了,他也不想去主动提起。干脆用"一个朋友"来代指范理吧。反正,她现在已经是前妻了,也是"一个朋友"啊,没毛病。

会场的人已经走得差不多。

阚力军的秘书从不远处走过来:"阚总,我们还要回总部开个董事长的会。"

"好,马上走,我跟小杜再说几句。"

他看着杜浦:"你说得很好,我想,我们会往这个方向去做的,我们都认为这是一条正确的路。不过,你还记得十年前,不,十几年前问过我的问题吗?"

杜浦一愣:"十几年前我问您的问题,您竟然还记得?"

"我没那么好的记性,呵呵……"阚力军笑了笑,"我之所以能记住,是因为除了你之外,还有很多人跟我探讨过同样的问题。"

"什么问题?"

"就是,到底什么才是真正的国产大飞机,还记得吗?"

"啊……是的!"杜浦想起来了。

在那个时候,好些年前,这个问题常被拿出来辩论。

"当时我的答案很简单:拥有我们自主知识产权的大飞机,便是国产大飞机。什么才算拥有自主知识产权呢?飞机整体是我们设计的,指标是我们规定的,给供应商的需求是我们给的,我们拥有飞机的品牌,这便是拥有自主知识产权。民机产业是一个早就全球化的产业,我今天依旧认为,我们不可能也没有必要每一个零件都亲自去做,都放在国内做,而把国外的供应商排除在外……"

"嗯,除非他们不跟我们玩。"杜浦忍不住插嘴。

"对,也不对,我相信他们都是愿意跟我们玩的,但美国政府不想他们跟我们玩,他们也不得不遵守。然而,美国政府是会换届的,我不相信他们会永远不让这些供应商跟我们玩。"

"阚总,这一点,我不同意,万一他们真的就封锁我们一辈子呢?"

"我还没说完,我为什么不相信呢?因为,只要我们真的具备了那些能力,他们发现制裁无效的时候,发现想再卡脖子,却怎么都抓不到脖子的时候,他们就会让他们的供应商继续跟我们玩的。"

杜浦终于明白了阚力军的意思。

当我们只有全球化和国际化一个选择的时候,选择它并不能证明什么。就如同一个弱者不去打家劫舍,并不能证明他是个善良的人一样,他或许并不善良,只是没有能力而已。而当他足够强大,可以呼风唤雨的时候,依然选择与人为善,才能证明他是真正的善良。所以,有本土供应链基础,可以做到自主可控,同时又依旧选择全球化和国际化,才是真正的全球化和国际化。

在这一点上,C595 大飞机也好,外高桥的邮轮也好,张江的芯片也好,宝山的汽车也好,甚至遍布上海的生物制药企业也好,其实并没有什么区别。

杜浦不禁想起父亲那天晚上酒后的话,当时,父亲用了项目管理当中的一个概念,叫作"关键路径"。现在看来,阚叔叔想表达的,也是类似的含义吧!

第一百四十三章　游说

叶梓闻正在办公桌前处理邮件,只见门口走进来一个女人。

"孔姐?什么风把你吹来了?"

是孔薇薇,他曾经的师父。

"这不来客户这里学习嘛,一起讨论讨论座舱显示系统还没解决的一些技术难题。"孔薇薇笑道。

"少来这套!有求于我们的时候,我们就是客户;想甩锅给我们的时候,我们就是合作伙伴。"叶梓闻也笑。

"哈哈哈,小叶,你这话说得真毒。"

"难道不是吗?不过,我相信我们两家可以在项目最关键的阶段合作好的,过程中有些磕磕碰碰倒也正常。"

"你能这么想,再好不过了。我们的目标当然是一致的,为了C595项目的最终成功。"

"孔姐,多谢你上回对我的提醒,我后来也跟团队说了,做事归做事,责任归责任,属于我们中迪航电的责任,我们义不容辞,但如果不是我们的锅,我们坚决不背。碰到灰色地带,我们作为一级供应商,也应该有些担当。"

"嗯,思路很清晰。"孔薇薇点了点头。

她盯着叶梓闻,也终于适应了他新的短发发型。上回第一次看到他剪去长发时,她也大吃一惊。

不过,人长得帅,其实长发短发都一样,哪怕剃个光头也是光彩照人。

"孔姐还有什么事吗?"叶梓闻见孔薇薇站着不动,也不说话,只是盯着自己,便问道。

"还真有一件事……"她转身把办公室的门关上,问道,"你们这办公室隔音效果怎么样?"

"挺好的,只要你别在这里唱歌就行。"

"都什么时候了,你还有心思开玩笑。"

"嗯?"叶梓闻一愣,他看到孔薇薇的神情突然变得十分严肃。

"你们的状态很差吧?"

"我们的状态?什么状态?"

"你们中迪航电的士气啊,你自己的士气啊。"

"啊……"叶梓闻一惊,心想:"她怎么知道?"

"你看,被我说中了吧。没什么好隐瞒的,美国这个制裁一出来,合资公司的处境就很尴尬,这个地球人都知道。中商航已经在找我们和国内很多家企业加速搞国产化了,这个,想必你也知道。"孔薇薇没拐弯抹角,"你们有好几个人都跳槽去了我们那儿,我也听到很多关于你们内部的八卦与吐槽。"

"唉……"叶梓闻叹了一口气。

的确,孔薇薇与他知根知底,也没什么好隐瞒的。于是,他把目前中迪航电的情况也简单跟孔薇薇说了说。

"果然,跟我听说的差不多。小叶,我不想马后炮,不过,你还记得,当年你非要来中迪航电的时候,我可是劝过你的。"

"我记得,但我并没有后悔出来,尽管公司现在有各种问题。"

"你们最大的问题,就是可能没有前途了。在启航的时候,你们是一艘豪华的万吨巨轮,面对着整个太平洋浩瀚的海水,可是,现在却进入了一条满是冰盖的航道,路越来越窄,你们却没有破冰的决心与能力。"孔薇薇一针见血。

"不,我不认为我们没有前途,只不过进入了一段非常危险的水域罢了。我不认为封闭地搞内循环是一条好出路,这也是为什么国家一直强调的是双循环,而不是内循环。"

"你想搞双循环,但人家美国人不让啊。你就告诉我,中迪航电还能做什么?想搞一套完全不受美国出口管制的产品?你们的管理层那么多美国人,还有美国分公司,那些人会同意?真同意了,他们的饭碗往哪儿放?就算同意了,你们想搞的东西,万一我们也想搞呢?你觉得你们的董事会会支持吗?"

"我们的董事会,当然会支持我们。"

"你们的董事会,有一半成员都是中工航的领导,在他们眼里,你们只是他们50%的子公司,而我们,是他们100%的子公司和下属单位。"

孔薇薇这句话让叶梓闻浑身一震。杨元昭在前不久也跟他说过类似的话。

"听上去……"叶梓闻苦笑,"我们只是个庶出的混血,你们才是正出的嫡子?"

"这可是你自己说的啊。"孔薇薇也笑了。

"不,这些天我也在思考这个问题,的确,不利条件很多,我在内部推动也是四处碰壁。但我们其实还有两条路可以走的:第一,继续在现有的、基于美国技术的产品上深化开发,做出下一代,这样的话,产品依旧是国内领先的,只不过,如果中商航一直被放在MEU制裁清单上,我们又要给他们供货的话,每次都需要申请美国的出口许可证;第二,说服管理层做完全不受出口管制的,同时中工航下属单位也没兴趣去做的产品。"

"你很尽责,可是,在我看来,都不成立。第一条路,如果你们真的想这么做,过去十年为什么都没去做呢?过去十年,在外部环境都还不错的时候,你们都没去发展下一代产品,现在能行?你们的管理层已经成了迪森斯的养老院,不是吗?你能指望他们在这个时候奋发图强?"

叶梓闻闷不作声。他不得不承认,孔薇薇说得有道理。

"再说了,就算你们做出了下一代,如果到那个时候,美国又出一个政策,像封锁华为一样封锁中商航呢?也就是说,你们的产品连申请出口许可证的机会都没有。到那个时候,一个注册在上海、全公司百分之九十的员工都是中国人的企业做出来的东西,却不能卖给中国客户,那种荒诞与绝望,你真要去经历吗?"

"我们可以卖给海外客户啊。"叶梓闻不死心。

"海外客户?谁会买你们的?利佳宇航的不香吗?迪森斯自己还要

做海外市场呢,你们要去跟母公司抢吃的?你们也配?"孔薇薇的话越说越犀利,每一个字都像一把刀一样扎进叶梓闻的心里。

"你刚才说的都是最极端的情况,但那种情况不一定会发生。只要它不发生,我们可以熬几年,把下一代产品做出来,等到中美关系缓和了,依然会有机会。"叶梓闻不服气。

"对,这是一个大前提,我同意。没准还有一种更乐观的情况,也许明年中美关系缓和了,美国把对中商航的制裁取消了呢?不过,这个大前提太脆弱了,而且我们自己完全无法掌控,如果我是中商航,我可能不敢把你们作为选项,或者即便选了你们,也会找一个国产的备份,就像C595的现状一样。"

叶梓闻沉默了。认识孔薇薇这么多年,他第一次发现,自己曾经的师父比之前要厉害得多。那是肯定的,都过了十年时光,难道只准他蜕变,不许别人成长吗?在中迪航电待久了,自己是不是也不自觉地沾染了一丝傲慢气息?

第一百四十四章　何去何从

"至于你刚才说的第二条路,基本没有可能。"孔薇薇并没有打算给叶梓闻喘息的机会。

"为什么?"叶梓闻不甘心。

"中工航几乎有所有的机载系统能力,应该没有哪个系统是我们不想去做的。"孔薇薇淡淡地说道。

"中工航想去做和有能力去做,是两码事。有些系统和产品,你们可能具备了相当的基础和积累,实现起来难度相对更小,自然可以去做,但还是有不少本身就存在差距的。这样一来,如果我们利用这十年的经验积累,完全可以把这些产品做出来,成为你们的有机补充。"

"理论上,这是一条路。"孔薇薇点了点头。

"对啊,所以,天无绝人之路。"

"可是,你认为你们的管理层有这个决心和速度去走这条路吗?"

"有也罢,没有也罢,如果只有非常有限的选择,就只能突围了,不是吗?"

听到这里,孔薇薇没有继续与叶梓闻争辩,而是静静地盯着这个短发青年。过了好一会儿,她才缓缓地说:"小叶,你跟我说的这一切,你自己相信吗?你认为它们发生的概率有多大?"

"哪怕只有百分之一的概率,也应该用百分之百的努力去争取。"

"那你为什么不用这百分之百的努力去干一件百分之百概率的事情呢?"

"啊?你的意思是?"叶梓闻一下没反应过来。

"回到所里来吧!"孔薇薇终于说出了这句话。

在那个晚上,跟丁真聊完之后,他们又一起去找了李澄和桂明,向两位所领导汇报争取叶梓闻回归的事情。

"嗯,小叶是个不可多得的人才,也算是我们培养出来的,他如果能回来,自然好,可是……我之前做过他的工作,他还是选择留在中迪航电,这一次,你们有把握吗?"李澄问。

"所长,时过境迁了,现在的中迪航电处于怎样的状态,您作为他们的董事,应该比我更清楚才是。与其让他在那儿夹缝中求生存,为什么不让他回来施展拳脚呢?"孔薇薇说。

"好啊,我们的策略是什么?"

孔薇薇和丁真便把两人此前讨论的方案讲述了一遍。

"薇薇啊,牺牲自己的做法我并不提倡,但如果你真的考虑好了,并且愿意一试,我肯定是支持的。"李澄表态。

"嗯,既然所长发话了,你们就去试试吧。"桂明补充道。

现在,面对叶梓闻,孔薇薇终于说出了自己这次来的目的。

叶梓闻听了这几个字,完全没有思想准备,整个人愣住了。自从几年前婉拒了李澄的邀请之后,他一直都认为,自己回上航所的通道已经关闭。的确如此。那次之后,整个中迪航电只有他一人是当年上航所派来的人。而近几个月从公司离职,加入上航所的,都是过去几年的社招,并不是原本的上航所人。他从未想过,自己有一天还有机会回去。

"我知道这个邀请有点突然,不过,这是我自己心底真实的想法,也是所长的意思,我们都觉得你在这里太可惜了。"孔薇薇见叶梓闻没吭声,继续说道,"待遇什么的都可以谈,至于职务,如果你真愿意回来,我可以让位,由你来做项目经理,我给你当副手。"

听到这段话,叶梓闻瞪大了眼睛。他完全没想到,孔薇薇竟然愿意这样做!所里这次真是诚意十足!

"孔姐,非常感谢你,感谢所长。说实话,我从没有考虑过这样一个可能性,我还以为自己肯定不会有机会回去了。"叶梓闻这才说话。

"怎么可能呢?我们一直都很看重你的。你别忘了,当年你可是所里从西工大特招回来的,对于人才,我们必须要留住!再说了,怎么可能没机会回来?退一万步,哪怕不以曾经的员工身份回来,你从中迪航电离职,也一样可以加入我们啊。"

"嗯,真的很感谢你们……但这个邀请太过突然,容我思考两天可以吗?"

"当然可以,我今天也没指望你马上提交辞呈啊。"孔薇薇笑道。

"谢谢孔姐。"

"好了,我今天找你,就是这事。但是,刚才不跟你说那些背景,一上来就说这个,估计你也会感到突兀,所以,我先跟你探讨探讨目前的局势。"

"我了解,我觉得我们聊得很好,你也帮我开拓了不少思路。"

"好,那你想想,随时联系,我走了。"孔薇薇冲着叶梓闻笑了笑,便起身离开。

叶梓闻静静地坐在椅子上,一动不动,也无心继续办公,而是仔细地在脑海中回放着孔薇薇刚才的话。

每一句都很震撼。可以想象,她做了多充分的准备。

她甚至愿意让位给自己!

叶梓闻的思绪又回到了十多年前他刚刚进入上航所时的情形。那时候的他,还留着长发,一副不知天高地厚的样子,一去就跟师父丁真闹僵了,还为了到中迪航电来,闯进所长孟树人的办公室。

现在,在外兜兜转转十几年,又要回去了吗?要不要回去呢?能不能回去呢?师父做出这样的让步,自己到底忍不忍心呢?叶梓闻从未像现在这个时刻这样纠结过。

这些年,他时不时能够接到一些猎头的电话,问他要不要去行业内的一些头部企业——都是些外企,都被他拒绝了。

"外企在中国的团队都没有话语权,去了只是个空架子。"他不止一次地跟猎头说。

他想干实实在在的、有挑战性的事情。这是他的初心,就如他毕业时在系主任祝以勤办公室表达的那样。

"中国历史上从没人干成过的事情。"当时,祝以勤用这句话将他忽

第一百四十四章 何去何从 | 549

悠进了 C595 项目。

这十几年，尽管从技术做到了项目管理，他自认为并未偏离当初的愿景。因为，民机产业的落后，是整个产业体系的落后，并不仅仅是技术。而他跟中迪航电的同事们一起，的确填补了很多空白。只不过，现在看起来，这些空白还远未达到填满的阶段时，机会可能就要丧失了。

我留下来的话，还有用武之地吗？

第一百四十五章 东海之滨

2020 年底的时候,大家都盼望着 2021 年会更好一些。现在,到了 2021 年底,似乎所有人都希望,2022 年别变得更糟就好。

被新型冠状病毒反复摧残的航空业,到了元旦之前,似乎稍微恢复了一点元气。

浦东机场里的游客数量与新型冠状病毒之前虽然没法比,却也不能算是冷清了。

叶梓闻拖着拉杆箱,在航站楼里慢慢地走着。他休了十天假,原本打算回一趟老家探望探望父母,却没想到几天前西安的情况急转直下,整座城都被封了。按照他本来的计划,休假期间,正式告知父母自己马上要离开这家曾经让他们感到无比骄傲的合资公司了。现在,计划又被打乱。

于是,他干脆转头买了张去三亚的机票。

叶梓闻正走着,突然发现前面一个高大的背影很是熟悉。再走近一看,竟然是杜浦!杜浦也是一个人拖着个行李箱,脚步并不急,似乎也不忙着赶路。

叶梓闻冲上前去,重重地拍了拍杜浦的肩膀。

"怎么是你?"杜浦也又惊又喜。

"你这是去哪儿?"叶梓闻问道。

"哈尔滨。"

"我们俩这真是一南一北啊!"叶梓闻笑道,"我去海南。"

"你这一看就是去度假的吧?我可是去干活的。"

"嘿嘿,好些年没休假了……"

叶梓闻原本打算等一切都尘埃落定之后,再跟杜浦说自己即将回到

上航所的事情,可又怕万一他从别人口中听到,一定会怪罪自己,于是,略微犹豫之后,还是缓缓吐出几个字:

"我要回去了。"

杜浦一愣:"回去?"

但是他马上领会了叶梓闻的意思,睁大双眼问道:"真离开中迪航电了啊?"

"是的。"

"为什么?"这句话刚问出口,杜浦便又笑着补充道,"不用回答,我想我知道。"

叶梓闻抿嘴一笑。

"只不过,回去的话,工作风格和整体环境氛围你恐怕还是需要适应一段时间吧,毕竟上航所不是外企。我记得,当初你想离开那儿到中迪航电,也多少有些这方面的考虑。"

"嗯,年轻的时候总觉得那些光鲜的外表很重要,可是,到现在,我只想干一些事情,能够自主地干一些事情,而不是被一种看不见摸不着,却又让人无比压抑的力量给废在原地。"

杜浦点了点头,脸色严肃片刻之后,转而调侃道:"你那长头发剪的正是时候,否则,他们未必愿意接收你吧。"

叶梓闻瞪了他一眼,反问道:"话说你为什么要去哈尔滨?你们试飞也不在那儿呀。"

"节后我们在哈尔滨组织了一个自然结冰试验攻关会议,国家气象局等好几个部门的专家也会去,专门探讨如何在我国境内或者附近寻找适合做这个试验的气象条件和场景,省得万里迢迢飞到五大湖去。"

"噢……"叶梓闻知道这个飞行试验,难度挺高,关键是要追着气象条件,看老天爷的眼色。"上回听你提起过,不是说国内已经做过好几次调研,发现找不到合适的条件吗?"

"嗯,后来我们又经过一些分析,发现还是有进一步探索空间的,比如阎良附近的天气就曾经出现过合适的状态,但是,依然很难抓住。我们的空域主要由空军控制,所以民机在做飞行试验时只能在限定的区域当中。

可气象条件不受这个限制啊,万一在限定的区域之外出现了呢?我们能不能立刻飞过去?这些问题都是要跟多个部门协调的。这次在哈尔滨的会议,也是这个目的。"

"加油!等你的好消息。"

两人肩并肩继续往前走,到了一家咖啡店门口。

"不急着登机吧?请你喝杯咖啡。"叶梓闻说。

"好的啊,我不急。主要是很久没出差,还有点小兴奋,便来早了。"

两人放好行李箱,占了一个靠边的座位。

"还记得四年前的浦东机场吗?"叶梓闻问。

"记得,怎么不记得,我这辈子都记得。"杜浦当然知道他说的是什么。

"首飞的时候,我给你打电话,你竟然不在跑道旁边,那时候我是真觉得你窝囊。"

"有什么窝囊的?对型号有大贡献的人多了。"

"那个时候,你会想到,直到今天,我们的飞机还没有完成适航取证吗?"

"说实话,没有。我当时甚至觉得,去年就能拿下来。"

"我们都低估了这件事情的难度。"

"是啊……不过,只要这是一件正确的事,再难也得做,不是吗?"

"对,这层窗户纸必须要捅破。"

"你觉得什么时候我们可以真正交付给航空公司,在这个机场的停机坪上看到各种涂装的C595?"

"我很难说出一个具体的时间。但是,我觉得,把一件事情放在未来一两年的时间维度当中,我们往往觉得它不会发生,或者仅仅是龟速前进,可是,如果放在十年的刻度上,它的发生又往往比你预料的快很多。"

"我同意。不过,我相信今年我们能够适航取证,完成第一架飞机的交付。"

第一百四十五章 东海之滨 | 553

第一百四十六章　四次穿云

自从浦东机场一别，杜浦已经有个把月时间没见到叶梓闻了。

老天不负有心人，哈尔滨会议之后，虽然东北方向没有新的突破，反而是位于阎良的外场试飞团队终于把握住了转瞬即逝的机会，飞机四次穿云之后，终于遇上符合试验要求的气象条件，首次完成了自然结冰试验，实现中国民机领域自然结冰试验的历史性突破。

当获知这个消息时，杜浦正在上研院的办公室里伏案加班。

他还没来得及从椅子上跳起来，手机便响了。

杜浦瞥了一眼，是张燎的电话。

"他肯定是来报喜和炫耀的……"

果然，电话一接通，话筒里就传来一阵激动得失声的声音：

"杜部长！小杜！自然结冰搞定了！"

还没等杜浦回话，电话那头的声音竟然变成了一阵号啕大哭。

杜浦觉得自己鼻子也在发酸，却又忍不住想笑。

他多希望自己此刻能够身处阎良，站在张燎身旁，然后，笑着看着自己的老领导在自己面前表演失态。

待到张燎情绪稳定下来之后，杜浦才说道："张总，真不容易，除了恭喜，我实在想不到别的词来形容我的心情……如果我在阎良，今晚一定陪您一醉方休！"

"你小子跑不了的，我会记着账！等着吧！"

"没问题，随时欢迎您来上海！"

"说真的，我们都要放弃了，没想到今天老天开眼，你知道吗？我们的飞机穿云四次，四次啊！简直媲美四渡赤水！"

两人又感慨了良久,一直聊到话筒发烫,才挂掉电话。

杜浦长长地舒了一口气,原本打算欢呼雀跃,此刻却只想瘫倒在椅子上。

他想好好睡一觉。

虽然试飞早已不在他的职权范围,但几年前在阎良的那一段经历,让他刻骨铭心。

而这次自然结冰试验的成功,不但实现国内"零"的突破,更重要的是,让适航取证道路上最后一个难以掌控的必要条件得到了满足。

接下来,民航局肯定还需要安排正式的审定试飞,但既然能够找到这样的气象条件,就意味着它具备重复性,只要一鼓作气,趁着冬天还未过去,一定可以完成。

这样一来,年内完成适航取证大有希望!

几分钟之后,当他从椅子上重新站起来的时候,手机里的各大微信群里的未读信息已经有 80 多条。

就连平时很少在群里发言的阚力军都连发了三个表情包,还是 C595 定制款。

杜浦这才想到给叶梓闻电话。

他要分享这份喜悦。

电话接通后,他还没来得及说话,叶梓闻就说道:"恭喜恭喜!看来今年之内取证没问题了。"

"你知道了?"

"谁不知道?"

"可是刚才张燎总还跟我说让我低调,目前也只是公司内部的微信群里在疯狂庆祝,我是看在你的面子上,才想先跟你分享分享。"

"我知道,毕竟审定试飞还没飞嘛,还存在变数。只不过,这种好事情怎么可能瞒得住?当然,你放心好了,我并没有到处乱讲。"

"这还差不多……改天我们一起庆祝一下。"

"那还是喝我们西凤吧,毕竟是在阎良追到的冰。"

"喝什么都行!"

第一百四十六章　四次穿云

聊到这里，杜浦似乎想到了什么，转而问道："元旦的时候你说你要回上航所了，后来一直忙着，也没机会碰面，回去之后还适应吗？"

"没什么不适应的。不过，我也还没有完全回去，这几周在做工作交接，今天恰好是在中迪航电的最后一天，刚才把所有工作交接完。"

"他们估计很后悔放你走。"

"谈不上后悔不后悔，中迪航电里的任何岗位都不是不可或缺的，包括艾吾为那个位置。"

"回到上航所之后干什么呢？"

这也是杜浦很关心的问题，上次时间仓促，没有问及。

"还是干项目经理。"

"那之前的孔薇薇呢？据说她还曾是你的师父？"

"孔姐对我很好，她甚至愿意让位于我，做我的副手……不过，好在李所还是挺有格局的，把她调动到另外一个型号上做项目经理了。否则，我会非常愧疚。"

"是啊……她真是个大气的人，但你们所领导也不简单。"

"你给我打电话应该不是仅仅聊这些的吧？"叶梓闻问道。

杜浦一愣，笑道："我的初衷还真是这个。不过嘛，既然你提起来，我想问问，我们航电那几个工作包进展如何啊？"

"我干吗提醒你，我真是贱。"

"少废话，说吧，可别再出什么幺蛾子。现在自然结冰试验都突破了，如果航电再搞出点事情，我的责任可太大了！"

"娣飞总都没你那么急吧。"

"谁说的！她当然急！只不过，她很有涵养，很多时候，心里惊涛骇浪，表面却云淡风轻，负面情绪很少传递给团队。"

"好好好，那你们就放心吧，除了迪森斯的飞管依然让我提心吊胆，其他的都还好，支持适航应该没问题。"

"话说回来，是不是今天一过，飞管的问题就不应该找你了？"杜浦这才反应过来。

"嘿嘿，的确如此……我就只管座舱显示了。不过，如果你需要我帮忙,还是尽管盼咐,毕竟,迪森斯的那帮人我还认识。"

"当年你在中迪航电的时候,作为他们名义上的客户,管理他们都够呛,现在你们没有任何关系,只是平级的供应商,他们会听你的?"

"……"

叶梓闻不得不承认,杜浦说得有道理。

不过,无论如何,随着一个问题一个问题的解决,一个难关一个难关的攻克,通向阶段性终点——适航取证之路,已经越来越清晰。

那条建设了十几年的关键路径,也终于要告一段落。

第一百四十七章 最后的冲刺

很多时候,要做成一件事情,就差一层薄薄的窗户纸。

而阎良外场试飞团队终于把自然结冰试验的窗户纸捅破了。

杜浦的判断没有错。

很快,民航局的试飞员便正式加入,花了一个多月的时间,在陕西和甘肃上空都截获了自然结冰云区,完成了多次审定试飞。

尽管对于试验的原理已经了然于胸,当看到试飞现场发回来的照片时,杜浦还是感到深深的震撼。

灰暗的天空下,C595飞机那白色的身姿无比矫健,但仔细一看,机翼的四周全部布满了冰。

这些冰的厚度达到了三英寸厚,它们像一层厚重的铠甲,附着在机翼上。而在这样的条件下,试飞员依然需要驾驶着负重飞行的飞机,完成大机动盘旋等多种空中动作,还要进行各种构型的失速试飞。

真正意义上的负重前行,还是在几千米高的天上。

而试验的成功,证明了飞机在带着三英寸冰的条件下,依然具备稳定的操控能力和安全飞行的能力。

就为了这么几张图,无数人付出了多少的辛劳和汗水!

而试飞员更是冒着生命危险在实现各种极限操作。

这次,杜浦没有给张燎打电话,而是发了一条长长的微信语音:

"多谢啊,同喜同喜!我们的酒已经有两顿了,只不过,估计要等到适航取证之后才有时间兑现吧。更何况,自然结冰试验之后,还有最小离地速度试验等挑战呢,还是保持平常心吧!"

张燎的回复也是语音,明显要比上次冷静许多。

杜浦还未来得及继续说话,王慧便匆匆忙忙地从门口闯了进来。

"怎么啦?"杜浦问道。

"紧急会议,董事长召集的,我们赶紧去院里的大礼堂!"

说罢,她便转过头离开,朝着走廊里的其他办公室跑过去。

杜浦下意识地站起身,穿上外套,拎起一只口罩,快步走出办公室。

从办公楼走到大礼堂,还有一段距离,而且是在户外。

上海冬天的风虽然不像北国那么呼啸凶猛,却也凛冽异常,还裹卷着湿气,是物理与魔法的双重攻击。

杜浦紧紧地将外套裹住身子。

现在依然是在疫情期间,千万不能感冒发烧。

当他赶到大礼堂的时候,里面已经坐了不少人。然而,因为要保持安全距离的关系,相比整个礼堂的容量,还是显得稀稀拉拉。

主席台上是院领导的位置,名牌已经摆好,但人还没到。

视频会议系统里则呈现出从中商航总部到其所有下属单位的会议室情景。

"看起来是一个全公司动员大会,多半与适航取证相关。"

杜浦想着。

果然,当领导们都纷纷入座,整个大会正式开始之后,很快,董事长就切到了这个主题:

"同志们,我们的型号进入了最关键的阶段,却也面临着最艰难的局面,我们不但要抵御供应链的不确定性,还要面对疫情的影响……但是,国家在看着我们,人民在看着我们,我们的航空公司客户在等着我们,局方对我们也很支持,我们没有任何理由在这个时候掉链子……为了将我们的适航取证工作完成,我们将采取强力措施,并且提供充分保障……"

杜浦屏住呼吸,一字一句地听着视频里董事长的发言,想着:"最后冲刺的时候到了……"

动员大会之后,很快杜浦便接到了通知:为了应对疫情带来的不确定性,上研院所有部长及以上干部要常驻院里办公,除非特殊情况,否则不得回家。院里的宿舍与食堂将提供全天候的后勤保障。

听完这个消息,他感受到了前所未有的压力,但同时又有一丝小小的兴奋。

院里那些宿舍,我还从未去住过呢!

当天晚上,他就在家里打包行李。

"现在出差啊?去哪儿?要不要隔离?"母亲问道。

"去院里出差。"杜浦眨了眨眼。

"什么?"母亲一时没反应过来。

杜乔从一旁走了过来:"他要常驻院里办公了,不把活干完不放出来。"

沈映霞白了他一眼:"那你要多带点衣服,现在虽然是冬天,但上海的春天很短的,很快就进入夏天了。"

"妈,你觉得我需要在院里待这么长时间?"杜浦笑着问道。

"有备无患总没有错。"

杜乔也拍了拍他的肩膀,说:"儿子,你要有心理准备,这次常驻,时间不会短。一方面,疫情也不知道什么时候结束;另一方面,适航取证前的工作量不小。领导既然做了这个决定,肯定就是一鼓作气冲到底了,不完成阶段性任务,不可能放你们出来。"

杜浦点了点头:"爸,我知道。我就是有些放心不下你们,平时少在外面走,这病毒对老年人更加不友好。还有宁宁,如果你们想他,也多视频吧,少让范理送他过来。"

"老年人?"杜乔瞪了瞪眼,"我跟你妈才不是老年人好哦啦。"

杜浦吐了吐舌头。

当天晚上,他在家里与父母度过了一个温馨的夜晚。

与儿子视频通话之后,他将自己的房门关上,却并未开灯,而是静静地望着窗外。

借助着小区里的路灯,他可以看到这片熟悉得不能再熟悉的房屋和远处的点点灯火。

这是他在C595适航取证的所有准备工作完成之前,在家中住的最后一晚。

第一百四十八章　金秋北京

秋天是北京一年当中最好的季节。尤其是当你取得了一些成绩和进展时，那种喜悦的心情与这金秋时节无疑更加相得益彰。

首都机场的停机坪里停着一架中商航涂装的C595飞机。此刻，她正恬静地卧在那里，一动不动，仿佛是经历了上千个小时的飞行试验，难得享受片刻闲适。

她静静地俯视着停机坪旁边的一处临时搭出来的会场。会场主席台的背景板主色调是红色，主席台对面，放置着几十张白色座椅。

会场里坐满了人，每个人脸上都洋溢着微笑，还有一丝沧桑。

他们如此一致的表情，只因前方主席台背景板上那几个金色的大字："C595飞机型号合格证颁证仪式。"

为了这寥寥十几个字，他们奋斗了十几年。

而他们的上一代航空人，上上一代航空人，更是终其一生都无法让自己亲手研制的民用飞机获得这样的成就。

何其激动，而又何其唏嘘！

每个人都在等待着这一刻，然而，当这一刻真正到来的时候，他们却没有如同C595总装下线和首飞仪式时那样激动，或者说，外溢的激动。

对于很多产品来说，推向市场、交付给客户的那一刻，产品的生命周期就结束了。

而对于飞机，尤其是民用飞机，这个周期才一半都不到。

型号合格证，也就是俗称的适航证，只是代表中国民航局认可中商航的这款C595飞机达到了安全性和适航性的基本要求，可以交付给航空公司，由航空公司载客运营。

飞机研制了十几年,终于完成了这一步,那交付之后的十几年,甚至更长的时间里,C595飞机每天都将飞在神州大地的上空。她真的会如我们设计的那样安全吗？我放心让我的家人去坐我设计的飞机吗？乘客乘坐的体验会舒适吗？

这些即将到来的问题萦绕在现场每个人的心头。

研制阶段告一段落,运营阶段才刚刚开始。

当从民航局手上接过型号合格证的那一刻,我们也接过了一份更加沉甸甸的责任。

整个颁证仪式是喜庆而简短的,然而在仪式结束后,人们站在主席台上与那十几个金灿灿的大字合影留念时,还是有不少人默默地留下了泪水。

这一切,杜浦并未亲历。

因为他并没有去北京参加这个仪式。

由于疫情的关系,仪式对于参与人员的数量有着严格控制。

不过,他并不在意。

相比首飞的时候,他对于自己是否能亲历某个时刻已经没有那么看重。

而现在,他真正能够短暂地让自己的身心都放松放松了。

第二天,官方新闻才报道了C595的适航取证。

叶梓闻的电话马上就到了。

"恭喜恭喜！我们都猜就是这几天,没想到你们已经偷偷摸摸把这件事情给办了！"

"多谢啊,也多亏你们的支持。"

"这倒是,你们在院里的那几个月,我可没少给你精神上的安慰。后来你们又集体去嘉兴基地与民航局一起封闭办公,我也去支持过几天呢！"

"你倒是记得挺清楚。"

"那当然！你们取证,我们也很开心,没准比你们更开心……我们现在是C595上所有重要的机载系统当中唯一一个纯国内供应商啊。"

杜浦想了想,回答道:"好像的确如此,我们的产业链国产化工作还是要继续推进啊。"

"对了,这次你去北京了吗?首飞时不在现场,现在取证了总归可以在了吧?"

杜浦笑道:"你真是哪壶不开提哪壶,我这次又不在。不过,我一点也不介意。"

"真不介意?"

"对啊,功成不必在我,功成必定有我。"

"行啊你,高调唱得比飞机飞得还高。"

"真不是唱高调……"

"唱也罢,不唱也罢,这次得好好庆祝一下了,我诚邀你来我家喝酒。"

"这个可以有。"

挂掉电话之后,杜浦沉思了一会儿,然后编辑了一条微信,又仔细地看了两遍,才向那个人发了出去。

"C595已经适航取证了,今年就会交付东方航空,明年应该就能乘坐她出行。到时候,我诚挚邀请你和宁宁体验。"

后　记

在这部小说中，我描述了咱们国产大飞机项目的整个研制阶段。到 2022 年收尾的时候，她经过了十四载，终于完成了适航取证和第一架飞机的交付，实现从研制阶段往运营阶段的转变。

回忆起国产大飞机项目，回顾自己曾经参与其中的很多点滴瞬间，回想起曾经并肩作战的每一个可爱的人，我的内心依然心潮澎湃。飞机制造是一个大工程，说是整个工业界最复杂的系统工程也不为过。它牵引着全球的产业链，带动着比几千架飞机的价格大得多的市场，它不光是我们中国人过去几十年的梦想，也是现今实现高端装备制造业科技与产业突破无法绕过的天王山。从我读书的时候，就听说过"8 亿件衬衫换一架飞机"的说法，而后进入航空业工作，又得知过去我们有过好几次尝试，也包括当年遗憾下马的"运 10"，但终究还是功亏一篑。而现在，这个梦想在我们这代人手上得以实现，这个山头终于被攻克，怎么不让人激动万分呢？

我自己虽然亲身参加项目多年，但无论从广度，还是从深度，都没法跟那些真正的深度参与者（如亲手设计这架飞机的总设计师和副总设计师们）相提并论，因此，在创作这本小说的过程中，我尽量去描述那些自己熟悉和有把握的细节，争取实现以管窥豹，而不是盲人摸象，贻笑大方。我也相信，我国民用航空工业的发展方兴未艾，创作题材层出不穷，一定会有更多的作者在这个领域寻找灵感，寻找闪光的时刻，创作出更多、更好的作品。